JNVERNO RUSSO

DAPHNE KALOTAY

INVERNO RUSSO

Tradução de
Maria Alice Máximo

EDITORA RECORD
RIO DE JANEIRO • SÃO PAULO

2012

CIP-Brasil. Catalogação na fonte
Sindicato Nacional dos Editores de Livros, RJ

Kalotay, Daphne
K22i Inverno russo / Daphne Kalotay; tradução de Maria Alice Máximo. — Rio de Janeiro: Record, 2012.

Tradução de: Russian winter
ISBN 978-85-01-09350-9

1. Romance americano. I. Máximo, Maria Alice II. Título.

11-2779. CDD: 813
CDU· 821.111(73)-3

Título original:
RUSSIAN WINTER

Editoração eletrônica: FA Editoração

Revisão técnica: Ana Suassuna

Texto revisado segundo o novo Acordo Ortográfico da Língua Portuguesa.

Direitos exclusivos de publicação em língua portuguesa
somente para o Brasil adquiridos pela
EDITORA RECORD LTDA.
Rua Argentina, 171 — Rio de Janeiro, RJ — 20921-380 — Tel.: 2585-2000,
que se reserva a propriedade literária desta tradução.

Impresso no Brasil

ISBN 978-85-01-09350-9

Para Mamuka
e em memória de Imre e Bambi Farkass

Só então me dei conta de que o amor não é apenas uma fonte de felicidade ou um jogo, mas parte da incessante tragédia da vida, tanto sua eterna maldição quanto a força avassaladora que lhe dá sentido.

— Nadezhda Mandelstam

Seu marido tinha ideias arcaicas no que se referia a joias; o homem as comprava para a esposa para demonstrar um reconhecimento que ele não era capaz de expressar com palavras.

— Willa Cather

LIVRO I

Lote 7

Brincos de Diamantes Solitários. Cada par com diamante de corte brilhante pesando aprox. 1,64 e 1,61 cts., cravados com 4 garras, H/VS2, montagem em ouro branco de 18k, marca de autenticação russa. $20.000 — 22.000.

CAPÍTULO UM

A tarde estava tão fria, tão inexoravelmente cinzenta, que poucos pedestres passavam pela longa faixa arborizada que dividia a Commonwealth Avenue, e até mesmo os pequenos cães, puxados impacientemente, usavam agasalhos térmicos e revelavam expressões de incômodo. De uma janela de terceiro andar no lado norte da rua, acima de varandas decoradas com cobre que havia muito tinham assumido um verde desbotado de menta, Nina Revskaya examinava a cena. Em breve o sol, o pouco que ainda restava dele, desistiria de seus tristes esforços, e ao longo daquele trecho de rua com casas de pedras marrons bem-cuidadas as luzes se acenderiam timidamente.

Nina tentou aproximar-se um pouco mais da janela para ver melhor a calçada lá embaixo, mas voltou a sentir a rigidez na nuca. Como sua cadeira não podia chegar mais perto, ela, apesar da dor, debruçou-se ainda um pouco. Sua respiração deixou marcas embaçadas no vidro. Queria ver sua visita antes que ela chegasse, queria estar preparada.

Sentiu as faces frias. Alguém se aproximava, porém, era uma mulher, e jovem demais. Os saltos de suas botas faziam um ruído seco rompendo o silêncio. A mulher parou, parecendo procurar um endereço. Nina já não pôde mais vê-la quando ela se aproximou da porta do prédio. Algo estava errado. Mas a campainha soou. Com as costas retesadas em sua cadeira de rodas, Nina afastou-se lentamente da janela. No hall de entrada, com a testa franzida, apertou o botão do interfone.

— Sim?

— Drew Brooks, da Beller.

Essas jovens americanas andam agora por aí com nomes de homem.

— Queira subir. — Embora consciente de seu sotaque e do som envelhecido de sua voz, Nina ficava sempre chocada ao se ouvir falar. Em sua mente, em seus pensamentos, as palavras eram sempre claras e límpidas. Aproximou a cadeira da porta, abriu-a e ficou atenta ao ruído do elevador. Mas foi um som crescente de passos subindo os degraus que finalmente transformou-se em "Drew", em um casaco justo de lã, as faces rosadas de frio, uma bolsa de couro a tiracolo, a alça enviesada no ombro. Era alta, de postura confiante, e foi logo estendendo a mão ainda enluvada.

Começou, pensou Nina com uma leve tristeza no coração. Já dei a partida. Com dedos relutantes, segurou por um breve instante a mão que lhe era oferecida.

— Entre, por favor.

— É um prazer conhecê-la, Sra. Revskaya.

— Pode me chamar de Nina.

— Olá, Nina. — A jovem deu um sorriso surpreendentemente confiante, e pequenos riscos se formaram ao lado de seus olhos; Nina percebeu que ela era mais velha do que lhe parecera de início. Seus cílios eram negros e seus cabelos castanho-avermelhados estavam puxados displicentemente para trás das orelhas.

— Lenore, nossa diretora de joias finas, lamenta não ter podido vir — disse enquanto retirava as luvas. — Seus dois filhos estão de cama com não sei o quê.

— Pode colocar seu casaco ali.

A moça desvencilhou-se do casaco revelando uma saia curta e um suéter justo de gola alta. Nina avaliou a saia curta, as pernas longas, as botas de cano baixo e as meias finas. Insensato mostrar as pernas em um clima como este. Ainda assim, Nina aprovou o que via. Embora quase todo mundo conhecesse a expressão "Beleza exige sacrifícios", poucos, de fato, se sacrificavam por ela.

— Vamos nos sentar no salão — disse Nina girando sua cadeira de rodas, e uma corrente de dor atravessou-lhe os joelhos. Era sempre assim: a dor vinha súbita e indiscriminadamente. — Queira sentar-se.

A jovem se sentou e cruzou as pernas de meias finas.

Beleza exige sacrifícios. Esta era uma das máximas mais verdadeiras, uma que Nina vivera intensamente, dançando sobre as pontas dos pés feridas e com quadris já atacados pelo reumatismo, a despeito das pneumonias e febres. Quando jovem, em Paris e, mais tarde, em Londres, ela se submetera a vestidos cheios de detalhes e saltos traiçoeiros; na década de 1960, usara aqueles terríveis terninhos com saias desconfortáveis que pareciam feitos de tecidos para estofar sofás. Em 1978, havia passado por uma pequena cirurgia conhecida como "miniplástica facial" para reduzir as rugas. Na verdade, foram apenas alguns pontos atrás das orelhas, tão insignificantes que no dia de ir retirá-los decidiu fazer o serviço ela mesma. E o fez, com um espelho de aumento e uma minúscula tesoura de unhas de ponta fina.

A jovem alisou a saia e dela extraiu um fiapo invisível que retirou com as pontas dos dedos. Ares de São Petersburgo. Era assim que a avó de Nina costumava se referir a esses pequenos gestos femininos. A jovem então tirou da bolsa uma pequena prancheta com capa de couro. Maçãs do rosto altas, pele clara, olhos castanhos pontilhados de verde. Havia algo de familiar naquela moça, mas não era nada de bom.

— Vim preparar uma lista básica. Nossos avaliadores cuidarão do resto.

Nina fez com a cabeça um pequeno aceno de consentimento, o que bastou para desencadear uma dor na base do pescoço: às vezes esse nó na nuca parecia ser o centro de todo o seu mal.

— Sim, é claro — disse, e o esforço aumentou um pouco mais a dor.

Erguendo a capa de couro da prancheta, a jovem continuou:

— Há muitas perguntas que eu gostaria de fazer a você, mas vou tentar me limitar ao que me trouxe até aqui. Eu adoro balé. Gostaria de tê-la visto dançar.

— Não se sinta obrigada a ser gentil comigo.

A jovem ergueu uma sobrancelha, surpresa.

— Estive lendo a seu respeito. Fiquei sabendo que a chamavam de "a Borboleta".

— Um dos jornais de Moscou me chamava assim — disse Nina bruscamente. — Nunca me agradou. — O motivo é que aquela imagem não era muito apurada, fazia com que ela parecesse fraca e alvoroçada, uma pétala de rosa levada pelo vento. — É um apelido excessivamente... doce.

A jovem sorriu e piscou, dando a entender que concordava, e Nina percebeu que a surpresa causada por sua frieza já havia sido devidamente absorvida.

— Notei o motivo da borboleta em algumas de suas joias — afirmou a jovem. — Consultei a lista da exposição de St. Botolph e achei que poderia simplificar nosso trabalho de hoje. Podemos repassar essa lista — comentou, indicando na prancheta as páginas a que se referia. — Eu vou lendo e a senhora me diz quais delas gostaria de leiloar e quais gostaria de manter para si, se for o caso.

— Está bem assim. — O nó em sua nuca deu um repuxão. De uns meses para cá, aquele terrível nó, que a princípio havia sido apenas mais uma fonte de dor incessante, passara a fazer com que Nina se lembrasse da avó. Recordava-se da maneira como ela amarrava o cachecol em seu pescoço no inverno em Moscou, quando Nina ainda era pequena demais para fazer isso sozinha: a avó dava o nó na nuca para poder agarrá-la mais facilmente se ela tentasse sair correndo. Essa lembrança, esquecida há uns bons cinquenta anos, era como um bálsamo, uma dádiva, um presente há muito tempo perdido e finalmente encontrado. Agora, todas as vezes em que Nina sentia essa dor, dizia a si mesma que era o nó de seu velho cachecol de lã feito pelas mãos de sua avó. A dor então, ainda que intensa, trazia-lhe uma doce recordação.

A jovem já lhe entregava a prancheta. Nina pegou-a com mãos trêmulas enquanto ela dizia:

— Na verdade, sou um quarto russa. — Como Nina nada dissesse, ela acrescentou: — Meu avô era de lá.

Nina preferiu ignorar essa informação. Sua vida na Rússia estava muito distante, a pessoa que ela havia sido então era diferente da que tinha se tornado. Pôs a prancheta no colo e ficou a olhá-la com a testa franzida. Em um tom de voz mais íntimo, a jovem perguntou:

— O que a leva a leiloá-las?

Nina esperava que sua voz não tremesse.

— Quero doar o produto da venda enquanto estou viva. Já tenho quase oitenta anos, como você sabe. Como já lhe disse, todo o dinheiro da venda será destinado à Boston Ballet Foundation — Nina disse isso sem desviar os olhos da prancheta. Com sua frieza esperava esconder as fortes emoções. Sim, porque subitamente tudo parecia um equívoco, uma decisão impensada. Sua insegurança devia-se, por algum motivo, à presença da jovem em sua sala, a tratar, confiante e decidida, dos tesouros de Nina.

— Bem, essas peças certamente renderão uma boa quantia — disse a jovem. — Principalmente se a senhora nos autorizar a divulgar que fazem parte de sua coleção. — Sua expressão era de esperança. — Nossos leilões são sempre anônimos, naturalmente, mas em casos notórios como este, costuma valer a pena divulgar. Suponho que Lenore já tenha mencionado isso. Até itens de menor valor atingem bons preços dessa maneira. Não que precisemos incluir objetos de estimação também, mas...

— Inclua tudo.

A jovem inclinou um pouco a cabeça como que para certificar-se do que acabava de ouvir. Parecia ter percebido algo e Nina sentiu o coração disparar. Mas a jovem apenas empertigou-se um pouco mais no sofá.

— O simples fato de pertencerem à senhora levará ao leilão um número muito maior de pessoas. E, naturalmente, outro atrativo será o fato de algumas dessas peças terem sido trazidas às escondidas da União Soviética, em circunstâncias envolvendo perigo de vida.

Haviam chegado, como sempre acontecia, à parte da conversa em que Nina assumiria o papel da corajosa senhora, aquela que havia escapado da opressão e desafiado o governo de seu país em busca de liberdade artística. Era sempre assim; ela começava como artista e terminava como símbolo.

— Ou melhor, quando a senhora fugiu.

Aqueles olhos castanhos muito expressivos e intensos fizeram com que Nina retornasse por um instante ao passado, à lembrança de... de quê? Algo desagradável. Um leve rancor crescia dentro dela.

— As pessoas pensam que fugi da Rússia para fugir do comunismo. Na verdade, eu estava fugindo da minha sogra.

A jovem pareceu pensar que Nina estivesse brincando. As pequenas rugas surgiram novamente junto a seus olhos e sua boca se abriu em um sorriso cúmplice. Cílios negros, maçãs altas, o arco atento das sobrancelhas... Nina teve uma visão súbita e nítida de um rosto luminoso, de movimentos suaves dos braços, de um delicado tremor de músculos ao atravessar o palco.

— Algum... problema?

Nina sentiu que vacilava. A jovem da Beller a olhava atentamente e Nina se perguntou se não seria atentamente demais. Respirou fundo para recuperar seu autocontrole.

— Você me faz lembrar de uma amiga que tive. Alguém de um passado muito distante.

A jovem pareceu gostar daquilo, como se qualquer comparação com alguém do passado lhe fosse lisonjeira. Afinal, ela trabalhava com antiguidades. Logo passou a falar sobre a lista de St. Botolph com animado profissionalismo, o que permitiu a Nina escapar de suas emoções, deixando para trás arrependimentos de última hora. Ainda assim, pareceu-lhe ter se passado um longo tempo até a hora em que a jovem vestiu seu casaco e desceu a escada com passos confiantes, levando seu inventário preso à prancheta com capa de couro.

CÁLIDA MANHÃ DE MOSCOU. Início de junho, as aulas estão prestes a terminar.

— Você não consegue se sentar quieta? — Um puxão no alto da cabeça de Nina, os dentes finos de um pente a lhe repartir os cabelos. A pergunta é puramente retórica. Nina aprendeu a correr tão logo começou a andar, e nunca se cansa de subir e descer saltitante os degraus da escura escadaria do prédio onde mora. Atravessa o pátio de um canto a outro aos pulos. — Pare de se mexer. — Mas Nina balança as pernas e bate um calcanhar no outro enquanto a mãe, com dedos precisos como os de um cirurgião, tece rapidamente duas tranças apertadas e nelas entretece as próprias esperanças, os próprios sonhos. Nina sente na cabeça os dedos ágeis da mãe e as rápidas batidas de seu coração através da blusa de algodão fino. Hoje o dia é importante demais para que a avó de Nina, com sua pobre visão e seu lenço amarrado de qualquer jeito na cabeça, penteie os cabelos da menina. Por fim as tranças ficam prontas e são amarradas no alto da cabeça com um grande laço novo capaz de segurar também esperanças e sonhos. O couro cabeludo de Nina dói.

Vera também, quando elas se encontram no pátio, usa fitas novas no cabelo. Fortes rajadas de vento agitam-nas de um lado para o outro, deixando também aflitas as flores que pendem das velhas varandas decadentes. Em poucos dias a chuvinha fina tinha dado lugar a dias quentes e secos. Nina não pode deixar de se preocupar com a poeira que ameaça sujar o vestido feito por sua mãe. A avó de Vera, olhos escuros e brilhantes, lenço branco na cabeça, parece preocupada e puxa a neta para junto de si. Como todas as avós, a de Vera está permanentemente aborrecida, chama a rua Gorky de "Tverskaya" e reclama em voz alta de coisas sobre as quais ninguém mais ousa se lamentar, nem mesmo em sussurros. A pele de seu rosto é toda marcada por minúsculas linhas, como a camada superior do gelo quando se pisa nele pela primeira vez.

— Ficamos acordados até tarde ontem à noite — confidencia Vera a Nina. A maneira como diz isso deixa implícito que Nina não deve perguntar por quê.

— Até que horas? — Nina, como Vera, tem 9 anos e sempre é mandada para a cama muito cedo. Mas Vera apenas sacode a cabeça em um movimento tão discreto que suas tranças castanho-avermelhadas mal se movem. Em uma das varandas uma mulher que mora no mesmo apartamento que Vera debruça-se para sacudir uma colcha. A avó de Vera comunica algo à mãe de Nina tão discretamente que poderia ter sido em outra língua. As duas sussurram, nada que Nina consiga decifrar.

Nina teme uma possível decepção depois de tanto esperar. Ela espera por esse dia desde que a mãe lhe falou pela primeira vez sobre a escola de balé. A descrição, vaga como um sonho, parecia algo saído diretamente de um conto de fadas, uma terra onde menininhas usam cabelos presos em coques altos e bem firmes e estudam não apenas as coisas usuais como leitura, geografia e história, mas também aprendem a *dançar*. Nos velhos tempos, meninas como Nina não poderiam sequer participar de uma audição.

Agora, porém, graças a Tio Stalin, qualquer criança com idade suficiente pode se candidatar a um exame de admissão.

Nem todas, porém, serão aceitas na escola, explicara a mãe, que pediu dispensa do trabalho esta manhã, na clínica onde é secretária, especialmente para levá-la.

— Tudo bem, meninas, está na hora de irmos.

Nina sente-se aliviada. A mãe de Vera ficara de pedir licença do trabalho para ir também, mas as três partem sem ela. A mãe de Nina vai à frente e as meninas a seguem. Passam pelo portão do pátio e atravessam o beco. Um gato magricela afasta-se correndo e a avó de Vera grita para elas do pátio:

— Eu sei que vocês serão as melhores! — Sua voz parece ficar presa por trás das grades de ferro da porta que se fecha ruidosamente.

Rua quente e ventania. Amplos bulevares cobertos de poeira. Cada rajada de vento levanta uma lanugem cinzenta dos choupos. Nina e Vera têm que tirá-la de seus cabelos e de suas roupas enquanto seguem a mãe de Nina, que caminha apressada.

— Estou com frio — diz Vera mal-humorada, apesar do sol e da brisa quente. — Não estou me sentindo bem. — A mãe de Nina passa a andar mais devagar e põe a mão na testa de Vera. Embora pareça preocupada, ela diz, com um suspiro:

— É só nervosismo, minha gatinha. — E dá um abraço carinhoso em Vera.

Nina deseja que a mãe *a* abrace e não entende por que é Vera quem ela está abraçando. Mas logo chegam à esquina da Pushechnaya com a Neglinaya e veem-se diante de um prédio de quatro andares com um cartaz acima da porta:

ESCOLA COREOGRÁFICA DE MOSCOU
TEATRO BOLSHOI

O Bolshoi era onde o pai de Nina trabalhava antes de morrer, quando ela ainda era bebê. Ele era pintor de cenários. Ao falar disso, a voz de sua mãe enche-se de orgulho, como se ela desejasse trabalhar no teatro também, em vez de passar o dia em uma mesa da policlínica. Porém nem Nina nem Vera jamais estiveram no Bolshoi. A primeira vez que Nina viu um balé foi naquele mesmo ano, em um pavilhão do Parque Gorky. Esta também havia sido ideia da mamãe. Afinal, Nina estava sempre a saltar e dar piruetas, saltos e estrelas e a equilibrar-se de cabeça para baixo. Certo dia, no ano passado, brincando no pátio, Vera se pôs nas pontas dos pés. Nas pontas dos dedos dos pés! Era claro que Nina teria que tentar também. Que gloriosa sensação equilibrar-se assim, dando pequenos passos sem cair! Toda aquela tarde ela e Vera andaram nas pontas dos pés, até que a avó de Vera gritou com elas porque estavam estragando os sapatos. Sua mãe já estava em casa de volta do trabalho e, em vez de as repreender, contou sua ideia.

Quando Nina diz às outras meninas do colégio que talvez vá estudar em uma escola para bailarinas, elas não parecem sentir inveja. Nenhuma delas tinha visto um balé e Nina não sabe bem como descrever o que vira no pavilhão de danças. Às vezes, nas noites em que fica deitada na cama tentando afastar aquela sensação de medo — uma escuridão gelada que se espalha pelas frestas entristecendo os rostos dos adultos, cada vez mais fria e escura com o passar das horas — ela se põe a imaginar as bailarinas no palco do parque, com suas saias de tule a se moverem em ondas como água em uma cachoeira. Nina se imagina com os cabelos presos com uma pequena coroa em sua cabeça, e as fitas das sapatilhas enroladas em seus tornozelos.

Agora, em meio a uma multidão de meninas, ela e Vera são levadas para uma grande sala onde homens e mulheres encontram-se enfileirados, sentados atrás de uma mesa comprida. Um pedaço de papel com um número escrito é preso com um alfinete no vestido de cada menina; quando seus números são chamados — em pequenos grupos, por um homem magro e de aparência severa sentado a uma das extremidades da mesa — as meninas devem caminhar até o meio da sala. O chão de madeira inclina-se um pouco na direção de uma parede recoberta de espelhos emoldurados altos e estreitos.

Antes mesmo de chegarem a dançar, algumas meninas são dispensadas. Mas Nina e Vera fazem parte de um grupo que é conduzido a um dos cantos da sala, onde o tal homem de aparência severa explica que elas devem caminhar, uma a uma, atravessando a sala de maneira que seus passos acompanhem a música. Esta é a única instrução que lhes é dada, e agora, sentada a um piano reluzente, uma mulher com o cabelo preso no alto da cabeça começa a tocar uma música bonita, mas um tanto triste. As notas que saem das teclas parecem gotas de chuva caindo. Uma a uma, as meninas atravessam a sala. Mas quando é sua vez, Vera permanece parada, de olhos arregalados, e Nina, aguardando ser chamada a seguir, começa a ficar aflita.

— Vamos lá. — Nina segura a mão de Vera e as duas caminham juntas, até que Nina sente a tensão dos dedos de Vera relaxar. Quando Nina a solta, Vera segue em frente, airosa e tranquila, enquanto Nina retorna a seu lugar.

Agora que todas chegaram ao outro lado da sala, pede-se a elas que a atravessem novamente, desta vez com um passo grande e dois pequenos, sem parar. A música agora é muito rápida e imponente. Movendo-se com ritmo, Nina sente-se transformada em um novo ser.

De volta à rua, depois do teste, o ar carrega o perfume de lilases. O calor do sol atravessa seus vestidos de algodão. Um vendedor ambulante faz bolas de sorvete. Por um breve instante, Vera também parece feliz com o teste de dança, ciente de que, como Nina, se saíra bem. Mas agora ela parece estranhamente silenciosa e os pensamentos da mãe de Nina estão claramente em outro lugar. Nina sente-se pouco a pouco dominada por aquele medo noturno, tão fora de lugar nesse dia ensolarado de junho, quando todos saem às ruas sem chapéus ou casacos. Ela tenta afastar este sentimento, pensa na escola de balé, no homem que foi até ela e esticou sua perna para o alto, para lá e para cá, e examinou a sola dos seus pés, pedindo-lhe que flexionasse os dedos, e ficou satisfeito com o que viu. Vera também, diferentemente da maioria das outras meninas, foi examinada da cabeça aos pés e aprovada.

Quando passam pelo grande hotel na esquina, veem que o café da calçada já está funcionando. É o primeiro dia desde que o longo inverno terminou.

— Olha lá! — exclama Vera parando de andar. Uma mulher está saindo do hotel pela porta giratória de vidro. É a única da cidade, posta a girar por dois homens de expressão triste e casacos longos.

A mulher é diferente de todas as que Nina já viu. Usa uma roupa de lindo tom azul pálido, um pequeno chapéu enviesado na cabeça e, nas mãos, luvas muito brancas. Luvas na primavera! E a delicadeza daquele tom azul-acinzentado... Nina só conhecia alguns tipos de tecido, nos mesmos tons escuros de ameixa no inverno e de feios estampados no verão, nada mais.

E então ela vê a coisa mais notável de todas: a mulher tem joias nas orelhas! Diamantes, pequenos porém muito brilhantes. Por um instante Nina quase fica sem ar. Os únicos brincos que conhece são contas opacas penduradas em uma espécie de clipes, e também os de pérolas, de aparência pesada, ou grandes contas de vidro marrom. Esses pequenos diamantes são maravilhosos. E estão nas orelhas dela!

A mãe de Nina desvia o olhar quando a mulher passa por elas, mas Vera pergunta:

— Quem é ela?

— Uma americana, suponho. — A mãe estende a mão para Nina indicando que devem seguir adiante. Mas o rosto perfeitamente oval e a fina cintura da mãe parecem ter impressionado os porteiros, ou talvez eles estejam entediados e queiram se exibir. Os homens fazem gestos para que Nina e Vera se aproximem e deem uma volta pela porta giratória.

Silêncio total enquanto os homens as escoltam solenemente no giro pela porta. Nina vê de relance, por alguns segundos, o imenso saguão do hotel, com seu chão brilhante e espessos tapetes, e um enorme espelho com pesada moldura dourada. O teto é inconcebivelmente alto, todo iluminado. É a primeira vez que Nina vê tais coisas, um mundo absolutamente novo, mas a lenta rotação continua e deixa para trás o chão de mármore, os espessos tapetes, o espelho de moldura dourada e o candelabro. Uma chuva de brilhos cintilantes, e a mulher americana com diamantes nas orelhas, pequeninos e brilhantes, como estrelas.

Do lado de fora novamente, terminado o giro, Nina pergunta:

— Vocês viram as orelhas daquela mulher?

Sua mãe apenas lança um olhar para lembrá-las de agradecer aos porteiros.

— Muito obrigada. — Nina e Vera fazem uma cortesia que acabaram de aprender na escola de balé: um pé à frente, as mãos erguendo levemente as pontas da saia. Afastam-se então daquela porta fascinante, daquela entrada para um mundo totalmente distinto, e só então Nina compreende, de maneira forte e aguda, muito mais do que na escola do Bolshoi, que algo profundamente importante aconteceu.

QUANDO ELAS RETORNAM ao pátio, a velha zeladora do prédio desvia o olhar para outro lado. Seus lábios se franzem em um bico: ela está mascando sementes de girassol e olha para aqui e para ali sem parar de varrer. Aproxima-se das outras pessoas que estão no pátio: um casal jovem que mora no mesmo apartamento que Nina, a mãe e a avó.

A mãe diz que as meninas podem ficar ali brincando. Suas avós virão buscá-las depois. Mas Nina permanece atenta ao que a velha está dizendo. Ela ouve os nomes dos pais de Vera, e em seguida:

— Sempre achei que havia alguma coisa estranha com eles.

Nina já ouviu isso antes. Não em referência aos pais de Vera, mas a outras pessoas do prédio, que não moravam mais lá. Sussurros no pátio, *alguma coisa estranha...*

Vera dá meia-volta e corre para o outro lado do pátio onde sua avó acaba de aparecer.

A avó de Nina também chega, com um lenço de cabeça amarrado abaixo do queixo.

— Venha, Nina! — Mas Nina continua a ouvir a conversa.

— O que foi que eles fizeram? — pergunta o casal jovem enquanto a zeladora joga água suja de um balde na entrada do pátio. A avó de Vera a leva para dentro sem deixar sequer que ela se despeça da amiga.

— Ninochka! Venha! — A voz de sua avó é esganiçada e ela parece um pouco aborrecida, como sempre.

A velha zeladora continua a repetir:

— Eu sempre soube que alguma coisa estava errada com eles. — Nina olha para cima, para a janela do quarto onde a família de Vera mora. Pálidas flores em vasos tremulam com a brisa. Ela vira-se e corre direto para os braços da avó, para apertar-se contra seu peito e sentir o calor de seu corpo.

QUANDO A JOVEM da Beller partiu, o céu estava escuro, e o salão, mal-iluminado. Em sua cadeira de rodas, Nina começou a puxar as cordas para acender as várias lâmpadas cujas luzes fracas e amareladas pouco clareavam. Em vez de alívio por ter resolvido tudo, Nina sentia a mesma angústia, a mesma ansiedade que a dominava havia duas semanas.

Aproximou a cadeira da escrivaninha. Com a pequena chave que mantinha no bolso, abriu a gaveta superior. Só havia lido a carta, apressadamente, uma vez, quando a recebera duas semanas antes. Não a relera desde então. Sempre havia sido uma pessoa de decisões precipitadas; era de sua natureza. Agora, porém, ela desdobrou lentamente a página datilografada, tentando não olhar para a fotografia a ela anexada.

> Envio-lhe esta carta e esta fotografia depois de muito refletir. Talvez você já tenha reconhecido meu nome no endereço do remetente e lembrado da primeira carta que lhe enviei depois do nosso breve encontro três décadas atrás, quando eu...

Nina ouviu um ruído de tranca seguido do som de uma porta pesada se abrindo.

— Olá! — Era Cynthia, a mulher das Antilhas, magra e decidida, que vinha todas as noites preparar o jantar de Nina e fazer-lhe perguntas indiscretas sobre o funcionamento de seu organismo. De dia, trabalhava como enfermeira no Hospital Geral de Massachusetts. Ao ouvir a voz de Cynthia, Nina prontamente pôs a carta e a fotografia de volta no envelope. A mulher falava com um curioso tom arrogante típico de seu país de origem. — Onde está você, meu docinho? — Costumava chamar Nina de "meu docinho". Nina achava que aquilo era algum tipo de piada.

— Estou aqui, Cynthia. Está tudo bem. — Nina devolveu o envelope à gaveta. Lembrou-se do tempo em que precisava fazer tudo sozinha, sem ter quem a ajudasse, sem que outros se preocupassem em cuidar dela... Há mais de um ano Cynthia se tornara necessária. Era a última pessoa que Nina via todas as noites, aquela que a ajudava a sair da cadeira para o banho e dele para a cadeira. Já madura, com idade difícil de determinar, Cynthia tinha um namorado chamado Billy, cujos horários de trabalho e disponibilidade interferiam diretamente nas refeições que ela preparava. Nas noites em que deveriam se encontrar, Cynthia não cozinhava com cebolas, alho, brócolis ou couve-de-bruxelas para que os odores não ficassem em seus cabelos. Nas outras noites, não fazia quaisquer restrições.

Nina ouviu quando Cynthia pendurou o casaco e foi para a cozinha com a pequena sacola de compras. Aquela situação era terrível, principalmente para uma pessoa como Nina, que havia sido tão forte e não se sentia realmente velha. Afinal, veem-se por toda parte octogenários viajando mundo afora em cruzeiros e passeios. Mas o corpo de Nina, antes saudável e flexível, estava agora medonhamente rígido e não lhe permitia tais diversões. Ainda esta tarde a moça da casa de leilões não pôde deixar de dizer, a certa altura:

— Você deve sentir falta da dança. — Ela observava as articulações inchadas das mãos de Nina. Disse isso com uma expressão assustada no rosto, como os jovens costumam ter ao se defrontarem com os infortúnios da velhice.

— Sinto muita falta — dissera Nina. — Todos os dias. Sinto falta do que eu sentia ao dançar.

Agora Cynthia voltava a falar, ameaçando contar em pormenores como havia sido seu dia. Passos apressados de seus sapatos brancos de enfermeira aproximavam-se do escritório. Nina empurrou o envelope mais para o fundo da gaveta. As articulações de sua mão doeram quando ela fez girar a pequena chave. Sentia-se tão mal quanto antes, sabendo que aquela fotografia permanecia ali.

Grigori Solodin leu o anúncio no terceiro dia do novo semestre. Gostaria de chegar à sua mesa de trabalho antes das 8 horas, quando o Departamento de Línguas Estrangeiras ainda estivesse silencioso e as secretárias não tivessem chegado para abrir o escritório principal. Por meia hora ou mais, os corredores recobertos de lambris, frios devido à falta de aquecimento durante a noite, continuariam tranquilos, sem o movimento de pessoas a subir e descer a escada de mármore cujos degraus estavam gastos no centro. Aquele silêncio era bem melhor do que o de sua casa, ao qual não se havia ainda acostumado. Ali Grigori podia ler o jornal em paz e fumar seus cigarros sem que a colega Evelyn o repreendesse por prejudicar seus pulmões ou a secretária Carla torcesse o nariz exageradamente para lembrá-lo de que, no campus, era agora oficialmente "Proibido fumar". Às 8h30, Carla e seu assistente Dave chegariam e logo se poriam a ligar as copiadoras, as impressoras e tudo mais que enchesse o lugar de zumbidos.

Grigori pegou seu isqueiro e manteve o pequeno objeto em sua mão. No começo, fizera aquilo em busca de apoio, algo que o acalmasse quando Christine adoeceu. Depois de certo tempo, fumar havia se tornado um de seus poucos prazeres diários. Entretanto, não ousava levar aquele hábito para casa. Pensava no que Christine teria dito, em como ela se sentiria em relação àquilo. Fosse como fosse, ele não tinha a intenção de manter o hábito por muito mais tempo (embora já tivessem se passado dois anos). Instalado em sua mesa de trabalho, ele inalou o reconfortante aroma daquela primeira tragada. Usava um terno feito sob medida, limpo, ainda que malpassado, com um lenço espiando, otimista, do bolso do paletó. Era um costume que adotara havia 25 anos, desde seu primeiro semestre lecionando ali, quando também tentara cultivar uma barba e fumar cachimbo — qualquer coisa que o fizesse parecer ao menos um ano mais velho do que realmente era. Mesmo agora, aos 50, seu rosto tinha poucas rugas, e sua cabeleira, espessa e rebelde, continuava escura e cheia. Alto, esguio, ele mantinha o porte de um homem bem mais jovem. Entretanto, na véspera, fora entrevistado por um jovem aluno do segundo ano com o rosto coberto de sardas, que lhe perguntara, muito sério: "Como o senhor se sente ao entrar para o Clube do Quarto de Século?" Por seus 25 anos de serviço, Grigori havia recebido uma pesada esferográfica marrom e um cartão escrito à mão pelo diretor. Ao segundanista com um bloco estenografado na mão e sua séria pergunta, Grigori respondeu, com um leve brilho nos olhos: "É assustador."

Costumava falar daquele jeito (seco, sem revelar emoções, com um pequeno sotaque enigmático) com seus alunos. Eles gostavam daquela "cara de nada" que ele fazia, do seu insólito senso de humor. Em suma, gostavam dele. E ele gostava de seus alunos ou, pelo menos, não desgostava deles e tentava não se mostrar consternado ante suas demonstrações por vezes chocantes de falta de conhecimento e de curiosidade intelectual. Com seus bonés dos Red Socks e suas jaquetas de lã, pareciam membros de uma gangue bem-sucedida. Nos meses mais quentes, calçavam chinelos, tirados com um chute, durante as aulas, como se estivessem descansando em uma gigantesca toalha de praia. Este era apenas um dos muitos sinais de que o mundo estava caminhando para a ruína. Grigori, enquanto isso, continuava a vestir-se para as aulas com ternos bem-cortados, porque não havia ainda abandonado a ideia de que ganhava seu sustento com uma profissão honrada e porque continuava a ter o mesmo receio de quando era jovem, estudando horas a fio em seu quarto alugado: o de algum dia, por descuido, apresentar-se diante dos alunos calçando seus chinelos.

Grigori deu uma tragada no cigarro e abriu o jornal. As mesmas manchetes depressivas de sempre. O presidente está decidido a iniciar sua segunda guerra em dois anos de mandato. Mas na seção de Artes um título tomou-o de surpresa: "Bailarina Revskaya leiloa joias."

Uma exclamação de surpresa

— O quê? — E logo é tomado por uma terrível sensação de vazio.

Embora um mês já se tivesse passado, ele ainda alimentava esperanças, pelo menos até aquele momento. Ele acreditara, ou tentara acreditar, que talvez fosse possível uma aproximação.

Mas o resultado era aquele.

Pensando bem, por que teria sido outro? Na verdade, ele o vinha evitando, conscientemente. Durante dois anos aquela ideia da aproximação o perseguira, mas a tristeza o havia paralisado e somente quando ela se abrandou foi que ele julgou possível tentar novamente. Mas não tinha dado certo. Sempre existiria aquela distância. Ele jamais conseguiria aproximar-se dela.

Grigori tentou ler o artigo, mas percebeu que não estava registrando as frases em sua mente. Seu coração disparou como havia feito na última vez em que vira Nina Revskaya, uns dez anos antes, em uma festa beneficente para o Boston Ballet. Do grandioso saguão do Wang Theatre, ele a observara fazer, de pé na grande escadaria de mármore, um discurso breve e bem-articulado sobre a importância dos patronos das artes. Nina tinha a cabeça erguida, ainda que um pouco retesada e seus cabelos, ainda escuros, quase negros, apesar da idade, estavam presos em um coque tão esticado que puxava a pele do seu rosto. Ao lado dele, quase no fundo do saguão, Christine apoiava-se de leve em seu braço, a outra mão segurando uma taça de champanhe. Nina Revskaya parecia contrair os músculos da face ao falar; era evidente que cada movimento lhe causava dor. Quando o diretor do balé a conduziu lentamente escada abaixo e através do saguão, Grigori se perguntou: e se eu me aproximasse? O que aconteceria se eu me aproximasse dela? Mas não ousara, naturalmente. E Christine já o puxava em outra direção, onde se encontrava o mais recente astro da companhia, um jovem dançarino cubano famoso por seus saltos.

Grigori jogou o jornal na mesa. Ela estava tão decidida a livrar-se dele a ponto de desfazer-se de suas estimadas joias.

Ele empurrou a cadeira para trás e pôs-se de pé. Isso é um tapa na cara. E, na verdade, ela nem me conhece...

O aconchego de seu pequeno escritório não mais lhe agradava. Grigori deu-se conta de que estava andando de um lado para outro e obrigou-se a parar. Em seguida, pegou seu casaco e suas luvas e saiu porta afora, descendo apressado a escadaria estreita e abandonando o prédio.

No CAFÉ DO CAMPUS, o pessoal do turno da manhã já estava a postos. Do lado de trás do balcão, uma moça magrinha com cabelos tingidos de negro servia café e enormes bagels, enquanto o sonolento assistente, cantando ao som da música que tocava no rádio, demorava demais para ferver o leite. Alguns poucos alunos agrupavam-se ao redor das mesas redondas e no fundo da sala um grupo de professores visitantes discutia amigavelmente. Após fazer seu pedido, Grigori ficou a apreciar a cena com uma sensação de derrota.

A moça do balcão piscou graciosamente para ele ao entregar-lhe uma fatia espessa de bolo. Grigori pegou a fatia servida sobre um pedaço de papel-manteiga e no mesmo instante foi tomado de uma sensação de culpa; assim como seu hábito de fumar, Christine não teria aprovado o bolo. Pensou nela e no quanto desejava tê-la ao seu lado naquele momento.

— Grigori!

Zoltan Romhany estava sentado à mesa junto à janela, cercado de sacolas plásticas cheias de livros.

— Venha, venha! — chamou, gesticulando. Em seguida, pôs-se a escrever em seu caderno de notas com grande velocidade, a despeito das velhas mãos trêmulas. Havia um ano ele vinha escrevendo as memórias de sua fuga da Hungria logo depois da "insurgência de 1956" e dos anos subsequentes, quando ele se tornou uma figura conhecida, ainda que um tanto marginal, da cena artística londrina.

— Zoltan, feliz ano novo.

— Você tem certeza de que é feliz, Grigori?

— Então dá para ver no meu rosto?

— Sua aparência está ótima, como sempre, mas você parece abatido.

Grigori teve que rir ao ouvir de um homem vinte anos mais velho que parecia abatido — um homem de saúde delicada que havia passado grande parte das férias de Natal em um hospital, recuperando-se de uma pneumonia tardiamente diagnosticada, e que no inverno anterior tinha escorregado no gelo e fraturado o ombro pela segunda vez.

— É verdade, Zoltan. Não tenho o direito de parecer abatido. Estou frustrado hoje, é só isso. Mas fico feliz em vê-lo. Sua aparência está bem melhor.

Talvez parecesse estranho que o colega predileto de Grigori fosse quase uma geração mais velho que ele. Mas preferia isso ao fenômeno oposto, a ver professores misturando-se a seus alunos no pub. O rosto profundamente enrugado de Zoltan, as bolsas de pele sob seus olhos, o tremor das mãos e uma pequena nuvem de cabelos grisalhos no alto da cabeça... nada disso fazia pensar no homem que Zoltan havia sido por um breve tempo: o orgulho e desespero da Europa Oriental literária, herói simbólico do ocidente esclarecido, um jovem poeta magricela e imigrante que usava roupas emprestadas.

— Estou me sentindo muito melhor — disse ele. — Esta hora da manhã é maravilhosa, você não acha? — O sotaque anômalo (ritmos magiares bem marcados, abrandados pela entonação britânica) fazia com que sua fala fosse quase efeminada. — Pode-se praticamente sentir o sol nascendo! Venha, sente-se aqui. — Zoltan empurrou de qualquer jeito alguns dos papéis que estavam sobre a mesa.

Grigori sentou-se.

— Não posso me demorar. Tenho uma aula às 8h30.

— E a minha é às 9h.

— É mesmo? — Grigori tentou disfarçar sua surpresa. Tinha ouvido dizer no departamento, em sussurros, que a única turma de Zoltan naquele semestre havia sido cancelada; apenas dois alunos tinham se inscrito, o que não era suficiente para manter o curso.

— A poesia e os surrealistas — disse Zoltan. — Duas jovens mentes verdadeiramente interessantes! Falou-se em cancelar o curso, sabe, mas quando propus aos dois jovens na semana passada continuarmos a nos encontrar ainda assim, eles concordaram. Quem precisa de créditos oficiais? Admiro o entusiasmo deles.

— Sabem o que é bom para eles — disse Grigori. Certamente sabiam, os jovens, que aquela era uma oportunidade única na vida, a de estudarem com um homem que havia conhecido pessoalmente os poetas cujas obras ensinava e cujos comentários mais inesperados continham não apenas pérolas de sabedoria como também uma porção de indiscrição relativa ao mundo literário. O primeiro livro de poemas de Zoltan foi traduzido por um poeta britânico muito conhecido pouco depois de sua chegada a Londres, o que rapidamente o transformou no novo *enfant terrible* da Europa — ou, pelo menos, em certos círculos da Europa. Zoltan apresentara-se como um tipo de dândi, com suas pálpebras sonolentas e seu sorriso confiante; Grigori vira fotografias dele em edições traduzidas de seu livro (agora fora de catálogo). E embora Zoltan não costumasse enumerar seus conhecidos famosos, ele mesmo foi citado em algumas memórias de pintores e dramaturgos, de colecionadores de arte e de coreógrafos, de musas e de astros do palco. Apenas uma frase aqui e um parágrafo ali, mas Zoltan havia claramente marcado sua passagem. Sutis investigações em suas memórias traziam à tona reminiscências de figuras como Mary Quant e Salvador Dalí, sem contar as surpresas reveladas entre suspiros ("Ah, Ringo... os cílios dele eram enormes, sabia?").

O problema era que, com esses novos sites que os alunos usavam para avaliar publicamente os professores, corriam comentários de que as aulas de Zoltan eram cansativas e estranhas, mais parecidas com longas conversas, para as quais os alunos deveriam estar impecavelmente preparados. Zoltan esperava deles não apenas que lessem, mas que refletissem, analisassem e até sonhassem com as obras que estudavam. Por isso os alunos passaram a prevenir uns aos outros de que deveriam manter-se longe dos cursos de Zoltan.

Grigori havia resistido à tentação de descobrir o que seus próprios alunos diziam dele. Fosse como fosse, ele procurava manter-se afastado da internet. Sua mais ousada incursão on-line fora há quatro anos, quando ele fez sua primeira e única aquisição em um site popular de compras: um exemplar de 1959 da revista *Hello* na qual havia um artigo sobre as joias de Nina Revskaya. Eram várias páginas com fotografias de brincos, relógios, colares e pulseiras, a maioria presentes que ela recebera de admiradores, de diplomatas e de joalheiros que desejavam se promover. A fotografia de uma pulseira de âmbar com brincos combinando confirmou, de certa forma, o que Grigori suspeitava havia muito tempo. Ele guardava a revista em seu escritório, na gaveta superior do arquivo reservada para suas anotações sobre literatura russa, por trás de uma pasta em que se lia "Contos, séc. XIX."

Agora, porém, as joias seriam leiloadas. Não haveria mais provas. Não haveria possibilidade de confirmação. Grigori deve ter dado um suspiro, porque subitamente Zoltan interrompeu o que dizia e perguntou, preocupado:

— Diga-me a verdade, Grigori, você está bem?

— Ah, estou ótimo, por favor não se preocupe. — Depois de um ano e pouco, o papel de viúvo triste tornara-se cansativo. Quanto à notícia sobre Nina Revskaya, ele decidiu não acrescentar aquela decepção à sua lista de tristezas. Seus conhecidos esperavam dele a reação de tantos outros homens depois de seis, 12 ou 18 meses sozinhos: encontrar uma nova mulher e passar a levar uma vida normal, deixar de ser tão melancólico o tempo todo. Assim, há um ano Grigori havia parado de usar a fitinha rosa do hospital. Agora que passara o segundo ano da morte de Christine, ele já tinha até tirado sua aliança, que desde então repousava em uma pequena bandeja juntamente com alguns alfinetes de gravata que ele nunca usava. Já era tempo de tomar jeito e deixar de ser um sujeito entediante. Voltando-se para Zoltan, acrescentou: — Sem novas reclamações.

— E quem precisa de novas reclamações quando a velha ainda funciona? — Os olhos de Zoltan sorriam, mas sua boca se contorcia em uma careta. — É estranho como às vezes a vida, sem mais nem menos, nos prega uma peça.

— E você? — perguntou Grigori.

— Vê se come esse bolo logo — disse Zoltan. — Você só belisca uns pedacinhos como se ele estivesse no prato de outra pessoa.

Grigori sorriu. Era verdade. Apenas desistir.

Desistir. Desistir daquilo de uma vez por todas.

Grigori se deu conta de que balançava a cabeça, ao mesmo tempo que não apreciava a ideia que lhe ocorreu em seguida.

Mas seria a única maneira. No mínimo serviria para provar... provar o quê? Que ele havia se cansado daquilo. Que ele se entregara. Que ele respeitava Nina Revskaya e que ela não precisava ter medo. Ele havia desistido.

Sim, ele sabia o que precisava fazer. Sentindo-se bem mais aliviado, terminou a fatia de bolo enquanto Zoltan voltava a escrever loucamente. Mas logo ele parou, olhou-o nos olhos e disse, com a voz subitamente grave:

— Precisamos conversar, o quanto antes.

Grigori parou de comer.

— Desculpe, Zoltan, mas pensei que estivéssemos conversando.

Zoltan sacudiu a cabeça e sussurrou:

— Não *aqui.*

— Ah — disse Grigori olhando à volta. Não havia ninguém escutando. Ele limpou com o papel os farelos de bolo que haviam caído no tampo da mesa. — Então quer que eu telefone para sua casa?

— Não, não, precisamos conversar pessoalmente.

Grigori deu de ombros, perplexo.

— Bem, nesse caso você me diz quando. Mas agora preciso ir. — Ele se pôs de pé e colocou as luvas, enquanto Zoltan balançava a cabeça furtivamente. Dois outros fregueses do café haviam se sentado à mesa ao lado, mas logo murmuraram alguma coisa entre si e mudaram para uma mesa afastada. Grigori percebeu que o motivo era Zoltan. Tomavam-no por vagabundo, com aquelas sacolas de plástico, as calças manchadas e a gravata esfiapada. Bem, estamos na América, pensou Grigori, a grande nação onde poetas reverenciados são confundidos com moradores de rua.

— Então está bem, Zoltan. Até lá.

— Aguardo ansioso nosso encontro. — Grigori percebeu uma expectativa genuína na voz de Zoltan. Tentou lembrar-se, ao se afastar, de quando tinha sido a última vez em que ele mesmo havia aguardado ansiosamente alguma coisa.

Pensou no tempo em que era jovem e cheio de esperanças. Ainda se lembrava bem da dura mochila de lona que trouxera consigo de Princeton, aquela com longas alças finas que nunca se adaptavam bem às suas costas e que tinha a parte inferior manchada de tantos chãos, calçadas e gramados. Ele se lembrava do cheiro forte de sua camiseta depois de muitas horas no ônibus interestadual, e da fome que sentia ao caminhar pela longa avenida. Tinha então 19 anos, era alto, braços e pernas longos, cabelos desalinhados e sujos. Havia descido na parada errada e teve que caminhar bem mais do que esperava. As únicas cidades que conhecia eram Paris e Nova York, e, em comparação com os dessas cidades, os antigos prédios da Back Bay pareciam-lhe estranhamente imponentes. Tudo o que importava a ele naquele momento era o endereço que levava escrito. A grande porta de entrada, de espessa madeira entalhada, encontrava-se ligeiramente aberta. Grigori respirou fundo e limpou as mãos nas calças. Mas ainda estava suando, portanto, tirou o lenço do bolso e enxugou a testa.

No vestíbulo, tirou da mochila o grande envelope pardo e o segurou, ansioso, pronto para guardá-lo de volta se não houvesse ninguém em casa. Dentro do envelope estavam vários itens que ele considerava serem suas "provas". Grigori encontrou o interfone e o botão do apartamento. Todas as suas esperanças concentravam-se, precisamente, naquele botão.

Ele ainda podia ouvir, em algum compartimento remoto de sua memória, o som da voz dela, desconfiado e curioso, ao interfone:

— Quem é?

Ele se anunciou em russo.

— Poderia repetir seu nome? — pediu ela também em russo. Sua voz indicava surpresa, mas não aborrecimento.

— Grigori Solodin. Meus pais conheceram uns vizinhos seus em Moscou. — Aquilo não era exatamente verdade, mas era quase. — Eu gostaria de lhe falar sobre algo importante. — E após uma ideia brilhante, acrescentou: — Serei breve.

— Aguarde um instante, por favor — disse ela com firmeza.

A espera pela chegada dela... ele a olhar pela divisória de vidro, o coração batendo forte e os olhos presos ao elevador, aguardando que suas portas estreitas se abrissem e ela surgisse à sua frente. Mas ela surgiu pelo lado, onde ficava a escada. O pescoço delgado, os braços finos e longos, ela desceu os degraus como se mal os tocasse com os pés. Olhou-o através do vidro, delicadamente inquisitiva, o rosto de um oval perfeito, cabelos negros, muito negros, presos na nuca. Mãos desconcertantes, prematuramente envelhecidas, abriram só um pouco a porta.

— Bem, diga-me quem exatamente você é — disse ela em russo. Tinha um leve sorriso nos cantos dos lábios, talvez por vê-lo tão jovem e mal-ajambrado.

Neste ponto Grigori sempre se forçava a parar. Precisava impedir que as lembranças prosseguissem. O que se seguiu não foi bom.

Lote 12

Broche de Borboleta em Platina, Ônix e Diamante. Platina sólida, asas compostas por seis peças de ônix negro de cortes diversos totalizando 27.21 cts, corpo composto de diamantes de lapidação antiga com aproximadamente 7 cts no total. Pedra central cravada em virola, alfinete com detalhes em carretilha nas bordas, 2 in. comprimento. 1 $^{1}/^{2}$ in. largura, 11.5 g, com a marca Shreve, Crumps & Low. $8.00 — 10.000.

CAPÍTULO DOIS

Ficou decidido, da maneira silenciosa e abrupta que os adultos têm de tomar decisões, que Vera e a avó passariam a viver com uma tia e um tio em uma cidade ao norte de Moscou.

É isso que acontece, pensa Nina, quando os pais precisam ir embora. Depois que Vera e a avó se forem, duas pessoas desconhecidas passarão a morar no quarto onde elas viviam. Era o que aconteceria se sua própria mãe tivesse que partir de repente. Mas talvez Nina pudesse permanecer ali com sua avó... Ela tenta se consolar com essa ideia enquanto vai com a mãe até a estação ferroviária para acompanhar Vera e a avó. A manhã está límpida e clara naquele segundo dia de setembro, véspera do início das aulas. As ruas estão subitamente movimentadas de novo, todos de volta das férias de verão, os meninos com cara de pateta, cabelos recém-cortados e grandes orelhas à mostra, e as meninas comprando as fitas da moda para seus rabos de cavalo. A estação também está cheia de gente; na plataforma onde o trem de Vera está para chegar já quase não há espaço entre as pessoas que aguardam com suas sacolas de vime. Nina pensa que Vera não irá para a Escola Bolshoi com ela, não estará mais no pátio de saibro inventando jogos complicados.

Vera, porém, parece pouco se importar. Está orgulhosa de sua mala pesada e do embrulhinho de papel com o lanche para a viagem. Sua avó e a mãe de Nina, parecendo consternadas, trocam recomendações educadas a pouca distância das meninas.

— Recebi um telegrama — sussurra Vera.

Nina arregala os olhos para a amiga; nunca tinha visto um telegrama.

— Quando?

Do bolso do casaco, Vera tira um quadrado de papel áspero e o desdobra, tomando o cuidado de dar as costas para as outras pessoas, como se protegesse com o corpo um importante segredo.

— Viu?

Palavras datilografadas no centro do papel, poucas palavras, o que dava a impressão de terem sido escritas às pressas, tornando a mensagem mais importante: Nós te amamos, Verochka. Mamãe e Papai.

Vera olha para Nina com orgulho.

— Eles estão fazendo um trabalho importante. Foi por isso que tiveram de partir.

Essa explicação é melhor que a que mãe de Nina conseguira dar a ela. Nina a aceita. Vera torna a olhar para o telegrama e o lê para si mesma antes de guardá-lo de volta no bolso.

Um alto clangor e o cheiro de carvão quente; o trem chega, pesado, à estação, cuspindo pequenas nuvens de fumaça branca.

A avó de Vera repete:

— Não se aproximem, não se aproximem, as pessoas que estão dentro vão ter que sair primeiro. Oh, veja só como está seu cabelo. — As velhas mãos acinzentadas ajeitam os cabelos de Vera, passando um cacho solto para trás da orelha da menina.

— Bem, meninas — diz a mãe solenemente, voltando-se para pegar a mala da avó —, é hora de se despedirem.

Vera se despede sem lágrimas, enquanto sua avó embarca no trem com dificuldade, sem que alguém a auxilie. Nina tampouco chora, distraída com o tumulto dos passageiros. Vera é sugada para as profundezas do trem. A mãe lhe diz que ela e Vera podem escrever cartas uma para a outra e continuar amigas pelo correio, mas no caminho para casa Nina só pensa no trem que levou Vera embora.

Agora param na agência dos correios, onde a mãe pede a Nina que vá depressa até a esquina e entre na fila do pão.

Nina vai apressada para a padaria apinhada de gente e entra na fila. Ela gosta de ver o caixa fazer cálculos com o ábaco, do rápido estalar das contas de madeira para a frente e para trás nos arames. Mas depois de alguns minutos, quando já se aproxima do balcão, ela se dá conta de que a mãe se esqueceu de lhe dar o dinheiro. Nina corre de volta para a agência dos correios.

Lá dentro vê a mãe e corre para junto dela. Mas a mãe não percebe sua presença; está concentrada, escrevendo algo em um formulário com letra de imprensa. "Seja uma boa menina, Verochka. Com todo o nosso amor. Mamãe e Papai."

Nina sai correndo da agência de correios, para a forte claridade de setembro. Sente um frio no peito e seus olhos ardem. Por alguns instantes sua vontade é de chorar, de gritar, de revelar o que acaba de descobrir a alguém, a qualquer pessoa. Que coisa triste é aquela mentira, aquela farsa dupla. Também ela, Nina, está sendo enganada. E logo foi tomada de um outro sentimento terrível. Mamãe deve ter um grande amor por Vera, um amor muito grande para fazer isso por ela. Eu nunca poderia imaginar que ela fizesse isso por Vera.

Na entrada, aguardando a mãe, Nina tenta acalmar o coração que bate acelerado. É bom que Vera tenha ido embora, diz ela a si mesma. Assim, Nina não pode contar o que sabe.

O TELEFONE INTERROMPEU seus pensamentos. Ele vinha tocando, intermitentemente, havia várias horas. Nina, porém, não o atendia. Certamente seriam negociantes de joias da Charles Street, por certo ninguém que ela precisasse atender. Estava exausta demais para falar com qualquer pessoa. Estes últimos dias tinham sido muito difíceis, e à noite a dor vinha em lugar do sono. Cynthia insistia em que ela tomasse uns comprimidos.

De seu posto à janela, ela observava a vista. A neve havia sido acumulada em montes depois da tempestade daquele fim de semana. As árvores desfolhadas da alameda, ainda enfeitada com as luzes do Natal, estavam cobertas de gelo e pareciam tremer de frio; Nina podia ver, através dos galhos, o outro lado da avenida, onde carros estacionados formavam fila junto aos montes de neve. Nina costumava sentar-se naquele lugar do salão. Era seu cômodo preferido, com janelas altas e boa luminosidade, e o som do seu estéreo ficava melhor ali. O único incômodo era o ar frio que entrava por uma fresta acima da janela do meio. A fresta já estava ali havia dois anos, desde que o painel da vidraça superior arriara cerca de dois centímetros, mas Nina não se dera o trabalho de mandar consertar. Nos meses mais quentes a entrada do ar não a incomodava, exceto nos dias ventosos, quando a veneziana fazia um ruído abominável.

Hoje a veneziana estava toda recolhida. Pela fresta da janela, uma folha morta remanescente do outono entrou e caiu silenciosamente no parapeito. Ali ela permaneceu, como uma missiva misteriosa, já amarelada pelo tempo. Por alguns minutos Nina ficou a olhá-la apenas. Depois curvou-se e, com dedos frios, sentiu a delicada aspereza de seus minúsculos veios ressecados.

Alguma outra pessoa além dela notaria aquele espaço aberto no alto da janela? Este pensamento a fez lembrar que ultimamente era raro receber visitas. Cynthia era a única pessoa além dela que passava algum tempo naquela sala. Era enquanto aguardava o jantar ficar pronto que Cynthia vinha se sentar para fazer muitas perguntas a Nina. Intrometida. As faxineiras, Marya e suas ajudantes anônimas, eram mulheres barulhentas que apareciam de três em três semanas e deixavam muito a desejar, sem prestar atenção a pormenores. E ainda não haviam limpado uma única janela.

Ninguém mais tinha motivo algum para entrar naquela sala. Havia quase uma década que Nina recebera alguém ali. Quanto a amigos, neste último e mais longo capítulo de sua vida, ela não os tinha. Havia muitos conhecidos, naturalmente, e colegas do balé, mas nenhum amigo como os que tivera em Paris e em Londres. Ninguém de quem ela gostasse como havia gostado de sua amiga Tama, ou da querida Inge, "a jovem de Berlim", como a considerava ainda. Bem, havia Shepley, seu amigo há mais de quarenta anos. Mas desde que ele se mudara para a Califórnia, Nina se sentia menos ligada a ele.

Assim como Veronica, na Inglaterra, Shepley era um fã que aos poucos se tornou seu amigo. Um jovem advogado e baletômano, ele havia se insinuado na vida de Nina de maneira delicada, comedida, por meio de pequenas lembranças e bilhetes inteligentes e respeitosos. Sua presença nunca era cansativa ou imposta, mas tampouco incomodamente humilde. Shepley era inteligente e reservado. Nina, que àquela altura da vida se sentia entediada com a maioria das pessoas, gostava dele. Passados quarenta anos, ainda pensava nele como um rapaz magro com uma voz tranquila e jovial; em suas visitas anuais, ela sempre ficava chocada, de início, ao se defrontar com um sujeito grisalho já na casa dos 60 anos.

Na época em que sua doença começou a paralisar-lhe o corpo, Shepley (que ainda não havia encontrado o amor de sua vida em Los Angeles) tinha se mostrado prestimoso e atencioso, uma agradável combinação de sobrinho e empregado. Levava Nina para as consultas médicas e para exames com especialistas, visitava-a com regularidade e sempre a incluía na comemoração das datas festivas. Mas ele havia se mudado para o oeste há oito anos para morar com Robert, e Nina já se acostumara à sua ausência. Só raramente sentia sua falta, em geral depois de uma de suas visitas, quando ele a levava para tomar chá no Four Seasons e para compras na Saks no Prudential Center (ainda que ela não precisasse comprar coisa alguma e se sentisse exposta em público). No apartamento dela, ele preparava assados e bolos que congelava e que levavam meses para acabar. Quando ele partia, sua conversa alegre e suas anedotas picantes continuavam a pairar no ar, ou a grudar-se no apartamento como um papel de parede alegre. Mas só por alguns dias, e depois desapareciam.

Além de Shepley, Tama, uma jornalista russa que Nina conhecera em 1970 e que era dez anos mais nova que ela, era a única amiga com quem falava regularmente. Tama lhe telefonava de Toronto com frequência, na maior parte do tempo para se queixar da vida. Mas suas queixas eram engraçadas e Nina sempre se divertia com elas. Conversar sobre trivialidades em sua própria língua era também um prazer.

Shepley telefonava regularmente, mas sempre preocupado com a saúde de Nina. Ela suspeitava que ele quisesse se certificar de que ainda estava viva. Suspeitava também que fosse um peso para ele. Não que seu interesse não fosse sincero, mas por isso mesmo ela se sentia um peso para ele, pois, evidentemente, ela não estava bem nem jamais estaria, e nada se poderia fazer quanto a isso. O fato de Nina continuar a viver já era, por si só, problemático em termos de logística diária. De tempos em tempos Shepley precisava intervir e acertar as coisas com Cynthia. Contudo, Nina não tinha desejo algum de morrer. Interessava-se pela vida, ouvia rádio e lia jornais, até assinava o *Globe* de Boston e o *Times* de Londres, e cada dia escolhia um álbum de música diferente de sua coleção. Shepley havia montado o sistema de som para ela, e enviava constantemente novas gravações das obras prediletas de Nina. A que ela estava ouvindo naquele momento era uma gravação recente dos sextetos para cordas de Brahms. Pena que o telefone insistisse em interromper. Nina continuou a ignorá-lo.

Não, a solidão não a incomodava. Ela era capaz de passar um bom tempo à janela, e horas ouvindo a BBC na estação pública de rádio. Comprazia-se com a própria textura de sua privacidade e sua liberdade. Dedicava a maior parte de seus dias exclusivamente a si. No início, sempre fora obrigada a compartilhar tudo, a nunca dispor de um momento de privacidade, ou de um canto, ou prateleira de armário somente seus. Isso a deixara ansiosa por privacidade e grata pelas sensações mais elementares da solidão: andar pelo apartamento em sua cadeira de rodas sem se encontrar com pessoa alguma, ficar deitada na cama à noite ouvindo apenas vozes ocasionais de passantes ou esporádicos sons de pneus no asfalto.

A atual intromissão (como ela via os jornalistas, as pessoas da casa de leilões e os telefonemas desses últimos dias) ameaçava sua paz. E desde que aquela jovem, Drew, surgira em seu apartamento, havia também as recordações a perturbar sua solidão. Essas eram tão vívidas que lhe davam uma sensação de fraqueza, como naquele exato momento, quando as sentia à espreita, ameaçadoras, aproximando-se furtivamente. Tentava se concentrar em Brahms e na rua vista da janela quando o telefone tocou novamente. Ela sentiu que sua paciência havia chegado ao fim.

Aproximou sua cadeira de rodas da mesinha de mármore e atendeu:

— Sim?

— Olá, Sra. Revskaya, aqui é Drew Brooks, da Beller.

Embora preferisse simplesmente ignorá-la, Nina disse:

— Como está?

— Muito bem, obrigada. Na verdade, deveria dizer muito animada. Algo inesperado aconteceu.

Nina sentiu seu coração cambalear.

— Uma pessoa que deseja permanecer anônima nos trouxe uma peça que parece combinar com sua pulseira e seus brincos de âmbar. É um pingente de âmbar do Báltico com incrustações. A montagem e a marca do fabricante são idênticas às do seu *demi-parure*. O proprietário afirma que o colar é não apenas do mesmo fabricante, como também faz parte de um conjunto com seus brincos e sua pulseira. Formam um jogo completo.

Nina se deu conta de que perdera a respiração.

— Alô? Sra. Revskaya?

— Nina.

— Claro, Nina. Estamos com as três peças aqui, e apesar de termos que verificar se o pingente é genuíno, nossos avaliadores acreditam, com base na montagem e na marca do fabricante, que é bem possível tratar-se de um conjunto.

Nina demorou um pouco para falar.

— Não é possível que os avaliadores errem às vezes?

— Sim, é claro. A avaliação é sempre uma questão de julgamento com critérios bastante subjetivos, como costumamos dizer. Isso sem falar que as montagens e as correntes podem ser trocadas, e que até mesmo montagens autênticas podem ter suas pedras substituídas. Por isso vamos mandá-lo para o laboratório a fim de termos certeza de que se trata de âmbar do Báltico. Mas queríamos perguntar se a senhora sabe de alguma coisa acerca disso. É que o proprietário gostaria de incluí-lo no leilão. Como doação. É uma história incrível, realmente.

— Nada sei sobre isso. Possuo uma pulseira de âmbar e brincos que combinam. É só. São joias muito raras.

— Sim, bem, é que nos ocorreu que talvez o colar também tivesse sido seu em alguma época. Ou que a senhora pudesse saber que faltava essa peça.

— Tenho certeza de que nada está faltando. Sou dona dessa pulseira e desses brincos desde 1952. Vieram comigo quando deixei a Rússia.

— Os avaliadores pensaram na possibilidade de terem sido um presente ou algo transmitido por herança na família, e que talvez tenham sido separados a certa altura.

A voz de Nina demonstrou sua irritação.

— Suponho, então, que você deva se informar com os avaliadores.

— Bem, aí é que está o problema quando se trata de âmbar. Como as peças adquirem suas formas naturalmente, ao invés de serem lapidadas por um joalheiro, é quase impossível confirmar que pertenciam originalmente a um conjunto. Algumas peças, principalmente as mais sofisticadas, podem estar registradas em um arquivo do joalheiro, porém sem essa informação ou um número de série, nunca se pode ter cem por cento de certeza.

A respiração de Nina pareceu mais tranquila.

— Nada tenho a dizer sobre isso.

— Está bem. — A voz de Drew soou inesperadamente firme. — Eu não poderia deixar de perguntar isso e me certificar de que a senhora não tivesse... se esquecido.

Nina sentiu o sangue lhe subir às faces.

— Estou velha, mas não senil.

— Não, não, é claro. Não foi isso que eu...

— Lembre-se, Srta. Brooks, de que bailarinas têm boa memória. Nós precisamos nos lembrar de tudo. — Nina referia-se à memória física, memória dos músculos, bem diferente daquela a que Drew Brooks se referira. Mas Nina prosseguiu: — Tenho dentro de mim, ainda hoje, balés inteiros. E lembro-me com clareza de onde vieram minhas joias.

— Sim, é claro. — Drew deu um rápido suspiro. — Tudo bem, então. Eu só queria saber se por acaso a senhora se lembrava de alguma coisa. Se vier a se lembrar, por favor nos telefone.

— Claro.

— Enquanto isso, nossos avaliadores farão o possível para confirmar a procedência dessa peça adicional e certificar-se de que o proprietário diz a verdade. Parece provável, dada a montagem tão atípica das joias. E se a avaliação for positiva, gostaríamos de incluir o colar com pingente em nosso catálogo. Com uma nota, é claro, explicando tratar-se de um acréscimo de última hora que parece pertencer à sua coleção pessoal mas que, de fato, não faz parte dela.

Nina permaneceu em silêncio.

— Nossos avaliadores são realmente muito bons.

— Não duvido de que sejam bem-treinados. Mas sei também que as pessoas cometem... — Nina fez uma pausa para formular o resto da frase — ...cometem erros sem saber.

Por alguns instantes foi Drew que permaneceu em silêncio. Mas logo sua voz soou animada.

— É uma peça lindíssima, sabe? Tão fora do comum como sua pulseira e seus brincos, pode-se dizer. Certamente atrairá o interesse não apenas de colecionadores de joias, como também de colecionadores de raridades, o que aumenta significativamente nosso campo. Isso sem falar que algo tão valioso poderia resultar em um aumento considerável do que será arrecadado. Ou melhor, ao que será doado à Fundação. — Drew aguardou a reação de Nina, mas como esta permaneceu em silêncio, ela prosseguiu: — E não preciso lhe dizer que o fato de o doador desejar permanecer anônimo... bem, é esse tipo de coisa que aguça o interesse das pessoas. Isso certamente chamará mais atenção para o leilão, e haverá mais pessoas interessadas, é claro. O que, repito, representará mais dinheiro para a Fundação.

Nina compreendeu aonde a jovem queria chegar.

— Sim, é claro — disse ela com a voz fraca e, em seguida, encerrou a ligação o mais rápido que pôde. — Até logo.

Ao ouvir o som do telefone desligado do outro lado da linha, Drew colocou o fone no gancho, respirou fundo e enxugou uma gota de café na borda da caneca, pensativa. Não, não tomaria aquilo como uma desfeita pessoal.

Entretanto era difícil não o fazer. O projeto Revskaya significava mais para ela que a maioria dos outros, e não era apenas por ela amar o balé. Nina Revskaya era russa, e havia em sua própria linhagem um ramo russo que até então era para ela um grande ponto de interrogação.

Por isso não se importou quando, como sempre, todo o trabalho (sim, todo ele) acabou recaindo sobre seus ombros, enquanto Lenore flanava pela firma, sem ter com o que se preocupar. Drew raramente se queixava disso; não valia a pena arriscar seu emprego por coisas assim. E enquanto continuasse a gostar daquele trabalho, seria capaz de ver seus aspectos mais irritantes como simplesmente engraçados. De fato, descobriu que essa técnica funcionava bem em muitas circunstâncias de sua vida.

Drew consultou a lista de coisas a fazer e foi rapidamente assinalando os itens com um lápis. Objetivos aparentemente simples. Na verdade, alguns daqueles itens poderiam levar semanas para serem cumpridos. Quanto à confirmação da procedência do pingente de âmbar, ela sabia que tais coisas se desvendam aos poucos, um passo de cada vez. E, como sempre, o catálogo de marcas russas de trabalhos em ouro estava "perdido" em algum lugar na casa de leilões; Drew precisara encomendar outro exemplar a uma biblioteca especial. Embora Lenore tivesse dito que uma data aproximada de fabricação seria mais do que suficiente, Drew tinha esperanças de chegar à data de produção específica daquelas joias de âmbar. Talvez então pudesse assegurar que o pingente era parte do mesmo conjunto. Sentia prazer em desvendar algo difícil, em dar uma resposta concreta a uma pergunta complicada. Havia muitas outras questões na vida cujas respostas lhe pareciam impossíveis de desvendar.

Como se pudesse ler os pensamentos de Drew, Lenore enfiou a cabeça porta adentro. Cabelos levemente presos em um coque, pequenas mechas a lhe caírem sobre o rosto.

— Como vai minha tenente? — Ela ainda a chamava assim, apesar de quase um ano haver se passado desde a promoção de Drew a diretora adjunta.

— Acabo de informar Nina Revskaya do pingente de âmbar.

— Bom... bom... — Lenore já se afastava, com uma expressão vaga e distraída que Drew pôde ver refletida no vidro. Talvez nem tivesse ouvido a resposta. Entretanto ela não podia deixar de admirar, e havia até mesmo absorvido, a serena autoconfiança de Lenore, sua autoconfiança natural. Gostava de apreciá-la nos leilões, de sua maneira tranquila e eficiente de os conduzir, de seu leve sotaque de quem estudou em um internato no exterior, e da maneira como ela quase flertava com os licitantes, provocando seu interesse, levando-os a ultrapassar nervosamente os limites que haviam estabelecido. — Logo que você puder escrever algo para o suplemento, eu gostaria de ver.

— Estou trabalhando nisso.

Drew havia, de fato, começado a rascunhar a introdução para o suplemento que acompanharia as notas biográficas do catálogo. Levou a mão espalmada à testa em um leve gesto irônico de continência militar quando Lenore se foi como uma brisa.

Quando começou a trabalhar ali, quatro anos antes, e Lenore a chamava de "minha tenente", Drew ainda estava na casa dos 20 anos. Tinha agora 32 e pequenas linhas lhe marcavam os cantos dos olhos quando sorria. No mês anterior, notara algo diferente em sua voz: um som distinto, ainda que sutil, vindo do fundo da garganta. Uma mudança biológica para um novo patamar de maturidade. Outro dia, a jovem vendedora do Dunkin' Donuts a chamara de senhora. Drew foi dali diretamente para a Neimar Marcus comprar um minúsculo tubo de loção facial que sua melhor amiga, Jen, lhe havia dito que fazia maravilhas. A substância grudenta lhe custara 25 dólares. Jen entendia desse tipo de coisa. Alguns meses atrás, tinha esfregado um creme com cheiro de goma de mascar no cabelo de Drew para "suavizar a aparência". Depois tirou uma fotografia e, sem pedir permissão, abriu uma conta para ela em um site de encontros.

Drew achou aquilo engraçado — afinal, foi assim que Jen conheceu seu próprio marido. O único amor que Drew encontrara havia sido efêmero e um tanto ingênuo, talvez uma ilusão que proporcionara a si mesma. E embora quatro anos já tivessem passado desde seu divórcio, somente nos últimos meses o sentimento de culpa começava a dar trégua. Não que ela se sentisse melhor por ter deixado Eric, mas estava ficando impaciente com sua família, que mesmo de longe continuava a tratá-la com condescendência. Na verdade, ela ainda se sentia culpada por ter se equivocado e magoado outra pessoa. Afinal, muitos cometiam tais erros e acabavam por sair de uma relação que haviam jurado ser eterna.

O fato de Eric ter finalmente seguido sua vida a havia ajudado também a se sentir melhor. Depois de dois anos de silêncio ressentido e uma breve sequência de cartas cheias de mágoa, ele tinha enviado um e-mail para dizer que estava novamente apaixonado. Escrevera outra vez referindo-se a uma ideia da qual tinha certeza: a de que somente algum tipo de insanidade mental teria levado Drew a acabar com o casamento deles. Eric descreveu sua nova mulher como "uma pessoa firme", com a "cabeça no lugar" e "os pés no chão". E então, no mês passado, a mãe de Drew, que por afeto e sentimentalismo mantivera-se em contato com o ex-genro, dissera à filha que ele tinha um novo emprego, estava se mudando para Seattle e que a mulher com a cabeça no lugar e os pés no chão ia com ele.

E assim Drew se dera conta, de maneira mais consciente, de que o tempo havia passado e de que ela, quase que sem perceber, deixara de ser uma "jovem" e era agora uma "mulher", sem que isso lhe acrescentasse qualquer coisa de bom, sequer alguma nova sabedoria. Desde que se mudara para Boston, morava em um minúsculo apartamento na Beacon Street cujo aluguel continuava a subir aos poucos, como um lento sangramento, apesar de a cada ano a madeira do chão, a pintura das paredes e as rachaduras do teto se apresentarem em piores condições. Logo que se mudou para lá, o antigo prédio lhe parecera um novo início, tão diferente ele era de sua impecável casa cheia de presentes de casamento: lençóis de 1.200 fios, espessas toalhas de algodão egípcio, facas Laguiole, uma máquina de fazer cappuccino que ela e Eric jamais haviam usado. A "nova" mobília de Drew era de segunda mão e terceira categoria: algumas cadeiras um pouco lascadas, uma mesa manchada em uma quina com tinta cinza, uma variedade de louças descasadas que ela havia comprado já muito usadas. Não tinha mais televisão nem carro. Gostava dessa vida despojada. Era prova, para Eric e para os outros, de que não existia outro em sua vida, de que Drew não deixara seu casamento por algum outro homem que a agradasse mais. Prova para si mesma, também, de que agira corretamente ao partir; ela não precisava de mais ninguém, não precisava de muita coisa para tocar a vida. Orgulhava-se de sua autossuficiência, de ser capaz de substituir fusíveis, de sua culinária espartana, de sua estante de livros encontrada na calçada, de sua toalha de chá e seus copos de vinho comprados de segunda mão.

Jen chamava aquilo de autopunição, mas Drew gostava da simplicidade de sua vida reduzida ao essencial, dessa existência mais serena. As pessoas só precisavam de poucas coisas, descobrira, assim como não necessitavam de mais do que uns poucos amigos íntimos e uma única paixão — nem sempre por uma pessoa, necessariamente. Embora tivesse comprado, logo que se mudara para a nova casa, uma colcha de cama em algodão violeta, eram poucas suas esperanças nessa área. Não que ela duvidasse do amor; apenas não acreditava mais que viesse a viver um. E embora em seus primeiros tempos lá ela tivesse compartilhado sua cama com alguns homens interessantes, aos poucos passara a ver seu quarto como um lugar de solidão e silêncio. A colcha já desbotara e tinha agora um tom lilás claro. Todas as vezes que mudava a roupa de cama, Drew dizia a si mesma que deveria comprar uma colcha nova.

A verdade era que sempre se sentira isolada da maioria das pessoas. Mesmo em seu casamento, ela nunca sentiu, como desejara muito, que fazia parte de uma dupla, que ela e Eric eram companheiros. Embora tivessem muitos amigos em comum dos tempos da universidade, depois da separação Drew se afastara da maioria deles. Ainda agora, em certos momentos, ao se sentar no teatro ou ao almoçar um sanduíche em um balcão estreito, ou ao correr ao longo do Charles duas vezes por semana (exceto no inverno), ela olhava para as pessoas à sua volta e não apenas se sentia cercada de estranhos, como se sentia, ela mesma, uma criatura estranha. Havia algo que a impedia de estabelecer uma ligação entre quem ela era e quem eram todas aquelas pessoas ocupadas em viver suas vidas ali também.

Segundo Jen, isso se devia ao fato de Drew ser filha única, independente e acostumada a fazer as coisas por si. Não havia crescido com a intimidade de irmãos e irmãs, de segredos e de herança genética compartilhada. E embora ela e a mãe tivessem, em certa época, sido íntimas, seu pai era um homem soturno, pouco comunicativo. Somente quando Drew se formou e começou a trabalhar foi que ele se sentiu à vontade para ter uma conversa com ela. Mas as perguntas que lhe fez poderiam ter sido feitas por qualquer pessoa que por acaso almoçasse a seu lado, ou que se sentasse junto dela em um avião. Por todos esses motivos, dizia Jen com naturalidade, Drew tinha ou parecia ter pouca necessidade de companhia. Bem, disse ela a si mesma, talvez Jen esteja certa. E voltou-se novamente para a tela do computador.

Uma história por trás das joias.

Por Drew Brooks, Diretora Adjunta do Departamento de Joias Finas.

Nos anos em que Nina Revskaya dançou no Balé Bolshoi, o governo de seu país mantinha arquivos sobre dois terços da população. Quando ela deixou a URSS, o mesmo governo havia matado quase 5 milhões de cidadãos. Para qualquer pessoa, estes números são chocantes. Revskaya fugiu, levando consigo objetos de estonteante beleza cujo

Drew aguardou que as palavras seguintes chegassem. O problema era que ela não sabia por onde começar. Suspeitava que houvesse muito mais a dizer, embora Nina Revskaya insistisse que não havia mais informação a dar. Isso era realmente inacreditável. Ela mesma havia dito que bailarinas eram capazes de se lembrar de balés inteiros por toda a vida... Drew lembrou-se da voz de Nina ao dizer isso, de seu tom aborrecido, da letra r rolada de maneira dura e de suas vogais nasais, embora seu sotaque não fosse carregado e seu domínio da língua inglesa fosse quase perfeito. Por esse motivo também a recusa de Nina a falar da súbita aparição de Grigori Solodin com seu pingente de âmbar levou Drew a supor que houvesse algo mais a ser dito na história de Nina Revskaya.

Isso sem falar que Grigori Solodin era também um tanto misterioso. Um homem grande, alto e esguio, com a testa ampla e expressão pensativa nos olhos. Cabelos espessos e ligeiramente desalinhados como os de um menino. Drew lembrava-se nitidamente do queixo firme do homem, tenso até, bem definido como sua boca. Ele tinha um sotaque estranho que não parecia russo e que Drew não conseguia definir. Quando ela perguntou se ele possuía alguma documentação que provasse o fato de o pingente fazer parte do conjunto de Nina Revskaya, Grigori Solodin apertara os lábios com tanta força que parecia mordê-los. Os músculos do maxilar se retesaram, formando algo parecido com duas covinhas no rosto.

— Sinto dizer que não disponho de documentação alguma.

Mas Drew estava acostumada a situações dessa natureza. Era parte do que a fazia gostar de seu trabalho na casa de leilões: os mistérios e os dramas; quem teria feito aquele piano, ou qual o verdadeiro autor daquela tela? Achou interessantes as diferentes versões das histórias contadas por duas irmãs que queriam vender a coleção de vidros de perfume herdada de uma velha tia, ou o umidificador de ar de um pai, repleto de charutos que ele tanto havia procurado. Mas o que impedira Grigori Solodin de dizer mais alguma coisa sobre a maneira como o colar tinha chegado às suas mãos? Quando Drew tentou se informar, delicadamente e sem fazer insinuação alguma, sentada diante dele em uma das salinhas da casa de leilões, ele disse que ganhara o colar com o pingente.

— Esta joia sempre me pertenceu, mas por vários motivos, principalmente depois de ver os brincos e a pulseira de âmbar de Nina Revskaya, estou convencido de que também já pertenceu a ela, ou, melhor dizendo, àquele conjunto de âmbar.

Drew se perguntou quantos anos ele teria — uns quarenta e tantos, cinquenta e poucos? Não era da geração de Nina Revskaya. Ela achou aquilo intrigante, talvez até mesmo suspeito. Era estranho que além de ter um nome russo e de morar em Boston, Grigori Solodin, assim como Nina Revskaya, fosse reticente, escondesse alguma coisa.

Se Lenore percebesse algo estranho naquela história, não perderia tempo com ela. Sua prioridade não eram os pormenores secretos, mas a aparência externa das coisas: organizar um leilão bem-sucedido, dirigir um negócio sólido e protagonizar um bom show. Drew, porém, gostava das histórias por trás dos objetos, das confidências dos clientes que levavam a leilão um imóvel de um parente, ou de uma desconhecida musa de um grande pintor, ou do músico de jazz que possuía um trompete no qual Miles Davis havia tocado certa vez.

O fato era que, a princípio, as joias não lhe interessavam muito. Havia feito seu mestrado em história da arte e amava pintura e desenhos.

Sonhara, por algum tempo, em ser curadora de um museu. Depois de formada, havia trabalhado em uma galeria em Chelsea e estagiado na Sotheby's antes de encontrar um emprego que a remunerasse melhor. O trabalho na Beller foi simplesmente o primeiro que encontrou quando seu casamento acabou e ela decidiu sair de Nova York. Drew teve de redimensionar seus planos profissionais, passando a se ver como uma especialista em encontrar antiguidades de valor que as pessoas tinham em casa sem saber. No *Antiques Roadshow* ela informava alegremente às pessoas que a aquarela que guardavam no sótão era rara e valia milhares de dólares. Sua primeira oportunidade de promoção, cinco meses depois, havia sido o posto de assistente de Lenore. Drew redirecionou seus sonhos novamente e começou a estudar sobre pedras preciosas em um curso por correspondência.

Ela havia comprado sua única joia três anos antes, arrematada em sua primeira participação em um leilão: era um anel de granada que, por causa de um pequeno defeito da pedra, não recebera nenhum lance. Drew a comprou depois, com o pouco dinheiro deixado de herança pela sua avó. Aquela passou a ser sua única joia, um pequeno anel de granada: a pedra redonda, erguida por um encaixe em um fio de ouro branco. Drew a usava no anelar direito como homenagem à Vó Riitta, com quem ainda conversava em pensamento de vez em quando. Ela havia sido a única pessoa a não adotar uma atitude acusatória quando Drew decidira acabar com seu casamento. "Você continuou a crescer, não foi? Você amadureceu" foi só o que ela disse. Aliás, foi uma das últimas coisas que disse à neta, para que Drew soubesse que ela compreendia sua decisão.

Em sua mente, Drew ainda podia ouvir a voz da avó de vez em quando. Embora se lembrasse bem do seu sotaque, as poucas palavras em finlandês que aprendera já estavam sendo esquecidas. Sua mãe, que chegara aos Estados Unidos ainda bebê, sempre insistira em responder sua avó em inglês. Assim, nesses últimos anos não perdera apenas Vó Riitta, como também uma língua inteira se fora com ela.

Drew desviou o olhar do anel de granada e leu novamente: "Uma história por trás das joias." Até aí, pelo menos, ia bem.

Muito estranha a maneira como Nina Revskaya havia negado, tão veementemente, que o pingente de âmbar tivesse sido seu, além do fato de ela e Grigori Solodin não se conhecerem. Ou, pelo menos, agirem como se assim fosse. Drew se perguntou qual poderia ser a conexão entre eles, ou melhor, entre aquelas três joias de âmbar. Se pesquisasse bastante e tivesse sorte, talvez ela descobrisse a resposta.

Animada com essa ideia, Drew colocou os dedos no teclado e começou a digitar. "Diamantes podem ser os melhores amigos de uma mulher, mas no caso de Nina Revskaya"

Drew fez uma pausa à procura de inspiração... e pressionou a tecla de deletar.

HAVIA NEVADO novamente, dez centímetros ou mais. O rádio naquela manhã transmitira uma declaração do prefeito Thomas Menino dizendo que, apesar de não ser ainda fevereiro, todo o orçamento anual de Boston para remoção de neve havia sido gasto. Quanto ao clima de hoje, anunciara alegremente o locutor do serviço meteorológico, a temperatura mais alta seria apenas dois graus, com sensação térmica de dez graus abaixo de zero.

Americanos! Estão sempre precisando saber a temperatura exata antes de decidirem a intensidade de calor ou de frio que sentirão. Grigori ia dizendo isso em voz alta, mas ao entrar na cozinha sentiu-se ridículo e desapontado como sempre ao não encontrar Christine lá tomando café descafeinado e iogurte enquanto corrigia trabalhos de seus alunos estrangeiros de inglês. Ela sempre acordava cedo e nunca precisava de tempo para despertar de manhã.

Ele se serviu de suco de tomate, tomou um grande gole, e foi pegar o jornal junto à porta. Acima de uma estreita coluna na primeira página ele leu: "Mistério na casa de leilões" e abaixo, em letras menores: "Doador desconhecido traz nova joia e aumenta interesse pelo leilão."

Pensou no que Christine dissera certa vez: *Não consigo gostar dela.*

— Bem, ora... — Grigori sempre dizia quando o assunto era Nina Revskaya — ... não sejamos duros demais com ela. — Seu instinto era sempre de defesa. Ele sabia que Christine precisava controlar-se para não tomar, ela mesma, alguma atitude. Tinha sido este o principal motivo de sua hesitação antes de contar a ela sua suspeita sobre Nina Revskaya. Não hesitara por falta de confiança, ou por timidez, ou constrangimento, mas porque sabia que para uma mulher como Christine seria difícil saber daquilo e nada fazer, deixando que as coisas continuassem sem solução. Autoconfiante, otimista por natureza, Christine havia se formado em pedagogia, a mais idealista das carreiras, e pensava em fazer mestrado em serviço social. A princípio, Grigori contou a ela apenas os fatos mais gerais sobre seus pais, sobre ser filho único, adotado, criado na Rússia, depois na Noruega, depois na França, e, por último, já como adolescente, na América. Por fim lhe contou, com 25 anos, quando os dois já estavam juntos havia seis meses, sobre a bailarina Revskaya. Antes, porém, tinha feito Christine jurar que não interviria, que não tomaria atitude alguma, que deixaria que ele cuidasse daquele assunto sozinho, à sua maneira.

Ele se lembrava de Christine indignada: *Isso sem falar no fato de você ser a única pessoa que se dispôs a traduzir os poemas de Elsin para o inglês e conseguir que fossem publicados. Não entendo como ela pode ser tão indiferente em relação ao legado do próprio marido.*

Ah, Chris, minha defensora, sinto tanto sua falta...

Nem um simples "obrigada" a você...

O fato era que sua curiosidade acerca da vida de Nina Revskaya e seu marido tinha resultado na principal área de pesquisa acadêmica de Grigori: a poesia de Viktor Elsin. Tratava-se de um desses raros exemplos bem-sucedidos do produto de uma obsessão. Sempre que o assunto da atitude reticente de Nina Revskaya era trazido à baila (não apenas por Christine, que sabia de toda a história, mas por qualquer pessoa que indagasse sobre as traduções de Grigori), ele sempre dizia, sem demonstrar emoção:

— Foram tempos difíceis para ela. Pode-se imaginar que tenha motivos para não querer ser lembrada de... certas coisas. Ler os poemas do marido seria como abrir a caixa de Pandora e ver tudo de novo.

Quando lhe perguntavam se ele havia pedido a ajuda de Nina ao estudar a poesia de seu marido, a resposta de Grigori era sempre a mesma:

— Na verdade, foi apenas um contato breve. — Se insistissem, ele acrescentava: — Ela sabe, de fato, que traduzi a obra dele, porém... não reivindica, em absoluto, o papel de herdeira dos arquivos literários de Elsin. — Na verdade, ela dizia nada possuir dos papéis de Viktor Elsin, ou qualquer outro objeto pessoal dele. Grigori tinha decidido aceitar isso como verdade. Afinal, tais desafios não eram raros no trabalho acadêmico, e apresentavam-se não apenas a biógrafos, mas também a qualquer estudioso que tenha alguém entre si e o objeto de suas pesquisas. Era uma parte previsível do trabalho. Além do mais, os poemas e as informações que eles continham significavam para Grigori mais que qualquer livro que ele pudesse produzir sobre o autor, mais que todos os artigos que publicara ou conferências que havia proferido sobre o assunto. Portanto, a recusa de Nina em ajudá-lo quando ele a procurara, anos atrás, como professor universitário e pesquisador, não mais como um jovem estudante universitário, não havia sido tomada como algo pessoal. Não, não como aquela primeira vez, quando de pé, no vestíbulo, ele aguardara que ela descesse as escadas...

Quanto às traduções, elas se bastavam. Os poemas eram capazes de, por si sós, manter seu interesse. Em algum momento eles poderiam vir a revelar seus próprios segredos, sem a ajuda de Nina Revskaya. Grigori jamais se esqueceria de como havia se deparado com aqueles poemas: nada atípico, apenas um professor medíocre que estava tendo problemas com uma literatura esotérica e sem sentido.

Ele lembrava-se nitidamente da emoção que sentira ao apertar a campainha como quem detona uma bomba...

Fechou os olhos. Ah, como desejava conhecer a verdade. Era impossível sentir-se uma pessoa completa enquanto não conhecesse sua própria história.

Grigori suspirou. O pingente tinha sido enviado a um laboratório.

— Só para nos assegurarmos de que não é uma cópia ou, o senhor sabe, uma reconstituição — dissera-lhe a jovem da Beller quando se encontraram. Ela possuía um jeito agradável e profissional que Grigori achou tranquilizante. — Na verdade, isso é apenas *pro forma* — assegurara-lhe. — Com montagens raras como esta, não temos muita dúvida de que se trate mesmo de âmbar genuíno. Mas Lenore sempre diz que se duas décadas nesse trabalho lhe ensinaram alguma coisa, é que até mesmo a melhor das coleções pode conter algo de errado.

— Algo de errado? — Grigori sentira uma espécie de pânico.

— Algo falso, falsificado. Qualquer um pode ser enganado.

Enganado. Ao pensar nesta palavra, Grigori não pôde deixar de se perguntar se ele mesmo, de alguma forma, durante todos aqueles anos, não estaria enganado.

— Principalmente se for algo desse período — explicara a mulher. — Os vitorianos davam grande valor a joias como objeto de recordação, e o âmbar com marcas distintas era o que mais adoravam. A demanda era muito grande, o que, em consequência, gerou muita imitação. Repito, não estamos duvidando de que o pingente seja realmente âmbar. Só queremos poder colocar no catálogo que a joia foi analisada. Se tivermos sorte, o laboratório pode até ser capaz de nos dizer de onde ela veio. A constituição química do âmbar do Báltico é bem específica.

Foi durante essa conversa que Grigori se deu conta, pela primeira vez, de que o pingente era uma joia que tinha um passado próprio, particular e orgânico. Uma criação da natureza em forma de gema, independentemente de qualquer intervenção humana. Até aquele momento, ele o havia considerado simplesmente uma pista, uma chave para a resposta que procurava.

De certa forma, o pingente sempre lhe causara uma certa vergonha como objeto de fetiche — não necessariamente por ser uma joia de mulher, mas pelo significado que ele lhe tinha atribuído, pelo peso quase insuportável do que ele suspeitava haver ali contido, mas que não podia ser provado. Somente Christine conhecera a história, até onde ele sabia. Sentado ao lado dela no chão do quarto que ele alugava há muitos anos, em uma casa grande e velha junto ao rio em Cambridge, Grigori lhe contara tudo o que tinha sido capaz de descobrir, e lhe mostrara as poucas provas de que dispunha. Quando ela tocou o âmbar pela primeira vez, foi com um leve roçar das pontas dos dedos, quase que como se ele tivesse vida.

— É bastante estranho, não? — Ela recebeu o pingente na palma da mão, sentiu seu peso e, passado um instante, perguntou: — Posso experimentar?

Por que isso o havia surpreendido? Não lhe ocorrera que alguém pudesse realmente usar aquilo. Pouco à vontade, ele respondeu "Claro". Ela não percebeu sua hesitação. Christine então curvou a cabeça para a frente, ergueu os cabelos da nuca e Grigori lhe colocou a joia no pescoço, demorando-se um pouco com o fecho da corrente, roçando-lhe a mão na nuca. Grigori sentiu o perfume do sabonete que ela sempre usava, com fragrância de rosa, comprado no bairro chinês. "Pronto" , disse, e ela se virou para que ele pudesse apreciar o colar.

O pingente não ficou bem nela. Christine mesma disse isso.

— É por isso que só uso prata — explicou, enquanto se examinava no espelho longo preso atrás da porta do quarto. — Ouro não combina com minhas cores. Tampouco o âmbar, creio.

Grigori se colocara atrás dela e a enlaçara com os braços. Àquela altura, já não se importava tanto com o fato de a jovem que ele amava estar usando aquele objeto antigo e misterioso. Na verdade, sentiu alívio por Christine parecer tão distante daquela parte de seu mundo. No longo espelho, o que ele viu, feliz, foi um jovem casal apaixonado.

A partir daquele momento, as perguntas que haviam ocupado um lugar central em sua vida tornaram-se menos angustiantes; a vida com Christine passou a ser mais importante que aqueles mistérios, tornou-se maior que seu passado, criou um *novo* passado, uma *nova* história com Christine, que o conhecia melhor que qualquer outra pessoa. Com ela, sua busca angustiante havia chegado ao fim.

Ah, Christine.

Em grandes goles, Grigori acabou com seu suco de tomate. Esses dois últimos anos haviam se tornado mais difíceis porque a ferida reabrira novamente. Parecia maior a cada dia, a necessidade, a angústia de encontrar o caminho de volta.

Grigori colocou o copo vazio na pia. Era sempre nesse momento que Christine, consultando o relógio, dizia apressada "Preciso ir" e o beijava antes de sair. Tinha o gosto de café na boca.

Tentando pensar em outra coisa, Grigori pegou seu casaco e suas luvas no armário e preparou-se para enfrentar o dia frio, muito frio.

LOTE 16

Broche Antigo de Ouro 14k e Lava, representando a Catedral de São Basílio, marca de manufatura russa de 56 zolotniks, em caixa original sob medida com rótulo em cirílico. $1.500 — 3.000.

CAPÍTULO TRÊS

O telefone voltou a tocar. Os primeiros tinham sido o *Herald* e o *Globe*, mas agora começavam os nanicos: o *TAB*, o *Phoenix*, isso sem falar nas estações locais de televisão e rádio. Tudo por causa daquele segundo release da Beller. Parece até que nada mais está acontecendo no estado de Massachusetts. Mas em Boston era assim mesmo: todo mundo ficava alvoroçado por algo que, afinal, pouca importância tinha. Repórteres locais farejando notícias... A princípio Nina recorreu a uma resposta que é universal e sem originalidade: "Nada a declarar." Mas essa resposta parecia-lhe cada vez mais tola e a cada vez que a repetia se sentia mais insegura.

— A senhora tem alguma ideia de quem possa ser o doador anônimo?

— Nada a declarar.

— A senhora ficou surpresa ao saber que outra pessoa possuía uma joia de âmbar que formava um conjunto com as suas?

— Nada a declarar.

Só no final do dia Nina se deu conta da tolice que havia sido não tirar o som do toque do telefone. Quando ela descobriu o pequeno interruptor, sentiu-se como um cientista que acaba de fazer uma descoberta simples porém brilhante. Assim, conseguiu um dia e meio de tranquilidade, até que Cynthia descobriu a manobra e ligou novamente o som do telefone, fazendo uma longa preleção acerca de segurança e das regras de seu trabalho no Serviço de Atendimento a Idosos. Quando o telefone voltou a tocar insistentemente, Cynthia lamentou que Nina não tivesse uma secretária eletrônica.

Foi no dia seguinte que Cynthia disse:

— Sabe de uma coisa, meu docinho, se a senhora der uma entrevista a eles, uma só, aposto que param de telefonar.

— Passei a vida dando entrevistas.

O problema era, Nina bem o sabia, o fato de ela ser uma "personalidade de Boston". Outras bailarinas famosas no passado residiam em Nova York, Paris, Maiorca, mas Nina era a grande dama do balé de Boston. No entanto, não tinha a menor vontade de falar com pessoa alguma e menos ainda com algum jovem novato do *Worcester Telegram & Gazette*. Ultimamente descobrira-se falando demais, dizendo coisas que não queria dizer. A culpa era daqueles comprimidos. Eles não apenas a deixavam um pouco atordoada, mas também com a língua solta, fazendo-a conversar com Cynthia por muito mais tempo do que desejava. Outro dia, na semana anterior, ela se pegou no meio de uma conversa detalhada sobre seu estúdio em Londres, quando se deu conta de que era com Cynthia que estava falando, não com uma amiga.

— O que eu quero dizer — continuou Cynthia — é que enquanto a senhora não falar eles vão continuar a telefonar. Mas se a senhora der a eles o que querem, eles sossegarão. — Ela deve ter percebido que Nina estava refletindo sobre sua ideia. — Uma exclusiva — acrescentou Cynthia, como se entendesse de imprensa e esse termo lhe fosse familiar.

Foi assim que Nina acabou por dar uma entrevista ao *Channel 4 News*. Tudo se arranjou rapidamente, bastou retornar a ligação deles. Quando Cynthia soube que June Hennessey e sua equipe fariam uma gravação no apartamento de Nina na noite seguinte, passou a ter novo apreço por ela.

— Espere só até Bill ouvir isso!

June Hennessey era repórter da área cultural do Channel 4 para a região da Nova Inglaterra havia décadas e tornara-se, ela mesma, uma espécie de celebridade. Cynthia lembrou-se de ela ter sido a última pessoa a entrevistar Rose Kennedy antes de sua morte. Nina teria demonstrado espanto se os músculos de seu rosto não estivessem tão dolorosamente enrijecidos.

— Então corro o risco de ela acabar comigo também.

Cynthia teve a delicadeza de não rir.

— Algo me diz que seria preciso muito mais do que uma entrevista para acabar com a senhora.

Na tarde da gravação, Cynthia não chegou com sua roupa de enfermeira como sempre: surgiu com uma calça preta justa, uma suéter roxa colada ao corpo e com um batom alegre cor de malva. Nina preferiu não comentar os esforços de Cynthia e tratar June Hennessey, os dois cameramen, o produtor magricela e nervoso e o técnico de som com indiferença. Microfones e grandes refletores foram montados, bem como uma espécie de painel para refletir a luz. O rosto de Nina recebeu pó e blush, enquanto o produtor se mantinha sentado de braços cruzados, dando ordens a todos. Mas só o que importava a Nina, sentada no sofá e apoiada em uma porção de almofadas de veludo por insistência de Cynthia, era o fato de ter sua resposta pronta. Quando June Hennessey, sentada a seu lado, perguntou "Não é surpreendente que o colar de âmbar que combina com suas joias se encontre aqui, nos Estados Unidos, e não na Rússia?", Nina respondeu de imediato:

— É misterioso, reconheço. Mas estou certa de que isso acontece com frequência. Conjuntos de joias que combinam entre si, ou qualquer outra coisa, por que não?, podem se separar após um furto e acabar sendo vendidos em lojas de penhores, ou... podem se separar por desespero, por suborno... quem sabe? — A luz brilhante que vinha da direção do primeiro cameraman incomodava seus olhos.

— Suborno — repetiu June Hennessey com um tom dramático de voz, e Nina percebeu que ela queria explorar esse filão.

— Na União Soviética era assim que se realizavam muitas transações.

June Hennessey assentiu com a cabeça de modo que o segundo cameraman captasse sua reação.

— A senhora mencionou furto. Crê que o pingente tenha sido furtado?

— É muito provável. A pulseira e o anel pertenciam à família do meu marido e me foram dados por ele. Durante a guerra civil, muitas das coisas que a família possuía despareceram. — Pelo menos esta última parte do que disse, pensou Nina, é verdadeira.

— Que história trágica — disse June Hennessey, forçando uma expressão de surpresa, e o segundo cameraman deu um zoom em seu rosto. — Seu marido perdeu a vida mas não foi na revolução, foi? Ele...

— Segundo registros oficiais, foi.

— Terrível. Terrível de verdade. — June Hennessey sacudiu a cabeça e as ondas de seus cabelos cuidadosamente arrumados moveram-se, duras de laquê, de um lado para o outro. — E quando a senhora fugiu, essas joias absolutamente *deslumbrantes* vieram com a senhora, não?

— Elas vieram comigo da Rússia em uma situação de grande perigo e dificuldade. — Nina ouviu o primeiro cameraman se aproximar para um close.

— Em certo sentido, elas são recordações, não? — As sobrancelhas de June Hennessey ergueram-se em uma expressão emocionada. — Elas não apenas são incrivelmente raras e absolutamente *deslumbrantes*, sem falar de seu extremo valor. Mas para a senhora elas possuem um valor afetivo também. Foram da família do seu marido, e quando ele partiu, só lhe restaram as joias de âmbar que ele lhe deu?

June Hennessey parecia emocionada com sua "descoberta". Com a voz quase inaudível, Nina disse:

— Sim. Foi tudo o que restou de meu marido.

O ANO É 1947. Ela tem 21 anos e está no Bolshoi há três. Cinco, contando os anos da guerra, quando foi uma das que haviam ficado para dançar; o resto do Bolshoi tinha sido levado para uma cidade perto do Volga. Naquela época, Nina era uma das duas únicas formandas contratadas para o corpo de baile, um sonho que se tornara realidade, ainda que não fosse uma surpresa.

Afinal, Nina havia se sobressaído desde o momento em que entrara para a escola de balé. Jamais se queixara das estafantes repetições, dos dez anos de *pliés* e *relevés* e de manter as nádegas rijas todo o tempo. ("Imagine que está segurando um bilhete de bonde lá", dissera o professor logo na primeira aula, "e nunca mais o deixe cair!"). Dez anos de *chassés* atravessando o palco de madeira gasta e escurecida com pontos manchados pelo encanamento; dez anos de janelas embaçadas pelo suor. Sempre alguma dor em alguma parte do corpo. Desde aquele primeiro ano com outras menininhas vestidas de branco, obrigada a se curvar em cortesia toda vez que cruzava com um adulto no corredor, anos de *collants* negros ou rosa pálidos (para revelar todas as linhas e sombras dos músculos da perna). Nina suportara os duros comentários de seus instrutores de balé, suas constantes e minuciosas correções, os leves toques aqui e ali — os ombros um pouco mais para trás, o queixo erguido exatamente assim — , e havia ficado exultante de alegria com sua aprovação, com o sorriso de satisfação deles ante suas rápidas piruetas e seus saltos. Pediam a ela que demonstrasse um *saut de basque*: "Nina, mostre à turma o que eu quero dizer." O simples fato de eles sempre se lembrarem do nome dela significava que lhes causava boa impressão. Mesmo quando era bem pequena, sem família ou pessoas de sua relação que pedissem por ela, Nina era sempre selecionada para cenas de dança nas óperas, ou para os balés em que havia papéis para crianças — um ratinho, uma flor, um pajem. Enquanto isso, seus músculos se fortaleciam, seus tendões se alongavam, ela crescia esguia, com a coluna dorsal flexível, exibindo em cada movimento seu domínio do equilíbrio, seu sentido de espaço. Mas era a dedicação, a ambição, a rígida autodisciplina que, em última instância, a diferenciavam das demais. Nina impressionava pela intensidade de concentração que provocava minúsculos rios de suor a lhe descerem pelo rosto, pescoço, braços, peito, por mais simples que parecesse o exercício. A tirania do próprio desejo de perfeição, de querer sempre fazer *melhor*, de, conhecendo os limites de seu corpo, tentar ir além, com as pernas tremendo por causa da fadiga. Em suas diagonais pelo palco, quase se arremetia contra as paredes. Continuava a treinar depois das aulas, até conseguir aterrissar dos *tours jetés* sem fazer ruído algum, a praticar piruetas tríplices até ficar com as faces vermelhas. Praticava até seu autógrafo, como se isso também pudesse lhe assegurar um futuro brilhante. Quando a guerra terminou, ela já era solista.

Ainda assim, quando pensa em todos os problemas que teve de superar, nas aulas por vezes humilhantes, nos exames extremamente rigorosos, nas frustrações ao se machucar (joelho direito sensível e um calo entre o quarto e o quinto dedos do pé), parece-lhe quase um milagre que, tendo começado a dançar naquele pátio empoeirado do prédio onde morava com a mãe, ela tivesse chegado aonde chegara. Naquela nova situação, conquistada com persistência, muito treino e algum bafejo de sorte do universo, podia ganhar a vida fazendo o que mais amava no mundo: dançar.

Dezembro, agora. A escuridão do inverno é como uma vela que se apagou. Durante um mês uma gripe deixou de cama vários bailarinos da companhia. Justamente quando era chegada a hora das infindáveis apresentações do *Shchelkunchik, o Quebra-nozes*, metade do corpo de baile tiritava de febre, lançando longe o muco que saía de suas narinas a cada pirueta. Esta noite, os três bailarinos principais estão doentes, e Nina, no último instante, vê-se dançando no papel da Fada do Açúcar, dando conta, com perfeição, do grande adágio. Teme, porém, que o público fique aborrecido com aquela substituição de última hora.

Seu coração continua a bater forte depois de fechada a pesada cortina, e ela retorna ao gelado camarim que divide com Polina, agora que ambas foram promovidas a primeiras bailarinas. Polina tem a idade de Nina, sardas no rosto, longos cílios e o pescoço fino e alongado. Esta noite ela dançou o papel da Rainha da Neve e tem purpurina por todo o cabelo. As duas despem as malhas apertadas e suadas com cuidado para não as desfiar. Um oficial do Ministério de Relações Exteriores havia requisitado duas bailarinas para uma recepção naquela noite e, na ausência das titulares, Nina e Polina vão dançar.

Somente depois da aula da companhia naquela manhã foi que o diretor explicou: uma delegação estrangeira na residência particular de um oficial do Partido, um carro com acompanhante viria buscá-las...

— É claro que vocês entendem que é uma grande honra dançar para nossos líderes.

Sim, é claro que ela se sente honrada. Os melhores bailarinos (bem como atores, escritores, cantores) apresentam-se frequentemente em eventos do governo e somente este ano Nina entrou para o nível mais baixo dessa categoria. Ela se recorda, enquanto se lava e se empoa, das palavras do diretor. Sabe que é seu dever dançar, sabe que tanto ela quanto Polina estão a serviço do Estado. Gostaria de não se sentir tão cansada, de não ser tão tarde da noite. Nesta semana ela já dançou o dobro do que geralmente dança. Suas sapatilhas de ponta, com uma crosta de breu, já estão quase rasgando.

— Estou tão animada! — diz Polina enquanto enfia meias cor-de-rosa e protetores de perna em sua sacola. — Só gostaria de ter alguma roupa melhor para usar.

— Seja como for, eles só nos verão com a roupa de dança mesmo. — Ao colocar seu único vestido bom, Nina também se sente malvestida. Na semana passada a mãe havia consertado seu casaco, escondendo com franjas as partes puídas dos punhos e da bainha, mas os cotovelos estão tão gastos que chegam a brilhar. Quando já estão de saída, porém, ela tem uma ideia.

— Ora, ora, de onde surgiu isso? — Já vestida com seu casaco também de cotovelos brilhantes, Polina arregala os olhos.

— O que você acha? — Nos ombros de Nina está uma estola de pele apanhada no depósito de fantasias. — Só estou tomando emprestada. — Ela roça de leve o queixo na cabeça do animal enquanto as duas, carregando cabides com suas fantasias, sacolas com suas sapatilhas de ponta gastas, meias, protetores para os tornozelos, álcool para esfregar nas pernas, batom e perfumes, encaminham-se para a rua, onde seu acompanhante, um homem soturno tremendo de frio em seu casaco de ombros altos, as aguarda.

A neve não para de cair desde o início da tarde e os flocos molhados já começam a se transformar em gelo. Polina fala sem parar sobre o tempo enquanto ela e Nina são transportadas em uma longa limusine ZiS negra. É a primeira vez que andam de limusine. Apenas uma vez antes dessa Nina entrou em um carro particular — bem antes da guerra, quando o primo de um amigo o estava visitando e levou-os para dar uma volta em seu velho Opel alemão. Ele deve ter ido para a guerra, pensa Nina, sentindo no peito aquela sensação vaga e desagradável que costumava sentir ao pensar nas pessoas que não via mais. Teria ele conseguido voltar para casa vivo, ou somente em um caixão de metal? Ou talvez ele agora fosse um dos mendigos que ela via nas ruas, com tocos no lugar das pernas. Nina sempre parava para dar a esses mendigos uns poucos kopecks. Ainda ouve em sua mente aquele verso bem conhecido: *Melhor retornar com uma manga de camisa vazia do que com a alma vazia.*

Chegam a um belo prédio de pedras cinzentas (bem diferente dos prédios descascados e telhados decadentes que se vê por toda parte). Logo são levadas para o aposento onde trocam de roupa mais uma vez — de novo as meias de seda, os tutus armados, as sapatilhas gastas recheadas de papel nas pontas. Dançarão variações do *O lago dos cisnes.* Apenas um ano atrás, os papéis mais importantes de Nina haviam sido a dança dos seis cisnes ou dos quatro filhotes de cisnes, mas este ano ela já tinha dançado o papel de um dos cisnes principais, além do *pas de trois* do primeiro ato, e da noiva húngara do terceiro. Porém ainda sonha deixar de ser uma das muitas bailarinas anônimas do corpo de baile que se apinham em fila ao longo do palco...

O palco desta noite é um enorme salão de baile feericamente iluminado, onde um estrado de madeira foi colocado sobre um chão de mármore reluzente como gelo. O coração de Nina bate com tanta força que ela teme ser ouvida pelas pessoas ali sentadas ao redor das mesas. Ela sente a boca seca e as mãos úmidas e pegajosas. Seus olhos captam, por um breve instante, pratos cheios de comida e círculos de homens em ternos escuros: autoridades, gente de poder. Nina tem a sensação de que seu coração vai sair pela boca. Vê também umas poucas mulheres, esposas em vestidos longos. Mas agora o pianista começa a tocar e todas aquelas pessoas se transformam, para Nina, em algo indistinto. Seu corpo, movendo-se como que por determinação própria, começa a dançar.

Só quando chega o momento de Polina dançar sozinha é que Nina, recuperando o fôlego, se dá conta do alto teto abaulado do salão de baile, do enorme bufê, da profusão de velas, luzes, flores. É como se a aridez de todos aqueles anos, o cansaço e a fome deixassem de existir. E pensar que esta é a *casa* de alguém. Ruídos de talheres e de louças, mesmo enquanto Polina está dançando. Enquanto a observam, uns convidados fumam charutos, outros enchem suas bocas de comida, mastigam e engolem, brindam com suas taças de vinho.

Nina sente que suas pernas estão ficando frias; uma corrente de ar está entrando por algum lugar. Mas agora é sua vez novamente, a adrenalina percorre suas veias e ela cuida para não tropeçar naquele palco improvisado e irregular. Pinc-plinc de pratos, bocas que mastigam, e o balé terminou. Nina e Polina curvam-se em reverências coreografadas antes de serem mandadas de volta para o camarim improvisado.

— Você viu a comida? — sussurra Polina, já desamarrando os laços de suas sapatilhas, com as meias sujas pela poeira do chão.

Nina indica que sim balançando a cabeça, enquanto seu estômago vazio reclama; ela não come há várias horas. Agora que se dá conta disso, sente-se subitamente faminta.

— Eu reconheci alguns deles — acrescenta Polina, tirando a fantasia. Seus braços e pernas têm manchas rosadas de frio.

Nina também tinha reconhecido algumas daquelas fisionomias: o vice-ministro das Relações Exteriores, com seus tufos laterais de cabelos brancos, e o diretor do Comitê das Artes. Mas eles estavam comendo, alguns quase sem dar atenção ao balé, ocupados em mastigar e engolir enquanto ela dançava...

— Agora eles já nos viram bem de perto — diz Polina entusiasmada, e Nina se pergunta por que não se sente assim. Não tinha o menor interesse em política, e o máximo que apreciava eram os desfiles militares e os shows aéreos. Frequenta as reuniões do Komsomol o mínimo possível; quando era menina, seu único interesse pelos pioneiros eram suas danças folclóricas e seus belos lenços vermelhos. Até mesmo nos dias de hoje precisa forçar-se a assistir às palestras marxistas compulsórias e raramente canta as canções do Partido com o resto da trupe nos ônibus que os transportam. O motivo é simples: o que tudo *isso* tem a ver com a dança?

Ela acaba de se vestir e um empregado bate à porta: Nina e Polina estão convidadas para a mesa do vice-ministro das Relações Exteriores.

Os olhos de Polina se arregalam, enquanto Nina rapidamente tira da sacola a estola de pele branca e envolve com ela o pescoço. Seu coração se põe a bater forte novamente enquanto elas são levadas de volta ao salão de baile. As luzes cintilantes dos candelabros fazem com que o lugar pareça mais aquecido. As pessoas dão a impressão de ter a cútis mais suave e ninguém ali parece pálido. Sentado a uma mesa com um pequeno grupo de pessoas, o vice-ministro, de faces avermelhadas, apresenta Nina e Polina aos convidados de honra. Eles são da Holanda, e a esposa usa um vestido cujo estilo Nina jamais vira. Seu tecido, quando a mulher se levanta para apertar as mãos delas, farfalha como folhas de choupo.

— Esta é Nina Timofeyevna Revskaya. Nossa Borboleta.

O vice-ministro deve ter lido aquele artigo do jornal, a crítica que a havia chamado assim na semana passada. "A leveza de N. Revskaya, sua aparente imponderabilidade e a extensão de seus saltos fazem com que por vezes ela pareça suspensa no ar. Cada movimento seu contém uma integridade que não é apenas física, mas também emocional: tanto da mente quanto do corpo."

Os visitantes dizem algo que a tradutora, uma mulher de rosto muito vermelho e cabelos brancos, transforma em um elogio à dança de Nina. Os sons daquela língua estranha deixam-na ansiosa; normalmente até uma rápida conversa com estrangeiros podia significar uma visita à polícia secreta. Mas Nina não consegue tirar os olhos daquela gente. São os primeiros ocidentais que ela vê de perto. As únicas cidades estrangeiras onde esteve, com o balé, foram Varsóvia, Budapeste e Praga.

— Para vocês — diz o vice-ministro muito alegre ao oferecer a elas duas taças de champanhe vermelho. Sua esposa, uma senhora rechonchuda com uma pele de raposa enrolada ao pescoço, emite um odor um tanto desagradável, porém familiar. Seria perfume? O perfume de Nina, Violeta da Crimeia, evapora tão logo ela o põe.

Agora todos à mesa erguem suas taças: "Um brinde à paz." Nina toca sua taça nas dos outros, mas não há comida em seu estômago para segurar o champanhe vermelho. É com alívio que se vê sendo levada com Polina ao bufê. Esta põe-se a soltar exclamações diante das carnes frias, das saladas, do esturjão defumado, dos pães brancos e pretos, dos *blinis* com caviar e creme azedo... maçãs assadas também, e no meio de tudo isso um enorme salmão comido pela metade. O estômago de Nina ronca, apesar de ela já estar acostumada à fome. O complicado programa de racionamento só terminou este mês. Sua mãe ainda faz render o leite acrescentando-lhe água, ferve cascas de cenoura para substituir o chá, e disputa no mercado umas poucas batatas apodrecidas, um nabo ou dois já passados de seu tempo de consumo. E agora tudo isso aqui... O homem que as acompanhara está longe e ninguém as observa enquanto elas se servem. Sentindo o aroma inconfundível de café, Nina pendura no ombro a delicada corrente de sua bolsa para poder, com as mãos livres, passar no pão manteiga de verdade. Até mesmo os talheres, pesados garfos, facas e colheres de servir, brilham de maneira surpreendente. Nina passa manteiga no pão. Passa tanta manteiga, tão ansiosamente, que suas mãos tremem. A faca escorrega de sua mão.

— Que sorte a sua! — exclama Polina quando a faca aterrissa no chão ruidosamente. — Isto quer dizer que um homem virá falar com você. — Polina é muito supersticiosa. — E eu também vou conhecer meu Príncipe Encantado esta noite. Sinto algo estranho dentro de mim que me diz isso.

Nina se abaixa para pegar a faca.

— Como é que você sabe que não é a gripe?

— Ah, eu sou bem capaz de perceber essas coisas. Posso sentir isso no ar. — Polina está sempre se apaixonando; para não captar essas coisas no ar, seria necessário que parasse de respirar. — Talvez você encontre o seu também — diz ela em um tom de voz de quem tem dúvidas quanto a esta possibilidade. Ela sabe que os únicos beijos que Nina já deu foram em balés, apertando secamente os lábios pintados contra os do *partner*. E embora, como bailarina, esteja acostumada a ser tocada por homens que a seguram, erguem e a lançam no ar, Nina raramente sente atração física por eles. Seus companheiros de balé tinham corpos de lutadores, coxas grossas de tanto se abaixarem para dançar a *prisiadka*, peitorais volumosos de tanto carregar as bailarinas. Andrei, seu *partner* no adágio, tem pernas como as de um carneiro. Às vezes ele contrai os músculos das nádegas só para fazê-la rir.

— Está vendo alguém interessante? — pergunta Nina, já sabendo a resposta. Grande parte dos homens de idade próxima às delas haviam sido destruídos pela guerra. Os únicos jovens e saudáveis que Nina vê são os bailarinos, e mesmo alguns desses já perderam os dentes com escorbuto. Outros tinham morrido no campo de batalha ou foram exilados, como foi o caso dos que, por azar, possuíam nomes alemães. As fantasias românticas de Nina são fantasias infantis com corajosos paraquedistas, aeronautas ou mergulhadores de águas profundas, ninguém que ela já tivesse conhecido. Ela olha para os grupos que conversam no salão, militares, oficiais do Partido, membros do secretariado, todos com, no mínimo, o dobro de sua idade. O serviço de sobremesa começa formalmente: *petit fours* e bolas de sorvete. Nina identifica os diplomatas estrangeiros, visivelmente reconhecíveis por seus ternos bem-cortados e por suas cabeleiras. Todos comem, satisfeitos. Não há a menor possibilidade de um daqueles homens ser o Príncipe Encantado. Uma lei recente tornou ilegal o casamento com não soviéticos.

Seus compatriotas, quando comparados aos estrangeiros, têm uma aparência decadente, com seus ternos malfeitos, e malcuidados, suas calças caindo em dobras nos tornozelos. Nina observa a esposa holandesa que, com seus sapatos limpos e seu vestido elegante, é tão diferente das esposas russas com suas velhas estolas e seus vestidos de veludo.

— Você conhece alguém? — pergunta Polina com o queixo empinado.

— Não. Ah, bem, aquele ali é Arkady Lowny, assessor do ministro da Cultura. — Bochechas que parecem dois presuntos cozidos cor-de-rosa na vitrine do Gastronom. O homem circula sem parar, com um inexplicável sorriso no rosto, como se tivesse acabado de receber boas notícias, mas suas mãos, Nina percebeu, estão sempre tensas. Ele se aproxima delas com um sorriso forçado.

— Boa noite, senhoritas. — O homem joga os cabelos para o lado com as mãos trêmulas.

Polina diz, alegre:

— Que bom vê-lo! — Está visivelmente aliviada por conhecer alguém ali. Os dois prontamente se põem a conversar sobre amenidades.

As sardas de Polina desaparecem quando ela enrubesce. — Oh, não, só você mesmo! Não, não me diga! Não duvido nada!

A um passo de distância de Nina dois outros casais conversam. Uma das mulheres lhe é remotamente conhecida. É Ida Chernenko, a famosa domadora de animais selvagens, mais velha ao vivo do que nos cartazes. A outra mulher é mais jovem, tem o busto bem-feito e longos cabelos louros caindo em uma onda. Uma de suas mãos está logo acima dos quadris, o que acentua a cintura fina. Como muitas das mulheres ali, ela usa um anel com uma grande pedra oval no dedo indicador, e um colar de contas de âmbar. O homem a seu lado é diferente dos demais: mais jovem e alto, ao invés de troncudo como a maioria. Certamente não é moscovita. Ele está contando uma piada; Nina percebe isso pela expressão de Ida e do outro homem — os cantos das bocas já voltados para cima, os olhos sorrindo, na expectativa de um final engraçado. Ida usa um enorme pingente em uma corrente, e quando o homem acaba de contar a piada, ela ri tanto que o pingente saltita em seu peito como uma pequena cabeça decepada.

— Basta, por favor — diz o outro homem com as bochechas vermelhas de tanto beber ou de tanto rir. — Suas piadas sobrecarregam meu fígado.

A mulher mais jovem apenas sorri de um jeito elegante, divertido. O homem atraente deve ser seu marido. Queixo quadrado, nariz aquilino, cabelos espessos e brilhantes. Tem as pernas longas e seu terno possui um caimento refinado. Este não deve ter lutado na guerra: sua aparência é saudável e feliz.

Ele nota que Nina o encara fixamente e olha para ela. Um sorriso simpático espalha-se em seu rosto. Ele está prestes a se dirigir a ela quando...

— Oh, que bom que você ainda está aqui! — Lida Markova, diretora do Arquivo Nacional de Literatura e Artes sorri alegremente para Nina. Uma mulher enorme, com cabelos arrepiados e um vozeirão retumbante. Tem nas orelhas brincos de contas de vidro. Lida ama o balé e sempre procura a companhia das bailarinas mais novas, que não são tão inacessíveis quanto as estrelas mais consagradas. — Foi maravilhoso vê-la dançar esta noite!

— Obrigada. Fico feliz em vê-la aqui. — Nina tenta ver se o homem ainda está olhando para ela.

— Eu simplesmente adorei vê-la em *Copélia* no mês passado. Você tem tanta leveza! — Nina dançou o papel da "Prece" (embora sonhe um dia dançar o papel de Swanilda). — É o meu balé predileto porque tem um final muito feliz. Simplista, suponho, mas um final feliz não é tudo que queremos na vida?

— É! — Nina ri. Mas por cima do ombro de Lida ela vê, com uma súbita tristeza no coração, que o homem atraente não está mais lá.

— É tão maravilhosamente cômico! — diz Lida. — Até mesmo o vilão acaba feliz.

O odor de Lida é o mesmo da mulher do ministro. É um cheiro forte, algum tipo de perfume, de flores mortas misturadas com frutas maduras demais. Há algo que lhe é familiar naquele cheiro, um cheiro que Nina já sentiu antes.

— Oh — diz Lida —, lá está meu marido fazendo sinais para mim. — Ela faz um sinal para ele e a cabeça do animal na estola de pele que lhe cobre os ombros parece acenar também. Nina percebe que a estola está ligeiramente desgastada.

É este o cheiro de que estava tentando se lembrar. O de um roedor morto.

Nina olha, um pouco desanimada, para sua estola de pele que tomou emprestada e a acaricia levemente.

Em um quase sussurro, Lida diz:

— Hora de irmos embora.

— Já? — Nina ainda nem provou das sobremesas, e serve-se rapidamente de uma xícara de café. Mas Lida encerra a conversa:

— Boa noite. — E apressa-se em ir ao encontro do marido.

Em pequenos goles apressados, Nina toma seu café e vê que os outros membros do Partido estão também indo embora. Uma partida em massa, como se fosse coreografada, os homens com os seus chapéus diários e seus casacos da mesma loja de Moscou, e as esposas com seu cheiro de casaco de peles velho. Como em *Cinderela*, quando o relógio bate meia-noite. O café tem gosto de chicória.

Perto de Nina, uma mulher dá ordens ríspidas a um empregado siamês. Talvez a casa seja *dela*, não do vice-ministro das Relações Exteriores. Ou talvez aquele lugar seja também uma espécie de teatro, como o Bolshoi, grande e luxuoso para encenações, e agora o público estava sendo posto para fora. Nina percebe que as cortinas da janela à sua frente estão puídas, e que o vidro está rachado.

— Nyet! — diz a mulher ao empregado, que se afasta às pressas, parecendo confuso.

É então que Nina vê Polina saindo com Arkady Lowny. Provavelmente o homem alto e atraente também se foi com sua esposa de belas curvas. Nina passa apressadamente mais manteiga em um pedaço de pão e o come, faminta.

Algo lhe parece errado também com a comida agora. O salmão e o esturjão foram reduzidos a pedacinhos e uma longa mancha vermelha ocupa o lugar que antes era das sobremesas. De uma grande tigela de madeira com uma pirâmide de tangerinas Nina tira uma do topo e a esconde na palma da mão. A fruta se acomoda perfeitamente ali, com sua pele lisa, fresca, de cor uniforme; as únicas coisas que ela vê desta cor laranja no inverno são as fantasias da Pastoral do *Shchelkunchik*. Pensa na mãe, em casa, no mesmo pão preto de sempre, na mesma sopa de repolho, em sua velha sacola de compras com umas poucas batatas mirradas. Um rápido olhar à volta, e Nina deixa a tangerina cair em sua bolsa. Fecha-a e logo pega outra tangerina, corta a pele com a unha do polegar, sentindo seu cheiro forte e ácido. Erguendo-a até o nariz, ela inspira o perfume da fruta.

— Deve ser bom para congestão nasal, não?

O homem, o alto, está a seu lado. Nina sente o coração disparar, sem entender o que se passa. Mas consegue tirar calmamente um pedaço da casca e o entrega ao homem.

— Aperte só um pouquinho.

Ele pega cuidadosamente o pedaço de casca da mão dela, como se fosse uma folha de ouro. Em seguida dobra-o um pouco e o aproxima do nariz, fechando os olhos. Ao observar as narinas dele e seus lábios se curvando ligeiramente, Nina supõe que o rosto dele fique assim quando dorme e tem sonhos agradáveis. Só em pensar nisso ela se sente como se estivesse vendo algo íntimo — íntimo demais para quem acaba de se conhecer. Ocorre-lhe, porém, que ele a tenha visto colocar a tangerina na bolsa. Quando ele abre os olhos, ela desvia os seus, temendo que ele pudesse notar que ela o olhava.

— Para você — diz ela, partindo a tangerina e oferecendo-lhe a metade. Eles comem os gomos em silêncio. O sumo doce se espalha pela língua de Nina e subitamente ela é tomada por uma clara sensação de estar em um lugar onde não deveria ter entrado.

Quando acaba de comer o último gomo, o homem sorri como se eles tivessem participado de uma brincadeira. É um sorriso surpreendente, de menino, de alguém absolutamente despreocupado. Nina nunca viu um sorriso desses em um adulto. Nunca. Um sorriso de quem jamais sofreu a dureza da vida, jamais sentiu fome. Até mesmo o jeito como os dentes dele sobem um pouco uns sobre os outros a agrada, porque é a única coisa que ela vê nele que não está em ordem. Acha isso atraente, esse leve desalinho.

Por isso, talvez, decide que pode fazer perguntas a ele, e fala bem baixinho:

— Por que todo mundo está saindo ao mesmo tempo?

O homem parece prender o riso.

— É a primeira vez que você participa de um evento deste tipo? Entendo sua surpresa. — E, com a voz mais baixa ainda, ele acrescenta: — É sempre assim: cumpra seu dever de comparecer, embebede-se o quanto puder e saia logo que se encher de sobremesa.

A fala franca do homem lhe dá coragem.

— Mas os homenageados são da Holanda...

— Tenho certeza de que você sabe disso: nada de fazer amizade com estranhos. — Novamente ele tem no rosto uma expressão de quem contou uma piada.

— Ah, Viktor Alekseyevich, cá está você!

Em sua direção vem Vladimir Frolov, da Sociedade de Divulgação do Saber Político. Presença frequente nos espetáculos de balé, é um homem baixo e compacto, alegre e com uma cara gorda e simpática. Cabelos repartidos no meio da cabeça, já embranquecendo nas têmporas.

— Eu o procurava para parabenizá-lo. Oh, boa noite, Borboleta. Ainda está aqui? Que maravilha! — Ele ergue a mão de Nina, a que poucos minutos antes segurava a tangerina, para beijá-la, enquanto Viktor diz:

— Concordo. É uma maravilha.

— Você sabia — pergunta Frolov a ela — que o nosso querido amigo aqui recebeu excelentes críticas por seu último livro? — Nina não ousa perguntar que tipo de livro. Ao que parece, ela deveria saber. — Excelentes críticas — continua Frolov. — Estou ansioso por ler o livro. Nina, cuidado com este homem. É um poeta de talento devastador.

Nina diz a primeira coisa que lhe ocorre:

— Você não tem jeito de poeta.

O homem chamado Viktor ergue as sobrancelhas.

— E qual deve ser o jeito de um poeta?

— Um jeito sonolento. — É o que lhe vem à mente. Viktor e Frolov riem. — Meio aéreo, quero dizer. Como se vivesse em outro mundo.

— Você é que parece de outro mundo — exclama Vladimir Frolov. — Não é mesmo, Viktor?

Viktor concorda com um lento aceno da cabeça.

— Como se tivesse singrado para este em uma balsa de estrelas — diz.

— Está vendo? — diz Vladimir Frolov com os olhos comicamente arregalados. — Ele é realmente um poeta.

— Ou talvez apenas brinque com as palavras — diz Nina.

— As palavras é que brincam *comigo* — retruca Viktor. — Às vezes nem me deixam dormir.

— Bem — diz Nina —, eu também lhe dou os parabéns pelo novo livro.

— Vou dar-lhe um exemplar.

— Oh, receio não ter tempo para ler. — Embora fosse verdade (o balé toma todo o seu tempo), ela teme ter parecido rude, e acrescenta: — Eu adorava ler quando era pequena, mas agora mal tenho tempo para as notícias da rua Gorky.

— Vamos ter que mudar isso.

Frolov parece aborrecido por ter ficado fora da conversa por uns instantes.

— Mais do que poeta, está vendo? — diz ele. — O homem não é só bom de ouvido. É bom de vista também; viu como foi rápido em encontrar a mulher mais bonita do salão? Mas eu o proíbo de monopolizá-la. Venham comigo os dois. Vou levá-los para um passeio na neve!

Ele os conduz para longe da mesa, em direção a um pequeno grupo de pessoas. Nina sente-se pouco à vontade em meio a tantas pessoas que não conhece: uma é cantora de ópera, outra é funcionária pública, como Frolov, e trabalha no Conselho Central dos Sindicatos. Tem uma cabeleira armada e bochechas rosadas. A esposa de Frolov, que parecia uma figura saída do passado, usa um vestido longo de renda preta e porta um *lorgnon* de ouro. Há ainda outro homem, mais alto e mais troncudo, com um bigode amarelo e aparência embriagada. É ator do Teatro de Arte de Moscou.

— Boa noite — disseram-se todos, com uma alegria artificial, mas tornada convincente pela prática. Nina se dá conta, surpresa, de que pela primeira vez na vida se encontra em um pequeno grupo de privilegiados. A simples espontaneidade daquele encontro, pois não estavam ali representando formalmente instituição alguma, é um privilégio.

— Sim, sim, agasalhem-se bem e vamos saindo — diz Vladimir Frolov, tirando do bolso uma chave e balançando-a no ar.

Nina apanha sua sacola, sua fantasia e seu casaco e segue o grupo. A rua está absolutamente branca. A neve cai incessantemente já há bastante tempo e agora os flocos são minúsculos, como um pó cintilante.

— Oh! — Nina escorrega no gelo. Decepciona-se por ser o ator grandalhão, e não Viktor, quem a ampara.

— Você é leve como uma pluma — diz o homem, e ela sente um forte cheiro de álcool no hálito dele.

— Aqui estamos. — O rosto de Vladimir se acende de orgulho. Diante deles, um grande Pobeda negro coroado de neve recente. Os homens retiram a neve passando as mãos enluvadas na capota até o carro ficar limpo e reluzente. Frolov abre a porta traseira e exclama: — Entrem, entrem!

Três dos convidados se apertam no assento dianteiro, e por um instante Nina teme que Viktor seja um deles. Mas não, ele ainda está ali, e ela se senta a seu lado no banco que cheira a fumo. Ela imagina a repreensão que ouvirá da responsável pelo guarda-roupa do Bolshoi por ter amassado a fantasia de qualquer jeito sob seus pés. No outro lado de Viktor estão o homem da vasta cabeleira e sua esposa. Muito tranquilamente, o escritor envolve com o braço os ombros de Nina. Ela fica chocada; o máximo que um homem ousa fazer em público é segurar uma mulher pelo braço. Mas o rosto de Viktor nada demonstra. É como se seu braço estivesse apoiado no encosto de uma cadeira e não nos ombros dela, cobertos pela estola branca de pele. Nina decide fazer de conta que não percebe.

Faz frio dentro do carro, e o hálito dela embaça o vidro. Frolov gira a chave e dá partida no motor. Embora as ruas e as calçadas tenham sido limpas mais cedo, uma nova camada de neve já se acumulou. Agora o motor ronrona tranquilo. Frolov faz uma manobra rápida e logo o carro se põe a caminho do centro da cidade. Nina se deixa embalar levemente, ora em direção à porta, ora em direção a Viktor. Os outros emitem "ahs!" e "ohs!" ante a beleza da noite cintilante e as manobras sinuosas de Frolov.

Nina olha pela janela e, pela primeira vez, acha a cidade bonita. Na maior parte do ano ela lhe parece feia, sempre recoberta por uma fina camada de lama ou poeira marrom-acinzentada. A neve a havia tornado agora limpa e reluzente.

— Moscou nunca é tão linda como quando está toda coberta, não é mesmo? — diz ela baixinho, para que só Viktor ouça.

— O oposto de uma mulher — diz Viktor. Também ele fala quase que em sussurro, seu hálito morno na orelha dela. — Nossa cidade fica melhor quando tudo está coberto, e uma mulher fica mais linda quando nada atrapalha a visão.

Nina sente uma tensão na nuca. Que ousadia a dele insinuar-se dessa maneira. Mas se deixa levar por seus instintos e tira dos ombros a estola de pele, colocando-a no colo, onde a dobra do seu casaco se abre em um V. Ao fazer isso, demonstra uma expressão de enfado, para o caso de Viktor estar observando sua reação. Ele move a mão levemente para a frente. Nina sente as pontas dos dedos roçarem seu pescoço, acariciando sua pele. Uma onda de calor lhe perpassa o corpo, enquanto Vladimir faz um comentário alto para que todos o ouçam:

— Não há nada mais maravilhoso do que isto! Nada mais maravilhoso do que dirigir na neve recém-caída!

Ela sente vontade de olhar para Viktor, mas não quer virar a cabeça na direção dele. Com a visão periférica, ela vê que ele continua a olhar para a frente, como se ela nem estivesse ali.

Frolov e os outros riem de alguma coisa, e Nina percebe que estão agora na Arbat, passando lentamente por cinemas, livrarias e lojas. Faixas onde se lê "Alcance e Supere" tremulam, tensas, ao vento. Já é tão tarde que apenas policiais à paisana estão na rua, parecendo abandonados sob rajadas de neve. Nas vitrines veem-se árvores de ano novo cobertas de enfeites prateados em forma de estalactites e imagens reluzentes do Papai Noel. Com as decorações a cintilar, toda a rua parece saída de um conto de fadas. Apesar de os alto-falantes tocarem sem parar, a música é abafada pela neve e os sons parecem vir de longe.

O homem bêbado no banco da frente murmura a letra de uma canção que Nina não conhece. Ela não está embriagada nem poderia estar, por causa do balé. E Viktor, pergunta-se ela, estará embriagado? É isso que lhe dá coragem para colocar os dedos onde estão agora, acariciando sua nuca, tão de leve que parecem ter acabado de pousar ali. E aquela mulher loura, de belas curvas?

No banco da frente, a cantoria do homem é cada vez mais alta. Ele passou agora para uma canção do fim da guerra, "Glória ao Camarada Stalin". Nina sente-se tensa; a embriaguez do homem faz com que a canção soe um pouco como zombaria.

— É uma pena que não seja a nossa amiga cantora de ópera a cantar — dizia o homem ao lado de Viktor, pigarreando, já um tanto aflito. O bêbado continua a cantar desafinado.

Frolov, claramente ansioso por deixar todos à vontade, pede uma nova canção: "A cobra verde sempre leva a melhor conosco." Ele precisa elevar a voz para ser ouvido. Mas parece que o homem percebe o problema, pois passa a cantar uma canção folclórica e vai aos poucos silenciando.

A neve volta a cair forte, agora em flocos bem grandes. O Pobeda corre pelas ruas cobertas de branco, mas Nina sente-se segura apesar da velocidade, daqueles estranhos no carro e dos dedos de um homem em seu pescoço. É curioso como se sente protegida, amparada pela neve, pelas calçadas reluzentes, pelo aconchego e pelo absurdo de todos aqueles corpos apertados em um carro, esbarrando-se uns nos outros a cada curva em uma congregação improvável como a de personagens de uma piada.

Agora o Pobeda diminui a velocidade e desliza pela Praça Vermelha, que está toda iluminada. Na praça enorme e vazia veem-se pobres soldados congelando em cada esquina, outros guardando o túmulo de Lênin. Passam pelos muros do Kremlin.

— A neve está caindo cada vez mais forte — diz a mulher do banco da frente. — Vejam só como os flocos estão espessos!

Mas Nina tem o olhar fixo adiante, na extremidade sul da praça, onde a Catedral de São Basílio, maravilhosa e absurda, parece um amontoado de bombons em uma vitrine. O resto da cidade pode ainda estar em ruínas, mas a São Basílio parece ofuscante, recém-restaurada, com seus domos de listras coloridas em circunvoluções.

— Alguém fez isso — diz ela, surpresa. — Foram pessoas que fizeram isso. — A sensação de descoberta é genuína; nunca lhe ocorreu essa ideia tão claramente, de maneira tão precisa. Ao ver toda aquela beleza em meio a uma nevasca tão incrível, ela se dá conta de que aquilo é produto da criação humana.

É neste momento, quando o carro passa lentamente diante da São Basílio, que Viktor retira a mão do pescoço de Nina.

Ela sente que ele ajeita um cacho de seus cabelos por cima da orelha. Então ele a toca outra vez, já não mais no pescoço. Com um leve movimento, escorrega a mão sob a estola de pele que está no colo dela, bem onde os lados de seu casaco se juntam, e logo seus dedos penetram as dobras do tecido e pressionam lentamente seu vestido entre as pernas. Ela sente as costas da mão dele, os dedos a abrir suavemente suas coxas. Nina prende a respiração, mas permanece em silêncio.

O carro derrapa para a direita, e Frolov dá um grito, excitado. O casal do banco de trás dá gargalhadas quando ele faz um zigue-zague indo em direção à ponte. Nina fecha os olhos, alarmada com a nova sensação dentro dela e encosta a cabeça no ombro de Viktor.

— Aha! — exclama Frolov. — Vejam o que este carro é capaz de fazer! — As outras mulheres dão gemidos, enquanto Nina engole em seco para prender os seus.

No banco da frente, o bêbado começa a protestar, dizendo que não se sente bem.

— Agora chega! — Nina o ouve falar, e Frolov diz:

— Então está bem. Vou parar. — Ele reduz a velocidade.

Nina fecha os olhos novamente, dominada por uma nova sensação. O casal ao lado de Viktor está discutindo sobre alguma coisa relativa às sobremesas da recepção, enquanto o bêbado, na frente, continua a reclamar. Nina sente seus quadris se enrijecerem, sua respiração ficar ofegante. Já não tem controle sobre o que está acontecendo. A sensação vai aumentando, ela sente um vazio no estômago e, sem pensar, agarra a outra mão de Viktor. Apertando-a firmemente enquanto o carro segue adiante, ela faz um esforço sobre-humano para dar a impressão de que nada está acontecendo.

Quando deixam o bêbado em casa, Nina solta a mão de Viktor e recolhe a sua. A outra mão dele move-se quase que imperceptivelmente, abrindo-se para que a palma descanse sobre a coxa dela. E lá ela permanece até que a pulsação de Nina vai aos poucos se aquietando. Frolov para diante do prédio do casal mais velho e segue adiante para deixar a cantora de ópera em casa. A essa altura as batidas do coração de Nina já voltaram ao normal.

— E você, Srta. Borboleta? — pergunta Frolov já seguindo adiante. — Onde devo deixá-la?

Nina dá a ele um endereço, não do prédio onde ela mora com a mãe, mas o de outro, em uma rua maior, adjacente à dela. A mão de Viktor retorna ao colo dele. Nina se ajeita no banco e acerta com as mãos os cabelos desalinhados.

— Cá estamos! — exclama Vladimir Frolov alegremente, reduzindo a velocidade do carro até parar.

Nina pega a estola de pele e a enrola no pescoço. Não tem vontade de sair do lado daquele homem cuja existência ignorava até poucas horas atrás. É a primeira vez na vida em que se sente assim, a primeira vez em que deseja sentir o corpo de outra pessoa contra o seu, a primeira vez em que aquele calor dentro dela assumia existência própria.

— Boa noite — diz ela despedindo-se, enquanto Frolov sai do carro e abre a porta para que ela saia.

— Sem dúvida alguma — responde Viktor segurando a mão dela, não pela palma, mais acima, de modo que seus dedos a prendam pelo pulso. Nina nada mais consegue dizer, atônita com o que ele havia feito a seu corpo. É claro que ele pode sentir sua pulsação.

Ele beija sua mão, mas o faz na palma, já quase chegando ao pulso, enquanto Frolov abre a porta. Nina se solta suavemente da mão dele, pega sua sacola e sua fantasia que estavam amassadas no chão do carro. A encarregada do guarda-roupa reclamará muito amanhã. Nina encontra sua voz novamente para agradecer a Frolov.

— Boa noite — repete enquanto ele retorna ao carro. Ela então caminha em direção ao prédio que não é o seu, onde um guarda, de pé, vigia o que se passa. O carro se afasta rapidamente levando Viktor, e Nina passa a mão de leve pelo pescoço, sentindo o pelo macio da estola emprestada; ele está bastante arrepiado, como se tivesse atravessado um temporal de granizo.

São quase 5 horas da manhã. Nas calçadas velhas senhoras amontoam a neve e quebram o gelo com pesadas pás. Usam botas de feltro e casacos de algodão puídos, e não levantam a cabeça para ver Nina passar. Nina dobra a esquina e entra no beco que conduz à sua casa, onde a neve se acumula rapidamente. Há luzes fracas nas janelas do seu prédio; num lugar onde mora tanta gente, há sempre alguém com a luz acesa, fazendo alguma coisa.

Nina olha para trás e aprecia, ainda uma vez, a rua cintilante. As luzes e a neve deixam tudo limpo e puro. Ainda ouve o infindável ruído das velhas a raspar o chão com suas pás e a quebrar o gelo, decididas, chip, chip, chip... Nina pensa novamente, como passará a pensar a partir de então: minha cidade fica mais bonita no inverno, quando tudo se esconde sob a neve.

Lote 20

Colar de Pérolas do Mar do Sul, composto de 29 pérolas brancas com leves tons rosados, graduadas em tamanhos de aprox. 10,28 a 14,10 mm, completado por esfera em ouro branco de 18k com diamante, com. 18 5/8 in. $30.000 — 35.000

CAPÍTULO 4

O âmbar é uma das raras gemas orgânicas, formado não pela mão do homem, mas pela natureza. Trata-se, em termos específicos, de resina de pinheiro fossilizada e oxigenada, contendo, com frequência, resíduos de natureza biológica. Na Lituânia é conhecido como *gintras*, que significa "proteção", pois acredita-se que ele protege contra o mau-olhado; de fato, em meados do século XIX, europeus usavam "especímenes" (âmbar com insetos fossilizados ou outros fósseis da floresta preservados em seu interior) como amuletos para protegê-los dos perigos da vida.

Instalada em seu sofá, no canto mais próximo do velho aquecedor barulhento, Drew acrescentou a palavra *amuleto* a suas anotações e a sublinhou duas vezes, não tanto por pensar que aquilo pudesse levá-la a descobrir alguma coisa, mas pela ideia de que uma simples conta pudesse proteger alguém dos perigos da vida. Achou aquilo interessante. Embora não se considerasse supersticiosa, pensava em seu anel de granada como uma espécie de amuleto. Costumava tirá-lo do dedo quando cozinhava, limpava o apartamento e à noite, para dormir, mas jamais saía de casa sem ele, a ponto de, mais de uma vez, ao sair de casa apressada e dar-se conta de que o havia esquecido, voltar correndo para enfiá-lo no dedo, ainda que estivesse atrasada. Na verdade, nada realmente terrível lhe havia acontecido, antes ou depois de ter comprado o anel. Mas são tão poucas as coisas que se pode controlar na vida, que a joia de granada em seu dedo lhe dava certa tranquilidade.

Drew se ajeitou na almofada e tomou um gole de bebida, um dedo de bourbon em um copo pequeno. A cor do bourbon era exatamente a mesma do pingente de âmbar, sem, é claro, a surpresa que este continha, um espetáculo um tanto chocante. Drew lembrou-se da pulseira e dos brincos de Nina Revskaya, pensando se não haveria ainda outras peças do conjunto original. Em caso positivo, e se outras pudessem ser encontradas, talvez fosse possível, ainda que improvável, encontrar algumas das respostas vindas de outra direção. Queria ter a mente aberta para essas outras possibilidades e reunir o máximo possível de informação sem descuidar dos pormenores. Precisava estar aberta para qualquer pista que surgisse, por menor que fosse.

> Chamado às vezes de "ouro da Lituânia", o âmbar é encontrado principalmente em regiões do Báltico, ao sul da Finlândia e da Suécia, e a leste e norte de Gdansk, e aparece não apenas no litoral do Báltico como em florestas da Dinamarca, da Noruega e da Inglaterra. O âmbar também pode ser encontrado por meio de mineração: cava-se uma saibreira em mina de areia glauconita com equipamento a vapor e dragas. O âmbar é separado por lavagem e então lentamente torneado em máquina própria. Na Ucrânia, é encontrado em florestas pantanosas próximas à fronteira de Volyhn-Polesie e apresenta-se em uma variedade de cores, como se pode ver na "sala do âmbar", recentemente restaurada no palácio de verão de Catarina a Grande, em Tsarskoye Selo.

"Minas específicas... localizáveis?" Drew gostava do som de sua caneta arranhando o caderno de anotações. Sentia a vibração da escrita em sua mão. Era uma velha caneta de cartucho recarregável que ela, milagrosamente, conseguia não perder. Gostava de senti-la em sua mão, sólida, confiável, real — a realidade de Drew e de sua caneta no mundo.

> Dentre todos os lugares onde o âmbar pode ser encontrado, nenhum supera a região de Kaliningrado, na Rússia, na qual ondas do mar Báltico levam para a praia o âmbar que retiram das profundezas do oceano. Quando a maré está baixa, catadores usam redes e ancinhos para revolver a areia em águas rasas em busca de âmbar preso em sedimentos e em algas.

Drew lembrou-se novamente daquelas pedras densas e lisas engastadas — o que era incomum no caso de joias de âmbar — em delicado trabalho em ouro representando vinhas entrelaçadas. Era uma combinação surpreendente: um intricado trabalho artístico cercando globos formados pela natureza. Ela se perguntou se alguém teria encomendado tal trabalho, ou se o joalheiro tivera aquela inspiração. Passaram pela mente de Drew imagens de carruagens puxadas por cavalos a caminho de mansões no campo, viagens em trenós em campos de neve, homens cujos chapéus lhes cobriam as orelhas, mulheres com as mãos enfiadas em enormes regalos de pele. Desde que começara a trabalhar no projeto Revskaya, Drew vinha lendo Tchekhov, contos de um livro que comprara já nem se lembrava quando, e em cuja capa havia uma cena de inverno feita a bico de pena. Suas páginas, já amareladas, eram compostas em tipo pequeno e denso. Apesar de aquelas histórias terem sido escritas em outro tempo que não o seu, Drew sentia-se capaz de compreender perfeitamente os confusos mestres-escolas, as filhas relutantes prometidas em casamento, as viúvas que envelheciam e os camponeses pobres cujo principal infortúnio era serem humanos. Personagens que se apaixonavam e desapaixonavam, envelheciam ou morriam jovens. Havia lido uma ou duas histórias antes de dormir, e ao fechar os olhos tinha a sensação de ter estado lá com aquela gente, de ter sofrido suas pequenas agonias. Por vezes, quando já estava quase dormindo, deparava-se com a imagem de seu avô russo, com o rosto marcado pela vida, as espessas sobrancelhas e um sorriso maroto, tudo isso encimado por um grande chapéu de pele. Na verdade, Drew jamais tinha visto uma fotografia dele. Vó Riitta dizia ter possuído uma, que se perdera na mudança para os Estados Unidos.

Por sua alta concentração de ácido succínico, o âmbar do Báltico distingue-se de todos os outros. Quando recém-encontrado, tem uma cor amarelada, porém a oxidação ao longo dos séculos o escurece, dando-lhe um tom cada vez mais avermelhado. Os insetos frequentemente encontrados no âmbar do Báltico são testemunhos de terras pantanosas de eras passadas. A presença não incomum de borboletas indica peças originárias de pinheiros situados em campos gramados.

Borboletas. Isso teria sido perfeito para Nina Revskaya, pensou Drew. Se o conjunto de âmbar tivesse sido comprado especialmente para ela, seria apropriado que uma das gemas contivesse uma borboleta, ou algum tipo de inseto alado.

Mas não havia borboletas nas três peças que iriam a leilão. Pensando bem, quais seriam as possibilidades de alguém encontrar uma pedra de âmbar com o espécimen exato que tivesse em mente? E se encontrasse, quais seriam suas chances de ela estar disponível e de o preço ser viável? Antes da revolução, pessoas que possuíam grandes fortunas talvez pudessem encontrar tais coisas em viagens ou encomendá-las a um negociante, mas encontrar um conjunto daqueles na Rússia soviética, ou onde quer que tenha sido comprado... E Grigori Solodin, onde teria adquirido aquele pingente? Por que fazia tanta questão de permanecer anônimo? Ao sentir que sua frustração aumentava, Drew esforçou-se por não perder o foco. Mas logo se pôs a pensar em como teria sido a vida de Nina Revskaya na Rússia como artista famosa, a mais importante bailarina. Neste caso, pensou Drew, não haveria um motivo urgente para que ela deixasse o país, apesar das dificuldades pelas quais passava... Entretanto, deve ter acontecido algo terrível. Algo havia acontecido ao marido de Nina. Drew não tinha clareza da cronologia exata dos eventos. Teria Nina sido apanhada de surpresa? Certamente alguma coisa horrível já estaria em movimento. Foi por isso que ela partiu? Ou foi o desaparecimento de Nina que fez com que as coisas acontecessem?

Foi uma temeridade o que ela fez. Talvez não tivesse sido uma escolha sua; algumas das ações mais corajosas, pensou Drew, não são por escolha mas por instinto de sobrevivência. A história de Nina fazia com que a dela, Drew, parecesse trivial. Afinal de contas, nada realmente terrível lhe havia acontecido. Ela simplesmente se casara jovem demais, empolgada com a ideia de um romance que na verdade era pouco mais do que uma amizade, e tinha aterrissado em uma vida que não era a que desejava, não mais do que um dos presentes de casamento dos quais nunca precisara.

Drew tomou mais um gole da bebida e consultou o relógio. Dentro de uma hora encontraria seu amigo Stephen em um cinema de bairro em Somerville. Ele era uma das poucas pessoas que ela mantivera em sua vida. Houve um período meio difícil durante o qual ele insistira, sem sucesso, em ser mais do que amigo, mas Drew explicou-lhe por que isso seria impossível. Seria necessário algo além de amizade, um grande amor de verdade para levá-la a tentar de novo. E isso ela não sentia por Stephen.

O telefone tocou e ela estremeceu de susto. Pensou em não atender, mas depois imaginou que pudesse ser Stephen.

Era sua mãe. Drew sentiu um leve desânimo.

— Alguma boa notícia para me dar? — Sua mãe sempre perguntava isso e, com o passar do tempo, seu tom de voz parecia cada vez mais desanimado. Embora Drew soubesse que a mãe se preocupava com ela, com seu emprego mal remunerado e com sua insistência em permanecer solteira, sabia também que parte daquela preocupação devia-se simplesmente à vontade de ver a filha bem-sucedida em algum grau mensurável. A promoção de Drew ao posto de diretora adjunta resolveu o problema por algum tempo. Agora, aliviada por ter algo mais a oferecer, ela decidiu falar à mãe sobre seu progresso no projeto Revskaya.

Mas sua mãe perguntou algo completamente inesperado:

— Onde foi que você o guardou?

Drew respirou fundo, tensa. Imaginou que uma pessoa de fora acharia aquela conversa meio doida, talvez até mesmo divertida. "O" era uma fotografia grande de Drew, tirada por um fotógrafo profissional nove anos antes, no dia do seu casamento..

— É que você está tão bonita naquela foto — dissera sua mãe quando Drew se deu conta de que a foto ainda estava na sala de visitas da casa dos pais, depois de mais de um ano de seu divórcio. O céu por trás da noiva era perfeitamente azul e ela parecia ter ainda menos de 23 anos com o rosto cheio, iluminado por um sol que não se escondia sob qualquer nuvem. O rosto da mãe de Drew, ao olhar o retrato, parecia transformar-se. Apesar de Drew ter pedido à mãe, anos atrás, que tirasse aquela foto dali, ela continuava em exibição na sala, em uma moldura de cristal grande e pesada que o pai ganhara da empresa como presente de fim de ano.

É engraçado como algumas pessoas se apegam a determinadas coisas, a objetos que outras podem não dar a menor importância. Era evidente que aquela fotografia significava mais para a mãe do que ela, Drew, poderia entender. Ela, na verdade, nunca dera importância àquela história de véu e grinalda. Seu casamento havia sido uma rápida transação com o juiz de paz na presença de dois amigos como testemunhas, seguida de fatias de bolo em uma casa de chá. Nem mesmo Vó Riitta tivera um casamento tradicional. Ela e seu primeiro marido, o avô de Drew, nunca chegaram a se casar legalmente.

No último Natal, ao passar quatro dias com os pais, Drew decidira dar fim àquela fotografia de uma vez por todas. Sua decisão não foi premeditada. Teve algo a ver com aquela pesada nuvem de culpa que parecia estar finalmente se dissipando. Ela retirou a foto da moldura e, sem coragem de rasgá-la, escondeu-a no fundo de uma das gavetas de seu antigo quarto. Depois decidiu que não queria mais ver aquela moldura grande de cristal também e colocou-a igualmente na gaveta.

— Só agora você notou?

— Estou magoada, Drew. Você sabe como eu gosto daquela fotografia.

— É porque você ama aquela pessoa da fotografia mais do que a mim. — Ela nunca havia pensado nisso de maneira tão clara, mas agora que o dissera, dava-se conta de que era verdade.

— Que coisa terrível de se dizer! Você diria a mesma coisa de suas fotos de bebê? Eu guardo essas também. — Duas delas estavam na mesma prateleira de livros, ao lado de uma foto dos pais andando de bicicleta em Lyon.

— Minhas fotografias de bebê significam alguma coisa. Mas aquela minha em vestido de noiva...

— Eu gosto dela porque você parece feliz.

— Porque *você* estava feliz quando achava que podia se orgulhar de mim. — Se achasse que explicações serviriam para alguma coisa, Drew teria tentado explicar que também ela havia sentido a perda, não apenas de um marido, não apenas do amor e daquele seu lugar no mundo, mas também dos sogros que ela amara e ainda amava e de quem sentia falta de vez em quando. Mas não falou nada disso. Disse apenas: — Mãe, por favor, esqueça-se disso.

Sua mãe ficou em silêncio por alguns instantes.

— Drew — disse então, absolutamente chocada —, eu não tinha ideia de que você pensava dessa forma assim tão... terrível! — Aquela maneira de inverter as coisas era típica de sua mãe. Era como se Drew tivesse criado um problema que, de outra forma, não existiria.

— Escute, mãe, preciso sair agora — disse Drew já cansada da discussão. Havia outras coisas que queria dizer, mas sabia muito bem o que acontecia quando ela dizia o que pensava. Quando agira de acordo com seus sentimentos, acabara por deixar seu ex-marido e seus pais zangados com ela. — Vou encontrar um amigo.

Drew desligou o telefone e tomou a decisão de tirar da cabeça aquela conversa. Afinal, a foto não tinha assim tanta importância, pertencia a um capítulo terminado de sua vida, e se ela conseguisse continuar a pensar assim, nada daquilo importaria mesmo.

SUA PRIMEIRA LEMBRANÇA era a de um inverno.

Ele se lembrava de um domingo com os pais, caminhando pela Praça Vermelha depois de uma nevasca. Tudo estava coberto de neve. Absolutamente tudo. A praça era um enorme silêncio. Havia apenas uma área onde as pessoas tinham permissão para atravessar, e de longe elas pareciam pontos negros cruzando lentamente uma imensidão branca. Grigori tem 3 anos de idade. Ele para, apreciando as pessoas-pontos, fascinado, enquanto sua mãe insiste em que ele continue andando para se esquentar. Ouve os corvos a gralhar, voando, e olha para cima. O céu também é branco, com pássaros negros. Quando um deles, em um mergulho no ar, voa mais baixo, Grigori diz "Olha o pássaro" porque isso é algo que conhece.

— *Voron* — diz a mãe. É a palavra para corvo, o pássaro mais negro de todos.

— *Voron* — repete ele, mas Feodor os corrige, como sempre.

— Não, *vorona*. Estão vendo, elas têm um pouco de cinza. — Feodor indica os pássaros, olhando para o alto.

— *Vorona* — repete o menino. Os pássaros passam grasnando. *Vorona*. Pessoas pequenas como pontos enfileirados a atravessarem a grande praça branca. Não era um macho *voron*, mas sim uma fêmea *vorona*. Só um toque de cinza. Uma pequena diferença entre duas coisas muito semelhantes.

Ao caminhar pelas calçadas ainda cheias de neve da St. Mary's Street, Grigori pensava que sua vocação — prestar atenção aos pormenores da linguagem e das imagens, às pequenas variações de significados, à diferença que uma única letra era capaz de fazer — deve ter começado na praça, naquele momento, naquele outro dia de neve. Mudanças sutis em sons e sentidos, palavras contidas em outras, palavras diferentes... Ainda hoje Grigori descobria pequenas surpresas na língua inglesa escrita como, por exemplo, que a palavra "intimate" (íntimos) contém "inmate" (colega com quem se coabita), e a palavra "friend" (amigo) contém "fiend" (espírito do mal). Esse tipo de atenção às palavras ele usara primeiramente para aprender o norueguês e, depois, o francês. Entretanto, tinha sido um choque descobrir que interesses dessa natureza não o ajudavam no estudo de matemática e ciências. Apesar das longas horas passadas a fazer trabalhos de casa a fim de participar do grupo *supérieure*, ele nunca atingira excelência nessas matérias. "Mas seus pais não são cientistas?", perguntara-lhe um professor surpreso quando Grigori se saiu mal em um exame de física, como se ele devesse ter herdado a vocação dos pais.

Grigori encolheu os ombros ao pensar nisso, e os manteve encolhidos por causa do frio. Mas outra recordação insistia em voltar sorrateiramente. A maneira como ela abrira a porta de vidro entre eles, só um pouquinho; os nós de seus dedos, excessivamente grandes para uma mulher da idade dela; a porta mantida à sua frente como um escudo; a frieza de sua voz.

Não sou a pessoa que você procura.

Foi com alívio que Grigori entrou na bem-iluminada Dunkin' Donuts para encontrar-se com Zoltan.

Lá estava ele, com seus ralos cabelos em desalinho, em uma mesinha coberta de papéis perto da janela. Grigori sentou-se no banquinho diante dele, tirou as luvas e pigarreou discretamente.

— Ah! — exclamou Zoltan como se estivesse chocado. — É você!

— Sabe que sou sempre pontual.

Zoltan havia lhe pedido ao telefone: "Encontre-me no novo café que descobri, bem melhor que aquele outro. Fica em frente à parada do ônibus na St. Mary. É um que tem um letreiro rosa e laranja."

Zoltan passava ali toda a manhã na companhia de comerciantes, balconistas, operários de obras que entravam e saíam. A televisão chiava no alto da parede, e senhoras com sacolas conversavam entre si, enquanto os empregados fofocavam em português. Grigori tirou o casaco mas manteve o chapéu e o cachecol; o lugar não tinha bom aquecimento.

— Quer saber o que uma mulher acabou de dizer um minuto atrás? — perguntou Zoltan. — "Em dias assim, até a alma precisa de agasalho." Ah, não é a mesma coisa com meu sotaque. Mas você percebe a poesia, não? "A alma precisa de agasalho." — Zoltan escreveu isso em seu caderno. Grigori teve que sorrir; Zoltan não apenas era capaz de descobrir um café como aquele, como também encontrava poesia nos lugares mais inesperados.

Como se lesse o pensamento de Grigori, Zoltan disse, ligeiramente defensivo:

— A luz aqui é boa para se ler. Não é como aquele café fantasmagórico do campus. — Ele estremeceu os ombros de maneira teatral. — Lá se ouvem os uivos de todos aqueles egos hipertrofiados... Eu não tinha me dado conta, Grigori, de como o ambiente lá é carregado. De como faz mal à saúde aquela conversa incessante e vazia dos acadêmicos à sua volta.

A verdade era que ele havia sido expulso do café que frequentava no campus poucos dias antes. Grigori soubera disso por um dos professores de espanhol. Em um prolongado rompante de criatividade, Zoltan tinha ficado por lá bem mais tempo do que de costume (o que explicava por que Grigori não tivera notícias dele por mais de uma semana). A nova gerência do café deve ter pensado que ele nunca mais fosse sair de lá, e pediu que ele desocupasse seu lugar predileto junto à janela.

Zoltan tomou um gole de café de seu copo de isopor.

— É excelente o café daqui, Grigori. Você precisa experimentá-lo.

— Receio não ter muito tempo agora. Você disse que queria falar uma coisa comigo...

— Sim! Muito importante. Eu gostaria de pedir, com todo o respeito e a amizade que lhe dedico, que você fosse meu curador literário.

Grigori não esperava essa surpresa.

— Thaddeus Weller tinha concordado em fazer isso, sabe? Um sujeito excelente. Mas soube recentemente que ele morreu.

— Sinto muito — Grigori nunca tinha ouvido falar nele.

— Trágico, realmente. Mal completara 60 anos. Não chegou a escrever o brilhante romance que tinha dentro de si. Dava quase para vê-lo dentro dele, ansioso por vir à luz. Havia quem dissesse que aquilo era barriga de cerveja. Quando soube da notícia, perguntei a mim mesmo: "Quem mais eu conheço que me compreende verdadeiramente?", e que não tenha nenhuma rivalidade comigo, é claro. Porque esse é o problema, você sabe, com meus colegas poetas. Há competição, rivalidade. Inveja. Com você isso não é problema. Você não é poeta, mas entende de poesia, inclusive emocionalmente. Isso sem falar que suas traduções são maravilhosas. Além do mais, você e eu temos sensibilidades semelhantes.

— Bem — disse Grigori —, esta é uma surpresa muito honrosa. — Normalmente tal trabalho cabe a um filho ou à esposa, mas Zoltan não os tinha. Grigori e Christine também não tiveram filhos; Christine não conseguira passar da oitava semana de gravidez. — Sinto-me muito honrado, Zoltan. Mas estou também curioso por saber o que você vê como nossas "sensibilidades semelhantes".

Zoltan curvou-se sobre a mesa, apoiando-se nos cotovelos.

— Você carrega dentro de si um passado do qual a maioria das pessoas nem suspeita. — Ele balançou a cabeça, pensativo. — Eu era mais velho que você quando deixei meu país, mas acho que o desespero de começar tudo de novo tendo que carregar uma história anterior é um peso quase que insuportável. Isso nós temos em comum, você não acha?

Grigori pensou na vida nova que havia começado nos Estados Unidos, um país que oferecia um novo começo a quem chegasse em suas praias. Mas a nova vida ali havia diminuído a estatura intelectual não apenas de Zoltan como dos pais de Grigori, o que não ocorrera em outros países por onde passaram. Os Estados Unidos tinham empobrecido sua autoridade intelectual, reduzido seu brilho. As sofisticadas qualidades da mente europeia não eram muito valorizadas nesta terra de bravos. Com o olhar fixo no de Zoltan, Grigori, por um breve momento, sentiu-se tomado de um inesperado impulso: um desejo intenso, quase físico, de contar sua história. Mas só o que disse foi:

— Sim, sensibilidades semelhantes.

— O que não significa, é claro, que você tenha de aceitar ser o curador de minha obra. Veja bem, não há necessidade de decidir imediatamente. Não há pressa. Embora, na verdade, este seja um assunto de que devo cuidar logo. Aliás, não se trata de uma obra enorme. São apenas coletâneas de poesias, vários ensaios e os trabalhos não traduzidos. Para estes você precisará de ajuda. Meus diários são em inglês, mas talvez não valha a pena ter trabalho com eles. — Zoltan indicou com um gesto um grosso caderno de capa dura e desbotada que estava sobre a mesa. — Vinte e três volumes. Mas eles têm sido excessivamente pilhados ultimamente, por este mesmo que vos fala, em prol das memórias.

— Alguma história picante?

— Oh, muita coisa divinamente picante. Segredos de Estado, corações partidos... — Ele riu. — Aguardo ansioso sua decisão, Grigori. Você é o homem certo, sabe? Espero que saiba o quanto admiro seu trabalho. Você foi capaz de ressuscitar um poeta morto há muito tempo. E em uma língua absolutamente diversa da original.

Um breve verso passou pela mente de Grigori: *Noite negra de veludo, presa bem alto por alfinetes de estrelas...*

— Na verdade, Zoltan — disse ele —, foi por mim mesmo que traduzi aquela obra.

— E esta é a melhor razão, naturalmente. A melhor literatura se faz assim.

Sombras: colcha de retalhos, tapete de folhas caídas, gotas da resina ocre do sol. O ar ressoa...

— Se eu não escrevesse por mim mesmo — prosseguiu Zoltan —, não me daria o trabalho de escrever. — Apesar de seus dois primeiros trabalhos terem sido traduzidos para várias línguas, nenhum de seus livros de poesias subsequentes tiveram vida fora da língua húngara. Grigori imaginava que deveria ser doloroso para Zoltan o fato de sua obra mais madura, o florescimento pleno de seu talento, ter sido escrita em uma língua que, apesar de bela, era vista por muitos como uma "piada linguística".

— Sim, bem, mas suponho que não haja apenas um motivo para as horas que dedicamos a essas obsessões — disse Grigori.

Na verdade, tinha sido um prazer para Grigori traduzir os poemas de Viktor Elsin. Sua linguagem era simples e suas metáforas raramente eram ambiciosas. Grigori não necessitara passar muito tempo às voltas com quebra-cabeças linguísticos ou difíceis questões de significado ou intenção, à exceção dos dois últimos poemas: "Nado noturno" e "À margem do rio". Grigori também via estes poemas como pistas para a solução do mistério, assim como o exemplar da revista *Hello*, as fotografias em preto e branco, e o certificado do hospital com o emblema soviético no centro. As cartas e a belíssima gema de âmbar constituíam suas pistas principais...

Aquela resina cor de âmbar eram lágrimas caindo em câmera lenta, como se a árvore previsse nossa história.

Todas essas coisas Grigori poderia ter oferecido a Nina Revskaya. Ele havia tentado uma vez, esforçara-se ao máximo há muitos anos, à porta da casa dela. Novamente tentara, dessa vez com uma carta que era uma leve súplica. Mas, na verdade, o que aquelas coisas poderiam de fato provar? Nas fotografias havia outras pessoas. Ele não sabia se as fotos pertenciam a ela, ou se eram cópias pertencentes a outros. (Mas ela certamente se lembraria dos momentos ali captados, dizia ele a si mesmo.) Os nomes nas cartas eram cifrados. Havia apenas apelidos, iniciais e frases vagas, pois eram lidas por censores. As cartas foram os únicos itens que Grigori mostrava a outra pessoa além de Christine, o que tinha sido um erro lastimável.

... fresco e delicioso, o xadrez das sombras daqueles galhos. Penso às vezes que é para isso que vivo: para dias assim, perfeitos.

Naquela época ele tinha 21 anos, e jamais se orgulhara tanto de qualquer coisa que tivesse escrito. Foi com verdadeiro entusiasmo que entregou seu trabalho, cujo título era "Choram os pinheiros: uma reinterpretação de 'Nado noturno' e 'À margem do rio', de Viktor Elsin, baseada em cartas inéditas".

Ele estava no primeiro ano de pós-graduação. Seu professor era um homem baixo de orelhas grandes e sobrenome mongol, que Grigori depois apagou da memória. Foi com mãos trêmulas que Grigori entregou o trabalho que datilografara, ansioso, em sua máquina Brother.

— Obrigado — dissera o Orelhudo, sem sequer olhar o título do trabalho. Depois que eu tiver lido, nos falamos.

Grigori ficou aguardando por um tempo que lhe pareceu muito longo, mas, na verdade, menos de uma semana depois o telefone tocou para ele no corredor do prédio onde alugava um quarto. Orelhudo tinha apenas uma pergunta, mas era importante:

— Onde está a carta citada no texto?

— Vou mostrá-la ao senhor — disse Grigori animado, ainda que um pouco apreensivo.

Quando ele entregou ao professor as folhas escritas à mão (fotocopiadas do original), Orelhudo as leu por algum tempo antes de dizer "Muito *interessante...*". Grigori releu, por cima do ombro do professor, o primeiro parágrafo.

> Minha amada, perdoa-me. Não creio que me creias quando digo que te amo, mas sabes que te amo. Compreendes o que significa ser completamente dominado por este sentimento, ser

envolto em uma rede tão grande e tão inescapável — como o sol naquele dia no lago, quando procuramos nos refugiar à sombra de uma árvore. O chão estava úmido e temeste que a resina da árvore pudesse manchar tua saia. Posso ainda sentir o perfume dos pinheiros, o inverno neles escondido, fresco e delicioso, o xadrez das sombras daqueles galhos. Penso às vezes que é para isso que vivo, para dias assim, perfeitos. A resina da árvore manchou tua saia. Aquela resina cor de âmbar eram lágrimas caindo em câmera lenta, como se a árvore previsse nossa história.

Enquanto Orelhudo continuava a ler a carta, Grigori andava de um lado a outro da sala, o coração disparado.

— Fascinante, sim — disse Orelhudo ao terminar. Em seguida, porém, perguntou: — Mas o que o leva a crer que Viktor Elsin escreveu isso?

— Ele assinou.

"Teu e somente teu" era a assinatura, é bem verdade, mas a conclusão parecia óbvia a Grigori.

— Não há um *nome* aqui, Grigori. Qualquer um poderia ter escrito esta carta. E não sabemos sequer a quem foi dirigida.

— Bem, ele escreveu para a esposa — disse Grigori. — Eles sempre se correspondiam através de cartas. Ela viajava frequentemente em turnês, e ele também. — O lugar a que a carta se refere era uma vila de escritores a pouca distância de Moscou. Grigori havia pesquisado isso.

Orelhudo assentiu com a cabeça, mas continuou pensativo.

— O problema é como saber se foi Viktor Elsin quem escreveu esta carta. Convenhamos, Grigori, qualquer pessoa poderia tê-la escrito.

— Mas... a minha monografia... é exatamente isso que me proponho a provar. Mostro que as mesmas coisas que ele escreveu na carta ele as escreveu nos poemas!

— Porque você as procurava, Grigori. Você não percebe? Não é difícil estabelecer paralelos quando se está convencido de que eles existem.

Você precisará de mais do que umas poucas frases parecidas para me convencer de que essas imagens são as mesmas. Ou de que alguém não tenha simplesmente plagiado algo escrito por Elsin. — Orelhudo deu um suspiro profundo, impaciente.

Grigori fechou os olhos procurando conter-se. Talvez, quando ele os abrisse de novo...

— Como foi exatamente que você conseguiu esta carta? Vejo que se trata de uma fotocópia. Alguém realmente lhe disse que foi Viktor Elsin quem a escreveu?

— Cheguei a esta conclusão por mim mesmo. — A voz de Grigori, porém, ao invés de demonstrar certeza, continha mágoa.

— E como chegou a tal conclusão?

— A carta pertencia à esposa dele, e portanto...

— Isto é fato? Bem, agora temos algo de concreto. Se você puder conseguir o testemunho dela de alguma forma...

— Não, não creio que possa.

Orelhudo fez um careta, da qual Grigori se lembraria com frustração ainda por vários anos. Era a expressão zombeteira de Orelhudo fingindo-se triste, com as sobrancelhas erguidas e a boca repuxada em um bico. A careta que um adulto poderia fazer para uma criança que acabasse de cometer uma tolice.

— Grigori — disse Orelhudo sacudindo a cabeça —, sem uma prova qualquer, esta carta poderia ter sido escrita por... qualquer um. Meu tio Vassily poderia tê-la escrito! Ou alguma velhinha que nenhum de nós dois conhecesse. Como saber sequer o que foi escrito primeiro: o poema ou a carta? O autor desta carta pode simplesmente ter lido os poemas de Elsin e tomado de empréstimo algumas imagens. — Ao ver Grigori cabisbaixo, Orelhudo acrescentou: — Escute, Grigori, seu trabalho está muito bem-escrito. É um excelente exemplo de análise de texto claramente explicada. Dei a ele o conceito "A".

A frustração de Grigori transformou-se em raiva. Conceito "A"? Era só isso que conseguiria com seu trabalho? Um "A"?

— Por favor — prosseguiu Orelhudo. — Aceite minhas congratulações por um trabalho bem-feito. Mas sugiro que você não tente publicá-lo. Deixe-o como está até encontrar uma forma mais concreta de fundamentar suas suposições sobre este texto realmente interessante.

O ensaio foi parar no lixo malcheiroso, cheio de latas vazias da carne ensopada que o colega de quarto de Grigori sempre comia.

Entretanto a carta, juntamente com a outra que Grigori possuía, continuou a ter para ele a importância que sempre tivera, inclusive as partes que nada tinham a ver com os poemas.

> Gosto de fechar os olhos e recordar. Penso nos beijos no parque, onde aquele policial mal-humorado veio nos repreender. As horas, os dias e semanas nada eram senão o tempo que passava até a hora de te ver e te beijar.
>
> Nossa querida V. me diz que talvez vocês façam um passeio juntas. Que sorte a nossa termos amigos tão bons! Mas por favor, querida, só vá se o tempo estiver bom. E não se esqueça de levar ID. Uma canção não me sai da cabeça. É aquela do marido que anseia pela esposa como as ondas anseiam pela praia, sem cessar. É assim que anseio por ti.

Tudo tinha feito sentido quando ele explicara para Christine. Desde o primeiro instante, quando ele lhe mostrou a carta, ela acreditou nele.

> Quanto às joias de âmbar, nunca pensei encontrar uma mulher a quem eu desejasse dá-las. Pequeninas gotas de sol... os brincos, em especial. Cada peça contém um pequeno mundo em seu interior. Elas me fazem pensar na dacha (todos aqueles insetos!) e no sol dos fins de tarde, na maneira como ele submergia no lago. Penso na incrível perfeição daquele verão... Eu só aguardava o momento perfeito para dá-las a ti. Pena que eu tenha esperado tanto tempo.

Ainda sentado à mesa do Dunkin' Donuts, Grigori tentou pensar em outra coisa que não as mesmas antigas recordações. À sua frente, Zoltan dizia que a poesia era algo paradoxal.

— Algo aparentemente inútil que, entretanto, as pessoas continuam a criar espontaneamente ao longo dos tempos.

— Bem — disse Grigori —, sinto-me honrado com sua proposta. Não tenho motivo algum para não a aceitar.

Zoltan sorriu feliz. Ainda agora, vendo-o de certo ângulo, era possível imaginar o dândi que havia sido, por mais que ele agora não se diferenciasse muito dos outros velhos que, sem terem o que fazer, passavam o tempo no Dunkin' Donuts.

— Pense um pouco mais sobre a proposta, mas espero que a resposta continue a ser sim.

Quando Grigori se levantou para abotoar o casaco, a velha com a sacola de plástico, que estivera sentada por trás de Zoltan, levantou-se também para sair. Na direção dela, mais adiante, um aparelho de televisão preso à parede mostrava uma apresentadora de cabelos escuros que falava sobre o transporte local. Subitamente, como que notando a presença de Grigori ali, ela anunciou em tom de mistério: "Uma famosa bailarina, um leilão de joias e um misterioso pingente. Assistam à entrevista exclusiva de June Hennessey com a grande dama do balé Nina Revskaya. Esta noite, às seis, no seu *Channel 4 News, Nova Inglaterra.*

Céus, não havia como escapar daquilo. Grigori se deu conta de que evitava o olhar da apresentadora do noticiário, mesmo depois de ela ter mudado de assunto. Ao pé da tela corriam textos: *Terrorista com bomba no sapato recebe sentença de prisão perpétua. Inspetor de armamentos nucleares diz que o Iraque não está cooperando.* Grigori calçou as luvas.

— Está bem, Zoltan. Já estou de saída.

Curvado sobre seu caderno de notas, Zoltan parou de escrever e ergueu os olhos para o colega.

— Tenha um bom-dia, Grigori. — Mas seu olhar já se voltava para suas anotações.

— E você também — disse Grigori a caminho da porta.

Stephen tinha um desses aparelhos de televisão de tela plana dos quais Drew já tinha ouvira falar, mas que nunca vira. Como ela não possuía um aparelho, foi para a casa dele diretamente do trabalho para assistir à entrevista de Nina Revskaya. Levou para Stephen uma garrafa de merlot que o amigo logo serviu em duas grandes taças.

— Tin tin — disse Stephen, tocando a taça dela com a sua e exibindo no rosto a mais pura felicidade por ter Drew a seu lado no elegante sofá. Ela sentiu uma ponta de culpa por não ser capaz de amar aquele homem que a amava.

Na tela, uma mulher de uns 60 anos usando um elegante conjunto vermelho começou a falar do estúdio do *Channel 4 News*, olhando diretamente para a câmera:

> Nina Revskaya, a famosa bailarina russa conhecida como "A Borboleta", é, há várias décadas, uma das mais importantes figuras do balé em todo o mundo. Primeira bailarina do Balé Bolshoi e esposa do conhecido poeta Viktor Elsin, Revskaya tornou-se, em 1952, a primeira de uma série de grandes bailarinos que fugiram da União Soviética para o Ocidente naquela década.

Surgiram rapidamente na tela fotografias de Nureyve, Makarova, Baryshnikov.

> Embora a breve carreira de Revskaya no Balé da Ópera de Paris tenha sido interrompida por uma doença, depois de lecionar em Londres ela se estabeleceu em Boston, tornando-se a diretora do Balé de Boston desde sua criação, em 1963. Posteriormente tornou-se sua consultora artística, posição esta que ocupou até 1995. Revskaya é conhecida não apenas como grande protetora das artes, mas também por sua magnífica coleção de joias.

A apresentadora deu um leve sorriso e mudou o tom de voz, como que para anunciar por fim algo realmente interessante. Surgiu na tela uma fotografia de Nina Revskaya na década de 1960, usando um colar de diamantes.

> Quem compareceu ao elegante evento no Clube St. Botolph para arrecadar fundos para o Balé de Boston há cinco anos ficou maravilhado com a exibição da coleção de joias de Nina Revskaya — presentes de amigos, de admiradores, de representantes de governos e de joalheiros famosos. Agora, a casa de leilões Beller está leiloando a coleção de mais de uma centena de peças, avaliada em cerca de 1 milhão de dólares. Todo o dinheiro arrecadado será doado à Fundação Balé de Boston. Na semana passada, um novo desdobramento tornou esta história ainda mais excitante: um doador anônimo acrescentou à coleção de Revskaya um pingente de âmbar do Báltico que, segundo ele, faz parte de um conjunto de brincos e pulseira. Tive o grande prazer de conversar com Nina Revskaya em sua residência em Back Bay sobre sua vida e o misterioso pingente.

A televisão passou a apresentar a entrevista gravada. Nina Revskaya e a entrevistadora estavam sentadas lado a lado em um sofá. Drew reconheceu o apartamento da Commonwealth Avenue, bem como a expressão aborrecida de Nina. Sentiu-se tomada pela grande curiosidade que sempre a dominava quando lia ou assistia a entrevistas com celebridades. Prestava atenção a detalhes aparentemente insignificantes, a pequenas indiscrições reveladas aqui e ali que lhe permitiam adentrar a vida dessas pessoas. De certa forma, a mesma curiosidade que a movia em suas pesquisas para a Beller. Queria ver, ainda que de relance, a maneira como aquelas pessoas haviam forjado suas vidas, o que tinham conseguido fazer das circunstâncias que lhes eram dadas neste mundo. Na verdade, supunha Drew, tudo que ela pesquisava sobre os outros, inclusive em seu trabalho para o leilão de Revskaya, alimentava seu desejo de descobrir algo por que viver, de descobrir o que leva as pessoas a desejar alguma coisa na vida.

— Este leilão em benefício do Balé de Boston é um gesto extremamente generoso da senhora — começou a falar a entrevistadora do *Channel 4 News*. — As doações para as artes são sempre muito insuficientes. Certamente esse seu generoso apoio fará uma diferença substancial no mundo da dança.

— É isso que espero. — Nina Revskaya parecia desinteressada da entrevista e olhava em outra direção.

A mulher do *Channel 4 News* prosseguiu sem perder o ânimo, admiravelmente tranquila, como se estivesse acostumada a conversar naquele sofá todos os dias.

— Sra. Revskaya, muitas das suas maravilhosas joias foram presentes de joalheiros e de admiradores depois de sua chegada a Paris e a Londres, não é verdade? Mas acho que nossos telespectadores se interessarão em saber sobre as joias que vieram com a senhora da Rússia.

Com os maxilares contraídos, Nina Revskaya disse:

— Sim, algumas delas são tipicamente russas.

— Nina não vai facilitar mais as coisas para ela do que para mim — disse Drew a Stephen.

A entrevistadora concordou, com um aceno de cabeça, e prosseguiu.

— Suponho que, de certa forma, o maior valor dessas joias seja simbólico. São belas criações artísticas que sobreviveram a um regime autoritário, da mesma forma que a senhora, uma bela e talentosa artista, conseguiu escapar da opressão.

— Eu gostaria que a senhora compreendesse — disse Nina Revskaya, levemente irritada — que estávamos todos em perigo. Todos, todo o tempo, não apenas artistas como eu. Aquele era o mundo em que vivíamos. Qualquer um era capaz de delatar o outro, por qualquer motivo. Pequenas coisas. Possuir mais recursos que o vizinho do lado. Dizer uma coisa errada em uma hora errada. Uma piada errada. A senhora precisa entender como eram comuns e banais as detenções. Era impossível não se conhecer alguém que não tivesse sido preso.

— Terrível! Terrível!

— Céus! — exclamou Stephen.

Nina Revskaya prosseguiu.

— Era uma forma que o governo tinha de nos alertar, sabe, para nos comportarmos bem.

— Graças a Deus a senhora conseguiu sair de lá! — disse a mulher do *Channel 4 News* balançando a cabeça. Seus cabelos pintados de louro não acompanhavam o movimento. — Creio que nossos expectadores concordarão comigo que as joias trazidas pela senhora simbolizam, de maneira muito comovedora, seu trágico passado.

— Trágico, sim, para milhões de cidadãos.

— O âmbar, em especial, é simbólico, pois ele literalmente capta e preserva momentos do passado. Em sua resina, não? Porque os minúsculos insetos e fragmentos presos dentro dele são extremamente antigos, não são? Desta maneira as peças de âmbar são mais do que belas; elas oferecem uma visão do passado.

— Suponho que sim.

— A senhora tem alguma ideia de quem seja essa pessoa misteriosa dona de um pingente que combina com seu conjunto?

Drew se curvou para a frente, aproximando-se da televisão. Tudo que Nina Revskaya disse foi:

— Essa outra joia pode ser de qualquer lugar do mundo.

— E aquela ali, quem é? — perguntou Stephen, rindo um pouco e apontando para a televisão.

— Onde?

— Há alguém naquele canto ali, está vendo? Só aparece um braço, mas...

— Onde? Ah, estou vendo. — Em um canto da tela voltou a surgir um braço com uma manga de blusa roxa. Alguém tentava ser captado pela câmera.

— Mas não é surpreendente — insistiu a entrevistadora — que um pingente que combina com seu conjunto encontre-se aqui também nos Estados Unidos e não na Rússia?

No canto da tela, parte do corpo de uma mulher vestindo calças e suéter roxa podia ser visto, movendo-se de um lado para outro no fundo da sala. Enquanto Nina Revskaya falava, a pessoa, uma mulher negra e esguia, aproximou-se da câmera e seu rosto ficou em close, sorrindo, e ela deu um rápido aceno. Isso não durou mais do que uma fração de segundo.

— A senhora mencionou furto — disse a entrevistadora. — Acredita que o pingente tenha sido furtado?

— É bem possível — disse Nina Revskaya secamente. — A pulseira e os brincos foram presentes do meu marido; você sabe, como joia de família. Pertenciam à família dele, mas durante a guerra civil muitos dos seus bens foram roubados.

— Oh, só agora a senhora me diz isso! — exclamou Drew. Se as joias foram da família do marido de Revskaya, seus nomes poderiam estar nos registros do joalheiro. Por que ela não disse isso antes? Drew teria que telefonar para ela na manhã seguinte ou ir até lá pedir a Nina que escrevesse em cirílico os nomes dos ancestrais de seu marido até onde ela soubesse. Drew teria que tentar rastrear aquelas pessoas. Para Stephen ela simplesmente disse: — Esta mulher está me deixando louca.

— Ora, acalme-se — pediu ele, dando-lhe tapinhas no ombro, mas logo retirando a mão para mostrar que compreendia as regras de seu relacionamento. Drew sentiu pena dele de novo. Se ao menos houvesse uma pequena chama, poderia até tentar; mas da maneira como ela se sentia, certamente acabaria por magoá-lo. Ela simplesmente não conseguia se imaginar sentindo por Stephen o que gostaria de sentir, aquele sentimento ideal que ninguém ainda despertara nela. Drew queria um homem que fosse seu companheiro de verdade no amor e na vida. Se não fosse assim, poderia ter continuado casada com Eric: duas pessoas viajando pela vida numa dessas bicicletas para dois.

Ela ainda se lembrava nitidamente da desconfortável sensação de estar amadurecendo mais que ele, e do momento em que lhe parecera não haver possibilidade de continuar naquele casamento. Tudo começou com o primeiro bom emprego dela, que pagava bem, no departamento de artes de uma grande seguradora nacional. Drew era assistente do homem que garimpava e recomendava a compra de objetos de arte a muitos clientes da empresa. O homem, Roger, era um cavalheiro já de idade avançada, fala suave e bondoso, provavelmente gay, mas muito discreto, sempre tomando o cuidado de não tratar publicamente de sua vida privada. O que importava era o fato de ele gostar de Drew e de a levar consigo em suas muitas viagens de compras — não apenas até os antiquários da rua 11, mas também a Londres, Atenas, Paris, Bolívia, Turquia e Marrocos. Isso foi em 1996, e a empresa pagava suas despesas sem regatear. Drew descobriu-se mais ousada do que imaginava. Não temia andar sozinha por mercados estrangeiros, onde as pessoas falavam sem parar em línguas estranhas que soavam como música em seus ouvidos. Ela negociava preços com gestos, usando o francês que estudara no ginásio, um livro de frases em grego e o espanhol que aprendera assistindo à *Vila Sésamo* quando menina. Suas pequenas vitórias deixavam-na entusiasmada.

Em uma dessas viagens levou Eric. Aproveitaram um fim de semana prolongado em Londres depois de dois dias de trabalho. Em sua primeira manhã juntos, foram tomar o metrô para Bloomsbury, e quando desciam a escada que conduzia à plataforma, as portas dos vagões se abriram. Drew disse "Vamos!" e entrou correndo no trem, mas Eric parou e perguntou "Você tem certeza?" e as portas se fecharam. Espremida entre os passageiros, Drew apontou pelo vidro o nome da estação onde ela esperaria por ele. Mas quando o metrô se afastou silenciosamente, não pôde deixar de sentir que algo irreparável havia acontecido.

Ao afastar essa lembrança mais uma vez, Drew viu-se novamente no sofá de Stephen, diante de uma enorme tela de televisão.

— Pesquisei em nossos arquivos — dizia a entrevistadora do *Channel 4 News* — fotografias da pulseira e dos brincos de âmbar, mas não encontrei nenhuma da senhora as usando. Em compensação, encontrei muitas fotos interessantíssimas, inclusive uma maravilhosa da senhora com Jackie Onassis!

Como Nina Revskaya não expressasse reação alguma, a mulher disse:

— Eu adoraria ver uma fotografia sua usando aqueles deslumbrantes brincos de âmbar.

— Eles não ficaram bem em mim.

— A senhora se refere à cor? Âmbar?

— Pedras grandes requerem um rosto largo, e altura também. Caso contrário, elas fazem com que a pessoa pareça mais baixa. Eles não me serviram.

Auge do inverno, manhãs cinzentas e geladas, penumbra constante. Às vezes o Bolshoi tenta economizar dinheiro não ligando o aquecimento durante o dia; Nina ensaia usando malha de lã e longos suéteres de tricô, além de várias meias superpostas que a fazem se sentir volumosa. Antes das apresentações ela imerge os pés em água quente. Ainda não teve notícia do homem chamado Viktor, embora tenha passado uma semana à espera de um novo encontro. Nina pintou as unhas de uma cor chamada Pérola, e remendou as solas de seus sapatos bons. Até conseguiu encomendar um vestido bonitinho de rayon em uma loja. Agora ela está em seu minúsculo camarim, raspando um pouco o couro de suas sapatilhas de ponta para evitar que escorreguem. A cada movimento ela repete para si mesma, como um mantra, que deve parar de pensar em Viktor. Ela precisa se concentrar, preparar-se: esta noite é a estreia da *Bela Adormecida*, e ela dançará o papel da Fada Lilás.

Na penteadeira ao lado da sua, Polina, que dançará a Fada Diamante, cola os cílios postiços e se diz apaixonada.

— Por Arkady Lowny? — Nina percebe o tom incrédulo da própria voz. Na verdade, ela vê aquilo com frequência. Bailarinas costumam fazer tantos "amigos de festa" quanto possível. É uma forma de conseguir subir na vida sem ser por meio de um talento verdadeiro. Não que falte talento a Polina, mas falta-lhe uma qualidade difícil de explicar, algo que horas a fio de prática não podem assegurar: carisma, presença no palco, o brilho de uma verdadeira estrela. Talvez seja por falta de autoconfiança. Há algo vulnerável em Polina que ela tenta esconder com atitudes estudadas demais, com falta de naturalidade, apesar de suas pernas longas e fortes e de sua postura perfeita. Ela dança com os músculos, mas não com o coração.

— Não, não é por Arkady — sussurra Polina. — É pelo amigo dele. — Ela tem os olhos muito arregalados, e somente um deles já com os grandes cílios postiços presos, o que faz com que o outro pareça pequeno e estranho como uma conta. Como Nina, ela já está com o rosto muito maquiado, o que dá à pele um brilho falso. — Oleg — diz ela. — Ele chefia um departamento no Ministério do Comércio. — Polina sempre dá à voz um tom de solene respeito quando menciona funcionários do governo. Virada novamente para o espelho e com ar sonhador, Polina prende os cílios postiços no outro olho. Tem nos lábios um leve sorriso misterioso, como se estivesse escondendo alguma travessura. — Arkady me levou para jantar no Riga, e o amigo dele, Oleg, estava lá. Ele é tão encantador, Nina! Ele olhou para mim do outro lado da mesa de um jeito que não dá para explicar, mas na hora eu *soube*.

Nina está raspando a sola de sua outra sapatilha de ponta com movimentos rápidos e descuidados.

— Soube o *quê*?

— Que alguma coisa estava para acontecer entre nós!

— Então você vai largar Arkady assim, de uma hora para outra?

— Bem, vou ter que dizer a ele alguma coisa. — Por um momento, com seu pescoço longo e fino e aqueles cílios enormes, Polina parece uma avestruz. Baixando ainda mais a voz, ela continua: — Ele me deixou ficar com a cigarreira dele.

— Arkady?

— Não, Oleg! — Da gaveta de sua penteadeira, ela tira um fino estojo de prata com a tampa decorada com algo que parece marfim.

Nina examina o estojo, as volutas de vinhas floridas que o enfeitam. Ao examinar mais de perto ela vê, espantada, que não se trata de flores e vinhas, mas sim de dois corpos humanos: um homem e uma mulher, nus e enroscados um no outro. Certamente foi por isso que Polina mostrou a cigarreira, para provar um tipo de maturidade que Nina não possui. Nina devolve a cigarreira, fingindo não notar.

Polina coloca a cigarreira de volta na gaveta e a tranca em seguida. Desde que foram promovidas a solistas, ela e Nina passaram a usar um camarim privativo, ainda que pequeno, frio e sem janelas. Paredes descascadas, lâmpadas nuas e brilhantes demais pendentes do teto. Malhas penduradas com pregadores para secar durante a noite. Acima do seu espelho, Nina pendurou uma faixa de lese para enfeitá-lo um pouco. O espelho de Polina tem duas pequenas fotos espetadas na moldura, e sua penteadeira em desordem tem o dobro de produtos de beleza que a de Nina. Espessos tubos de batom, cubos de pós cintilantes, pinturas de todas as cores para os olhos, um creme de limpeza chamado "Floco de Neve". Um pote de "lama persa" contendo ingredientes secretos da Geórgia. Preso à parede há um artigo de jornal do Dr. Yakov Veniaminov, cosmetólogo, cujas prescrições Polina segue religiosamente.

A encarregada do guarda-roupa chega à porta, entrega-lhes as fantasias sem dizer uma só palavra e se vai.

— Bem — diz Nina finalmente, ajeitando o tutu cor de lavanda —, fico feliz por você ter encontrado alguém de quem goste. — Enquanto Polina a ajuda a fechar o corpete, Nina sente uma vontade enorme de contar-lhe que ela também conheceu alguém, mas àquela altura sua história parece ter sido apenas um sonho. Ela pega as sapatilhas e, na pia, molha os calcanhares com água fria para que se fixem bem em suas meias. Depois se senta e calça um pé bem retesado, espremendo as pontas dos dedos contra a proteção de algodão que colocara na sapatilha. É sua estreia nesse papel. Horas de esforço ainda estão por vir, não tinha mesmo tempo para pensar em Viktor... Ela termina de calçar uma sapatilha e repete a operação com a outra. Ao cruzar as fitas ao redor dos tornozelos de maneira bem firme para que não se desamarrem, ela diz a si mesma que está pronta. Mas ao dar os nós nas extremidades das fitas, com movimentos rápidos, ela percebe que suas mãos estão tremendo.

A campainha. Nina joga o cardigã de tricô nos ombros antes de sair e deseja a Polina boa sorte. Passa apressadamente pela sala de maquiagem, onde fixam uma delicada coroa de florezinhas roxas em sua cabeça e dão os últimos retoques de cor em suas pálpebras. Cheiro de talco, de nervosismo, enquanto ela se aquece no estúdio de ensaio. Nos bastidores, quando o prólogo se inicia, com príncipes e pajens em suas capas, a rainha e o rei e seu séquito, todos se expressando por mímica ao som da imponente marcha de Tchaikovsky, Nina continua a se aquecer com *pliés*, apoiando-se de leve em uma peça do equipamento de iluminação, enquanto as camareiras, ágeis, vão de um lado a outro verificando se tudo está preso bem firme. As meninas do corpo de baile chilreiam baixinho sem cessar e o contrarregra as repreende por derramarem muito breu no chão.

Um dos ajudantes de palco entrega a Nina um reluzente ramo de lilases — sua varinha de condão — e agora a harpa faz soarem os arpejos que iniciam sua primeira entrada. A melodia soa como uma canção de ninar, e ela se entrega totalmente. Acompanhada de seu séquito de bailarinas com tutus, dirigem-se todas, em minúsculos passos de ponta, até o meio do palco, onde brilham as luzes feéricas do Reino Encantado. Nina está no centro, tranquila e suave, e vai, com movimentos graciosos da sua varinha de lilases, apresentando as outras fadas. Muitas *bourrées* lá e cá, nada dos pulos altos e das piruetas que ela prefere; esta seção inicial é um adágio muito lento, nada desafiador, apenas uma pirueta terminada em *arabesque*. Como a Fada Lilás representa sabedoria e proteção, Nina tenta infundir em cada movimento a ideia de que o bem pode vencer o mal, de que feitiços podem ser quebrados. Em seu primeiro solo (dançando uma valsa cheia de pompa) ela imagina cada suave *développé* — estendendo a perna bem alto ao lado, até que o pé fique acima do nível da orelha quando ela sobe na ponta — como um movimento para banir o mal que está por vir. Como sempre, quando ela dança, os minutos passam como se fossem segundos, e lá está ela fazendo sua diagonal final pelo palco, em uma sequência repetida de dois pequenos *sissones*, depois um *relevé* e uma pirueta dupla.

Somente depois, quando ela e as outras aguardam pacientemente, imóveis, a execução de um *pas de deux*, é que Nina olha para a plateia do enorme teatro. Ela olha para além das luzes da ribalta, por sobre as cabeças da orquestra, esforçando-se para percorrer com os olhos as poltronas de veludo vermelho e rostos na penumbra, como se fosse possível encontrar Viktor ali.

Quem ela viu foi a mãe, uma mulher ainda bela, porém de expressão cansada. Lá estava ela no lugar lateral que sempre ocupava. Agora que a avó já morreu, somente as duas dividem o quarto de chão nu. A mãe ainda passa os dias a trabalhar na policlínica. Depois do trabalho seu tempo é tomado por pequenos serviços que presta a amigos e parentes, a velhos e doentes, fracos demais para cuidarem de si. Isso sem falar do irmão de sua mãe, que está preso há três anos. (Ele é inocente, deve ter havido algum engano; tão logo o Camarada Stalin se dê conta, diz a mãe sempre, isso será corrigido.) Nem ela nem Nina jamais mencionam a quem quer que seja o problema do irmão dela, nem mesmo quando sua mãe percorre a cidade em busca de comida e remédios para ele. É uma tarefa interminável, que a obriga a aguardar em longas filas, qualquer que seja o clima. Nos verões ela usa na cabeça seu lenço branco de algodão, e nos invernos, seu lenço escuro de lã. Porém jamais perde uma estreia de Nina em um novo papel. Vai a pelo menos uma das apresentações da filha e, feliz, acena para ela com o programa; observa cada dança sua com extrema atenção, como se nunca tivesse visto aquele balé tão bem-executado.

Esta noite, porém, Nina preferia ter visto Viktor ali, com seus olhos amendoados, o belo nariz altivo, a apreciá-la com emoção. Só em pensar nele, sente como se um pequeno pássaro adejasse em seu peito.

Antes de sua entrada no segundo ato, ela se aproxima o máximo possível da frente do palco pela coxia, para poder enxergar o fundo do teatro, mas sabe muito bem a regra: se você pode ver o público, o público pode ver você. Seu olhar percorre as poltronas. E agora o diretor de palco está dizendo a ela que se afaste. Nina está perto demais da cena e sua sombra pode aparecer.

Os aplausos terminam, as cortinas se fecham, as luzes do teatro se acendem. Ela dançou bem e sabe disso. O público também, e se expressa em aplausos. Até mesmo seus colegas de palco a parabenizam.

A mãe de Nina a aguarda na saída posterior do teatro, sob um cartaz onde se lê "Nós celebramos com o trabalho!". Seus olhos brilham, sua postura é ereta, bem diferente da maneira como é em casa, como se quisesse mostrar às bailarinas que, se sua história tivesse sido diferente, poderia ter sido uma delas.

— Todos estão dizendo que você foi maravilhosa! Você precisava escutar os comentários. — Em seguida, como sempre, vinham as reclamações. — Aquela moça loura insistia em ficar na sua frente. Quando todas estavam em diagonal na parte do casamento, mal pude ver você.

Nina está acostumada a isso; nada será suficientemente bom para sua mãe.

— Ela precisava mesmo ficar na minha frente, mãe. É parte da coreografia.

— Ela estava se exibindo.

— Então vou dizer isso ao diretor — disse Nina rindo e beijando a mãe nas bochechas. — Já é tarde. Não quero que você fique esperando por mim. — Ela abraça a mãe novamente e lhe deseja boa-noite, feliz pela mãe ter assistido àquela apresentação tão importante. Em seguida, desviando-se o máximo possível dos cumprimentos das outras bailarinas, ela vai para seu camarim, exausta. Faz frio e o ar cheira a perfume e suor antigos. Nina desamarra as sapatilhas, liberta os pés, seus pobres dedos machucados. Retira com cuidado os cílios postiços e os coloca de volta em seu pequeno estojo, onde, juntos, parecem um casal de centopeias.

Uma batida à porta.

— Pode entrar.

— Você esteve magnífica.

Viktor, com uma braçada de rosas. Nina tem um sobressalto e quase cai do banquinho de madeira.

— Como você me encontrou?

— Não foi fácil. Tive que subornar o porteiro dos fundos. Tome, são para você.

A maioria dos buquês são de flores fáceis de plantar, como cravos e margaridas e, no inverno, usam-se flores artificiais como capuchinhos e violetas de tecido. Mas rosas...

— Quantas! — exclama Nina, contando-as para se certificar de que formam um número ímpar; um número par traz má sorte.

— Eu queria dar algo tão lindo quanto você — diz Viktor.

— São perfeitas! — afirma, perdendo a conta. — Como esta noite. Você a tornou perfeita.

— Bem, isto é o que vamos ver. Aceita jantar comigo?

Ela consegue dizer que sim, mas não imprime à voz o tom calmo que deseja.

— Espere enquanto me lavo. Toda essa maquiagem pesada...

— Você está linda assim. Parece uma garota de programa da região do Cáspio.

A mulher do guarda-roupa abre a porta para pegar a fantasia de Nina, mas como vê que ela ainda está vestida e que Viktor está ali, dá meia-volta e sai.

— Então vá logo se arrumar — diz ele. — Vou esperar no corredor. — Viktor sai tão rapidamente quanto chegou.

Nina esfrega óleo no rosto com pressa e, massageando-o, retira a maquiagem de que Viktor disse gostar. Enquanto ela se lava no bom chuveiro de água quente tão mais forte que o de sua casa, sente o pássaro a adejar sob suas costelas. Seca-se, veste o sutiã rosa que seus seios não chegam a preencher e lamenta não ter ali seu vestido novo de rayon... Nesse meio-tempo, Polina havia chegado e, sentada no banquinho de madeira, examina os dedos dos pés feridos. Nina pergunta:

— Estou bem assim?

— Linda — diz Polina quase sem a olhar, ocupada em cuidar dos pés. Nina veste o casaco que ela mesma havia remendado e põe na cabeça o chapéu de pele de cabra. Mas quando sai para o corredor, só o que vê é um longo cabideiro com as fantasias para a apresentação do dia seguinte, coberto com um lençol. Seu coração se aperta, mas logo ela vê Viktor por trás do cabideiro, encostado à parede, fumando tranquilamente um cigarro, tão à vontade como se costumasse ir ali todos os dias. Por uma fração de segundo, Nina sente uma súbita dúvida, ou talvez medo de que ele esteja só brincando com ela, de que ele não seja o que ela pensa que é, de que não sinta por ela o que ela sente por ele. E aquela mulher de cabelos claros da festa? Neste instante Viktor vê Nina e sorri. A dúvida e o medo desaparecem de imediato.

No Aragvi, ocupam uma mesa no fundo da sala, onde uma banda toca músicas da Geórgia. Nina tinha ido poucas vezes a um bom restaurante, por isso deixa que Viktor faça os pedidos: uma garrafa de vinho Teliani, salada de peixe e caviar para começar. Shashlik como prato principal.

— Você sempre quis ser poeta? — pergunta ela. — Quero dizer, desde menino?

— Não. Como todo menino, eu queria ser explorador polar. — Viktor ri. A banda, agora que tem um público ouvinte, está tocando mais animada e ele tem que falar mais alto para dizer a Nina como foi sua infância em uma cidade nas imediações de Moscou, filho único, vivendo com a mãe e a avó. — Na verdade era mais uma aldeia do que cidade.

Minha mãe era professora e foi minha avó quem me criou, pois meu pai morreu pouco depois que nasci. Minha avó adorava o ar livre. Meu verdadeiro lar eram os bosques, como sempre digo.

— Meu pai morreu também — diz Nina. — Quando eu tinha 3 anos. Ele tinha um problema no sangue. — E então, mudando de assunto, ela perguntou: — Que disciplina sua mãe lecionava?

Viktor parece um pouco surpreso.

— Línguas — diz ele rapidamente, como que sem saber ao certo quais.

— Seu talento linguístico deve vir daí.

Ele sorri.

— É, suponho que devo agradecer a ela por isso. Mas na verdade eu não tinha plano algum de me tornar poeta. Logo que cheguei à idade suficiente, matriculei-me em um curso profissionalizante para me tornar soldador. — Ele fala então dos anos que passou na escola de uma fábrica como aprendiz, e que, apesar dos esforços, nunca atingiu a excelência. — Eu não tinha talento algum para o trabalho industrial, embora não quisesse admitir isso. Durante todo o tempo em que fui aprendiz, criei pequenas canções e versos, só para tornar a vida mais suportável. Ou para me impedir de admitir meu fracasso, talvez. Alguns poemas eu escrevi, e um professor os encontrou um dia. Ele os mandou para uma revista que publicava artigos sobre o Instituto do Aço. Vi meus poemas publicados e tive um sentimento de realização que eu jamais tivera como aprendiz de soldador. Desconfio que meus professores fizeram isso de propósito, para que eu mudasse de carreira e desistisse da escola! — Ele toma um gole de vinho. — Por sorte fui aceito no Instituto Literário depois disso.

Quando os kebabs são servidos, ele conta sobre o poeta de Leningrado que foi seu mentor. Há algo sincero e direto na maneira como ele fala. Uma tranquilidade, uma franqueza, os olhos fitando diretamente os dela. Viktor descreve sua transferência para Tashkent durante a guerra, e os três anos em que conviveu com outros artistas, músicos, atores, cineastas.

— Nunca senti tanto ardor na minha vida — constata, mastigando, satisfeito, um bocado de carneiro. — Foi só então que entendi como alguém poderia preferir a sombra ao sol. — Ele fala sobre camelos nos quais andou com habitantes locais do Uzbequistão, sobre o sabor de damascos frescos, sobre amoras colhidas numa árvore bem junto à sua janela na Casa dos Escritores de Moscou. — Rua Karl Marx, número 17 — diz, entregue às recordações. — E por toda a volta, amendoeiras.

Seu rosto ficou subitamente sério.

— Mas é claro que não podíamos nos sentir felizes lá, sabendo que nossos irmãos estavam morrendo na guerra. Eu gostaria de ter lutado ao lado deles. Teria lutado se tivessem permitido.

— E por que não deixaram?

— Eu tenho um furo no coração. Nasci com ele. Os médicos podem ouvi-lo com o estetoscópio.

— Um furo?

— Bem, esta é a expressão simplificada. Na verdade é uma válvula que não se fecha direito. Nada letal, embora faça com que meu coração bata um pouco irregularmente. Isso me deixou fora do serviço militar.

Nina lembra-se de ter adivinhado, na primeira vez em que o viu, que ele não havia passado pela guerra. Mas ela percebe claramente que foi sua posição social, não seu coração, que o manteve fora da luta, porque, na verdade, quase todo mundo acabou no campo de batalha, por mais doente ou desqualificado que fosse. Somente o fato de ele ser um poeta respeitado pode tê-lo salvado daquele destino, assim como o pessoal do Bolshoi foi enviado para Kuibyshev para ficar fora de perigo também. Mas Nina apenas concorda com um aceno da cabeça, enquanto ele continua a contar sua história — seu retorno a Moscou, sua vida com a mãe em um edifício de apartamentos para artistas.

— Foi por isso que não pude procurá-la até esta noite — acrescenta ele. — Ela não estava passando bem. Durante uma semana os médicos não souberam o que fazer. Mas ela se recuperou, felizmente.

Por um brevíssimo instante Nina se pergunta se ele está dizendo a verdade. Ela imagina a mãe de Viktor como a sua: uma mulher que havia sido bela e a quem as frustrações da vida envelheceram prematuramente. Por fim Nina ousa fazer aquela outra pergunta:

— E aquela mulher com quem você estava na festa?

— Lilya? Uma mulher deslumbrante, não? É uma velha amiga. Mora em Leningrado, mas agora está visitando a família.

Nina tenta não demonstrar o que sente. *Uma mulher deslumbrante...* Mas Viktor parece ter decidido que aquele assunto estava esgotado. A refeição dele também chegava ao fim; ele coloca o guardanapo ao lado do prato vazio, que empurra de leve, sorrindo. É o sorriso de uma pessoa feliz, despreocupada. O guardanapo, porém, parece atormentado. Está todo amassado, como se Viktor o tivesse torcido toda a noite.

— E você? — pergunta ele. — O que me conta sobre sua família?

— Somos só eu e minha mãe agora. Ela trabalha numa policlínica. Meu pai era pintor de cenários para a Ópera. Na verdade, suspeito que tenha sido por isso que minha mãe se casou com ele. Ela sempre amou o teatro, mas não foi criada nesse mundo. É por causa dela que sou bailarina. Só recentemente me dei conta de que o balé deve ter sido seu sonho, quero dizer, seu sonho para mim. — Enquanto diz isso, Nina se lembra dos tornozelos delicados da mãe, de suas belas pernas delgadas porém fortes, como as de uma corsa. Imediatamente ela sente culpa por ter revelado os sentimentos íntimos da mãe. Volta-se, então, para admirar a banda.

Viktor parece não se importar.

— Seu pescoço é muito elegante. Suponho que seja um pré-requisito para bailarinas. Parte do exame de seleção, até. Eles medem o comprimento dos pescoços?

Nina ri.

— É uma ilusão de ótica. Aprendemos a nos erguer nas pontas dos pés, e quando descemos deixamos a cabeça lá em cima. — Embora pareça estar brincando, é isso mesmo que ela quer dizer. — De certa forma, é uma espécie de mágica.

— Realmente, seu pescoço é esplêndido. Eu gostaria de tocá-lo novamente.

Ruborizada, ela sente o calor subir-lhe do peito. Leva a mão ao pescoço, como se assim pudesse disfarçar sua pele quente.

— Um pescoço como o seu deveria ter todo tipo de joias para chamar ainda mais atenção.

A maneira como ele diz isso, a confiança que deposita nela, deixa Nina feliz. Ela não tem paciência com o tipo de gente que se opõe à propriedade privada por princípio ideológico, que faz questão de dizer isso para demonstrar superioridade cívica, como aquela família do lado oposto do corredor de sua casa, que sempre comenta com desdém sobre o que as outras pessoas possuem, qualquer coisa que não seja absolutamente necessária. Até mesmo sua mãe, com humildade genuína, afirma não necessitar de mais do que já tem. Nunca admite qualquer desejo de bens materiais, e assim amarra um pedaço de corda sobre a saia em lugar de um cinto. Comparada a ela, Nina parece ser ambiciosa.

Mas com Viktor ela volta a sentir a mesma confiança do primeiro encontro, quando eles compartilharam a tangerina. Ela não se lembra de ter se sentido tão confiante em companhia de outra pessoa.

— O que eu sempre sonhei possuir, de fato — disse ela tranquilamente —, são brincos.

— Brincos... sim. — Viktor a olha com os olhos semicerrados, como se imaginasse brincos nas orelhas dela.

— Desde que eu tinha 9 anos — continua Nina, que lhe conta então a história da mulher saindo do hotel com diamantes nas orelhas. Embora se arrisque a parecer materialista, ela crê que um homem como Viktor seja capaz de não fazer um julgamento tão simplista. — Eu nunca tinha visto algo igual. Era como se aquela mulher estivesse chegando do espaço sideral.

— Você também terá joias nas orelhas, Borboleta. E fios de pérolas tão longos que chegarão ao chão e lá vão ficar, enroscados, como se fossem poças. — Ele então dá um sorriso. Sorri confiante como um menino mimado, como o favorito da professora. Sorri como se a vida fosse uma folia. E há tanta vida naquele sorriso que Nina sente vontade de sorrir assim também. Ao mesmo tempo, algo dentro dela a deixa assustada. É a incrível autoconfiança que aquele homem possui, como se todo o mundo lhe pertencesse.

Mas aquele guardanapo todo retorcido sobre a mesa dizia algo diferente.

Terminado o jantar, Viktor se oferece para acompanhá-la até sua casa. Desta vez Nina deixa que ele veja o beco que leva até seu prédio.

Parte dela deseja e parte teme que ele a acompanhe e, na escuridão do beco, toque nela novamente como havia tocado no Pobeda. Mas Viktor para à entrada do beco e diz que aguardará ali até que ela entre em casa. Naquela noite ele está agindo como um perfeito cavalheiro, e somente uma vez tomou o braço dela no seu. Ao se encaminhar para a porta de casa, Nina se sente um pouco decepcionada, mas também imensamente feliz. O que quer que haja entre ela e Viktor, parece ter se tornado algo respeitável e real.

Somente alguns dias mais tarde, quando está em casa se perguntando quando o verá novamente, é que Nina se lembra do guardanapo retorcido sobre a mesa. Passada uma semana, as rosas já perderam o viço e Viktor ainda não a procurou. Nina então corta as pontas dos talos das rosas e as vai enfiando, uma a uma, na água fervente por alguns segundos, até sentir o vapor em sua mão. Depois, com a mão vermelha de calor, transfere as rosas para um jarro com água fria. Porque se ao menos as rosas se mantiverem vivas...

Uma hora depois, as flores recuperam seu viço.

Lote 23

Frasco para Perfume, prata com marca esterlina. Altura de 1 ¾ in. a partir do topo da tampa, por garrada de 1 ¼ in. de largura. Tampa de rosca em pedra cornalina. Pintura à mão de uma borboleta em fundo de porcelana off-white sobre vidro. Peso 18 g. $1.000 a 1.500.

CAPÍTULO CINCO

— Céus, Carla! — disse Grigori ao entrar no Departamento de Línguas Estrangeiras — Seu perfume é de uma coisa gostosa de comer.

— É o material de limpeza que estão usando. Algo com odor de abacaxi.

As luvas que Grigori descalçou estavam duras por causa do frio.

— Um cheirinho dos trópicos. Parece até provocação. — Lá fora a neve recomeçara a cair em minúsculos flocos secos que voavam levemente cintilantes. Grigori havia acabado de dar sua aula no seminário da pós-graduação sobre a poesia dos acmeístas, mas não deixara de pensar na frustração que tinha sentido com a entrevista de Revskaya na véspera. Entretanto, seus alunos, com suas leituras apaixonadas dos poemas indicados e com seu interesse quase terno pela língua russa, haviam-no animado, distraído, feito sentir, por uns breves momentos, que sua existência era necessária.

Ele entrou em seu escritório e fechou a porta, tirou o casaco e o chapéu. Sua sala também cheirava a piña colada. Grigori acendeu um cigarro e recostou-se na cadeira giratória. À sua frente, diplomas emoldurados na parede exibiam indecifráveis caligrafias, o latim que ninguém mais sabia traduzir. Desde a morte de Christine ele se via impelido a olhar para eles com frequência, para se lembrar de suas realizações. Ele era alguém na vida, havia se tornado alguém: Grigori Solodin, chefe do Departamento de Línguas e Literaturas Estrangeiras Modernas e proprietário de uma casa de estilo vitoriano (com o andar térreo alugado para um casal) e um Volvo em bom estado que já havia feito inúmeras viagens a Tanglewood, a Jacob's Pillow e a vários outros *bed-and-breakfasts* dos Berkshires. A placa de madeira à sua frente declarava-o Professor do Ano, e apesar de aquele ano já ter se passado havia muito tempo, era um ano que existira em algum momento. Mas ocorreu a Grigori tirar aquela placa dali. Havia algo de patético nela, como antigos artigos elogiosos de revista presos em paredes de restaurantes.

Não, decidiu, batendo a cinza no pequeno cinzeiro que guardava na gaveta, era importante manter aquela placa na parede, para os momentos em que seu único consolo residia nas coisas concretas à sua volta: na carta de agradecimento, ainda presa no quadro de avisos, enviada pelos especialistas em Tolstoi; no bilhete de parabéns por seu segundo livro, um estudo comparativo de três poetas soviéticos, enviado por um conceituado editor (já falecido); no anúncio do prêmio da Academia de Artes e Letras. Ele ocupava aquele escritório havia tanto tempo que provavelmente encontraria muito mais coisas se algum dia resolvesse arrumá-lo. Pelo menos uma das gavetas de sua escrivaninha continha cartas datadas da década anterior.

Ele havia sonhado alto demais. Era este seu problema. A doação do colar de âmbar não o fizera sentir-se mais leve. Aquela volumosa pedra oval com uma surpresa dentro... Da pequena coleção de objetos que possuía, aquela foi a única peça que ele havia mostrado a Nina Revskaya. Afinal era única no mundo, a única que lhe parecia realmente poderosa. É claro que as cartas também, por algum tempo, lhe pareceram absolutamente convincentes, mas isso foi quando ele era jovem e estúpido... *como era fresco e delicioso o xadrez de sombras projetadas pelos galhos. Penso às vezes que para isso vivo: dias como aquele, perfeitos.*

Deixando fluir seus pensamentos, Grigori caminhou até sua estante, alta e larga. Era uma parede de livros, um prazer para ele. Com um único olhar ele abarcava todo o saber. Grigori mentalmente voltou-se para o que chamava de "prateleira Elsin" e pegou um volume fino de capa dura, *Poemas selecionados de Viktor Elsin: uma edição bilíngue*. Em letras menores, lia-se "Tradução e prefácio de Grigori Solodin". Ele ainda se sentia orgulhoso daquele trabalho, o que não ocorria com outros, como sua dissertação, *Três poetas soviéticos: um estudo comparativo*, que ele raramente pegava para ler, *Uma antologia do realismo socialista*, que tanto trabalho lhe dera para obter permissão legal de imprimir os vários textos selecionados. Durante todo o tempo em que trabalhou nesses projetos, Grigori dedicou-se simultaneamente à tradução dos poemas de Elsin. Era um trabalho que fazia por amor, e que nada tinha a ver com suas ocupações acadêmicas. O livro tivera uma tiragem de apenas quinhentos exemplares.

Talvez fosse esse o motivo de ele guardar todos os elogios para sua tradução em um grande fichário de aço à parte. Essas congratulações ele as recebera não apenas de seus colegas de academia, mas de poetas, artistas cujo talento Grigori só poderia imitar. Um deles dissera que sua tradução era "o mais fiel possível à voz de Elsin". Outro, em um jornal literário, elogiara a "fidelidade de Grigori ao comedimento formal da obra de Elsin, ao mesmo tempo que capta a fluente exuberância de seus versos". Até mesmo Zoltan, que em sua juventude na Hungria pós-guerra havia sido forçado a estudar literatura russa, dissera que Grigori tinha "um ouvido de poeta" para as nuanças dos versos de Elsin.

Na verdade, apesar de toda a popularidade que tivera em vida, Elsin não podia ser considerado um poeta "maior". Grande parte da beleza de sua obra residia na simplicidade mesma que o tornara popular, não apenas junto ao público, mas também a editores que, naturalmente, trabalhavam de acordo com a orientação do governo. Seus primeiros poemas celebraram a vida no campo de sua juventude, com a simplicidade direta de gente do campo, seu humor e seu modo de falar, brincando com a língua dentro dos limites seguros da orientação oficial quanto a temas e tom. Seus madeireiros eram sempre belos, e suas camponesas, sempre lindas. O amadurecimento da escrita não o desviou de seu estilo e da orientação dada pelo governo. Embora, ao selecionar os poemas de Elsin para tradução, Grigori tivesse descartado uma boa quantidade de poemas que apelavam para uma emoção fácil, outros eram bastante comoventes, belos até. *Sombras: colcha de retalhos, tapete de folhas caídas, gotas de resina ocre do sol. O ar ressoa...*

Às vezes, todo seu empenho naquela tradução parecia fútil — seu esforço, sua curiosidade, cada descoberta. A profissão também lhe parecia fútil, assim como o fato de seu maior interesse na vida permanecer inacessível. Havia passado cinquenta anos neste planeta para quê, exatamente? Para escrever infindáveis cartas de recomendação para alunos chamados Courtney e Heather e Brian, para que eles pudessem passar seus semestres sei-lá-onde, ou em qualquer outro lugar onde fossem continuar a festa permanente que era a educação superior na América.

Batem à porta. Deve ser Carla, para dizer algo desagradável sobre seu cigarro. Grigori colocou o livro de volta na estante e abriu a porta sem interesse.

— Oh, Zoltan, olá, entre.

Zoltan entrou com o jeito de andar meio corcunda adquirido depois de sua fratura de ombro. Ou talvez fosse de carregar suas sacolas plásticas cheias de cadernos e papéis.

— Encontrei uma coisa interessante em meu diário ontem à noite que me fez pensar em você. Uma referência à sua bailarina. E um comentário que fez sobre a obra do marido.

Sua bailarina. Durante anos Zoltan a chamara assim, uma vez que Grigori era o maior estudioso da obra do marido dela.

— Eu estava lendo meu diário e me deparei com a descrição de uma festa. Uma festa e tanto, devo dizer. A princesa Margaret, bem... — Ele riu para si mesmo sobre algo que decidiu não dizer, e em seguida tirou o diário da sacola de plástico. — Marquei isso aqui para você.

— É muita gentileza sua — disse Grigori, apesar das descobertas anteriores de Zoltan sobre referências a Elsin em seus diários nunca terem-no levado muito longe. Embora Zoltan tivesse se encontrado com Nina Revskaya em Londres, ele só a conhecera superficialmente. Agora ele abriu um caderno de anotações muito surrado e percorreu uma página com a ponta do indicador.

— Não é muita coisa, realmente, apenas... onde está mesmo? Ah, aqui. Você quer ouvir tudo ou somente a menção a Viktor Elsin?

— Tudo, é claro. — Grigori pegou de volta seu cigarro e deu uma longa baforada.

Em um tom de voz ligeiramente mais elevado, Zoltan pôs-se a ler: *A Borboleta estava lá, mais parecendo um louva-a-deus, longilínea e fechada em si mesma. Sempre me surpreendo com a imaterialidade dessas bailarinas vistas pessoalmente. Ela estava literalmente vestida de pérolas e sua própria pele tinha uma pálida luminosidade. Fala um inglês excelente, sempre correto, ainda que com arabescos sintáticos que não sei reproduzir aqui. A princípio nossa conversa foi bastante superficial, mas depois ela baixou a guarda. Isabel e Lady Edgar estavam no outro lado do salão cantando, creio eu, uma canção maliciosa. Apesar do meu "esplêndido" inglês, não consegui captar muitas das alusões, e Nina parecia apenas divertida. Desconfio de que ela tampouco entendesse todas as palavras. Ela confessou a mim que tinha ficado chocada na primeira vez em que esteve em uma das* soirées *de Roger. Disse-me que jamais havia visto pessoas tão pouco formais, sentadas no chão e tirando seus sapatos. É uma dessas diferenças que a pessoa nota e que aos poucos vai deixando de notar, disse ela. Sei bem o que ela quer dizer. Pequenas coisas que eu achava fascinantes um ano atrás já me passam quase despercebidas. Mas a Borboleta ainda não parecia à vontade ali, e quando alguém, mais tarde, fez uma referência a Margot* — Zoltan ergueu os olhos para Grigori e acrescentou: — Folteyn, é claro —, *ficou evidente que o que se comenta é verdade, e as duas já não mais se dão. Não que ela tivesse dito isso, mas ficou claro pela atitude que ela assumiu, por sua maneira de estar, pela frieza de seus olhos.*

Antes disso, alguém havia dito que eu era poeta, e esperei que ela mencionasse seu marido. Mas não o fez. Quando lhe perguntei se ainda lia poesia, ela disse que não, que havia perdido o gosto por ela. Foi assim mesmo que ela disse: perdido o gosto. Perguntei-lhe como isso havia acontecido, e ela disse que concordava com Platão, ou, pelo menos, com o que lhe tinham resumido sobre Platão: que havia algo de desonesto na poesia e que ele estava certo ao querer banir os poetas. Fiquei horrorizado, naturalmente. Zoltan ergueu os olhos novamente para Grigori e disse: — Jamais perdoei Platão por isso. — E continuou a leitura: *O que ela queria dizer, explicou-*

me, era que a única realidade era a vida, a vida de verdade, e que essas belas versões da vida eram mentiras para as quais ela havia perdido a paciência. Ousei dizer que provavelmente seu marido discordaria disso. Ela disse que não, que fora ele quem lhe falara do ponto de vista de Platão, e que ela achava que ele estava ciente de que seus poemas não expressavam a verdade. A realidade na qual ele queria acreditar não era algo que existisse, disse ela, por isso teve que criá-la no papel. "Ele queria acreditar nela, mas não creio que acreditasse." Então Roger veio girando até nós com um enfeite de Natal pendurado em sua narina... Bem, é só isso. Acaba aqui.

Grigori acenou com a cabeça, perguntando-se se Revskaya dissera a verdade.

— Muito obrigado por ler isto para mim. Acrescenta um novo mistério à poesia dele.

— Vou fazer uma fotocópia para você, quer? É curioso, não? Como a gente se esquece dessas coisas. Foi o leilão que me fez pensar nela, todo esse alvoroço na imprensa. — Zoltan já estava pegando suas sacolas de plástico e se voltando para deixar a sala de Grigori. — Tenha um bom-dia, Grigori. Vou deixar a fotocópia no seu escaninho. É curioso como a gente vê as coisas de maneiras diferentes, dependendo do que se está procurando.

Zoltan saiu arrastando os pés e Grigori fechou novamente a porta, mas Carla já dizia:

— Você sabe que este é um prédio para não fumantes.

UM NOVO ANO se inicia. Gelo sujo pendendo das calhas, sol aguardando até as 10 horas para surgir. Janelas que nunca se abrem, cercadas de neve que logo escurece com a fuligem. A mãe de Nina faz seu trajeto para o trabalho, o mercado, o hospital e a prisão, para a casa de um amigo ou de um parente. Enquanto isso, Nina corre de um lado a outro, das aulas da manhã da companhia para a palestra compulsória sobre marxismo, dos ensaios da tarde para o recital da noite. Isso sem falar no "serviço comunitário" obrigatório, com suas longas viagens de ônibus sacolejantes até aldeias distantes a fim de dançar para camponeses ou operários de fábricas em grandes complexos industriais. Para receber um dinheiro extra, ela também dança em clubes, institutos e academias, correndo de palco em palco. Quando força demais os músculos, sente seu corpo inteiro tremer por dentro. Contrações nas pernas, nos quadris, nos pés. Meias sujas de sangue nos dedos. Em certos dias tudo corre bem, seu corpo a obedece e chega a surpreendê-la com o que consegue fazer. Em outros, ele a decepciona. Ela está sempre limpando as pontas das sapatilhas, passando suas fantasias, pregando elásticos e fitas em seus chinelos, ouvindo instruções depois dos ensaios, algumas lágrimas a rolar pelas faces. A frustração da perfeição inatingível... Ela beija o rosto da mãe e sai na manhã ainda escura, passa por crianças que jogam hockey no beco, com suas vozes alegres a cortar o ar gelado. Na rua, bondes superlotados passam lentamente, com passageiros pendurados do lado de fora, enquanto Nina se dirige a seu mundo de corpetes e tutus, de maquiagem colocada e retirada, das cortinas do Bolshoi ora abertas, ora fechadas, com suas franjas douradas a balançar. Ela espera que Viktor dê notícias.

Duas semanas já se passaram desde seu jantar juntos. Duas semanas a se perguntar se teria dito alguma coisa errada, ou se ele havia conhecido outra pessoa. Ou se algo horrível teria acontecido a ele.

Então, uma noite, ela o vê.

Ou pensa que o vê. Ela acabara de dançar em uma matinê, não no Bolshoi, mas em um teatro bem menor. Um recital particular para complementar a renda. É domingo, uma tarde clara e fria, mas não dolorosamente fria. O sol mal começava a se pôr. Nina caminha pela calçada cheia de gente a passear, gozando o dia de folga. E subitamente, logo adiante dela, junto a um quiosque de esquina, está a mulher loura, Lilya, *deslumbrante*, em um casaco de pele cinza, um chapéu escuro e pequeno como que para deixar bem à mostra seus cabelos louros. E agora Nina vê um homem alto e elegante junto ao pequeno quiosque de madeira, comprando cigarros. O chapéu e as pessoas passando escondem um pouco seu rosto, mas sim, é Viktor, alto, esguio e cheio de vida. O coração de Nina dispara.

Ela está decidida a falar com ele. Precisa falar. Mas tem de tomar coragem de antes. A calçada está cheia de gente que caminha sem pressa, e ela não consegue chegar até ele. A mulher loura e o homem alto desaparecem na multidão.

Nina fecha os olhos e diz a si mesma que irá esquecer aquela cena. Irá esquecê-lo. Ela é jovem e não precisa daquele homem. Em vez de ir para casa, decide continuar a caminhar, como se assim pudesse deixar para trás aquela febre que sentia, o turbilhão de pensamentos em sua cabeça. Silenciosamente, faz confidências a um amigo que não tem, explica a ele como havia sido o jantar com Viktor apenas duas semanas antes, como a proximidade entre eles fora mais do que física, que ela pensava ter sido real. Confiar em alguém daquela maneira, sem dúvidas ou suspeitas... Impossível, talvez. Em uma rua perpendicular, crianças brincam e riem tentando patinar no gelo irregular coberto de neve. Uma onda de recordações envolve Nina: o pátio empoeirado, Vera, as duas brincando juntas horas a fio, rindo tanto que às vezes não conseguiam parar. A onda passou, e Nina continuou a caminhar sozinha.

Ela anda sem parar ao longo do rio Moscou. Vozes alegres de um coral chegam até ela vindo dos alto-falantes. Ela observa as cores cambiantes do rio, o gelo se tornando rosa pálido à medida que o sol se põe. Subitamente ela sente frio. Sente tanto frio que seus pés quase congelam e não consegue sentir o rosto por conta do ar gelado.

No dia seguinte ela encontra um pedaço de papel no chão do camarim. É um bilhete enfiado por baixo da porta. *Sinto muito pela longa ausência. Minha mãe passou mal novamente, e não pude me afastar dela. Por favor, aceite minhas desculpas. E, por favor, saia comigo esta noite. O seu, Viktor.*

Mãe. E espera que eu acredite. Mas quando, depois do espetáculo, Nina encontra Viktor encostado tranquilamente à parede do corredor em frente a seu camarim, só o que ela diz, o mais friamente possível, é:

— Eu já tinha desistido de você.

— Desculpe-me. Fiquei preso em casa com minha velha mãe. Mas, por favor, não a culpe por isso!

— Culpá-la? Não, eu culpo você.

Viktor dá um sorriso.

— E se eu disser a você que isso não acontecerá novamente?

— Eu não vou acreditar. — Sua voz está surpreendentemente calma. — Eu o vi com aquela mulher. Lilya.

Viktor parece surpreso em vez de constrangido.

— Você me viu ontem? Onde, no restaurante? Por que não falou comigo?

— Não quis interromper um momento particular.

— Mas nós estávamos com... Você não está pensando que... Eu já disse. Ela é uma velha amiga. — Ele ri, como se nada daquilo tivesse importância. — Borboleta, se adianta alguma coisa, ela está de partida para a Ucrânia. Ofereceram um bom emprego em um teatro lá. Mas mesmo se ela morasse aqui, Nina, você não compreende... — Viktor sacode a cabeça e então a expressão de seu rosto se modifica; pela primeira vez no curto tempo em que Nina o conhece, ele busca palavras para se expressar. — Alguma coisa aconteceu com você — diz ele, quase perplexo. — Alguma coisa aconteceu.

— O que aconteceu? — Nina se surpreende com o tom da própria voz.

Ele sacode a cabeça.

— Eu só quero estar com você.

Para surpresa de Nina, ele parece sincero. A partir dessa noite, Viktor a leva para jantar, para cafés enfumaçados, para uma boate apinhada e barulhenta, e sua maneira gentil a deixa à vontade. A barreira invisível que costuma separá-la de pessoas recém-conhecidas simplesmente não existe. Ela se sente tomada de um novo apetite, de um apetite mais do que físico: tem fome de conhecer aquela pessoa em sua essência, de desvendar suas várias camadas, suas incongruências. Pela primeira vez na vida Nina sente não apenas curiosidade, mas necessidade de descobrir o que há no coração de outra pessoa.

Viktor mostra-se cada vez mais interessado por ela. Um pretendente cortês e confiável, e a única coisa que deixa Nina desconfortável é a súbita transformação dele. Entretanto tudo indica mesmo que não haja outra pessoa. Em momentos fortuitos de rara privacidade, como no camarim, quando Polina não está, ou em um corredor ocasionalmente vazio, ou na fria escuridão de becos que atravessam tarde da noite, Viktor beija Nina com fervor, furtivamente, murmurando palavras de amor em seus ouvidos. Vez por outra ele a toca como havia feito no carro, e ela se impressiona ao pensar que viveu até agora sem conhecer o prazer de tais surpresas. Chega em casa muito tarde, onde a mãe ressona de leve, e se mete sob as cobertas em sua cama de ferro. Está feliz.

Algumas noites a mãe acorda e há uma nota de preocupação em sua voz ao dizer:

— Como você chegou tarde!

De sua cama no outro lado do quarto, Nina responde:

— Desculpe, tentei não acordar você.

— A mãe galinha nunca dorme enquanto seus pintinhos não estão a salvo junto dela.

— Rá! Você devia ter se ouvido roncando.

A mãe ri de leve e sua voz é aguda como a de uma menina.

— Você está feliz. Dá para notar. — Depois seu tom de voz muda um pouco. — Eu só quero que você esteja bem. Quero ter certeza de que você está com pessoas em quem pode confiar.

— Mãe, não se preocupe.

A mãe dá um suspiro.

— Você ainda é a minha garotinha, sabe? — E, em seguida, apesar de Nina não lhe ter dito uma única palavra sobre Viktor: — Ele é atraente?

— Muito.

— *Muito!* — Uma pausa. — Se ele fizer alguma coisa, você sabe onde chutá-lo.

— Mãe! — Mas Nina não consegue deixar de rir.

Os dias escuros e terrivelmente gelados do inverno, o céu melancólico, a neve escurecida pela fuligem virando gelo, derretendo e congelando novamente... tudo isso parece bonito agora por causa de Viktor. Ela conhece amigos e parentes dele: um casal que faz traduções literárias; um jovem romancista arrogante da Sibéria; um dramaturgo pálido e nervoso que sempre consegue derramar alguma coisa. O grupo ligeiramente mais velho inclui o acadêmico calvo Rudnev, o arquiteto Kaminsky e a mulher que dirige o Arquivo Estatal da Época Feudal. Mas Nina ainda não foi ao apartamento de Viktor nem conheceu a mãe dele.

Um de seus novos conhecidos, o compositor Aron Simonovich Gershtein (os amigos o chamam de Gersh), é o melhor amigo de Viktor. Ele leciona no Conservatório de Moscou e mora no mesmo prédio onde Viktor vive com a mãe. É um prédio grande que pertencia ao Bolshoi e fica bem próximo à Praça do Teatro. Está reservado para compositores, músicos e artistas, e encontra-se em bem melhor estado que o prédio velho de madeira onde Nina e a mãe moram. Como todo prédio grande de apartamentos, aquele tinha guardas militares por toda parte e seus corredores cheiravam a óleo de fritura.

Cada um dos três andares era cortado por um corredor longo e escuro ladeado de muitas portas. Sempre que Nina e Viktor visitavam Gersh, as portas se entreabriam e por trás delas pares de olhos desconfiados os acompanhavam. A qualquer hora há sempre alguém fumando no corredor, alguém ao telefone, alguém gritando alguma coisa. E alguém ao fogão cozinhando batatas. O quarto de Gersh fica próximo à metade do corredor e grande parte dele é ocupada por um piano de cauda.

Gersh também é volumoso, um homem de ombros largos, de uns trinta e poucos anos, com uma cabeleira vasta porém com acentuadas entradas. Olhos vivos verde-acinzentados por trás das pequenas lentes redondas dos óculos, um deles apontando ligeiramente na direção do septo nasal, como se um soco na cabeça tivesse feito aquele estrago. Mas ele não é feio, exceto pela expressão de seus olhos.

— Entrem, entrem — diz quando Viktor leva Nina à casa dele para conhecê-lo. — Que maravilha conhecê-la pessoalmente, Borboleta — comenta, erguendo a mão dela para beijá-la. — Que bom tê-lo aqui também Viktor, como sempre. Vocês chegaram na hora certa para experimentar o novo chá que Zoya preparou.

— Zoya? — Viktor movimenta os lábios em silêncio repetindo o nome, e Gersh encolhe um pouco os ombros como que a se desculpar. Os olhos de Viktor dão a Nina um aviso e ela olha, pouco à vontade, para uma mulher do tipo *mignon* e cabelos pretos, ocupada com algo na outra extremidade do quarto.

Zoya, olhando para os recém-chegados, exclama:

— Viktor Alekseyevich! — Cabelos curtos e encaracolados, cachos escuros a emoldurar-lhe o rosto. — Faz muito tempo mesmo. E que prazer — diz ela voltando-se para Nina — conhecer *você*. Eu a tenho visto dançar. Incrível, é o que sempre digo. Não querem tirar seus casacos? Eu adoro o balé. No fundo, sempre quis ser bailarina. — Ela fala muito depressa, um pouco sussurrante, e Nina sente certa dificuldade em entender o que ela diz. — Vocês chegaram mesmo na hora certa. Espero que provem do meu chá. É a primeira vez que faço. — Ela explica que aprendeu a fazê-lo com um médico chinês e foi ele mesmo que lhe deu os botões de flores. — Ele disse que se você beber este chá dia sim, dia não, pode ganhar mais dez anos de vida.

— Céus! — exclama Viktor —, e o que a gente vai fazer com esse tempo extra? — A questão é a seguinte — diz Gersh —, o que acontece se a pessoa tomar todos os dias?

— Os botões só se abrem uma vez a cada 24 horas — continua Zoya a falar. — Ou algo assim. Na verdade, eu esqueci o nome disso, mas parece que é bom para uma porção de coisas. Ele até explicou por quê.

— Por quê? — Nina tenta participar da conversa daquela mulher que fala sem parar, num apartamento onde ela está pela primeira vez, diante de Gersh com aquele seu olho que se move sozinho. Ela sente o cheiro forte do chá, um cheiro estranho de algo amargo.

— Na verdade, não me lembro. Mas tem algo a ver com a limpeza dos intestinos ou coisa assim. — Os cachos de Zoya saltitam enquanto ela fala. Seus cílios também são curvos e ela pisca os olhos de uma maneira que Nina só viu no palco.

— Vejam bem, vocês não têm que tomar o chá — diz Gersh. — Zoya não se sentirá ofendida. Não é, docinho?

Nina não consegue deixar de olhar a todo instante o olho ligeiramente estrábico de Gersh, que o faz parecer um intelectual ou um homem um pouco rude, e ela não consegue decidir qual dos dois ele é.

— É claro que vamos experimentá-lo — diz ela, não ousando recusar o chá. Preciso de toda ajuda possível para atravessar o inverno sem adoecer.

— O médico me disse que nunca adoeceu na vida. — Zoya serve o chá escuro em xícaras de porcelana com as bordas lascadas. Suas mãos são pequenas como as de uma menina. A chaleira é do tipo novo e barato, feita de latão.

— Sentem-se, por favor — diz Gersh sentando-se na ponta de um sofá rasgado em frente à cama, forrada com um edredom de plumas cobertas de seda vermelha. O resto da mobília consiste em três cadeiras de mogno, um armário com uma bacia ao lado, um grande rádio em uma cômoda grande e baixa, prateleiras repletas de partituras de música em desordem, e a mesinha redonda com belos pés entalhados. Na mesa há alguns ovos e um pratinho com pimenta preta: bens valiosos. Nina também nota que Gersh tem seu próprio telefone sobre um móvel baixo e pesado, e um pequeno aquecedor portátil. Aquilo era um evidente privilégio. Viktor e seu igual, tão preciosos que tiveram que ser mandados para Tashkent durante a guerra, protegidos como ovos Fabergé.

— Esta xícara está um pouco lascada aqui na beira — diz Zoya enquanto Nina e Viktor se sentam nas cadeiras de mogno —, portanto, cuidado com os lábios. Oh, é esta aqui, está vendo? Eu lhe disse que uma estava rachada! Cuidado para não queimar a boca. Oh, céus, eu quase derramei. Espero que o gosto esteja bom. — Zoya fala sem parar sobre o chá e as xícaras enquanto Gersh propõe um brinde:

— A vidas longas e xícaras sempre cheias!

Que brinde estranho. Nina guarda para si este pensamento enquanto os quatro erguem suas xícaras para brindar. Um sabor forte e desagradável ao tomar o primeiro gole.

— Quer saber de uma coisa, Zoya? — diz Viktor. — Acho que vou ter de abrir mão dos dez anos extras.

Gersh não tem açúcar em casa e Zoya sugere um pouco de leite para adoçar o chá.

— Oh, céus, eu não sabia que era tão amargo. Mas é chinês, sabem? — Ela serve o leite de uma garrafa verde e suja, e Nina observa as cores se misturando em sua xícara. — Aposto que isso vai ser bom para sua dança.

Seu interesse por arte parece genuíno; ela trabalha no serviço de palestras do Departamento de Educação da Cidade de Moscou, organizando eventos culturais para o público.

— É um programa maravilhoso, realmente. Sinto-me muito honrada em participar dele. Nós dispomos de tanto talento nesta grande nação! — Nina conhece aquele tipo: está sempre demonstrando seu apreço pelo Partido e usando um distintivo na lapela. Agora ela fala sobre um show de variedades que ajudou a organizar para a casa de repouso do comitê de apoio a docentes universitários. — Foi um enorme sucesso. — Uma pequena sacudida nos cachos e o tom de voz de quem considera o sucesso algo natural. — Havia um acordeonista, um mágico, uma cantora absolutamente fantástica e um malabarista muito engraçado. E teve também uma fala de um palestrante sênior do Instituto dos Professores. Oh, e o cachorrinho treinado que foi a coisa mais engraçadinha...

— Eu queria saber como o pobre palestrante se sentiu entre um malabarista e um cachorro — falou Gersh.

— Você acha graça — diz Zoya parecendo um pouco magoada. — Tudo bem, eu sei que você gosta de assumir um ar superior, fingindo que está acima de tudo isso... — Mas seu rosto não esconde que ela acha Gersh cativante.

— Não estou fingindo coisa alguma. Eu acredito realmente que meu trabalho, apesar do que o Comitê Central possa dizer — seu tom de voz se modifica quando ele olha para Viktor —, é de uma natureza mais elevada que a de um cão treinado. Talvez não da de um mágico...

Os olhos de Viktor brilham. É evidente que ele se compraz com a imprudência de Gersh.

— Aqueles mágicos e malabaristas são artistas, também. A arte deles é a do entretenimento, ao invés de... bem, não sei exatamente qual você acha que é, de fato, o objetivo de sua arte.

— Beleza, meu docinho. Beleza, e nada menos que isso. Você não concorda? — Gersh volta-se para Viktor e Nina à espera de apoio, mas Viktor parece estar menos à vontade, agora que foi envolvido na discussão. Nina, surpresa com a declaração ousada de Gersh, não sabe o que dizer. Oficialmente, a arte tem propósitos muito mais grandiosos: educar o povo e servir à Revolução. Sem o contexto social, a mera beleza é insuficiente. É isso, pelo menos, o que dizem nas palestras que Nina é obrigada a assistir na Casa dos Trabalhadores das Artes.

— Você pode colocar seu trabalho num pedestal — observa Zoya, fazendo um pequeno muxoxo que, Nina supõe, ela acha adorável —, mas posso dizer que há malabaristas cuja companhia eu preferiria muito mais que a de certos poetas. Não você, é claro. — Zoya faz um leve gesto indicando Viktor.

— Ah! Já sei o que pode adoçar esta coisa — diz Gersh, e se curva em direção a um pequeno móvel para pegar uma garrafa de licor.

Zoya se volta para Nina.

— Se você algum dia aceitar dançar para nós...

— Oh, é claro. — Nina ainda está tentando se situar naquele apartamento, tentando descobrir quem exatamente são Zoya e Gersh, tentando entender o que se passa ali. Por que Gersh emite suas opiniões tão livremente diante de alguém como ela? Bem, é evidente que ela está caída por ele. Talvez os opostos se atraiam mesmo.

— Viktor já se apresentou para nós, sabe? Um grande *showman*, realmente, pela maneira como recita. Eu adoro aquele dos campos de papoula.

Então a expressão dela se modifica. Volta-se, contida, para Gersh e diz:

— Ouvi dizer que — ela faz uma pausa como se estivesse à procura das palavras certas — sua velha amiga Zhenia ficou viúva.

Gersh para de abrir a tampa da garrafa.

— É, soube disso há pouco — murmura Viktor sem desviar o olhar do seu chá. Nina procura na memória para ver se sabe quem é Zhenia. Mas é claro que Zhenia não é a pessoa a quem Zoya se refere. É o marido e o fato de ele ter morrido em más circunstâncias. É isso o que Zoya quer dizer.

— Eu não sabia — diz Gersh em voz baixa, voltando sua atenção para a garrafa de licor. Nina sente um arrepio, embora no mundo do balé não sejam diferentes essas revelações em código.

— Bem, pois é, eu também acabo de saber — diz Zoya.

Gersh está acrescentando licor às xícaras, ainda sem erguer os olhos. Com a voz contida, ele pergunta:

— Suponho que tenha sido atropelado por um caminhão, não?

Isso Nina sabe. Ela compreende. No mês passado um ator maravilhoso que era diretor do Teatro Judeu foi morto em um acidente de automóvel. Pelo menos foi isso que os jornais disseram. Mas ouviu uma história de um caminhão que o atropelou, de que o Ministério do Interior estava envolvido naquilo. Nina continua confusa, sem saber o que pensar. Por que eles fariam uma coisa dessas? Como era possível... matar uma pessoa assim, sem mais nem menos? Matar um inocente? Ela sente uma profunda tristeza novamente ao pensar naquilo. O Teatro Judeu, nesse meio-tempo, foi fechado.

— Não que eu conhecesse bem a poesia dele, é claro — diz Zoya, ignorando a pergunta de Gersh. Nina tenta evitar os olhos dele. O olho ligeiramente vesgo, conclui ela, lhe dá uma aparência um pouco enlouquecida.

— Os poemas dele eram de partir o coração — diz Viktor pensativo.

Sentando-se novamente no sofá, Gersh conclui:

— Pois é. *É isso* que eu quero dizer quando falo sobre arte.

— E é para o povo — diz Viktor, como se falasse consigo mesmo. Nina percebe, por seu tom de voz, que ele quer mudar de assunto. — Poesia, malabarismo, espetáculos de mágica. No final, está sempre o povo. Não se trata de quem produz a arte ou de qual tipo ela é. O que importa é o povo que a usufrui. — Viktor toma um pequeno gole do chá. — Hum, agora está dando para engolir. Obrigado.

— Tudo bem, então: arte para as massas — diz Gersh. — Mas você sabe aonde isso leva. — Ele se afunda mais no sofá, parecendo ter se recuperado da raiva ou do medo que sentira. Em seguida estica o braço e cobre o telefone com uma almofada. — Durante três dias no mês passado meus colegas compositores e eu ouvimos o Comitê Central reiterar suas "orientações" para a música soviética. Três dias ouvindo tudo o que estávamos fazendo de errado: "antipovo" isso, "formalista aquilo, "sons alienantes" ao invés de música, et cetera, et cetera. O ano de 1936 de novo. Tínhamos que concordar balançando a cabeça enquanto Zhdanov listava todos os criminosos ali sentados: Shostakovich, Prokofiev, Khachaturian. Sabe-se lá por que meu nome não estava naquela lista.

Nina já tinha ouvido falar daquela reunião em comentários discretos feitos pelos maestros e pianistas do Bolshoi. Sussurros e rostos preocupados dos músicos. Ela se pergunta se Gersh não está se arriscando ao falar assim diante de alguém como Zoya, mas imagina que ele a conheça o suficiente para saber o que faz.

— Os compositores mais medíocres, de segunda categoria, deleitaram-se com aquilo — prossegue. — Essas coisas são ótimas para a mediocridade. Os palestrantes repetiam todo o tempo que "O Comitê Central deseja que a música seja bela e graciosa". Era esta a expressão que usavam. "Bela e graciosa." — Ele ergue as sobrancelhas. — Bem, quem pode ser contra isso? — Algo parecido com um sorriso paira em seu rosto por alguns segundos. — Fiquei conversando depois com o pobre Shostakovich. Ele me contou como foi quando ele e Prokofiev foram convidados para o encontro com Zhdanov. E Zhdanov disse a eles que o mais importante elemento da música... — Embora seu tom de voz seja levemente irônico, os olhos de Gersh parecem estar sorrindo, enrugados nos cantos. Ele para de falar, acende outro cigarro, traga. Agora ele afeta uma expressão exagerada de gravidade. — Este foi o conselho dado a nossos dois maiores compositores vivos. Zhdanov disse a eles que o mais importante em uma peça musical é sua melodia poder ser *cantarolada com a boca fechada.*

Nina e Viktor riem um pouco, enquanto Gersh sacode a cabeça, triste. Zoya não sabe o que fazer. Seu rosto parece dizer que ela deveria fazer uma objeção, mas não consegue. Lábios apertados, olhos fixos em Gersh, como que fascinados. Ao observá-los, Nina se pergunta se seus próprios olhos, quando ela olha para Viktor, revelam-na tão despudoradamente.

Viktor, como costuma fazer, começou a contar piadas.

Nina já o viu fazer isso antes: desviar a tristeza ou uma situação tensa com histórias engraçadas. Tem um estoque infindável delas. Logo Nina também não pôde deixar de rir.

— Eu sei uma — diz ela, feliz por ter se lembrado de uma coisa engraçada, um cartum do *Krokodil* de Polina. — Uma mulher em uma loja de roupas está experimentando um vestido. A vendedora pergunta se ela já se decidiu e a mulher diz "Não sei. Eu gosto do tecido, mas não gosto da estampa". "Oh, então não se preocupe", diz a vendedora. "A estampa vai desaparecer completamente logo na primeira lavagem."

Os outros riem, mas Viktor diz:

— Bem, tenha paciência. Logo você terá seu vestido bonito.

Por um instante Nina sente-se diminuída, mas Zoya entra rapidamente na conversa.

— Eu tenho uma piada também. Um fazendeiro está entre dois tratores, parecendo confuso. "Qual deles foi consertado e qual necessita de conserto?" "Experimente os dois", diz o outro homem. "Já experimentei. Nenhum dos dois funciona." — Aquele cicio ao falar faz com que ela pareça ser muito jovem. Viktor não demonstra ter achado graça da piada. Nina sente um leve aborrecimento com a maneira como Viktor sempre age quando está perto de outras mulheres. Ele procura captar a atenção delas de várias pequenas maneiras, como agora, mesmo com ela a seu lado.

Zoya oferece-se para encher novamente as xícaras, mas somente ela repete o chá, dando um pequeno suspiro conformado.

— Eu vou tomar mais daquela outra coisa — diz Gersh, e Zoya lhe serve mais bebida. Novamente aquela expressão de adoração em seu rosto.

— Obrigado, docinho.

— Por favor, Gersh — diz Viktor. — Ela não é comestível.

— É porque eu disse a ele que não gosto de ser comparada a animais — diz Zoya. — Até mesmo "gatinha" me desagrada. Por isso ele começou a me chamar de outras coisas.

— Está vendo? Foi ela mesma quem quis. — Gersh reclina-se no sofá.

— Ele é muito mulherengo — comenta Viktor com Nina depois, ao acompanhá-la de volta para casa. — Coleciona mulheres da mesma forma que um toco de árvore faz com cogumelos. Gosta de tê-las por perto. — Viktor diz isso com certo orgulho, como se ele mesmo já tivesse se visto assim. — Ultimamente, porém, ele se acalmou um pouco — acrescenta, como que para agradar Nina.

Mas o que Nina sente por Gersh é um pouco de pena; ele tem um certo cheiro de coisa velha, um odor acre e solitário de roupas deixadas em uma gaveta por muito tempo. Pensativa, ela pergunta a Viktor:

— Ele precisava mesmo cobrir o telefone com uma almofada?

— Ah, sabe como é... as pessoas vêm fazendo isso há muitos anos.

— Mas por quê? — Por mais que ela saiba que é necessário ter cuidado com o que se diz, Nina é ignorante em muitas coisas, pois passa os dias ocupada com o balé e volta para casa para dormir. Nada muito além disso.

— Boatos — diz Viktor — de aparelhos de gravação do tempo da guerra. Confiscados dos alemães. — Ele faz aquela cara de que ela gosta, tranquila, ligeiramente alienada. — As pessoas se comprazem com a ideia de que suas casas estão aparelhadas com essas coisas. — Ele joga no chão a guimba do cigarro.

Do corredor do prédio veio um som de passos e um pequeno baque, a usual chuva de contas e catálogos que seu vizinho do outro lado do corredor sempre enfiava pela abertura da porta. Nina dava pouca atenção àquilo; raramente escrevia a alguém ou esperava alguma correspondência importante. Bem, vez por outra recebia cartões de ex-alunas em épocas festivas, um ou outro pacote enviado por Shepley ou por Tama. Uma vez por ano recebia também uma carta de Inge. A pilha de correspondência de hoje ficou caída no chão como se fosse lixo, até que Nina, olhando por acaso, viu um envelope de cor creme.

Ela aproximou sua cadeira de rodas para se certificar de que havia visto bem. Sim, era igual ao outro, endereçado com uma letra firme em tinta preta.

A princípio ela ficou apenas olhando aquele envelope. Depois tentou curvar-se para pegá-lo, mas sua mão esticada não alcançou o chão. Nina sentiu sua impossibilidade como uma afronta. Mas tentou novamente, respirando fundo antes, bem lentamente, como havia aprendido a fazer há muitos anos. Ela respirava e esticava o braço, depois repetia a operação e sua mão ia chegando cada vez mais perto da carta. Nina respirou fundo novamente e esticou o braço mais ainda. Porém não foi o suficiente.

Depois de um breve descanso, tentou de novo. Sabia que qualquer desafio físico seria difícil para ela. Inalar, exalar, esticar. Ela se movia lentamente, esticando um centímetro, depois outro, movida por sua força de vontade. Agora sua mão já estava quase no chão. Inalar mais uma vez, depois exalar e ir esticando. Seu braço doía e seus dedos tremiam junto à borda do envelope. Mas o esforço havia sido grande demais e ela se deixou cair sobre o braço da cadeira de rodas, vencida, sentindo uma forte dor nas costelas.

Nina teve que esperar até as 17 horas, quando Cynthia chegou.

— Aqui está, querida. — As contas da pulseira de Cynthia se entrechocaram quando ela entregou a Nina a pilha de correspondência.

— Obrigada. — Nina tentou dar a impressão de que estava pouco interessada naquilo. Porém, tão logo Cynthia foi para a cozinha preparar o jantar, ela pegou o envelope de cor creme e abriu-o cuidadosamente.

Senhora,

Como pode imaginar, fiquei surpreso com a notícia de que a Beller leiloará suas joias. E quando soube que isso incluía suas peças de âmbar que formam um conjunto com a minha, não pude deixar de me sentir culpado.

Por favor, creia quando insisto em afirmar que não tive a menor intenção, em minha primeira tentativa de contato, de criar uma situação difícil para a senhora. Era minha intenção simplesmente provar-lhe, através da incontestável beleza desses objetos que possuímos, que os laços entre nós são reais e inegáveis.

O fato de, ao invés de reconhecer essa conexão, a senhora ter optado por desfazer-se dessa prova concreta não me deixa dúvida quanto a seus sentimentos em relação a mim, ou àquele período específico de seu passado.

Afinal, conquanto esse objeto tenha sido, durante décadas, de valor inestimável para mim, ele não foi capaz de me trazer as respostas pelas quais ansiei por toda a minha vida. Desejo, então, ao menos reuni-lo às outras peças do conjunto para que este (diferentemente de mim, de minha própria história) possa, por fim, ainda que por breve tempo, estar completo.

Cheguei a essa decisão respeitosamente, sem qualquer ardil. Mas continuo a esperar que a senhora e eu possamos, algum dia, nos encontrar pessoalmente, e que a senhora possa esclarecer algumas questões que continuam a me perseguir. Foi por respeito à sua privacidade que entrei no leilão de maneira anônima. E espero que, por respeito a mim, a senhora me conceda, por fim, um encontro.

Respeitosamente,
Grigori Solodin

Algo terrível pareceu explodir dentro dela. Nina voltou a sentir a dor nos quadris, apesar das pílulas que havia tomado três horas antes. Ela as tomara na noite anterior também, embora costumasse passar vários dias sem analgésicos. Mas a dor tinha se tornado tão extrema que a acordava ou simplesmente a impedia de dormir. Por vezes não conseguia impedir gritos de dor, apesar de tentar controlar-se quando havia alguma testemunha indesejada por perto, como Cynthia. O quarto escuro à noite tornava tudo ainda pior. Naquele breu tinha a impressão de poder estar em qualquer lugar. Os comprimidos davam-lhe uma sonolência confusa, deixavam-na um pouco fora de si durante o dia, levavam-na a conversas intermináveis com Cynthia. Ou então faziam com que cochilasse sentada na cadeira de rodas; uma vez acordara com saliva na blusa. Nessas ocasiões ela jurava não tomar mais aqueles comprimidos, mas depois o ciclo recomeçava.

Com a nova carta no colo, Nina moveu a cadeira de rodas até o escritório, onde destrancou a gaveta superior de sua escrivaninha. Lá estava a primeira carta, bem no fundo da gaveta. Novamente Nina teve vontade de fazê-la em pedaços, mas naturalmente isso não levaria a coisa alguma. Ela pegou a primeira carta, agora ansiosa por ver o que havia jurado a si mesma esquecer. Desdobrou-a e, com dedos trêmulos, pegou a fotografia que havia dentro dela. Era uma foto colorida, incrivelmente nítida em seus pormenores. Nina imaginou que seria uma dessas fotografias digitais de que tanto se falava então. Aquela moça da Beller também falara em fotos digitais que seriam colocadas on-line para potenciais compradores.

Aquela havia sido tirada de perto e mostrava o pingente em tamanho natural. Uma colher cheia de espesso mel. Nina sentiu a mesma surpresa de quando vira a foto pela primeira vez. A cor era absolutamente fiel, exatamente a tonalidade da qual se lembrava: um tom laranja-avermelhado intenso e luminoso. Ela aproximou a fotografia dos olhos para melhor inspecionar o pingente. Apesar do tremor das mãos, Nina pôde ver o que sabia haver lá dentro. Mas arrependeu-se logo de ter olhado. Aquela terrível queimação por dentro começara novamente. Ela precisava pôr fim àquilo.

Nina virou a foto com a face para baixo. Em seguida pegou uma folha de papel de carta e destampou uma caneta de ponta fina. "Caro Sr. Solodin", começou ela a escrever com a tinta azul. "Recebi sua correspondência." Ela notou que as letras estavam grosseiras, assim como as articulações de seus dedos. Nina encostou a ponta da caneta no papel, tentando pensar no que escreveria. Seria firme e definitiva. Mas uma mancha de tinta começou a marcar o papel. Ela ergueu a caneta e fixou longamente o olhar na folha. Deu-se conta, então, de que fazia a mesma coisa de sempre: reagia rápido demais, sem parar para pensar e tomar fôlego para tranquilizar-se. Ela colocou a tampa de volta na caneta e guardou o papel na gaveta, juntamente com as duas cartas de Grigori Solodin. Nada de decisões precipitadas, disse a si mesma. Ainda levaria algum tempo para decidir exatamente o que fazer.

POUCO DEPOIS daquela noite no apartamento de Gersh, Viktor retorna com ela ao mesmo prédio grande e quadrado, vigiado pelos mesmos guardas arredios e entediados. Desta vez, porém, eles entram pelo outro lado, depois de dobrarem a esquina, e sobem a escada até o apartamento onde Viktor e a mãe residem. Como o de Gersh, ele dá para um corredor mal-iluminado, mas este é bem no final, onde fica também o telefone. Uma mulher de robe está falando muito alto ao telefone e apenas olha Viktor de relance quando ele entra com Nina no apartamento. Escuro, cheirando a coisa velha, o lugar tem uma janela que dá para a rua Shchepkinsky e foi dividido ao meio por uma parede que Viktor mesmo construiu para que sua mãe tivesse o próprio quarto.

— Mas não conte a ninguém! — pede Viktor rindo. — Se descobrem que são dois quartos, com certeza vão dá-lo a outra família.

— Shh, nós não vamos acordá-la?

— Não, ela já quase não escuta. Minha mãe é o que eu chamo de "surda intencional".

— Suponho que seja uma defesa, com o telefone no corredor bem em frente. — A voz da mulher ao telefone chega alta: "Você me disse oito rublos. Eu não ouvi errado coisa nenhuma." Apesar de já ser tarde da noite, muitos outros sons reverberam no corredor: um homem tossindo, um gato miando sem parar, o ruído de pratos e panelas.

A porta de madeira compensada do quarto da mãe de Viktor está fechada, e não se vê luz pela fresta.

— Seja como for, ela está dormindo profundamente — diz ele. Mas Nina se sente pouco à vontade ali sozinha com Viktor, que já começa a beijar-lhe a nuca e tocar em suas nádegas, lentamente. Ela olha em direção à porta do quarto da mãe dele, temendo que se abra subitamente, enquanto Viktor, pela primeira vez, a despe e a leva para sua cama estreita. O colchão é fino e o travesseiro é pesado como um saco de areia. Nina sente os dedos dele percorrerem seu corpo até entrarem nela. Viktor sussurra "Está tudo bem" quando ela não consegue conter um pequeno grito. Já é muito tarde quando ele a acompanha até sua casa e ela se mete em sua cama estreita em silêncio.

Depois disso, toda vez que vão ao apartamento de Viktor é sempre muito tarde, a mãe dele já está dormindo e os outros moradores se aquietaram em sua rotina noturna. Quando, uma noite, pela primeira vez, Viktor aperta seu corpo contra o dela, Nina estremece, surpresa.

Viktor ri e se afasta um pouco, acariciando os cabelos dela, que já haviam se soltado há muito tempo de um coque retorcido. Ele olha para ela, fascinado.

— É verdade, então. Você nunca fez essas coisas antes?

— Não — diz ela. — Nunca.

Viktor balança a cabeça como se fosse algo difícil de acreditar.

— Mas pelo menos você teve algum caso de amor, não?

— Nunca. — Dos casos de amor de Viktor, ela não tem vontade alguma de saber. Ele é quase dez anos mais velho e é difícil não pensar na profusão de mulheres com as quais fez amor. Às vezes, Nina as evoca de maneira intensa. Não apenas Lilya... uma poetisa de olhos escuros de Tashkent, ou uma atriz do Teatro Vakhtangov. Artistas e escritoras menos ingênuas que ela.

— Mas os homens com os quais você dança põem as mãos em seu corpo todo, o tempo inteiro.

— Eu não penso nisso dessa maneira.

Ele ri.

— Mas talvez *eles* pensem.

Ela tenta explicar que as mãos do *partner* em sua cintura, erguendo-a acima dos ombros ou lançando-a no ar, não lhe parecem mais íntimas que os dedos da camareira em suas costas, fechando rapidamente seu corpete. No ensaio do dia seguinte, porém, ela presta atenção aos homens da companhia para ver se Viktor tem razão. Ela sempre se concentrou tanto em si mesma, em sua própria imagem nos altos espelhos, em suas 32 *fouettées* seguidas, que nunca pensou no que eles pudessem pensar. Seu parceiro mais frequente, Andrei, em cujas mãos ela mais confia (apesar de às vezes deixarem marcas em suas costelas), certamente não sente qualquer outra emoção, além da profissional, ao colocar as mãos em seu corpo. Na verdade, ele não parece interessado em bailarina alguma. Depois, como sempre, ele sai do teatro com Sergei, um bailarino do corpo de baile.

Agora Nina se acha tola ou simplória demais por ter sido tão lenta em compreender. Mas esse tipo de coisa nunca é falado abertamente. Nina sente-se subitamente receosa. Os dois bailarinos poderiam facilmente ser declarados "ameaças à sociedade" e levados a cumprir cinco anos de trabalhos forçados.

Quanto a Nina, está se tornando cada vez mais difícil conter a ânsia de seu corpo, esse corpo que ela passou mais de uma década aperfeiçoando, transformando em instrumento de arte e ao qual agora as mãos de Viktor acrescentavam novas sensações. Não para de pensar, todo o tempo, nas sensações que Viktor provoca nela, no que os dois fazem um com o outro. Seus pensamentos são como pólvora que escorre por entre os dedos; ela pega punhados repetidamente.

Uma noite, no início da primavera, ela se entrega totalmente. Eles estão na estreita cama de Viktor e ela, com os braços para trás da cabeça, segura a cabeceira de metal. O ar está levemente perfumado com o suor dos dois e o odor de Peut-Etre, um presente de Viktor, perfume francês legítimo, juntamente com um frasco de prata e porcelana. Pintada na porcelana há uma pequena borboleta.

— Você não quer tirar isto? — sussurra Viktor puxando a calcinha dela. Nina puxa a cueca dele também e de pronto os corpos estão juntos. Ele a penetra e ela, com as pernas cruzadas ao redor dos quadris dele, puxa-o mais para dentro de si. Os lábios de Viktor percorrem o rosto dela, o pescoço e os ombros. Depois ela não consegue reprimir o choro. Não chora de tristeza, mas de emoção e também por uma leve sensação de perda.

— Machuquei você?

Ela sacode a cabeça dizendo que não.

— É que eu... eu queria guardar isso para quando me casasse. — Ela se sente ridícula por só ter admitido isso agora.

— Então nos casemos! — diz Viktor.

Seu rosto fica sério e ele se ajoelha ao lado dela, segura sua mão na dele e, com uma voz grave, pede a ela que seja sua esposa.

Nina dá uma gargalhada.

— Eu não sabia que era tão cômico assim — diz ele.

Ela pede desculpas, esforçando-se por conter o riso. Mas depois de tantos anos de balé clássico, ela não pode deixar de ver na cena algo da pantomima exagerada de sempre.

— Você sabe como são essas cenas. — Ela tenta explicar. Com exagerada seriedade, continua: — Eu o amarei para sempre. — Toca-lhe de leve o peito com as pontas dos dedos e depois cruza sobre o coração as duas mãos espalmadas. Porém, com um tom de voz mais agudo, ela pergunta: — Mas... e se você me abandonar? — Ela estica os braços para ele, suplicante. Balançando exageradamente a cabeça, ela prossegue: — Eu nunca a abandonarei. Prometa-me!

Viktor segura as duas mãos dela e as coloca no próprio peito, em um gesto também teatral, e diz, solene:

— Prometo! — Em seguida ele morde o lobo da orelha dela para selar a promessa.

Mas, ao ouvir aquelas palavras, Nina subitamente se dá conta do que tal promessa significa, do peso de tudo aquilo: da necessidade profundamente sentida da promessa, de sua solenidade, dos muitos medos e ansiedades que ela contém. Nina afasta o rosto do dele para olhar Viktor nos olhos. Com lábios trêmulos, diz, muito séria:

— Eu prometo a você.

— Mas não posso deixar minha mãe — acrescenta Viktor rapidamente.

Nina aperta a mão dele.

— Posso morar aqui com você. O Bolshoi fica a dois passos daqui.

Quando ele a leva para casa naquela noite, já mais tarde do que de costume, Nina entra silenciosamente em seu apartamento e se senta em um canto da cama onde a mãe está dormindo. Nina observa sua respiração tranquila.

— Acorde — sussurra ela baixinho, acariciando o ombro da mãe. — Eu tenho uma boa notícia.

A mãe abre um pouco os olhos e pergunta, com a voz rouca:

— Que boa notícia?

Nina abre a boca para falar, mas em vez de palavras o que dela sai é um soluço reprimido. A mãe se senta, assustada, e enxuga as lágrimas de Nina com as pontas dos dedos ásperos. Depois abraça a filha como só ela sabe, toda ela amor e carinho. Nina sente o contato com o algodão ralo da camisola da mãe. É por isso que Nina está chorando, pela ideia de deixar tudo aquilo: o odor suave do cabelo da mãe, seu rosto marcado pelas dobras do travesseiro, o arrastar leve de seus chinelos no chão sem tapetes. Sua mãe, que havia lhe dado a vida e tecido seus sonhos e esperanças em suas tranças de menina, aquela mulher que estava sempre ali a esperá-la. Por isso passam-se alguns minutos antes que Nina consiga dizer "Eu vou me casar".

Eles se casam em um dia claro de primavera, quando a própria cidade parece iniciar uma vida nova. Plantam-se flores e árvores por toda parte e os canteiros ao longo das ruas mostram sua folhagem nova. A guarda nacional, em cada cruzamento, já troca seus escuros casacos de inverno por jaquetas brancas de algodão.

A mãe de Viktor não está presente à cerimônia, o que, para Nina, não faz diferença alguma; as duas só se encontraram uma vez e o contato não havia sido muito bom. Mas agora ela nem se lembra disso enquanto a mãe e Gersh os acompanham até o escritório de registro civil. Desde que conhecera Viktor dois meses antes, a mãe de Nina passara a gostar dele. Nina usa um vestido novo cinturado e segura um buquê de lírios brancos da Latávia. Viktor veste seu melhor terno e na lapela do paletó vê-se um lírio do buquê de Nina.

Não há alianças nos dedos. Os anéis que viram na Mostorg eram feios, até mesmo os que tinham pedras boas, por isso Nina disse a Viktor que não lhe desse nenhum daqueles. Ele então a presenteia com um broche oval incrustado em ouro. O camafeu de lava do broche não representa o busto de uma figura humana, mas sim, como Nina logo percebe ao examiná-lo, as torres da Catedral de São Basílio. A minúscula figura é uma reprodução exata das bizarras torres em forma de cebolas em seus mínimos detalhes. E assim Nina fica sabendo que Viktor se recorda, como ela, daquele passeio pela neve: do carro aquecido, da neve cintilante e da absurda beleza da catedral à distância. Um outro mundo, um pouco além do deles.

Lote 28

Diamante Amarelo sem Montagem, lapidação peruzzi, pesando 1,85 cts. $10.000 — 15.000

CAPÍTULO SEIS

No sonho, a carta chegou pela entrega especial: um envelope branco e espesso, algo que poderia ser visto em um desenho animado. A envolvê-lo, havia uma fita, como se estivesse embrulhado para presente. Apenas o nome de Grigori, sem remetente. A caligrafia era um tanto trêmula, como a de uma pessoa idosa. Isto lhe parecia absolutamente normal, e ele tinha a impressão de já estar esperando aquele envelope. Sabia que ele ia chegar. Entretanto, desamarrou a fita lentamente, para não demonstrar a emoção que sentia. Até mesmo no sonho ele queria prolongar aquele momento de esperança, a expectativa aumentada. Abriu cuidadosamente o envelope com o abridor de cartas de prata que a irmã de Christine havia comprado para eles no Shaker Museum. Grigori desdobrou a carta, ansioso, porém mais calmo do que teria feito na vida real.

Nada estava escrito. Nem uma só palavra. No lugar onde deveria estar a mensagem, bem no meio da folha, parecendo um borrão de tinta preta, uma enorme aranha morta e prensada.

No inverno, quando o ar era gelado demais para corridas, Drew fazia longas caminhadas ao longo do rio Charles. Ela gostava de apreciar as diferentes maneiras como a água corria: agitada, tranquila, alegre, violenta. Quando o tempo estava bom, o rio ficava pontilhado de barcos à vela ou, de manhã bem cedo, nele deslizavam canoas com as batidas ritmadas dos remos. Em outros dias, o rio se transformava em uma brilhante correnteza metálica de aparência cruel. À noite, os reflexos das luzes da cidade saltitavam em sua superfície.

Hoje, uma tarde gelada e sem vento, a água mostrava-se muito pálida, de um branco acinzentado opaco que refletia a neve à sua volta. Apenas um leve toque de azul no branco. Drew andava a passos rápidos e de vez em quando aproximava as mãos enluvadas da boca para, com seu hálito, evitar que as pontas dos dedos ficassem dormentes. Ela gostava daquele ar frio em seu rosto, revigorante, a lembrá-la de que a vida, em sua gloriosa intensidade, podia também ser dolorosa às vezes. Agora que chegou à passagem de pedestres, subiu a escada para atravessar Storrow Drive e continuar sua caminhada pelo lado norte do Jardim Público até chegar à extremidade mais afastada do Common. Seu intervalo de almoço já estava quase terminando, mas o que tinha que fazer estava relacionado ao trabalho.

Em seus tempos de universidade, a ideia de fazer pesquisa na biblioteca dava-lhe, a princípio, um nó no estômago. Ela fora capaz de passar um semestre inteiro sem pôr os pés na imponente biblioteca, que mais parecia uma catedral, no centro do campus verdejante. No interior do prédio, disseram-lhe, havia labirintos de corredores e íngremes escadas em caracol que levavam a salinhas e dependências secretas das quais, por algum motivo, apenas o sujeito albino e esquelético de seu dormitório possuía as chaves. Mas um curso de história no segundo semestre que requeria o exame de várias "fontes primárias" fez com que ela não mais pudesse evitar o lugar. Já no segundo ano, para um curso de psicologia do desenvolvimento, ela passara a frequentar regularmente os porões profundos e de tetos baixos onde pilhas móveis de documentos rolavam em uma esteira comandada por uma manivela. Em algum momento no terceiro ano, quando ela havia trocado de área de interesse pela terceira vez, voltando para história da arte, algo mudou em seu relacionamento com a biblioteca. Suas mãos já não mais se sentiam sujas depois da leitura de antigas publicações muito consultadas na sala reservada; ela não mais hesitava em tocar as capas empoeiradas de livros de gravuras de uma pilha enorme. Drew começou a tomar gosto pela busca de documentos em labirintos de corredores mal-iluminados, ou subindo íngremes escadas em caracol até galerias superiores ou, ainda, descobrindo cantos escondidos da enorme biblioteca onde estavam confinadas as reproduções das gravuras japonesas do século XV. A pesquisa dava-lhe tanta satisfação quanto finalmente encontrar o que buscava, ou ouvir da bibliotecária que ela era a primeira pessoa a retirar este ou aquele livro em 35 anos.

Ocorreu-lhe agora, ao passar diante do antigo prédio de cúpula dourada da State House e subir os degraus de pedra cinza do Athenaeum, que talvez sua conversão naquela biblioteca tivesse sido o primeiro sinal do trabalho que estava por vir, de sua apreciação pelas coisas antigas que passavam despercebidas ou que eram difíceis de encontrar.

Por sorte, a casa de leilões havia se registrado naquela biblioteca, e a bibliotecária do setor de referência já aguardava Drew com o livro reservado: *Marcas russas de ouro e prata*. Lenore não tinha dado a mínima quando Drew lhe dissera que o exemplar desse livro pertencente à casa de leilões havia desaparecido. Para ela, a informação de que dispunham já era suficiente. Mas Drew não aceitava a ideia de que talvez alguma informação estivesse faltando. Ela cogitara procurar um entomologista para identificar com precisão o espécimen que havia no pingente de âmbar.

Esperançosa, Drew pegou o livro quadrado e pesado, com uma capa espessa e dura como um azulejo, e levou-o para a sala de leitura, onde dois senhores com paletós de lã e gravatas-borboleta liam periódicos profundamente concentrados. Ela se instalou confortavelmente em uma poltrona de couro. Se, de fato, o pingente de âmbar fosse uma joia de família do marido de Nina Revskaya, e se Drew fosse capaz de chegar à data aproximada de sua origem, ou de sua aquisição, então, talvez... Entretanto, Drew não podia deixar de imaginar se o que Nina Revskaya dissera era ou não verdade. Primeiramente ela havia dito que nada sabia sobre a origem do pingente de âmbar, e depois, *en passant*, falara sobre a família do marido para a repórter da TV. Bem, não era a primeira vez que um cliente lhe dava informações contraditórias.

Ao passar os olhos pelo sumário, Drew decidiu começar pelo capítulo que tratava das marcas dos fabricantes, para ver se, por acaso, não haveria mais de uma marca para Anton Samoilov. Talvez a marca tivesse mudado a partir de determinada época. Ela já vira isto certa vez, no caso de um ourives cuja marca, depois de certo tempo, havia sido levemente alterada para indicar a inclusão de seus filhos no negócio. Algo assim poderia delimitar melhor a época em que as joias teriam sido feitas. Mas Drew nada encontrou por essa via. Encontrou, sim, uma fotografia onde se via um "AS" impresso, idêntico ao que havia na parte de trás dos brincos e nos fechos da corrente e da pulseira. (Bem, o da pulseira já estava bem apagado.) Drew teve que admitir para si mesma que suas esperanças não eram muitas ali.

Ela virou rapidamente as páginas até chegar ao capítulo que tratava das marcas das cidades. Era ali que estava o que ela queria, já quase no fim do livro: "Marcas das cidades antes de 1899." Duas páginas de pequenos desenhos dos emblemas de cada cidade, em ordem alfabética, de Astrakhan (uma coroa estilizada pairando acima de uma espada na horizontal) a Zhitomir (uma espécie de palácio com três torres que mais parecia um bolo de aniversário com três velas). Já que se tratava de fotografias de gravações, era difícil decifrá-las. A de Irkutsk parecia um gato com um animal morto na boca, enquanto a de Kazan lembrava um pato com uma coroa na cabeça. Para Moscou havia dez marcas diferentes, começando em 1677, com a águia imperial de duas cabeças que, mais tarde, passara a ser o perfil de um cavaleiro erguendo uma espada: São Jorge matando o dragão.

Drew ergueu os olhos do livro, pensativa. Gostaria de saber como teria sido Moscou naqueles anos. Não sabia sequer como é agora, mas havia prometido a si mesma visitar a Rússia um dia, a terra do pai de sua mãe, que esta não chegara a conhecer. Ele morreu pouco depois de ela nascer, ao cabo dos dois anos que Vó Riitta dizia terem sido os mais felizes de sua vida. Aquela era uma história que Drew ouvira tantas vezes que a imaginava com a nitidez de um filme visto repetidamente.

Vó Riitta, aos 30 anos a solteirona da aldeia, voltava para casa num fim de semana, como sempre fazia, ciente de suas obrigações como filha mais velha que era. Havia muitos anos que ela vivia em Helsinki, onde trabalhava como técnica de laboratório. Mas ela sempre ia visitar os pais, tentando não se importar com o fato de a gente de lá a considerar uma moça esquisita, impaciente, ainda atraente mas já velha demais para os rapazes da cidade que, no passado, haviam sido seus amigos.

Era um dia de primavera. Ela acabara de pegar a correspondência no escritório dos correios e dirigia a charrete de três rodas da família de volta para casa. Chovera, e a estrada estava enlameada. À beira da estrada ela viu um velho que caminhava lentamente e, curvando-se, lhe ofereceu uma carona.

— Quer uma carona, tio?

O homem olhou para ela e Riitta viu que ele não era tão velho quanto ela julgava. Mas as costas dele curvavam-se e suas roupas eram desbotadas. Parecia que ele não a tinha compreendido.

Erguendo a voz, ela disse:

— Suas botas estão enlameadas, tio. Suba aqui. — Riitta bateu com a mão espalmada no assento ao lado dela.

O rosto do homem pareceu surpreso, mas logo sua expressão se abrandou com um sorriso que mostrou algumas falhas na dentadura. Mas o jeito sorridente fez com que ele parecesse ainda mais jovem. Um velho jovem. Ele subiu na charrete e se sentou ao lado dela. Riitta sentiu o cheiro que ele exalava. Era o cheiro de trabalho pesado e roupas mal lavadas, ao qual se misturava um outro cheiro que ela amava e cuja falta sentia na cidade: o odor de folhas molhadas, de lama e de feno. Ele deve ter dormido ao ar livre, pensou.

O homem fez um aceno de agradecimento com a cabeça e disse "Obrigado" com um forte sotaque estrangeiro. Riitta viu, surpresa, que apesar das muitas rugas que marcavam seu rosto, ele era atraente.

— Alguém o fez passar um mau pedaço — disse.

Ele olhou aflito para ela.

— Meu finlandês não bom. — E encolheu os ombros como que a se desculpar. — *Russki.*

Russki. O inimigo. Havia pouco tempo, o tio de Riitta tinha sido morto na Guerra de Inverno.

Mas aquele homem não parecia ser inimigo. Era um pobre coitado. Riitta tentou o inglês. Era a língua que ela havia estudado na escola e que falava razoavelmente bem. Mas o homem não falava inglês. Talvez ele fosse um fugitivo. Um condenado pela justiça. Mas ele precisaria ter andado muito para chegar ali...

Em finlandês e usando linguagem gestual, ela perguntou como ele fora parar naquele lugar, um velho russo surgido do meio do bosque.

Ele entendeu a pergunta, desenhou trilhos de trem no ar e fez um ruído de locomotiva. Quando Riitta disse a palavra "trem", ele a reconheceu e exclamou "Sim!". Mas quando ela perguntou por que ele estava naquela aldeia, ele sacudiu a cabeça e disse:

— Muito sujo. Desculpa.

Ela o levou para casa e lhe serviu almoço. Alimentado, ele pareceu mais jovem; uns quarenta e poucos anos, talvez. Seus cabelos ralos e grisalhos ainda tinham fios escuros. Riitta o convidou para acompanhá-la quando foi castrar os porcos. Esse era o tipo de atividade que ela havia deixado de fazer com o tempo, e sentia-se orgulhosa de não haver perdido o jeito.

Os porquinhos ainda eram novos e bonitinhos e por um instante ela se preocupou com a possibilidade de o russo ficar consternado com a gritaria. Mas ele já havia feito aquele trabalho também quando menino de fazenda, e a surpreendeu quando se pôs a ajudá-la. Somente mais tarde, ao pensar na cena, foi que ela se deu conta da própria crueldade com aquele homem que, de certa forma, havia sido castrado também, pois por algum tempo tinha perdido sua virilidade.

Ela catou os testículos para cozinhar para o jantar. Àquela altura ela e o homem já se conheciam pelos nomes. O dele era Trofim. Ele nada disse sobre onde havia estado, mas Riitta pôde imaginar. Ficou claro que ele entendia a língua dela bem mais do que era capaz de falar. Ela o convidou a ficar, apesar das apreensões dos pais. Trofim se banhou, fez a barba e pegou emprestadas algumas roupas que o irmão dela havia deixado ao ir morar em Turku. Foi a primeira etapa do que Riitta chamava de renascimento do homem. Ele surgiu após o banho usando calças folgadas demais para seu corpo e uma camisa abotoada que o engolia com suas enormes mangas. "A cara de um homem da classe trabalhadora", dizia sempre ela. (A mãe de Drew sempre ria nesta parte do relato.) "Boa aparência, mas com uma certa rusticidade. Dava para ver que a vida nunca tinha sido fácil para ele."

A segunda etapa do renascimento dele, segundo Vó Riitta, revelou-se naquela noite ao jantarem. Como ossos cuidadosamente revelados por delicadas pinceladas de um paciente arqueólogo, a personalidade dele começou a emergir.

O homem era um brincalhão, o que surpreendeu Riitta, principalmente porque ele deveria ter sofrido muito. E ela se deu conta de que tal coisa se revela com ou sem o uso da língua. Poucos minutos depois de sentar-se à mesa com Riitta e seus pais, Trofim já os fazia rir. Seu primeiro chiste revelou-se a propósito dos testículos, com expressões faciais em vez de palavras, mas foi assim que Riitta descobriu a alegria que viria a ser a própria essência daquele homem.

Ela o levou consigo para a cidade, pois ele não tinha outro lugar para onde ir. Dentro de uma semana já estava empregado em uma empresa de engarrafamento. Mas para dar o primeiro beijo em Riitta ele levou mais tempo. Isso aconteceu subitamente e de maneira ousada, uma noite quando ela acabava de voltar do trabalho.

Um dos homens de paletó de lã e gravata-borboleta pigarreou muito alto. Assustada, Drew olhou para ele e se deu conta de onde estava e o que tinha ido fazer ali. Ao olhar novamente para o grande livro quadrado que tinha no colo, para a lista de marcas das cidades, ela encontrou Moscou novamente, e São Jorge em seu cavalo. Em algumas das figuras ele estava voltado para a direita, e em outras, para a esquerda. Drew examinou os anos de 1783... 1846... Ali estava precisamente o que se via no conjunto de âmbar: o pequeno número *zolotnik* e, à sua direita, São Jorge de perfil voltado para a esquerda. Era aquele, exatamente.

De acordo com a lista, aquela foi a marca usada de 1880 até 1899. O mesmo período de tempo a que Lenore havia chegado, semanas antes, sem sequer consultar um livro...

Ela queria tanto chegar a uma data mais precisa! Mas nem mesmo aquele livro fora capaz de ajudá-la. Drew disse a si mesma para ver o lado bom da situação: se ela tivesse a sorte de encontrar os registros do joalheiro, 19 anos não seriam um tempo *muito* longo para pesquisar. Ela tentou não se sentir decepcionada ao devolver o livro e fazer a caminhada de volta para o trabalho.

NINA SENTA-SE À MESA de madeira da casa de Viktor, uma semana antes do casamento. É a primeira vez que vai ao apartamento à luz do dia; está ali para ser apresentada à mãe dele tão logo ela desperte de seu cochilo diurno. Viktor conversa no corredor com alguém do Comitê de Administração de Moradias. Nina deduz, pelas vozes que ouve, que o problema não será resolvido facilmente. Ela está sentada sozinha, tomando vagarosamente um chá morno, olhando à sua volta aquele cômodo de móveis muito singelos onde Viktor mora há três anos. Como em sua própria casa, a madeira do chão é pintada de uma cor laranja intensa em substituição a um carpete. Mas ao longo da parede que dá para o corredor estão um pequeno armário de louças, um aquecedor portátil e uma pequena prateleira cheia de pratos e panelas. Depois vem um sofá e, encostada à parede seguinte, a cama que Nina compartilhará com Viktor. Junto à parede da janela, uma poltrona, uma mesinha lateral e um varal de roupas cheio de meias de Viktor pingando em um jornal. Por fim, há a parede de compensado que Viktor construiu para criar um espaço privativo para a mãe. Encostados a ela estão um alto guarda-roupa de madeira e um par de armários estreitos.

Subitamente uma tosse muito alta vem do outro lado da parede de compensado. É a primeira vez que Nina ouve algum som vindo de lá, e se dá conta de que todas as vezes em que fora ao apartamento, a altas horas da noite, sempre havia conseguido se esquecer de que a mãe de Viktor morava ali.

A tosse é violenta, como de alguém sufocado. Nina põe na mesa sua xícara de chá. O som continua, cada vez pior e então, subitamente, para.

Assustada, Nina volta-se lentamente para a porta de compensado.

— A senhora está bem?

Não há resposta.

Nina aguarda, e então se levanta, caminha até a porta e encosta sua orelha nela. Tenta ouvir algum som, mas só o que ouve são as batidas fortes do próprio coração. Vira-se, pensando em procurar Viktor no corredor, mas teme que não haja tempo. Imagina Viktor voltando, abrindo a porta da mãe e deparando-se com... com o quê? Algo terrível pode ter acontecido.

Nina bate à porta.

Nada.

Ela se lembra, então, com alguma esperança, de que a mãe dele é meio surda. *Surda intencional.* Ela volta a bater à porta, o mais alto que consegue.

— O que é?

O coração de Nina se acalma um pouco. A tosse recomeça e para novamente. Quando ela abre a porta lentamente, um odor forte escapa. Ela olha para dentro do quarto.

Sentada em uma poltrona de costas para a janela, está uma mulher de vestido escuro e longo. Uma cascata de cetim até seus tornozelos. Com a luz vinda de trás, ela é apenas uma sombra escura, mas quando os olhos de Nina se acostumam, o que ela vê é uma senhora com os cabelos presos em um enorme coque no alto da cabeça, com um vestido azul-escuro e pantufas de feltro.

Nina então dá um grito.

Vê uma ratazana subindo pelas pantufas da mulher. Mas não, não é uma ratazana. Nina pode ver melhor agora: é um pássaro que grita em resposta a seu grito. Tem penas verdes e brancas com manchas azuis.

— Eu só queria ver se a senhora estava bem — diz Nina bem alto. O pássaro, para sua surpresa, põe-se a escalar a saia ampla do vestido da mulher, usando o bico para subir, bem como as garras que se prendem ao tecido. Quando os olhos de Nina se ajustam à luz do quarto, ela percebe que o vestido da mulher está cheio de fezes de pássaro.

A voz que Nina finalmente ouve é lenta e cansada.

— Você não é Lilya.

— Eu sou... Viktor já deve ter falado à senhora...

— Vossa Excelência!

— Ele já deve ter falado à Vossa Excelência...

— Eu sou madame Ekaterina Petrovna Elsin, esposa de Sua Excelência Aleksey Nicolaiovich Elsin. — O tom de voz era de orgulho ofendido. — *S'il vous plaît.* — Nina podia ouvir o catarro chiando no peito da velha. O pássaro já a escalou até os joelhos e continua a subir em direção ao peito. Tem início um novo acesso de tosse.

Enquanto a velha se engasga, Nina se apressa em dar-lhe pequenas pancadas na costas, bem de leve, pois os ossos dela devem ser fracos. Logo a tosse fica mais solta e a velha não mais se engasga com a secreção. O acesso acaba, e ela respira fundo para em seguida falar com uma voz tão alta que surpreende Nina.

— Você NÃO TEM PERMISSÃO para tocar em meus cabelos!

— Eu não...

— *S'il vous plait!* — grita o pássaro batendo as asas, ainda agarrado ao volumoso peito do vestido de cetim

— Ninguém toca em meus cabelos!

Nina se afasta alguns passos.

— Eu só tinha intenção de... — Mas ela suspeita que nenhuma explicação será aceita. — Sinto muito, madame. Vou deixá-la, então.

Ela sai do quarto onde a mulher permanece sentada, imponente, emoldurada por cortinas desbotadas e empoeiradas. O pássaro continua a fazer uma algazarra cada vez que a velha tosse, já agora menos violentamente. Nina não pode deixar de olhar para aquela cena uma última vez antes de fechar a porta. O pássaro está empoleirado e quieto no ombro da velha, com a cabeça inclinada em direção a ela, como se para melhor ouvir o que ela tem a dizer.

Minutos depois Viktor está de volta. Quando Nina lhe relata o incidente, ele apenas diz para ela não se preocupar.

— É o jeito dela. A tosse vai passar. Lamento que o primeiro encontro de vocês tenha sido assim.

Nina franze a testa e depois ergue as sobrancelhas.

— Ela ficou decepcionada ao ver que eu não era... Lilya.

— Ora, não se preocupe com *isso*. — Com um sorriso fatigado ele tenta fazer uma piada: — Minha mãe sempre se encantou com essas moças de Leningrado.

Nina desvia o olhar do dele, mas já não pode evitar a pergunta que a perturba. Sua voz é quase um sussurro quando ela diz a Viktor:

— Ela me disse para chamá-la de Vossa Excelência.

Viktor fecha os olhos por alguns segundos. Quando os abre novamente, tem uma expressão muito séria que ela jamais havia visto nele, nem mesmo quando a pedira em casamento.

— Já que você vai ser minha esposa, é tempo de saber toda a verdade. Meu pai pertencia à Guarda Imperial.

Nina faz um pequeno movimento com a cabeça, assentindo como se aquilo não fosse uma surpresa.

— Ele era almirante — continua Viktor com a voz baixa — da Frota Imperial. E o pai da minha mãe era um banqueiro proeminente. O irmão dela também. Ambos foram executados logo nos primeiros dias da Revolução. Em seguida mataram meu pai, pouco depois de minha mãe saber que estava grávida.

Nina observa o rosto de Viktor e se pergunta quem mais saberia de tudo aquilo. Com a voz firme, porém tão baixa quanto a dele, ela diz:

— Você não tem culpa de quem seus pais foram.

Viktor abaixa a cabeça e, quando a ergue novamente, continua a falar.

— Minha mãe tinha quase 40 anos quando descobriu que estava grávida de mim. Ela ficou praticamente sozinha no mundo e grávida. Todos os que ela amava foram mortos ou fugiram. Quase todas as pessoas que ela conhecia haviam partido.

— Por que ela não partiu também?

— Ela é uma mulher teimosa, como certamente você terá oportunidade de ver. Não estou certo de que ela tenha compreendido exatamente o que estava acontecendo. De certa forma, ela ainda não compreendeu. Foi graças a uma das empregadas da família que ela sobreviveu. Essa empregada já trabalhava para a família dela havia décadas e conhecia minha mãe desde que ela nasceu. Era muito fiel. Ela teve pena da minha mãe e a escondeu, juntamente com minha avó e minha tia, em uma *isba* no bosque. Foi onde eu nasci. É por isso que eu chamo aquele lugar de meu verdadeiro lar. Ficamos lá pouco mais de um ano, mas aquele mundo está em minhas veias. Em parte, isso se deve à minha avó. Foi ela quem me criou. Teve que fazer isso, porque minha mãe não sabia como me criar, pois sempre tivera quem a servisse. O choque de perder o marido tão logo soube que estava grávida foi grande demais para ela. De certa forma, nunca se recuperou.

— Mas sua avó se recuperou?

— Elas eram muito diferentes uma da outra. Minha avó sempre tentou fazer o melhor que podia em cada situação. No meu caso, foi criar-me, suponho.

— E sua tia?

— Sonia. Ela administrou a mudança como pôde. Depois encontrou trabalho como tradutora de inglês e francês. Tanto ela quanto minha mãe eram fluentes nessas línguas. Era o salário de Sonia, ainda que baixo, que nos sustentava. As condições de vida eram bem diferentes da riqueza em que ela e minha mãe foram criadas. — Viktor respira profundamente. Ele parece aliviado por revelar a verdade, e Nina compreende como deve ser difícil ter que esconder os fatos mais básicos relativos à própria família, da mesma forma que ela sabe que não deve mencionar que seu tio que está preso. Para Viktor a situação é mais difícil ainda, pois ele precisa esconder tudo que é relativo à sua origem. Ora, ele também poderia ser preso por "esconder suas origens sociais". Pessoas são mandadas para a prisão por isso. Ocorre a Nina a ideia de que ele esteja escondendo a mãe tanto quanto a está protegendo ao mantê-la por trás daquelas paredes de madeira compensada.

— O que aconteceu depois que vocês deixaram a *isba*?

— No início pudemos voltar para a casa da família. Encontramos outras famílias vivendo lá, naturalmente. Fomos empurrados para o lugar onde haviam sido os quartos dos empregados e... — Ele para de falar e Nina percebe que aquela recordação lhe é dolorosa. — Vivemos lá até os meus 12 anos. Já tentei explicar a ela... — Viktor fica em silêncio.

— E quando tinha 12 anos de idade, vocês se mudaram novamente?

— Nós fomos retirados de lá para dar lugar a uns funcionários do governo. Mas minha tia encontrou um quarto na cidade para nós.

— O que aconteceu a ela? A sua tia?

Um grande suspiro.

— Eu sinto muito a falta dela. Foi ela quem colocou comida em nossas bocas todos aqueles anos. Ela morreu de pneumonia há dez anos...

Nina lembra-se de algo.

— Você me disse que sua mãe era professora de línguas.

— Ela deveria ter sido. Eu poderia também ter trabalhado como tradutor, a exemplo de minha tia. Minha mãe foi educada por uma governanta francesa e teve um preceptor inglês desde que começou a falar. Mas ela... — Viktor faz um leve movimento com a mão como que para afastar aquele assunto. — Você precisa compreender que ela sempre se viu como membro de uma classe superior; foi assim que a criaram. Por isso pediu a você que se dirigisse a ela daquela maneira. É esta ainda sua identidade. Mesmo hoje.

Nina tenta aceitar essa explicação.

— O vestido dela... ele está... — Nina ia dizer horrível, mas hesita: — muito velho.

— Até os 40 anos ela foi cercada por riqueza — observa Viktor. — Para nós é difícil entender como deve ter sido passar daquela vida para esta. Bem... ela não compreende por que seu mundo teve que mudar. — Viktor segura a mão de Nina entre as suas. — Por favor, tenha piedade dela. Minha mãe nunca se adaptou à vida como nós a conhecemos.

— Você a protege muito. — Ao se dar conta do que acaba de dizer, ela acrescenta: — Você é bom. — Afinal, logo ela também estará morando com aquela mulher.

Mas antes disso, ela e Sua Excelência, ou Madame, como Nina decide chamá-la, são devidamente apresentadas. Dessa vez Madame está usando outro vestido, este de renda ligeiramente puída, cuja bainha arrasta-se no chão. Ela aguarda de pé, como uma rainha, ainda que um tanto fraca, enquanto Viktor puxa uma cadeira para ela junto à mesa de madeira.

— Obrigada, querido. — Com os lábios apertados e os olhos fundos, ela examina Nina, que abaixa um pouco a cabeça. Os três tomam chá em pequenos goles e comem uns doces grudentos comprados em uma padaria.

— Eu sempre escondo a prataria — diz Madame a ela. — Ladrões por toda parte. Principalmente os armênios. Vizinhos de porta. Levaram todos os nossos garfos. Por sorte eu descobri. Não fosse isso, estaríamos comendo com os dedos.

Viktor sacode a cabeça disfarçadamente para Nina, e ela olha para seu garfo, duvidando de que seja prata. Ela se concentra na pequena tartelete que se esfarela em sua boca.

— Eu vi o quarto deles — continua Madame. — Cheio de móveis *nossos*. O grande espelho de pé que meu pai deu à minha mãe. Oh, eles vão dizer que não há coisa alguma lá. Nem mesmo o piano.

Nina não sabe o que dizer.

— A senhora toca... a senhora tocava piano?

Madame inclina a cabeça para o lado e Viktor repete a pergunta para ela.

— Diziam que eu poderia ser pianista de concertos, se eu assim o desejasse — diz Madame. — Mas quem tinha mesmo talento era Sonia. Minha irmã. Ela cantava como um rouxinol. Talvez por isso as pessoas achassem que eu tocava muito bem. Eles eram enganados pela linda voz de Sonia. — Um som alto de pássaro vem do quarto dela. — Lola também tem uma voz adorável, isto é, quando ela quer.

— Que tipo de pássaro é ela?

— Do tipo que incomoda! — diz Viktor rindo.

— Cacatua — afirma Madame. — Veio da América do Sul. Um presente do meu marido.

Isso deixa Nina confusa.

— Mas... então deve ser muito velha.

— Trinta e dois anos — diz Viktor, para surpresa de Nina. — Mais velha que eu. Ainda segue o calendário juliano, como minha querida mãe. — Ele faz uma careta engraçada. — Não me pergunte como o bicho vive tanto.

— Esses pássaros vivem até 70 anos — diz Madame orgulhosa, e Nina olha para Viktor esperando um novo sinal de que não era para acreditar. Mas ele não balança a cabeça, aparentemente confirmando. Setenta anos. Tão pouca gente chega a viver tanto! — Como eu — continua Madame a falar. — *Nós* somos de boa linhagem, como você pode ver. — Sua entonação sugere que Nina não o seja. Bem, Viktor pedira que ela tentasse imaginar como tinha sido difícil para a mãe dele passar de um mundo para outro, praticamente da noite para o dia. — Lola estará sempre a meu lado. Foi isso o que disse meu amado marido quando a deu a mim.

— Neste caso, a senhora terá que viver até completar 110 anos — diz Viktor.

— Não vou morrer até conhecer meus netos. Era isso que meu amado pai me dizia: não vou deixar este mundo até conhecer meus netos.

Viktor serve-se de torta, parecendo não se incomodar com a insinuação de que era culpa dele ter chegado ao mundo muito tarde.

— Grigori Solodin está aguardando sua chegada.

Ellen, a recepcionista, foi logo anunciando a presença dele, mal ela entrou.

— Ele está lá em cima dando uma olhada na galeria, mas disse que quer falar com você.

— Dê-me alguns segundos para descongelar, e depois pode mandar que ele entre. — Em sua sala, ela friccionou os dedos das mãos e flexionou os dos pés até passar aquela sensação de formigamento.

Uma leve batida à sua porta aberta.

— Srta. Brooks, espero não a estar interrompendo.

— Estou voltando da minha hora de almoço. Não há problema algum. Sente-se, por favor.

Ele entrou com um jeito um pouco humilde, apesar de ser um homem elegante, com um belo físico, alto e de ombros largos, e um rosto atraente. Quando ele se acomodou na cadeira, Drew sentiu um leve cheiro de cigarro. Não o odor desagradável de cinzas, mas um aroma suave e adocicado de bom tabaco.

— Eu estava passando por aqui — disse ele, um pouco encabulado —, e tive a ideia de entrar para ver como as coisas estão se encaminhando. Gostaria de saber se já houve algum progresso no estudo do âmbar.

— Ao que parece, estão com excesso de serviço no laboratório — disse Drew, tentando disfarçar sua frustração com a demora desnecessária. Também ela queria ver aquilo resolvido, não só para terminar o catálogo como também para divulgar o leilão. E embora o entomólogo tivesse conseguido identificar quase todas as inclusões no conjunto de âmbar, para o pingente ele tinha apenas um JPEG e não poderia confirmar coisa alguma se não o visse pessoalmente. Mas Drew prosseguiu:

— Não se preocupe. Devemos ter o resultado dos testes até o final da semana. Insisto em dizer que eles são simplesmente *proforma*.

Grigori Solodin não pareceu convencido.

— Mas eu estava mesmo pensando em procurá-lo. Comecei a trabalhar no suplemento e gostaria de saber se você tem alguma informação a dar.

— Suplemento?

— O folheto suplementar para o jantar que antecederá o leilão. É o tipo de coisa que as pessoas gostam de colecionar. Ele contém mais do que as fotos e as notas biográficas que publicaremos no catálogo. Quando fazemos um leilão muito especial, promovemos eventos que o antecedem, e estou criando um folheto adicional com informações menos formais e mais pessoais. Eu adoraria ter algo a dizer sobre o pingente de âmbar. Bem, sobre todas as joias, mas no seu caso, se você tiver alguma informação suplementar... — Grigori Solodin desviou o olhar para o chão, e Drew percebeu ter dito algo que não deveria. — Já pedi a Nina Revskaya que me fornecesse qualquer informação que pudesse ter sobre pessoas que a presentearam com as joias, ou roupas com as quais as usou, coisas assim. Até mesmo suas lembranças de como foram compradas ou recebidas.

— Boa sorte — disse Grigori Solodin secamente.

— Sim... bem... cooperação de qualquer nível será bem-vinda. — Drew sentiu-se levemente irritada, mas tentou não demonstrar. — É por isso que estou mencionando isso, caso você tenha alguma outra informação que não se importe em divulgar. Até mesmo informações aparentemente periféricas podem ser interessantes. Estou tentando dar um caráter mais pessoal às coisas, pois o interesse tem sido muito grande.

O rosto de Grigori Solodin, estranhamente, mantinha-se indiferente. Era como se ele se esforçasse para isso.

— Nada disso põe em risco seu anonimato — assegurou-lhe Drew. — Farei referências ao pingente, não a você. Ainda espero conseguir fotografias de objetos como o estojo original ou um cartão que acompanhou um presente. Algo assim.

Grigori Solodin assentiu com um leve aceno da cabeça. Tinha os lábios tão apertados que as covinhas do seu rosto se acentuaram.

— Entendo. — Mas ele não se prontificou a dar informação alguma. — É comum fazer um... suplemento?

— No caso de leilões muito importantes, sim. Você já foi a algum dos nossos leilões?

— Não. Na verdade, creio ter ido a apenas um leilão em toda a minha vida. Isso foi em Berkshire. Minha mulher gostava de tapetes orientais e havia, ainda há, suponho eu, uma loja de tapetes que os leiloa. Tapetes muito bons. E não eram caros. Fui lá com ela certa vez.

O rosto dele estava apenas levemente triste, e ela se perguntou se ele seria viúvo ou divorciado. Independentemente do motivo, parecia acostumado a falar de sua esposa no passado. Drew tentou novamente calcular a idade daquele homem. Ele parecia ter certa sabedoria que ela associava a pessoas mais velhas.

— E você? — perguntou ele. — Você pode fazer lances nos leilões da casa?

— Sim, mas só quando ninguém mais faz um lance. De outra forma, poderíamos dar a impressão de estar subindo o preço artificialmente. E se há coisas que não foram vendidas, podemos comprá-las depois do leilão. — Ela mostrou a ele um anel que usava na mão direita e contou que sua avó lhe havia deixado um pouco de dinheiro no testamento. — Não era uma quantia muito grande, mas durante dois anos me perguntei o que deveria fazer com ela. Minha avó dissera que era para eu comprar "uma coisa bonita".

— É muito bonito. — Ele sorriu, e as covinhas do seu rosto se transformaram em três linhas de cada lado.

— Obrigada. — Ela nunca tinha visto covinhas como as dele, que se transformavam em linhas. — Comprei só mais uma coisa. Isso foi no ano passado. Uma aquarela em um leilão de pintura japonesa. — Agora ela está em uma parede de seu quarto. É um quadro simples: um pequeno pássaro negro sozinho. Não voa. Está de pé, apesar de não haver chão sob seus pés, apenas um fundo vazio, o que o destaca de maneira singular. Por alguma razão, ninguém fizera um lance para arrematá-lo. Depois do leilão, Drew pôde comprá-lo por menos de 200 dólares. Ela costumava fitar aquele pássaro imaginando que ele retribuía seu olhar. Era um simples pássaro negro, mas belo em sua simplicidade, sua solidão, na força da sua presença, ao mesmo tempo humilde e orgulhoso contra o fundo branco. Mas seria muito difícil explicar aquilo para Grigori Solodin. Drew mudou de assunto — Você será bem-vindo ao leilão das joias, naturalmente. Ninguém precisará saber do seu envolvimento pessoal.

— Obrigado. — Ele pareceu subitamente desconfortável. Logo pegou seu chapéu e suas luvas. — Ficarei grato também se você me telefonar quando tiver alguma informação do laboratório.

Ele já estava de saída e Drew não pôde conter o pedido:

— E se você lembrar de alguma coisa que eu possa usar no suplemento, não deixe de me telefonar.

— Infelizmente — disse ele olhando em outra direção —, não creio dispor de informação alguma.

— Bem, eu precisava pedir isso a você. — Drew sentiu-se estranhamente decepcionada, embora, na verdade, não esperasse dele muita informação. Mas mesmo quando ele lhe desejou boa tarde e saiu meio desajeitado porta afora, como se fosse alto e largo demais para passar por ali, Drew continuou a se sentir magoada por ele não ter querido ajudá-la.

Um mês depois, Nina está instalada no apartamento comunal em um prédio que ela e Viktor compartilham com outras 32 famílias. Todos dispõem de uma grande cozinha com três fogões e seis mesas. As roupas secam em varais por toda parte. Há também um telefone negro e barulhento que está constantemente sendo usado ou tocando no final do corredor, bem em frente à porta deles. Um banheiro com vasos e chuveiros sempre com fila de espera. Mas como agora ela está bem junto à Praça do Teatro, Nina simplesmente vai até o Bolshoi quando precisa de um banheiro. Este é um dos privilégios pelos quais ela é muito grata. Sente-se grata também pelo aquecedor portátil que ela e Viktor usam para aquecer seu quarto, pelo ordenado pago a Viktor pelo Fundo Literário de Moscou, pelo pão que eles recebem do Sindicato dos Escritores e pela senhora aposentada, Darya, que diariamente cozinha e limpa o quarto para eles.

No andar onde moram há dois outros bailarinos, quatro solistas de ópera, um dramaturgo, um pintor, uma violoncelista e três atores. Cada um com sua família. Uma das bailarinas fica andando para cima e para baixo em seu robe de seda sempre entreaberto, e o marido da violoncelista passa grande parte dos dias na banheira. O dramaturgo está constantemente a gritar com sua mulher. Dois dos cantores de ópera, ambos tenores, ocupam quartos em extremidades opostas do corredor e praticam à mesma hora, como que a tentarem se sobrepujar um ao outro. As crianças da família que mora em frente possuem um gato que anda pelo prédio todo a miar e a ronronar.

“Os armênios”, Nina descobre, são um casal com três filhos à sua direita. O pai é um pintor conhecido pelos retratos que faz de Stalin.

Quanto à mãe de Viktor, ela permanece em seu quarto a maior parte do tempo, tomando o chá que prepara em um antigo samovar a carvão. (Viktor e Nina têm seu próprio samovar, uma resistente peça de latão feita em uma das fábricas de Tula.) As poucas vezes em que Madame abre a porta de compensado é para dar ordens à pobre Darya, que trabalha cansada, com o pés inchados. Madame quer saber qual peça de carne a pobre mulher conseguiu encontrar no mercado, ou reclamar, desdenhosa, da comida que é posta na mesa. Silenciosa, sem jamais se queixar, com a aparência constantemente exausta, Darya parece pensar que merece tal tratamento. Ela chega diariamente por volta do meio-dia, depois de batalhar no mercado para encontrar o que lhe fora pedido, e sempre parece genuinamente surpresa quando não encontra o que Madame mandou que comprasse. Sem dizer uma palavra, limpa o penico de Madame, lava sua roupa, carrega bacias de água quando ela quer se lavar; Madame se recusa a usar o banheiro comum. Apesar de agora Darya cozinhar e limpar o quarto para Nina também, é evidente que ela considera Madame sua patroa. Quando Nina aumenta seu salário, agora que ela trabalha para mais uma pessoa, Darya parece profundamente surpresa. Mas Nina não tem talento para a cozinha e se sente aliviada por poder contar com ela.

Madame, porém, sempre parece afrontada ao encontrar Nina no apartamento. Trata-a como se fosse uma visita que estivesse demorando demais para ir-se embora. É como se Madame tivesse gastado toda sua paciência e suas boas maneiras naquele primeiro chá de apresentação. Pouco parece ter sobrado para o dia a dia. Embora Nina trabalhe quase o dia todo, e praticamente só vá ao apartamento para dormir, somente o fato de Madame ser bastante surda lhe dá alguma sensação de privacidade. Madame adoece com frequência e está sempre com algum problema.

— Não faça barulho, por favor. Estou um pouco gripada — diz ela com o rosto vermelho e a cabeça doendo. Em outras ocasiões ela declara que não consegue sentir as batidas de seu coração. — Tentei senti-las o dia todo e acho que estou chegando ao fim. — Como Nina parece não acreditar, Madame aperta os olhos, estica o braço e fala: — Então tente encontrar meu pulso! — Por vezes ela consegue convencer Viktor de que está gravemente doente, mas Nina sabe que está fingindo para tirar a atenção dele de tudo mais, inclusive dela própria.

Às vezes os cabelos de Madame estão penteados, com um grande coque apertado no alto da cabeça. Mas com o pássaro constantemente a subir-lhe nos ombros e a bicar seu pente de tartaruga, Madame vai ficando pouco a pouco descabelada e com o vestido respingado de fezes do pássaro. Ela é muito diferente de Viktor, sempre bem-arrumado, limpo e de barba feita. Ele vai à barbearia com frequência, engraxa as botas todas as manhãs e manda lavar e passar suas camisas na lavanderia chinesa.

De vez em quando Madame se senta à mesa e conta os talheres. Lola a acompanha, empoleirada em seu ombro, a bicar os pequeninos botões do vestido dela. Coisas brilhantes a atraem: as pérolas dos brincos de Madame, as finas lentes de seu *lorgnon*. Tec, tec, tec... logo Nina se acostuma ao ruído das bicadinhas do pássaro e a seus grasnados também. O pássaro repete sempre as mesmas palavras: "Bom dia!" e "*S'il vous plaît!*". Madame às vezes também fala muito alto. As duas põem-se a se queixar como mulheres infelizes.

Nos dias em que está com a língua solta, Madame se entrega às reminiscências de sua infância, quando dispunha de um cozinheiro, uma aia, uma babá e um preceptor. Para a velha e cansada Darya, ela descreve em pormenores a casa onde vivia, desde as maçanetas de cristal lapidado das portas até as pinturas a óleo em pesadas molduras nas paredes. É como se ela estivesse passeando vagarosamente por sua antiga casa, um tour privativo por sua mente, parando diante de cada objeto valioso: o peso de papel em cristal de Dyatkavo, os candelabros de prata de Sazikov, a sombrinha com cabo e esmalte de Fabergé. Às vezes Nina também imagina como era a casa: um aposento separado para cada atividade — biblioteca, sala de música, sala de jantar. A imaginação acompanha Madame através de portas francesas até um salão cujas paredes são forradas de seda com o motivo de parreiras e chegam a uma ampla cozinha onde as cozinheiras só usam as melhores peças de carne, e a uma varanda suspensa que se abre para uma enorme área privativa.

— E então, quando voltamos, não havia mais um único quadro. Todos os lindos quadros! Eu costumava entrar por aquelas paisagens como uma pessoa que caminha por uma trilha até um bosque.

— Por alguns instantes ela parece desorientada. — Nossa casa... cheia daqueles... labregos! Botas enlameadas alinhadas ao longo da sala. Nunca se viu tanta falta de educação. O cheiro deles atravessava as paredes. Eles nunca se lavavam. Como os armênios aí ao lado. Ladrões! — Ao falar a palavra "ladrões", ela se lembra do que estava fazendo e volta a contar os talheres.

Bem, o fato é que a mãe de Nina também mantém bem guardados seus talheres e suas panelas e não deixa sequer um pedaço de sabão vagabundo e rachado em algum lugar onde os outros moradores possam pegá-lo. O comportamento de Madame está apenas um grau acima do corriqueiro hábito de guardar pedaços de sabão, sal e querosene como se fossem tesouros. Nina reconhece que também sente uma leve desconfiança de todo mundo. A diferença é que Madame se queixa em voz alta, abertamente, como sua avó costumava fazer e como fazem tantas velhas avós, uma espécie em extinção.

— Ela nunca sai de casa? — pergunta Nina a Viktor, depois de quase três meses morando lá. Nina ainda está tentando entender o quão "secreta" é a filiação de Viktor e até que ponto ela deve silenciar acerca de Madame. Porque, embora Viktor não fale sobre isso em público, ele nunca recomendou a Nina que não tocasse no assunto e sem dúvida mostra-se despreocupado com a possibilidade de Darya espalhar aquela história. Talvez seu sucesso literário o tenha livrado de ter sua história usada contra ele. Afinal de contas, ele não escolheu a família na qual nasceu.

— Eu costumava levá-la para passear um pouco, mas isso a deixava transtornada. Ela simplesmente não gosta do mundo lá fora. — Viktor fica pensativo, tentando lembrar-se de uma palavra. — Há uma palavra que ela usa. *Vulgar*. Ela não está acostumada a ver... ah, você sabe, bêbados na rua, coisas assim. Comportamentos desagradáveis. Falta de boas maneiras. Isso se deve à sua história de vida, é claro. Ninguém a trata como ela acha que deve ser tratada.

Afinal, Madame é uma mulher criada em uma mansão particular, uma mulher viajada, conhecedora de música e de línguas estrangeiras. Não é de surpreender que ela se apegue à sua antiga posição social, a seus antigos vestidos de seda e renda. Nina se dá conta de que, de certa maneira, Madame é como esses homens que dão baixa do Exército e continuam a usar seus uniformes apesar de a guerra ter terminado há três anos. Saem fardados aos domingos para exibir suas medalhas e suas feridas. É como se quisessem lembrar a todo mundo, ou talvez a eles mesmos, quem haviam sido.

Lote 34

Brincos de Diopsídio de Cromo Solitários. Corte brilhante, 1.00 ct. 5x5 mm, montado em ouro amarelo de 14k. $800 — 1.000

CAPÍTULO SETE

Evelyn espiou pela porta dele por volta das 18 horas. Seus cabelos louros, levemente despenteados, emolduravam-lhe o rosto.

— Me dê um minutinho para me arrumar e podemos sair.

— Estarei pronta quando você estiver.

Os outros habitantes do Departamento de Línguas Estrangeiras haviam saído mais cedo, mas Grigori tinha ficado corrigindo trabalhos de alunos da pós-graduação. Não queria se arriscar a ficar muito tempo em casa sozinho aquela noite. Já de manhã havia sentido necessidade de sair cedo. Não ousara sequer ouvir o rádio para evitar canções que pessoas dedicavam umas às outras com mensagens que pudessem sensibilizá-lo ainda mais. Essas coisas aumentariam as saudades que ele sentia de... de tudo. Sim, de tudo. Ele sentia saudades do ruído da porta se fechando atrás dela quando ela chegava em casa à noite. Sentia falta das mensagens deixadas no telefone. Muitas mensagens. Christine tinha muitos amigos. Era Barb anunciando a morte de seu velho cão, ou Amelie dizendo que estaria em Boston na semana seguinte, que tal um drinque no Fairmount? Ele sentia falta do clube do livro de Christine, daquelas mulheres sentadas em círculo a conversar na sala de visitas, rindo de um jeito que ele sempre invejara, por vezes trocando confidências que ele julgava quase chocantes; alguns dos assuntos eram íntimos demais para serem discutidos diante de uma bandeja de queijo e uma garrafa de vinho branco gelado. Ele sentia falta das muitas vezes em que subiu a escada atrás dela, tirou-lhe delicadamente as roupas e fez amor com ela, um amor gostoso. Grigori considerava aqueles arroubos românticos um privilégio secreto da vida de casado.

É claro que ele sabia que tipo de pensamentos eram aqueles. Eram do tipo selecionado pela memória, do tipo que excluía convenientemente as lembranças dos momentos amargos, quando ele e Christine discutiam pelas menores coisas. Por vezes diziam-se coisas terríveis, irreversíveis, que magoavam, deixando no ar um clima ruim por muito tempo. Vinham então longos períodos de calma. Mas as briguinhas e as implicâncias faziam parte também da delicada cola que os conservava unidos, que mantinha um afeto entre eles mesmo quando se sentiam entediados um com o outro, por longos períodos.

— Pronto, podemos ir.

Ele ergueu os olhos e viu Evelyn com um casaco de couro longo e justo que combinava com suas botas de cano alto e a bela echarpe amarrada com um nó.

— Puxa, como você está elegante!

Ela havia sugerido um restaurante tailandês perto de Wang, e Grigori esperava que sua fome surgisse até lá. Ele achava bom ou, pelo menos, bastante agradável sair com Evelyn. Ela era inteligente e alegre e não tinha medo de zombar de si mesma. Além do mais, ela conhecera bem Christine e não receava falar sobre ela. Mas recentemente Grigori se dera conta de que nas duas últimas ocasiões em que saíram, ela parecia esperar algo mais. Não era a primeira vez que ele via aquela expressão no rosto dela, mas até recentemente julgara ser imaginação sua. Então as coisas ficaram um pouco esquisitas. Por uma fração de segundo, ele percebera que ela esperava algo mais ao se despedirem da última vez e só agora se dava conta disso realmente.

Mas Grigori nunca havia pensado nela como mais do que... como mais do que a colega Evelyn, uma mulher do tipo mignon, bonitinha, inexplicavelmente solteira, com um riso franco, uma linda cabeleira loura bem-tratada e cerca de trinta pares de sapatos de salto alto.

Na manhã daquele dia, porém, Grigori havia dito a si mesmo, ao sair de casa apressadamente, que pensasse em Evelyn como uma possibilidade. Tinha até vestido sua melhor camisa, presente de Christine.

Era de algodão macio, visivelmente cara, do tipo que exigia abotoaduras. Ele só a havia usado em ocasiões especiais. Bem, talvez aquela noite acabasse por ser uma ocasião especial.

Essa ideia o deixou nervoso. No restaurante, ele se deu conta de que mexia o tempo todo nas abotoaduras. Mas Evelyn tinha a aparência tranquila e feliz, e Grigori sentiu-se aliviado quando o garçom perguntou o que queriam beber.

— Suas abotoaduras são muito bonitas — disse Evelyn.

— Foram do meu pai. — Feodor trabalhava no campo, como geólogo, e raramente tivera oportunidade de usá-las. Seu pai tinha sido um homem silencioso e contemplativo, sempre a alisar com a palma da mão seus poucos cabelos cacheados, como se eles representassem toda a revolta do mundo... Mas ele também era capaz de gritar quando se irritava. Punha as mãos na cabeça e vociferava quando Grigori não sabia os princípios mais elementares da matemática. Somente depois de deixarem a Rússia, quando Grigori fez amizades com outros meninos na Noruega, foi que ele entendeu que nem todas as famílias falavam aos gritos. Um menino que brincava com ele em seu apartamento em Larvik ficara apavorado ao ouvir Feodor gritar com Katya em russo. Eles estavam apenas discutindo sobre uma notícia de jornal. Mas foi ali que Grigori compreendeu, pela primeira vez, que pessoas de outras culturas não discutiam daquele jeito.

— Você está muito elegante — disse Evelyn, sorrindo com seu jeito tranquilo e radiante.

Talvez aquela fosse sua oportunidade, pensou ele, de seguir adiante. Preocupava-o, porém, o risco de transformar uma amizade em uma relação romântica. Além do mais, Evelyn era mais nova que ele. Ela teria no máximo uns 40. A diferença de idade, porém, não parecia incomodá-la. Talvez Grigori fosse uma espécie de "bom partido". Bem, algumas de suas alunas ficavam "caídas" por ele, mas Grigori sabia tratar-se de algo diferente. Estava acostumado a receber pequenas mensagens na última folha de trabalhos ou exames. "Podemos continuar essa discussão pessoalmente?" ou "Que tal nos encontrarmos para um drinque?". Tais mensagens apenas o surpreendiam de leve. Imaginava que deixaria de recebê-las com o passar do tempo, e de fato, dentro de poucos anos, quando ele estava na faixa dos 40, as mensagens pararam de chegar. E então algo aconteceu que ele não entendia muito bem. Algumas alunas, pelo menos duas por semestre, apaixonavam-se por ele. Eram explícitas ou não, mas o fato era que recebia e-mails propondo tomarem café em algum lugar fora do campus ou irem juntos a uma exposição de pintores russos... em Connecticut. No ano passado, uma jovem lhe escrevera uma longa mensagem pormenorizada sobre seu amor por ele, explicando que àquela altura já havia se curado, mas terminava com uma proposta: "Que tal nos encontrarmos amanhã à noite?"

Grigori deduziu que era sua profunda tristeza que as atraía. Sua angústia tinha energia própria, uma eletricidade que ele irradiava.

E agora Evelyn, com seus belos cabelos louros soltos...

O garçom estava de volta com o vinho.

— À nossa saúde — disse Grigori erguendo a taça e tocando a dela, e Evelyn respondeu:

— Feliz Dia dos Namorados.

O PRIMEIRO ENSAIO da temporada foi num dia frio e úmido do segundo ano de Nina como uma mulher casada. No camarim, ela costura fitas em um par de sapatilhas. Na pequena penteadeira à sua frente, Polina, diligentemente, aplica creme hidratante no rosto, dando leve pancadinhas com as pontas dos dedos para o creme penetrar bem. Esta é apenas uma das etapas de uma longa e complicada rotina que termina com a lavagem do rosto com água fria e algumas gotas de amônia, para atenuar-lhe as sardas.

Enquanto Polina dá tapinhas no rosto, vai falando a Nina de seu novo amor, um homem chamado Igor. Ela o descreve como se ele fosse um astro do cinema, mas na verdade é apenas mais um funcionário do Partido, subdiretor de uma subdivisão de algum subdepartamento. Nina, a essa altura, já não consegue acompanhar a história.

— Ele me trata de um jeito tão carinhoso, Nina, como se eu fosse uma gatinha.

— Muito bem. É assim mesmo que ele tem que tratar você.

— O que Nina gostaria de dizer é: Você não precisa dele. É uma bailarina; invista na sua técnica, não em relacionamentos como esse com... com um lacaio do Partido. É isto que ela quer dizer, mas não diz. Assistentes de burocratas tentando ascender no Partido. Nina vê sempre vários deles no departamento de pessoal do teatro, onde agentes do governo em trajes civis examinam os documentos de todos ali em busca de alguma coisa para reportar a seus superiores; ela os vê também quando se apresenta nos vários ministérios onde altos funcionários em ternos de lã escura tratam de maneira aviltante seus subordinados; e até mesmo no salão de concertos do Bolshoi. Lá, homens do Comitê Central sentam-se em silêncio nas escuras fileiras de trás, enquanto o pobre diretor, trêmulo, conduz o ensaio geral. Tipos carreiristas que fazem qualquer coisa para se destacar nas fileiras do Partido.

— Eu acho que este é *o* homem da minha vida, Nina. Acho mesmo.

— Que bom, Polina. Fico feliz por você. — Mas Nina não olha a colega nos olhos. Às vezes ela tem a impressão de que a carreira no balé, para Polina, tem menos a ver com a dança em si do que com a ideia de ser uma bailarina.

A porta se abre.

— Disseram-me que eu a encontraria aqui.

Nina olha, surpresa, para a mulher de extrema beleza, e o sapato lhe cai das mãos. É Vera que está ali de pé.

Sim, é realmente Vera, sorrindo, alegre com a surpresa da amiga. Muito delgada, pernas longas, já não é mais uma menina. Nina dá um pequeno grito e a abraça. Sente o corpo esguio de Vera, que é mais alta que ela, em seus braços e se dá conta de que já não pensava na amiga havia muito tempo.

— É você! — diz Nina, por fim. É só o que consegue dizer. Está tão atônita que sequer apresenta a amiga a Polina. Vera tem que se apresentar enquanto Nina se recupera da surpresa e se dá conta da mudança operada nela pelos anos, pela guerra e sabe-se lá por que mais. — Vera Borodina — diz ela a Polina.

Nina já tinha ouvido aquele nome, a bela sensação do Kirov. O sobrenome é diferente. Um nome artístico, supõe. Lembra-se então do que acontecera muito tempo atrás, no dia em que as duas meninas fizeram o teste para ingressar na Escola de Balé Bolshoi. Na volta, os pais de Vera já não estavam mais em casa. "Sempre achei que havia algo estranho com eles...", dissera alguém. Agora era a primeira vez, depois de tantos anos, que Nina pensava neles, naquele casal aparentemente comum, cuja rotina diária nada levava a supor que eles sumiriam de repente. Só agora, já adulta, é que Nina compreende aquilo que, quando menina, não poderia ter compreendido. Mas não ousa perguntar sobre isso a Vera, não na presença de Polina. O que quer que tenha acontecido, seria do interesse de Vera que ninguém soubesse sobre seus pais. E ela havia se tornado Vera Borodina...

Nina a observa ainda surpresa. Nota que seu rosto, embora mais fino do que no passado, desabrochou: as maçãs estão mais acentuadas e sua pele tem agora um tom rosa delicado. Os dentes estão surpreendentemente alinhados, com pequenos espaços entre eles, dando a ela um ar juvenil quando sorri. Seus cabelos têm um intenso tom castanho-avermelhado e os grandes olhos separados, por vezes melancólicos, possuem algo de quase estranho. Talvez seja a maneira como ela pintou seus cílios com rímel, dando a eles a aparência de ter chorado, que a faz parecer tão jovem e inocente.

Vera segura a mesma sacolinha que todas as bailarinas recebem para nela levarem suas malhas e túnicas e suas preciosas barras de sabonete. Aquilo certamente significava que Vera estava entrando para a companhia. Mas Nina pensa em outras coisas: Vera está *viva*; ela *sobreviveu*; ela *voltou.*

— Bem, que surpresa! — diz Polina, como se também tivesse conhecido Vera há muitos anos.

Quando Vera, confiante, coloca sua sacola no banco da penteadeira que, durante anos, ficara vaga no pequeno camarim, Nina sente-se invadida no seu espaço; agora as três terão que caber ali. Mas é *Vera*, diz a si mesma, Vera Borodina... Ainda assim, Nina mantém-se em guarda, como sempre faz na presença de uma pessoa nova. Vera, enquanto isso, tira a poeira da penteadeira com movimentos rápidos e distraídos. Estar naquele camarim significa que ela será solista e por vezes a principal. Nina imagina que o diretor a tenha requisitado, ou que Vera conheça alguém da administração, no Kremlin, até. O Bolshoi dá atenção às relações — amigos, família ou algum outro relacionamento com o Partido. Vejam o caso da Lepeshinskaya, que já foi a personificação da juventude e da vitalidade, e que agora, com quase 40 anos, ainda dança papéis principais; ela é casada com o chefe do Estado-Maior do Exército da URSS, e todos no Bolshoi morrem de medo dela.

Vera também deve conhecer alguém importante. Nina percebe que Polina se faz as mesmas perguntas, pela maneira como disfarça os olhares que lança para ela. Talvez sinta inveja da beleza da outra, ou simplesmente esteja curiosa. Medo, quem sabe. Porque Vera é agora mais uma pessoa com quem competir. Ela também, como todas as bailarinas, deve querer o que elas querem: chegar ao topo.

Mas fica claro, no momento em que veem Vera no ensaio, que ela está ali por seus próprios méritos. Ágil e precisa, os pés mais ligeiros que os delas. Seus movimentos são limpos e firmes, seu *pas de bourrée* é exato. O que é mais importante, ela possui aquela qualidade indefinível, quase mágica, que Nina tem fama de possuir: um brilho que a distingue das demais.

Entretanto Nina percebe que o estilo de dançar de Leningrado parece ser um tanto frio. Há uma certa rigidez nos movimentos de Vera, e toda a expressão é confinada à parte superior de seu corpo (vestido com uma suéter de lã fina, deixando à vista uma delicada gola). Sua pele é muito clara. Aquela perfeição contida faz Nina se lembrar de que não apenas suas experiências de vida foram diferentes, mas elas cresceram de maneiras diferentes, e também seus corpos foram treinados de maneiras distintas.

A princípio Nina experimenta um sentimento próximo à inveja, não apenas da técnica de Vera, mas também de seu corpo, das pernas longas e delicadas, dos pés muito arqueados. Nina sente um despeito que já havia experimentado antes, sabendo que faria qualquer coisa para ter um corpo como o dela. Nos primeiros anos da carreira, ela e suas colegas de balé se sentavam nos pés esticados umas das outras tentando dar-lhes maior curvatura, ou massageavam as panturrilhas tentando afiná-las. Vera é, dos pés à cabeça, a personificação da tranquila dignidade pela qual o balé de Kirov é famoso. Sua ossatura leve e seus enormes olhos fazem com que pareça uma figura etérea. Nina não pode deixar de invejar aquela qualidade quase sobrenatural, tornada mais impressionante pelas altas maçãs do rosto e por seus belos cabelos quase ruivos. Nina diz a si mesma que também tem seus pontos altos: energia e leveza, paixão e musicalidade, excelente técnica de piruetas e de saltos aparentemente sem esforço. Ser do tipo mignon e forte é uma grande vantagem, e seu rosto é bonito para padrões mais tradicionais. Ainda que não possua o mistério do rosto de Vera, Nina é bem atraente. Na verdade, é muito bom que ela e Vera sejam tão diferentes fisicamente; isso significa que, na maior parte do tempo, elas não disputarão os mesmos papéis.

Nina procura conter-se para não fazer muitas perguntas naquele primeiro dia, enquanto a amiga arruma o conteúdo de sua sacola na gaveta com chave. Mas pergunta onde ela vai morar.

— Com uma família que nem conheço. Colocaram uma cama na dispensa. É só até a companhia conseguir um lugar para mim. — Isso não seria fácil, dada a escassez de moradias em Moscou. — O homem e a mulher tocam na orquestra e têm três menininhos. — Vera faz uma careta e Nina sente pena dela. Todos viveriam apertados em um espaço pequeno. — Pensando bem, chega a ser engraçado: na verdade eu tenho sorte de ter permissão para viver em Moscou, mas não há quartos disponíveis. Enquanto isso, ouço falar de pessoas que estão aflitas porque têm onde ficar, mas não têm permissão!

Em sua penteadeira ela colocou uma pequena fotografia emoldurada. Um casal jovem. Tão jovem que num primeiro instante Nina nem reconheceu os pais de Vera. Da parte de trás da moldura, ela tira um quadrado de papel amarelado, que desdobra e enfia em um canto da moldura do espelho. Quando Nina olha mais de perto, seu coração dispara. É um telegrama.

Sem precisar ler o que nele está escrito, Nina sabe que é um dos telegramas que sua mãe havia escrito tão cuidadosamente, todos aqueles anos, como se fosse a mãe de Vera.

Ela agora vive sozinha, e já se aposentou de seu trabalho de secretária. Sem Nina em casa, parece menos interessada na vida. Até mesmo seus muitos trabalhos de caridade diminuíram. Em vez de ser libertado da prisão, o tio de Nina fora exilado nos Urais. E a velha senhora do andar de baixo, de quem a mãe cuidava todos os dias, tinha morrido. Contudo, ela continua a manter o quarto absolutamente limpo, a encher os parapeitos das janelas de plantas em latinhas descartáveis. Sua força parece originar-se diretamente do trabalho para outros, embora ela mesma tenha dificuldade em se deixar ajudar. Mesmo quando Nina lhe compra roupas novas, ela continua a usar as velhas suéteres deformadas e os velhos lenços bordados quando vai ao Gastronom. Ultimamente faz essa caminhada mais lentamente, com os ombros caídos, embora mal tenha completado 50 anos. Nina lembrou-se do dia em que a mãe, com passos rápidos e decididos, levou as duas meninas para o exame de admissão à Escola de Balé Bolshoi...

Nina sabe o quanto sua mãe sempre amara Vera também, e pensa na sua antiga cama de ferro, que havia sido sua cama até ela se casar.

— Se você pudesse morar com minha mãe — perguntou Nina —, você preferiria?

— Oh, é claro, mas ela me aceitaria lá, ocupando espaço?

— Ela ama você, Vera. Vai ficar muito feliz. — Nina olha rapidamente o telegrama enfiado na moldura do espelho. Quantos daqueles sua mãe teria enviado? Nina tem vontade de perguntar isso a Vera. Seria uma prova de quanto sua mãe a amava. Mas ela sabe que certos segredos nunca devem ser revelados.

Na semana seguinte, Vera se instala com seu casaco preto, cinco pares de sapatos e uma mala grande no apartamento que Nina havia deixado cerca de um ano e meio antes. Parecia justo que elas trocassem de papéis. Vera precisava deixar aquele prédio de uma hora para outra e havia ficado longe de lá por muitos anos. Tinha agora de volta sua cidade natal, sua melhor amiga e até a mãe de sua amiga, ainda que todas essas coisas houvessem mudado muito. A mãe de Nina fica muito feliz com a presença de Vera. Ao saírem do teatro, as amigas passam a voltar juntas para o apartamento, às vezes na companhia de Viktor, que se une a elas para o chá. Essas primeiras semanas são cheias de confidências, de relatos do que aconteceu todos aqueles anos, uma torrente de histórias e recordações, como se as duas tecessem juntas um enorme suéter disforme que não parava de crescer. Logo, porém, reencontraram o ritmo tranquilo da antiga amizade alimentada pelo contato diário.

NINA PREFERIA NEM TOMAR conhecimento de que era Dia dos Namorados, data em que amigos e amantes se confraternizam, mas Cynthia decidiu não deixar o dia passar em branco. É claro que Nina havia recebido uma caixa de bombons ridiculamente caros, cortesia de Shepley, e um telegrama um tanto depressivo de Tama, mas nenhum dos dois precisava ser comentado. Agora, porém, juntamente com os ingredientes para o jantar, Cynthia chegara com uma rosa de talo longo e um cartão. O pessoal do Senior Service deve ter dado essas coisas a todos os seus empregados, pensou Nina. Mas depois decidiu aceitar a possibilidade de Cynthia ter tido aquela iniciativa. O cartão era espesso, com a fotografia de um cachorro segurando na boca um coração de papel. Cynthia o havia assinado com uma caneta vermelha de ponta grossa, em grandes letras de forma, como se Nina tivesse dificuldade para ler.

A rosa foi colocada em um vaso fino de cristal na mesinha da sala de entrada para que Nina pudesse vê-la do salão. O botão já estava se abrindo graças ao calor do aquecedor; Nina imaginou que não duraria muito. Bem, não era assim que acontecia com as coisas românticas, um súbito florescimento e logo as pétalas caindo, a princípio lentamente, uma a uma, e de repente todas de uma vez?

Viktor, a surpresa da presença dele à porta de seu camarim com uma braçada de rosas.

— Você está bem aí, docinho? — perguntou Cynthia da cozinha. Não haveria cebolas hoje, isso era certo. Billy fizera reserva em um restaurante no South End. — Em uma *brasserie* — dissera Cynthia.

Ao lado da rosa, o cachorrinho do cartão a olhava, ansioso.

— Sim, estou bem, obrigada — respondeu Nina, já percebendo a chegada novamente daquele vago sentimento de vergonha. Cynthia fazia ruídos com as panelas para que Nina não cochilasse de novo. O telefone pôs-se a tocar.

— Eu atendo, Cynthia. — Conseguiu dizer com uma voz calma, apesar de saber, por experiência, que a maioria das vezes que o telefone tocava era por algum motivo desagradável.

Era Drew Brooks.

— Da Bell...

— Eu me lembro de onde é, Srta. Brooks. Não precisa me dizer.

— Bem, eu estou lhe telefonando para informá-la de uma pequena discrepância em sua coleção.

Um horrível aperto no coração. Medo do que estava por vir.

Tratava-se dos brincos de pedra solitária ao qual a lista de St. Botolph se referia como sendo de esmeralda, explicou Drew absolutamente calma.

— Ao examinarem a coleção, nossos avaliadores notaram que os brincos são, na verdade, de diópsido de cromo.

Nina jamais tinha ouvido aquele termo. Sentiu-se constrangida por ter dado uma informação errada, ainda que sem o saber.

— Eu não sabia — desculpou-se ela. — Disseram-me que eram esmeraldas.

— Oh, este é um equívoco frequente — respondeu Drew. — Na verdade, o nome informal dessa pedra é "esmeralda siberiana", por ser tão comum naquela região. Não me surpreende que a senhora possua uma pedra dessas.

— Então elas são esmeraldas, afinal — disse Nina com alívio. — Esmeraldas siberianas.

— Bem, não, é isso que eu quero lhe dizer. Elas são chamadas de esmeraldas por causa da cor, mas na verdade são pedras apenas semipreciosas. Têm bem menos valor do que as esmeraldas.

— Entendo. — Por um breve instante ela ficou em emocionado silêncio, como havia ficado no dia em que abrira a pequenina caixa quadrada e vira os delicados brincos verdes. Lembrou-se do leve embaraço ante a própria emoção.

— Isso acontece com frequência — disse Drew. — Com essa pedra e também com a granada. São muitos os casos de equívocos.

Nina sentia um nó na garganta. Naturalmente não pôde deixar de se perguntar se Viktor sabia. Esmeraldas siberianas... Ou será que ele também pensava que fossem esmeraldas?

— A senhora está bem? — perguntou Drew preocupada. — Alô? Está me ouvindo?

— Não é necessário gritar.

— Era só para ter certeza de que está tudo bem. — Algo na voz de Drew deu-lhe a impressão de que a jovem ria. Quando ela esteve lá no dia seguinte para pegar os nomes das pessoas da família de Viktor, Nina percebeu uma leve irritação da moça por receber apenas um nome. Nina o havia escrito para ela em cirílico e explicou-lhe que, a não ser sua sogra, não havia conhecido qualquer outra pessoa da família de seu marido. Drew mostrou-se tranquila, como se soubesse que teria de esperar para obter mais informações.

— Eu também gostaria de lembrá-la — disse ela — das informações suplementares para o evento que antecederá ao leilão, como já lhe falei. Para ilustrar o texto, espero poder incluir fotos de quaisquer objetos que possam estar relacionados às joias. Coisas pessoais, se possível. Por exemplo, se determinada joia foi um presente, talvez a senhora ainda tenha o cartão que a acompanhou, não? Ou uma fotografia da pessoa que a presenteou? Podemos escaneá-las para fazer fotos digitais.

Lá vêm essas malditas fotos digitais de novo. Parecem uma epidemia.

— Como? O que foi que a senhora disse?

— Não tenho nada disso que você quer.

Drew parecia ainda aguardar.

— Bem, não precisa ser algo relacionado diretamente a uma das joias. Poderia ser simplesmente alguma coisa relativa ao balé. Ou à sua mudança para Boston. Ou mesmo apenas nomes de pessoas específicas.

Enquanto isso, vou procurar fotos de arquivo. É de interesse do público, só isso.

— Está bem — disse Nina, sabendo que seria a única maneira de pôr fim àquela conversa.

Drew agradeceu, disse que estava muito animada com o projeto e desejou-lhe uma boa noite. Mas quando Nina desligou o telefone, só o que sentia era frustração.

Esmeraldas siberianas.

Era esse o problema com a casa de leilões. Catálogo! Quantas outras coisas desagradáveis aquela moça ainda estava por descobrir?

Último arroubo de calor outonal, de pálido flox lilás, toda a cidade tingida de amarelo pelas folhas que já haviam mudado de cor. Mãos suadas na barra, infindáveis manhãs de exercícios e tardes de ensaios, longa espera pela noite. No camarim, antes do segundo espetáculo da temporada, Nina está sentada com os pés na cadeira de Polina, observando-a passar rímel nos cílios de um jeito especial que aprendeu com uma bailarina do Kirov. Sobre uma vela, ela aquece uma minúscula panela do tamanho de uma colher de sopa na qual derrete pedacinhos de maquiagem preta. Depois pega uma gotícula com a ponta de um palito e a coloca na ponta de um cílio superior. A bolinha adere ao cílio.

— Muito trabalhoso — diz ela a Nina enquanto pega outra gotícula negra —, mas vale a pena. Principalmente para uma noite como esta. — A primeira bailarina *assoluta* do Bolshoi, Galina Ulanova, havia adoecido, portanto seu papel no início da temporada de *O lago dos cisnes* foi dividido em dois: Vera dançará a Rainha dos Cisnes, Odette, e Nina dançará a malvada Odile, que se passa por Odette. — Se você quiser experimentar esta maquiagem — diz Vera —, eu posso ajudar.

— Ah, não tenho certeza. — Aquela cera quente tão perto dos olhos poderia ser perigosa. Nina está pensativa. Ainda que nada tenha sido dito, sente-se um pouco insultada com o fato de a direção não a ter considerado, nem a Vera, tampouco, capaz de dançar o duplo papel principal. Então eles não acreditam, tanto quanto ela pensava, em sua capacidade de executar *bourrées* e *battements*, não acreditam que seu corpo seja capaz de interpretar cada nuança de emoção da música de Tchaikovsky, não acreditam em suas duplas piruetas, *arabesques* e *fouettes*? O diretor do balé as ensaiara e as deixara prontas para executar suas partes, dizendo que o maestro poderia ajudá-las a se lembrar da coreografia se elas precisassem de ajuda. A costureira acertou no corpo de Nina a fantasia de plumas negras de Odile, mas por enquanto ela está usando um pijama solto, que é sua roupa de camarim; ela só entrará no palco depois do intervalo. — Essa maquiagem pode afetar minha visão — disse Nina.

— Oh, você se acostuma a isso num instante. — Uma a uma as minúsculas bolinhas vão aderindo aos cílios de Vera, e a cada bolinha colocada os olhos sobressaem-se mais, tornam-se mais inocentes, maiores e mais abertos. Nina continua a surpreender-se com Vera e com o fato de não ter percebido sua beleza quando ainda eram crianças. A surpresa e o leve aperto no coração que a acompanha fazem parte das novas sensações às quais começava a se acostumar. São uma consequência natural, supõe ela, de ter uma amiga de verdade, de sua própria idade, uma amiga íntima, uma irmã que sempre desejou: a bênção de uma amizade feminina. Estas últimas semanas têm sido de readaptação não apenas a uma vida compartilhada, como também à própria Vera, esta nova mulher adulta que é, afinal, outra pessoa que não a menina que deixou Moscou tantos anos atrás.

Esta noite, porém, ela não consegue parar de pensar: se Vera não tivesse entrado para a companhia, ela, Nina, dançaria o papel de Odette também, e não apenas o de Odile. Não seja ciumenta, diz a si mesma, e volta a remendar suas sapatilhas, reforçando algumas partes com uma espessa linha rosa para que durem mais. Ela precisará do seu par de sapatilhas mais resistente esta noite, para dar todas as piruetas do papel de Odile. E precisa se concentrar no papel, não pensar na pobre Odette, e sim na feroz Odile, e em Von Rothbart, que a usaria para seus propósitos maléficos. Seu estômago se contrai, nervoso, quando ela pensa que dançará aquele papel para o público pela primeira vez.

Cílios perfeitos, Vera sopra a vela e limpa a sujeira de sua panelinha antes de a esconder na gaveta; a direção do teatro não permite velas nos camarins. Como toque final, ela acrescenta um pequeno ponto vermelho nos cantos dos olhos.

Como elas haviam chegado longe, pensa Nina, daquele distante dia de junho, quando nenhuma das duas sabia sequer o que era um *plié*. Nina se lembra, subitamente, de algo que havia se perdido completamente em sua memória.

— E seu terror do palco, Vera? — Nina imediatamente se arrepende de ter dito isso.

Vera olha para ela sem entender.

— Eu estava me lembrando do exame de admissão na Escola Bolshoi.

Uma expressão pensativa modifica o rosto de Vera, como se ela mal se lembrasse daquele dia na escola de balé.

— Foi um dia difícil para mim. Meus pais tinham acabado de ser presos.

A voz de Vera torna-se fraca, quase que afetadamente fraca, e Nina sente uma onda de impaciência ao ouvi-la falar assim. Afinal, todo mundo tem parentes que foram presos. Duas das três principais bailarinas russas, Semyonova e Lepeshinskaya, tiveram seus maridos presos; o de Semyonova foi executado. No ano passado, uma das moças do corpo de baile foi retirada do ensaio geral por um homem da polícia secreta. Todos puderam ver, pela jaqueta dele, de onde ele era. A moça nunca mais voltou. Passados alguns dias, o nome dela foi retirado da relação do corpo de baile. Nunca mais se falou do fato.

Quanto a Nina, seu tio tinha sido enviado para um gulag qualquer. Mas ela sabe perfeitamente que a perda de Vera foi muito pior. Ela correu o risco de ter sido enviada para o NKVD, um centro para onde mandavam crianças órfãs, e de viver com delinquentes. Se fosse um ou dois anos mais velha, poderia estar sujeita à pena de morte. Certamente há um dossiê sobre ela em algum lugar. Só o fato de ela mencionar isso agora já revela coragem. É claro que Polina não está no camarim para ouvir aquilo também. Mesmo assim, isso mostra que ela confia em Nina, que sabe que ela não vai delatá-la, pois é certo que a administração do Bolshoi nada sabe. Ou talvez saibam e estejam dispostos a fazer vista grossa. Mas há o caso de Semyonova que, apesar de aclamada pelo público, continua a ser "a esposa de um inimigo do povo". Também é possível que os pais de Vera, independente do que tenham feito, simplesmente não tivessem grande importância. Talvez não fossem importantes o suficiente para que alguém prestasse atenção na filha deles. Basta olhar para aquele casal na fotografia sobre a mesa de Vera, tão humildes, tão despretensiosos e jovens.

Quem teriam sido eles? O que teriam feito?

Pela primeira vez em todos aqueles anos, Nina se faz estas perguntas. Com um tom de voz muito baixo, indaga:

— Você chegou a descobrir o que eles... — Nina silencia. Já não tem certeza de querer continuar. — O que seus pais... — Não ousa completar a frase.

Os olhos de Vera se fecham, amargurados, como que para evitar algo desagradável.

— Você quer saber o que eles fizeram? — Vera fala devagar e muito baixo. — Há poucos anos uma velha vizinha, que vivia no mesmo apartamento que a gente, me contou o que aconteceu. Ela viu tudo. Era o casal que morava no apartamento ao lado do nosso que eles tinham ordens de prender. Foram lá primeiro, mas não havia ninguém. Então eles levaram o casal da porta ao lado. — Vera dá de ombros.

— Mas então foi um erro! — exclama Nina horrorizada. — Como foi possível? Alguém precisa... — Nina se lembra da mãe a repetir o refrão: *Se o Camarada Stalin soubesse... Tão logo ele saiba...*

Vera, porém, não parece aflita. Está apenas triste. Nina então compreende que já é tarde demais, que os pais dela não podem ter sobrevivido por tanto tempo. Talvez Vera já tenha sabido da morte deles. Ainda assim, um erro desses! Isso para não falar da marca permanente nos registros de Vera.

— Toda vez que eu ando de trem ou atravesso uma ponte, me pergunto: Eles teriam construído esta estrada de ferro? Teriam construído esta ponte?

Nina não tinha se esquecido das palavras de Vera apesar de todos aqueles anos: *Eles estão fazendo um trabalho importante. Foi por isso que tiveram de partir.* Mas agora outra coisa lhe ocorre: talvez a tal vizinha tenha inventado essa história do casal da porta ao lado para que Vera não soubesse da verdade. Talvez a culpa tivesse sido da própria vizinha, e não dos homens da NKVD.

Nina sente-se profundamente confusa.

A porta se abre e a costureira entrega a Vera sua fantasia, na qual algumas plumas haviam sido presas.

— Obrigada — diz ela calmamente, quase que alegre, levantando-se devagar para vestir o armado tutu branco. Ela o ajeita sobre seu *collant* de seda, veste o corpete branco enfiando os braços pelas alças recobertas de plumas. A expressão de seu rosto é distante, enigmática. Nina já havia observado essa característica de Vera ao interagir com outras pessoas. Ela é uma dessas solistas introspectivas que não ficam de conversa com a maioria das outras bailarinas. Entretanto, seu ar distante e sua reticência a tornam, de certa forma, ainda mais atraente. Enquanto a costureira a ajuda a vestir-se, Nina vê como ela fica bem não apenas naquela fantasia como naquele papel: é graciosa porém frágil, dotada de algo indefinível e misterioso.

— É bom você ir logo verificar sua maquiagem — diz a costureira antes de sair apressada.

Rapidamente, Nina deseja a Vera:

— *Ni puha, ni pera.*

— *K chortu!* — responde Vera e sai porta afora.

Os ESPECTADORES QUE chegaram nos últimos minutos foram conduzidos a seus assentos. As luzes apagaram-se lentamente, mas eles continuaram ruidosos, consultando seus programas e falando até mesmo durante a abertura. Sentado ao lado de Evelyn, Grigori não se concentra na música de Tchaikovsky e sim nos outros sons à sua volta: a tosse dos velhos, a respiração chiada de um gordo, o sussurro de garotinhas em pesados vestidos de veludo. Uma jovem mãe atrás dele explicava à filha que logo a cortina se ergueria e haveria pessoas no palco, enquanto a menina choramingava com medo do escuro. À direita de Grigori, uma fileira de moças passava uma caixa de chicletes entre si, rasgando o papel que os envolvia.

— Parece que estamos em um circo — sussurrou Grigori a Evelyn. Ela riu e deu leves tapinhas no braço dele. O contato de Evelyn deu-lhe uma sensação boa. Há quanto tempo ele não se sentia assim? Ela deixou que a mão repousasse no braço dele e ele olhou para baixo, surpreso. Os dois ficaram encabulados. Evelyn recolheu a mão e ele, constrangido, dirigiu um olhar de repreensão às moças do chiclete, mas elas nem se deram conta.

Por fim, a cortina se ergueu e Grigori conseguiu relaxar, imerso naquele mundo de beleza que também tinha algo de cômico. Lá estava o Príncipe Siegfried em sua malha branca, solitário, expressando sua melancolia em linguagem gestual. Depois do interlúdio, a cena foi ficando mais alegre com a conhecida melodia do sonho, a escura floresta enevoada e, à medida que o gelo seco foi desanuviando, surgiram duas dúzias de jovens cisnes dobradas sobre si mesmas. O som seco de suas sapatilhas atravessando o palco em *bourrées*; Odette, parecendo um cisne, assustada. Os lugares de Grigori e Evelyn eram bons, tão próximos do palco que ele podia ver o tremor dos tutus das bailarinas. Estes, armados e cheios, pareciam cravos brancos. Evelyn suspirou e recostou-se muito de leve no ombro dele. Talvez não tivesse sido essa a intenção dela. Grigori possuía ombros largos, era um homem grande, talvez estivesse apenas atrapalhando a visão de Evelyn.

Quando as luzes do teatro se acenderam para o intervalo, Evelyn juntou-se à multidão apressada que se dirigiu ao banheiro. Grigori seguiu outra multidão, a que foi ao bar, e lá comprou duas taças de vinho tinto. Enquanto esperava por Evelyn, tomou alguns goles, distraindo-se com fragmentos de conversas das pessoas. A seu lado uma mulher recitava para uma amiga sua agenda cultural já quase completa para os próximos dias.

— Na próxima semana o ART — apontando para as divisões de seu livrinho — *e* Huntington. — Ela continuou virando as folhas e apontando com o indicador: — Balé, balé, sinfonia, Huntington, sinfonia...

Uma voz de homem deu um veredicto:

— Odette me parece levemente insegura esta noite.

— Você acha mesmo? — perguntou uma voz de mulher.

— Menos segura que a de ontem à noite — disse o homem. — Talvez esteja machucada. — Com um suspiro alto, ele concluiu: — Isso sem falar dos cisnes do corpo de baile, mais barulhentos que uma manada de elefantes.

Ora, deixe disso, foi o que Grigori teve vontade de dizer. O que mais vocês queriam? A bailarina estava maravilhosa, bem como os cisnes todos, que deram o melhor de si para fazer um espetáculo magnífico. Se Odette estava "levemente insegura", não tinha feito nada que Grigori pudesse notar. Aquelas pessoas ali, ele, inclusive, eram tão críticas de tudo que se tornavam incapazes de simplesmente aceitar a maravilha de estarem naquele magnífico teatro dourado, ouvindo uma bela orquestra ao vivo, acompanhada de um balé de rara beleza. E aquele homem a seu lado julgando-se no direito de criticar o balé! O que mais aquelas pessoas esperavam encontrar? Deveriam, isto sim, sentir-se envergonhadas de seus desapontamentos.

Uma menininha chinesa com vestido enfeitado estava sendo subornada com balas por seus pais muito brancos.

— Qualquer coisa para que ela aprenda a gostar de balé — diz a mãe, sorrindo para Grigori ao ver que ele os observava.

— É a primeira vez que ela vem?

— Sim — disse o pai. — Ela só tem 4 anos e não sei até que ponto está entendendo.

— Mas eu não pude esperar — diz a mãe radiante. — Há dez anos sonho com isso.

Grigori retribuiu o sorriso. É maravilhoso ver pais assim, deleitando-se com a paternidade. Essa menininha provavelmente jamais saberá o quanto foi esperada e amada pelos pais, antes mesmo de a conhecerem. Isso era algo que Grigori entendia e que ainda sentia. Um caso de memória reflexiva, talvez. Daquela leve esperança, daquele suave desejo.

Ele e Christine haviam pensado na possibilidade de adotarem uma criança depois de tantas tentativas fracassadas de gravidez. Mas depois Christine dissera que todos os anos de espera, a burocracia envolvida, a possibilidade de frustração de uma hora para outra eram coisas contra as quais já não tinha forças nem coragem para lutar. Por mais que desejasse adotar uma criança, Grigori não tivera coragem de prolongar a questão. Ele já não pensava mais sobre isso.

No ano passado, porém, um amiga de Christine, Amelie, cujos filhos gêmeos tinham agora 3 anos de idade, disse algo de que Grigori não se esqueceu:

— Praticamente toda a minha vida quis saber quem eram meus pais biológicos. Ansiava por isso. Mas desde que tive meus filhos, já não tenho mais essa necessidade de conhecer meus pais. Olho para meu filho e posso *ver* a resposta. Está ali mesmo em suas feições, em quem eles são. Tudo que eles não puxaram da família de Rick deve ser da minha. São meus filhos que, por fim, estão me mostrando minhas origens.

Durante muitos anos os pais de Grigori não lhe revelaram tudo sobre sua adoção. Um dos motivos foi sua mãe, apesar de cientista, acreditar no destino. Só depois de muito tempo Grigori se deu conta de que ela não queria macular o milagre da sua chegada tardia aos braços dela. Não queria se lembrar da triste realidade que o havia levado até ela. Aquela era uma história desagradável, ela dissera. Na verdade, uma história da qual só alguns fatos chegaram a seu conhecimento. Quanto a seu pai, Feodor, este sempre optara por evitar complicações desnecessárias. Não compliquemos a vida, ele dizia sempre, como se a vida não fosse complicada.

Vez por outra, a imagem de sua mãe lhe vinha à mente. Lembrava-se nitidamente da linha reta no meio da cabeça que lhe dividia em duas partes os longos cabelos castanhos já embranquecidos. Quando criança, admirava a exatidão e a simplicidade daquela linha que parecia ter algo a ver com a paciência e a concentração de Katya. Certa vez, quando ele era ainda muito novo, quando eles ainda viviam na Rússia, Grigori viu a mãe escovando os cabelos à noite. Livres do coque, eles subitamente ficaram muito longos e lisos, e ele surpreendeu-se ao ver Katya tornar-se uma menina, de uma hora para outra. Tanto quanto surpreso, lembra-se ele, Grigori ficou assustado com aquela transformação tão rápida. Como era possível alguém tão familiar tornar-se subitamente outra pessoa?

Mudanças bruscas aguardavam aqueles três. Quando Grigori tinha 11 anos, seu pai buscou refúgio enquanto participava de uma reunião em Viena. Como haviam planejado, Katya foi com Grigori para a Noruega, onde Feodor reuniu-se a eles cinco meses depois.

Foi na Noruega, ainda menino, que Grigori ouviu uma vizinha amiga de seus pais dizer à sua mãe, com jeito zombeteiro: "O problema de vocês é serem russos: vocês não sabem ser felizes." Esta frase também permaneceu na memória de Grigori, embora ele não acreditasse nela necessariamente. Se sua mãe e seu pai davam a impressão de serem um tanto tristes, era porque haviam vivido amedrontados e deixado muito de suas vidas para trás: os amigos, a pouca família que tinham, a língua que fluía de suas bocas sem dificuldade. Só bem mais tarde Grigori compreendeu que a partida deles de sua terra natal tinha a ver com o fato de serem cientistas, com as coisas que eles sabiam e nas quais acreditavam. Na verdade, Grigori jamais ficou sabendo de muita coisa sobre eles. Os três moraram dois anos na Noruega antes de se mudarem para Paris. Quando Grigori estava com 16 anos, Katya aceitou o convite para lecionar em uma universidade de Nova Jersey e ofereceram a Feodor um bom emprego no laboratório. Foi assim que o jovem Grigori, adolescente e desengonçado, tornou-se, até onde lhe foi possível, um americano.

Ele havia contado essas coisas a Christine, e tudo de que lembrava acerca da viagem secreta para a Noruega, sua chegada à França sem entender uma só palavra de francês. Da primeira vez em que fora às compras com a mãe em uma loja fora da Rússia e de sua enorme surpresa ao ouvir o vendedor dizer "Obrigado" no final. Da variedade de tipos de alface em Paris que ele nem suspeitara existir. Do avião chegando à América e ele vendo do alto, entre os prédios, retângulos e círculos azuis que depois explicaram ser piscinas. Ele contou isso a Christine no terceiro encontro que tiveram, e a partir daquela noite ele a amou. Ela o escutou com absoluta atenção, como que tentando visualizar tudo aquilo. Só muito tempo depois ele reconheceu que aquele foi o primeiro passo de sua própria versão da experiência de Amelie: a de se descobrir através do amor a outra pessoa.

Ele falou a Christine sobre seus pais, pessoas inteligentes e soturnas, que depois de se mudarem para a América pareceram ter perdido a antiga sofisticação europeia, como se a tivessem esquecido em algum depósito de bagagem pelo caminho. Eles haviam conseguido se adaptar à vida na Noruega e, depois, na França, sem grandes problemas, mas enfrentaram os Estados Unidos com timidez e sofreram com a incompreensão. Até mesmo os mais singelos costumes americanos os deixavam perplexos, como a pergunta "Como vai?" para a qual não se espera resposta, ou os cartões de agradecimento por jantares ou presentes cujo agradecimento já havia sido feito pessoalmente... Somente muito mais tarde foi que Grigori se deu conta de que grande parte da confusão dos pais devia-se, em grande medida, à maneira como eram vistos e tratados por outras pessoas: um casal de velhos com um filho adolescente esquisito, com forte sotaque e estranho senso de humor. Às vezes as pessoas pensavam que eles fossem seus avós. Grigori achava que isso se devia mais à insegurança dos pais do que à sua idade. Ou talvez as pessoas percebessem algo de que Grigori já havia se dado conta: que, apesar do amor que sentia por aquele pequeno nó apertado que era sua família, a única que possuía, a verdade era que ele sempre percebera uma distância, intransponível ainda que pequena, entre ele e seus pais. Antes de Grigori completar 30 anos, ambos morreram.

— Oh, perdão! Ah, olá.

Diante dele, espremida por uma pequena multidão que tentava aproximar-se ou afastar-se do bar, surgiu a mulher da Beller, a qual ele levara um instante pare reconhecer.

— Drew. Olá.

Com uma taça de vinho na mão, um pouco do qual lhe escorria por entre os dedos, ela olhou para ele surpresa.

— Desculpe o esbarrão. Pelo menos não derramei vinho em você. Ah, este é meu amigo Stephen.

— Prazer em conhecê-lo — disse Grigori apertando a mão do homem, enquanto Drew falava:

— Queiram desculpar-me, cavalheiros. — E lambia o vinho das costas da mão. — Stephen, este é Grigori Solodin. — A expressão do rosto dela transformou-se rapidamente, como se ela se desse conta de ter feito algo errado. Imediatamente Grigori compreendeu que tal embaraço se devia ao status confidencial dele na casa de leilões. Ninguém deveria saber quem ele era.

— Prazer em vê-la aqui, Drew — disse Grigori tranquilamente para mostrar a ela que estava tudo bem. Como outras pessoas tentavam aproximar-se do bar, o rapaz, atraente, estatura mediana e sorriso confiante, pôs a mão de leve nas costas de Drew para se afastarem dali.

— Você está gostando do espetáculo? — perguntou ela, ainda pouco à vontade.

— Muito. E vocês? Por cima do ombro dela, Grigori viu Evelyn, que se aproximava, e sentiu-se tenso; esperava que Drew compreendesse que Evelyn também nada sabia de seu envolvimento com o leilão. Ela se aproximou dos três e olhou para Drew e Stephen aguardando as apresentações, enquanto Grigori lhe entregava o vinho. Se ele tivesse sorte, ela pensaria que eram ex-alunos seus. Grigori a apresentou:
— Esta é uma grande amiga e colega, Evelyn Bennett.

— Vocês são alunos de Grigori? — perguntou Evelyn.

Drew olhou para Grigori como que perguntando o que deveria responder, quando Stephen perguntou:

— Ah, você é professor?

— Ambos somos — disse Evelyn.

— Evelyn é professora de italiano — disse Grigori —, e eu leciono língua e literatura russas.

— Ah, é verdade. Drew me contou que uma vez tentou aprender russo.

O rosto de Drew enrubesceu.

— Sinto dizer que não sou boa em línguas — disse ela meio sem jeito. — Mas cresci com uma ideia romântica da Rússia, por isso acabei por me matricular em um curso para iniciantes. Mas, na verdade, não tenho mesmo...

A campainha soou alto, assinalando o fim do intervalo.

— Pronto, está na hora. Acho bom voltarmos para nossos lugares. — Ele sabia muito bem que as luzes só começariam a ser apagadas dez minutos depois.

— Sim, nós também! — disse Drew, visivelmente aliviada por Grigori ter encontrado um fim para aquela conversa. — Bem, divirtam-se com o restante do espetáculo.

— Prazer em conhecê-los — acrescentou o rapaz.

— Ah, então não são alunos seus — disse Evelyn sorrindo, enquanto Grigori e ela se encaminhavam para a sala de espetáculos. — Você os conheceu agora enquanto eu estava no toalete?

— A multidão se encarregou de nos aproximar — disse Grigori, feliz por não ter sido obrigado a mentir. Eles seguiram pelo corredor atapetado de vermelho e retornaram a seus lugares. Evelyn havia retocado a maquiagem e escovado os cabelos, que pareciam especialmente brilhantes e saudáveis. Mas Grigori teve certa dificuldade em retomar a conversa descontraída de antes. As emoções que o animaram na primeira parte do balé não retornaram. Talvez estivessem submersas, pensou. Embora Evelyn se sentasse tão perto dele como antes, parecia haver um espaço entre eles, certo desconforto. A maneira como se sentia agora tinha a ver com a jovem da casa de leilões, Drew Brooks, supôs Grigori. Era uma espécie de frustração, de ansiedade, de inquietude por saber que ela estava ainda perto dali, no mesmo teatro.

O maestro retornou. A orquestra voltou a tocar e, por fim, a cortina se abriu, revelando as várias princesas e a malvada Odile, que entrou em cena fingindo-se de Odette. Embora Grigori já tivesse assistido ao *O lago dos cisnes* inúmeras vezes (quando ele e Christine tinham poltronas cativas), algo na apresentação daquela noite — o jeito confiante e malvado de Odile, sua excepcional beleza e a rigorosa precisão de suas rodopiantes *fouetées* — deixou em segundo plano o tolo cenário, os intermináveis solos e as tímidas princesas exibidas. A história adquiriu uma tragicidade real: como seria possível alguém não se deixar enganar pelos encantos daquela mulher esplêndida? Subitamente Grigori sentiu pena de verdade, não apenas da pobre Odette, que, trêmula, estaria escondida em algum lugar da floresta, mas também de Siegfried com sua involuntária traição, uma vítima de si mesmo. Afinal, ele errou sem saber. É curioso, pensou Grigori, como ele jamais dera muita atenção àquela história, apenas pensava "Coitado do Siegfried, ele se deu mal". Mas agora, ao ver o príncipe saltar e girar desesperadamente, Grigori compreendia o balé como nunca antes. Ele o sentia. A mesma coisa às vezes acontecia ao ler um belo poema ou livro: a beleza lhe chegava à alma e de lá não saía mais.

— Minhas duas beldades — diz Viktor quando Nina e Vera se encontram com ele e Gersh depois do espetáculo. Suas faces ainda estão ruborizadas pelo sucesso. A apresentação tinha sido esplêndida, embora Vera, sempre crítica, insistisse em dizer que quase tropeçara ao executar uma *bourée* no final do segundo ato. Mas Nina pode ver nos olhos da amiga que Vera sente o mesmo orgulho e o imenso alívio que ela. O camarim ficou pequeno demais para a quantidade de buquês que elas receberam. Nina deu o maior e mais bonito, cheio de zímias e calêndulas, a sua mãe quando esta foi encontrá-la atrás do palco depois da apresentação. Seu orgulho parecia maior do que nunca, agora não apenas por Nina como também por Vera.

Vera tirou um botão de rosa de um buquê e o prendeu na gola do casaco da mãe de Nina. Depois, quando já estavam prontas para sair, ela repetiu o gesto, agora prendendo um gladíolo na lapela esquerda de Nina, sobre seu coração, com as pétalas brancas e rosadas voltadas para baixo.

— Para mostrar que seu coração já está ocupado — disse. Para si mesma, Vera escolheu uma boca-de-leão e a prendeu no próprio casaco com as pequenas pétalas brancas voltadas para cima.

Agora estão no Kiev, um novo restaurante operado pelo Ministério do Trabalho da Ucrânia. Comem carne de porco com molho de cenoura e cebola. Uma pequena banda espremida em um canto da sala toca ruidosamente.

— Ao ver a maneira como você movia os braços, Veruska — diz Viktor —, eu era capaz de jurar que ouvia o ruído das plumas. — Ele fica sempre mais inspirado na presença de uma mulher bonita. Embora só tenha se encontrado com Vera algumas vezes, ele já a trata como amiga de longa data; Nina lhe contou dos anos de infância das duas, falou sobre a prova de admissão para a Escola de Balé do Bolshoi, mas nunca mencionou o desaparecimento dos pais dela. Quando Viktor comenta, na primeira vez em que a vê, sobre a profunda tristeza que se lê em seus olhos, Nina simplesmente explica que, apesar de Vera ter fugido de Leningrado durante a guerra, toda sua família havia morrido no cerco à cidade. Isso não era exatamente uma mentira.

Gersh, que só esteve com Vera uma vez antes, diz:

— Eu me dei conta, a certa altura, de que era você ali. Você havia *se transformado* em Odette. — Vera realmente havia se transformado, havia se tornado meio mulher, meio cisne; vez por outra, no meio de um movimento, uma pluma se soltava de sua fantasia e caía lentamente, como que a expor uma grande fragilidade. Quando ela relatava a história, através de dança e mímica, de como ela e as outras moças-cisnes haviam sido enfeitiçadas, sua tristeza parecia genuína e emocionava o público. Era fácil entender a obsessão de Siegfried por ela. Acariciando plumas invisíveis com sua face, movimentando suas asas invisíveis, Vera parecia realmente um pássaro, um ser encantado. Era fascinante a maneira como ela tremulava as costas e os braços enquanto atravessava o palco em *bourées.*

— E você — diz Viktor a Nina —, tenho que dizer isto novamente. Você tirou o fôlego de todo o público.

É verdade que o público prendeu a respiração enquanto Nina dava suas 32 *fouettées.* As pessoas começaram a aplaudir quando ela estava apenas na metade, e os aplausos foram tão altos que a impediram de ouvir a música. Sua esperança foi que o maestro simplesmente a seguisse. A cada vez que lançava a perna, ela girava mais rapidamente, e as gotas de suor lhe ardiam nos olhos. Mas ela terminou a sequência com absoluta precisão e contou calmamente até cinco antes de desfazer a pose. Secretamente, porém, Nina acha que esses feitos técnicos não têm grande valor. São formas baratas de impressionar, nada têm de sutil ou de artístico. Não passam de uma exibição de virtuosismo que demandam aplausos e queixos caídos. Nina quer fazer mais do que belos truques; ela quer que seu corpo dance, que seus olhos, suas mãos, até o ângulo do seu pescoço expressem cada nuança da música, cada faceta do personagem que lhe couber dançar.

Ainda assim, foi um bom espetáculo. Desde o instante em que deu o primeiro passo ela sentiu que seria um sucesso, que seu corpo a obedeceria, que já tinha o público nas mãos.

— Bem, então temos múltiplos motivos para comemorar — diz ela, e explica a Vera: — O novo livro de Viktor recebeu grandes elogios na imprensa. — Gosizdat, a companhia editora do Estado, acaba de publicar uma nova coletânea dos poemas dele, sobre o qual o *Izvestia* e o *Pravda* publicaram maravilhosas resenhas.

— Sim, um brinde! — diz Gersh erguendo seu copo de vodca da Ucrânia. — Às nossas duas Pavlovas! — exclama, voltando seu olho são para Vera e Nina. — E, é claro — acrescenta, voltando-se para Viktor —, também ao nosso próximo Annabelle Bucar! — Eles riem; esse é o nome da autora de um grande best-seller, *A verdade sobre os diplomatas americanos*.

— Agora eu vou falar sério — diz Nina, voltando-se para Viktor. — Eu amo seus poemas. Sei que já lhe disse isso antes, mas não sei me expressar. — Ela simplesmente acha lindos os poemas dele, o amor que ele demonstra por sua língua, a pureza de seus versos. São poemas curtos com imagens vívidas. — Eu tenho orgulho de você.

— Ninulya — diz Gersh —, nós é que estamos aqui para celebrar o seu sucesso e o de Vera!

— Por favor, Gersh, por que não deixa que me elogiem? — diz Viktor.

Vera está enchendo novamente seus copos com vodca. Ergue então o dela e diz:

— Um brinde à poesia!

Viktor, fingindo que está competindo com ela, exclama:

— À dança!

Nina, voltando-se para Gersh e rindo, diz:

— À música!

Gersh ergue as sobrancelhas, faz uns segundos de suspense antes de dizer:

— Ao *amor*!

Enquanto eles bebem sua vodca, a música subitamente vai ficando confusa; a banda se perde no ritmo e logo também na melodia. Em seguida passa a tocar outra música, agora uma canção americana que todos conhecem. Nina e os outros olharam para a porta. Aquela canção significa que há gente de fora na casa.

De fato, na entrada estão dois casais estrangeiros, as mulheres com seus casacos de pele de camelo e os homens com longos casacos, mas sem chapéus. O maître os conduz a uma mesa próxima o suficiente ao do grupo de Nina para que suas vozes sejam ouvidas. Francês. Mas não o vocabulário do balé. Nada que Nina possa entender, apesar das aulas de francês obrigatórias que teve na Escola Bolshoi. Ela gostaria de entender o que estão dizendo e sente uma inexplicável vergonha por não conseguir.

— Eu gostaria de saber outra língua — diz ela baixinho.

— Você sabe — retruca Viktor. — A língua da dança.

Mas Nina continua a sentir uma grande vontade de conhecer mais do mundo além de seu país, de ver lugares que só pode imaginar, de ouvir sons de línguas realmente estrangeiras, não só aquelas faladas na Geórgia, em Kalmyk, na Latávia e no Uzbequistão. Não consegue evitar sentir um pouco de inveja de Viktor por ter viajado mais que ela, por ter estado na Inglaterra no ano passado em um trabalho de relações públicas. Ele e mais dois outros escritores (e seus acompanhantes do Partido) foram enviados em visita a um poeta russo que vivia lá havia uns trinta anos. *Convençam-no a voltar* era a ordem não explícita. Mas Viktor e os outros foram incapazes de o convencerem. O que eles conseguiram fazer foi menos excitante: compraram ternos de boa gabardine, suéteres de gola *roulée*, vistosas gravatas de seda Liberty e, principalmente, penicilina inglesa, muito superior à russa. Nina e as outras esposas ganharam meias de nylon e cosméticos ocidentais.

As viagens de Nina com o balé Bolshoi são limitadas a lugares próximos de casa. A presença daqueles ocidentais tão perto dela esta noite faz com que se lembre de que o mundo é grande e cheio de mistérios. Ela se lembra daquela mulher saindo do grande hotel, com seu chapéu garboso e minúsculos diamantes nas orelhas. O mesmo sentimento está de volta. O mesmo anseio. A compreensão de que seu enorme país é apenas um pedaço do grande mosaico que é o mundo.

O ambiente está menos alegre agora, e as outras pessoas ali se tornaram mais cautelosas. Conversam menos, fazem brindes mais discretos. Apenas um casal jovem no fundo da sala, já tendo bebido além da conta, permite-se falar em voz alta. Quando os dois começam a cantar uma antiga canção cigana, embolando as palavras por causa da embriaguez, Nina sente novamente aquela antiga vergonha e tem vontade de estar em outro lugar que não ali.

Viktor e os outros estão prontos para sair, mas relutam em se despedir. Decidem então ir para a casa de Gersh. Nina prefere passar algum tempo naquele quarto, cheirando a fumaça de cigarro, chá requentado, camisas mal-lavadas e cortinas velhas, a ir para o próprio quarto no canto oposto do prédio, com Madame do outro lado da parede de compensado sentindo-se "levemente gripada", ou sentada à mesa contando talheres, sempre desinteressada no que a cerca, sempre a exigir netos, sempre a esticar o braço para que Viktor lhe tome o pulso. Por pouco Viktor não perde o espetáculo desta noite devido à pequena encenação de Madame com um acesso de tosse sufocante. Nina tem certeza de que foi proposital. Às vezes Madame a olha de certa maneira que a faz ver tudo com dolorosa clareza: que ela, Nina, não é diferente das outras plebeias ao longo do corredor, uma mulher comum que quer tudo que lhe pertence: Viktor, o espaço físico, o *glamour* da nobreza de seu sangue. *Você não é Lilya.*

Mas Viktor é um filho dedicado. Houve um dia, alguns meses antes, em que ele encheu uma bacia grande com água quente para que ela mergulhasse os pés. Nina espiou pela fresta da porta, como se isso a ajudasse a entender as coisas. Lola estava no ombro de Madame, bicando avidamente seu brinco, enquanto Viktor, ternamente (não há outra palavra para descrever sua atitude) colocava os pés da mãe na grande bacia de água.

Desde então, Nina nunca mais espiou os dois juntos, pois a sensação que teve foi muito desagradável.

Ela se pergunta se Vera não sente às vezes a mesma relutância ao voltar para casa, ao entrar naquele quarto levemente triste (Nina sempre o sente assim).

No apartamento de Gersh, Vera se deixa cair, cansada, no sofá escuro junto ao piano.

— Você precisa ter mais sucessos como este — diz ela a Viktor —, para nós termos sempre um motivo para comemorar.

Embora visivelmente feliz com o elogio dela, Viktor consegue parecer indiferente. Volta-se para Gersh e pergunta:

— Bem, e isto aqui, de onde veio? — referindo-se a uma caixa de bombons enrolados em belos papéis metalizados.

— São um presente de Zoya — responde ele. — Sirva-se.

Viktor retira o papel colorido de um bombom. Nina lembra-se daquela mulher de olhos brilhantes e cabelos cacheados que olhava para Gersh com adoração. Um par bem improvável. Nina havia perguntado a Viktor sobre o relacionamento dos dois e agora se pergunta onde Zoya estaria esta noite. Enquanto Gersh vai esquentar água para o chá, Vera tira os sapatos e dobra as pernas de modo a sentar-se sobre os pés. Nina e Viktor, depois de distribuírem bombons, sentam-se no sofá de dois lugares ao lado de Vera, que pergunta:

— Ninochka, você se lembra de nossos concursos para ver quem erguia a perna mais alto?

Era uma brincadeira que faziam naquele último verão juntas, depois de serem admitidas no Bolshoi.

— Víamos quem conseguia levantar a perna mais alto — diz Nina aos homens. — Nem sabíamos ainda o termo *grand battement*.

— E então, um dia — continua Vera —, eu estava certa de que ia vencer e lancei a perna para cima com tanta força que meu corpo todo subiu e eu caí sentada! — Ela ri e se aconchega no sofá, agora com os joelhos aparecendo por baixo da saia. O fato de ela se sentir tão à vontade ali, tão solta, com os pés sob as coxas, deixa Nina feliz. Afinal, se não fosse por *ela*, Nina, que a havia apresentado àqueles homens, Vera não se permitiria ser ela mesma e continuaria a ser aquela versão de si, fria e distante, que se impunha. — Ploft! Lá estava eu caída no chão. E não sabia que aquele tipo de coisa aconteceria muitas vezes em minha vida profissional!

Nina tem uma visão diferente daquele episódio.

Caída no chão, Vera teve um acesso de riso, mas Nina, apesar de rir também, sabia, já então, que se fosse ela a cair, não seria capaz de rir de si mesma. Sempre levara qualquer disputa a sério; sempre quisera se sair melhor que os demais. E não desejava que ninguém a visse cair sentada. Nunca. Naquela época já sentia, de maneira inarticulada, não formulada, a ferocidade de sua ambição e o lado doloroso do orgulho.

— Eu gostaria de ter conhecido vocês nessa época — disse Gersh sentando e olhando para Vera, os olhos sorridentes por trás das lentes redondas, o olho doente um pouco fora do eixo.

Viktor senta-se ao piano e toca alguns acordes antes de tentar uma música. Gersh faz perguntas a Vera sobre sua vida em Leningrado, e Nina surpreende-se ao ver que ela responde com sinceridade, sem defesas. De olhos fechados, ela tenta ouvir ao mesmo tempo a música que Viktor toca com entusiasmo de amador e a conversa entre Gersh e Vera.

— Os estudantes e os professores tiveram que deixar a cidade também, não só as grandes estrelas do balé — ela ouve Vera dizer. A amiga está contando como foi mandada para Perm durante a guerra. — Acho que dancei mais lá do que se tivesse ficado com a companhia em Leningrado. Mas ficamos muito longe de casa. E depois, quando voltamos, foi como se tudo tivesse... acabado. Eu me lembro de quando vi o teatro. Tive a sensação de que minha própria casa, a única que eu tinha, havia sido destruída.

Nina sente uma grande dor no coração ao imaginar Vera naquele lugar, ao pensar no que ela poderia ter sofrido se não tivesse fugido. Já ouvira histórias de fome, de crianças cujos cabelos haviam ficado brancos, de cadáveres congelados em plena rua.

— Bem — acrescenta Vera —, na verdade o teatro *era* minha casa. Eu morava lá desde os 10 anos, porque a escola do Kirov aceita alunos em regime de internato, e eu já havia sido aceita no Bolshoi quando deixei Moscou. Foi por isso que fiz concurso para lá, pois minha tia e meu tio não mostravam interesse algum em ficar comigo.

— Sua tia e seu tio... — diz Gersh pensativo.

— Fui mandada para a casa deles depois do que aconteceu com meus pais.

Nina abre os olhos, surpresa. Vê que Gersh apenas balança a cabeça de leve para mostrar que compreende. Ele não perguntou o que havia acontecido. Os olhos de Vera, desviando-se dos dele, contavam tudo. Não houve mais perguntas.

— Os outros alunos eram minha família. Ainda me lembro quais de nós foram os primeiros escolhidos para dançar no Teatro da Ópera. Dançamos nas cenas de balé e foi nossa primeira oportunidade de nos apresentarmos em um palco. Meu primeiro papel foi o de Rainha de Espadas. — Vera havia esticado as pernas sobre o sofá e agora erguia um pouco os joelhos, revelando uma longa linha de músculo onde a canela se encontra com a panturrilha. Com o olhar distante, ela prossegue: — Nas sextas-feiras tomávamos banho de vapor. — Vera abraça os joelhos, inclina-se para a frente e olha diretamente para Gersh. Nina se lembra de como se sentiu na primeira noite em que viu Viktor. A sensação de que podia confiar nele. Dirigindo-se a Gersh, Vera balança lentamente a cabeça: — O Kirov se tornou minha família.

— Ainda assim você o deixou.

— O Bolshoi é a melhor companhia do mundo. Como eu poderia recusar? — Mas Nina se pergunta se a decisão de Vera foi simples, se a mudança não teria sido mais uma ordem do que um convite. Novamente sente pena da amiga. Deve ter sido uma situação difícil.

Viktor acaba de tocar e a sala fica subitamente silenciosa. Gersh pega um cigarro e então, fixando os olhos em um ponto, ergue as sobrancelhas. Divertido, ele aponta para o canto oposto da sala. Há ali um montinho de pó, como se fosse um formigueiro, no chão.

— Aquilo não é poeira — explica ele. — Cimento. — Erguendo os olhos, ele aponta para um pequeno buraco escuro no teto. Em seguida, acende um cigarro, como se aquilo não tivesse importância alguma.

— É um furo? — sussurra Vera. Parecia mais algo pintado ali, tão pequeno e escuro era o furo.

— Parece recém-furado — constata Gersh, exalando a fumaça do cigarro, como se aquilo não passasse de uma brincadeira.

Nina está horrorizada.

— Eles pelo menos deveriam limpar o pó que deixaram. — Viktor também acende um cigarro.

— Não, aí é que está — diz Gersh tranquilo. — Isso é para que saibamos que eles podem nos ouvir.

Mas o que poderiam ter ouvido? Nina pensa rapidamente. Ninguém ali dissera ou fizera algo errado. E a música do piano teria abafado qualquer conversa, de qualquer forma. Vera olha para o furo no teto com um misto de preocupação e respeito.

Viktor, pensativo, exala a fumaça do cigarro e pergunta a Gersh:

— Você está pensando em varrer seu formigueiro?

— Talvez surjam outros. Vou colecioná-los.

Seus leves gracejos não disfarçam coisa alguma. É evidente que ele está em alguma lista de subversivos. Os jornais e os discursos oficiais têm endurecido em suas ameaças a pessoas como ele. A cada semana, ao que parece, um membro da *intelligentsia* judaica é preso, ou uma organização judaica é desbaratada. Talvez seja por isso que Zoya não está com ele esta noite; uma pessoa como ela certamente não ia querer se mostrar tão íntima dele agora. Entretanto, aqueles bombons bonitos...

Gersh substitui Viktor e põe-se a tocar uma mazurka de Glinka. Nina fica mais calma ao ouvi-lo tocar. Ele é o tipo de músico que, ao piano, torna-se uma versão mais alegre de si mesmo; seu cinismo dá lugar à pura emoção e ele parece subitamente mais possante e mais ardente. Nina já havia notado isso nele antes: quando toca, sua paixão se torna visível, palpável. É algo que ele e ela têm em comum, pensa Nina: essa relação física, primeva, com som e ritmo.

Os grandes olhos escuros de Vera estão fixados em Gersh e sua cabeça se apoia na mão. Viktor se recosta no sofá para ouvir, mas Nina sabe que ele tenta não se preocupar. Afinal, Gersh nada está fazendo de errado. O que haveria ali que lhe pudesse causar problemas?

Gersh toca por muito tempo, fumando cigarros com Viktor até que a sala fica toda tomada de fumaça. As guimbas escuras vão se acumulando e as cinzas caem no chão, parecendo-se com o pó de cimento do furo no teto. Nina concentra sua atenção no amor que sente à sua volta, não apenas entre Viktor e ela, como entre Viktor e Gersh e agora também entre Gersh e Vera. Os quatro deixam-se ficar ali até muito tarde, tomando chá do velho samovar barato. É como se todos estivessem esperando alguma coisa acontecer, como se nenhum deles quisesse que a noite acabasse. A manhã já vem surgindo, pálida e incerta, quando por fim se despedem.

Lote 41

Alfinete para Chapéu estilo *art nouveau*, esmalte *plique-á-jour* e diamante formando uma borboleta. As asas em *plique-á-jour* são contornadas por diamantes de corte rosa com cravação em *tremblant*, cabeça em esmalte verde e corpo composto por *mêlée* de diamantes de lapidação antiga, lapidação peruzzi e lapidação simples. Pernas gravadas em prata com platina no topo, montagem em ouro 18k, 3 ½ x 2 ½ in. (em mecanismo rígido de *tremblant*). $10.000 — 15.000

Nota: Exemplar semelhante assinado por Eugène Feuillâtre e leiloado nesta sala pode ser visto no catálogo *Joias Finas, Galeria Beller, Leilão 1462, lote 326, setembro de 1990.*

CAPÍTULO OITO

Na madrugada da segunda-feira, a ventania que atravessava o país chegou a Commonwealth. Grandes tufos de neve giravam pelo ar formando uma enorme cortina rendada; na terça-feira a tempestade foi declarada a maior já registrada em Boston. Grigori chegou ao departamento mais tarde do que de costume, retido, como todo mundo, pela nevasca.

Ele não havia falado com Evelyn desde o encontro na sexta-feira. Sentado à sua mesa, tentando ler o jornal comprado no caminho (uma vez que seu exemplar de assinante deveria estar soterrado em algum monte de neve), ele não conseguia se concentrar e tentava acalmar sua aflição dizendo a si mesmo pela enésima vez que estava tudo bem, que ele simplesmente estava desacostumado a sair com uma mulher, e que tinha saído logo com Evelyn. Mas logo lhe voltava à mente aquele momento constrangedor quando, por fim, ele se despedira dela. Parece ver de novo a expressão de Evelyn, baixando a cabeça ao fechar a porta, como que reconhecendo a tolice daquele encontro.

Do balé eles haviam caminhado até o Four Seasons, onde Grigori, mais ansioso do que esperara ficar, deve ter bebido demais. Ele repetia para si mesmo que aquele constrangimento nada tinha a ver com Evelyn; que fora causado pelo encontro inesperado com Drew Brooks. Que estranho havia sido aquele momento no saguão do teatro. Ainda se sentindo agitado quando se sentou com Evelyn a uma mesa junto à janela, ele bebera uísque demais e por volta da meia-noite a levara até o apartamento dela, segurando-a pelo braço para que ela não escorregasse no gelo. Ela o convidara a entrar para tomar um chá, e ele aceitou.

Evelyn usava uma saia com uma abertura do lado. Não era a primeira vez que Grigori a via com aquela saia, mas foi somente no Four Seasons que ele notou parte da coxa dela aparecendo pela abertura. Quando, em seu apartamento, sentada a seu lado no sofá de couro, ela pôs a mão no braço dele, Grigori, subitamente tímido, olhou para baixo e seus olhos foram dar exatamente na abertura da saia. Embora ele rapidamente desviasse o olhar, já era tarde demais. Evelyn havia seguido o olhar dele. Ela então o beijou, e ele se viu tomado pela súbita consciência de que estava beijando alguém que não era Christine, e que aquilo era o que as pessoas chamavam de "tocar a vida adiante". Evelyn perguntou se estava tudo bem, e Grigori se deu conta de que, sem querer, havia se afastado dela.

Ele deveria ter entendido, àquela altura, que tais situações eram delicadas e não podiam ser apressadas. Encabulado, ele murmurou um pedido de desculpas e tentou beijá-la para mostrar que tudo estava bem. Mas quando ela correspondeu, ele ficou subitamente sem saber o que fazer. Evelyn, claramente percebendo a situação dele, disse com generosidade "Podemos ir mais devagar". O cabelo dela estava despenteado. Grigori sentiu-se profundamente encabulado com o próprio comportamento.

Mas nada disso teria acontecido, disse ele a si mesmo, desistindo de ler o jornal, se não tivesse encontrado Drew Brooks inesperadamente. Ele não teria ficado tão ansioso e não teria bebido tantas doses de Bushmills. Se pelo menos ele e Drew tivessem pensado antes no que dizer em uma situação daquelas para justificar o fato de se conhecerem, Grigori não teria ficado tão aflito pensando em uma mentira para dizer a Evelyn. Ele não queria que ela soubesse da casa de leilões e do pingente. Era este o centro do problema. Grigori se deu conta disso subitamente com grande clareza. Ele não tinha a menor intenção de partilhar seus segredos com Evelyn.

Bem, essas coisas levam tempo, disse ele a si mesmo, colocando o jornal no cesto de recicláveis. Espiou o corredor. A porta de Evelyn estava fechada; ela ainda não havia chegado. Grigori sentiu uma súbita emoção que não soube explicar a si mesmo, e voltou para sua mesa a fim de ouvir as mensagens na secretária eletrônica. Havia só uma. Hoje todos preferem enviar e-mails.

A mensagem era de Drew Brooks.

— Só queria contar — disse uma voz confiante — que recebemos o resultado oficial do laboratório, e o pingente é, sem dúvida, de genuíno âmbar do Báltico.

Um alívio. Muito sério, Grigori pegou o telefone e começou a discar para a casa de leilões. Uma voz de mulher vinda do corredor fez com que ele parasse. Seu coração batia acelerado. Não, não era Evelyn. Apenas Carla falando com Dave.

Pare de ser tão assustado, disse Grigori a si mesmo. Vai dar tudo certo. Ele e Evelyn eram dois adultos maduros e não havia motivo para que as coisas não se resolvessem. Entretanto, no instante seguinte, tudo lhe pareceu muito difícil. O que dizer quando a encontrar? Depois de alguns instantes de contemplação, Grigori vestiu de novo o casaco e saiu para a avenida coberta de neve a fim de tomar o trem B para Back Bay.

Perfume de outono no ar, de lama das primeiras geadas e de madeira queimada. O Bolshoi até a meia-noite, jantares tardios no Aurora: peixe salgado, grossas fatias de salame com alho... *A fonte de Bakhchisarai,* com Nina no papel de Zarema e Vera no de Maria, é um grandioso espetáculo como sempre, com suas exóticas fantasias e hordas de tártaros. O novo balé, *O cavaleiro de bronze*, é mais sério, e o tema é a necessidade de sacrifício do indivíduo para o bem maior do seu país.

Gersh também tem uma obra nova naquele outono de 1949: uma sonata para violoncelo, com seu lindo e doloroso som de saudade. Para Nina, a música expressa os sentimentos do próprio Gersh, a profundeza do mistério e a ternura que ela sempre percebeu haver dentro dele, apesar de sua maneira descarada de falar. Na semana seguinte, ao ler o *Pravda*, Viktor sacode a cabeça.

— O que foi?

— Oh, este crítico. A crítica que ele faz da peça de Gersh.

— Posso ver?

Em um murmúrio desalentado ele diz:

— Oportunismo. Nada mais que isso. — E entrega o jornal a Nina.

O artigo é mais um ensaio do que uma crítica musical. É uma argumentação sobre as qualidades que a música soviética deve ter, e os muitos motivos pelos quais a peça de Gersh foi um fiasco. *Profundamente prejudicada pela influência da burguesia decadente e completamente destituída de contexto social, esta nova composição é um perturbador atestado de servilismo do autor ao Ocidente.*

Quanto a Gersh, o crítico o chama de "antipatriota" e, mais adiante no texto, daquele outro nome que se ouvia com frequência cada vez maior naqueles dias. Havia até uma musiquinha sarcástica que dizia:

Se não quiseres ser chamado de antissemita
Basta chamares judeu de "cosmopolita".

Provavelmente Nina não deveria ficar surpresa com essa crítica, pois já havia lido várias semelhantes. Além do mais, havia aquele editorial do *Kultura i Zhizn*, longo e duro... Mas ela não pôde deixar de ficar perplexa: Gersh fora destacado nominalmente. Agora era oficial, estava impresso. Todos saberiam o que deveriam achar dele. Ainda assim Nina diz:

— Eu não compreendo. — Porque apesar de todas essas coisas que o crítico diz a respeito da peça de Gersh, de todos os defeitos que nela encontrara, o que Nina ouviu naquele concerto foi uma linda música.

— Cada um tem o direito de ter sua opinião, é claro — diz Viktor.

Nina sente um súbito temor do que aquilo pudesse significar para Viktor e para sua amizade com Gersh. Já se conhecem há quase uma década e Nina sabe o quanto Viktor aprecia o amigo: seu senso de humor, sua inteligência, sua coragem. Ele é o amigo de seu marido que mais fala o que pensa, e Nina suspeita que a irreverência seja parte da atração de

Viktor por ele. Esta é uma qualidade que Viktor gostaria de possuir. Ela percebe também a apreciação genuína dele pela música de Gersh, bem como o respeito livre de qualquer competição ou inveja que o músico poderia sentir por seus colegas escritores.

Talvez eles devessem fazer alguma coisa por Gersh. Às vezes o apoio de alguém que é respeitado pode ajudar: decretos são reescritos, veredítos são revertidos. Outras vezes, porém... quem tenta ajudar afunda junto. Nina dobra o jornal ao meio como que para silenciar a voz do crítico.

Quando ela entra no pequeno camarim na noite seguinte, percebe que Vera esteve chorando.

— É Gersh — diz Vera, com a voz embargada. Nina supõe que ela também tenha lido a crítica do *Pravda*. Ela tem passado grande parte do seu tempo livre com Gersh, e seus sentimentos por ele não são segredo para Nina. Sentada ao lado dele no concerto, ela pareceu ansiosa por ele, apesar de sua costumeira tranquilidade. Depois do espetáculo, seu rosto enrubesce com os aplausos. O público aplaude em uníssono, insistente, obrigando Gersh a subir ao palco várias vezes e dando-lhe muitos buquês de flores.

— Telefonei para ele ontem à tarde, pois o ensaio terminou cedo, para perguntar se eu podia ir até lá. Quando cheguei, ele pareceu feliz por me ver, mas sabe o que ele disse? "Veja bem, seria melhor se você me avisasse com mais antecedência que está vindo. E se eu estivesse aqui com uma garota? O que faço com ela se você surgir aqui sem avisar?"

— Ele está apenas provocando você, Verochka.

— Eu sei. — Ela balança a cabeça. — Não é a primeira vez que ele faz isso. Eu tento levar na brincadeira. Eu disse apenas: "Você está me dizendo que *não* tem uma garota aqui agora?", e ele disse: "Ela está escondida no armário, coitadinha. Viu o que você fez?". — Vera ri, cansada. — Sou uma tola de chorar por isso, eu sei. Mas é que eu fico pensando que ele não vai parar. É difícil fingir que não me importo. Isso me magoa muito.

— É claro que magoa. Não sei por que ele age assim. — Mas ao dizer isso Nina se lembra de que Viktor só se referia a ele como um mulherengo, um sedutor. Talvez seu comportamento tenha a ver com orgulho, com seu velho sentimento de homem livre, que não se prende a mulher alguma. Talvez seja por isso que ele age como se Vera não pudesse reivindicar seu afeto. Ele precisa manter a imagem que criou de si mesmo. Mas qualquer pessoa que o tenha visto com Vera nestes dois últimos meses não terá dúvidas de que ele esteja perdidamente apaixonado por ela.

— Por que *você* acha que ele age assim? — pergunta Nina.

— Medo — diz Vera. — Acho que ao falar desse jeito ele se convence de que não cairá na armadilha do amor.

— Certo. — Nina também suspeita de que se trate de medo, apesar da aparente atitude confiante de Gersh. O que ela não diz é o que Vera certamente suspeita também: não é do amor, mas de ser preso pelo amor que ele tem medo.

AQUELE MÊS DE DEZEMBRO é o do septuagésimo aniversário de Stalin, com comemorações de todo tipo. Como parte das festividades, Mao Tse-tung visita o país; para marcar a ocasião, o Bolshoi prepara um espetáculo especial de *A papoula vermelha*, sobre Tao-Hoa, uma chinesa dançarina de uma casa de chá que sacrifica sua vida para salvar a de um capitão soviético. Vera diz que a produção do Bolshoi é muito mais luxuosa que a do Kirov.

A cidade foi toda ornamentada para as festividades. Os prédios estão decorados com bandeiras e faixas vermelhas e, nas praças, foram montados tablados para o povo dançar. Um enorme retrato iluminado de Stalin, flutuando no ar preso a balões em forma de dirigíveis, paira acima do Kremlin, iluminando as ruas abaixo. Quando Nina e Vera se encontram com Viktor e Gersh depois do espetáculo, a música se espalha, alta, pela praça Manezhnaya, e à sua volta as pessoas estão dançando. Muitas mulheres juntas, separadas dos grupos de homens. Viktor e Gersh estão elegantes com seus chapéus escuros, e Nina se sente subitamente alegre. Talvez seja pelo ar frio e revigorante em seu rosto, pelo amor tão grande que sente por seu marido. As bochechas e os narizes de Gersh e Viktor estão rosados por causa do frio ou talvez da bebida ou da dança.

— E eu? Não vou ser tirada para dançar?

É Zoya em seu casaco de pele de cabra. Nina observa, surpresa, enquanto Gersh dá um "olá" constrangido. Embora não demonstre surpresa ao vê-lo com Vera, Zoya parece um pouco magoada. Seus longos cílios curvos acentuam o olhar triste. Por um breve instante, Nina tem pena dela por revelar assim seus sentimentos. E também pelo fato de ela, ao contrário de várias pessoas, agora que Gersh caiu em desgraça, não fingir que não o conhece.

Quando Nina lhe pergunta se está gostando da festa, o rosto de Zoya se ilumina.

— Oh, está tudo tão lindo! Você ouviu o discurso dele? — Ela parece realmente comovida, bela, até, com os olhos brilhando. Nina quase entende a atitude de Gersh quando ele diz:

— Escute aqui, docinho, por que não se junta a nós? — Nina vê aquele lampejo de paixão novamente no rosto de Zoya quando Gersh segura sua mão. Mas logo em seguida ele a solta e começa uma dança engraçada, lançando as pernas para os lados como se fosse começar um *kazachok*. Ultimamente ele tem andado assim, brincalhão, agitado.

Vera tem o olhar distante.

— Eu não entendo — diz Nina baixinho a Viktor. — Zoya e Gersh.

— Acho que ela ainda está interessada nele, mas com certeza já sabe que é uma causa perdida. — Um bêbado passa desequilibrado esbarrando neles. — Por favor, quer me dar o prazer desta dança? — diz Viktor a Zoya. Ela sorri, agradecida, e ele a leva rapidamente dali.

Os dois formam um par bem bonito, reconhece Nina. Ela se pergunta se Gersh tem ou teve algum sentimento mais profundo por Zoya, ou se ele a trata com carinho para encobrir o que realmente sente. No momento, porém, ele e Vera estão juntos, dançando bem colados em silêncio, seus rostos sérios, como se tivessem discutido algo importante.

Quando a música termina, Viktor agradece a Zoya a dança e ela explica que precisa ir embora; deve encontrar alguns camaradas no outro lado da praça. Mesmo a contragosto, Nina não pode deixar de admirar seu jeito resoluto.

A música recomeça e Viktor pega a mão de Nina. O ritmo vai ficando mais animado e os quatro começam a dançar juntos. Viktor e Gersh fazem Nina e Vera girar entre eles. Nina sente seu casaco girando em torno de suas panturrilhas, e joga a cabeça para trás, entregando-se à dança, rindo, enquanto ela e Vera vão sendo trocadas entre Viktor e Gersh.

Drew Brooks estava na casa de leilões, conversando com uma mulher junto à recepção. Usava um vestido verde e tinha um jeito tranquilo, descontraído, com as costas apoiadas no balcão da recepção. Com um leve aceno de cabeça, ela levou Grigori para uma salinha quase do tamanho de um armário embutido, com uma pequena mesa redonda e duas cadeiras de plástico.

— Desculpe-me pela maneira apressada com que me despedi naquela noite — disse Grigori sentando-se e agradecendo a ela o recado na secretária eletrônica. — É que aquela minha amiga não sabe da joia que eu trouxe para cá. Ninguém sabe. Se acontecer de nos encontrarmos os três novamente...

— Digo apenas que o procurei para elucidar um documento em russo que alguém nos trouxe. O que acha disso?

Ele pensou por alguns segundos e disse:

— Boa ideia.

— Na verdade, talvez precise mesmo de sua ajuda. Você disse que leciona russo, não?

— Sim.

— Veja bem, tenho tentado conseguir mais informações sobre as origens daquele conjunto de âmbar. Quero ver até onde chego para remontar à origem de cada uma das peças. É possível que eu consiga chegar até a pessoa para quem elas foram feitas originalmente, isto é, se tiver sido para alguém específico. É um desafio e tanto e ainda não consegui chegar a lugar algum, mas os joalheiros mais famosos mantinham registros de tudo que produziam, bem como das pessoas que compravam suas joias. Lenore acha que não vamos conseguir tais informações para joias de âmbar, mas quem sabe? A Biblioteca Pública de Boston costuma requisitar esse tipo de informação, e com tantos arquivos on-line, acho que talvez consigamos encontrar alguma coisa.

— É mesmo? — Grigori surpreendeu-se com o entusiasmo em sua própria voz.

— A questão é que se eu conseguir encontrar alguma coisa, suponho que seja em russo. Neste caso, talvez você possa me ajudar.

— Certamente. — Grigori animou-se ante a possibilidade de existir algum tipo de confirmação...

— Gostaria de poder ler eu mesma. — Drew balançou a cabeça e sorriu. — As aulas de russo a que assisti foram horríveis! — Ela riu. — Na verdade, o que eu queria mesmo aprender era finlandês. Apesar de minha mãe ter nascido na Finlândia, ela veio muito nova para cá, e... Bem, eu gostaria muito de saber a língua. Mas como não encontrei um curso de finlandês, comecei a estudar russo, já que o pai da minha mãe era russo. Mas a verdade é que não sou boa em línguas.

— Muita gente não é.

Drew ergueu as sobrancelhas e sorriu.

— Minha professora disse que sou um caso perdido.

— Não posso imaginar uma professora dizendo isso.

— Bem, na verdade o que ela disse foi que eu estava perdendo meu tempo em suas aulas. — Drew deu uma risada.

— Céus, parece-me que sua *professora* é que era uma perda de tempo.

Drew deu um sorriso adorável. Depois, empertigando-se um pouco, disse em tom mais profissional:

— Bem, veremos se tenho sorte de conseguir algum registro oficial das joias de âmbar.

— E se você encontrar, as informações serão necessariamente... corretas?

Drew deu de ombros.

— Elas podem ser bem específicas: quantas peças de cada estilo, e para quem. — Depois de uma pausa, ela acrescentou: — É incrível quando se descobre que o conjunto original provavelmente incluía até mais peças do que se supunha.

— É mesmo?

— Eu não ficaria surpresa. Um conjunto completo naquela época incluía uma pulseira para cada braço, um anel e um colar com pingente que podia ser também usado como broche. E, dependendo da época, alguns fechos e botões, ou *egretes* e presilhas de cabelo. Quando não uma tiara.

Grigori tentou visualizar tudo aquilo.

— E ninguém achava um exagero?

Drew riu. Ela disse a Grigori que joias de âmbar daquele tipo, com espécimes de insetos ou plantas preservadas em seu interior, estavam em voga na época vitoriana, e que quem tivesse meios para tanto encomendava conjuntos desse tipo.

— Sua peça é, sem dúvida, do século XIX. Foi então que gemas começaram a ser colocadas em montagens abertas, muito menos pesadas, pode-se imaginar, que montagens grandes todas trabalhadas em metais preciosos. — Eram informações desse tipo, explicou Drew, que ela incluiria no catálogo suplementar que estava preparando para o jantar pré-leilão. Talvez ela tenha dito isso na esperança de Grigori se lembrar de algo para lhe dizer. — Bem, seja como for, ainda estou procurando alguma coisa a mais sobre as joias de âmbar para acrescentar ao catálogo.

Passaram pela mente de Grigori a sacola de vinil, as cartas manuscritas, as fotografias em preto e branco. Também o registro do hospital com a insígnia soviética e um número de série, a hora e o local datilografados com tanta força que dava para sentir as letras com as pontas dos dedos; no espaço onde deveria haver um nome, via-se apenas uma longa linha preta e um endereço. Somente um sistema tão complexamente burocratizado poderia ser tão pouco funcional.

Ele quase sorriu ao pensar no que Drew acharia daquelas coisas, mas era claro que ele não as mostraria a ela. Não tinha sequer ousado mostrá-las a Nina Revskaya. Bem, na verdade tentara, muito tempo atrás, e teria mostrado se ela tivesse dado uma oportunidade.

— Você tem muito trabalho pela frente, não? — Foi só o que ele disse então.

— Eu gosto disso. Essas pesquisas são como um curso continuado de história. A cada dia aprendo algo novo.

Grigori sentiu uma pontinha de inveja, perguntando-se se poderia dizer o mesmo de seu trabalho.

— Na verdade, algumas das coisas que me causaram maior impressão nem tinham a ver com os leilões em si.

— É mesmo?

Drew ficou pensativa, parecendo se lembrar de algo.

— Uma vez, estávamos leiloando objetos de porcelana. Coisas bonitas como conjuntos para chá, vasos e bibelôs. Boa parte dos objetos a serem leiloados pertencia a uma única pessoa, uma mulher cuja mãe havia colecionado pequenas figuras de porcelana. Algumas delas eram realmente adoráveis. Eram pequeninos animais como cisnes, coelhos, coisas assim. Eu estava com o avaliador quando ele examinou toda a coleção da senhora, e cada peça tinha uma fita embaixo com um nome. Eram três os nomes, ainda me lembro: Anne, Lise e Clara. A letra era muito tremida e dava para ver que quem escreveu aqueles nomes, a senhora que morreu, a mãe, suponho eu, tinha um tremor na mão. Nunca descobri quem eram Anne, Lise e Clara, mas imaginei que fossem netas ou sobrinhas. Nenhum desses nomes era o da mulher que trouxe as peças para serem leiloadas, e durante várias semanas não me saiu da cabeça a ideia de que as moças a quem as peças eram destinadas jamais as receberam. Incomodou-me o fato de o testamento da senhora não ter sido respeitado.

Grigori pensou em voz alta:

— Você não acha que os nomes já poderiam ter sido escritos muito antes, e que a mulher que morreu seria Anne, Lise, ou Clara? Talvez as outras duas tivessem passado as peças para ela.

— Não, a fita era recente. Dava para ver. Quando ela é antiga, vai ficando seca e amarelada. — Drew ficou pensativa. — O que me comoveu mais foi ver os nomes na fita gomada, com aquela caligrafia trêmula, da tia ou da avó, ou o que quer que ela tenha sido. Eu não parava de pensar naquela senhora doente, sabendo que ia morrer, vendo os objetos que havia colecionado e decidindo a quem os queria dar: se a Anne, Lise ou Clara. Ela escreveu aqueles nomes com um propósito.

Encabulado, Grigori sentiu seus olhos se encherem de lágrimas. Ele se lembrava de Christine, numa terrível manhã de outono, três meses antes de morrer. Ela repassava as coisas com ele, revendo listas do que queria deixar para Amelie, das lembranças da universidade que iriam para colegas. O pior foi depois, quando ela explicou a ele como queria que fosse seu funeral.

— Eu não pensei que o caso fosse tão triste para você — disse Drew. — Desculpe.

— Oh, não, por favor. Eu é que peço desculpas. Estou tomando seu tempo de trabalho. — Ela estava apoiada de leve nos antebraços e uma perna esticada estava próxima ao tornozelo dele. Sentindo subitamente que havia se demorado demais, Grigori se pôs de pé e ajeitou a cadeira junto à mesa.

— Então, mais uma vez — disse Drew Brooks pondo-se também de pé —, se você se lembrar de alguma coisa que eu possa incluir no suplemento...

— Vou ver se tenho alguma coisa. — Ele percebeu a mudança do próprio tom de voz.

— Obrigada. Eu agradeceria muito — disse Drew terminando a conversa. Apertou a mão dele e antes de soltá-la acrescentou: — Às vezes as pessoas encontram coisas surpreendentes.

— Agora me diga: quem, exatamente, é você?

Ela fez essa pergunta em russo, com um leve sorriso nos cantos dos lábios ao ver aquele jovem tímido diante dela no vestíbulo. Um menino, de certa forma. Ele ainda tinha uma postura desajeitada de menino. Seus cabelos eram cacheados, provavelmente mais ainda por causa da umidade. Com a voz baixa, ele começou a falar, inclinando a cabeça para a frente num esforço para não ficar muito mais alto do que Nina.

— Meu nome é Grigori Solodin. — Tímido, ele não ultrapassou a porta de vidro que Nina mantinha apenas parcialmente aberta. Era evidente que ele não esperava que ela reconhecesse seu nome. — Acredito que a senhora e eu... — Ele hesitava. Parecia profundamente ansioso. Por fim conseguiu dizer que talvez eles pudessem ser parentes.

Intrigada. Foi assim que ela se sentiu. Não tinha a menor ideia do que ele estava dizendo, porém já começava a tremer, a sentir a súbita fraqueza que chega com o medo. Na verdade, ela deve ter pressentido, disse a si mesma depois. Talvez Grigori Solodin também tivesse sentido a mesma emoção. Ele se pôs a falar apressadamente. Um turbilhão de palavras.

— Eu nasci em 1952, no Hospital Municipal Número 3, em Moscou. — Ele deu uma data em maio e esperou apenas um breve momento para ver se aquela informação significava alguma coisa para Nina. Mas ela não foi capaz de esboçar qualquer outra reação que não a de perplexidade diante daquele jovem que se abaixava para pegar um grande envelope em sua mochila e logo o abria. — Veja, posso mostrar-lhe o certificado de registro. Nele há o endereço de casa. — Ele foi logo dizendo de cor o endereço enquanto tirava o documento do envelope.

Foi naquele instante que Nina compreendeu, claramente, quem aquele jovem deveria ser. Todo seu corpo tremia quando ela disse simplesmente, com firmeza:

— Você está equivocado.

Desesperado, piscando muito, ele enfiou novamente a mão no grande envelope.

— Espere, eu tenho outras provas do nosso parentesco. Se a senhora...

— Não sou a pessoa que você procura. — Dito isto, ela fechou a porta, deu meia-volta e subiu a escada apressadamente, o coração disparado.

Uma semana depois ela recebeu uma carta — uma "explicação superficial", como o jovem a chamava — pedindo permissão para mostrar mais precisamente o que havia tentado dizer. O pior que poderia acontecer, disse ele inocentemente a Nina, seria ela perder um pouco de tempo. Ela aceitaria ver o que ele tinha para lhe mostrar? Mas, evidentemente, ela não aceitou. Nina já havia conseguido escapar de tudo aquilo uma vez e não poderia, por vontade própria, retornar ao ponto de partida. Ela aproximou um fósforo aceso das duas folhas da carta e ficou a observar enquanto a chama recurvava o papel e o transformava em uma película de cinza na pia da cozinha.

Quanto à carta mais recente de Solodin, ela ainda não a tinha respondido. Na verdade, só o que teria a dizer seria "Vá-se embora, por favor. Deixe-me em paz." Talvez pudesse escrever a ele, de maneira bem impessoal, assim: *Como muitos de meus compatriotas, depois da morte de Stalin*... Ou *Toda a minha geração, ludibriada por informações distorcidas*... Ou *Enganada por concepções equivocadas*... *É simplesmente impossível*...

A venda havia sido arrancada dos olhos de Nina e aquela luz intensa lhe doía. Por que aquele homem ainda a procurava? Ele já nem era mais jovem. Nina sabia o suficiente da complicada história dele; não havia motivo para ouvi-lo contar. Já lhe bastavam as recordações que a perseguiam, mais intensas a cada dia. As imagens eram tão vívidas que ela se sentia de volta no tempo e no espaço, e não ali em sua cadeira de rodas junto à janela gelada, com um vestido de lã, meias de algodão e chinelos felpudos da L. L. Bean. Nina deu um suspiro. Até pouco mais de um ano atrás ela não usaria aqueles chinelos na presença de outro ser humano. Eram lilases, de lã artificial. Presente de Tama alguns anos antes. Na ocasião, Nina havia ficado chocada com o que eles representavam e com a maneira como Tama a via: uma velha que não precisaria, na maior parte do tempo, de algo mais respeitável para usar nos pés.

Como que para confirmar isso, uma súbita pontada lhe fez doer um joelho. Ela fechou os olhos e esperou que a dor diminuísse. O corpo a traía, depois de uma vida de constantes exercícios para manter-se rígida. Uma vida tão marcada pela rotina de exercícios que Nina ainda se lembrava de que, às 10 horas da manhã, ela devia estar em seu lugar na barra. Todos aqueles anos de alongamentos, de musculação e de abertura e, no final, nada disso a havia ajudado.

No final. Apesar de pensar nesses termos, ela na verdade não achava que estava no final. Ainda precisava arrancar aquele espinho enterrado em sua carne. Grigori Solodin. Mas talvez o leilão resolvesse o problema. Era sua esperança. Depois disso, algo bom aconteceria: Shepley viria visitá-la. Faltavam ainda dois meses — ele só viria em abril — mas não estava tão longe (embora o ar gelado entrando pela fresta da janela parecesse afirmar o contrário). Ele havia telefonado para ela uma noite dessas e dissera:

— Que história é essa de leilão das joias de uma certa bailarina famosa?

— Como você soube disso? — Ela estava surpresa. Não achava que houvesse grande interesse naquilo fora da Nova Inglaterra.

Na verdade, tinha saído um artigo no *Los Angeles Times*; Shepley o recortou e enviou para ela. Era uma única coluna, não muito extensa, mas não deixava de ser uma notícia.

— Estou orgulhoso de você, Nina — disse-lhe ao telefone. — É um ato de extrema generosidade.

— Bem, você sabe que eu nunca as uso. Elas vivem em um cofre.

— Sim, mas também sei como você é quando se trata de suas coisas. Você é possessiva. Como eu. — Shepley deu uma risada, aquele riso alegre de que Nina gostava. — Nós somos iguais, você e eu, porque não podemos deixar de ser assim. Não podemos deixar de nos apaixonar por coisas belas.

AGOSTO DE 1950. Dias de tomates maravilhosos, de enormes repolhos verdes. Ar abafado e morno como um hálito. Os quatro ultrapassam os limites da cidade seguindo por uma estrada amarela em um carro novo que Viktor comprou. O *Pravda* até dera uma nota: "V. Elsin, poeta e artista laureado do Estado, e P. Lisitsian, solista do teatro Bolshoi, compraram automóveis Pobeda." O carro segue pela estrada esburacada em meio a uma nuvem de poeira, passando por pessoas que estão cuidando de suas hortas e por camponeses que ceifam cevada. Mais além estão colinas cobertas de pinheiros e bosques de bétulas e amieiros. A grama é alta nas margens da estrada e o ar já cheira a cebola, ervas e flores silvestres. Logo eles estão no bosque, cercados de pinheiros por toda parte. Em uma pequena clareira, protegida por uma cerca alta e um portão enferrujado, está a dacha.

— Saída de um livro de contos de fadas — diz Nina, olhando para o telhado muito inclinado cujas bordas pareciam feitas de pão de mel. Nas pequenas janelas emolduradas de madeira pintada viam-se cortinas brancas. É o segundo verão desde que ela e Viktor adquiriram aquela pequena casa de campo com móveis velhos e piso de madeira muito gasto. A maioria das dachas naquela aldeia pertencia ao Fundo Literário e eram cedidas a escritores por critérios de mérito, o que explica o fato de Viktor ter ficado com aquela, bem afastada do movimento. Mas ele queria poder ir lá sempre que quisesse e levar os convidados que escolhesse, por isso no ano anterior ele tinha conseguido comprá-la. Outros escritores haviam até se mudado para aquela área.

Eles descarregam as sacolas e as provisões: latinhas de parafina, sacos de batata e de cenoura, grandes alfaces, garrafas de cerveja Zhigulevskoe, garrafões de vinho Napareuli. Com uma valise debaixo de um braço e uma melancia debaixo do outro, Nina inala o ar perfumado pelos pinheiros e empurra o portão que range ao ser aberto; uma teia de aranha presa a ele se esgarça até quase ficar invisível.

— Obrigado — diz Viktor passando pelo portão e atravessando o pequeno terraço de pedras carregando uma caixa de frutas e legumes vindos da Europa Oriental. Gersh o segue, equilibrando vários sacos e caixas, enquanto Vera fica parada ao lado de Nina, apreciando a casa e inalando profundamente o ar perfumado.

— Lá está o rio — diz Nina, apontando em direção à mata.

O ar vibra com o zumbido de insetos.

— Isso me lembra os verões de quando eu era aluna interna da escola de balé — diz Vera. O sol refletindo em seus cabelos revela tonalidades avermelhadas. — Eles nos levavam para o mar Negro, mas só aquelas que não podiam voltar para casa. — As *órfãs*, mas a palavra não era pronunciada. Iam também as crianças de Alma-Ata, Chelyabinsk e outros lugares muito distantes. — Ficávamos em barracas de madeira e dormíamos em beliches. Eu nunca queria ficar na cama de cima, porque sempre havia aranhas no teto.

— Provavelmente haverá aranhas aqui também — diz Nina.

— Ah, elas já não me metem medo.

A dacha é modesta. Suas paredes caiadas são frágeis e o sanitário fica do lado de fora. Uma banheira de ferro. Uma pilha de lenha junto ao fogão com uma chaminé alta. Varas de pescar feitas de aveleira em um canto. Cadeiras de palha, lampiões de querosene, um samovar de cobre e níquel. Camas com armação de metal e colchões de palha duros. Fuligem de muitas velas queimadas. A *banya* está no fundo da casa, de onde eles podem ir diretamente para o rio.

Nina gosta de ouvir o som de pés descalços no chão de madeira. Não é como a madeira do teatro, que absorve os impactos, mas pode-se exercitar naquele chão. Os primeiros raios de sol filtram-se pelas velhas cortinas brancas já às 3 da manhã, e perpassam os galhos das árvores durante toda a tarde. O chilrear alegre dos pardais e das gralhas. Refeições a quatro sob os pinheiros, água apanhada na fonte, a umidade da grama, o ar delicioso, o rio verde e fresco.

O brilho do sol poente espalha moedas cor de laranja na superfície da água. Eles nadam no rio e disputam partidas de vôlei. Embora o Centro Recreativo dos Escritores proporcione muitas atividades para grupos, Nina e os outros preferem ficar ali, tranquilos, juntos. Viktor se prometeu escrever um poema por dia, e Gersh trabalha em suas anotações para uma nova composição, assobiando melodiosamente. Vera cantarola com ele ou simplesmente fica a seu lado, lendo, com as longas pernas nuas dobradas por baixo da saia. Quando começa a escurecer, ela acende um lampião. Nina se pergunta se Vera se sente feliz por estar longe de Moscou como ela está feliz por se ver livre da mãe de Viktor, de quem a pobre Darya está cuidando. Sua mãe está visitando amigas no Lago dos Ursos, como costuma fazer no verão.

Este, portanto, é um mês perfeito. Um mês de liberdade, de descanso, de conversas infindáveis que se desmancham no ar, inconclusas. Flores silvestres perfumam o ar, borboletas em profusão passam voando, não tão requintadas quanto o lindo broche que Viktor dera a Nina em seu aniversário de casamento, mas não menos magníficas com suas asas quase translúcidas com pontos brilhantes. Gersh e Viktor passam horas a fio na varanda, em cadeiras de vime, felizes em seus pijamas listrados, em conversa tranquila. Gersh implica com Viktor por este ser um "Estimado Artista do Estado". É um desses títulos honoríficos que não existiam antigamente e que abrangem todo o campo de atividade cultural, não apenas as artes. "Incentivos baratos", diz Gersh, e menciona um cantor que ambos conhecem e que está sempre a viajar por toda a República, colecionando o máximo de honrarias que consegue. Mas a verdade é que ser um "Estimado Artista do Estado" é o que possibilita a Viktor viajar ao exterior e possuir uma dacha como aquela. Se ele e Nina algum dia se tornarem "Artistas do Povo", a mais alta distinção possível, haverá ainda mais benesses.

— Você sabe muito bem que eu não tenho nada contra entretenimento popular — diz Viktor, claramente tentando provocar Gersh. Ele gosta dessas discussões com o amigo, um tipo de debate que a maioria dos artistas procura evitar. — Que sentido faz criar alguma coisa, por mais bela que seja, se ela não falar ao povo? Se ela nunca *alcançar* o povo?

— Você parece Zoya falando! — observa Gersh, como Viktor já esperava. Ele pode mencioná-la ali porque Vera saiu em uma de suas longas caminhadas para catar cogumelos. Junto ao portão, com a mão apoiada na cerca de ferro, Nina faz seus exercícios diários de barra. Não os deixou de fazer um único dia. Uma semana sem praticar poderia significar músculos doloridos quando fossem obrigadas a trabalhar novamente.

— Essa visão utilitária da arte me faz mal ao estômago — diz Gersh. — Mas não preciso dizer isso a você.

— Por que motivo você a atura, então? — pergunta Nina.

— O quê?

— Zoya!

— Ela me faz parecer respeitável, você não acha? — pergunta Gersh, em tom de provocação. — Um cidadão honrado. Com o espírito do Partido, coisas assim. Perfeitamente louvável, de fato.

Nina não ri; até mesmo ao zombar, Gersh parece pouco à vontade. Talvez, no fundo, Zoya seja para ele uma espécie de artifício para conseguir aprovação. Os comentários antissemitas continuam em editoriais na imprensa, incluindo um ataque pessoal a Gersh feito por um famoso crítico a quem Viktor apelidou de "Rottweiler". Em vários lugares pode-se ler o slogan “Abaixo os cosmopolitas!”. Talvez Gersh veja em Zoya uma espécie de proteção.

— Eu não estou brincando — diz Viktor. — Penso mesmo assim. Sobre isso de chegar até o povo. Não é sem motivo que bons lugares na plateia custam apenas três rublos em seu teatro, Nina. A vida é dura, o povo vive cansado. Você leva beleza até aquelas pessoas. Faz com que se sintam importantes e orgulhosas de si mesmas. Você nos faz lembrar do que somos capazes de fazer, de que somos parte de algo que está em construção, de que estamos criando uma nova sociedade, grandiosa. Por que você acha que nosso Josef Vissarionovich prefere as produções mais espetaculares? Ele sabe que são coisas como cenários coloridos e fantasias alegres que causam maior impacto.

— Exatamente — diz Gersh —, é aí que está o problema! Não há lugar para a complexidade, para a sensibilidade, para coisa alguma que represente desafio. Ao contrário, o que se espera de nós é que bajulemos o público. E quando é, me digam, que eles vão aprender a apreciar alguma coisa mais profunda? Tudo tem que ser exagerado para que o público aprecie. E vocês sabem por quê? Porque eles acham que o povo precisa que lhe digam do que deve gostar, de que maneira deve pensar...

— Eles chegam em casa cansados — diz Viktor. — O dia de trabalho é longo e...

Gersh o interrompe.

— Então por isso precisam que deixem absolutamente claro para eles do que devem gostar!

— Não sei se a coisa é bem assim — diz Viktor tranquilamente, mas Nina percebe que ele está se questionando. — Acho que se trata de... tornar as coisas mais simples, mais diretas, ao alcance de todos.

— Eu não chamaria de “simples” a beleza das produções do Bolshoi — retruca Gersh. — Toda aquela pompa, todo aquele brilho. Nada daquilo tem a ver com o dia a dia das pessoas. — E voltando-se para Nina: — Ei, Nina! Você está muito calada aí!

— Estou pensando no que você está dizendo — diz ela, que àquela altura faz exercícios para os pés. Com os dedos de um pé ela pega um pedaço de pano grosso colocado no chão diante dela e o traz para junto de si. Em seguida, com os dedos do outro pé, ela leva o pedaço de pano para o lugar de onde o pegara. — Na verdade, não é assim que o teatro deve ser? Magnífico? — De fato, as produções do Bolshoi são de enormes proporções, majestosas, nada há nelas de contido. Cores e movimentos em profusão, acrobacias incríveis. Durante algumas horas o público substitui a vida real por aquelas macias poltronas de veludo vermelho em um enorme teatro reluzente com cinco níveis de galerias vermelhas e douradas e enormes candelabros cintilantes pingando gotas de cristal. Teto profusamente dourado, o camarote do czar com pesadas cortinas. Ao longo daquelas poucas horas, a beleza da música e da dança restaura em qualquer pessoa sua fé no mundo.

— Talvez, mas... — começa Gersh.

— Você subestima nosso povo — diz Viktor a ele. — Não acho que ele precise que lhe digam como deve se sentir. A grande arte comunica-se instantaneamente. Não há como não a compreender.

Nisso Nina crê também. É quando ela dança — não quando desfila em paradas cívicas ou canta canções do Partido em passeios de ônibus — que sente, que realmente *sente* a humanidade comum a todo mundo. Somente no palco, dançando para o público, ela se sente como camarada de uma grande nação. Não obstante... ela se lembra da noite em que dançou o papel de Odile e o público, de olhos arregalados, extasiou-se ante os truques técnicos que ela executou como se fosse um cão de circo. O aplauso foi automático, não para sua musicalidade ou sua arte, mas para a longa sequência de piruetas de efeito. Não é isso que significa ser artista. Nina tem perfeita consciência disso. Ela é testemunha da profunda emoção que Ulanova, sua bailarina preferida, cria ao dançar com movimentos em nuanças que parecem transportar o público, quase que fisicamente, para um plano mais elevado. Como Nina gostaria de atingir aquele nível artístico, de chegar àquela perfeição que, por si, é uma afirmação da vida...

— O seu problema é este — diz Gersh a Viktor. — Você é um romântico.

— Um romântico? Em absoluto!

— Não sua poesia. Refiro-me à sua maneira de ver a vida, sua fé em um bem maior. Fé em seu líder. Você idealiza as pessoas.

Esta é uma das grandes vantagens de se estar no bosque, longe de tudo, pensa Nina consigo mesma. Pode-se falar assim, sem medo algum. Não há ninguém por perto para ouvir e delatar.

— Eu não idealizo coisa alguma — diz Viktor. — É simplesmente uma questão de perspectiva. Estamos inventando uma nova nação, um grande povo. É um processo difícil. Você escolheu ver o lado negativo dele, quando, na verdade, há muita coisa positiva a ser vista. — Nina gosta de ouvi-lo falar assim. Gosta de seu otimismo, de sua tranquila sabedoria e de sua esperança genuína.

— Sim, é claro — concorda Gersh. — Porque você ainda é capaz de fazer o que gosta e ser relevante. Não quero parecer pedante, mas, na verdade, para mim nada resta a fazer neste país. Não tenho futuro algum aqui. Tudo que componho agora vai para a gaveta.

Ele deve ter razão, pensa Nina. Nenhuma orquestra ousaria tocar suas composições agora. Ninguém estaria interessado em gravá-las. Mas ela diz:

— Isso pode mudar. Você sabe disso. De uma hora para outra, isso pode mudar. — Ela tinha convicção ao dizer isso.

Naquela noite os quatro preparam sopa de cogumelos e ensopado de batatas. Bebem tanto vinho que, quando seus copos estão finalmente vazios e o som dos grilos enchem o ar, Viktor segura o abdômen e geme, com prazer:

— Sinto muito, Nina, mas talvez tenhamos que adiar o nosso amor desta noite.

— Vejam! — diz Vera, indicando com a cabeça a janela aberta. — Vaga-lumes! — Ela está usando um vestido branco de linho com bordados típicos russos e descansa recostada entre os braços de Gersh. Aquele vestido e os reflexos avermelhados da luz bruxuleante em seus cabelos dão-lhe uma aparência exótica. Gersh a aproxima ainda mais de si e a acaricia roçando o nariz em sua nuca. Em momentos assim, apesar dos olhos estrábicos, ele se torna quase atraente.

— Ah! — diz Vera, fingindo empurrá-lo. — Você está cheirando a homem que não tem mulher em casa.

Gersh a puxa para si novamente.

— Sugiro irmos todos nadar.

— Com toda essa comida dentro de mim, eu afundaria na certa — afirma Viktor.

Mas Nina o arrasta da cadeira.

— Vamos lá! Eu salvo você.

O rio fica logo abaixo da colina onde eles estão. A clareira no bosque está iluminada pela lua. Amarrada a um tronco à beira do rio está a canoa que eles às vezes usam. Nina observa o espelho negro e suave da água. Sombras escuras por toda a volta. Ela e Vera se despem lentamente, mas Gersh e Viktor simplesmente arrancam as roupas e correm como meninos para dentro d'água. Nina caminha até a beira do rio, onde a terra é macia e lodosa, e prossegue rio adentro até a água lhe chegar à cintura. Curva-se então para a frente submergindo os braços como se os enfiasse em uma longa luva de festa. A água está surpreendentemente morna. Quando por fim mergulha, ela se sente abraçada pela água. De volta à tona, deita-se e fica a flutuar. Lindas estrelas pontilham o céu escuro. A noite é densa de sons entrecortados, a cada instante, pelo pio de uma coruja. Nina ainda não se acostumou àquela quietude, àqueles sons infindáveis da natureza que agora substituem os alto-falantes de Moscou transmitindo canções patrióticas nas ruas dia e noite.

Gersh volta para junto de Vera, que ainda está à beira do rio.

— Venha — diz ele, movendo-se dentro d'água em sua direção.

Viktor, boiando, move os braços até chegar junto de Nina. Seus dedos tocam os dela dentro d'água e eles ficam brincando entre si. Gersh põe-se a cantarolar uma canção que Nina reconhece. Agora Viktor põe as mãos sob os braços dela e a puxa para perto de si, balançando seus corpos lentamente dentro d'água.

— Eu adoro os sons de grilos vindo de todos os lados — observa ela. — É como se eles tivessem se apossado do mundo.

Viktor fica em silêncio por um instante e depois diz:

— Sabe o que é isso? É o som da vastidão do mundo.

Aninhada nos braços dele, feliz e exausta, a olhar o céu coalhado de estrelas, Nina sente, literalmente, a vastidão do universo, de um universo sem fim no qual ela, Viktor, Gersh e Vera são uma minúscula parte. Ela se dá conta, pela primeira vez, do quanto é possível distanciar-se da própria vida, de como se pode ser feliz longe dela. A vastidão do universo, suas infindáveis possibilidades... Ela sente aquilo pela primeira vez, como uma aura, como uma suspeita: a ilusão da liberdade absoluta.

LIVRO II

Lote 50

Tiara. Cristal de rocha e cristal austríaco, h. 1 ¾ in., dia. 5.5 in., base de prata esterlina, dentes de pente em cada extremidade. $800 — 1.000.

CAPÍTULO NOVE

Em sua caixa de correio no Departamento de Línguas Estrangeiras, Grigori encontrou apenas um pedaço de papel dobrado. Seu coração acelerou. Seria uma resposta, por fim? Não. Claro que não. Era ridículo sequer pensar em uma resposta. Mesmo se Nina Revskaya decidisse escrever, não seria certamente daquela maneira, em carta aberta, sem envelope. Uma aranha esmigalhada... Talvez o bilhete fosse de Evelyn: um convite, uma sugestão amável. Ela estivera fora em uma conferência grande parte da semana anterior, mas havia enviado alguns e-mails amistosos. Grigori lembrou-se de que ela deveria ter chegado na noite passada.

Quando desdobrou o pedaço de papel, viu que era de Zoltan. Outra folha fotocopiada de seu diário, de fevereiro de 1962. Zoltan teria então 29 anos; talvez, depois de seis anos em Londres, ele já considerasse aquela cidade seu lar permanente. Grigori se perguntou se, ao reler seu diário, Zoltan não estaria desejando ser novamente o homem jovem e requisitado que fora, em vez do velho excêntrico que havia se tornado. A caligrafia inclinada de Zoltan de quarenta anos atrás preenchia a folha.

> Quinta-feira. Cinza e chuvosa, mas eu gosto do tempo assim. Gosto verdadeiramente. Um dia como esse parece expressar, creio, toda a beleza e a tristeza de sermos simplesmente humanos. Caminhamos pelas ruas com nossos casacos, ao mesmo

tempo cientes e não cientes de quem somos e de nosso lugar neste mundo chuvoso. Fui a um almoço organizado por um membro da Câmara dos Lordes que se julga poeta. Quem sou eu para contradizê-lo, embora eu preferisse que ele não usasse tanta aliteração. Samuel estava lá com sua mais recente namorada modelo. Pensei que a conhecesse, mas depois me dei conta de que era o rosto dela que eu conhecia de vários anúncios e capas de revista. Por todo canto, na verdade, havia pessoas reconhecíveis: membros do parlamento, aquele cantor louro de música folk de cujo nome nunca consigo me lembrar... Uma grande vontade tomou conta de mim. Um intenso desejo de sentir a atmosfera úmida lá fora. Não sei como explicar meu impulso, só sei que senti necessidade de me separar de tudo aquilo, caso contrário, eu me tornaria menos real, menos eu. Então, me despedi cedo e provavelmente fui rude, mas quando saí tive aquela sensação inigualável de súbita liberdade. Foi quando eu já estava de saída que vi a Borboleta. A própria: Nina Revskaya, linda, de cabelos escuros. Há uma tristeza em sua fisionomia que eu acho muito bela. Algo logo abaixo da superfície. Embora ela ainda não tenha 40 anos, percebe-se o avanço do tempo em suas mãos prematuramente envelhecidas pelas articulações inchadas e em seus olhos, de um verde magnífico e brilhante, que igualmente revelam sofrimento. Ela me surpreendeu ao seguir-me até o vestíbulo, para onde eu me encaminhava a fim de pegar meu casaco. Não havia notado sua presença até me virar, pronto para vestir o casaco e sair. Ali estava ela, em um vestido de lã verde com uma gola de pele. "Eu queria dizer uma coisa a você", disse-me ela. "Quando conversamos na festa de Natal, você me perguntou sobre meu marido e sua poesia. Quero que saiba por que penso daquela maneira."

Ela se sentou no sofá com um só movimento, um Z se dobrando, empertigada, com as mãos no colo, joelhos e tornozelos juntos. "Houve um dia, há algum tempo, em que me senti frustrada com a situação de meu país. Meu marido não partilhava do meu rancor. Como você pode ser assim?, perguntei-lhe. 'Como pode agir como se nada estivesse errado?' Ele se afastou porque, é claro, era perigoso fazer o que eu estava fazendo. Mais tarde, naquele mesmo dia, meu marido se sentou a meu lado e disse: 'Você não entende que preciso acreditar nele?'. Referia-se a Stalin. 'Preciso acreditar', disse ele. 'Senão, como vou conseguir me levantar da cama todas as manhãs?'"

A expressão do rosto de Nina praticamente não mudou enquanto ela falava, mas a entonação da sua voz, sim. Ela então ficou pensativa, parecendo ainda ouvir as palavras do marido. Em seguida se levantou. A conversa havia terminado. Ela não me pareceu aliviada, o que foi uma pena. Desejou-me bom-dia e saiu da sala.

Finda a leitura dessa passagem, Grigori fechou os olhos. Sentia-se subitamente triste e um pouco culpado por ter espiado, ainda que de forma involuntária, a vida de alguém. Não era apenas tristeza por Nina Revskaya e Viktor Elsin, tampouco por Zoltan e seu diário desbotado. A tristeza, deu-se conta então, era pelos poemas de que ele tanto gostava, pelos alegres pastores de ovelhas e cabras, pelas paisagens de sonho, vívidos bosques, os camponeses cansados da labuta, porém tão satisfeitos e esperançosos que jamais pareciam desesperados, apenas puros. Certamente houve um pouco de verdade neles, porque se Elsin não tivesse acreditado... como ele teria se sentido ao escrever poemas que sabia serem uma forma de propaganda política? Teria escrito com cinismo? Não, Grigori sempre se negara a aceitar esta visão de Elsin, antes mesmo que ela se formulasse por completo em sua mente. Por outro lado, o que mais poderia ter feito um poeta? Ou ele fazia o possível dentro da lei ou... o quê? Seguia o exemplo de Iessiemin: cortaria os pulsos e escreveria um poema com o próprio sangue antes de se enforcar.

Ou então fugiria, como Zoltan. Viveria para contar a verdade. Este era um dos motivos pelos quais a obra de Zoltan se tornara tão conhecida. Cada poema era uma mensagem que havia pulado muros, escavado túneis em prisões, sobrevivido para contar ao resto do mundo o que tinha a contar. Muitos outros — outros poetas, outras pessoas — não conseguiram escapar. Até o trabalho mais recente de Zoltan, pensou Grigori, estava marcado por aquela experiência. Se ao menos alguém se propusesse a publicá-lo...

Grigori se sentou e colocou a página sobre a mesa de trabalho. Se Viktor Elsin realmente tivesse se sentido assim, se realmente acreditasse que *precisava* acreditar, como dissera à sua mulher, então o que ele teria feito, realmente, para acabar como acabou? Não que as acusações fossem verdadeiras. Bastava a pessoa se associar ao grupo errado; não era necessário ser culpado de alguma transgressão política. Naturalmente era mais interessante pensar que Viktor Elsin tivesse, de fato, participado de ações subversivas do que admitir que ele simplesmente foi um pouco além do que deveria. Grigori gostava de pensar que o poeta tinha se rebelado por fim, apesar de sua aparente ingenuidade política. *Noite negra de veludo negro, presa bem alto por alfinetes de estrelas...* Era este o verso inicial de "Nado noturno", um poema atípico ao qual Grigori se dedicara muito havia tantos anos. Algo no ritmo de sua tradução ainda o deixava insatisfeito, porém as imagens e as palavras precisas eram o que mais importava.

NADO NOTURNO

Noite negra de veludo, presa bem alto
Por alfinetes de estrelas. Rostos sob o luar.
Ecos distantes flutuam rio abaixo.
Nossos movimentos na água os lançam aqui e ali.

Como éramos jovens um flutuante ano atrás!
Tranças molhadas cobriam nossos ouvidos.
E os grilos a encherem o ar com seu canto
Nada mais nos deixavam ouvir. Não queríamos ouvir.

Já não mais a antiga perfeição da floresta:
Sombras: colcha de retalhos, tapete de folhas caídas,
Gotas da resina ocre do sol. O ar
Ressoa com os insetos... sem ser visto, tarde demais, o rouxinol
Insiste com seu canto — preso em algum lugar
Entre as profundezas negras da água e do céu.*

Foi um dos últimos poemas de Elsin e um dos mais atípicos. Pura melancolia. Mas alguém o acharia subversivo? Se estivesse procurando material subversivo, talvez. Aquele tom de lamento, de perda, a água e o céu tão escuros. Entretanto, ele passou pelos censores, embora isso não significasse grande coisa em termos de percepção. Tais decisões (o que era censurado e o que não era), às vezes pareciam bastante aleatórias. O editor talvez devesse um favor a alguém, ou uma obra tinha permissão para ser impressa em edição limitada que depois era impedida de ser distribuída. E mesmo se este poema tivesse sido explícito — ou, ao contrário, se Elsin jamais tivesse escrito uma palavra problemática —, o que se poderia provar com ele? Nenhuma das duas possibilidades indicaria, necessariamente, que Elsin havia feito algo de errado, que tivesse sequer duvidado dos destinos de seu país. *Sem ser visto, tarde demais, o rouxinol...*

E ainda que ele tivesse... bem, *o quê*, exatamente, ele havia feito?

Estes pensamentos Grigori já os tivera muitas e muitas vezes, e eles nunca os conduziam a coisa alguma. Entretanto, agora ele sentia uma estranha esperança, como se, por fim, pudesse haver uma resposta. Talvez sua esperança tivesse algo a ver com o que Drew lhe dissera:

---

* Tradução livre de "Night swimming": Black velvet night, pinned wide and high/ By pinprick stars. Faces under moonlight./ Faint echoes float atop the river/ Our reckless splashes toss them here and there./ How very young we were, one floating year/ Ago. Wet tresses draped our ears./ And in the air, the hum of crickets chanting/ Apologies we could not, did not, hear./ Gone, gone, the forest's past perfection:/ Patchwork shade, pine needle carpet,/ Ocher-resin drops of sun. The air/ Hums... Unseen, the nightingale, too late,/ Thrums its stubborn song – caught somewhere/ Between the deep black water and sky. (*N. do E.*)

"É possível que ainda encontremos alguma coisa". Grigori lembrava-se da voz dela com nitidez, da esperança contida naquelas palavras. Teria ela conseguido algum daqueles arquivos dos joalheiros? Grigori sentiu uma súbita vontade de pegar o telefone e discar o número dela. Mas não havia passado ainda uma semana desde a última vez em que falara com ela, naquele dia na Beller. E ela teria telefonado caso encontrasse alguma coisa, não? *A ausência de notícias já é boa notícia*, repetiu para si mesmo o velho ditado. Aliás, o que mesmo significa esse ditado?

O PRIMEIRO ACONTECIMENTO escandaloso da temporada seguinte, do outono de 1950, foi a queda de uma das *prima ballerinas* em pleno palco. Bailarinas caem, é claro — um salto arriscado demais, uma pirueta desequilibrada, há sempre riscos. Mas a bailarina em questão já não é mais jovem, está acima do peso e seu aquecimento é feito com banhos quentes de chuveiro em vez de exercícios. A notícia que se seguiu foi a de sua licença médica.

No ensaio do dia seguinte, Nina é convocada. No salão de exercícios do andar de cima, ela é treinada com grande exigência pela diretora do corpo de baile, e no programa da semana seguinte seu nome aparece no alto, ao lado de *Giselle*: o papel máximo do balé clássico, história das Wilis, fantasmas das moças abandonadas no dia de seu casamento. Nos bosques, à noite, elas saem dos túmulos em suas vestes de noivas e dançam até o amanhecer, mas todo homem que passar por seu caminho está condenado a dançar até morrer. Há muitos anos Nina sonha com o papel de Giselle. Imagina-se a realizar os *déboules en diagonale*, a girar, enlouquecida, até a morte. Novas carreiras de presilhas são acrescentadas às duas fantasias de Giselle, agora apertadas para se ajustarem ao corpo de Nina. Ela recebe novas sapatilhas, e martela bem o par que usará no segundo ato até que fique bem macio para não fazer som algum no palco. Ela quer criar a ilusão de leveza fantasmagórica, passos silenciosos que parecem não tocar o chão.

Enquanto aguarda o momento de entrar, suas pernas começam a tremer. Já nos primeiros passos, sente o corpo todo em brasa, quase dormente e ao mesmo tempo tão quente que seu rosto deve estar vermelho. Esta parte inicial requer tanto mímica quanto dança, muitas corridinhas encabuladas para se esconder de Albrecht, delicados saltos e piruetas. Parecendo uma menina em seus lindos trajes de camponesa, Nina inspira-se em seu passado recente, em como era ser jovem, crédula e recém-apaixonada. A surpresa da dúvida e do encantamento. *Bem-me-quer, malmequer;* ela vai arrancando as pétalas da margarida e as atira longe, tendo Albrecht sentado a seu lado no banco. Somente depois de aceitar seu amor e de dar voltas no palco com ele em alegres saltos é que, por fim, Nina sente sua tensão se dissipar. Seu corpo a leva com perfeição a girar serenamente alternando os pés. Estes conhecem cada minúcia daquele palco, cada pequena imperfeição da madeira, cada alçapão, refletor e marcação com fita colorida. Quando chega o momento da sequência de pequenos saltos em uma só ponta atravessando quase todo o palco, Nina está tão confiante que, a meio caminho, atira um beijinho para Albrecht. Ela percebe que seus camaradas a observam das coxias, torcendo por ela, apreciando. Sabe que Vera (que, como Rainha das Wilis, só entrará em cena no segundo ato) segue cada movimento seu de um lugar afastado, enquanto Polina, junto à caixa de resina, faz os últimos aquecimentos antes de entrar no palco para sua cena cheia de trejeitos no papel de jovem *coquette*. Ela dançará o "*Pas de Deux* dos Camponeses".

Nina agora chegou a uma das partes mais difíceis: a cena de desespero no final do primeiro ato, quando Giselle fica sabendo que o belo camponês que ela julgava apaixonado por ela é, na verdade, um príncipe já comprometido com a filha do duque. Chocada, horrorizada, ela olha para o colar que Bathilde lhe deu, arranca-o do pescoço e o atira no chão antes de correr para abraçar a mãe. Para representar esta cena do súbito acesso de loucura de Giselle, Nina se preparou imaginando como se sentiria se fosse enganada assim, pensando em como Viktor tinha se apresentado a ela — um homem de origem simples que havia crescido em um bosque — antes de revelar-lhe a verdade. Como que em transe, com o olhar perdido, os cabelos soltos contrastando, escuros, com seu rosto pálido, Nina dança como se estivesse perdida, parando a cada instante, desorientada, imaginando como se sentiria se fosse mesmo Giselle, deixando-se levar, mente e corpo, pela tristeza.

Aplauso espetacular no fim do primeiro ato e ainda mais entusiasmado depois do difícil adágio do segundo. A mãe está ali sentada na plateia, feliz e acenando para Nina com o programa na mão, mas Viktor não vê nada disso. Está em casa com Madame, verificando sua pulsação, colocando compressas frias em sua testa; ela está delirante, prostrada na cama. Nina não chega a se preocupar, porque sabe que, quando voltar para casa, Madame terá se recuperado milagrosamente. Não é a primeira vez que a sogra adoece subitamente na noite de uma estreia de Nina.

Ela diz a si mesma que não tem importância o fato de Viktor não estar ali. Haverá outras noites como esta. É só o começo... O espetáculo chega ao fim, e o público aplaude longamente. Uma ovação. Os aplausos vão ficando sincronizados, não param, por isso Nina tem que repetir suas reverências de agradecimento. Somente fora do palco ela explode em lágrimas. São lágrimas de alívio e de exaustão.

Bastam poucas apresentações para que ela se sinta plenamente à vontade. O papel parece ter sido criado para ela. O público a aplaude a cada entrada, joga flores a seus pés e grita seu nome muitas vezes. Ela ainda faz reverências no palco depois que a orquestra já se retirou e no lugar dos músicos só se veem cadeiras vazias e suportes para partituras. O teatro está lotado. As pessoas se debruçam nos camarotes e frisas como que tentando aproximar-se dela. Mas essas pessoas ficam no mais profundo silêncio, embevecidas, tão logo ela recomeça a dançar. Viktor está lá também, agora que Madame desistiu de sua doença e nada pôde fazer ante o sucesso da nora. O *Pravda* saúda "a grande maestria e a inigualável leveza" de Nina e a chama de "a mais nova estrela do Bolshoi". Poucas semanas depois ela é promovida oficialmente.

Bailarina principal: por fim uma verdadeira bailarina. Ao receber seu pagamento no fim do mês no guichê, entregam-lhe o dobro do seu antigo salário. E quando ela passa por um cartaz do Bolshoi na rua, é seu nome que aparece em letras grandes. A princípio, porém, tudo aquilo lhe parece muito tênue; poderia ser o nome de Vera ou de Polina naquele cartaz se o diretor as tivesse escolhido e não a ela. Provavelmente elas também devem ter pensado assim. Ou, quem sabe, quaisquer que sejam seus sentimentos, talvez elas achem que é Nina quem merece ter o nome ali.

Dias e noites se passam, semanas e meses, e ela vai aprendendo novos papéis, um após o outro. Agora é Kitri em vez de a Rainha das Dríades, a Princesa Aurora e não mais a Fada Lilás. Suas chamadas ao palco depois de baixada a cortina são as de uma estrela: a entrada é um pouco mais lenta, mais solene, sem pressa. Permitem-lhe concessões novas, como mais alfinetes de segurança e maquiagem, prendedores extras para seus cabelos e o direito de passar o dia na cama com as pernas sobre uma almofada, quando vai se apresentar à noite. Ela já aprendeu a ignorar a inveja e o disfarçado rancor que a afastam de algumas de suas colegas.

Seu *partner* é Petr Raade, amado pelo público, de postura imponente e saltos muito ousados. Em outras ocasiões, seu par é Yuri Lipovetsky, outro grande bailarino. Há quatro anos, quando Stalin foi ao Bolshoi, Yuri foi chamado ao camarote do Grande Líder para um encontro particular. Nina ouvira esta história muitas vezes do próprio Yuri, que a contava com pormenores. Lá estava Stalin sentado a uma mesa com uma tigela de ovos cozidos à sua frente. "Ele me disse", repete Yuri a quem o queira escutar, "que achava meu estilo 'refletivo, principalmente nos ombros'".

Havia quatro anos Yuri tentava descobrir algum significado naquele comentário. Quando pergunta a Nina qual é sua interpretação, ela ousa sugerir que talvez aquilo não significasse coisa alguma. Afinal, Stalin não domina o vocabulário da dança; talvez ele estivesse apenas procurando algo para dizer.

— Ele é o nosso grande líder, Nina. Certamente deve ter tido alguma coisa em mente.

— Mas ele não é bailarino. Talvez não soubesse bem o que dizer. Ou como dizer o que tinha em mente.

Yuri a olha com desconfiança. Ela foi ousada demais ao sugerir que o Grande Líder não soubesse do que estava falando.

— O que eu quis dizer foi...

— Eu sei. Mas ainda assim há um significado nas palavras dele.

Agora Nina conversa, de igual para igual, com os mais famosos astros do Bolshoi... Dança nas noites de abertura, recebe correspondência de fãs e assiste às apresentações sentada em uma poltrona vermelha no grande camarote forrado de cetim do diretor. Sua rotina permanece a mesma: exercícios, ensaios, apresentações e a atividade política obrigatória. Continua a prender fitas de cetim em suas sapatilhas, a pôr os calcanhares dos sapatos de molho em água quente e a arquear-lhes os enfranques para a frente e para trás. A cerzir os furos de suas meias, puxando cuidadosamente cada fio até formarem um minúsculo ponto. Nas segundas-feiras, seu dia de folga, passa todo o tempo que pode com a mãe, e à noite corre de um recital a outro. Por fim descansa os pés, já bem tarde, caindo mole na cama. O tempo passado com Viktor foi reduzido a pequenos momentos de manhã ou tarde da noite e, vez por outra, preciosas horas da tarde. Ela já não sabe mais por que homem Polina está apaixonada ou o que se passa entre Vera e Gersh. Embora eles ainda tenham suas noites no Aurora — com vodca, salada de rabanetes temperada, aipo e creme azedo —, Nina raramente pode reunir-se a eles, pois, apesar de dançar em menos espetáculos do Bolshoi, ela agora se apresenta nas noites de folga também. É assim que as grandes bailarinas complementam seus salários: dançam em concertos particulares, em festas e apresentam-se em salas nos cinemas antes do início dos filmes. Portanto em seus dias "de folga", Nina dança ainda mais do que nos outros dias. E, é claro, há mais eventos diplomáticos como aquele no qual ela conheceu Viktor.

Dão-lhe até um novo camarim, bem maior e no nível do palco, que ela divide com outra jovem primeira *danseuse*. Retornam à sua pequena sacola os objetos que se encontravam em sua penteadeira, inclusive sua água-de-colônia e seus talismãs da sorte. Vera e Polina não estão presentes quando ela limpa as gavetas e tira dos ganchos na parede o suéter, as polainas, os cobertos e meias-calças.

Nina olha pela última vez aquela salinha onde tantos de seus sonhos se tornaram realidade, sonhos de balé e sonhos românticos. Entretanto, aquele lugar não passava de um pequeno espaço frio, com lâmpadas nuas e paredes austeras. Os artigos de jornal amarelado escritos pela esteticista de Polina já não estão presos à parede no canto que cabia a ela; Polina agora adota a rotina de beleza de Vera, muito mais simples (sabonete de lanolina e água morna), como se isso fosse fazer dela uma mulher bonita também.

Naquele ano aconteceram também outras coisas importantes que perduraram por muito tempo, pensa Nina. Coisas que nada têm a ver com o balé. A cidade, a vida na cidade, está melhorando. As lojas na rua Gorky têm mais artigos que no ano passado, e já não há mais escassez de alimentos. A carne de caranguejo e o caviar são abundantes. Os tecidos, até mesmo os cortes dos vestidos, ficaram mais bonitos. A qualidade é melhor e há mais variedade. A mãe de Nina até aceita uma saia nova, comprada pela filha, com um lindo estampado de flores. Quando, em novembro, os novos sapatos chegam da Tchecoslováquia, vêm em uma enorme variedade de cores e estilos, tanto em lona quanto na usual imitação de couro que range ao andar.

Desapareceram as fiações penduradas por toda parte. Os prédios são pintados, as pedras frouxas são fixadas, os buracos das calçadas são tapados. Novos edifícios de apartamentos surgem por todo lado e erguem-se prédios a alturas jamais vistas por Nina. De um lado a outro da cidade veem-se guindastes que lembram esqueletos de algum animal pré-histórico.

Afinal, Viktor tinha razão. Depois de tantos anos, as coisas finalmente começam a melhorar.

Jovens operárias estão repavimentando as ruas. Ao passar pela praça Manezhnaya, Nina as observa a descarregar tijolos de caminhões, a espalhar brita, a despejar asfalto com o vapor subindo até seus tornozelos naquele frio. São da sua idade aquelas jovens, uns vinte e poucos anos, talvez menos, com saias de tecido ordinário, e lenços com a ponta enfiada na gola de jaquetas acolchoadas. Algumas dirigem rolos compressores lentamente, solenes como realezas africanas sobre seus elefantes enfeitados. Mas elas nada têm de realeza; são camponesas trazidas das estepes, vivendo em barracas nos limites da cidade, levadas de volta todas as noites, espremidas em caminhões como se fossem carga... Ao passar apressada por elas, Nina se sente desconfortável, ciente de que estão erguendo coisas, puxando brita, aplainando o asfalto quente, transformando a praça com sua força física.

Ela diz a si mesma que tem a própria carga a carregar; toda aquela semana ela tem sentido o peso do seu problema. Nina volta o rosto para o outro lado a fim de não ver as moças enxugando suas faces com os lenços. Um pouco separada das outras, uma menina apoia-se em uma grande pá e tem a cabeça baixa. Nina tenta desviar os olhos, mas não pode deixar de ver. Os ombros da menina se sacodem em um pranto silencioso.

Quando Nina chega em casa naquela noite, Viktor, reclinado no sofá onde sempre escreve, está segurando um copo de bebida. Tem a aparência cansada e triste.

— O que foi? — pergunta Nina. — O que aconteceu?

— Oh, já era de se esperar. Não há nada que se possa fazer. — Ele toma um gole da bebida. — Os discursos inevitáveis. — Ele devia estar se referindo à reunião do Sindicato dos Escritores. Sua voz fica muito baixa. — Mas é duro ter que ouvir aquilo tudo. Foi um discurso muito longo.

— Sobre...?

Ele sacudiu lentamente a cabeça com os olhos semicerrados, como se ela já devesse saber.

Sim, é claro: os cosmopolitas, "*Bezrodnye kosmopolity*" é a expressão que se ouve com frequência cada vez maior ultimamente. Esta, e também "elementos burgueses forasteiros". Mas é a primeira expressão, "cosmopolitas desenraizados", que Nina julga ser a pior. É esta a maneira oficial de se referirem aos "judeus apátridas". Nina baixa a cabeça e Viktor continua a falar:

— E todo o tempo Leo Stern estava bem a meu lado, sentado, sem dizer uma só palavra, tendo que agir como se nada daquilo lhe dissesse respeito em absoluto.

— A culpa não é sua.

— Sei disso.

— O que eu quero dizer é que não há nada que você possa fazer.

— É claro que não. — A voz dele retorna a decibéis normais. — Isso tem que ser dito. Antipatriotismo... — Um profundo suspiro. Viktor toma um gole grande da bebida. — Nós temos Tolstoi, temos Mayakovsky, Gorky. Nossa profissão não necessita do Ocidente. O que precisamos, como disse o próprio Stalin, é de clássicos soviéticos. "Clareza revolucionária". — Quando Viktor ergue o copo para tomar outro gole, ela percebe que a mão dele está trêmula.

— Fique tranquilo — diz ela. — Não lhe cabe... defender as pessoas. — Mas, enquanto fala, outro pensamento lhe ocorre: o de que alguém *poderia* fazer isto, alguém que não se importasse com a morte. Este deve ser o motivo de ela dizer a Viktor que não pense sequer em protestar. Ela não quer que ele se exponha ao perigo: ela o quer a salvo, para si.

— Encontrei-me com Gersh ontem — continua ele. — Foi por acaso, na rua Prechistenka. Andávamos na direção um do outro. Eu o vi primeiro, e quando ele me viu, baixou a cabeça e olhou para o lado oposto. Ele ia passar por mim sem falar. Veja bem, dois dias antes eu estive no apartamento dele! Fui até ele e perguntei por que agia daquela maneira. Ele disse que estava tentando facilitar as coisas para meus amigos.

Nina cerra os olhos.

— Oh, Gersh... ele sabe que jamais fingiríamos não o conhecer.

— Saiu outro artigo no jornal — diz Viktor. — Ontem. Não foi sobre ele especificamente, mas o nome dele foi mencionado.

Nina se dá conta de estar evitando olhá-lo nos olhos. Nada mais há a dizer, não ali, pelo menos, não dentro de casa, com tanta gente no corredor. Ela se senta ao lado dele no sofá, puxa-o para junto de si e deita a cabeça em seu ombro. Aguarda em silêncio até certificar-se de que ele nada mais tem a dizer. É melhor contar logo de uma vez, pensou.

Ela havia planejado ter aquela conversa em algum lugar fora de casa, onde pudessem conversar sozinhos. Somente assim teriam uma conversa realmente particular. Uma caminhada ao ar livre, os dois apenas. Mas se àquela altura ela propusesse "Que tal darmos um passeio?", poderia provocar ansiedade de todo tipo. Ele ficaria preocupado com o que ela tivesse para lhe dizer. Não, ela não quer que sua notícia seja tratada como um grande drama.

Nina respira fundo e olha para a porta de Madame. A luz está apagada. Ela deve estar dormindo. Bem junto à porta que dá para o corredor, alguém fala ao telefone "Sim, mas..." e suspira repetidamente.

Com a voz baixa, Nina diz a Viktor o que ela mesma custa a acreditar.

— Eu estou grávida.

A expressão de Viktor agora é outra. Ele parece tão feliz que toma Nina de surpresa.

— Querida... que notícia maravilhosa!

Nina baixa o olhar.

— Mas eu não posso ter um bebê agora — sussurra ela. — Não agora. É impossível. Agora não é a hora. Eu só estou há três meses como bailarina principal.

Viktor não entende como é difícil voltar a dançar depois de uma gravidez. Não entende o quanto o corpo se modifica, como se altera permanentemente, apesar de todos os cuidados. Isso para não falar no tempo perdido, nos muitos meses de carreira interrompida justamente quando estava no auge. Se tivesse sido antes, Nina não teria tomado a decisão que tomou. Há um ano ou dois, a ideia de ter um filho com Viktor enchia seu coração de alegria. Era uma ideia romântica que a atraía. Não apenas um filho, mas uma família, sua própria família que criariam juntos. Agora, porém, estava claro para ela que aquele sonho teria de esperar. Sentia-se madura por tomar uma decisão tão difícil sobre algo de tal importância.

A expressão de Viktor agora já é outra.

— Sim, é claro. — Ele respira fundo. — Bem, se tem que ser...

— Eu queria que você soubesse. — A voz dela está quase inaudível. Ela sussurra baixinho: — Já marquei uma consulta na segunda-feira. — O procedimento é ilegal e pode levar a dois anos de prisão, mas todas fazem isso. Bem, todas as que podem pagar. Nina ficou sabendo, por intermédio de outras bailarinas, aonde ir e como proceder. Viktor concorda com um leve movimento de cabeça, e ocorre a Nina que ela escolheu contar-lhe agora, neste prédio cheio de gente, de propósito: para evitar uma longa discussão, para acabar logo com aquilo.

Viktor a puxa para junto de si lentamente.

— Venha. — Pela primeira vez Nina vê em seu rosto uma característica que ele, mais do que qualquer outra pessoa, parecia não ter. Resignação. Uma expressão resignada, olhos cansados, ombros caídos.

Nina se aconchega nele e ele a abraça. É um abraço forte que parece mais do que físico. Com os olhos fechados, ela sente seu corpo envolvido. Somente quando já está totalmente aconchegada em Viktor, lhe ocorre pensar que aquele abraço, o carinho daquele gesto, não são apenas para ela, mas também para o minúsculo quase ser que ela carrega dentro de si.

TALVEZ ELA DEVESSE TELEFONAR para Tama. Ela era a única amiga russa com a qual Nina podia conversar facilmente, sem esforço, sem ter que buscar a palavra certa, sem aquela indesejável distância retórica. E embora Tama fosse mais nova que Nina, talvez também tivesse passado por essa experiência estranha e terrível: as lembranças desfilavam diante dela como imagens em uma tela. Porém a amizade entre elas não incluía troca de segredos. Aliás, nenhuma das amizades de Nina incluía tal intimidade. Desde pequena, segredos sempre significaram perigo. E quanto aos poucos segredos que lhe haviam confiado... bem... mesmo agora ela preferia não pensar neles. Mesmo depois que deixou seu país, continuou a levar consigo os mesmos impulsos de silêncio e autoproteção. Ela jamais se soltara completamente nas alegres conversas com amigas, naquela algazarra descontraída de meninas, cheia de risadas e cochichos. Até ouvia confidências das outras, mas simplesmente não era capaz de fazer o mesmo. Não, isso havia sido impossível para ela. Mesmo com aqueles primeiros amigos de verdade em Paris e depois em Londres, que a tinham recebido de maneira tão franca, ela não fora capaz de abrir seu coração. Algo nela havia se trancado. Foram necessários apenas poucos anos para que seu corpo se trancasse também, tomado pela mesma rigidez.

E o mesmo ocorreu com o amor também, embora ao iniciar sua nova vida Nina a princípio carregasse dentro de si, ternamente, alguma esperança de viver um romance. Nada excessivamente passional. Nada fora de controle. Mas certamente haveria algum outro tipo de amor, algo menos envolvente e talvez menos belo, mas perfeitamente adequado. Uma leve jaqueta de primavera ao invés de um casaco de pele.

Uma boa refeição de sopa e salada ao invés de um jantar de oito pratos. Bastaria algo assim, simples. Algo tranquilo.

E tinha havido, na verdade, numerosas propostas. Em Paris, onde ela foi, ao chegar, uma grande novidade, Nina viu-se praticamente sufocada por pretendentes, embora eles a incomodassem mais que qualquer coisa, até mesmo os mais atraentes. Compunham, todos eles, um grupo indistinto de homens. Ela não conseguia focalizar seu interesse em um deles. Mesmo assim, não lhe desagradava a atenção que recebia e Nina dizia a si mesma que haveria alguém. Afinal, ela ainda era jovem e sua mente se abria para muitas coisas novas. Mas seu coração... Ela até tentou abri-lo, primeiramente com Armand, de rosto alegre, depois no namoro desanimador com Patrice, um homem desconfiado e triste. O coração de Nina não demonstrou entusiasmo.

Depois disso ela nem sequer tentou, de fato, conhecer outro homem. Era difícil demais fazer o que eles queriam, "abrir seu coração", "dizer o que tinha em mente". Isso sem falar que, no fundo, ela não confiava neles. Em nenhum deles. A desconfiança era algo que não podia evitar. Em Londres, ela era frequentemente associada a esse ou àquele sir ou lorde. Nos jantares, sentava ao lado de belos solteirões ou viúvos distintos. Sua vida tornou-se ainda mais pública e sua agenda de compromissos estava sempre cheia. Nina vestia-se de maneira impecável, usava joias da sua sempre crescente coleção, tinha fotos publicadas nas revistas. Ela não se sentia superior, apenas destacada, sem pertencer realmente à elite social da Londres que frequentava. A bem da verdade, ela teria que admitir que jamais se estabelecera em Londres. Ia de um lado a outro fazendo coisas, dedicava-se muito a seus alunos, ia a lançamentos e estreias, recebia para chás um grupo cada vez maior de amigos, pessoas muito agradáveis, mas nenhuma realmente íntima. Uns poucos alunos seus ainda se mantinham em contato com ela, mas também eles já não dançavam.

A maior parte das pessoas dessa época de sua vida já fora esquecida. Nina talvez fosse capaz de resgatá-las da memória se tentasse, mas não tinha motivos para tanto. A não ser, é claro, aquela jovem da Beller, que insistia em saber se Nina possuía "informações complementares" relativas às joias. Talvez tivesse, guardados em algum lugar, cartões, bilhete e fotografias, pois os joalheiros franceses e britânicos adulavam-na, insistindo que ela servisse de modelo para esta e aquela joia cujas fotos sairiam nas revistas dedicadas à alta sociedade. Aqueles dias e noites eram muito agitados e simplesmente não havia tempo para recordações.

Entretanto, os outros personagens da primeira parte de sua vida estavam sempre de volta à sua memória. Eram as amizades antigas, inatingíveis agora, porém cada vez mais presentes, como se estivessem ali diante dela.

— E então, que fim levou ele?

Nina teve um sobressalto.

Cynthia estava sentada no sofá diante dela, a observá-la com atenção, aguardando, supunha Nina, que a sopa ficasse pronta.

— O lorde, como é mesmo o nome dele? Vocês dois saíram juntos de novo?

Envelhecer é isto, então. Não apenas o passar dos anos, mas essas coisas de velho, a demência, o passado aos poucos tomando o lugar do presente. Ela não queria ficar como essas pessoas velhas e inválidas que perdem a noção dos dias, que já não sabem mais se é dia ou noite, que fazem suas refeições sem sair da cama, deixando cair farelos de comida nos lençóis.

— Eu... bem... — Nina voltou o olhar para a janela, para as árvores lá fora cobertas de neve. Uma poeira branca e fina passava voando como purpurina.

Jamais havia passado por sua cabeça a possibilidade de tornar-se senil. Era algo de que nunca ouvira falar em sua família. Na verdade, porém, poucos em sua família haviam chegado à velhice.

Cynthia estava falando algo acerca de namorados e encontros às cegas. Julgava-se com sorte por ter encontrado Billy e parado de se preocupar com essas coisas. Ao dizer isso, ela fez uma pausa para admirar o pequeno diamante quadrado do anel que usava. Billy havia lhe pedido em casamento no Dia dos Namorados.

— Meu primeiro marido conquistou meu coração com hibiscos. Trazia essas flores para mim todos os dias, como se não tivesse outra coisa a fazer. — Cynthia deu uma risada. — Em seguida, eu estava casada e morando na casa dos pais dele.

Nina olhou para Cynthia, que ainda estava com roupa de enfermeira e sapatos brancos, como se a estivesse vendo pela primeira vez.

— Você foi casada.

— Dos 21 aos 34. Três filhos, foi tudo o que me restou.

Nina perguntou a si mesma por que havia se surpreendido com o fato de Cynthia ter uma família própria. Será que ela nunca tinha dito isso antes ou Nina havia se esquecido?

— Charles e Raymond foram estudar na Flórida e por lá ficaram, mas Penny ainda está aqui. Só as crianças e eu viemos para Boston. — Cynthia fez uma pausa. Talvez se desse conta de sua solidão, de ter deixado tudo para trás. — No próximo mês faz 12 anos.

Nina fez uma pergunta e, mal terminou, já havia se arrependido de tê-la feito.

— E foi por isso que você partiu? Para deixar seu marido?

— Não, nós já estávamos divorciados. Mas eu precisava dar o *fora* daquele lugar, sabe?

Dar o fora daquele lugar. Nina repetiu essas palavras mentalmente e, sem sentir, concordou com um simples movimento de cabeça. O nó que sentia na nuca não estava tão doloroso naquele dia.

— Quem não quer uma vida melhor? — disse Cynthia. — Não foi por isso que a senhora veio para cá?

Quantas perguntas! Nina arrependeu-se de estar perdendo tempo com aquela conversa.

— Eu realmente não gosto de falar sobre essas coisas — disse Nina lentamente. Enquanto falava isso, porém, ocorreu-lhe, com súbito horror, já ter comentado com Cynthia sobre isso.

— E AÍ? COMO VAI O suplemento? — Lenore parecia ter um sexto sentido para as ocasiões em que Drew se encontrava diante de um dilema.

— Devagar, mas estamos chegando lá — disse Drew, o que era basicamente verdade. As coisas estavam correndo bem. O pessoal da produção do catálogo já havia preparado as joias para serem fotografadas, um belo trabalho que levara horas para ser feito e até ali tudo estava saindo no tempo previsto. Logo a turma da assessoria de imprensa soltaria um novo release descrevendo alguns dos itens mais excepcionais.

— Acabo de falar com o entomologista que examinou o pingente de âmbar, e ao que parece a joia deve valer bem mais do que nós pensávamos. — Ela disse "nós" por pura generosidade.

— Ótimo! — disse Lenore, não parecendo se dar conta do pormenor. Embora Grigori Solodin não tivesse imposto condição alguma para sua doação, Drew suspeitava que ele não soubesse o quanto valia o pingente. Ela esperou que Lenore saísse depois de fazer alguns comentários irrelevantes, e telefonou para ele.

Grigori pareceu surpreso com o telefonema. Um pouco ansiosa, ela repetiu para ele o que, segundo o entomólogo, um especialista havia finalmente confirmado.

— O gênero é de um tipo muito raro. — Ela consultou o que havia anotado. — Gênero *Archaea*, da família das Archaeidae. Ao que parece, em determinada época era um gênero comum, mas hoje só é encontrado em âmbar dominicano, não no báltico. Além do mais, este está perfeitamente centralizado, e com nitidez excepcional.

Mesmo quando ela o informou da nova estimativa de valor da peça, Grigori Solodin disse simplesmente:

— Bem, isso é bom. Esperemos que haja uma boa guerra de lances. A ciência apoiando a arte.

Drew riu, embora achasse surpreendente aquela generosidade. Em seguida o tom de voz dele tornou-se mais grave. Ele queria saber se ela tinha conseguido encontrar algum daqueles livros de registro do joalheiro que havia criado o conjunto de âmbar.

Drew desejou ter algo mais a dizer sobre o assunto.

— Fiz uma pesquisa sobre Anton Samoilov, o joalheiro, mas não encontrei pista alguma em termos de registros específicos dessa firma. — Ao sentir que o havia decepcionado, ela acrescentou: — Além do mais, eu só consigo ler publicações e sites em inglês. Imagino que deva haver outras informações disponíveis em russo.

— Posso fazer uma pesquisa em russo, se você quiser.

Talvez ele achasse que ela não estava trabalhando suficientemente rápido.

— Não espero que você faça o meu trabalho por mim...

— Realmente, não tem problema algum, Srta. Brooks.

— Pode me chamar de Drew.

— É claro, desculpe. Drew... são arquivos o que devo procurar?

— Bem... sim... mas eu não acredito que o arquivo propriamente dito esteja on-line, se é que existe algum desse joalheiro em particular. Porém, *se* existir, pode haver uma pista para encontrá-lo. A firma de Samoilov já não existe mais, portanto não há ninguém para contatarmos diretamente.

— Ah, que pena.

— Não necessariamente. Uma firma que ainda estivesse em funcionamento provavelmente não tornaria seus arquivos públicos.

— É mesmo? — Grigori Solodin pareceu aliviado. — Então o que estamos procurando, basicamente, são informações que levem a contatos. Alguém que poderia ter registros de vendas da firma de Samoilov.

— É exatamente isto que procuro. O joalheiro, ou melhor, a família do joalheiro poderia ter registros de seus bens, ou podem tê-los doado a alguém. A uma universidade, um museu, uma sociedade histórica.

— Na Rússia?

— Em qualquer lugar, na verdade. Depende de onde os descendentes tenham ido parar. Enquanto isso, estou tentando ver o que posso encontrar neste país. Já telefonei para o setor de Coleções Especiais da Biblioteca Pública. Eles me colocaram em contato com o Centro de Estudos Russos e Europeus lá de Chicago, mas não consegui coisa alguma. Telefonei também para vários museus de joias e de arte russa, mas o que eles possuem é quase que exclusivamente arte imperial. Hermitage, Fabergé, coisas assim. Nada que tivesse pertencido a alguém que não fosse da família real.

— Se por sorte eu conseguir achar alguma coisa on-line — disse Solodin —, um livro de registro ou algum tipo de arquivo, quais são os termos exatos que devo procurar?

— Oh, são vários "brincos pingentes de âmbar", "pingente de âmbar do Báltico", "cabochão com pedra embutida". — Sua caneta estava quase se movendo enquanto ela falava. Montagem em ouro... moldura oval... ouro de 14 quilates... 56 zolotnic... — Vou ter que escrever essas coisas para você. Posso mandar uma lista por e-mail. Se você achar alguma coisa, é claro que posso contratar um tradutor.

Grigori Solodin disse:

— Sabe de uma coisa, Drew? Eu *sou* tradutor.

— É mesmo? — Ocorreu-lhe que talvez aquilo fosse algo que ela já devesse saber.

— Bem, não do tipo que você tem em mente, suponho. Sou tradutor literário. De poesia russa.

— Oh! Eu adoro poesia.

— Verdade? — Realmente curioso, ele perguntou: — De que poetas você gosta?

— Bem, minha formação não é literária. Mas gosto de ler poemas. Fiz um curso quando estava na universidade e ainda tenho os livros. Gosto de Sylvia Plath e de Howard Nemerov. E de Edna St. Vincent Millay. E de George Herbert, e.e. cummings. Oh, eu amo Shakespeare. Acho que Pablo Neruda é o único poeta cuja obra tenho traduzida. — Jorge, um namorado passageiro de seus primeiros tempos em Boston, lhe presenteara o Neruda.

— Uma excelente seleção.

— Nada muito original, receio.

— Que importância tem isso? O que importa é que eles tocam você.

— Preciso sofisticar meu gosto literário.

— Quem pôs isso na sua cabeça? O simples fato de você ler poesia, Drew, quero dizer, o fato de, por vontade própria, você pegar um livro de poesias para ler, já é muito. Nada menos que poesia!

Ela riu.

— Meu ex-marido escrevia poemas. Isso foi na época em que ainda estávamos na universidade. Mas ele tinha grande desdém por quase tudo que nos ensinavam lá. — Ao se lembrar da fé que ela havia tido no futuro literário dele, Drew sentiu uma leve tristeza ao pensar, agora, na facilidade com que ele havia abdicado de uma carreira literária tão logo se estabelecera em seu primeiro emprego no departamento de comunicações de um hospital. — Ele era cheio das teorias e me lembro do quanto ficou horrorizado quando eu confessei que...

— Confessou o quê?

— Se eu lhe disser, estarei confessando a você também.

— Por favor, confesse. — Pela voz ao telefone ele parecia estar sorrindo, e ela imaginou as três linhas em seu resto.

— Está bem. Tenho mesmo curiosidade em saber o que um tradutor pensaria disso. É que, apesar de amar todo tipo de poesia, bem, eu prefiro as que têm rima. Oh, isso é muito constrangedor.

Grigori Solodin deu um suspiro de alívio.

— Não as rimas tolas do tipo de cartões de felicitações. Nada disso. Nem essas rimas perfeitas e previsíveis ao final de cada verso. Mas eu gosto dos sons que combinam entre si, sabe?

— Sei. Sei exatamente do que você está falando.

— É uma coisa que descobri sobre mim mesma. Eu não me sinto muito à vontade com versos livres; não sei bem o que fazer com eles. Já poemas com rimas, ainda que esparsas, ou com alguma métrica, algum tipo de parâmetro formal, me ajudam a não me sentir perdida. — Drew se deu conta de que havia falado muito sobre si e mudou rapidamente de assunto. — Que poetas você traduziu?

Ela ouviu quando ele respirou fundo.

— Profissionalmente, só um. O poeta Viktor Elsin. Marido de Nina Revskaya.

Então era esta a conexão. Embora tivesse mencionado Elsin nas notas biográficas do catálogo, Drew pouco sabia sobre ele. Mas agora uma pequena peça do quebra-cabeça ocupou seu lugar: o motivo pelo qual Grigori Solodin possuía um pingente que estava de alguma forma conectado à coleção de joias de Nina Revskaya. Deve ter sido por causa do marido dela, cuja obra ele traduziu; talvez Grigori Solodin colecionasse objetos que haviam pertencido ao poeta. Mas se este fosse o caso, por que esconder o fato de Drew? Por que ele não havia simplesmente explicado a ela a razão pela qual possuía o pingente? A imaginação de Drew já ia longe quando ela disse, um pouco encabulada.

— Eu sabia que o marido dela era poeta, mas não imaginava que alguém lesse seus poemas, isto é... quero dizer... que alguém o lesse em inglês. Eu não sabia que a obra dele estava disponível.

— Você estava certa. Ninguém o lê mesmo — disse ele, com um tom de humor irônico.

— Eu gostaria muito de ler alguma coisa.

— Da poesia dele? — A surpresa de Grigori foi audível.

— Suas traduções. Eu gostaria muito de vê-las.

— Sim, é claro. Eu posso enviar-lhe alguns poemas. Só precisaria fotocopiá-los...

— Eu posso ir buscá-los. Aproveito e levo a lista de termos para a pesquisa de Samoilov.

— Seria ótimo.

— Posso ir amanhã mesmo, depois do trabalho.

No dia seguinte ele estaria ocupado e no outro ela teria um encontro com a amiga Kate para uma degustação de vinho. Marcaram na quinta-feira.

— Cinco e meia está bem?

— Estarei aqui. — Grigori lhe deu o endereço do departamento e indicações de como encontrá-lo.

— Excelente. E eu vou levar a lista de termos para sua pesquisa em russo.

Mesmo depois de desligar o telefone, ela podia ouvir a voz de Grigori Solodin, com aquele sotaque muito leve, a dizer, alegre: "Até lá."

ALGUNS DIAS DEPOIS de sua recuperação, Nina e Viktor encontram-se com Gersh e Vera em um dos poucos cabarés da cidade. Já é tarde o bastante — e as pessoas presentes ali estão suficientemente desprovidas de qualquer ar oficial —, por isso os músicos começam a tocar jazz americano. Gersh, tendo bebido mais do que de costume, recita um longo brinde da Geórgia que leva todos a rirem.

Subitamente os músicos parecem ter perdido o ritmo e depois de alguns acordes desencontrados voltam a tocar músicas tradicionais que nada têm de jazz.

Nina e os outros olham em direção à porta. Era um grupo de homens do Partido, imponentes em seus longos casacos. Com eles estão suas mulheres, cada uma com sua estola de pele de raposa prateada. E logo Nina reconhece, entre elas, usando a estola no ombro esquerdo e o batom da moda, brilhante cor de tangerina, sua colega Polina.

Ao ver Nina e Vera, Polina acena para elas de maneira espalhafatosa. Ela agarra seu acompanhante pelo braço e o leva até a mesa dos quatro. Polina sorri, feliz.

— Veja quem está aqui!

Polina apresenta o homem. Serge, chama-se ele. E é surpreendentemente atraente: alto, queixo bem-desenhado, cabelo castanho-dourado que contrasta com olhos negros; ele tem a expressão severa e levemente desligada de um inspetor de trem, daqueles que verificam os bilhetes. Um pouco mais jovem que os outros lacaios do Partido com quem Polina costuma sair. A pose orgulhosa parece advir de sua força física e não da bebida. Nina surpreende-se ao notar que, pela familiaridade reservada com que Vera e Gersh o cumprimentam, esta não é a primeira vez que os dois casais se encontram.

Serge também é um tanto reservado. Talvez não queira dar a impressão a seus companheiros do Partido de ser íntimo demais de Gersh. Vera puxa para a mesa deles uma cadeira da mesa ao lado, enquanto Polina se senta ao lado de Viktor. Ele lhe dirige um sorriso solícito, já se curvando em direção a ela. Nina sabe que aquele é o jeito dele de se mostrar delicado e só sente uma ponta de ciúmes quando Polina retribui, sestrosa, com seu jeito sedutor.

Serge senta-se ao lado de Vera e vai logo perguntando:

— Como está o seu Aquiles? — Em seguida, mostrando-se preocupado, acrescenta: — Melhor, espero. — Vera se machucara no tendão de Aquiles na semana anterior, a mesma em que foi publicado o artigo mencionando Gersh. Viktor, brincando, chama isso de "acidente solidário". Mas Nina não acha graça naquilo; poucas coisas são mais frustrantes para uma bailarina do que estar incapacitada para a dança.

— Se tudo estiver bem — diz ela calmamente, com aquele seu jeito distante de falar —, devo estar de volta no final da próxima semana.

— Ela ajeita o cabelo para trás com um movimento leve de seus dedos longos e finos.

— Ótimo. — Embora Serge não sorria, há algo de solícito em seu jeito de ser. É o efeito que Vera provoca em todos os homens. Algo de sofrido em sua maneira de ser que, somado aos seus grandes olhos negros e ao corpo delgado, provocam essa reação. Até mesmo Viktor, às vezes, parece desconcertado diante dela. Com o mesmo tom de voz interessado, como se Gersh não estivesse ali, Serge diz a Vera: — Sei que Polina sente muito sua falta nas noites em que você não está no camarim com ela.

— Eu contei a ele do nosso concurso de dobrar línguas — diz Polina, alegre, entrando na conversa. Seus lábios cor de tangerina se abrem em um sorriso; ela não viu malícia alguma no comentário de Serge sobre o camarim. Vera também sorri enquanto Polina explica aos outros como foi o tal concurso. Nina se dá conta, com uma ponta de despeito, que Polina e Vera haviam se tornado amigas sem que ela notasse.

Este sentimento que a domina é semelhante ao de poucas semanas atrás quando, na sua noite de folga, tinha ido visitar a mãe e, ao lá chegar, não a encontrara em casa. Preocupada, Nina aguardou. Saiu um pouco e retornou já bem tarde. Ainda de casaco, sua mãe acabava de chegar, com as faces rosadas pelo frio da noite. Sorrindo orgulhosa, ela explicou, como se fosse a coisa mais natural do mundo, que tinha ido ao Bolshoi; Vera dançava um novo solo que ela, naturalmente, quisera ver.

Serge ergue a mão e manda que o garçom traga mais dois copos de vodca para a mesa. Nina pensa que Polina finalmente encontrou alguém que não é um palerma. Ela progrediu, se é que se pode dizer assim, de parasitas para um belo burocrata de cargo mais elevado. É isto, pelo menos, o que parece. Embora mais jovem que os outros, este homem dá a impressão de ter mais poder. Mas será que Polina quer mesmo ser como aquelas esposas gordas da Nomenklatura? A cada instante ouve-se falar da queda de um ou outro alto funcionário do governo.

Com surpreendente velocidade, o garçom traz o pedido de Serge. Todos erguem seus copos quando ele propõe um brinde:

— "Para o amanhã, brilhante flor em botão."

É um verso de um dos poemas de Viktor que se tornara quase que um bordão naqueles dias. Outro sinal da crescente popularidade que seu último livro lhe trouxera. Nina ainda se surpreende ao ouvir as palavras de Viktor vindas de lábios alheios. A carreira dele, como a de Nina, está em plena ascensão e a sua remuneração quase que dobrou. No mês anterior ele foi escolhido editor de uma nova revista de artes e continuava a escrever sua coluna para a *Literaturnaya gazeta.* No ano vindouro, como uma espécie de prêmio, ele irá a Paris com dois jornalistas, em uma missão de "boa vontade".

A vodca escorrega pela garganta de Nina.

— Oh, eles estão esperando por nós. É melhor irmos logo — diz Polina.

Ela e Serge se despedem, e pela maneira como os olhos dele se demoram em Vera, Nina compreende por que ele concordou em sentar-se à mesa deles.

Quando eles se afastam, Gersh resmunga:

— Aquele homem parece uma truta.

— Ora, não seja ciumento — diz Vera. Mas com seus olhos vesgos e sua reputação decadentes, Gersh não pode ser culpado por se sentir assim. Com a voz mais baixa, Vera acrescenta: — Ele é o tipo de pessoa que você deveria querer que estivesse do seu lado. Devemos ser gratos a Polina.

Os olhos de Nina dirigem-se à mesa deles, onde há outros homens como Serge (que, na verdade, não se parece em absoluto com uma truta) e mulheres de batom brilhante cor de tangerina. Viktor dá um breve suspiro, como se houvesse chegado ao fim de uma história triste, e diz simplesmente:

— Pobre Polina.

Lote 58

Diamante Fantasia Rosa em formato de pera, sem montagem. O diamante lapidado pesa 2,54 cts, cor natural, claridade VVSi — $100.000 a 150.000.

CAPÍTULO DEZ

Ao subir a íngreme escadaria do Departamento de Línguas Estrangeiras, Drew ouviu vozes cada vez mais altas. Não havia ninguém na mesa da secretária, mas outras vozes podiam ser ouvidas agora, vindas do corredor. Alguém falava em inglês com sotaque espanhol... Aqui está a sala dele, "Grigori Solodin" gravado em uma placa de plástico presa à porta. Abaixo da placa, escrita em um grande Post-it amarelo, havia uma mensagem:

> Drew,
> Fui chamado para uma reunião do dpto. Sinto muito. Tentei ligar para seu escritório, mas você já havia saído. O livro está abaixo. Pode deixar o que trouxe para mim no meu escaninho. Por favor, desculpe-me por este recado escrito às pressas.
>
> GS

Ela se surpreende com a própria decepção. Afinal, o livro estava ali sobre o carpete, apoiado na porta da sala dele. Ela o pegou e colocou em sua pasta de couro, dela tirando a lista que havia preparado para Grigori Solodin. Ao colocar a folha no escaninho dele, disse a si mesma que era até melhor ele não estar lá. Assim ela poderia ir cedo para casa, o que raramente fazia. Precisava mesmo de uma noite tranquila e dormiria cedo. Amanhã certamente acordaria atrasada, como de costume, e após o trabalho seguiria diretamente para o aeroporto; Kate havia encontrado uma promoção de última hora e a convencera a ir também: Ilhas Caicos, quatro dias, cinco noites, passagens aéreas e hotel incluídos. Toda aquela semana Drew vinha jogando coisas na pequena mala de viagem que permanecia aberta em um canto de seu quarto com uma pilha crescente de roupas.

Da outra extremidade do corredor continuavam a vir sons de vozes. Agora era alguém que falava com sotaque francês, e outra pessoa tentava interromper. Os sons chegavam abafados pela porta fechada. Talvez Grigori estivesse naquela reunião.

Já em casa, Drew não teve apetite para jantar. Abriu um vidro de azeitonas e serviu-se de vinho. Depois encolheu-se em um canto do grande sofá macio. Abriu o livro de poemas de Viktor Elsin e leu a breve introdução de Grigori Solodin na qual ele explicava as muitas decisões editoriais que tivera de tomar — por mais importante que fosse a sonoridade original daqueles poemas, de modo geral ele havia optado por manter-se o mais fiel possível às imagens criadas por Elsin em detrimento dos esquemas formais de rima e métrica. Quando Drew virou a página, porém, foi tomada de um medo velho conhecido seu, um medo que havia começado desde a escola primária e que, talvez, graças a Eric, ela jamais tivesse superado: medo de que o poema estivesse além da sua capacidade de compreensão. Até mesmo na faculdade ela temia interpretar mal um poema e dizer algo tolo diante da turma.

Para surpresa sua, porém, ela achou aqueles poemas, principalmente os mais antigos, simples e encantadores. Alguns eram como canções, breves cantigas, delicados e alegres. Outros eram mais longos, uns mais misteriosos, outros mais românticos. Entretanto, seus significados pareciam a Drew fáceis de compreender. Ela gostou tanto de um dos últimos poemas que o copiou em seu caderno de anotações:

DOMINGO

Este é o nosso primeiro outono juntos
Sabe a pão saboroso compartilhado
Fresco ainda sobre a mesa, e nossas sombras,
Fundidas em uma, a pulsar à luz bruxuleante do lampião.

A luz do sol desliza das colinas
Para vir reluzir em seus cabelos. A luz à sua volta
Dança no ar, iluminando os galhos amarelos –
E nós dois, imóveis, nos deleitamos.

Deitemo-nos junto ao rio.
O vento nos vestirá de folhas de outono,
Nos contará, cantando, histórias das terras por onde passou
E deixará arrepiada a pele suave da água.*

Drew gostou da qualidade física das emoções, da sensualidade dos poemas, da pureza das imagens sugeridas do mundo natural e dos amantes dentro dele: aquele casal unido era um par verdadeiro. Era assim que Drew ainda insistia em imaginar esse sentimento, apesar da própria experiência frustrada. Seu casamento equivocado havia resultado, de certa forma, de suas ideias românticas sobre esse sentimento, da empolgação daqueles dois primeiros anos "apaixonados": as longas noites e madrugadas juntos, os bilhetes amorosos encontrados em livros e sob portas, aquela única briga terrível por telefone e a febril reconciliação, e, por

* Tradução livre de "Sunday"/ This autumn is our first together,/ Like good bread shared, the warm crusts passed/ Across a table, or our shadows cast/ As one, pulsing, by the lantern's flicker./ Sunshine slides down from the hills,/ Over your hair. The light around you dances/ In air, illuminating the yellow branches –/ But we two revel in our stillness/ Let us lie down by the river,/ The wind dress us in scattered leaves/ And sings of its travels, its former lives,/ And make the skin of the water quiver. (*N. do E.*)

fim, o noivado e a atraente ideia de oficializar também sua história de amor, como tantos à sua volta, com um belo anel de brilhante.

Esta simples lembrança fez com que Drew corasse de vergonha, relembrando o que havia representado para ela "estar noiva", o efeito que seu anel de brilhantes causara nos outros, a prova palpável de que ela era amada e que havia encontrado alguém merecedor de amor. Foi um tipo de aprovação que ela jamais tinha recebido dos pais por qualquer outra decisão sua (como formar-se em história da arte em vez de algo prático, ou empregar-se em uma galeria de arte da qual ninguém jamais ouvira falar). Como ela se sentira bem na festa de noivado, com sua linda saia azul e blusa com gola de marinheiro combinando! Parecia uma jovem noivinha saída de um filme: feliz, esperançosa, bonitinha, com o cabelo bem-penteado. Por fim, havia feito algo certo.

Drew tentou interromper esses pensamentos que sempre a conduziam à inevitável suposição do que seria sua vida se ela tivesse continuado casada. Provavelmente já teria tido um filho a essa altura, sempre achava que teria. Aliás, desejara ter dois para que um contasse com o outro e não fosse como ela, filha única, introspectiva, esquisita. Agora, porém, o que esperar? Com a idade que tinha, dentro de poucos anos essa possibilidade deixaria de existir completamente.

Mas este seria o preço a pagar, pensava Drew, por condicionar tais sonhos — de filhos, de uma família — à fantasia do amor romântico, à visão alienante do que o verdadeiro amor pudesse ser: uma vida de casal baseada em um sentimento que Drew ainda não sentira, de fato, por homem algum. Vez por outra, ao pensar muito sobre isso, ela quase entrava em pânico ante o fato de, por mais que desejasse ter uma família, já havia, de certa forma, tomado uma decisão. Ao não procurar um novo casamento, não dar prioridade a essa busca, ao se resignar ante a impossibilidade de tal sorte, ela estava, de fato, desistindo desse outro sonho.

A pobre Jen não tivera a menor possibilidade de sucesso ao colocar Drew em um site de relacionamentos, como se ela pudesse ter suportado mais do que aqueles poucos encontros em restaurantes japoneses e asiáticos em geral e pubs irlandeses com homens que riam, desconfortáveis, quando Drew falava com entusiasmo sobre suas pinturas prediletas no Museu de Belas-Artes ou sobre um filme do Harvard Film Archive, homens que mascavam chiclete e passavam seus momentos de lazer brincando com seus telefones celulares...

Pare com isso, disse Drew a si mesma, como sempre fazia quando seus pensamentos a levavam por esse caminho. Ela voltou sua atenção novamente para o livro que tinha no colo, e leu alguns poemas em voz alta. Estavam organizados por ordem cronológica e, à medida que lia, Drew foi percebendo uma mudança sutil, um tom mais nostálgico, por vezes ansioso, por vezes mais próximo da melancolia. Ela sabia que se tratava de aproximações, que os poemas eram diferentes no original russo, que Grigori Solodin os transformou em algo que ela pudesse compreender. Drew sentiu-se comovida ante esta ideia: a de que ele havia trazido aqueles poemas até ela após procurar as palavras que melhor os traduzissem.

A tradução é um trabalho solitário, pensou. Tão solitário como as leituras que ela fazia em casa todas as noites e as pesquisas diárias em bibliotecas e sites na Beller. Ou será que Grigori Solodin mostrava a outras pessoas seu trabalho enquanto o fazia, discutia com elas os poemas e suas traduções? Bem, ainda que o fizesse, um projeto como aquele, meticuloso e sincero, teria que vir de dentro dele, por mais que discutisse com outros. Drew sabia disso baseada no seu próprio trabalho. No fundo, só havia seu coração.

Ao pensar nisso, percebeu que ela e Grigori Solodin tinham algo em comum em seus trabalhos: eles atuavam nos bastidores, não eram charmosos, porém eram necessários e quanto mais anônimos, melhor. Todo aquele esforço para oferecer algo belo às pessoas. Claro que o trabalho de Grigori Solodin requeria talento genuíno, enquanto o dela requeria paciência, acima de tudo. Mas eram ambos muito meticulosos e exigiam grande cuidado e atenção. Eram trabalhos que, quando feitos com verdadeira entrega, recompensavam plenamente, tornando-se uma espécie de devoção.

Este pensamento fez com que Drew se sentisse menos só. Ou ao menos fez com que se sentisse mais feliz em sua solidão ali, de pernas cruzadas no sofá. Era o consolo de saber que havia outras pessoas que sentiam prazer em desafios propostos a si mesmas e em levar vidas serenas. Pessoas que viviam em seus pensamentos tanto quanto no mundo físico exterior. Aquilo a fazia lembrar-se de que a dedicação ao trabalho, à própria arte era, de fato, por mais silencioso e menos importante que pudesse parecer, uma profissão de fé e de compromisso com a vida. Quanto ao que Jen, Stephen e Kate diziam, que Drew passava tempo demais lendo e pensando, talvez isso fosse verdade. Mas era também verdade que o mundo interior não tinha limites, que era cheio de possibilidades que o mundo real não necessariamente oferecia.

Inverno de 1951. O luar lança na praça sombras distorcidas dos grandes prédios. Nina sente um grande peso no coração ao atravessar a praça, tremendo de frio, em direção ao Bolshoi. O prédio, àquela hora, já está cheio de guardas do serviço de segurança. Os que estão junto à entrada portam fuzis com baionetas cruzando o peito e, apesar de Nina já ser conhecida, obrigam-na a mostrar o passe especial com sua fotografia, que examinam cuidadosamente antes de permitir que ela entre. Terá ainda que mostrar o passe várias vezes naquela noite ao entrar no camarim, na sala de maquiagem, no banheiro... até mesmo antes de entrar no palco (quando terá que enfiar aquele cartãozinho duro em algum lugar sob sua fantasia e rezar para que ele não caia).

Dentro do teatro, os profissionais parecem atordoados, indo de um lado para outro, como sempre acontece em noites como aquela. Em outra ocasião, Nina talvez se sentisse assim também, nervosa e ansiosa por agradar. Afinal, Stalin só aparece em público duas vezes por ano: na parada de maio na Praça Vermelha e, em julho, no show aéreo. Essas idas ao teatro, portanto, são ocasiões excepcionais. Nina acha que nada poderá distraí-la da ideia de que Josef Vissarionovitch em pessoa está na plateia. Mas agora, enquanto faz sua maquiagem e prende o coque com uma enorme quantidade de grampos, ela não consegue deixar de pensar em Vera, no que Gersh havia feito... Ela tenta pensar em outra coisa. Concentrar-se. Pensar apenas na dança.

O balé desta noite é *Don Quixote*, e ela está usando a fantasia espanhola da brejeira Kitri. As camadas de babados vermelhos de sua saia agitam-se quando Nina segue, apressada, para a sala de ensaio. Ela executa sua rotina de aquecimento com a mão levemente pousada na barra, e lança as pernas para a frente e para trás a fim de soltar os quadris. Respira profundamente várias vezes... Esta é a primeira vez que o Grande Líder verá Nina dançar no papel principal, e um papel que demanda extrema técnica.

A porta se abre e Polina entra vestida de dançarina de rua. Tem na mão seu passe oficial e nas pernas as polainas para manter aquecidos os joelhos (onde ela costuma se queixar de tendinite).

— Que horror! Eles estão por toda parte. — Pelo pequeno quadrado de vidro da porta, Nina vê a testa franzida de um guarda. Os homens encontram-se espalhados por todo o teatro, disfarçados de porteiros e outros funcionários, em roupas comuns e até mesmo sentados no fosso da orquestra com os músicos.

— Eu não sabia que você dançaria esta noite.

— Vou substituir Vera. O tendão dela está mal de novo. Estou tão nervosa! — O perfume forte de Polina se espalha por toda a sala enquanto ela estica as pernas, curva os dedos dos pés, um de cada vez, e depois força a curvatura fazendo uma série de *relevés*. Sua voz está tensa quando ela diz: — Imagino que você já saiba o que ele fez com ela.

— Ele não deve ter tido outra alternativa — afirma Nina, girando a cabeça para um lado e para o outro a fim de aquecer o pescoço. — Só pode ser isso. — Viktor já havia lhe contado do casamento de Gersh com Zoya. — É evidente que ele não ama aquela mulher — acrescenta. — Refiro-me a Zoya. Ele apenas precisa dela como... você sabe... como um escudo.

— O que você quer dizer com isso?

— Zoya pertence ao Partido. É respeitada por eles. Ela disse a Gersh que poderia ajudá-lo nesta situação em que ele se encontra.

— Ela disse isso?

— Foi o que Gersh falou. Ele disse a Viktor que Zoya o procurou com essa ideia. O casamento foi sugestão dela.

— Sugestão *dela*? — Os olhos de Polina se arregalaram. — Essa mulher não conhece limites! — Polina falava como se conhecesse Zoya. Depois sacudiu a cabeça e acrescentou: — Ela é capaz de fazer qualquer coisa para conquistar Gersh.

Entretanto, por que ela faria aquilo, pergunta-se Nina, se as coisas estão realmente tão ruins para ele? Talvez a posição de Zoya no Partido a proteja, coisa que não aconteceria com Vera se ela se casasse com ele. Ao pensar nisso, Nina observa:

— De certa forma, ele está protegendo Vera.

Viktor também havia dito isso a ela: que Gersh não suportava a ideia de envolver Vera nesta última onda de acontecimentos terríveis. Ela já havia sofrido muito.

De qualquer maneira, acrescentara Viktor, tudo isso certamente teria vida curta. Em política as coisas são assim mesmo e nada dura muito tempo... Há um ano ou dois, Nina não teria sido capaz de ver as coisas tão claramente.

— Bem, eu o odeio por isso — diz Polina sem maldade. Ela parece exausta, com grandes olheiras escuras que a pesada maquiagem de palco não consegue esconder.

— Você está bem? — pergunta Nina. Talvez seja apenas o nervosismo.

Polina desvia o olhar.

— Tenho tido dificuldade para dormir.

— Talvez Tio Feliks possa dar alguma coisa a você. — Esta é a forma carinhosa como se referem ao principal médico do Bolshoi, a quem todos recorrem vez ou outra.

— Oh, acho que isso vai passar logo. — Depois, como que para mudar de assunto, disse: — Não posso acreditar que Gersh tenha feito isso.

— Que eu saiba, ele não está levando isso a sério — diz Nina. — Talvez seja apenas uma questão de assinar uns papéis. Talvez as coisas não mudem muito.

— Espero. — Polina está coçando o pescoço e só agora Nina percebe as placas levemente vermelhas que ela tem ali. Seu colo também, Nina vê, está coberto dessas placas.

— Acho que você está com uma espécie de irritação na pele. — Ela deve estar mesmo muito nervosa, pensa. Já viu isso acontecer em visitas anteriores do Grande Líder. As pessoas ficam tão aflitas que adoecem.

— Não sei o que é isso. Há dias estou assim. Elas desaparecem e tornam a voltar. Pensei que a maquiagem pudesse disfarçar.

— Você deve mesmo procurar Tio Feliks, Polina.

— Já fui. Ele achou que era uma alergia, que eu comi alguma coisa estragada.

— Bem, então tente não coçar.

— Estou tentando, de verdade. Minha pele é muito sensível, como você sabe.

A porta é subitamente escancarada e o assistente de palco grita:

— Cinco minutos!

— Boa sorte — dizem uma à outra, e Nina vai em direção à porta. Sua entrada é na primeira cena, depois do prólogo.

— E não coce! — diz ela antes de se dirigir para a escada.

ENQUANTO AGUARDA SUA hora de entrar no palco, Nina tenta ver, por cima das cabeças dos músicos, o camarote em frente ao lado oposto de onde está. Lá, logo acima da orquestra, todo forrado de cortinas de veludo vermelho que o tornam indevassável pelo público presente, está ele: camarote A, onde uma parede de guarda-costas cerca o Generalíssimo em pessoa. Nina vê todas aquelas pessoas e, procurando, consegue vê-lo de relance, sentado atrás de uma mesa. Ombros largos, faces carnudas, espessa cabeleira já ficando grisalha. Ele realmente está ali, realmente vai vê-la dançar como Kitri, com suas muitas piruetas e seus ousados saltos.

O fato é que ele já tem suas bailarinas favoritas. Marina Semyonova é uma delas. E Olga Lepeshinskaya, destemida e namoradeira, que é delegada da República no Soviete Supremo. Apesar da figura robusta demais para uma bailarina, Stalin a chama de "Libélula". Bem, não tem importância, diz Nina a si mesma enquanto mergulha a ponta das sapatilhas na caixa de resina e verifica se o pequenino cordame que as ajusta aos pés não está com as pontas à mostra. Agora que o prólogo terminou, ela sente o misto de calor e frio que às vezes a domina antes de uma primeira entrada. Concentre-se, diz a si mesma, respire e concentre-se.

Mas outros pensamentos se imiscuem, pensamentos sobre Gersh e Vera... Um fragmento de memória: Gersh no casamento de Nina, sorrindo ao seu lado e ao de Viktor no cartório, com um terno muito frouxo e cheirando a roupa ainda úmida da lavagem...

Concentre-se. Você é Kitri, a filha voluntariosa de Lorenzo, que não permite que lhe digam o que deve fazer. Você é decidida, sedutora, e está apaixonada. Esqueça-se de tudo mais.

Ela sabe que se esquecerá. Sabe que tão logo entre no palco, nada mais terá importância. Sabe que quando está dançando, qualquer desgraça, por pior que seja, torna-se instantaneamente sem importância. Até mesmo durante a guerra, quando cada dia trazia notícias de devastação e a fome lhe doía como uma pedra pontiaguda no estômago, o corpo anêmico de Nina sempre estava pronto quando era hora de dançar, sempre encontrava alguma reserva de força que ela não sabia possuir. Às vezes Nina se sente tão elevada, se identifica de tal forma com a música, que já não se percebe mais como uma pessoa, mas apenas como movimento. Eufórica, torna-se alheia às crises do mundo. A sensação física da dança — apesar dos pés sempre doloridos, das pernas machucadas e das malhas suadas e amareladas de resina — sempre consegue fazê-la abstrair tudo mais.

Agora as encarregadas do vestuário fazem uma última verificação em sua fantasia e o encarregado dos adereços entrega-lhe seu leque negro todo enfeitado. Para o primeiro ato, o palco foi transformado em uma movimentada praça da aldeia e no instante em que Nina entra da lateral correndo, confiante, e com um rápido gesto abre seu leque, o público começa a aplaudir. Nina está sorrindo, orgulhosa; esta sequência da abertura é a que estabelece a personalidade de Kitri, sua brilhante autoconfiança. Ela é brejeira e tem um espírito livre mas sabe exatamente o que quer.

Ao som da alegre valsa de Minkus, Nina percorre o palco com as piruetas e saltos que seu corpo tanto ama. Ela se sente forte e leve, certa do efeito causado por sua rápida sequência de piruetas *chaîné*. Ela cumprimenta suas amigas espanholas e flerta com os rapazes, ciente, todo o tempo, de que Stalin a está observando. E ainda assim Nina se sente em total controle e prossegue, atravessando a praça em ousados saltos e batendo no chão firmemente com seu leque. Quando dança a primeira variação estalando, desafiadora, as castanholas, suas *sissonnes* são perfeitamente abertas, de forma que, ao arquear o tronco para trás em pleno salto, sua cabeça é lançada paralelamente à perna, e o braço atrás dela quase toca o pé esticado. Petr, seu Basílio esta noite, não se deixa dominar pelo nervosismo; ele apoia as piruetas de Nina com perfeição, e quando a ergue acima da cabeça com um só braço, o faz de maneira segura, levantando Nina no ar como se fosse algo absolutamente natural.

Entreatos, ela e Petr seguem pelo corredor atrás do palco até a sala lateral do diretor. De lá têm uma visão perfeita do camarote A, logo ali ao lado, e Nina não pode deixar de olhar para lá a cada instante. Ela se pergunta o que poderia acontecer se aquela porta se abrisse, como seria se ele lhe dirigisse a palavra. Nina já fantasiou essa cena várias vezes, sempre com um pequeno sobressalto no coração. Ela imagina como seria gentil, que boa impressão ela poderia lhe causar se conseguisse não desmaiar. Agora, porém, o pensamento que lhe ocorre é outro: se Stalin soubesse o que estava acontecendo a Gersh, certamente faria algo para ajudá-lo.

Ou talvez ele saiba. Como seria possível não saber? O homem mais poderoso da nação...

Entretanto, se aquela porta se abrisse, seria Nina realmente capaz de falar sobre isso, de pedir-lhe ajuda? Só em pensar nisso ela fica aflita. Tenta então não pensar, tenta concentrar-se no balé. Se ao menos ela possuísse, fora do palco, a força e o destemor de Kitri... Petr também está silencioso. Deve estar pensando no camarote A também, quiçá lembrando-se da história de Yuri, que fora chamado para falar com Stalin, e imaginando como seria se ele também fosse.

O intervalo termina e eles já estão de volta ao palco que Nina conhece tão bem. Os temores se desfazem e novamente a única realidade é a do seu corpo a dançar.

O balé termina e Nina é chamada ao palco pelos aplausos. Ao curvar-se em agradecimento, primeiramente para os camarotes laterais, ela faz uma pausa na direção do lugar mais importante do teatro em reconhecimento à presença *dele*. Depois continua, como de praxe, curvando-se para o público no centro e no fundo do teatro e em seguida, sorrindo, para os níveis superiores. Ela indica o maestro e os músicos. Mais uma onda de aplausos. Nina então deixa de lado a rotina de agradecimentos e aplausos, voltando-se mais uma vez para o camarote de Stalin e fazendo uma profunda *révérence*. Somente depois que as cortinas se fecham pela última vez, abafando os aplausos, é que Nina se dá conta de que havia implorado, com seu corpo, que ele a ajudasse.

Em casa, já tarde da noite, absolutamente exausta, encolhida na cama ainda fria, ela pergunta a Viktor por que Zoya quis se casar com Gersh a despeito dos sentimentos dele, a despeito de Vera.

— Ela me parece tão interessada em ascender socialmente... O que teria a ganhar com isso?

Do corredor vêm sons do vizinho ao lado a gritar com sua mulher em armênio.

— Você conhece Zoya — diz Viktor. — Sabe como ela gosta de decidir tudo. É uma mulher que planeja e executa. Adora um projeto. Talvez seja assim que ela veja Gersh.

A mulher grita algo de volta, mais alto ainda que o marido.

— Um projeto. — Nina se lembra de quando conheceu Zoya na casa de Gersh. Lembra-se do caso que ela criou com o chá e as xícaras lascadas, como se nada lhe desse tanto prazer como estar no centro das atenções, fazendo uma cena. — Mas os tempos estão tão ruins para ele! O que me surpreende é ela levar adiante um projeto como *este*.

— Gersh diz que é porque ela faria qualquer coisa para não ter que continuar morando com os pais e as irmãs — diz Viktor. — Mas você sabe como ele é cínico.

Os pensamentos de Nina retornam ao que Polina dissera: que Zoya seria capaz de qualquer coisa para ter Gersh de volta. Nina pensa em seus sentimentos em relação a Viktor, na ferocidade do seu amor, e conclui que Polina instintivamente, mesmo sem conhecer Zoya, foi quem chegou mais perto da verdade.

As mãos de Viktor seguram as faces de Nina.

— Nós temos tanta sorte, Nina. Fomos capazes de fazer o que nossos corações quiseram. Nem todos têm esta possibilidade.

Isto é verdade. A sorte que tiveram é quase incrível. Viktor a seu lado naquela cama, com as palmas das mãos em suas faces, os polegares a lhe acariciarem o queixo. O simples odor da pele dele é capaz de trazer seu corpo exausto de volta à vida, por mais cansada que esteja.

— E Vera? — pergunta. — O que vai ser dela?

— Se Gersh conseguir fazer o que está pensando, nada vai mudar em relação a Vera. Só que agora terá que ser escondido. Já disse a ele que vou ajudá-los nisso.

Nina suspira quando as mãos de Viktor descem suavemente por seu corpo. Agora os polegares lhe acariciam os ombros, como se fosse uma brincadeira de crianças. A gritaria no quarto ao lado faz com que o gato se ponha a miar no corredor. E embora as pernas de Nina tremam de cansaço e o sono já comece a dominá-la, ela puxa Viktor para si. Não deseja espaço algum entre eles, apenas o movimento do seu corpo de encontro ao dela.

Quando a reunião de "emergência" chegou ao fim, Grigori tinha vontade de estrangular alguém. Se ele não fosse o chefe do departamento, se não fosse o silencioso e ligeiramente desligado Grigori Solodin, se fosse outro qualquer, poderia ter faltado àquela reunião ou, pelo menos, saído mais cedo. Mas não, ele teve que assistir a toda aquela "emergência", sabendo que a qualquer momento Drew Brooks estaria no mesmo prédio esperando por ele, procurando-o sem o encontrar.

A reunião tinha, de fato, certa emergência: o professor que haviam selecionado para lecionar no novo curso de Línguas Eslavas tinha desistido no último momento. Precisavam encontrar um substituto o mais rápido possível. Havia dois candidatos, mas, como era de se esperar, Walter e Hermione discordavam completamente um do outro quanto ao melhor, e assim se passou uma hora e cinco minutos, cada um a defender seu preferido. Aquelas pessoas pareciam amar esse tipo de reunião. Quanto maior, melhor. Por que decidir qualquer coisa por telefone ou por e-mail se podiam fazê-lo em intermináveis reuniões discutindo muito? Grigori sabia que estava sendo severo em sua avaliação, mas era verdade, eles eram assim, era disso que gostavam: criar comissões e subcomissões, convocar reuniões de "emergência". Ninguém em casa os esperava, certamente, resmungou Grigori consigo mesmo. Será que não tinham nada melhor a fazer? Não se davam conta de que o tempo passa e a vida é breve, principalmente se considerarmos o desperdício de tempo (como Grigori frequentemente fazia antes de Christine morrer) com eletrodomésticos quebrados, pintura da casa, cartões de Natal sempre iguais ano após ano.

Ele aumentou o termostato, pendurou o casaco e serviu-se de uma dose de uísque. Pensava em Drew chegando à sua sala e encontrando-a trancada, com o livro em pé apoiado na porta, ou talvez ele tivesse escorregado para o chão como uma velha lápide... Bem, disse Grigori a si mesmo, vai ver ela até gostou de não ter que conversar com um velho professor de russo; provavelmente estaria a caminho de algum lugar, talvez para encontrar o namorado que ele havia conhecido no balé.

Grigori abriu a porta e pegou a folha que ela havia digitado para ele. Pacientemente, de maneira ordenada, ali estavam escritas todas as possíveis expressões que ele poderia consultar em russo, descrevendo as peças de âmbar e o joalheiro que as fizera. Ele ligou o computador e mudou o alfabeto para o cirílico. Começou por digitar o nome do joalheiro e uns poucos termos referentes ao pingente, aguardando o resultado da busca com esperanças. Parecia haver uma boa quantidade de informações. Mas ele logo percebeu que elas eram irrelevantes e se repetiam a cada nova busca com outras combinações de palavras em russo. Eram sempre os mesmos links que apareciam, praticamente nada de interessante.

Frustrado, Grigori tentou mais uma combinação de palavras em russo e ficou à espera de outra quantidade de informações irrelevantes na tela de seu computador. Eram, em sua maioria, anúncios de outros leilões de objetos russos ou de antiguidades, além de um grande número de sites russos. Quanto à firma de Anton Samoilov, Grigori nada achou na lista de registros de marcas de que Drew havia falado. Quando ele digitava alguma coisa sobre arquivos ou registros de famílias, acabava por encontrar uma boa quantidade de pessoas que nada tinham a ver com sua busca. E todo esse tempo, um irritante anúncio em uma caixa surgia de repente por cima de tudo, piscando, e dizendo: "*Você é um SAMOILOV? Encontre outros SAMOILOVS em FamilyTree.com. Experiência grátis por 24 horas*".

Ao clicar no canto da caixa para fazê-la desaparecer, Grigori lembrou-se da primeira vez em que pensara em reconstruir a história de sua família. Ele era um menino recém-chegado à Noruega e sua professora passou um trabalho: vão para suas casas e façam a árvore genealógica de suas famílias. Grigori começou a fazer a tarefa com entusiasmo, desenhando uma árvore o melhor que pôde e nela escrevendo o que Katya e Feodor lhe disseram sobre os seus pais, suas irmãs, seus irmãos, tias e tios. Porém as informações deles nem de longe satisfizeram sua curiosidade. Ele queria pormenores precisos. Grigori então pôs-se a pensar em seus outros pais, os pais biológicos. Embora sua adoção nunca tivesse sido segredo para ele, todas as vezes que pedia mais informações acerca dessas pessoas, seus pais adotivos simplesmente diziam nada saber.

Assim, ao indagar a sua mãe naquela noite sobre as famílias dela e de Feodor, e colocar as informações em sua árvore desenhada, Grigori sentiu que aquilo era apenas ficção, era uma história à qual ele não pertencia.

— Qual é o problema, meu filho? Por que você está assim? — perguntou-lhe Katya, e quando Grigori disse como se sentia por não saber de onde vinha, Katya fechou os olhos e concordou, decidida, balançando a cabeça. Pôs-se então de pé e foi até seu quarto, de onde voltou com uma pasta dura de vinil. — Você já está crescido e, na verdade, isto pertence a você. — A pasta continha, disse ela, a única informação que lhes fora dada: um registro da maternidade, algumas cartas amarradas, duas fotografias enfiadas entre elas, e uns poucos objetos. Nenhum documento de identidade. Nenhum nome. Ainda assim, havia uma prova da existência de uma mulher que fora sua mãe. Ela era bailarina, disse Katya. Foi essa a única informação que a enfermeira lhe dera, acrescentando que a bailarina (aqui o rosto de Katya ficou triste, e sua voz, mais grave) tinha morrido no parto.

No dia seguinte, ao voltar de uma visita à mãe, Nina encontra Vera em sua casa, sentada à mesa de madeira. Diante dela, orgulhosa, com seu vestido sujo de dejetos do pássaro, sacudindo a cabeça indignada, está Madame.

— Os homens de hoje... — diz ela —, nenhum deles segura uma porta para uma dama passar. Não têm educação. Nenhum ajuda uma mulher a colocar ou tirar o casaco. — Madame sacode a cabeça e seu grande coque desalinhado se sacode também. Nele está um pente de tartaruga com minúsculos brilhantes. Madame parece não notar a presença de Nina. — Um país de ursos. Não é de surpreender que meu coração tenha parado de bater.

Vera parece mais magra e mais pálida do que de costume. Quando Nina a cumprimenta, ela ergue os olhos, mas Madame não toma conhecimento.

— Quanto à tal mulher, minha filha, ela não chega a seus pés, estou certa disso. Tome mais um pouco de chá, querida.

Até mesmo a mãe de Viktor sente-se atraída por Vera.

Um som alto e desesperado vem do quarto de Madame. Em seguida, como se entendesse o que ela está dizendo, o pássaro grita "*S'il vous plâit!*". Lola está zangada por ter sido deixada em sua gaiola.

Só então ocorre a Nina que Viktor talvez não quisesse que Vera presenciasse aquilo: Madame vestida daquele jeito, a gabar-se do seu passado de aristocrata. Vera, porém, sentada ali imóvel, não parece perceber coisa alguma. Seus olhos se enchem de lágrimas que ela vai enxugando.

— Eu sei como você se sente — diz Madame com a voz subitamente suave. — Sei o que é perder a pessoa que se ama. Perdi meu marido. Tiraram-me tudo que eu tinha.

Vera parece tão frágil ali, com seus ombros estreitos e o pescoço curvado... Nina vai até ela e a abraça.

— Vai ficar tudo bem — diz. Mas agora Madame também parece estar chorando.

— Ele me deu isto — diz Madame, em prantos, apontando para um colar curto de pérolas grandes que sempre usa. — Elas vieram lá do Japão. Pérolas marinhas, de ostras. — Ela levanta o colar e Nina vê que o fio está apodrecido. Algumas das pérolas já saíram do lugar.

— O fio deve ser trocado — diz Nina. — Posso ver se encontro alguém...

— Eu não tirarei minhas pérolas. Elas precisam ser usadas, senão perdem a cor. — Madame ergue o queixo, orgulhosa. — Eu nunca as tiro.

— É que parece que a senhora pode perder algumas pérolas, veja só. — Ela vai mostrar onde o fio está deteriorado, mas Madame ergue o braço bruscamente.

— Não ouse tocar no meu cabelo!

No quarto, Lola grita "*S'il vous plâit!*".

Nina recolhe a mão rapidamente e olha para Vera como que a pedir apoio, mas ela continua a chorar e a enxugar as lágrimas desesperadamente, com rápidos movimentos de suas mãos longas, brancas e macias. Petersburgo afeta as pessoas, diria minha avó. Madame, ignorando Nina, olha para Vera, vira a cabeça de lado e, estreitando o olhar, parece reconhecer algo subitamente. Ela ergue o *lorgnon* e a olha com mais cuidado.

— Você se parece com Sonia. — Novas lágrimas brotam dos seus olhos. — Até mesmo a cor da pele. Olhe, tome mais um chá.

Nas semanas seguintes, Vera acompanha Nina de volta à casa depois dos ensaios e das apresentações, a fim de aguardar uma mensagem de Gersh. Embora seu tendão esteja melhor, Vera tem dançado menos do que de costume até que esteja completamente curada. O resto de seu tempo ela permanece ali, uma vez que os recados de Gersh que Viktor traz são geralmente de última hora; Vera nunca sabe quando Gersh estará livre de Zoya e a chamará. À mesa com Madame, ela joga cartas e toma chá, enquanto a sogra de Nina fala de suas reminiscências, conta seus talheres, dá ordens à pobre Darya ou se declara sem pulso. Vera parece achar tudo isso apenas levemente estranho, mas Nina fica preocupada com o fato de agora mais uma pessoa saber sobre a linhagem de Viktor.

— Zoya deve viajar para Katovo esta noite, para um espetáculo amanhã — diz Vera uma tarde, quando Nina chega ao apartamento e a encontra à mesa com Madame e Lola. Darya está na cozinha no final do corredor à espera de um fogão livre para preparar o jantar. — Viktor me dirá quando for seguro ir até lá.

Nina se pergunta se Vera seria capaz de vir a gostar de ser "a outra".

Lola está dando leves bicadas em algo sobre a mesa. Ao se aproximar, Nina vê que é uma fotografia em um porta-retratos: duas jovens com um rapaz entre elas.

— Eu nunca tinha visto esta foto.

Madame parece aborrecida por Nina ter visto aquela fotografia.

— Esta aqui sou eu — diz ela — com minha irmã e meu irmão. — Ao dizer isso, seu rosto se modifica, assumindo uma expressão mais suave. O rapaz, que parece mais velho que as irmãs, é alto, esguio e usa uma espécie de uniforme. A menina à sua esquerda é igualmente esguia, tem os olhos escuros amendoados e olha para algo um pouco afastado da câmera, enquanto a menina à direita olha para a câmara, com um leve esboço de sorriso. Ao olhar com mais cuidado, ela percebe que esta menina é Madame. Como é possível, pensa Nina, que uma menina assim, de olhos alegres e brilhantes, tenha se transformado nesta outra pessoa?

Madame está apontando para a outra menina.

— Sonia — diz, e sua voz soa diferente, quase como um eco.

— Ela é muito bonita — afirma Nina. Como para que mostrar que concorda, Lola continua a dar bicadas na moldura brilhante.

— Sim, ela era. E tinha muito talento também. Nós somos de uma boa família. De linhagem consistente. Uma sorte para *você*. Seus filhos terão isto, pelo menos.

A princípio ela pensa que é imaginação sua, mas agora Nina percebe que é verdade. Madame tinha se tornado muito mais agressiva com ela desde que conhecera Vera.

Fingindo não ter ouvido, Nina continua:

— Seu irmão era bem bonito.

Madame balança a cabeça, concordando. Suas pálpebras se fecham, como que para evitar o que não queria ver.

— Agora você já conhece minha família. — Sua voz torna-se suave. — Mortos. Substituídos por camponeses... Os armênios ali do lado...

Vera debruça-se sobre a mesa como se fosse acariciar a mão de Madame, da mesma forma que esta costuma fazer com ela. Subitamente, ao se ver sobrando ali, Nina vai se deitar na cama.

— Viktor está no escritório desde de manhã — diz Vera, percebendo os sentimentos de Nina e desejando incluí-la. "O escritório" é o da revista em que Viktor é editor de poesia.

— Eles o fazem trabalhar tanto — diz Madame, terminando a frase com um suspiro alto. — Pelo menos vão mandá-lo à França no próximo mês. Todos os meus vestidos eram feitos lá. — Ela balança a cabeça na direção de Nina. — É uma pena que não a leve também.

Nina finge ignorar o comentário, mas na verdade essas viagens dele para lugares onde ela nunca esteve a fazem sofrer. Não se trata apenas da separação; ela detesta não ter como imaginar Viktor em algum lugar. Pelo menos quando ele viaja para lugares como Peredelkino, ou para cidades onde Nina já foi em turnês, ela pode, quando sente muito a falta dele, imaginá-lo lá.

Naquela noite, quando Viktor chega em casa e Vera, com visível alívio, vai para a casa de Gersh, uma ideia engraçada ocorre a Nina. Ela a expressa em voz alta uma hora e pouco depois, quando Madame vai para seu quarto e fecha a porta de compensado.

— Se eu não soubesse das coisas, diria que ela foi mandada para nos espionar.

Viktor ri enquanto guarda suas roupas cuidadosamente e se prepara para ir para a cama.

— Ela seria uma espiã e tanto! — Depois dá um longo suspiro: — Não sei o que seria de mim se eu fosse ela. — Viktor entra por baixo das cobertas e estremece de frio. — Se você fizesse uma coisa dessas comigo, se casasse com outro homem que não eu.

Nina ergue as sobrancelhas, espantada.

— Você sabe muito bem qual de nós dois deveria preocupar-se com isso. — Embora Nina cofie no amor de Viktor por ela, às vezes é muito difícil não se perguntar com quem ele está em determinados momentos, que novas pessoas terá conhecido, o que faz nos longos dias em que não está com ela e nas noites em que ela dança. Afinal, Nina sabe o quanto ele é atraente para outras mulheres e o quanto ele gosta de provocar essa atração. Quando ela se junta a ele na cama, cobrindo-se rapidamente também, põe os pés nas pernas dele para se esquentar.

— Esta noite vou dormir com um pedaço de gelo — diz ele brincando, fingindo surpresa. Nina quer dizer algo engraçado também, mas está cansada demais e logo sucumbe ao sono.

Lote 62

Relógio de Pulso Feminino Miniaturizado, em ouro 18k. Dial em aventurina, com indicadores numéricos em bastão, inclui corda manual 17-jewel, nº 263996, caixa oval em ouro branco 18 k nº 9138 FA, talões incrustados com dois rubis em forma de lágrimas, pino de encaixe, ponteiros com três rubis e logo, completado por pulseira em malha de ouro 18k, comp 7 in., 34,7 dwt (sem movimento), Audemars Piguet. $4.000 — 6.000.

CAPÍTULO ONZE

Durante alguns anos, primeiro na Noruega e depois na França, a imaginação de Grigori encontrou muita inspiração naquela pasta de vinil. Fantasias juvenis sobre quem seu pai poderia ter sido transformaram-no em uma espécie de Robin Hood, e a bailarina, na companheira secreta de seus crimes do bem. Mas depois Grigori entrou no *lycée* e suas fantasias passaram a ser com a menina ruiva do pátio da escola. Suas energias eram concentradas nos estudos, em escrever com esmero em papel milimetrado e caligrafia compacta. Seu principal objetivo na vida era passar a ser "um deles", era encontrar o próprio grupo de amigos com os quais fumar depois das aulas, trocar LPs e ir ao cinema. Era chamado de "Grigoire" e, imitando seus colegas, usava um suéter de tricô amarrado informalmente sobre os ombros. E então, justo quando ele parecia ter incorporado esta *persona*, seus pais anunciaram que se mudariam para os Estados Unidos.

No novo país ele passou a dominar mais uma língua, mergulhou novamente nos estudos, concentrando-se mais nas áreas em que julgava poder ganhar uma bolsa para a faculdade. Quando pensava nos pais biológicos, sua imaginação já não alçava voos. Havia outras prioridades: Grigori aprendeu a dirigir, fazia viagens de fim de semana a Nova York e, o que lhe parecia mais incrível, arranjou uma namorada, uma alegre menina de cabelos castanhos do seu time de xadrez. Ele terminou a escola e entrou para a universidade. Quando estava cursando o segundo ano, foi chamado às pressas a Tenafly. Seu pai tivera um derrame, vindo a falecer dois anos depois. Em casa com a mãe, depois de visitar diariamente Feodor, imóvel, no hospital, Grigori fechava-se em seu quarto, onde havia passado apenas dois anos, sentindo uma tristeza até então desconhecida. Era terrível vê-los assim, o pai incapacitado e a mãe subitamente muito velha. Sem se dar conta, conscientemente, do que fazia, Grigori foi até o armário onde havia guardado, logo que chegou de Paris, a velha pasta de vinil.

Abriu-a e espalhou o conteúdo sobre a cama, como se esta fosse um museu, ou uma mesa de instrumentação cirúrgica. Olhou para aquelas coisas, perguntando-se sobre as pessoas que as haviam tocado. Mas sua antiga curiosidade já não estava mais lá. Ele não releu as cartas (que conhecia praticamente de cor), mas voltou a olhar, por longo tempo, as pessoas nas duas fotografias. Depois sentou-se na cama. Ao fazê-lo, porém, sentiu algo duro sob a coxa. Levantou-se e percebeu que tinha se sentado sobre um canto da pasta. Ao apalpá-la pelo lado de fora, sentiu que havia dentro dela algo sólido. Enfiou então a mão na pasta para explorá-la por dentro. O interior era forrado com um tecido acetinado, mas Grigori percebeu que o forro estava rasgado em um canto. O rasgo era pequeno e ele teve que virar a pasta de cabeça para baixo a fim de extrair o que havia lá dentro. E lá estava ela, uma corrente de ouro, e, nela pendurado, emoldurado em ouro, um grande pingente de âmbar.

Um sinal. Uma mensagem secreta. Era como se aquela joia tivesse se escondido ali e escolhido o momento certo para aparecer: quando o único pai que Grigori conhecera sem querer o abandonava. Agora só lhe restava essa antiga história a continuar. O âmbar continha um segredo próprio. Dentro dele havia uma aranha imobilizada em pleno movimento, com algo mais, uma saliência, como um paraquedas ou um balão, preso por baixo dela. Grigori ficou por um longo tempo a olhar para aquilo.

Ele decidiu, sem pensar duas vezes, que nada diria à mãe. Ela ainda estava perdida na própria tristeza e poderia se sentir magoada por Grigori ainda pensar naqueles outros pais. Além do mais, o que ela poderia dizer sobre o colar? Apenas que deve ter custado um bom dinheiro. Talvez a bailarina que morreu fosse *alguém* — alguém famoso e rico. Ou talvez o colar fosse o único objeto de valor que ela possuía.

Decepcionado, Grigori se deu conta prontamente de que, por mais que ele o tenha percebido como um sinal, o colar, na verdade, não lhe diria muita coisa.

De volta à universidade, naquele mesmo ano, outro sinal, este ainda mais impressionante devido ao acaso, apresentou-se.

Na biblioteca do campus, ao ler um livro intitulado *Realismo socialista e os escritores russos*, Grigori viu, por acaso, uma fotografia. "Assembleia do Sindicato dos Escritores Russos, 1949", dizia a legenda. Fileiras de homens olhando para a câmera, muito sérios em seus ternos escuros. Na fileira da frente, de forma que sua fisionomia estava muito nítida, ele viu o homem das fotografias, aquelas pertencentes à sua mãe, que estavam na pasta de vinil.

O coração de Grigori deu um salto e pôs-se a bater loucamente. Ele aproximou a página dos olhos e viu, com mais certeza, a cada segundo, que se tratava do mesmo homem. Mas quem era aquele homem? Grigori começou a folhear rapidamente o livro, parando a cada fotografia para ver se ele aparecia novamente. Justamente quando ia perdendo a esperança de encontrá-lo, lá estava ele. Nessa foto o homem estava com dois outros. A legenda informava que eram editores e articulistas da *Literaturnaya gazeta* e seus nomes eram citados. Grigori rapidamente anotou o nome do homem à direita, que era alto e tinha os olhos amendoados: Viktor Elsin. O nome lhe era vagamente familiar; Grigori acreditava já ter ouvido aquele nome. Somente mais tarde se deu conta de onde o vira: em duas das antologias de poesia que ele tinha consultado para um trabalho no semestre anterior. Grigori partiu então para obter toda a informação disponível sobre Viktor Elsin. Passou horas a fio no escuro porão da biblioteca microfilmando o que encontrava. Foram rolos e mais rolos de filme marrom brilhante que em seguida ele via na tela. Eram artigos e notícias de jornais e revistas de várias décadas passadas. Ali ele tomou conhecimento do pouco que se sabia da vida de Viktor Elsin, inclusive coisas surpreendentes e inimagináveis: ele fora casado com a bailarina Nina Revskaya. Esta informação lançou Grigori em uma pesquisa ainda mais frenética sobre Nina Revskaya e ele acabou por descobrir, atônito, que ela residia atualmente em Boston, Massachusetts.

— ELA MUDOU OS MÓVEIS DE LUGAR — diz Vera poucas semanas depois do casamento de Gersh com Zoya. Vera, Nina e Polina estão em Berlim com um pequeno grupo do Bolshoi. É a primeira vez que Nina viaja para esta cidade arruinada, cujas ruas ainda não foram reconstruídas, os prédios escurecidos e em escombros, e as praças bombardeadas ainda estão cobertas de detritos. No hotel onde estão (um prédio mal aquecido em uma avenida sinistramente vazia), as três terminam a refeição da tarde. Não estão no restaurante do hotel, pois o dinheiro não dá para isso. Mesmo com sua promoção, Nina recebe apenas uma pequena complementação para viajar. Assim como as outras, ela encheu a mala com alimentos que trouxe de casa, como pães, feijão, repolho azedo em lata e umas poucas salsichas secas. Qualquer coisa para economizar alguns kopecs. No quarto de Vera e Polina, ela aquece o feijão em um fogareiro portátil e o lugar cheira a acampamento de férias. Apesar de seu próprio quarto, que ela dividia com outra primeira bailarina, ser maior e em um andar mais silencioso, estar ali, comendo feijão e pãezinhos com Vera e Polina, faz com que ela se sinta, por alguns momentos, como nos velhos tempos (na verdade, menos de um ano atrás), quando as três, esforçadas bailarinas solistas, dividiam o mesmo minúsculo camarim.

— As roupas de Zoya estão todas penduradas no armário — continua Vera calmamente, quase que indiferente. — O apartamento é praticamente *dela* agora. Ah, e vocês sabiam que ela coleciona gravações dos discursos de Stalin? Parece que ela as toca todo o tempo na vitrola de Gersh.

Nina ri.

— Suponho que seja a punição dele.

— Eu não sei como você pode perdoá-lo — diz Polina. Há algo de realmente errado com a pele dela; embora as placas vermelhas tenham desaparecido, ela tem pequenas manchas escuras no rosto. Não parecem ser feridas, mas marcas de urticária, de uma cor preta acinzentada em vez de vermelhas.

— É porque eu tenho pena dele — confessa Vera. — É evidente que Zoya estava interessada no apartamento dele desde o início. Ela está apenas usando Gersh para não ter mais que morar com a família dela.

Então é isso que Vera resolveu dizer a si mesma, ou o que Gersh lhe diz. É disso que ele a convenceu e tenta convencer a si mesmo. Bem, talvez seja em parte verdade. Enquanto Nina pensa nessa possibilidade, Polina olha para o relógio e diz:

— É melhor irmos logo. — Esta tarde é sua única oportunidade de saírem para visitar a cidade: em outras palavras, para fazer compras. Embora estejam confinadas no setor soviético, há uma boa possibilidade de, com os setores americanos, franceses e ingleses tão perto, elas encontrarem produtos não disponíveis em Moscou. — Vou avisar a Arvo. — Ele é o representante do Komsomol que está viajando com a trupe. Elas são obrigadas a mantê-lo informado de qualquer saída.

— Ah, deixe que ele adivinhe — diz Nina. Afinal, é grande a possibilidade de encontrarem na entrada do hotel o pequeno contingente de acompanhantes alemães orientais que elas haviam conhecido no jantar de boas-vindas da véspera e que estava sempre por perto. Mas ninguém as aguarda quando elas descem e entregam as chaves a uma mulher de rosto comprido. Tampouco esperam por elas quando as três deixam o prédio e saem para a rua gelada de um dia cinzento. Vera simplesmente encolhe os ombros e Polina parece menos tensa enquanto seguem pela rua. Nina percebe a maneira como as pessoas olham para elas e se pergunta se por causa de as roupas as destacarem, mas elas eram bem semelhantes às das outras pessoas. Não, não se trata das roupas, nem do fato de elas serem russas. O que acontece é que elas são evidentemente *bailarinas*, com seus passos airosos e cabelos presos em coques altos. Polina, em especial, caminha de maneira exagerada, como se estivesse no palco. Não há motivo para ela andar assim, a não ser o fato de isso fazer parte de sua identidade. Ocorre a Nina que cada uma delas tem uma esquisitice própria: Polina é insegura e um tanto exagerada. Seus movimentos de dança originam-se nos quadris, enquanto Vera é abençoada com naturalidade de movimentos, os passos de seus pés arqueados são fáceis e leves. Nina sabe que ela também tem características físicas que a distinguem — pescoço longo, jeito desafiador de manter a cabeça erguida, postura relaxada porém perfeitamente ereta, omoplatas puxadas para trás instintivamente, de modo a formar uma forte linha vertical com a coluna. As três são muito diferentes das mulheres que passam por elas a caminho do mercado. Estas andam curvadas, como se tivessem que abrir caminho à frente ou escapar do frio.

Elas não têm dificuldade em encontrar a loja de artigos para o palco que lhes havia sido recomendada. O que mais desejam são meias de nylon, que não ficam frouxas nos joelhos como as de seda que usam em seu país. Mas a loja já havia vendido todo o estoque de meias. Depois de adquirirem as maquiagens desejadas, recebem do dono da loja o endereço de outro estabelecimento onde podem encontrar o que querem. Ao explicar como chegar lá, ele tem no rosto uma expressão maliciosa, com os olhos apertados. Com gestos e um russo malfalado, ele aponta para a estação do U-Bahn.

Elas tomam o metrô com uma sensação de aventura. O vagão está tão lotado que elas são obrigadas a permanecer de pé. Duas paradas depois, porém, quase todo mundo desce. Nina olha pela janela do carro e vê na parede uma placa com o nome da estação em grandes letras negras. Abaixo do nome, há algo escrito com palavras muito longas que ela não entende.

— Por que vocês acham que tanta gente está descendo aqui? — pergunta Polina nervosa. E as portas se fecham.

Somente quando o metrô se põe em movimento novamente é que Nina se dá conta do possível motivo. Seu coração dispara. Ela não ousa falar o que está pensando. A estação seguinte é onde o homem da loja lhes disse para descer, e logo elas chegam lá. Vera, Polina e Nina pisam na plataforma.

Elas emergem da estação em uma rua muito movimentada, estranhamente clara apesar do dia frio e escuro. As vitrines brilham com os anúncios em néon, e acima delas há cartazes enormes e limpos como Nina jamais viu. São muito coloridos e iluminados por lâmpadas *spot*, apesar de ainda ser dia. Há gente por toda parte; até mesmo seus chapéus e casacos parecem mais vistosos.

— Foi por isso que todos tiveram que descer naquela estação — diz Nina. Está evidente nos rostos de Polina e Vera que elas também já entenderam.

— Nós não deveríamos estar aqui — diz Polina.

— Nós não sabíamos — sussurra Vera, com os olhos arregalados ante a multidão que caminha tranquila e aqueles prédios que, embora um tanto destruídos, são limpos e bem-cuidados, com janelas iluminadas.

— Bem, já que estamos aqui, vamos procurar o que viemos comprar. — Nina tenta dar à voz um tom confiante: embora em sua mente ela ouça as recomendações repetidas de Arvo e de seus anfitriões da Alemanha Oriental de que não deveriam sair do setor democrata, pois terríveis capitalistas ocidentais estariam à espreita para raptá-las em uma esquina qualquer. Com uma calma forçada, Nina lê em voz alta o endereço da loja enquanto Vera o procura no mapa.

— É por aqui — diz Vera ao ver a placa da rua. Nina e Polina seguem-na. Mas na esquina param.

Diante delas está um quiosque de frutas e verduras. E nele, a um canto, uma pilha de bananas de um amarelo lindo.

Polina e Vera olham, assombradas, enquanto Nina tenta absorver toda aquela cena, com pessoas caminhando tranquilamente à sua volta, sem o menor sinal de espanto ante essas lojas feericamente iluminadas, esses cartazes e essas bananas. O tagarelar sereno daquela gente, as expressões relaxadas de seus rostos, o som apressado e alegre dos sapatos nas calçadas...

— Nós só estamos procurando esse endereço — diz Polina defensivamente, afastando-se das bananas. Nina tenta controlar sua enorme vontade de gastar o dinheiro que tem não mais em meias, mas naquelas frutas maravilhosas e exóticas. Porém Vera já está apontando para uma rua estreita.

— É ali. Vamos. — Afinal, elas querem apenas comprar artigos para balé.

O lugar que o dono da outra loja indicou é bem pequeno, algo como uma lojinha de quinquilharias, que sequer tem uma placa na porta. Lá dentro tem todo tipo de perucas e de malhas, tecidos para fantasias que elas jamais haviam visto. Não apenas joias falsas, mas também verdadeiras, além de perfumes, cafés e cigarros ingleses. A proprietária é uma senhora de meia-idade com os cabelos grisalhos presos em uma longa trança. Não há mais ninguém com ela. Nina e as outras se esquecem da vida por um bom tempo, calculando, sonhando, decidindo em que gastarão seu dinheiro. Nina compra tecido para sua mãe, cigarros para Viktor e malhas para si, enquanto Vera e Polina continuam examinando tecidos. Quando a mulher dá o troco a Nina, aperta algo em sua mão.

— Para o caso de você precisar. — A voz da mulher é suave, e seu russo com sotaque alemão é falado tão baixo que Nina se pergunta se imaginou aquilo. Mas a mão da mulher é firme, ainda pressionando algo na dela insistentemente, forçando a palma da mão de Nina. Um pedacinho de papel. Nina está tão surpresa que não ousa olhar para ele. Apenas faz um sinal de agradecimento com a cabeça e põe o pedacinho de papel, juntamente com o troco, no bolso.

— Vejam! — exclama Polina do outro lado da sala. Ela está mostrando um relógio de bolso. — Para Serge!

O coração de Nina continua a bater forte. O pedacinho de papel parece queimar-lhe o bolso. Ela tenta se distrair e vai até onde está Polina para ver o relógio.

— Vocês dois estão firmes, então? — pergunta, tentando parecer tranquila.

— Ele é um homem tão maravilhoso, Nina, que me sinto uma mulher de sorte. — Polina volta-se para a senhora a fim de perguntar o preço do relógio de bolso.

Enquanto Polina tenta barganhar o relógio, Nina não consegue parar de pensar no pedacinho de papel em seu bolso. O que será aquilo e por que a mulher teria dado logo a ela? Apesar da enorme curiosidade, ela não ousa ainda ver do que se trata.

Quando acabam de comprar tudo que seu dinheiro lhes permite, voltam para a estação do metrô sem ousar falar sobre o que haviam acabado de fazer. Nina tenta não olhar para as vitrines iluminadas, para os diferentes tecidos dos casacos e chapéus; está envergonhada de seu próprio espanto e da maneira como aquelas coisas deixaram-na maravilhada. Há algo equivocado em tudo que lhe disseram. Os terríveis capitalistas parecem satisfeitos ao caminhar por suas ruas limpas com vendedores expondo bananas. E não se veem filas, não se vê desespero.

Quando ela e as amigas entram no vagão do metrô a caminho da estação de Lustgarten, Nina sente um alívio.

Somente depois de saírem do metrô, quando estão a caminho do hotel, é que Nina se aventura a dizer, em voz bem baixa, algo que ela vinha notando desde a saída da loja, ainda que negasse a si mesma.

— Aquela mulher ali parece estar nos seguindo.

Sem olhar para trás, Vera diz:

— É uma que está de chapéu cinza?

— Então você notou também. — Nina sente que está começando a tremer. Poderia ter algo a ver com o papelzinho em seu bolso? E teriam Vera e Polina, ao pagar suas compras, também recebido um pedaço de papel dobrado pressionado contra as palmas de suas mãos? Ou ela, Nina, teria sido escolhida simplesmente porque fora a primeira a terminar as compras? Nina tem grande vontade de perguntar isso às amigas, porém não ousa fazê-lo. — Um erro sem más intenções — disse, para acalmar-se. — Se ela realmente estiver nos seguindo, deve ter se dado conta disso. Ela viu que só estávamos tentando fazer compras.

Com a voz bem baixa, Vera pergunta:

— Você não acha que ela pode pensar que estávamos tentando... fugir?

— Bem, é claro que não — diz Polina aparentando indignação. — Por que haveríamos de querer fazer uma coisa dessas? — Mas ela ainda parece assustada. Ela viu o que há lá no outro lado. Ela também viu as bananas maduras e as pessoas passando calmamente como se nada daquilo fosse extraordinário.

Nina pensa em Sofia, a outra solista do Bolshoi que, no último minuto, foi tirada do grupo que viajaria a Berlim por constituir uma ameaça. O rumor que correu foi que ela tinha parentes em Berlim Ocidental; só agora Nina compreende.

Com a voz enfática, Polina continua:

— Qualquer um sabe que seria uma loucura fazer isso. — Ela parece ter ficado mais pálida; as estranhas manchas escuras em seu rosto destacam-se ainda mais.

— Estou preocupada com sua pele — diz Vera.

Polina desvia o olhar.

— Tio Feliks diz que basta um pouco mais de paciência que as manchas desaparecerão. — Então como se não desejasse falar mais de si mesma, ela volta a dizer: — Realmente, uma pessoa deve estar louca se pensar em *partir*.

— Eles te encontram e quebram as suas pernas — afirma Vera, com a voz baixa e inexpressiva.

Polina parece apavorada.

— Não importa aonde você vá — prossegue Vera, a voz ainda baixa e assustada —, eles têm agentes espalhados por todo o mundo. Não importa o quão longe seja. E o que você poderia fazer em um país qualquer onde não conheça ninguém e já não possa nem mesmo dançar?

Nina ouve tudo isso, mas acha que há um pouco de exagero. Por que punir uma simples bailarina como se ela fosse algum tipo de agente secreto? Nina precisa se controlar para não olhar para trás e ver se a mulher de chapéu cinza ainda está atrás delas.

Com um fiapo de voz, aterrorizada, Polina diz:

— Tenho medo de que seja eu.

— O que você quer dizer com isso?

— É por minha culpa que a mulher está nos seguindo. — Os passos de Polina ficam mais lentos, e sua voz é um sussurro. — Por que eu? Sou apenas uma bailarina. Só tenho alguns amigos mais próximos, e ninguém me conta nada pessoal.

— Continuem andando — diz Vera, enquanto Nina tenta entender o comentário de Polina. Em um quase sussurro, Vera pergunta: — Alguém lhe pediu que fizesse alguma coisa?

Isso acontece com frequência, até mesmo no balé: pede-se às pessoas que escrevam coisas, relatórios. Nina já ouviu falar disso, que tivesse cuidado com algumas em especial, na maioria profissionais mais jovens e menos bem-sucedidos, como bailarinos não solistas e eternos corifeus que nunca chegam ao topo da carreira. Se o papel de informantes os ajudar profissionalmente, eles mantêm olhos e ouvidos atentos. Mas que tipo de informação importante eles poderiam relatar? Nina jamais pensou na possibilidade de isso a prejudicar. Afinal, ela nada fez de errado.

Vera está mordendo os lábios e parece aborrecida.

— Vocês me conhecem — diz Polina. — Eu gosto de todo mundo, é assim que eu sou. Vocês entendem por que é difícil para mim?

Nina olha Polina nos olhos. Compreende agora as erupções de urticária, a ansiedade e o nervosismo.

— Você... fez alguma coisa? — Nesse instante, Nina se pergunta o que Polina poderia ter a dizer. Como seria possível que ela soubesse se alguém fez algo de errado?

— Eu só escrevo coisas muito gerais — responde ela. — Mas eles estão sempre me dizendo que não é suficiente, que não estou fazendo um bom trabalho. — As lágrimas rolam pelo seu rosto.

— Mas se você diz a verdade — diz Nina —, o que mais eles esperam de você? — Vera tem uma expressão dura nos olhos e as perguntas que faz a si mesma são outras. Talvez, pensa Nina, a ideia de que deveria estar relatando mais coisas fosse apenas impressão de Polina. Talvez ela não os tivesse entendido. Ela é sempre muito ansiosa por agradar.

E então, subitamente, o pensamento ocorre a Nina: Será que eu disse alguma coisa? Que fiz alguma coisa? As vezes em que zombei de discursos de Stalin... Até mesmo aquele comentário sobre Arvo... Nina tenta pensar no que disse exatamente, em como aquilo poderá ter sido interpretado por Polina. Em como aquilo ficaria em uma página de relatório. Lembra-se então, com sobressalto, do pedaço de papel que a velha da loja colocara en sua mão...

— Eu não tive nada a ver com Sofia! — exclama Polina com os olhos arregalados. — Juro que não tive. Eu não ousaria fazer mal a ninguém. Eu não desgosto de ninguém.

As mãos de Nina estão tremendo. Vera pede a Polina que fale baixo.

— Serge não pode ajudar você? Tirá-la dessa situação para que não tenha que delatar mais nada? Esse é o trabalho dele, afinal.

— É o trabalho dele? — pergunta Nina surpresa.

A voz de Polina é quase um sussurro quando ela diz:

— Ele trabalha no Serviço de Segurança do Estado.

A polícia secreta. Antes que Nina possa perguntar se ele é agente ou administrador, Vera acrescenta:

— Ele deve ter alguma influência lá. Certamente conhecerá alguém que possa fazer alguma coisa.

— Mas não vai ficar parecendo que eu não quero colaborar? Não quero que ele pense que não desejo ajudar. Não quero decepcionar Serge.

— Você é uma bailarina, não uma informante — afirma Nina.

— Talvez eu pudesse pedir isso a ele — diz Polina, deixando escapar um sorriso aflito. — É que... eu amo Serge. Amo de verdade. Não quero que nada dê errado entre nós. — Mesmo falando em sussurro, há um tom de choro em sua voz. — Não aguento mais isto. Está me deixando doente.

Chegam ao hotel. Vera segura a porta para Polina entrar, enquanto Nina procura um lenço na bolsa e nele borrifa um pouco de água-de-colônia. A mulher de chapéu cinza e xale permanece do lado de fora.

Vera leva Polina até um sofá no saguão do hotel.

— Feche os olhos e respire fundo — diz Nina colocando o lenço na testa de Polina. — Tudo vai ficar bem.

Só muitas horas mais tarde, depois de terem dançado, tomado banho e jantado, é que Nina encontra um momento em que se vê só para olhar o pedacinho de papel que tem no bolso. Nele está escrito em letras pequenas porém nítidas: *Passaportes, identidades Ernst 116275.*

O RESTO DAQUELE ANO em que Grigori completou 21 anos foi preenchido com a poesia de Elsin. Reviu várias vezes o conteúdo da pasta de vinil: as cartas, as fotografias e o pingente. Este último permaneceu em segredo. Ele leu tudo o que encontrou sobre Elsin e Revskaya e, como um detetive, foi juntando as peças do quebra-cabeça. Aí vieram as decepções: a resposta de Orelhudo rejeitando sua proposta de monografia e, em seguida, depois de uma cuidadosa e tímida tentativa de aproximação, os frios olhos verdes de Nina Revskaya.

No entanto, seus esforços não foram todos em vão. Ainda que nada mais conseguisse, ele agora tinha seu tópico de estudo: a poesia socialista e realista de Viktor Elsin logo se tornaria sua especialidade e lhe asseguraria uma viagem de estudos à Rússia. Em Moscou, usando o endereço e o pouco de informação obtida em sua certidão de nascimento, ele procurou os registros possíveis. A frustração de não ter acesso a esses registros depois de longa busca em sua primeira viagem foi uma experiência indescritível. E mesmo quando ele retornou dois anos depois, por intermédio de um programa de intercâmbio universitário, e repetiu a tentativa, a provação foi desanimadora. Primeiro ele esperou a manhã inteira por uma mulher robusta no escritório de registros de moradias até que ela terminasse o que estava fazendo e prestasse atenção nele; quando, por fim, Grigori pôde explicar o motivo de estar ali, a mulher anunciou que era sua hora de almoço. Quando ela voltou, bem mais tarde, e encontrou Grigori ainda lá, informou-lhe que a consulta a arquivos era feita apenas entre 9h e 10h30 da manhã. No dia seguinte, à hora marcada, lá estava Grigori, apenas para ser informado de que a mulher não estaria naquele dia e, como ela era a única pessoa encarregada daqueles registros, ninguém mais ali poderia ajudá-lo. Quando ele voltou no terceiro dia, a repartição estava inexplicavelmente fechada.

— Você está com cara de poucos amigos — disse Evelyn, quando os dois estavam no Volvo de Grigori a caminho da casa de Roger e Hoanh Thompson, ambos colegas da universidade. — Não se preocupe, não precisamos nos demorar lá.

— Desculpe, não, é que... eu estava me lembrando de umas coisas.

Evelyn lançou para ele um olhar solidário. Talvez julgasse que ele estivesse pensando em algo triste sobre Christine. Ela vinha sendo muito paciente com ele desde o Dia dos Namorados, e até fizera questão de dizer que achava mesmo bom que os dois dessem "tempo ao tempo". Grigori sentou-se mais ereto e tentou parecer alegre. Era uma fria noite de sábado, dia primeiro de março, e eles estavam indo à festa anual que os Thompson ofereciam aos colegas para comemorarem o Dia Internacional da Mulher. (Na verdade, a data deveria ser celebrada no dia oito, mas nas férias da primavera muitos colegas viajariam.) Este era um evento para o qual "Grigori e acompanhante" eram anualmente convidados simplesmente porque ele e Hoanh, que lecionava francês e vietnamita e vestia-se de maneira agressivamente sexy, tinham escritórios no mesmo andar. Embora não fosse uma mulher bonita (pele feia e olhos castanhos pequenos e um tanto frios), era evidente que Roger a achava muito sexy, e todos na universidade (bem, Evelyn não, talvez por entender de moda) agiam como se ela realmente o fosse. Hoanh usava muita maquiagem e roupas extremamente justas como nenhuma outra mulher ousava vestir no campus. Até mesmo naquela festa a maioria das pessoas estaria com botas de borracha e suéteres largos de gola rulê, e com velhas parcas usadas o ano todo. Não Evelyn, naturalmente. Ela estava elegantemente vestida com uma blusa de seda sem mangas, uma saia preta esguia e aquelas botas de salto que lhe caíam tão bem.

— Boa ideia — dissera-lhe Grigori quando ela sugeriu que fossem no mesmo carro à festa. Ela tinha dito: "Que tal irmos em um carro só para a festa de Roger e Hoanh?" Na verdade, o que ela queria dizer era "Você gostaria de ir à festa comigo?". Dava para entender a sutileza. É claro que a despeito das palavras usadas por ela, seus colegas fariam comentários entre si quando os dois chegassem juntos. Tudo bem. Que comentem. Não importa.

— Puxa, eu tinha me esquecido de que teríamos de entrar descalços! — Evelyn pareceu decepcionada por ter que descalçar as belas botas ao darem com uma fileira de botas sujas, tênis e galochas manchadas sobre folhas de jornal à entrada do apartamento. O lar dos Thompson, um espaçoso apartamento na Medfield Street, estava excessivamente aquecido e a lareira emitia um odor de madeira. — A peça chave dessa roupa eram as botas — disse Evelyn, dando uma risada bem-humorada ao abrir o zíper das elegantes botas e descalçá-las, enquanto Grigori, em silêncio, tirava seus mocassins. Embora ele também achasse pouco hospitaleiro aquele costume de tirar os sapatos à entrada da casa, algo o impediu de mostrar-se solidário a Evelyn, mesmo ao ver como a altura dela havia diminuído. Ela ficou uns seis centímetros mais baixa calçando apenas as meias de nylon. — Bem, vamos entrar — disse ela, abrindo a porta. Sentindo-se culpado e pouco generoso, Grigori segurou a porta para ela entrar.

— Bem-vindos, Greg e Evelyn. Que bom vê-los! — Roger os cumprimentou e entregou a Evelyn um pequeno buquê de botões de rosa. Isso também era parte da tradição: flores para todas as mulheres. A música tocada na festa, como sempre, era somente de artistas do sexo feminino. Junto à porta, em uma moldura, via-se a Declaração do Dia Internacional da Mulher e uma caixa para doações ao Girl's Fund of America.

— Humm... assim posso sentir o perfume delas todo o tempo — disse Evelyn prendendo cuidadosamente com um alfinete as flores em sua blusa, enquanto Roger pendurava os casacos deles nos cabides. — Obrigada, Roger.

Os outros convidados, com meias grossas de frio, espalhavam-se pela sala tomando o licor de café feito em casa por Roger. Deploráveis, pensou Grigori, embora suas próprias calças também estivessem um tanto amassadas. O inverno na Nova Inglaterra... Mesmo no último e longo inverno de sua doença, Christine não havia se rendido àquele monte de lã sem graça...

— Você está linda, Evelyn — disse Roger. — Ele tinha razão. A blusa cintilante de seda fazia com que seus olhos parecessem mais brilhantes, e a postura naturalmente elegante destacava a pequena figura em meio aos outros convidados com seus suéteres volumosos. — Vocês já sabem como tudo funciona aqui, não? Bebidas, do lado de cá e comidas, do lado de lá. — Roger apontou para a mesa junto à janela. — Oh, minha querida está me chamando! — exclamou, indo em direção a Hoanh, que surgira na sala com um vestido colante tão justo que lhe acentuava o púbis.

Grigori sentiu-se aliviado por não ter que falar com eles. Na verdade, ele não suportava Roger, um sociólogo que dava cursos sobre assuntos vagos como "o impulso social" e "a amizade". Havia algo de falso naquele homem, uma vontade de impressionar os outros, além de um indisfarçável orgulho por ter conseguido casar-se com aquela raposa asiática magricela. Percebia sempre algo de premeditado nele, nas gravatas que usava, nos ternos combinados com tênis de cano alto, em tudo. Quando o tempo estava bom, ele ia trabalhar em uma Schwinn de três velocidades; passara meses pesquisando bicicletas retrô para mandar vir aquela de Chicago. Até mesmo o apartamento deles parecia um cenário e não um lugar onde pessoas vivessem. Tinha máscaras africanas e bibelôs vietnamitas compondo-se com um pôster de circo, um mapa de trânsito de Londres e fotografias polaroides nas quais Roger e Hoanh esforçavam-se por demonstrar alegria. Sobre a estante de livros, enfileiravam-se, como que em exibição, álbuns de Joan Baez, Laura Nyro, Patti Smith, Joan Jett, embora, na verdade, toda a música que ouviam viesse de um desses iPods anunciados por todo lado atualmente, ligado a um sistema de alto-falantes em um canto da sala.

— Vai ver eles nem têm um toca-discos — disse Grigori de mau humor.

— Os discos são parte da decoração — disse Evelyn, beliscando o braço dele. — Pare de ser rabugento.

— Mas esta é a minha principal característica — observou ele, servindo para ela uma dose do licor caseiro.

— Humm... é bom, Grigori. Experimente. Olá, Zoltan.

— *Kezét csókolom.* — Zoltan pegou a mão de Evelyn e a beijou.

Grigori deu-lhe um aperto de mão.

— Devo confessar, Zoltan, que estou surpreso em vê-lo aqui. — Zoltan sempre fazia questão de dizer que não tinha tempo para "essas coisas fúteis que se fazem no meio acadêmico com o propósito de aparecer".

— Decidi que deveria vir, já que será minha despedida.

— Como assim? Por quê? — Depois do que ele havia passado com a doença de Christine, Grigori não podia deixar de se preocupar; talvez Zoltan tivesse também recebido más notícias de seu médico.

— Silêncio! — Ele os puxou para longe da mesa das bebidas e sussurrou: — Este é o meu último ano na universidade. Como chefe do departamento, você é oficialmente o primeiro a ser informado. Mas, por favor, não diga aos outros ainda. Detesto que as pessoas se sintam na obrigação de fazer alguma coisa, você sabe, uma grande festa, ou cerimônia, coisa assim. Eu gostaria de evitar manifestações de qualquer tipo.

Grigori duvidou que seus colegas ou a administração da universidade fossem capazes de tal generosidade. Ele mesmo teria que pensar em algo apropriado para demonstrar sua gratidão. Zoltan acrescentou:

— Creia no que digo. É melhor assim. Desaparecer em silêncio no meio da noite.

— Mas para onde você vai? — perguntou Evelyn, e Grigori entendeu sua preocupação. Afinal, a academia, com sua fé inabalável no intelectualismo e com seu próprio mundo arcano de sabedoria, era o único lugar para um homem como Zoltan, cuja dedicação, cuja paixão pelo saber raramente se encontram no mundo de hoje. Além disso, as próprias universidades eram espécies de museus; lugares onde pessoas como Zoltan e outras que não chegavam a se encaixar no mundo podiam abrigar-se confortavelmente durante décadas, vidas inteiras, até, preocupadas apenas com os assuntos esotéricos que porventura tivessem escolhido, até que seus cabelos escasseassem e já não lhes restassem sinais de juventude.

— Planejo voltar para casa — disse Zoltan.

— Para casa? — perguntou Evelyn, mas Grigori sabia o que aquilo significava.

— Para a Hungria — disse Zoltan. — Uma casinha junto ao lago Balaton me aguarda.

— Há quanto tempo você está planejando isso? — quis saber Grigori e, dando-se conta do tom magoado da pergunta, acrescentou: — Isto aqui vai ficar muito triste sem você. — O comentário foi sincero. Com quem mais ele poderia discutir sobre Mahler, comparar traduções de Baudelaire ou lastimar-se sobre o estado de pobreza da ficção publicada na *New Yorker*? Zoltan era capaz de indignar-se e de se envergonhar por causa de uma resenha pretensamente erudita do *Times*, independentemente do livro em questão. Ele telefonava para Grigori quando uma determinada gravação de Schumann estava sendo tocada no rádio e demonstrava-se profundamente afrontado se algum aluno dissesse jamais ter ouvido falar de Diaghilev ou de Brodsky, ou de Vanessa Bell. — Vou sentir sua falta.

— Eu também — disse Evelyn delicadamente.

— Vocês vão sentir e depois de algum tempo já não sentirão mais. — Zoltan serviu-se de um copo de uísque com as mãos trêmulas. — Quanto a mim, chegou a hora de partir.

— Eu não tinha a menor ideia de que você planejasse voltar para a Hungria.

— Nem eu. Mas quando comecei a reler meus diários, senti algo engraçado que ficou brincando na minha cabeça. Comecei a me recordar de fatos. Havia muita coisa que eu apagara da minha mente. Neste Natal, eu estava observando pelas janelas pessoas que enfeitavam as árvores, e me lembrei, pela primeira vez em décadas, de um bombom que costumávamos comer e que vinha enrolado em papel laminado. Nós enfeitávamos a árvore de Natal com esses bombons. Passei o dia tentando me lembrar do nome. Foi então que soube que já era tempo de voltar para casa.

Grigori assentiu em silêncio. Ele conhecia aquele sentimento, aquele ímpeto. Ainda assim, o que significava para ele, Grigori, voltar para casa? *Onde* seria? Ele vinha se fazendo essa pergunta desde a morte de Christine. Ultimamente até considerava a possibilidade de se mudar. Não deixaria Boston, mas encontraria um lugar menor, talvez um apartamento em algum lugar.

— E qual era o nome? — perguntou Evelyn. — Do tal bombom de Natal?

— *Szaloncukor!* — Grigori percebeu uma alegria de criança nos olhos de Zoltan. — Acho que será uma sensação espantosa a de voltar para um lugar de onde certa vez tive que fugir. Voltar para um lugar onde agora poderei dizer o que penso sem me preocupar com minha segurança. Ou talvez a sensação não seja essa, e sim a de me lembrar de tudo pelo que passei. Viver aqui faz com que a pessoa se esqueça de como era lá. Não ocorre só comigo; qualquer intelectual passa por isso. A pessoa se esquece do que é temer a própria sombra, do que é o medo de morrer simplesmente por ser quem ela é, por acreditar no que acredita, compreender certas coisas.

O que Zoltan tinha sido capaz de realizar era, de fato, espantoso, ainda que nada espetacular, ainda que ele fosse apenas um coadjuvante entre aqueles que triunfaram na arte fugindo de um regime autoritário. Grigori sentia-se animado com a perspectiva de participar também dessa corrente como curador literário de Zoltan. Seria necessário encontrar um bom tradutor e um editor para os trabalhos mais recentes do amigo.

O projeto prometia ser longo, certamente. Mas o que seria da vida sem tais desafios?

— Embora este país seja meu lar há um bom tempo — disse Zoltan —, ele é uma espécie diferente de lar. Não estou certo de ter chegado a me integrar a ele. Eu estava lendo meu diário esta manhã... não sei, Evelyn, se Grigori lhe disse que estou escrevendo minhas memórias. Eu estava relendo as anotações que fiz logo que cheguei à América, e foi curioso me dar conta de que muito do que me chamou a atenção na época, agora já me passa absolutamente despercebido. Eu havia permanecido um bom tempo em Londres e não tinha ideia de quão diferente seria tudo aqui. Mas desde o instante em que saí do avião essa diferença foi evidente para mim.

— Como assim? — perguntou Evelyn.

— Oh, todo mundo andava sempre apressado, gesticulando muito uns para os outros... havia uma diferença física na maneira como as pessoas agiam. Aqui todos parecem estar sempre com pressa.

— E na Inglaterra ninguém tinha pressa?

— Eles não exibem suas emoções como os americanos. Eles não controlam as emoções. Aqui as pessoas dizem palavrões e dão tapas nas costas uns dos outros. Eu nunca tinha visto algo semelhante.

Grigori concordava em silêncio, lembrando-se das próprias percepções ao chegar aos Estados Unidos.

— Para mim foram as casas. Nunca vou me esquecer da primeira vez em que vi uma casa de subúrbio americana. Achei tão grande que mal acreditei no que via. E havia quartos extras só para visitas que as pessoas nem usavam. "Quartos de hóspedes". — Ele sacudiu a cabeça, rindo.

Zoltan concordou.

— Este país tem sido bom para mim. Mas meu corpo não deixa marca no colchão, vocês entendem?

— Sim, bem... o mesmo acontece comigo, certamente — disse Grigori.

Evelyn riu.

— Vocês não passam de uma dupla de egocêntricos.

— Egocêntricos! — exclamou Zoltan. — Tenho gozado da companhia de um esplêndido egocêntrico toda esta semana. Estou lendo as memórias de Berlioz. Este sim é que tem um gigantesco ego.

Zoltan pôs-se a falar sobre o livro, mas Evelyn o interrompeu.

— Não quero ser indelicada, mas meus pés estão congelando. Vocês dois continuem a conversa. Preciso ir para onde haja um tapete.

Grigori percebeu, então, que ela tremia de frio.

— Pobrezinha — disse Zoltan. — Vá se aquecer onde puder.

Ao ver Evelyn se aproximar da lareira, Grigori repreendeu-se novamente; ele deveria tê-la acompanhado. Ela parecia ter encolhido sem suas botas longas. A culpa era dele, mas também de Roger e Hoanh. Como uma pessoa se sente quando a outra concorda tão facilmente em "dar um tempo"? Bem, ele estava apenas tentando ser cuidadoso e não apressar as coisas.

Natalie Gluck, uma das professoras de sociologia, aproximou-se da mesa de bebidas e passou a participar da conversa. Zoltan lhes falava sobre os primeiros amores ardentes de Berlioz, mas Grigori já não mais acompanhava a história. Deu-se conta, então, de que pensava em Drew Brooks. Ela havia telefonado para ele na véspera. Grigori lamentou ter recebido a mensagem quando já era tarde demais para telefonar para seu escritório. A voz na secretaria eletrônica era alegre e descontraída: ela pensara em telefonar antes, mas aquela semana tinha sido de muito trabalho; tirara uns dias de férias e ainda estava tentando recuperar o tempo perdido... Grigori gostava do seu jeito confiante de falar, de sua energia e tranquilidade. Gostava do fato de ela ter usado o telefone em vez de um e-mail, o que mostrava que ela não tinha medo, como muitas pessoas jovens, de encontrar outra voz humana do outro lado da linha.

— Tenho lido suas traduções —, dissera ela na mensagem, parecendo sinceramente interessada. — Gostaria muito de conversar com você sobre elas.

Ele se sentiu prontamente aliviado. Depois de duas semanas sem sinal de Drew, ele começara a supor que, ao lhe dar o livro, tivesse lhe dado também mais uma tarefa; talvez ela achasse que só deveria falar com ele depois de ter lido todas as poesias. Ou talvez os poemas não a tivessem interessado. Talvez ainda, quem sabe, ela não tivesse gostado do livro.

Mas ela dedicava muito do seu tempo naquele mês à vida e às joias de Nina Revskaya. Era possível que os poemas de Elsin a tivessem interessado. Grigori se perguntava agora qual seria a reação dela se ele simplesmente lhe dissesse a verdade: sobre o colar, sobre os poemas, as cartas e as fotografias da bolsa de vinil. Como seria se ele entregasse tudo a ela para que usasse como bem entendesse no catálogo ou no folheto que ela se esforçava tanto para produzir. Ela havia lido os poemas, afinal. Talvez se interessasse em ver como eles e as cartas se relacionavam.

Não, não... Mas, por outro lado... quem sabe? Ele deveria ir até lá e mostrar tudo a ela. Mas por que ela se interessaria? Ninguém havia se interessado... Entretanto, talvez com ela fosse diferente.

Bill Muir, colega de Grigori, aproximou-se e começou a falar com ele. Dizia obviedades e pôs-se a criticar o mais recente ultimato do presidente.

— Parece que eles começaram a desativar os mísseis — falou Grigori esperançoso, ainda que sua intenção fosse contradizer Bill. — Talvez Hussein cumpra sua palavra.

— Certo. E os Sox vão vencer o Campeonato Mundial — disse Muir, sarcástico. Depois ainda fez mais um comentário sobre o presidente, que tinha um ano para continuar a fazer loucuras antes que o país se visse livre dele. Grigori esforçou-se por se manter na conversa, mas, na verdade, não tinha o mínimo interesse. Por que já não conseguia mais se relacionar da mesma forma com aquelas pessoas, seus colegas? O que havia acontecido? Isso começou depois da morte de Christine, ou era algo mais recente? Talvez estivesse por tempo demais ali, no mesmo departamento, ensinando as mesmas coisas, assistindo às mesmas conferências, apresentando sucessivos trabalhos sobre a poesia de Viktor Elsin. Mas era só agora que tudo aquilo lhe parecia sem importância, destituído de sentido, todas aquelas pessoas ali, seus colegas, que ele por vezes tinha considerado seus amigos, mas por quem agora ele simplesmente perdera o interesse.

Bill deve ter notado o estado de espírito de Grigori; deu uma desculpa qualquer e se afastou, enquanto Natalie e Zoltan discutiam sobre touradas, Billie Holiday, e logo sobre Mallarmé e Verlaine. Grigori ouvia sem participar da conversa. Ele deveria fazer um esforço para participar mais daquela festa, pensou. Deveria ir conversar com Evelyn.

Ela estava logo adiante, conversando com o novo professor de sociologia, Adam alguma coisa. Era um tipo atlético e tinha cabelos louros como os de Evelyn. Havia um furo na meia dela por onde o dedão aparecia. Mesmo de onde estava, Grigori podia ver a unha do dedão pintada com um esmalte roxo brilhante. Parecia um machucado. Apesar de Evelyn dar a impressão de estar gostando da conversa, seus braços estavam cruzados sob os seios como que para lhe darem algum consolo. Grigori sentiu uma onda de ternura por ela. Há maneiras diferentes de amar, disse ele a si mesmo; há vários tipos de amor. Com um novo copo de bebida na mão, ele se aproximou dela.

Dia oito de março, feriado, ainda assim, dia de trabalho. Havia uma tradição de nesse dia os homens darem flores às mulheres, mas Viktor presenteia Nina com um minúsculo relógio de ouro, o mais delicado que ela já vira. É um relógio suíço comprado em uma viagem à França. A pulseira, toda em ouro, é fina e flexível, e o mostrador, tão pequeno que Nina precisa apertar os olhos para ver as horas. Sua quase inutilidade faz com que a peça seja menos um relógio do que uma joia luxuosa.

Ela o havia tirado do pulso antes do ensaio e agora o coloca novamente, tentando acertar o minúsculo fecho.

— Que bom te encontrar aqui. — Arfante, Vera, já vestida para sair, encontra Nina no camarim. — É Gersh. Ele recebeu um chamado hoje de manhã... do secretário de Stalin. — Ela faz uma pausa, como se não conseguisse acreditar no que está dizendo. — Ele foi convocado ao Kremlin.

Nina arregala os olhos.

— Para quê?

Vera apenas sacode a cabeça.

— Notícia boa é que não pode ser. — E então, com a voz aflita, pergunta: — Você acha que pode?

— A que horas é o encontro? Já aconteceu?

— Será esta tarde. Não sei a hora. Mas não posso ir para lá esperar por ele, porque Zoya pode estar em casa.

— Vou falar com Viktor. Pelo menos ele e eu poderemos estar lá quando Gersh voltar. E eu lhe conto tudo logo que puder. Prometo.

Assim, Viktor e Nina estão no apartamento com Zoya naquela noite quando Gersh volta do Kremlin. Seu rosto demonstra mais cansaço que aborrecimento. Zoya, que havia andado de um lado para o outro por várias horas, corre até ele.

— O que houve? O que eles disseram? Você esteve com ele? Falou com ele? — Seu tom de voz se modifica ao dizer a palavra "ele", de maneira reverente e ansiosa.

— Só com o secretário dele. Mas não foi uma conversa, na verdade. Ele simplesmente leu para mim um decreto.

— Que decreto?

— Nada de novo, realmente. A mesma coisa de sempre. — Gersh parece subitamente exausto. — Mas depois ele me entregou isto. — Ele mostra uma folha datilografada.

Zoya rapidamente pega a folha da mão dele, e Nina e Viktor a leem por cima dos ombros dela. É um memorando do subchefe do Comitê das Artes. "Por decisão do Conselho de Ministros da URSS", Gersh está expulso da União dos Compositores.

Os cachos de Zoya balançam quando ela sacode a cabeça.

— É por causa daquelas coisas que você disse sobre o canto lírico. Só pode ser por isso. — A Nina e Viktor, ela explica: — Ele não se contém. Vocês sabem como ele ama Rossini e todas essas coisas. — Sua voz é triste, mas Zoya parece calma. Com um tom mais duro e severo, ela se dirige a Gersh: — Eu lhe disse para se desvencilhar daqueles discos de Donizetti.

— Sim, senhora.

Mas Zoya não parece se aborrecer com a resposta. Ela não se perturba.

— Trata-se de um equívoco, com toda certeza. Nada que não possa ser reparado.

É surpreendente ver como nada parece assustá-la, como ela nunca se desespera. Zoya jamais se deixa perturbar pelo que acontece à sua volta. Nina, por sua vez, vem se sentindo perturbada por muitas coisas recentemente, não apenas por este golpe recebido por Gersh agora. Por mais que Nina julgasse identificar as pessoas em quem poderia confiar, ultimamente parecia impossível saber em quê elas estavam envolvidas. Aquilo que Polina lhes dissera em Berlim, no mês passado, sobre lhe pedirem informações... E o pedacinho de papel entregue por aquela mulher da loja de quinquilharias... Nina deveria ter passado aquela informação para Polina e Vera? Ou teria ela sido escolhida por alguma razão? Seria por ela ter a aparência de uma pessoa que necessitaria daquela informação? A mulher teria lido isso em seus olhos? Teria ela, Nina, dado a impressão de alguém aflito? Ou parecido mais esperta que as outras? Pela centésima vez Nina se pergunta se Vera e Polina receberam também um pedacinho de papel como aquele. Ela acabara por dobrar bem o papelzinho e escondê-lo, como uma pequena pílula, em um canto de seu estojo de maquiagem, com muito medo de mostrar aquilo a qualquer pessoa, principalmente depois de saber sobre a nova atividade de Polina.

Além do mais, a tal mulher que as havia seguido todo o tempo, como elas vieram a saber, era uma das pessoas encarregadas de escoltá-las. Chamava-se Bergit, era da Alemanha Oriental e as havia denunciado ao Komsomol por terem ultrapassado a área permitida. As três foram duramente repreendidas diante do resto da trupe por terem deixado o território onde podiam circular; em seguida o administrador da companhia fez outra preleção lembrando a todos que tudo que precisassem comprar estava disponível no setor democrático, e que elas poderiam ter sido sequestradas pelos terríveis capitalistas. Nina, Polina e Vera tiveram que ficar diante do grupo para explicar que alguém, com más intenções, lhes dera orientação errada e elas se sentiam aliviadas por terem podido voltar para o setor soviético sem que nada lhes acontecesse. Comprometeram-se, ainda, a jamais correr o risco de ultrapassar o território não democrático.

A mesquinhez de tudo aquilo a deixava inquieta, principalmente depois do que havia visto apenas a duas paradas de metrô. Tanta mentira... Não era possível que pelo menos alguns ali não soubessem da verdade. Entretanto, como Polina dissera, seria necessário estar louco para pensar em partir. Por que arriscar? *Eles te encontram e quebram as suas pernas.*

Zoya agora está dizendo a Gersh que ele deve redigir um pedido formal de desculpas; talvez seja o suficiente.

— É claro que vou ajudá-lo a fazer isso. Eu escrevo bastante bem. — Zoya volta a ler o memorando. — Eu me pergunto se Stalin, pessoalmente, viu isso.

Há um misto de respeito, temor e veneração em sua voz ao mencionar o nome do grande líder. Na parede onde antes havia apenas um pequeno espelho oval, ela havia pendurado um quadro emoldurado contendo parte de um artigo do *Pravda* do ano passado.

> Se em tempos difíceis duvidares de suas próprias forças, pensa nele, pensa em Stalin, e encontrarás a confiança de que necessitas. Se se sentires cansado em ocasiões em que não deverias se sentir assim, pensa nele, pensa em Stalin e seu cansaço o abandonará...
>
> Se planejares fazer algo grandioso, pensa nele, pensa em Stalin, e sua obra será um sucesso... Se procuras a solução de um problema, pensa nele, pensa em Stalin, e a encontrarás.

— Sinto muito — diz Nina constrangida —, mas tenho um compromisso e preciso deixar vocês agora. Viktor, depois nos vemos em casa.

Nina dá um suspiro de alívio ao sair. Mas logo se entristece novamente ao pensar na notícia que terá que dar a Vera.

A PRIMEIRA COISA QUE Grigori fez na segunda-feira de manhã foi procurar Drew.

Ela ergueu os olhos para ele e, sorrindo, levantou-se de sua mesa de trabalho para apertar-lhe a mão com aquele seu jeito confiante, profissional e simpático.

— Que bom vê-lo aqui!

— Fico feliz, também. Estou vendo que você tomou sol nas férias.

— Ah, que bom que você notou. Pensei que meu pobre bronzeado já tivesse desaparecido. — O rosto dela se abriu em um sorriso. — Os catálogos acabam de ser enviados. Você deve receber o seu pelo correio hoje ou amanhã.

As coisas estavam mesmo progredindo e o leilão seria, de fato, realizado. Talvez Grigori só se convença realmente disso quando receber o catálogo.

Drew pegou sua grande bolsa de couro e dela tirou o livro.

— Muito obrigada por me emprestar seu livro.

— Obrigado por tê-lo lido. Não são muitas as pessoas que se interessam por minhas traduções.

— Fiquei impressionada. Os poemas parecem ter sido escritos originalmente em inglês. Se eu não soubesse que foram escritos em outra língua...

Com uma humildade sincera, Grigori disse:

— Na verdade, tenho dedicado grande parte do meu trabalho a eles. Até agora, pelo menos.

Drew concordou em silêncio, como se já soubesse disso.

— Fiquei encantada com eles. E não apenas com os poemas em si, mas também me encantou conhecer Viktor Elsin. Tenho pensado em alguns dos poemas e tentado imaginar como ele era. Fiquei curiosa em relação aos últimos. O estilo mudou drasticamente.

Grigori balançou a cabeça concordando.

— Escrevi alguns trabalhos sobre isso. É o tipo de coisa com que nós, acadêmicos, nos ocupamos, na ausência de ocupações mais importantes.

Novamente aquele sorriso aberto.

— E... a que conclusões você chegou?

— Ah, você não vai querer ouvir essas coisas.

— Quero, sim. — Ela o olhava nos olhos.

— Bem, creio que sua mudança de estilo teve a ver com mudanças em sua vida pessoal e profissional. Seus novos temas implicaram abordagens diferentes. Não que os poemas digam isso explicitamente. Mas, como você sabe, ele foi preso pouco depois de escrever aqueles últimos poemas. Supõe-se que talvez ele estivesse envolvido em algum tipo de atividade subversiva.

Pensativa, Drew disse:

— Suponho que Nina Revskaya saiba.

— Sim... bem... talvez. Ela nunca disse coisa alguma sobre isso.

Drew abriu o livro no final.

— Este último poema, em especial. É muito perturbador.

"À margem do rio", o menos típico de todos, sem um esquema métrico, sem qualquer tentativa de rima. Foi o último poema de Viktor Elsin.

À MARGEM DO RIO

I.

Estes bosques guardam gloriosos segredos.
Um vento impiedoso, sua mensagem mesclada
à fumaça de lenha queimada no fim do verão. Uma trêmula
avelaneira geme: Ainda não! ainda não! O tempo
desfaz-se no ar. Desfazem-se as margens do rio.
Negro e vazio é o céu, nele não se veem estrelas,
Não se vê a infatigável lua.
Lamúrias dos pinheiros.
Seus galhos agitados fazem incompreensíveis sinais...

II.

Estrelas distantes: minúsculas gotas de orvalho
em gigantesca teia de aranha.

III

Acobertada por abetos, uma colônia
de cogumelos esconde-se do vento fustigante

O sol, uma joia. Açoita o vento.
Lágrimas muito antigas secam, como corações.
Nunca se pode estar preparado.
Nas estradas pairam nuvens de poeira.
Faces atônitas de flores.*

— Ele deve ter escrito isso apressadamente — disse Drew. — Ou talvez só passe essa impressão.

Grigori assentiu com a cabeça.

— Principalmente naquela terceira estrofe, tão inesperadamente breve, como se lhe faltassem palavras, como se lhe faltasse tempo. — Ao dizer isso, ele indicou com o dedo os versos a que se referia e sentiu a agradável sensação de roçar no braço no dela.

— E esta segunda estrofe — disse ela — é quase que um haicai — Drew ergueu os olhos para ele. — Uma enorme rede que domina tudo.

— Ou talvez a alusão à aranha refira-se a um poder maligno e inescapável.

— O orvalho, mencionado logo depois das lamúrias dos pinheiros, me faz pensar em lágrimas. E há lágrimas novamente na última estrofe. — Ela ficou pensativa por alguns instantes antes de perguntar: — Você acha que os censores podem ter julgado o poema subversivo?

— Não consegui encontrar qualquer documentação relativa a essa acusação especificamente. Mas se alguém estiver à procura de subversão, poderá encontrá-la aqui. Este verso, por exemplo. "Esteja preparado" era o lema dos Jovens Pioneiros, grupos comunistas dos quais todos os jovens e crianças deviam participar.

---

* Tradução livre de "Riverside": I./ These Woods contain glorious secrets,/ Pitiless wind, its message garbled/ by wood smoke at summer's end. A rattling/ hazelnut tree: Encore, encore! Time/ lifts into the air. Shoreline runnels. Revenant./ Black empty sky, no snarl of stars,/ no indefatigable moon. The pines weep./ Restless branches give faint signals.../ II./ Distant stars: tiny drops of dew/ on a giant's spider's web./ III./ Under spruce-cover, a colony/ of mushrooms hides from that bright/ jewel the sun, smiting the wind./ Ancient tears, like hearts, harden./ One can never be prepared./ Over roads dust hovers/ Astonished faces of flowers. (*N. do E.*)

— Como os escoteiros. Seu lema é semelhante: "Sempre alerta."

— Exatamente. Então dizer: "Nunca se pode estar preparado..."

— Poderia ser uma referência a...

— Ou não. Mas está aí. — Grigori se deu conta de estar feliz por ter encontrado uma aliada. Seria isso o que o fazia sentir-se assim? Seria isso o que ele tanto desejava encontrar mas não conseguia? Nem mesmo com Zoltan, que compreendia seu trabalho e seus antecedentes, Grigori sentia-se em tal *sintonia*; jamais confidenciara a ele algo realmente íntimo e sequer desejara fazê-lo. E por Evelyn ele sentia amizade; não a via como companheira de fato. Certamente ele fora um fiasco na festa de sábado: não conseguira confraternizar com os colegas, e ao deixar Evelyn em casa depois, despedira-se com um rápido beijo respeitoso.

— O penúltimo poema também — disse Drew interrompendo-lhe o pensamento. "Nado noturno." Ela voltou atrás uma página. — Parece um lamento por algo perdido... a inocência, talvez, ou a fé em... algo que julgava bom.

— Sim. A perda de crença no mundo como um lugar bom e honesto. — Agora era o momento. Grigori esforçou-se por ter coragem, por ousar mostrar a ela o que havia mostrado ao abominável Orelhudo. Grigori pigarreou, preparando-se para falar. — Eu tenho algumas cartas.

Drew, surpresa, voltou para ele os olhos arregalados. Olhos castanhos salpicados de verde.

O coração de Grigori batia descompassado.

— Se você encontrar tempo para lê-las — disse ele, voltando-se para pegar na pasta as cartas dobradas e suas traduções digitadas. Seu coração batia forte. — Agora que você leu os poemas, poderá encontrar algumas semelhanças entre eles e estas cartas.

Ele deu a ela primeiro as cartas originais. Drew as pegou como se pudessem se desfazer em suas mãos.

— Quem as escreveu?

— Elas estão assinadas "Todo seu", e nesta aqui a assinatura é "O seu, somente seu", mas tenho motivos para crer que o autor seja Viktor Elsin.

— Verdade? — Os olhos dela arregalaram-se ainda mais. Ela olhou rapidamente para o destinatário da primeira carta. — E você sabe a quem eram dirigidas?

Grigori lembrou-se da expressão condescendente de Orelhudo sacudindo a cabeça sem dar o menor valor àquelas cartas. Que temeridade a sua a de chegar a esse ponto, de sugerir a Drew... Qual seria a reação dela ao fato de ele possuir cartas dirigidas a Nina Revskaya?

— Foram escritas a alguém a quem ele chamava "minha querida".

— Você já mostrou estas cartas a Nina Revskaya?

Grigori respirou fundo antes de responder.

— Eu tentei. Ela não quis vê-las. — Grigori pensou em dizer algo como "Talvez fosse muito penoso para ela" ou "Não está interessada no passado...".

Mas ele achou que seria errado não dizer a verdade a Drew.

— Muito tempo atrás — disse Grigori, enchendo-se de coragem — tentei mostrá-las a ela. Nina não quis saber delas. Nem de mim. Depois levei um ano inteiro tomando coragem para escrever a ela. Escrevi uma carta tentando explicar. — O esforço estava sendo grande demais para Grigori. Ele não conseguiu prosseguir. — Ela não respondeu — finalizou ele.

Drew parecia perplexa.

— Mas por que ela não quis saber das cartas? — E em seguida acrescentou: — Ah, entendo.

— Entende o quê?

— São cartas de amor, não são? Para outra pessoa...

— Oh, não, não! Não é isso. Quero dizer, acho que não é isso. Bem, sim, uma delas é, de fato, uma carta de amor. É por isto que o colar, o pingente de âmbar... — Porém seria mais fácil deixar que ela concluísse por si mesma. — Eu trouxe estas traduções das cartas para você.

Drew olhou com grande interesse os originais, tentando em vão decifrar alguma coisa. Grigori percebeu sua frustração por não compreender uma única palavra daquilo, por não ter aprendido coisa alguma nas aulas de russo.

— Se são cartas do marido dela... — Ela pegou as traduções que ele lhe dava. — Você está dizendo que algo nestas cartas tem a ver com estas poesias?

— Uma das cartas, parte dela, creio que sim. Eu acho. — Grigori sentiu que lhe faltava coragem para prosseguir. — Veja bem, não se preocupe. Não tenho a intenção de impor minha obsessão a você. Só achei que isto poderia interessá-la, se você dispuser de tempo. Não agora, naturalmente. Eu... eu sei o quanto você está ocupada.

Drew colocou as traduções sobre sua mesa de trabalho.

— Terei tempo hoje à noite. Você me deixou muito curiosa. Talvez nós dois juntos... — Ela fez uma pausa, pensativa. — Talvez juntos possamos descobrir alguma coisa.

Grigori queria dizer que ela era muito gentil por se interessar por aquilo, que ela o deixava muito feliz. Mas, em vez disso, ele fez algo absolutamente impensado, algo que simplesmente aconteceu. Sua mão procurou a de Drew e envolveu seus longos dedos. Ela continuou a olhar para ele, tranquilamente, enquanto a outra mão de Grigori se ergueu, tocou-lhe de leve os cabelos e as têmporas. Bem lentamente, seus dedos roçaram a pele dela, contornando-lhe o rosto.

Um som estridente: o telefone. Drew se afastou.

— Sinto muito — disse Grigori. — Não tive intenção de...

— Não preciso atender o telefone. — Mesmo assim atendeu: — Drew Brooks — disse apressadamente. — Ah, sim, claro. Estou indo. — Ela parecia confusa.

O que fiz foi terrível, pensou Grigori. Preciso me explicar. Preciso me desculpar. Mas ele mesmo estava confuso. Não entendia por que havia feito aquilo. Tão logo Drew desligou o telefone, ele disse:

— Por favor, me desculpe...

— Era Lenore. Eu tinha que estar em uma reunião, mas me esqueci completamente. Sinto muito... preciso ir agora. — Drew estava visivelmente perturbada e, desviando os olhos dele, acrescentou: — Eu preciso... precisamos continuar nossa conversa.

— Ah, sim... bem, não se preocupe. Eu já estava mesmo de saída. — Grigori pegou seu casaco e o vestiu apressadamente. — Por favor, aceite minhas desculpas — repetiu. E saiu às pressas.

Lote 71

Pulseira de Âmbar do Báltico, cerca de 1880. Cinco cabochões de ½ in., com uma inclusão em cada um: fungus gnat (Diptera: Mycetophilidae); fungus gnat de asas escuras (Diptera: Sciaridae); mariposa descolorida; mosca da areia (Diptera: Psychodidae); inseto não identificado. Cores variam entre caramelo escuro e mel. Cada cabochão é montado em uma armação de fios de ouro 14k trançados e possui a marca padrão de 56 zolotnik para ouro. Marca do fabricante AS em cirílico (Anton Samoilov, Moscou) parcialmente visível. Fecho de 63 x 55 mm com corrente de segurança. $2.000 — 3.000

Lote 72

Brincos de Pingentes de Âmbar do Báltico, cerca de 1880. Dois cabochões de ½ in., cada um com uma inclusão: mosquito de fungo (Diptera), clareza boa. Cada cabochão é cravado em virola com uma armação oval de fios de ouro 14k trançados exibindo a marca padrão 56 zolotnik para ouro e a marca do fabricante AS em cirílico (Anton Samoilov, Moscou). $1.000 — 1.500

Lote 72 A

Pingente em Âmbar do Báltico,* cerca de 1880. Cabochão de 2 in. com inclusão: arachnídia (Archea absurda) com bolsa de ovos. Clareza excepcional. Cravado em virola com armação oval em ouro 14k trançado exibindo a marca padrão para ouro 56 zolotnik e a marca do fabricante AS em cirílico (Anton Samoilov, Moscou). Corrente trançada de 30 in. com fecho boia de segurança em funcionamento. $20.000 — 30.000

* Conquanto esta peça não pertença à coleção de Nina Revskaya, julgamos que faça parte do mesmo conjunto original fabricado por Anton Samoilov.

CAPÍTULO DOZE

O correio daquela tarde trouxe uma carta de Shepley. Ele sempre escolhia cartões grandes em branco com reproduções de pinturas a óleo na parte da frente. Este era de um grande quadro francês do século XIX: uma mulher de cabelos escuros e vestido longo portando uma sombrinha. Dentro, a letra pequena e bem traçada de Shepley:

> Minha querida Nina,
> Esta mulher se parece com você, não acha? Robert concorda comigo. Escute, minha cara, terei que adiar minha viagem a Boston, mas espero poder ir em maio. Abril está absolutamente ridículo, e na última semana não posso deixar de estar aqui: imagine que devo receber um PRÊMIO. Nada glamouroso, uma dessas homenagens a um "herói local", mas seria rude não comparecer. Gostaria de poder vê-la antes de maio. Espero que você coloque este cartão na mesinha abaixo da sua gravura de Bonnard. As cores combinarão perfeitamente, se me lembro bem.
>
> Com amor,
> Shepley

Nina tentou não franzir o rosto enquanto se dirigia em sua cadeira de rodas até o local onde ficava o Bonnard. Ela nunca dera atenção àquele quadro, mas ainda assim colocou o cartão sobre a mesinha como

Shepley havia pedido. Um *prêmio*, uma coisa de herói local... Se tinha que ser assim, que fosse. De qualquer maneira, ela não era mesmo uma pessoa muito divertida para se visitar. Quem poderia culpá-lo? Um *prêmio*. Ora essa!

— A senhora está bem?

Cynthia, que lia no salão, ergueu os olhos da revista e olhou para Nina, apreensiva.

— Estou muito bem. — O simples esforço para falar fez com que a dor lhe perpassasse o corpo.

Cynthia franziu a testa sem acreditar, e em seguida retornou à sua revista. Ela gostava dessas publicações baratas, cheias de celebridades. Com jeito de falar um pouco altivo, ela disse:

— Essas coisas põem meu anel de brilhantes no chinelo. A senhora nunca me disse que tinha este tesouro.

Foi assim que Nina se deu conta de que Cynthia estava olhando o catálogo. Ele havia sido impresso e encontrava-se à venda para o público; a Beller enviara um exemplar pelo correio para Nina. Só então ela percebeu que ele tinha ido parar no colo de Cynthia.

— Bem, eu já não uso mais nenhuma dessas coisas. — Aquela dor que parecia uma garra de gelo percorreu novamente seu corpo. O médico sempre dizia a Nina que já vira casos piores, que uma mulher havia passado vinte anos tão enrijecida que não podia mais se sentar em uma cadeira de rodas e teve que ser amarrada a uma prancha. — Pelo jeito, a coisa mais elegante que posso usar são os chinelos.

— Pois eu posso imaginar algumas dessas joias na senhora. Esta aqui combina com a cor de seus olhos.

Nina não se deu ao trabalho de olhar.

— Se quiser, pode levar este catálogo para você.

— Posso mesmo?

— Sim, pode.

— Se a senhora pensa que por isso vou-me embora agora, está muito enganada. Não, queridinha. Ainda estou esperando que seu jantar acabe de cozinhar.

Pelo menos aquela história de leilão estava prestes a acabar. Apenas três semanas. Talvez então as recordações a deixassem em paz. Nina suspirou mais alto do que gostaria. Será que alguém morre de dor? A maneira como poderia morrer não a preocupava, embora nos últimos anos ela viesse prestando atenção aos diferentes modos pelas quais seus vários amigos e conhecidos encontravam a morte, cada vez com maior frequência. Sophie, a bailarina que se tornara sua amiga em Paris, havia morrido de leucemia. Beatrice teve Alzheimer, embora nem fosse velha ainda. Edmund viveu em ótima forma até os 92 anos, mas depois que fraturou o quadril a derrocada foi rápida. E a pobre Veronica ficara louca (não havia outra definição) e vivia à custa da assistência pública de Leeds.

Nina dizia a si mesma que pelo menos sua mente funcionava bem. Assim ela julgava, agora que havia posto de lado os comprimidos, dito a Cynthia que era uma decisão sua e que ela seria capaz de lidar com a dor. Afinal, Nina tinha sido bailarina a vida toda.

Mas algo muito interessante aconteceu depois que ela suspendeu as pílulas: não apenas a dor ficara mais aguda, como também a percepção das coisas presentes e passadas, na medida em que ela buscava distrair-se da dor com suas recordações. Na véspera, por exemplo, surpreendera a si mesma ao falar a Cynthia, apesar da dor que sentia, dos anos da guerra, de suas apresentações para os soldados feridos em hospitais militares, do cheiro horrível da enfermaria dos queimados, um cheiro que, vez por outra, ainda a atormentava.

Nina aproximou sua cadeira de rodas da janela e ficou a olhar as árvores desfolhadas. Não demoraria muito para que brotos começassem a surgir naqueles galhos, embora, ao vê-los assim desolados, tal coisa fosse difícil de acreditar. Os galhos retorcidos pareciam uma rede de veias negras contra o céu. Os dias já haviam começado a ficar mais longos, notou Nina. Normalmente ela gostava desse prolongamento gradual, mas agora isso a tornava mais ciente da espera. Se ao menos Shepley estivesse ali, se ao menos ele estivesse chegando para lhe trazer alívio. Um *prêmio*...

— A senhora quer que eu coloque outro CD?

Era Bach que ela estivera ouvindo. Há quanto tempo a música teria parado?

— Sim, por favor, Cynthia. Obrigada.

Em menos de um minuto Glière projetava dos alto-falantes os acordes iniciais de *O cavaleiro de bronze*. Nova onda de dor gelada percorreu a perna de Nina. Mas ela apenas fechou os olhos e permaneceu imóvel, escutando. Por um longo momento, em pensamento, ela dançou.

Abril de 1951. Os dias ainda estão cinzentos e frios; apenas as douradas mimosas trazidas do Cáucaso e vendidas por ambulantes nas ruas lembravam a primavera. A neve e a chuva transformaram-se em granizo. As ruas estão enlameadas, e é quase impossível transitar nelas, tal era a quantidade de buracos e poças. Os pedestres ficam todos respingados de lama.

Quando Viktor chega em casa mais cedo do que de costume, no instante mesmo em que Nina saía para trabalhar, ela olha para ele e pergunta:

— Você está doente?

— Despediram Gersh do conservatório — diz ele lentamente. Nina fecha os olhos. É o começo do fim. Como todo cidadão precisa trabalhar, o desemprego é crime.

— Eu não entendo — diz ela procurando uma explicação no rosto de Viktor. — Quem é responsável por essas decisões?

Viktor continua parado diante dela, sem sequer tirar o casaco.

— Eu vou até lá. Ele vai precisar de nós. Talvez você possa contar a Vera.

— Não sei se ela vai dançar esta noite. Vou tentar encontrá-la.

— Vou ver se ela está na casa da sua mãe. Vá para a casa de Gersh depois do espetáculo.

Ao atravessar o asfalto molhado da praça a caminho do Bolshoi, Nina não sente a excitação que costuma sentir em noites como aquela, embora nesta ela vá dançar novamente para Stalin. Desta vez ele levará um visitante do Laos. Como fazem todos os estrangeiros, o enviado quer assistir ao *O lago dos cisnes*. O melodramático e sempre favorito *O lago dos cisnes*. Que importância tinham tais frivolidades, quando tudo em volta estava horrível, quando coisas inexplicáveis surgiam por toda parte? Já iam longe os dias em que, para Nina, nada era mais lindo que as meninas-cisnes curvando-se sobre as pernas para cercar Odette... Agora tudo aquilo lhe parecia falso.

O teatro está em polvorosa, como sempre: os mesmos guardas de caras fechadas, a mesma agitação nervosa, mas desta vez Nina não sente entusiasmo algum. Ela segue apressada pelos longos corredores à procura de Vera, passando por carpinteiros que martelam consertos de última hora, por sapateiros que costuram sapatilhas em sua oficina, por cabeleireiros que fazem cachos nas perucas. Um grupo de mecânicos com pesados cinturões de ferramentas fuma em um corredor lateral. Nina não encontra Vera em lugar algum.

Durante grande parte dos primeiros atos do balé, Nina consegue se esquecer. Esquece-se ao longo de cenas inteiras do novo infortúnio de hoje. Mas no intervalo, sentada com Petr a uma mesa atrás do palco, o mundo real retorna como uma enxurrada: o rosto de Viktor quando ele entrou no apartamento esta noite, a maneira como ele tinha os ombros caídos. Pensamentos terríveis lhe passam pela cabeça enquanto Nina tem o olhar fixo na porta do camarote A. Quer que aquela porta se abra.

Se o Camarada Stalin saísse por aquela porta e a encontrasse ali, ela poderia falar com ele, dizer a ele o que tinha acontecido. *O senhor conhece, certamente, o compositor Aron Simonovich Gershtein...* Mas será que Stalin já não sabe? Como seria possível que não soubesse? Mas, se soubesse, como permitia que tal coisa acontecesse?

Subitamente os olhos de Petr se arregalam. Nina acompanha seu olhar até a porta do camarote A. A porta foi aberta. O coração de Nina bate descompassadamente e Petr se empertiga na cadeira. Nina sabe então que não se trata de imaginação ou de miragem. Ladeado por dois guarda-costas, de lá sai Stalin.

Há algo que inspira respeito e temor naquele homem de peito largo e pose altaneira que caminha lentamente com a mão esquerda metida em algum lugar da roupa. Atônita, Nina pensa em desviar o olhar, mas ele está olhando diretamente para ela. Já percebeu que ela o viu, e aproxima-se da mesa a passos lentos. Olhos escuros e penetrantes, cabelos grisalhos penteados para cima e para trás. Tudo nele sugere firmeza. Ele é realmente um homem de aço, como seu próprio nome diz.

Stalin para diante da mesa e olha para eles. Os guardas permanecem ligeiramente atrás.

— Borboleta — diz ele pausadamente. — Uma apresentação absolutamente impressionante. Você nos deixa orgulhosos de nossa grande nação.

A maneira como ele fala é ainda mais notável de perto, quase íntima em sua familiaridade. Seu tom de voz é carregado de sabedoria. Nina se levanta e curva-se fazendo um gesto de cortesia. Baixa a cabeça e ouve a si mesma murmurando algumas palavras. Não são, porém, as palavras que ela queria dizer, que ela queria ser capaz de dizer. Se ao menos ela pudesse encontrar coragem para se dirigir a ele.

Nina ouve seu coração bater. Mas Stalin se volta para Petr.

— E você, Petr Filipovich.

Petr põe-se de pé rapidamente e curva-se, tremendo. Com Petr de pé ao lado dele, Nina se dá conta de que Stalin não é tão alto quanto ela o julgava ser. Além do mais, de perto, vê-se que seu rosto tem marcas de varíola.

— O Camarada Stalin está muito satisfeito — continua ele. — Uma apresentação assaz interessante. Mas poderia haver um pouco mais de... convergência. — Ele sorri e Nina vê seus dentes amarelos e quebrados.

Petr gagueja qualquer coisa, mas Nina só ouve um terrível zumbido em seus ouvidos e não escuta a resposta do colega. Stalin lhes deseja boa sorte e se afasta lentamente, um guarda de cada lado. Depois que ele se vai, Nina tem a impressão de que ele não havia estado ali, mas seu rosto ainda parece quente.

Sua única oportunidade de dizer alguma coisa, sua única chance de pedir, ela a desperdiçara. Falhara para si mesma, falhara para Gersh.

Petr está lívido. Com a testa franzida, ele olha para Nina.

— "Mais convergência..." — Ele repete essas palavras algumas vezes parecendo não as compreender. Passados alguns minutos durante os quais os dois permanecem em silêncio, Petr diz: — Sabe de uma coisa? Eu acho que ele está absolutamente certo.

QUANDO ELA CHEGA ao apartamento de Gersh, depois da meia-noite, surpreende-se com a boa disposição dele e de Zoya.

— Eu tinha acabado de comprar as obras completas de Lênin — diz Zoya. Agora ele terá tempo para lê-las! — Mas ela estava assustada. Afinal, ela é a esposa de Gersh e nada disso pode ser bom para ela, pensa Nina.

Viktor está bebendo vodca, e Nina se junta a eles à mesa. Gersh indaga sobre a apresentação daquela noite.

— Ah, foi tudo bem, creio. — Ela não menciona a presença de Stalin e a conversa que tiveram, se é que aquilo pode ser chamado de conversa. Está envergonhada demais, certa de que poderia ter feito alguma coisa. Os outros conversam distraidamente sobre assuntos gerais, mas a sensação que se tem é a de uma vigília, como se todos estivessem ali esperando algo. Nina gostaria de deitar e dormir.

Uma batida à porta. Gersh e Viktor não parecem surpresos, embora àquela hora ela só possa significar uma coisa. Zoya, assustada, vai até a porta.

— O que desejam?

É o administrador do prédio e com ele estão dois homens de ternos escuros. Um deles tem um revólver na cintura.

— Pediram-me — diz o administrador, com a voz tímida — que trouxesse aqui estes representantes da Unidade 4 do Departamento de Investigações Criminais de Moscou. — Os homens tiram os crachás dos bolsos dos paletós e os mostram rapidamente a Zoya. Então, o mais alto deles, o que está armado, pega outro cartao, o qual afirma ser uma autorização de busca.

Zoya começa a chorar.

— Então façam logo o que vieram fazer — ela consegue dizer antes de voltar à mesa e se deixar cair em uma cadeira.

— Suponho que deva preparar algumas coisas para levar comigo — diz Gersh tranquilamente.

— Oh, certamente não haverá necessidade disso — responde Zoya, enquanto os homens dizem ao administrador que ele está dispensado. Começam então a busca.

Nina sussurra para Viktor:

— Será que não devemos ir embora?

— Só quando Gersh nos disser para ir — diz ele em voz baixa.

Ele já devia estar esperando por isso. Certamente já sabia. Era por isso que Viktor queria ficar ali até tão tarde. Porque essas coisas não acontecem durante o dia. Como diz a velha piada: "Bandidos, prostitutas e os homens do NKVD trabalham quase sempre à noite."

Os agentes estão revistando as gavetas e os armários, remexendo documentos, recibos, cadernos, caixas. Não têm pressa e exibem uma perversa meticulosidade no que fazem. Tinham deixado a porta aberta, e pelo escuro corredor passam, curiosos, os vizinhos que ainda estão acordados àquela hora. Espiam sem demonstrar solidariedade alguma, como se não compartilhassem a cozinha, o chuveiro e o vaso sanitário com aquele homem.

— Não consigo imaginar o que eles estão procurando — diz Zoya. Sua voz revela perplexidade e medo, mas também alguma convicção de que se trate de um pequeno equívoco. — Não sei o que eles acham que vão encontrar. Sinceramente, não consigo imaginar o que estão fazendo aqui... — Nina segura a mão de Zoya, que está suando frio. Enquanto Zoya repete "Não consigo imaginar o que eles estão fazendo aqui", Gersh se curva, muito tranquilamente, sussurra ao ouvido de Viktor e passa algo para o amigo. Nina vê Viktor fazer um sinal quase imperceptível com a cabeça.

Já faz uma hora que os homens estão ali. Um deles examina partituras que encontrou dentro do banco do piano. O outro faz o mesmo com uma série de partituras encadernadas. O porteiro, um homem de pele amarelada e aparência doentia, para à porta do apartamento e, apoiado na soleira, observa, com curiosidade indiferente, os homens pegarem livros e cadernos das prateleiras e manuscritos que estavam sobre o piano.

— Lá se vão minhas anotações sobre Beethoven — comenta Gersh quando o homem mais baixo enfia um punhado de papéis em sua pasta. Nina sente uma dor terrível começar subitamente na base do crânio. Pela janela ela vê que lá fora ainda está escuro.

O porteiro se afasta devagar, mas volta sorrateiramente a cada 15 minutos para espiar. Zoya anda sem parar de um lado para o outro como se houvesse algo que ela devesse estar fazendo. Linhas profundas de preocupação marcam sua testa. Ela parece querer ajudar de alguma forma, mas é evidente que não sabe como. Procura, então, não ficar no caminho dos homens que reviram tudo no apartamento. Nina observa que jamais viu Zoya tão calada. Era necessário algo dessa gravidade para que ela parasse de falar, pensa Nina.

A dor que pulsa na nuca de Nina atinge-lhe o alto da cabeça. É uma dor terrível. Os homens ainda estão revirando a estante e a mesa de trabalho, avaliando, meticulosamente, tudo o que encontram. Agora são mais manuscritos, estes enrolados em tubos como diplomas. O porteiro, de volta novamente, está tentando fazer-se notado. Quando consegue, diz com voz subserviente:

— Nós devemos nossa segurança aos senhores. Os senhores não podem imaginar como estou agradecido por saber que...

— Dê o fora daqui! — grita Nina. O porteiro apenas ergue as sobrancelhas. Depois, sem se apressar, dá as costas e se vai, parecendo satisfeito por ter dito algumas palavras de apoio aos homens.

Estes, por fim, dão por terminada sua busca. Não há sinal de cansaço em seus rostos, mas o quarto está todo revirado. Eles enchem suas maletas com livros e papéis de Gersh, e ainda encontram espaço para uma garrafa de bebida. O mais baixo deles pede ao músico seu passaporte e o confisca, colocando-o em um bolso interno do paletó. Com um tom de voz surpreendentemente amável, o homem da arma na cintura volta-se para Gersh e diz:

— Queira acompanhar-me até a chefatura por um instante.

Gersh concorda com um leve movimento de cabeça, sem sequer piscar. Zoya imediatamente aproxima-se deles e pede:

— Se ele precisa mesmo ir, posso acompanhá-lo?

— Oh, não há necessidade disso — diz quase que amistosamente o homem que está armado, como se ela tivesse se oferecido para prestar-lhe um favor.

— Bem... então espere um pouco enquanto eu pego umas coisas para ele levar. Eu... eu.... — Zoya vai até o armário de mantimentos, pega um pouco de açúcar e embrulha em um guardanapo de pano. — Tome, leve este salame também. — Ela entrega a Gersh um pedaço de salame duro como se fosse um barra de ouro. O rosto de Zoya está lívido. Ela deve ter duvidado de que isso realmente pudesse acontecer.

— Até logo — diz Gersh simplesmente, quase que sardônico, quando o levam porta afora.

— Logo, logo nos veremos, então! — Zoya enxuga uma lágrima disfarçadamente. Viktor despede-se de Gersh em silêncio, com um simples aceno de cabeça. Nina tampouco diz alguma coisa. Apenas o olha até ele desaparecer no corredor.

Só depois de os homens partirem é que Zoya demonstra toda sua agitação.

— Encontraram o diário dele, vocês viram? Oh, só espero que ele não tenha escrito alguma tolice! E agora? Como será? Vocês sabem como Gersh é. Ele não mede as palavras!

— Ele mantinha um diário? — pergunta Nina, preocupada com a possibilidade de nele haver algo sobre Vera.

— Não é um diário que você ou eu escreveríamos. Na verdade, é mais um caderno de anotações de um artista, sobre arte, música, coisas assim. Ah, só espero que ele não tenha escrito algo imprudente. Vocês sabem como ele é capaz de ser tolo às vezes!

Nina a encara. Que tipo de coisa Gersh poderia ter escrito que justificasse sua prisão? Pelo que ela sabe acerca de Zoya, de seu patriotismo alucinado, de suas gravações dos discursos de Stalin, ela mesma poderia ter denunciado a existência do tal diário. Entretanto, ela parece realmente transtornada. Bem, é evidente que está assim. Deve ser difícil demais amar duas coisas incompatíveis e desejar tanto acreditar nas duas, simultaneamente. A dor de cabeça de Nina torna-se, de súbito, ainda mais insuportável ante a ideia de haver algo acerca de Gersh que eles não saibam.

— Tenho certeza de que vai acabar tudo bem — afirma Zoya, tentando recuperar-se. Ela parece realmente crer no que diz, apesar das lágrimas que ainda lhe escorrem pelo rosto e daquele seu piscar agitado, com as longas pestanas curvas molhadas. — Eles não têm más intenções, estou certa disso. Na verdade, foram até muito educados, apesar da desordem que deixaram. Oh, eu só espero que ele fique bem até que tudo se esclareça.

— Você não quer se deitar um pouco, Zoya? — pergunta Viktor. Sua voz é cansada e triste. Nina não sabe se ele está preocupado com Zoya ou se simplesmente está cansado. — Eu posso ficar aqui cuidando das coisas, se você quiser. Ou posso ir para casa, se você preferir mais privacidade.

— Não sei como eu conseguiria dormir — diz Zoya abaixando-se para catar alguns papéis e livros espalhados pelo chão. — Ah, me diga, Viktor, você acha que eles vão voltar?

— É bem provável — suspira Viktor. — Vão querer se certificar de que não deixaram escapar coisa alguma.

— O que mais poderia haver? Talvez devêssemos verificar. Examinar tudo que ficou. Ah, e agora? Sabe-se lá o que...

— Posso ajudar, se você quiser — diz Viktor.

— Obrigada. Quero, sim. Ah, só espero que ele esteja bem lá. Sozinho como está...

— Preciso ir — diz Nina olhando para Viktor, esperando que ele entendesse o que ela queria dizer: *Preciso contar a Vera.*

Na rua, ela se deparou com uma surpreendente manhã de primavera, o ar subitamente fresco depois da chuva de ontem. Um sol pálido surge tímido, mais parecendo a luz de um dos postes da rua. O som de vassouras de palha arranhando as calçadas. Devem ser quase 7 horas, pois as velhas estão varrendo a rua. A dor de cabeça de Nina oprime-lhe o crânio como se fosse um capacete apertado demais. *Queira acompanhar-me até a chefatura por um instante.* O latejar faz com que Nina aperte os olhos à medida que a luz pálida do sol se espalha pelo céu. A neve já derreteu completamente e minúsculos cursos de água escorrem pelas rachaduras das calçadas. Poças de lama escura formam-se ao longo das ruas. Em frente ao Metropole a luz verde e brilhante de um táxi é tentadora, mas Nina precisa sentir o ar fresco no rosto, sentir os pés no chão firme. Ela passa por vitrines de lojas com anúncios feitos em papelão, por quiosques em esquinas onde os vendedores estão arrumando seus doces, sanduíches e bebidas, passa pelo longo quarteirão da *doma kommuny*. Más notícias, más notícias... De repente tudo lhe parece deteriorado, inclusive este mundo, que ela pensava estar melhorando. As novas calçadas estão rachando e a nova pintura descascou em pouco tempo como um esmalte de unhas da Central de Cosméticos. Quando ela entra no bulevar próximo a seu antigo apartamento, uma jovem grande e gorda que lavava a rua com uma mangueira encharca os sapatos de Nina e nem se importa.

As pessoas lhe parecem horríveis. Como aquele abominável porteiro.

Com seus sapatos cheios de água, ela entra no beco de sua antiga residência. Uma água suja escorre pelas calhas enferrujadas e tudo ali cheira a umidade e mofo. Ela precisa passar por cima de tábuas colocadas para que as pessoas não pisem na lama. Algumas janelas iluminadas indicam que vários moradores já estão de pé àquela hora, provavelmente arejando seus apartamentos, limpando janelas. Ela passa por uma mulher que limpa com um esfregão a entrada enlameada do prédio e espalha no beco um cheiro de água sanitária. Aquelas atividades das pessoas, as ruas enlameadas, as campânulas florescendo nos parapeitos das janelas... Era primavera quando os pais de Vera foram levados dali. Aquele dia lhe volta à mente de súbito e com enorme clareza. Sim, é claro. Essas prisões em massa, sempre na primavera ou no outono, são sazonais, assim como as verduras e os feriados em outros países.

Agora ela está dentro do prédio e sobe a escada escura até seu antigo apartamento. Nina se pergunta se Vera teria conseguido dormir naquela noite, e se sua mãe já estaria acordada. Diante da porta, ela respira profundamente, preparando-se para dar-lhes a notícia.

DREW HAVIA PASSADO o dia todo pensando nele e ainda pensava. Sentia vontade de conversar com alguém sobre o que se passara entre eles. Pensou em telefonar para Kate ou Jen, em dizer-lhes o que havia sentido quando ele a tocara, como, em um gesto quase amoroso, ele tinha roçado os dedos contornando seu rosto...

Era claro que tudo aquilo fora ridículo. Eles tinham um relacionamento profissional. Além do mais, ele deveria ter uns vinte anos a mais que ela! Havia algo solene naquele toque: não fora algo banal. Havia algo alegre e triste ao mesmo tempo nos olhos de Grigori. Os olhos dele, recordou-se ela, falavam de experiência, de alegria e de tristeza inexoravelmente entrelaçadas, da profundidade da experiência vivida.

"Olhos cheios de vida." Esta era uma expressão que Vó Riitta sempre usava ao falar do avô de Drew, Trofim. Ela agora apropriava-se dessa expressão ao pensar em Grigori Solodin. Mas ele parecera realmente desnorteado quando ela se afastou. Bem, como teria sido possível não ficar perturbado?

Se ao menos ela tivesse alguém com quem conversar... Mas Jen faria logo todo tipo de perguntas perigosas. "Como você pode ter cem por cento de certeza de que ele não é casado?"... E Kate ficaria simplesmente horrorizada com a diferença de idade entre eles. Isso sem considerar que ele era um cliente e que Drew continuaria a ter com ele relações profissionais durante três semanas ainda. Precisava respirar fundo e compenetrar-se. Mas ao mesmo tempo queria que ele soubesse que estava tudo bem, que ele nada havia feito de errado. Ela confiava nele, mas temia seus próprios sentimentos.

Por um longo tempo, ela apenas pensou em Grigori, sem sequer tocar no trabalho. Sempre havia desejado sentir uma emoção como aquela e finalmente a sentia por um homem absolutamente improvável. Justamente como Vó Riitta e Trofim... Drew quase riu ao pensar nisso e olhou para o anel de granada que tinha no dedo. Vó Riitta a compreenderia. Ao pensar na história de amor de sua avó, Drew teve uma ideia.

Ela ainda levou alguns minutos para se decidir. Depois pegou o telefone e discou o número de Grigori Solodin.

Tão logo ouviu a voz dela, ele disse:

— Drew, eu sinto muito. Espero que você...

— Não há motivo para se desculpar. — Ela queria que seu tom de voz deixasse isso claro. — Eu só quero ser... profissional.

— É claro, sim, por favor, não...

— Olhe, eu estou telefonando por outro motivo. Na verdade, por um motivo que nada tem a ver com tudo isso. É um assunto particular. — Drew sabia que não devia usar o telefone da Beller para assuntos particulares. — Há um diário que eu sempre desejei ler. É pequeno, com poucas páginas, mas é em russo. Pertenceu a meu avô, pai de minha mãe. O diário está com minha mãe desde que minha avó morreu, mas ela não fala russo. Eu sempre quis saber o que há nele. — O fato de sua mãe não demonstrar curiosidade acerca daquele diário sempre deixara Drew perplexa, embora há muito tempo ela desconfiasse de que algum vago temor cercasse o caderninho. Temor de que ele pudesse conter algo desconhecido sobre o homem que o havia escrito, o pai de sua mãe, algo não reinterpretado pelas recordações amorosas de Riitta.

— Eu teria enorme prazer em vê-lo — disse Grigori, logo acrescentando: — Isto é, se é o que você deseja.

— Eu lhe seria muito grata.

Grigori parecia bem aliviado, até mesmo surpreso, quando lhe disse:

— É claro que se a caligrafia for muito difícil, talvez eu não possa ajudar muito. Mas teria bastante prazer em tentar.

Drew afirmou que pediria à mãe que o enviasse.

— Eu sempre imaginei que algum dia o mostraria a meus filhos. — Ao dizer isso, ela se deu conta de que não havia desistido ainda de ter uma família. — Ou pelo menos contar histórias do bisavô a eles, como minha avó me contava.

— Vocês eram muito próximas? Você e sua avó?

— Sim. Ela era minha alma gêmea, de certa forma. Ainda penso nela todos os dias. — Depois de um breve silêncio, Drew acrescentou: — Eu gostaria de poder conversar com ela sobre... algumas coisas.

A voz de Grigori era grave quando ele disse:

— Drew, eu... — Ele respirou fundo, parecendo pensar em como prosseguir, e Drew teve medo do que ele pudesse dizer. — O que eu lhe mostrei hoje. As cartas. São documentos de família também. Como o diário do seu avô. Preciso dizer isso a você.

— Da sua família? — Os pensamentos de Drew dispararam em busca de possíveis conexões.

Passados alguns segundos, Grigori respondeu:

— Meu interesse por Viktor Elsin, minha pesquisa sobre sua obra, resulta de uma conexão familiar. Comecei a me interessar por ele por esse motivo. Tenho outros documentos. Algumas fotografias. Gostaria muito de mostrá-los a você...

Embora a voz dele tenha ficado mais baixa, Drew compreendeu que ele lhe pedia algo, e que isso havia sido difícil para ele. Agora era a sua vez de ajudá-lo.

— Eu gostaria muito de vê-las. Isto é, se você quiser...

Tranquilamente, ele disse a ela "sim".

PASSADOS ALGUNS DIAS, em uma tarde fria de primavera, Nina acompanha Zoya em uma longa fila do Departamento de Informações na rua Petrovka. Vão tentar saber se Gersh ainda está preso lá; ele não voltou para casa depois de ter sido levado. Até agora Zoya só conseguiu saber que ele tinha sido preso por "atividades antissoviéticas". Pelo menos foi isso que Viktor disse a Nina. Ela espera descobrir mais alguma coisa hoje. Embora o Departamento de Informações só abra às 10h30, Zoya está na fila desde as 5 horas da manhã para ser uma das primeiras. De fato, quando Nina se junta a ela à 1h da tarde, há centenas de pessoas ao longo da calçada. Nina as conta, já que as duas dispõem de muito tempo.

Pesadas nuvens cinzentas cobrem o céu. Sem sol, o dia fica ainda mais frio. Nina leva para Zoya um refrigerante de frutas e alguns biscoitos, que ela ingere com avidez.

— É mesmo muita bondade sua vir ficar na fila comigo — repete ela a todo instante. — Apesar de eu não ser uma companhia agradável, bem sei. Antes de você chegar aqui, eu adormeci em pé várias vezes! Detesto acordar tão cedo, sabe, mas ontem não consegui chegar aqui antes das 7h e tive que esperar oito horas. Quando já estava chegando minha vez, a mulher do guichê anunciou que era hora de fechar! — Nina se dá conta de que é verdade o que vem pensando ultimamente: Zoya deve realmente amar Gersh. — Tudo o que eu queria saber era se o mandaram para outro lugar.

O ar ali tem um cheiro estranhamente familiar para Nina, e ela tenta lembrar-se de onde o sentira. De vez em quando as pessoas atrás delas as empurram como se assim pudessem fazer a fila andar mais depressa. Na primeira vez em que isso acontece, Nina pensa ter sido reconhecida, pensa que algum fã na fila quer se aproximar dela. Mas ela havia amarrado um grande lenço na cabeça e está quase irreconhecível.

— Seja como for, eu consegui aproveitar meu tempo de espera — diz Zoya. — Estou escrevendo uma carta para ver se consigo resolver essa situação. — Ela tira da bolsa um papel e uma caneta. — Talvez você possa me ajudar.

— Eu receio não ser lá grande coisa...

— Prezado Camarada Stalin... Você acha que está muito impessoal assim? — Zoya faz um ponto de interrogação com a caneta e começa novamente com orgulho na voz: — Caro Josef Vissarionovitch... assim fica melhor, você não acha? Mais direto. Caro Josef Vissarionovitch... oh, e com cópia para o Comissário das Artes também, que tal? — Ela faz outra anotação para si mesma. — Caro Josef Vissarionovitch, escrevo-lhe sobre um assunto urgente relativo a meu marido, o respeitável músico e compositor Aron Simonovich Gershtein. Mas antes quero dizer-lhe que sou uma cidadã atuante e responsável, membro do VKP desde 1947. Sou nascida e criada em Moscou e fiz meus estudos no Departamento de História do Partido no Instituto Soviético para Professores. Depois de formada, ingressei no serviço público, primeiramente no Comitê de Apoio aos Intelectuais e depois no Comitê de Educação do Departamento de Educação da Cidade de Moscou. Atualmente trabalho no Serviço de Palestras do Departamento...

Nina ouve enquanto Zoya prossegue, listando com pormenores a formação educacional e profissional de Gersh, assinalando cada item como um exemplo de seu espírito patriótico. Vez por outra interrompe a leitura procurando expressar-se melhor. Sua voz é tão ansiosa e cheia de esperanças que leva Nina a se lembrar das cartas que ela e suas amiguinhas da escola escreviam para o camarada Kalinin quando eram crianças. *Olá, Tio Micha!* E enviavam muitas informações sobre os trabalhos que realizavam na escola. Por fim faziam um único pedido: *Dê lembranças nossas a Tio Stalin e aos outros...* Cartas cheias de fé e entusiasmo. Agora a carta de Zoya parecia-lhe igualmente infantil.

— Apesar dos muitos anos dedicados ao serviço de seu país, trabalhando como professor e compositor, meu marido foi preso pelo disposto no Artigo 58. Entretanto, eu lhe asseguro, como o senhor poderá certamente verificar, que nada do que meu marido tenha dito ou feito, nada que tenha lido ou de que tenha participado, tem a mínima relação com qualquer tipo de agitação contrarrevolucionária.

Nina não pode deixar de perguntar:

— Você acha possível que haja algo que nós desconhecemos? — Ela pergunta isso com cuidado, pois sabe o que significa até pensar em tal coisa. — Alguma coisa da qual ele participasse?

— Eu sou a esposa dele, eu saberia.

Nina se assusta ainda mais com essa certeza. Você sabe que ele ainda mantém relações com Vera? Ela pensa nisso, mas não pergunta. Para se acalmar, respira profundamente e só então se dá conta de novo daquele cheiro familiar.

— A única coisa que eu poderia não saber é se a família dele talvez... — prossegue Zoya. — Eu não os conheço, sabe? Ele me diz que seus pais e seus outros parentes já morreram. Mas talvez eles fossem... você sabe... parte do sistema de classes. Quem poderia saber? E mesmo se fossem, nós não somos culpados pelos pecados de nossos pais. Afinal, este é um mundo novo em que vivemos. Ah, essa é uma boa frase! — Ela leva um minuto acrescentando a frase à carta.

As salas de ensaio do Bolshoi nos dias de seleção e de exames. É esse o cheiro que Nina tentava identificar. O cheiro humano do medo.

— Eu lhe asseguro — Zoya continua a leitura — que meu marido, como eu, sempre viveu sua vida como parte da luta por uma sociedade nova e grandiosa. Desde que nascemos, ensinaram-nos a ser sempre leais, sempre honestos e corretos...

— Desculpe, cidadã, mas você sabe que fila é esta? — Uma mulher com poucos dentes está puxando de leve a manga de Nina.

Novamente o primeiro pensamento dela é o de ter sido reconhecida. Mesmo com o lenço dificultando a visão de seu rosto, Nina, juntamente com Zoya, destaca-se entre as muitas pessoas da fila. Seus casacos não são tão ralos, seus sapatos não são tão gastos.

— Esta é a fila para informações ou para a entrega de pacotes? — As palavras são pronunciadas de um jeito esquisito devido à falta de dentes.

— Esta é para informações — diz Zoya secamente, apontando para outra fila. — Você deve ir para aquela.

— Obrigada, cidadã. — A velha se afasta arrastando os pés e Nina vê onde os calcanhares de suas botas de feltro estão puídos.

— Onde foi que eu parei? Ah, aqui: sempre leais, sempre honestos e corretos, sempre preparados para lutar contra os inimigos do socialismo. Meu marido sempre viveu fielmente de acordo com essas convicções... — Logo Zoya passa a apresentar uma lista dos principais concertos de Gersh, de todos os prêmios que ele ganhou. Talvez ela e Viktor também devessem escrever a favor de Gersh, pensa Nina, apesar de sempre haver aquele outro risco, o de virem a ser punidos "por falta de vigilância política". E enquanto isso, gente como aquela velha de botas puídas... Quem escreveria cartas para ela?

A carta de Zoya é longa. Somente no final da terceira página é que ela diz "Agradecida, Camarada Stalin, por sua atenção a este assunto da maior premência. Espero continuar a servir a esta grandiosa nação como membro dedicado e entusiasta de nosso grande Partido. Sempre a postos para a luta pela causa dos trabalhadores etc." — Zoya termina a carta ali.

— É uma boa carta — diz Nina, desejando poder sentir a esperança que Zoya sente.

— Bem, isso veremos. — Zoya dá um pequeno suspiro de cansaço. — Obrigada por esperar aqui comigo. É realmente muita bondade sua.

Nina sente um aperto de culpa no coração. Na verdade, não é por bondade que ela está ali. Ela apenas busca informações para dar a Vera: onde Gersh está, ou para onde ele vai. É terrível pensar que todas aquelas pessoas na fila estão se perguntando a mesma coisa, estão ali porque alguém que conhecem foi preso e, como Zoya, sequer sabem para onde ele foi levado. Nina observa a expressão de cada uma ao deixar o guichê de informações e é capaz de identificar facilmente a quais delas foi dito que o ente querido já não está mais ali. São as que saem cabisbaixas ou que choram alto e vão para a fila de um segundo guichê a fim de tentar descobrir para onde sua pessoa amada foi enviada.

Por fim chega a vez de Zoya. Sim, ele ainda está lá, diz a mulher do guichê com a voz quase alegre; ela parece uma dessas bilheteiras de cinema.

— Ele ainda não foi transferido, mas já recebeu a sentença.

Dez anos "com privilégio de correspondência". Quando Nina dá essa informação a Vera já no final da tarde, ela diz:

— Bem, suponho que esta notícia seja um alívio. — O rosto dela está inchado de tanto chorar, com círculos levemente azuis ao redor dos olhos. — Se fosse "sem", seria preferível o suicídio.

— Por que você diz isso?

— Porque então eles podem matar o prisioneiro e ninguém vai ficar sabendo. Podem fazer o que quiserem com ele sem que se saiba o que aconteceu, já que não há cartas. Mas quando se tem privilégio de correspondência, as pessoas aqui fora podem, pelo menos, ter alguma ideia do que se passa lá dentro.

Nina continua a se surpreender com a maneira como Vera dá essas informações, como se tivesse alguma fonte especial, como se a experiência com o desaparecimento de seus pais lhe desse tal conhecimento. Bem, se os pais de Nina tivessem desaparecido, ela também ficaria mais atenta a esse tipo de informação. Vera não tem problemas para compreender coisas das quais Nina só agora se dá conta.

— Por quanto tempo você disse que ele deve permanecer lá?

— Não sei ao certo, mas ele ainda estará lá amanhã, pelo menos.

— Então eu posso levar um pacote para ele. — Vera vai até sua mesinha de cabeceira e abre uma grande caixa de Palekh, retira dela algum dinheiro e o embrulha em um lenço. — Preciso comprar para ele alguns pares de meia e roupas de baixo também. E algumas cebolas, que ajudam a evitar o escorbuto. — Vera, tão eficiente e prática quanto Zoya.

Ela leva dois dias para conseguir mandar seu pacote para Gersh.

— Você precisava ver os funcionários do setor de entrega — diz a Nina depois de finalmente enviá-lo. — Eles abrem o pacote, tiram tudo de dentro e examinam cada coisa contra a luz, como se fosse um espécime científico. Reviraram as cebolas de um lado para o outro como se estivessem fazendo compras na feira. — Vera dá um sorriso triste. — Eu escondi uma carta dentro de uma das meias e uma mulher a encontrou. Ela se pôs a gritar comigo: "O que você pensa que está fazendo?" Gritava tão alto que as pessoas atrás de mim ficaram me olhando. Eu disse que era só para que a carta não caísse do pacote. Então ela disse: "Agora vamos ter que lê-la para nos assegurarmos de que nada...". Oh, Nina, tenho tanto medo do que possam estar fazendo a ele naquele lugar.

— O que dizia a carta?

— Oh, só que eu o amo e que estamos fazendo de tudo para que ele seja solto logo, que certamente encontraremos alguém influente. — O olhar de Vera se desvia para outro lado e Nina se pergunta se Vera realmente acredita naquilo.

ELE PROPÔS SE encontrarem no escritório dele no dia seguinte depois do trabalho. Dessa forma, poderiam conversar sem que Drew se preocupasse com sua supervisora, e ao mesmo tempo poderiam estar a sós, em um ambiente profissional, sem o risco de Grigori fazer algo constrangedor novamente. O setor de línguas asiáticas teria uma reunião às 17h e o departamento estaria muito movimentado.

Ainda assim, Grigori por vezes temia ter apenas imaginado o telefonema de Drew. Um pedido pessoal, nada a ver com o leilão. Em outros momentos ele supunha que o tal diário fosse apenas um pretexto dela para mostrar a ele que não pretendia mandar prendê-lo por assédio. A não ser que se tratasse de uma armadilha terrível com o objetivo de fazê-lo se sentir um tolo por ter suposto que haveria alguma empatia entre ele, o soturno Grigori, e aquela jovem mulher cheia de vida.

Ela chegou vestindo um casaco amarelo-claro que parecia um prenúncio da primavera. Antes que ele pudesse agradecer-lhe por ter ido até lá, ela foi logo dizendo, quase sem fôlego:

— Eu acho que entendi o que você quis dizer sobre a carta e o poema. As descrições do âmbar e da floresta.

— Então você também percebeu?

— Eles têm tudo a ver um com o outro. Bem, de certa forma. As imagens são muito semelhantes.

— Eu acho que você vai... bem... — Ele pegou duas fotografias. — Espero que você perceba como tudo se encaixa. — Grigori poderia ter também mostrado a ela o certificado de nascimento dado pelo hospital, mas isso estava guardado no cofre. Seria difícil demais falar sobre aquela parte, sobre seus pais, sobre a bolsa de vinil que a mãe lhe havia entregado... Não, isso seria ir longe demais. Àquela altura ele já sentia que sua coragem se dissipava.

— Posso ver as fotos?

Um pânico silencioso tomou conta dele quando uma ideia lhe passou pela mente: mostrar aquelas fotografias a ela expondo, de certa forma, Nina Revskaya, era uma indignidade, algo feito sem o conhecimento de Nina. Mas logo Grigori se convenceu de que não haveria mal algum. Afinal, enquanto a ex-bailarina insistisse em dizer que nada daquilo era dela, todos aqueles documentos eram apenas relíquias dele.

Quando Drew segurou as fotografias, ele observou novamente como os dedos dela eram longos e bonitos. Ambas as fotos estavam levemente gastas, com marcas nos cantos onde deviam ter sido dobradas acidentalmente. Mas as imagens em si eram muito nítidas. A primeira mostrava dois casais sentados em um banco, parecendo relaxados e felizes.

— Esta é ela, não? — perguntou Drew. — Ela é tão elegante... de certa forma, o rosto não mudou muito. Só ficou... com uma expressão mais dura. Mais velha. — Passados alguns instantes, Drew perguntou: — Este aqui é o marido dela?

— Sim, este é Viktor Elsin. — De aparência viril e alegre, ele está sentado na ponta do banco com um cigarro entre os dedos, displicentemente. A seu lado Nina Revskaya senta-se quase empertigada, com os ombros e o pescoço retos e um sorriso ligeiramente maroto. Ao lado dela está outro homem, que Grigori identificou como sendo Aron Gershtein. Os olhos um pouco estrábicos haviam facilitado sua identificação, um famoso compositor. Em seu primeiro ano na universidade, Grigori tinha levantado todas as informações possíveis acerca de Viktor Elsin. Soube, por exemplo, que muitos acreditavam que a prisão dele pudesse estar relacionada à de Gershtein. Por este motivo, Grigori havia lido tudo que encontrara sobre o compositor também e, subsequentemente, o reconhecera como o outro homem na fotografia. — Ele sobreviveu a vários anos de perseguição.

— Por que motivo o perseguiram?

— Ah, foi por puro antissemitismo. Depois da criação de Israel em 1948, Stalin decidiu que tinha um novo inimigo. Ele já estava velho e ainda mais paranoico. E, naturalmente, Israel aliou-se aos Estados Unidos. Por isso ele deu um novo impulso à campanha contra os judeus. Em consequência disso, pessoas como este homem passaram a ser perseguidas.

Na foto ele ria. Aconchegada a ele estava uma bela mulher de grandes olhos escuros. Grigori levara mais tempo para descobrir quem ela era. Só depois de muito pesquisar foi que ele ficou sabendo do casamento de Gershtein com uma militante do Partido, funcionária do Departamento de Educação de Moscou.

Enquanto ele explicava isso a Drew, ela não desviou os olhos da fotografia.

— É incrível — disse ela. — É como se essas pessoas ainda existissem.

Há muita vida nesta fotografia. Pode-se ver as expressões de seus rostos. Eles estão apaixonados. — Drew tinha uma expressão triste e séria.

— Estes dois homens acabaram presos, provavelmente não muito tempo depois de esta fotografia ter sido tirada. Um ano ou dois, no máximo. — Ao dizer isso, Grigori percebeu que a deixava triste.

— E Nina fugiu de lá — disse Drew pensativa. — E esta mulher — perguntou ela, indicando a mulher que estava ao lado de Gershtein —, você sabe o que aconteceu com ela?

— Não, mas provavelmente ela deve ter se tornado, por associação, uma inimiga do Estado.

Drew suspirou baixinho. Parecia não conseguir desviar os olhos da fotografia.

— Ela é tão linda.

Sem pensar duas vezes, ele disse que a mulher se parecia um pouco com Drew.

— Isto é um elogio e tanto!

Grigori sentiu o coração bater mais forte ao ver a expressão de alegre surpresa nos olhos dela. Por um breve instante, pareceu-lhe que ela ia dizer alguma coisa, mas então olhou para a outra fotografia. Esta havia sido tirada fora de casa, em frente ao que parecia ser uma dacha. Ali sentados estavam Nina Revskaya, Viktor Elsin e uma outra mulher. Nina e Viktor não sorriam ali. Pareciam tensos e cansados. Mas a mulher ao lado deles, magrinha e de pescoço comprido, parecia muito alegre. Originalmente havia outra pessoa ao lado dela, mas da maneira como a fotografia fora cortada, somente uma parte do braço e uma das mãos masculinas apareciam.

— Alguém não quis este homem na fotografia — disse Drew. — Quem é ela, você sabe?

— Não, não sei. — Ele tinha tentado descobrir pesquisando em várias fotos de Elsin e Revskaya, mas em nenhuma delas havia uma mulher parecida com aquela.

Drew voltou a examinar a fotografia.

— Alguém ficou sabendo o que aconteceu com ele?

— Ao pesquisar, descobri que Elsin foi mandado para o gulag de Vorkuta e morreu lá poucos anos depois. Deve ter sofrido muito no fim da vida.

Drew ficou observando a fotografia por mais alguns instantes antes de fazer a pergunta que Grigori já esperava.

— E você tem estas fotografias por causa de... relacionamentos familiares?

Grigori disse o que havia preparado.

— É uma longa história, mas, graças a uma série de eventos, acabei por receber, há muitos anos, uma bolsa de mulher que continha estas fotografias, bem como as cartas que lhe mostrei. — Ele fez uma pausa e acrescentou: — Ela continha também o pingente de âmbar.

— Mas... a quem pertencia a bolsa?

— Aí é que está o problema. Disseram-me que ela havia pertencido a uma bailarina que deu à luz... — Ele não se sentiu capaz de prosseguir. Por que não? Diga logo, Grigori, diga a ela o que você pensa. Que tolice a sua pensar que seria capaz de se abrir com ela! —... deu à luz um parente meu, que em seguida foi adotado. — Grigori fechou os olhos, furioso consigo mesmo por sua covardia. — A esse parente disseram também que a bailarina, sua mãe verdadeira, havia morrido.

Os olhos de Drew estavam arregalados, e seus lábios, entreabertos.

— Você acha... que a mãe verdadeira... — Ela tentava juntar as peças rapidamente. — Foi por isso que você tentou mostrar essas coisas a ela? A Nina Revskaya?

— Sim, foi.

Drew ainda estava pensando.

— E se eu as mostrasse a ela...

— Talvez tivesse melhor sorte. Mas saiba, Drew, que este não foi o motivo de eu mostrar isso a você. Não foi para que você fizesse isso. Não foi para que fizesse coisa alguma por mim. Espero que entenda isso. Eu decidi mostrar-lhe essas coisas porque senti que poderia compartilhá-las com você. Eu... eu quero que você saiba que as tenho e por que as tenho. — Grigori já se sentia indeciso novamente. — Como você está tão envolvida com o leilão, supus que isso pudesse interessá-la.

A expressão nos olhos dela era de interrogação. Ela raciocinava em silêncio. Por que não contar logo a ela, Grigori? Por que não lhe dizer que você é aquela criança, é aquele menino?

— Esse leilão — disse Grigori —, o que deu origem a ele, receio, foi... — Ele decidiu começar por novembro, exatamente dois anos depois da morte de Christine. Mas o que ele falou foi de sua profunda tristeza, de como havia amado Christine mais do que se dera conta quando ela estava viva, de quão facilmente, no dia a dia da vida em comum, as pessoas se esquecem da importância do amor, e de como foi terrível vê-la apagar-se com a doença, transformar-se em outra pessoa, ainda Christine, mas alguém que ele já não conseguia reconhecer. Drew permaneceu imóvel e atenta, com o rosto quase inexpressivo, enquanto Grigori falava. Ele contou que seus pais já haviam morrido, e que ele jamais deixara de sentir essa perda. Agora que Christine se fora também, ele se dava conta da importância não apenas da família, mas do amor, de se estar verdadeiramente ligado por relações de afeto. Dava-se conta também de que o tempo é breve, de que ele tinha consigo aquelas coisas, e de que Nina Revskaya ainda estava viva. — Por isso escrevi a ela. Anexei à carta uma fotografia do pingente porque, afinal, não há outro igual e certamente ela o reconheceria. Ninguém mais possuiria uma joia como aquela se, de fato, fizesse parte de um conjunto.

— E em vez disso — disse Drew, balançando lentamente a cabeça —, ela preferiu livrar-se de suas joias. Entendo agora. — Depois de breve silêncio, ela acrescentou: — Sinto muito.

Drew parecia sincera e Grigori ficou emocionado. Mas nesse exato momento alguém bateu à porta: Evelyn enfiou a cabeça pela fresta.

— Ei, você aí. Nós estamos indo beber alguma coisa...

Drew olhou para ela e a reconheceu.

— Ah, mil perdões. Eu não sabia que você estava com uma aluna. Quando acabar, passe pela minha sala.

A expressão de Drew se transformou. Evelyn se foi, deixando a porta semiaberta e sem a reconhecer. O coração de Grigori bateu mais forte e ele ouviu Carla dizer:

— Ah, Evelyn, venha assinar estes papéis aqui...

Grigori tentou não demonstrar sua frustração, mas subitamente instalou-se entre ele e Drew uma sensação de constrangimento. Ela se pôs de pé e abotoou o casaco.

— Então eu posso levar estas fotos comigo? — Seu tom de voz era inexpressivo e profissional.

— Pode. — Grigori estava tendo dificuldade em olhá-la nos olhos.

— Posso mostrá-las a Revskaya?

— Pode.

— E as cartas?

Ele concordou em silêncio e ela pôs as fotografias na bolsa.

— Não se preocupe — disse ela no mesmo tom de voz —, eu não forçarei coisa alguma. Vou apenas tentar ver se ela se interessa em olhar essas coisas. Talvez queira falar sobre elas.

— Mas não tenha grandes esperanças — comentou Grigori, ainda frustrado com a maneira como aquela conversa acabava tão subitamente. — É evidente que ela tem seus motivos para não querer ver essas coisas. Não creio que faça diferença quem as mostre. — Drew estava de pé perto dele. Nervoso, ele acrescentou: — Talvez nada disso tenha mesmo importância.

— Disso eu duvido. — Ela o olhava nos olhos, da mesma maneira como o olhara quando ele tocou sua mão e acariciou-lhe o rosto.

Ele agradeceu por ela ter vindo, decidido a não cometer nenhuma imprudência desta vez. Simplesmente estendeu-lhe a mão para despedir-se dela.

Drew deu-lhe um aperto de mão formal, hesitando por um breve instante antes de dizer adeus, e logo dirigiu-se à porta. Grigori ouviu a voz de Carla do outro lado da porta perguntando a Evelyn onde ela havia feito o cabelo.

E então Drew voltou. Deu uns poucos passos e encostou seu corpo no dele. Grigori a abraçou, puxando-a para si, e ela se aconchegou nos braços dele. Ficaram em silêncio.

No corredor, Evelyn disse alguma coisa que fez com que Carla risse.

Então Drew se afastou, despediu-se com um leve aceno de cabeça e saiu rapidamente.

Dias de espera, o tempo é tão denso que parece tangível. Agora que Gersh foi transferido para outra prisão, Viktor e Nina voltam a passar frequentemente pela outra ala do prédio; talvez Zoya, que continua a morar no apartamento de Gersh, tenha alguma notícia.

Ele foi internado em um manicômio judiciário para reabilitação, próximo a Moscou, o que Zoya atribui a seus esforços epistolares a favor dele.

— Tenho grande apreço por aquele lugar — diz ela depois de sua primeira ida lá. — É muito progressista e tudo mais. E a maneira como é administrado é impressionante.

— Mas por que ele está em um manicômio judiciário? — pergunta Nina. — Eu continuo sem entender.

— Oh, o diretor explicou por quê. O problema foi que eles encontraram coisas no diário dele, sabe, coisas sobre o impressionismo francês e Picasso, algo desse tipo. Mas vai ficar tudo bem. Foram só alguns equívocos, pobre Gersh. Ele estava confuso, é só. Ele precisará receber um pouco de instrução, reaprender alguns conceitos, apenas isso. Na verdade, o lugar lá não é nada mau.

O rosto de Viktor não demonstra expressão alguma, enquanto Nina tenta entender o que Zoya acaba de dizer. Por que seria crime ter tais pensamentos? Por que isso seria grave o suficiente para enviar Gersh para um manicômio judiciário?

— Oh, tenho outra notícia também — continua Zoya com um sorriso misterioso, aguardando que eles perguntem o que é. — A sentença dele foi reduzida para apenas cinco anos.

— Já? — surpreende-se Viktor. — Isto é maravilhoso.

Maravilhoso. Nina não consegue concordar com isso.

Apenas cinco anos... de uma *kasha* aguada de manhã, pão com água ao meio-dia e um prato com um pouco de sopa à noite. Era assim que alimentavam o tio de Nina, de acordo com sua mãe. Mas é claro que esse é apenas um dos muitos truques, Nina percebe agora. A sentença é reduzida para que o prisioneiro e a família fiquem agradecidos, em vez de revoltados. Foi o que aconteceu com seu tio. Mas a sentença não foi curta o suficiente para que ele pudesse voltar para casa, pois morreu antes.

— É um lugar muito bom, mesmo. É um campo de reabilitação. O diretor tem diploma de psiquiatra e tudo mais. Há todo um sistema organizado para ajudar os pacientes a se recuperarem. Pobre Gersh! Eu deveria ter notado os sinais. Seus pontos de vista eram muito loucos, realmente, só que eu não sabia. Mas está tudo bem. Lá eles vão ajudá-lo.

Certamente ela não acredita nisso, pensa Nina. Só pode estar fingindo. Sim, é isto mesmo: um teatro, uma representação. É como se fosse uma dança, uma coreografia. Uma dança que todos eles têm que dançar, dizendo cuidadosamente as coisas certas.

Ou será que Zoya realmente não compreende o que Nina vê com mais clareza agora, a cada dia que passa? É uma ideia terrível da qual ela se sente mais convencida a cada instante: a ideia de que tudo isso é uma brincadeira cruel, uma piada desumana.

Uma tarde, ao voltar para casa após o ensaio, poucas semanas depois, Nina encontra Madame à mesa, como sempre. Mas em vez de contar os talheres, ela tem diante de si uma caixa de papelão aberta. Dentro dela Nina vê joias: joias de âmbar montadas em ouro. Grandes gemas de âmbar que parecem balas em papel dourado.

São três as peças: um colar, um par de brincos e uma pulseira. Nina tem vontade de tocar naquelas joias, de sentir seu peso nas mãos.

Ao perceber que as joias prenderam a atenção de Nina, Madame dá um sorriso feliz.

— Elas precisam de um polimento.

— São suas? — Madame vive a se queixar de que suas joias foram roubadas depois da Revolução, diz que só ficou com um par de brincos, um colar de pérolas e um prendedor de cabelo feito de casco de tartaruga cravejado de diamantes.

— De onde elas vieram?

— Viktor as trouxe.

— Viktor? — Nina se aproxima porque acaba de ver que as joias não têm só âmbar e ouro. Dentro dos brincos há minúsculas figuras que, vistas bem de perto, parecem insetos.

— Você pode usar o meu *lorgnon*. — Madame entrega seus pequenos óculos a Nina.

Sob a lente de aumento, as asas dos insetos são nitidamente visíveis. Ao segurar o *lorgnon* acima da pulseira, Nina descobre mais mosquitos, uma minúscula mosca, e uma pequeníssima mariposa com o corpo visivelmente recoberto de pelos e asas quase translúcidas.

— Viktor comprou estas joias? — Nina se pergunta quando ele as teria comprado, pois durante quase toda a semana ele ficou descansando e escrevendo em Peredelkino. Ela espera que essa mudança de ares o anime um pouco. Ele tem andado muito soturno desde a prisão de Gersh, tem bebido mais do que de costume. Nina nada lhe falou sobre a bebida, mas está preocupada.

— Ele queria que elas ficassem no meu quarto para escondê-lás... Oh! — Madame faz uma careta exageradamente assustada, como se acabasse de se lembrar de algo. — Eu acho que era para ser um segredo

Ela está visivelmente feliz por ter estragado a surpresa. Parece que Madame não quer perder uma oportunidade de implicar com Nina de alguma maneira sempre que possível. Na semana passada, a troco de nada, ela virou a cabeça para o outro lado e disse, como se falasse consigo mesma "Eu preferia a Lilya".

Embora Nina sinta raiva na hora, ela sabe que nada pode fazer para evitar essas provocações. Que importância tem, na verdade, o fato de Madame ter lhe mostrado as joias de âmbar? A surpresa não é assim tão importante; o que comove Nina é a simples ideia de Viktor ter visto aquelas joias e pensado nela. Seu aniversário de casamento será daqui a poucos dias, como Madame sabe. Aquelas joias de âmbar devem ter sido incrivelmente caras. Talvez Viktor sinta que precise se superar a cada vez.

— Oh, bem... — diz Madame, com expressão teatral. — Agora que você já viu, o que posso fazer? Basta não contarmos a Viktor.

Nina morde o lábio para se conter e não responde. Segurando o *lorgnon* acima do colar, ela inspeciona o colar. O âmbar do pingente é maior que os outros. Dentro dele, parecendo ter acabado de ser capturada, vê-se nitidamente uma aranha e abaixo dela, como uma minúscula bola de soprar, seu saco de ovos. Da maneira como está cheio, logo abaixo do corpo da aranha, o saco parece um único ovo branco. Uma minúscula criatura no processo de criar vida... interrompida para sempre pela própria resina que a preserva. Nina olha para ela longamente, pensativa. Ali estão os momentos finais, ali está a morte de mais um ser diante dela. Depois ela devolve o *lorgnon* a Madame e agradece educadamente, deixando claro que não se importa em absoluto com o fato de ela ter estragado a surpresa.

Seu terceiro aniversário de casamento é comemorado em casa.

— Ao amor! — é o brinde que fazem, erguendo copos de boa vodca que Viktor trouxe da viagem ao exterior. A vodca é russa, mas apenas para exportação, bem melhor que a vendida ali. Viktor toma o copo inteiro em um só gole. — O amor é tudo que temos. Compreendo isso agora.

O primeiro pensamento que ocorre a Nina, porém, é o de que para ela há também a dança. Dança e amor. Eles podem ser tudo o que ela tem, mas também são tudo de que ela precisa.

Viktor roça o nariz no pescoço dela.

— Vamos começar uma família, Nina, hum? O que me diz disso? Uma família. Filhos, um filho.

— Eu já tentei. Mas é que... estou tendo dificuldade. — Agora simplesmente não é a época certa, pensa ela. Isso interromperia sua carreira justamente quando ela está no auge.

Com uma expressão muito séria, Viktor diz:

— Suponho que isso seja comum às bailarinas às vezes. Ter dificuldade.

— É, mas não se preocupe. Temos tempo. — Ela se sente culpada por não querer engravidar. Agora que o marido tanto precisa dela, Nina não lhe dá o que ele quer. A cada mês que passa ela vê com mais clareza como certos sentimentos e certas ações transformam-se em decisões, e não o contrário. Porque na verdade ela adoraria começar uma família se isso não significasse aquele outro sacrifício. Como seria bom, em um mundo de fantasia, ter ambos.

Viktor pega algo que está debaixo da mesa e entrega a ela.

— Seu presente.

Não é a caixa que Madame tinha sobre a mesa alguns dias atrás. Esta é quadrada e bem menor. Nina a desembrulha, abre, e dentro dela encontra outra caixa, esta linda e brilhante, de malaquita verde.

— Viktor, é linda!

— Abra.

Ah, então este é um presente duplo. Nina ergue a tampa, que é de outro tipo de pedra, negra e brilhante, incrustada com malaquita. Dentro ela encontra um par de brincos com pequenas pedras verdes cintilantes.

Sua expressão de surpresa foi genuína.

— Quando as vi, pensei em seus olhos.

Esmeraldas.

— São lindas! — Nina imagina que devem ter custado uma fortuna. Ela se comove com a delicadeza de Viktor e com a beleza dessas pedras faiscantes.

Ainda assim, não pode deixar de pensar no conjunto de âmbar e se pergunta para que ocasião Viktor o estaria guardando.

Lote 89

Caixa de Malaquita e Ônix, cerca de 1930. Tampa em ônix com intársia de malaquita. Corpo nerveirado com painel de ônix chanfrado, 3 ¾ x 3 x 1 1/8 in., selos de autenticidade russos e marca do fabricante (pequena rachadura no painel inferior). $900 — 1.200

CAPÍTULO TREZE

Cynthia chegou e foi logo folheando o catálogo novamente, com a desculpa de que precisava esperar que a carne de porco descongelasse. Nina respondeu pacientemente a perguntas de todo tipo: se aquela tiara pesava na cabeça, se a cor das pedras na fotografia era verdadeira, quem a presenteou com este anel de opalina... Por breves instantes ela achou bom recordar-se de outras coisas que não aquelas que a torturavam. Teve prazer em descrever viagens, falar de sua mudança de Paris para Londres, de uma noite em que usou aquele colar de rubis, da pulseira de pérolas presenteada pelo conde de Sheffield quando ela o acompanhou a Wimbledon.

Quando o interfone soou, Cynthia teve um sobressalto.

— A senhora está esperando alguém?

— A moça da casa de leilões. Aquela que tem nome de homem.

Cynthia foi até o interfone para permitir que a moça entrasse no prédio e no apartamento e já estava na cozinha cortando verduras quando Drew Brooks surgiu à porta com as faces muito rosadas pelo frio.

— Olá!

— Tão alegre hoje — disse Nina, ciente do tom de crítica em sua voz. — Quer tirar seu casaco?

— Obrigada por receber-me novamente. Ah, e vejo que já recebeu o catálogo. Bom. Trouxe outro exemplar comigo só por garantia.

— Não há necessidade.

— Eu fico com ele! — disse Cynthia da cozinha.

Drew pareceu surpresa ao ouvir que havia outra pessoa no apartamento.

Nina tinha intenção de dizer "É minha acompanhante", mas acabou falando:

— É minha Cynthia. — Se ao menos aquela dor a deixasse, parasse de perturbar-lhe a mente... Antes que Nina pudesse se corrigir, Cynthia já se apressava em vir cumprimentar Drew.

— Prazer em conhecê-la — disse Drew com seu jeito profissional. Cynthia respondeu:

— Não vou apertar sua mão, porque eu estava pegando em alho.

— Nós vamos tratar de negócios — disse Nina com frieza, mas nenhuma das duas pareceu se importar. Drew parecia contente por ter se livrado do catálogo extra e Cynthia voltou alegre para a cozinha, logo recomeçando a picar as verduras. A cada instante, porém, Nina percebia que o som da faca na tábua diminuía para que Cynthia pudesse ouvir a conversa.

Drew tirou da pasta os documentos que havia mencionado ao telefone e que ela esperava poder usar no folheto suplementar. Algumas fotografias e cartas.

— Uma pessoa interessada no leilão emprestou-nos isto — disse ela um tanto evasiva, observando disfarçadamente a reação de Nina.

Pessoa interessada no leilão. O que ela quer dizer com isso? Seria Solodin novamente, ou outra pessoa agora? Nina curvou-se para a frente até onde seu pescoço lhe permitiu. Duas fotografias em preto e branco, perfeitamente nítidas, apesar de um pouco amassadas nos cantos. Drew as havia colocado lado a lado na mesinha de centro e lançava olhares nervosos para Nina.

— É claro que eu não as usaria sem sua permissão. Achei que a senhora pudesse reconhecê-las, ou se lembrar da ocasião em que foram tiradas.

Ali estavam os quatro sentados em um sofá, tão felizes, rindo... Na casa de quem eles estavam? Não era a dela nem a de Gersh. Eles deviam estar na casa de um amigo, em alguma festa. Depois de tantos dias de memórias vívidas, Nina se sentiu aliviada por não se lembrar daquela foto.

— Não pode ter sido tirada depois de 1951. Este homem aqui, o melhor amigo de meu marido, foi preso na primavera daquele ano. Nunca mais o vi.

— Sinto muito — disse Drew de um jeito sincero. A expressão triste de seu rosto deixou Nina surpresa. Esta moça não é má pessoa, pensou. Só é jovem. Nina sentiu um súbito arrependimento por sempre a ter tratado friamente.

Nina pensou em Gersh, nas cenas que tanto a atormentavam ultimamente. Se pudesse livrar-se delas... ficaria livre também da dor? Um profundo suspiro fez com que seus ombros doessem.

— Eu não entendia o que estava acontecendo. Eu sabia da campanha contra os judeus, mas a princípio pensei que Gersh, este homem aqui, tivesse feito alguma coisa. Eu era apenas uma bailarina ignorante. Nada mais me importava. Eu simplesmente fechava os olhos. Não queria ficar me perguntando por que pessoas eram levadas porta afora e nunca mais eram vistas. — Nina sentiu-se aliviada ao dizer isso, ainda que fosse para uma garota que certamente seria incapaz de compreender.

O olhar de Vera na fotografia parecia aflito.

— Esta moça aqui também sofreu muito. Os pais dela foram presos e ela se mudou para Leningrado. Na Grande Guerra Patriótica a cidade onde ela estava foi arrasada e muitas das pessoas que ela conhecia morreram. E depois o homem que ela amou mais do que tudo no mundo, este homem aqui, foi levado preso.

Nina fechou os olhos por um breve instante.

— Ela era minha melhor amiga — continuou. As danças no pátio empoeirado do prédio, equilibrando-se nas pontas dos pés... — Mas nós magoamos uma à outra.

Uma esperança perversa apossou-se dela: a de que Drew perguntasse "Como? O que ocorreu entre vocês?". Assim Nina poderia se livrar daquele peso. Talvez isso interrompesse as recordações que a perseguiam, mais intensas a cada dia, terríveis. Mas tudo o que Drew disse foi:

— Ela é muito bonita.

Seria de se esperar. A jovem profissional não faria tal pergunta. Nina deixou aquela foto e pegou a outra. Com os olhos apertados para enxergar melhor, ela se lembrou daquela cena imediatamente.

— Esta aqui é de agosto de 1951. Eu me lembro do dia em que foi tirada. Foi na dacha. Minha amiga a tirou. A câmera não era dela. Pertencia a... ele. — Nina indicou com o dedo o local onde o restante da fotografia deveria estar. Ela se lembrava nitidamente de quem estava lá. Mas quem teria cortado a foto? A quem pertencia aquela foto?

— E esta, quem é? — perguntou Drew indicando Polina, como se a pergunta acabasse de lhe ocorrer.

— Esta eu suponho que tenha sido minha amiga também. — Na verdade, ela e Polina nunca haviam sido muito íntimas. Nina desviou o olhar da fotografia.

— Eu tenho também estas cartas — disse Drew um tanto constrangida. — Achei que a senhora talvez... as reconhecesse.

Lágrimas embaçaram a visão de Nina quando Drew desdobrou as folhas de papel e as colocou diante dela. Embora aquela caligrafia lhe parecesse familiar, Nina não reconheceu as cartas. Ficou muito constrangida quando uma lágrima lhe escorreu rosto abaixo e, empertigada, ergueu a mão para enxugá-la.

— Não reconheço estas cartas. Por favor, leve-as daqui. Você pode usar as fotografias. Dou-lhe minha permissão. — Mas a dor que ela sentia era insuportável. Ela simplesmente não podia mais olhar coisa alguma.

ESTE ANO ESTÃO SOMENTE três deles na Pobeda. Chove há vários dias, o barro molhado da estrada está escorregadio e os campos de centeio parecem ondas cintilantes. Os abetos parecem mais altos, mais espessos e mais verdes. Mas a dacha continua a mesma de sempre, com lírios brancos contornando o terraço de pedra e, um pouco adiante, gralhas com longas penas nas caudas a bicar o chão em busca de alimento. Mas a magia havia se desfeito.

Agora a chuva recomeça. Vera prepara uma sopa de cevada e Viktor sai com um balde para colher framboesas antes que a chuva as estrague. Nina abastece a lareira com pedaços de madeira, e a dacha se enche de uma agradável fumaça perfumada. Em seguida, atira ao fogo pinhões secos que dão estalidos sob o samovar.

Na cama, à noite, não consegue dormir. Uma pálida luz penetra no quarto pelas frestas da persiana. Um verão horrível, este. Gersh se foi e Viktor está soturno e bebendo demais. Vera parece mais magra do que nunca. E há ainda a culpa de Nina por ter feito uma promessa a Viktor a qual não tem intenção de cumprir. Tudo dando errado, tudo muito ruim. Por fim, ela está quase conseguindo dormir, quando um rouxinol se põe a cantar bem próximo à janela. *Ta-tá-tá-tá-tá-tá-tá-tá-trilll...* Canta alto. Sua voz é clara e forte, precisa como um metrônomo. A canção faz com que Nina pense em Gersh, com seu assobio claro e forte.

Um fantasma. É esta a sensação que Nina tem, apesar de não acreditar em fantasmas. *Ta-tá-tá-tá-tá-tá-tá-tá-trilll...* faz o rouxinol, confiante em seu canto. Nina fala com Gersh em pensamento. O que você está tentando me dizer? Diga-me, por favor. Explique o que aconteceu. O que, exatamente, você *fez*?

Ela acorda cedo na manhã seguinte e decide tentar fazer um ponche com as framboesas que sobraram antes que elas se estraguem. A chuva parou, o sol já está forte e a umidade é desagradável. Mal acaba de se banhar no rio, Nina já sente calor novamente. O sol, atravessando as copas das árvores, lança luzes e sombras pelo caminho.

Viktor acorda mais tarde e chega à cozinha esfregando os olhos. Satisfeita por não estar mais sozinha, ela lhe deseja bom-dia.

— Bom? Eu quase não dormi esta noite com a algazarra daquele pássaro. Oh, bom dia Veruska. — Vera chega sonolenta, embora já passe das 10 horas. Reflexos cor de avelã em seus olhos castanhos-escuros. Viktor pega o jarro de água e encaminha-se para o poço.

— Você o ouviu também? — pergunta Vera.

Nina quase ri.

— Como seria possível não ouvir?

— Eu não pude deixar de pensar...

— Eu sei. Eu também.

— Era como se ele estivesse bem aqui, o que me deixou aflita. Porque se for a *alma* dele...

— Ele não está morto. Não o matarão lá.

Vera parece cética.

— Como você sabe?

Nina precisa se conter para não repetir o que Zoya sempre lhe diz, entusiasmada, depois de suas visitas: *Um programa excelente, sem dúvida, muito progressista e tudo mais.* Permitem a Gersh uma carta por semana e já lhe concederam até um telefonema como prêmio por ele ser um "trabalhador exemplar".

— Olá...!

No terraço surge Polina, de óculos escuros, com Serge a seu lado, acenando para a janela.

— Eu disse a ela que estaríamos aqui — diz Vera em voz baixa. — Não pensei que viessem nos visitar.

Viktor, de volta do poço, já os está cumprimentando, e Nina e Vera saem da casa para se juntar a eles. Nina está tensa. Desde que ficou sabendo para quem Serge trabalha e daquela história dos relatórios de Polina, ela parece sempre em guarda quando eles estão por perto.

— Estávamos a caminho de casa — diz Polina —, mas decidimos parar aqui um instante. Que lugar adorável! — Ela e Serge tinham estado em um hotel do governo que ficava ali perto, explica Polina, enquanto Viktor diz a eles para se sentarem e se sentirem em casa. Ele não parece contrariado com aquela visita, e Nina suspeita de que Viktor seja melhor ator do que ela havia imaginado. Serge beija a mão de Nina com grande espalhafato e segura a de Vera gentilmente, como que maravilhado por ter podido tocá-la. Seus lábios roçaram a pele dela tão levemente que dão a impressão de que ele quase não se permitiu tal prazer. Entretanto, sua voz é um tanto fria ao dizer "É bom vê-la aqui". Ele trouxe um buquê de lírios amarelos "para a casa", mas o entrega a Vera. O olhar de Polina demonstra seu orgulho, como se dissesse "Estão vendo como ele é um cavalheiro? É difícil encontrar um de verdade..." Ela está bem atraente com estes óculos de sol. Entretanto, apesar do forte calor do verão, ela usa uma camada espessa de maquiagem que contrasta com a pele naturalmente clara de Vera. Talvez ela precise cobrir algumas daquelas estranhas manchas cinzentas. Alguma coisa parece ainda incomodá-la...

— Vocês não podem imaginar a variedade de lírios que há por lá — diz ela, referindo-se ao hotel onde haviam estado. — E avelaneiras por toda parte. Ah, é tão lindo!

Quando Nina entra em casa para pegar o ponche, Vera a acompanha.

— Precisamos de mais uma cadeira — diz.

— O que esses dois querem conosco?

— Acho que só vieram dar um alô. Sinto muito, Nina. Talvez eu não devesse ter dito a eles. — Pela janela Nina vê que eles estão bem à vontade conversando com Viktor sob a luz peneirada pelos galhos das árvores. Vera se junta a eles levando uma cadeira de vime.

— Então vocês tiveram umas boas férias, não? — pergunta Viktor quando Nina volta com o ponche e uma bandeja com copos. Serge se recosta na cadeira e, com mãos lentas e calmas, acende um cachimbo de raiz de roseira igual ao de Stalin.

— Oh, é mesmo muito confortável lá — diz Polina em êxtase. — Vocês não fazem ideia. Por cem *desyatinas*, rodeado por um bosque de choupos.

— Ela tem praticado balé diariamente. Sou testemunha disso — comenta Serge.

— Eu tive que me exercitar, principalmente por causa da comida deliciosa que servem lá todos os dias. Você, Serge, é que deveria fazer um pouco de ginástica, sabe? — Ela dá uns tapinhas brincalhões na barriga dele. — Está criando uma barriguinha.

— Eu jogo críquete. Mais do que isso, não faço.

Com um suspiro feliz, Polina continua:

— Lamento, mas eu não sou boa nisso. — Enquanto Nina serve o ponche, Polina tira os óculos e os limpa com a barra da saia. — Serge comprou estes óculos para mim.

— Eu estava mesmo admirando-os. — Nina se pergunta de onde seriam. Teria Serge os comprado no exterior, ou em uma dessas lojas especiais reservadas para altos funcionários do governo? Deve ter sido em uma dessas que ele comprou a câmera que tem pendurada ao pescoço. É uma câmera grande e reluzente que tem seu próprio estojo de couro.

Agora que cada um tem seu copo de ponche, Serge exclama:

— Um brinde! — Há algo de agressivo em sua maneira de erguer o copo. Um jeito brusco e confiante. — Glória ao grande Stalin!

Eles repetem suas palavras e bebem o ponche. Viktor então faz um comentário sobre a imponente câmera.

— Uma Leica — diz Serge. — Eu gostaria de tirar uma foto de todos vocês.

— Estamos todos tão bem-vestidos... — brinca Nina, indicando seu vestido caseiro de algodão e a calça de pijama listrada de Viktor. Vera também está usando um vestido de casa.

— Vamos lá, fiquem juntos os quatro. Aproxime sua cadeira, Viktor. Você também, Polina. Mais perto, só um pouco.

Viktor passa o braço sobre o ombro de Nina. Do outro lado dele estão Vera e Polina. A câmera faz um ruído seco, e Polina sugere que Serge também saia em uma foto.

— Sente-se aqui — diz Vera a ele. — Eu tiro a foto.

Serge se senta ao lado de Polina, passa o braço por trás dela e olha para Vera. Outro clique e a pose se desfaz. Ele retira o braço do ombro de Polina.

— Oh, lá está o rio! — exclama Polina. — Posso vê-lo daqui.

— Que tal um último mergulho antes de voltarem para casa? — Nina percebe na própria voz a vontade de vê-los partir. Bem, isto é verdade. Ela não consegue relaxar com a presença de Serge ali. Dele e de sua câmera.

— Eu adoraria um mergulho... faz tanto calor! Serge, você vem também?

Ele parece aguardar o que os outros vão dizer.

— Vá que ainda vou decidir.

— Eu a acompanho — diz Viktor gentilmente, e Nina sente enorme carinho por ele. Mas ela não vai, pois não deseja deixar Vera sozinha com Serge. Tão logo Polina sai, ele diz a Vera: — Seu cabelo tem um brilho incrível hoje.

Vera ri.

— É porque fomos apanhados pela chuva ontem, e depois Viktor trançou meu cabelo.

— Viktor! Pensei que isso fosse tarefa para mulheres.

— Sim, bem... se você tivesse visto como ficou a trança... — diz Nina —, veria que tem razão. — Ela não pode deixar de rir. Embora a trança tenha ficado malfeita, Viktor a fizera com um carinho quase paternal. Nina aprecia a delicadeza dele em seu esforço para apoiar Vera. Ele dissera à esposa, logo depois da prisão de Gersh, que era papel deles mostrar a Vera que ela era amada, mesmo sem Gersh ali.

— Dormi com o cabelo trançado — explica Vera —, e quando desfiz a trança ele ficou assim. — Ondas como as dos campos de centeio no dia anterior.

Nina começa a tirar da mesa os copos vazios e a jarra de ponche, permanecendo na cozinha todo o tempo possível para evitar Serge. Por fim, ouve as vozes de Viktor e Polina, que sobem a colina de volta. Polina, alegre, fala sem parar sobre todas as coisas especiais à disposição dos hóspedes no hotel onde ela e Serge ficaram. Rapidamente, Serge pega Vera pelo braço e diz que embora Polina precise ficar em Moscou, talvez ele possa voltar sem ela. Solta então o braço antes que ela responda e aproxima-se de Polina.

— Já é hora de partirmos. — Só depois de o carro empoeirado ter se afastado é que Nina dá um suspiro de alívio.

À noite o rouxinol volta a cantar, quando já é bem tarde. *Tá-tá-tá-tá-tá-tá-tá-tá-trillll...* Canta firme e claro como um dedilhado ao piano. Apesar de triste, Nina gosta de ouvir aquele canto insistente, persistente, noite adentro.

NO DIA SEGUINTE, Nina e Vera sentam-se juntas na *banya*. A sauna é um quartinho de madeira que fica logo atrás da dacha, não muito afastado do rio, para que possam ir de um para o outro facilmente. Paredes escurecidas no canto onde é queimada a lenha. Seixos de rio empilham-se ao redor da chaminé e o vapor sobe em ondas toda vez que Nina joga água nas pedras quentes. Deitada no banco de madeira, ela se sente envolver pelo calor quase excessivo, perfumado com folhas de vidoeiro. No banco à sua frente está Vera, deitada de costas e apoiada nos cotovelos.

— Por que você atura aquele homem? — Nina sente os lábios arderem enquanto fala.

— Que homem?

— Serge. É evidente que ele está interessado em você.

Vera fica em silêncio por alguns instantes.

— Talvez ele possa nos ajudar. Isto é, ajudar Gersh. Serge é bem-relacionado. Talvez tenha algum tipo de "pistolão".

Nina fica pensativa.

— Mas por que ele faria qualquer coisa para ajudar *Gersh*?

— Porque vou pedir a ele. Ele gosta de mim.

Aqueles olhos gulosos, aquele jeito lascivo de se dirigir a Vera...

— Talvez até haja uma forma de retirar as acusações contra ele. — A voz de Vera revela seu esforço para conter as lágrimas. — Não consigo parar de me preocupar com ele. Com Gersh. O que você acha que podem estar fazendo com ele lá?

Envenenando sua mente, por certo. Mas Nina diz outra coisa.

— Ele é forte, Verochka.

Vera dá um riso triste.

— Tantos homens já se ofereceram a mim. Tantos já choraram por mim. Fizeram promessas de todo tipo. Mas eu amo esse homem estranho, com um nome esquisito e olhos vesgos, que nem sequer quis se casar comigo.

Nina tenta levar a conversa na brincadeira.

— Veja a coisa por outro ângulo: ele a poupou de ter uma sogra.

Vera dá um suspiro longo e triste.

— Eu sei que você não se dá bem com a sua, mas ela tem sido bastante gentil comigo.

— Bem, você já viu como ela manipula Viktor e como fala comigo. Eu sou *déclassée*, como você sabe, e ela está sempre a me lembrar de que me casei com um homem de "boa cepa". Só assim ela pode se convencer de que seus netos não serão *déclassés* também.

Vera fica pensativa.

— Você dará netos a ela?

— Netos? Ai, Vera... estou grávida novamente.

Vera fica em silêncio.

— Creio que hoje seja o primeiro dia em que estou admitindo isso.

— De novo? — pergunta Vera. — Você não usa ducha?

— Todas as vezes, e com vinagre, mas não funciona! E aquela esponja de Budapeste é inútil. — Nina fica imóvel e em silêncio por alguns minutos. Sente-se terrivelmente quente. Bem, é o preço, pensa ela, da tirânica atração que ainda sente por Viktor, da eletricidade que ainda existe entre eles. — Não importa. Vou marcar uma consulta para resolver isto logo que voltarmos.

— Você vai querer ter filhos algum dia? — pergunta Vera.

Filhos. Como sempre, a palavra produz nela uma sensação de ternura: tanta pureza em um ser humano na única época inocente da vida. Reencontrar essa pureza, amar novamente daquele jeito descomplicado, as risadas no pátio, a mão de Vera na sua na audição do Bolshoi...

— Filhos, sim. Mas gravidez, parto... — Nina gostaria que fosse menos complicado. — Sabe o que Alla me disse que aconteceu quando ela estava parindo? Lá estava ela, urrando de dor, e o que foi que a médica disse a ela? "Relaxe."

Vera ri.

— Alla disse à médica que era impossível relaxar quando sentia como se estivessem fazendo um furo em sua coluna com uma furadeira elétrica. Sabe o que a médica disse a ela que fizesse? "Recite Pushkin para você mesma."

— Eu me lembro de uma bailarina em Leningrado me contando que seu trabalho de parto durou tanto tempo que o médico ficou em cima dela para forçar o bebê a sair.

— Ai!

— E ela nem queria ter aquela criança. Mas só se deu conta de que estava grávida no sexto mês.

— Por sorte não tenho este problema — diz Nina. — Uma garota que conheci antes de você chegar ao Bolshoi não sabia que estava grávida até ter um aborto espontâneo. Ela já estava no quinto mês.

— Mas como você sabe? — pergunta Vera.

— Eu sinto um peso no abdômen, e meus seios ficam doloridos. Depois da primeira vez, já conheço os sintomas. — Ela sacode a cabeça. — Mas não suporto a ideia de contar a Viktor novamente. Ele ficou tão feliz na primeira vez... Queria o filho. Na segunda vez eu nem disse a ele. E prometi que poderíamos tentar neste verão. Estou me sentindo muito mal com isso.

Já não sai mais vapor das pedras. Ela se levanta rapidamente para jogar mais água, e sente uma leve tonteira.

— É claro que o fato de não ter filhos é mais um motivo para a mãe dele implicar comigo. Sabe o que ela me disse? Que passar o dia todo dando pulos no palco me impede de engravidar.

Passado um instante, Vera diz:

— Ela põe vodca no chá.

— A mãe de Viktor? — Nina se senta no banco. — É mesmo? — Deitando-se novamente, acrescenta: — Não dá para acreditar. — Na verdade, dava para acreditar sim, pois a sogra estava sempre se queixando de tonturas...

— Não é possível que você não tenha notado.

O tom de voz da amiga parece-lhe inexplicavelmente impaciente. Por um instante Nina pensa ter ouvido mal. Ainda reclinada, ela olha para Vera com cara de surpresa.

— Tenho estado muito ocupada com o trabalho há dois anos sem parar — diz —, e não tenho tempo para notar todos os pormenores da vida dos outros. — Mas sua adrenalina já está alta, e ela vai se irritando aos poucos. — Eu danço sem parar. Não fico tirando folgas a cada instante. Não peço a Tio Félix que me dê uma dispensa cada vez que um tendão dói. — É verdade. Nina dança com torções nos tornozelos e joelhos machucados. Na última apresentação da temporada, ela dançou com um dedo do pé fraturado: imobilizou-o com cloretil e pôs-lhe uma bandagem bem apertada. Depois dançou divinamente um balé de quatro atos.

Vera agora está sentada, ereta. Mas Nina não consegue parar de falar.

— Eu tenho trabalho a fazer. Não tenho tempo para... viver me metendo na vida dos outros, para me prostituir com qualquer homem que se ofereça para mim.

— Eu não estou me prostituindo!

— Então que nome você dá a isso? — Nina se senta bruscamente e fica tonta; sua cabeça parece girar.

— Dou a isso o nome de solidariedade! De me importar com os outros! De pensar no bem de outras pessoas além do meu!

— Pois eu penso em outras pessoas além de mim! — As duas estão falando aos gritos, como aqueles horríveis vizinhos do prédio...

— Pensa, é? — O tom de voz de Vera agora é sarcástico. — Pensa mesmo? Mas você é uma *ballerina*, uma estrela. Como consegue arranjar tempo para se preocupar com outras pessoas? Está sempre tão ocupada! Tão ocupada que nem notou que sua mãe está... morrendo.

O ar torna-se insuportavelmente quente.

— Do que você está falando?

Vera dá um suspiro lento e preocupado.

— Ela está doente, Nina. O médico foi lá pouco antes de eu vir para cá. — Faz uma pausa, pensativa. — Deve ser uma questão de meses.

— Meses? — Nina se sente sem forças. Está coberta de suor. — E você não ia me dizer nada? — Como se o fato de a mãe estar doente fosse culpa de Vera, ela grita: — Por que você não me disse antes?

— Pensei que você tivesse notado. Pensei que tivesse notado o quanto ela mudou. Mas você está sempre tão ocupada, ou descansando tanto, e pensando tanto somente em você, que não tem tempo de ir ver como sua mãe está. Mesmo quando você vai lá, não a *enxerga* de verdade.

Nina está tremendo. Sabe que tudo isso é verdade. Quase já não tem tempo para a mãe, sua mãe de saia florida...

— Sim, sou uma filha má. Você é a boa. — Nina se levanta. Não suporta mais o calor. — Preciso sair.

— Não é isso que estou dizendo. Estou apenas...

O ar parece lhe dar ferroadas quando ela empurra a porta para sair.

Já fora da sauna, ela se enrola em uma toalha áspera. O rio lá embaixo corre verde e tranquilo, refletindo um salgueiro que se curva sobre ele, e um bando de patos que desliza passivamente. Nina sente a pele arder. De vergonha, pensa ela. E corre em direção à casa.

— Viktor!

— O que houve?

— Preciso ir para casa. Agora mesmo. Sinto muito. Vou de trem, basta você me levar até a estação. — O suor lhe brota por todo o corpo, e ela se esfrega com a toalha até arranhar os braços.

— Nina, pare com isto! Você está arrancando sua pele! O que está acontecendo?

— Preciso ajudar minha mãe. Ela está doente. Vocês podem ficar aqui. Logo saberei mais sobre o estado dela e lhe digo. Mas agora preciso ir.

EMBORA SE ESFORÇASSE por ler as provas cuidadosamente, Drew precisava parar a cada instante para se concentrar. Pensava na inesperada reviravolta em seu coração. Às vezes percebia-se sacudindo a cabeça, como que para tentar pensar em outras coisas. Seu corpo aconchegando-se no dele. Sentindo seu calor. Por vezes parecia-lhe impossível ter feito aquilo, ter se aproximado dele e se aninhado em seus braços. Em seguida, lembrava-se de como tinha sido bom. Como tinha sido bom fazer algo que raramente se permitia: deixar-se levar por seus sentimentos.

Realmente, pensou ela, nunca se dava tempo para arroubos pessoais. Entre trabalhar com Miriam na montagem dos leilões, lidar com o pessoal de relações públicas e dar pequenas tarefas à sua nova assistente, não lhe sobrava tempo para muito mais. Se ao menos pudesse se livrar da revisão de provas do folheto suplementar, seria uma coisa a menos com a qual se preocupar. O tipógrafo ficara de fazer quinhentos exemplares em papel da melhor qualidade para o jantar que antecederia o leilão na semana seguinte, onde o folheto seria lido distraidamente e com tédio, entre um discurso e outro, entre um copo e outro de bebida. Depois os programas impressos com letras douradas em espesso papel de linho seriam jogados fora com o resto do lixo.

Engraçado como nada disso parecia ter importância agora. Nem o leilão, nem as joias, tampouco provar mais uma vez a si mesma sua competência profissional. O que importava era descobrir alguma coisa para Grigori.

Naquela mesma manhã, Drew havia feito contato com mais um especialista que poderia saber como encontrar os arquivos do joalheiro. Não importava se aquilo era uma fantasia, e se era quase nula a possibilidade de descobrir qualquer coisa antes do leilão. Normalmente, a essa altura do trabalho Drew já estaria se desligando do projeto. Agora, porém, ela queria continuar tentando encontrar alguma coisa que ajudasse Grigori a descobrir se estava certo acerca de Nina Revskaya.

Um parente seu... conexões familiares. Os pensamentos de Drew percorreram novamente o caminho já tantas vezes trilhado entre a pulseira e os brincos de Nina e o pingente de Grigori, todos agora selados em saquinhos de plástico transparente, aguardando a pré-exibição da semana seguinte. O pingente, o pingente de Grigori, com aquela minúscula aranha e seu saquinho de ovos que parecia um paraquedas embaixo dela... As cartas que Nina Revskaya dizia não lhe pertencerem...

O coração de Drew se apertou novamente quando ela se lembrou de que havia feito Nina Revskaya chorar naquele dia. Bastara mostrar-lhe as duas fotografias... Na verdade, Drew tinha se emocionado também ante o realismo daquelas fotos, ante seu silencioso testemunho de que as pessoas que nos são mais próximas podem desaparecer de nossas vidas de uma hora para outra, mesmo aquelas mais enraizadas em nossas vidas, aquelas que acreditamos ter para sempre. Jen, Kate, Stephen; sua mãe, seu pai. Eles também, como ela mesma, passariam algum dia a existir apenas em imagens. Imagens fotográficas e guardadas na memória.

Ao pensar em fotografias, Drew se ajeitou empertigada na cadeira e sacudiu a cabeça novamente. Fotografias... sim, o folheto suplementar, a leitura da última prova. Os espaços em branco seriam preenchidos com fotos. Drew voltou-se para seu computador a fim de fazer uma última verificação. Primeiro viria a fotografia de Nina Revskaya jovem, em um salto perfeito, com as pernas formando uma linha horizontal no ar. Em seguida viria um recorte de jornal com a notícia da fuga de Nina, e logo uma foto profissional glamourosa assinada por Van Cleef & Arpels. A foto seguinte seria de Nina com o marido, esta pertencente a Grigori e tratada por Drew.

Para a contracapa, Drew havia escolhido uma foto cândida de Nina Revskaya e três outras bailarinas do Bolshoi apoiadas distraidamente na barra em uma sala de ensaio. Drew havia encontrado esta imagem na internet, onde descobrira arquivos de fotos de bailarinas ensaiando, ou observando a demonstração de um professor. Eram essas fotos sem pose, geralmente de algum corpo de baile, que Drew achava mais interessantes. Elas capturavam momentos espontâneos daquelas bailarinas, ainda meninas em sua maioria, com seus corpos jovens e olhares sonhadores; meninas anônimas das quais ninguém mais se lembrava. Algumas delas eram de fato anônimas: "bailarinas não identificadas", diziam as legendas. Vez por outra Drew havia interrompido sua pesquisa e ficara pensando sobre aquelas meninas que, embora tivessem conseguido fazer parte de uma das companhias de balé mais famosas do mundo, haviam sido excluídas da história.

Ao examinar mais uma vez a imagem que escolhera para ilustrar a contracapa, Drew notou algo que chamou sua atenção. A moça à direita de Nina Revskaya. Havia nela alguma coisa de etéreo, mas também de familiar. A expressão sombria daqueles olhos. Drew ficou pensativa por alguns instantes e depois pegou a pasta contendo as fotos e cartas que Grigori lhe emprestara. Entristeceu-se novamente ao ver a foto que ela havia escaneado e recortado a fim de obter um retrato de Nina com o marido para o folheto. Ali estava o casal que ela excluíra. Sim, agora tinha certeza: a jovem era a mesma, aquela que Nina disse ter sido sua melhor amiga. Então ela também era bailarina! De acordo com o arquivo da internet, chamava-se Vera Borodina.

Com um clique, Drew abriu novamente a página da internet com arquivos fotográficos de bailarinas e encontrou duas outras fotos de Vera Borodina. Uma delas era absolutamente linda: uma pose do *O lago dos cisnes*. Então ela também havia sido uma bailarina famosa! Por trás dela, na escura floresta do cenário ao fundo, viam-se cinco outras meninas-cisnes anônimas, certamente sonhando em algum dia virem a dançar o papel do cisne principal.

E logo Drew fez outra descoberta: reconheceu mais alguém, uma das bailarinas "não identificadas", uma jovem magrinha de pescoço longo. Ela examinou cuidadosamente a foto na tela do computador, e em seguida pegou a outra foto em preto e branco que pertencia a Grigori, aquela tirada em frente à dacha. Sim, era ela mesma a moça que Nina havia identificado vagamente como "uma amiga". Certamente as três devem ter se tornado amigas no Bolshoi. Mas a moça magrinha não deve ter tido grande sucesso como as outras duas.

Um pensamento ocorreu a Drew: telefonar para Nina Revskaya e perguntar o nome da amiga. Talvez pudesse descobrir um jeito de mandar um e-mail para a pessoa responsável pelo arquivo daquelas fotos informando o nome da moça. Assim ela deixaria de ser uma "bailarina não identificada". Drew sentiu-se tentada a ligar para Nina Revskaya, mas não ousou fazê-lo. Já a fizera chorar no outro dia. Além do mais, tinha muitas outras coisas a fazer e, de qualquer forma, provavelmente ninguém se interessaria pelo nome daquela bailarina.

NINA VOLTA A SEU ANTIGO apartamento, onde passa a cuidar da mãe da melhor maneira possível, embora ela mesma esteja se recuperando da cirurgia que a livrou da situação em que se encontrava. Foi melhor resolver seu problema antes do retorno de Viktor e se recuperar na velha cama de ferro que lhe pertencera e que agora era de Vera.

Ela contratou Darya para ficar com a mãe todos os dias depois de trabalhar na casa de Madame. Darya as ajuda a cozinhar e a limpar o apartamento. A mãe parece bem mais magra e envelhecida em sua saia de flores desbotadas. Seu corpo já não tem força, e seu sorriso agora está escuro onde antes havia dentes. Aqueles ombros eretos e orgulhosos haviam se arqueado sob o peso de muita labuta, de muitas filas, de muitas esperas intermináveis em repartições públicas... A vida de uma mãe é uma tarefa contínua, um trabalho sem fim. É como a vida dessas operárias que Nina vê diariamente nas ruas e que ao final do dia são empilhadas em caminhões como se fossem placas de madeira ou canos de metal...

Nina permanece com a mãe até o fim de agosto, quando Viktor retorna e ajuda na mudança da mãe dela para o apartamento deles. A cama onde eles antes dormiam passa a ser ocupada por ela, e os dois dormem em um colchão no chão. Sua mãe está cada vez mais fraca, e já não deixa o leito. Por vezes ela parece não perceber o que se passa à sua volta.

— Isto é contagioso? — pergunta Madame ao sair do seu quarto, o que só faz na hora das refeições. E cheira o ar, receosa de micróbios. Jamais se digna a dar bom-dia à mãe de Nina. Darya, igualmente, parece decidida a ignorá-la. Embora Nina continue a complementar seu salário, Darya se recusa a fazer qualquer coisa além do que já fazia na casa de Madame. Só depois de uma semana é que Nina descobre o motivo: Madame deu a ela instruções neste sentido.

Nina se enche de raiva novamente, mas já está cansada de lutar, cansada de seu permanente rancor. É tudo tão mesquinho, mas também tão desgastante! Ela ainda não voltou a falar com Vera. Faltam-lhe energia e premência para reconciliar-se com ela. Entretanto, quando Viktor fala dos dias que os dois passaram juntos na dacha, ele parece desconhecer o fato de elas terem discutido. Vera não deve ter contado a ele o que aconteceu.

— De certa forma, foi bom você não estar lá. Teria que aguentar a presença daquele sujeitinho, Serge.

— Ele voltou lá?

— Duas vezes. Não gosto dele. — Nina percebe ciúmes na voz do marido. Só agora ocorre a ela que talvez tenha cometido uma tolice ao deixá-lo sozinho com Vera na dacha. Afinal, por mais amor que Viktor lhe dedicasse, ninguém parece ser imune aos encantos de sua amiga.

— Por onde ela anda? — pergunta Madame certo dia em setembro ao sair do quarto para tomar uma sopa aguada que Darya tinha feito.

— A bela Vera? Há séculos não a vejo.

A mãe de Nina sente falta de Vera também, e mais de uma vez perguntou quando ela virá visitá-la.

— Vera tem andado muito ocupada ultimamente — diz Nina, inventando uma desculpa. Na verdade, nada mais sabe sobre Vera, além do fato de ela estar cuidando do apartamento de sua mãe e de Viktor, solícito, visitá-la com frequência.

Uma noite Viktor não volta para casa.

Nina fica acordada até de madrugada. Será que aconteceu com ele também?... Por causa de Gersh?... Teria ocorrido algo terrível?

Quando ela ousa acordar a sogra para perguntar se ela sabia aonde ele tinha ido, Madame a repreende aos gritos, irritada por ela ter lhe perturbado o sono. A mãe não parece preocupada com o fato de o filho não ter voltado para casa.

Já são quase 4 horas da manhã quando Nina ouve o ruído da chave na porta e os passos de Viktor ao entrar no quarto escuro. Nina precisa se controlar para não gritar "Onde você estava? O que aconteceu? Você está bem?".

— Estou bem. E você? Por que está nervosa deste jeito? Qual é o problema?

— Qual é o problema? Você chega em casa às 4 horas da manhã e nem me diz aonde foi. Eu pensei que você tivesse sido... eu não sabia o que pensar.

— Avisei à minha mãe. Ela não lhe disse? — Viktor fez uma pausa e mudou o tom de voz. — Levei Vera para visitar Gersh.

É claro que Madame não lhe diria coisa alguma. Nina cai em um choro convulso, exausta e nervosa demais para sentir raiva dele. Viktor a abraça e sussurra em seu ouvido:

— Está tudo bem, está tudo bem...

Quando ela consegue parar de chorar, esfrega o rosto no peito do marido, enxugando as lágrimas na camisa dele. Mas agora que se acalmou, ela é capaz de pensar com mais clareza.

— Você levou Vera? — Em seguida, baixando a voz para não acordar a mãe: — Pensei que só admitissem visitas de membros da família.

— Sim, bem, sempre é possível persuadi-los.

Nina arregala os olhos quando Viktor acrescenta:

— Pelo visto há maneiras de se fraudar uma visita.

Ele se afasta e se senta, cansado, em uma das cadeiras de madeira. Será que subornou alguém ou falsificou algum documento? Novamente Nina fica tensa ao pensar que ele havia se exposto ao perigo, mas tentou se controlar.

— E Gersh está bem? Como ele está?

— Pelo que Vera disse, ele não está tão mal.

— Você não esteve com ele?

Viktor balança a cabeça.

— Somente Vera teve permissão para entrar. Como "pessoa da família".

"Família". Nina se pergunta o que ele quis dizer com aquilo, e deixa-se cair, cansada, na cadeira ao lado da dele. Talvez o fato de Vera aturar aquele abominável Serge tenha servido para alguma coisa.

— Continuo a não compreender como ela conseguiu isso. E Zoya?

— Ao que parece, agora que eles têm um novo diretor, Zoya deixou de aparecer por lá.

Nina arregala os olhos. Então era mesmo verdade o que ela e Viktor suspeitavam: era o diretor anterior, e não Gersh, que Zoya tinha tanto interesse em ver.

— Logo agora, que eu tinha me convencido de que ela o amava de verdade.

— Talvez amasse — disse Viktor encolhendo os ombros de um jeito que a deixou aborrecida. Como Zoya pôde ser tão volúvel? Como pode o amor simplesmente saltar de uma pessoa para outra? Quando Viktor a abraça, ela encosta sua cabeça na dele, em busca de consolo. Gostaria de não estar ressentida com ele. Gostaria de poder relaxar e acreditar que tudo estava bem, que Viktor não tinha se arriscado para ajudar Vera em sua armação.

Somente quando já estão deitados, ela com a cabeça no ombro dele, é que Nina pergunta, sem ter certeza de que quer saber a resposta:

— Como foram as coisas por lá?

Viktor responde com certa impaciência:

— Já lhe disse que não sei. Eu não vi.

A voz dele demonstra aborrecimento, e Nina se sente tomada de irritação também.

— Por que você foi até lá se não era para vê-lo?

— Fui levar Vera. Já lhe disse isso. — Ele se afasta dela e se vira para o outro lado.

Nina diz a si mesma que é melhor mesmo não discutirem, melhor não começarem uma briga de verdade. Ainda assim, se sente frustrada. Talvez Vera seja apenas uma desculpa. Uma invenção, um jeito de Viktor ir... de ir aonde? Fazer o quê? Nina pensa no dia em que o conheceu e naquela loura de belas curvas, Lilya, ao lado dele. Pensa no quanto ele gosta, ainda hoje, da companhia de mulheres. É natural que um homem de sucesso como ele tenha admiradoras. Pensamentos deste tipo dão voltas em sua cabeça e ela não consegue dormir. Todos agora são suspeitos para ela. É como se a terra deixasse de ser sólida e passasse a ser inefável, sem um chão onde ela pudesse pisar. A cada dia que passa, há menos gente em quem ela pode confiar.

Um ou dois dias após a visita de Drew Brooks, Cynthia, tendo colocado a sopa para cozinhar, veio da cozinha e, ao invés de pegar uma revista para ler, como sempre fazia, sentou-se diante da cadeira de rodas de Nina.

— Estive pensando no que a senhora disse àquela moça outro dia. Sobre sua amiga. Tive a impressão de que a senhora gostaria de falar a respeito de sua amizade com ela.

Sinceramente, por que esta mulher não se contenta em preparar minha sopa?

— A vida dela foi dura. Ela sofreu muito.

Dois dias de recordações tristes, sem descanso. Nina havia passado aquele dia tentando se distrair: pusera para tocar o CD de Bach novamente e folheara um livro sobre Gauguin, um belo álbum que estava na mesinha de centro sem que ela o tocasse há muito tempo, desde que o recebera de presente. Imagens belíssimas nas quais ela não conseguira se concentrar. A dor não havia deixado de se fazer presente todo o tempo.

— Às vezes digo a mim mesma que o sofrimento dela foi sua punição pelo que fez — disse Nina.

Cynthia arregalou os olhos.

— Então ela deve ter feito alguma coisa muito terrível.

Nina ficou pensativa. Pensou no que acontecera a seu próprio corpo, que a havia traído.

— Creio, realmente, que recebemos o que merecemos. Olhe para mim, aqui, nesta cadeira de rodas.

Novamente Cynthia mostrou-se surpresa.

— O que quer que a senhora tenha feito, ninguém merece ficar preso a essa coisa aí.

Essa declaração tão direta, em lugar de um típico comentário piedoso, feita com o sotaque levemente cantado de Cynthia, teve um estranho efeito sobre Nina, que se pôs a chorar.

— Oh, doçura, deixe que eu enxugo. — Cynthia se curvou e aparou algumas lágrimas com um lenço de papel que tirou do bolso.

Nina se surpreendeu ao perceber que as lágrimas continuavam a brotar de seus olhos. Lentamente, ela disse a Cynthia:

— O que fiz a ela foi cruel.

— Só me conte o que quiser contar. Se isso fizer com que se sinta melhor.

Nina gostaria simplesmente de poder baixar a cabeça e balançá-la de leve, mas o nó que sentia na nuca estava ainda mais apertado. Lembrou-se do lenço que a avó colocava em sua cabeça com carinho e o apertava na nuca para que não caísse. Aquele era um nó que a deixava segura, não que a estrangulava como o de agora.

— Nada fará com que eu me sinta melhor, Cynthia. Já é tarde demais.

Cynthia enxugou mais algumas lágrimas.

— Nunca é tarde demais. Meu pai sempre dizia que quando a gente pensa que nada mais pode ser feito, precisa pensar novamente.

— Por favor, Cynthia, este seu coração bondoso faz com que eu me sinta pior.

Cynthia deu uma risada e, como que por um passe de mágica, o nó que Nina sentia na nuca se afrouxou um pouco. Mas ela decidiu não dizer isso a Cynthia para não ter que ouvir mais uma pérola de sabedoria do pai dela.

OS ENSAIOS RECOMEÇARAM no final de setembro, mas Nina e Vera continuaram sem se falar. Ao passarem uma pela outra no Bolshoi, Vera baixa a cabeça, como se estivesse envergonhada, quase como se sentisse culpada. Bem, ela tem mesmo que se sentir culpada, pensa Nina, ainda sem compreender por que Vera tentou esconder dela a doença de sua mãe. Entretanto, aquela atitude aos poucos confirma a primeira impressão que ela teve ao reencontrar a amiga no pequeno camarim dois anos antes: havia algo de enigmático nela. Algo misterioso. O que ela estará fazendo nas horas vagas, agora que não tem mais encontros secretos com Gersh nem jogos de carta com Madame? Sozinha no antigo apartamento de Nina, com todo ele para si... Nina desconfia de que Vera visite sua mãe quando ela não está em casa.

Nina passa a evitar Polina também, e apenas se cumprimentam quando se cruzam nos corredores do Bolshoi. A erupção na pele voltou, as feridas no pescoço, as marcas escuras em seu rosto, por isso Nina suspeita de que ainda estejam pedindo a ela para delatar pessoas. Mas que informação ela poderia ter? Nina não deixa de sentir pena dela, magra e angustiada como está.

No início de outubro, quando sua mãe parte suavemente para sempre, Nina está junto dela. Tenta ainda ouvir as batidas de seu coração, ou sua respiração. Por um breve instante, pensa ouvir alguma coisa. Sua mãe ainda estaria ali com ela, mas não: o que ouve são as batidas aflitas do próprio coração. Sua mãe já não vive mais. Somente depois de algum tempo é que ela se consola com a ideia de que a mãe havia conseguido ter uma morte natural, tendo escapado da fome, da guerra, de ser presa e de todas as demais situações desumanas que têm causado a morte de tanta gente.

No enterro, em um dia claro, num pequeno cemitério próximo, Nina e Vera quase não se falam. Agora que perderam a mãe, esse silêncio parece absurdo. Nina se sente aliviada quando Vera a acompanha de perto ao se afastarem lentamente do túmulo coberto de flores amarelas.

Nina deixa que Viktor e os outros sigam adiante, e espera que Vera se aproxime.

— Sinto muito — diz ela. — Eu a amava também. Quero que você saiba disso.

— Eu sei. — Em pensamento, ela ouve a voz da mãe, a maneira delicada como ia abrir a porta para a filha. "Já vou, já vou", e o arrastar de seus chinelos...

— Tenho pensado em como teria sido minha vida se não fosse ela. Seria tudo diferente. Não apenas minha vida em Moscou, mas minha carreira.

O exame de seleção no Bolshoi quando eram meninas. Nina concorda em silêncio.

— Eu também estava pensando nisso. Como a seguimos pela rua qual duas patinhas até a Escola de Balé do Bolshoi. E depois, quando atravessamos a porta giratória do Metropol.

— Você e eu entramos juntas na porta giratória, mas sempre senti que quando saímos de lá, passamos a fazer parte de dois mundos completamente diferentes. — Vera certamente se referia ao que aconteceu depois, com o desaparecimento dos pais dela e sua ida para Leningrado, para a escola do Kirov, pensou Nina.

— Eu acho que aquele porteiro estava querendo flertar com a mamãe, você não acha? Por que outro motivo ele nos deixaria entrar? Ela era tão esbelta e bonitinha... — Nina gostaria de poder ver a mãe sorrir novamente, de vê-la rir, de ouvir a voz suave dela.

Os olhos de Vera continuam tristes e sombrios.

— Eu sei que deveria ter dito a você que ela estava doente. Mas você precisa compreender... — A voz de Vera vai sumindo, e ela desvia o olhar.

— Compreender o quê?

— Não era... *aquilo*. — Vera baixa a cabeça e olha para o chão.

— O que você quer dizer com *aquilo*?

— Quero dizer que o médico... não disse aquilo. Não disse que ela estava morrendo. Eu achava que ela não estava bem, mas o médico... Ele nunca me disse aquilo.

— Você está dizendo que inventou que ela estava morrendo?

— Eu devo ter tido essa impressão. Ela parecia muito fraca.

— E você, em vez de me dizer que ela parecia muito fraca, disse... disse *aquilo*! — Nina aperta os dentes para se conter. — Você disse, e se tornou verdade.

— Eu não desejei que acontecesse.

— Que espécie de pessoa é capaz de... de *brincar* assim como a morte de outra?

— Falei sem pensar! Talvez eu desconfiasse de alguma forma. E eu estava com ciúmes do sucesso que você fazia enquanto era eu que...

— Está certo, era você que cuidava dela, que a via diariamente, enquanto eu desempenhava o papel da filha ingrata. É o mesmo que acontece com a mãe de Viktor. Eu sei disso, pode acreditar. Todos gostam mais de você.

— Não é isto que estou dizendo. Você não compreende. Eu a amei de verdade.

— E ela a amou de verdade. Mais até do que você sabe. — Nina se sente a ponto de explodir. E não se contém: — Foi ela quem mandou para você todos aqueles telegramas.

Por alguns instantes, Vera parece atônita.

— Isto não é verdade.

Nina já está arrependida do que disse. Gostaria de poder apagar suas palavras. Sente-se como um bicho asqueroso, uma criatura que não sabia quão repulsiva era.

Vera deixa escapar um som parecido com um gemido.

Nina se afasta correndo, passa por Viktor e pelos outros, vai parar na rua, onde velhas estão varrendo com suas vassouras de cabos de galhos. Ela treme muito, assombrada com a própria crueldade. Pela primeira vez sente dentro de si algo terrível: uma enorme capacidade de traição.

Lote 93

Presilha de Cabelo em Platina, Ouro 18k, Diamantes e Topázio. Cada par de diamantes de corte brilhante, cravado em pave, alterna-se com três pares de contas de topázio com bordas detalhadas em carretilha e laterias gravadas que unem-se à barra com prendedor, 1 g, 8 in. $4.900 — 5.400.

CAPÍTULO CATORZE

Os dias que antecediam aos leilões eram sempre agitados, com o telefone a tocar constantemente com perguntas de última hora (esse anel é de ouro 14 ou 18 quilates?), e a caixa de mensagens de Drew enchia-se de lances não oficiais. Isso sem falar das muitas pessoas que desejavam ter acesso prévio às peças, ansiosas por encontrar exatamente seus objetos de desejo. Durante toda a tarde, a galeria estivera apinhada com um grupo variado como sempre: mulheres experimentando colares e anéis, admirando-se em espelhos de mesa, enquanto empregados da casa de leilões comentavam sobre o bom gosto de cada uma delas. Pais, maridos e noivos apreciavam, enquanto negociantes circunspectos examinavam os objetos com lupas e olhos apertados verificando possíveis imperfeições. Desta vez havia também bailarinas, mulheres esguias de pescoços longos, algumas das quais bastante jovens, que apontavam para uma ou outra coisa que viam nas caixas com tampas de vidro.

O diretor de eventos a todo instante dava ordens aos estagiários; o jantar que antecederia ao leilão seria naquela noite, e havia ainda muitos lugares a serem marcados. De sua mesa de trabalho, Drew podia ouvir a correria deles de um lado para outro, enquanto na calçada lá fora pessoas alegres comemoravam o Dia de São Patrício, algumas fantasiadas de celtas, outras com altos chapéus enfeitados com trevos, e outras, ainda, exibindo colares verdes metálicos. Os bandos alegres iam de pub em pub, apesar de a tarde ainda estar começando. Era feriado oficial na cidade de Boston, e parecia que toda a população tinha ido para as ruas.

Até então, Drew sempre achara que o Dia da Desocupação fosse apenas um pretexto para as pessoas tirarem um dia de folga e se juntarem a amigos nos bares. Somente então se deu conta de que, naquela data, em 1776, o exército de George Washington havia expulsado as tropas inglesas de Boston tranquilamente, sem uma baixa sequer. Mas os jornais daquele dia exibiam manchetes assustadoras: "Os Estados Unidos se preparam para a guerra" e "Fracassam os esforços diplomáticos no Iraque". Um dos artigos dizia que o presidente planejava enviar tropas para a região dentro de poucos dias. As risadas de pessoas embriagadas vindas da rua pareceram-lhe despropositadas. Mas quando um outro grupo de foliões passou por sua janela, Drew se perguntou se eles também estariam tentando não acreditar no que estava por vir e se apegavam a vãs esperanças em sua algazarra.

Quando seu computador, com um pequeno tilintar, indicou a entrada de uma mensagem, Drew desviou o olhar da janela. Um e-mail de Stephen perguntando se ela aceitava tomar uma cerveja com ele. Abaixo deste, havia mais dois e-mails de sua mãe, um dos quais começava por explicar que o anterior havia sido enviado por engano. Drew abriu-o sem interesse, já que a maioria dos e-mails de sua mãe era para encaminhar mensagens sobre possíveis vírus de computador, ou alegres informações sobre pessoas que ela mal conhecia, ou que lhe eram indiferentes. O e-mail dizia: "Desculpe, mas o e-mail era para seu pai, não para você..." Abaixo havia um link para um artigo do *Seattle Times*. "Eric é citado!" Escrevera a mãe para o pai.

Era um artigo sobre aulas de culinária para casais. Eric e Karem estavam tendo aulas de confeitaria; eles pensavam em decoração de bolos para o próximo curso. Drew leu o artigo, naturalmente, levada pela curiosidade. O mesmo pensamento de sempre passou-lhe rapidamente pela cabeça: isso podia estar acontecendo comigo. Esse poderia ter sido o meu tipo de vida. "Jovem casal vindo da Costa Leste, Eric Heely e Drew Brooks pretendiam inicialmente fazer um curso de frituras..."

Um casal tranquilo, fazendo tranquilamente coisas que casais tranquilos fazem.

Mas tal pensamento logo se afastou, e a tecla de deletar foi acionada. Sua atenção foi desviada para outro e-mail que acabava de chegar.

> Srta. Brooks,
> Paul Lequin repassou-me sua mensagem relativa aos cadernos de registro de Anton Samoilov. Todos os arquivos da minha família encontram-se na Sociedade Russa de Minnesota. Já informei a Sociedade de sua pesquisa e enviei-lhe a descrição do pingente de âmbar que a senhorita deu a Paul. A arquivista de lá é Anna Yakov. Sinta-se à vontade para contatá-la através do endereço Anna@MRS.org.
>
> Desejo-lhe boa sorte.
>
> Theresa Samoilov-Dunning

Drew deu um pequeno grito de alegria e rapidamente enviou uma mensagem para Anna Yakov. Seu impulso seguinte foi o de pegar o telefone e ligar para Grigori, mas por maior que fosse sua vontade de dar a notícia, sabia que deveria esperar. Não o via desde aquele dia na sala dele, e não havia sequer falado com ele; decidira só entrar em contato se encontrasse algo relevante para mostrar-lhe: uma possível resposta, algo objetivo. Primeiramente precisaria verificar se, de fato, aquela mensagem a conduziria a algum lugar, se ela realmente tinha encontrado alguma coisa.

DIAS FRIOS DE OUTONO com jeito de inverno. Folhas mortas cobrindo o chão das ruas. Rajadas de vento gelado percorrendo os corredores e as escadas do Bolshoi. Nas aulas matinais, Nina ocupa seu lugar na barra, sem olhar para a outra extremidade, onde Vera também ocupa o lugar de costume. Raramente cruzam-se nos corredores, uma vez que seus camarins ficam em andares diferentes; Nina não tem dificuldade em passar um mês inteiro sem falar com Vera.

Polina, que costumava ficar ao lado de Vera na barra, está agora no outro lado da sala de ensaio, em frente ao espelho do qual ninguém gosta porque faz com que as pessoas pareçam um pouco mais gordas. A Polina isso não incomoda; está mais magra do que nunca, com os músculos visivelmente tensos. Suas nádegas e coxas retesam-se já antes do primeiro *plié*. Nota-se a tensão até mesmo na maneira como ela agarra a barra, quando deveria apenas tocá-la de leve. Ela parece realmente doente quando caminha até a caixa de breu e volta, mas quando Nina tenta captar seu olhar, ela o desvia para outro lado. Certa manhã, ao tentar partir um pedaço maior de breu, Polina parece furiosa, como se descontasse sua fúria nos torrões amarelos que transforma em pó.

Algo está acontecendo. Algo certamente está acontecendo. Entretanto, por mais que Nina sinta que isso seja verdade, ela não sabe o que é. Tenta então não pensar, permanecer fiel à sua determinação de se concentrar apenas no balé.

Num final de tarde, Nina retorna do ensaio e encontra Viktor em casa, sentado à mesa de madeira. Nina logo percebe que há algo de errado. Ele tem os maxilares cerrados e a olha de tal maneira que ela pergunta o que há.

— Está na hora de discutirmos o que você deixou de me dizer.

— Do que você está falando?

Os olhos dele revelam profunda dor.

— Pelo visto, sua partida apressada para cuidar de sua mãe naquele dia não foi apenas por preocupação com a saúde dela.

— É claro que foi!

— É mesmo? E você também não tinha seus próprios assuntos médicos para resolver?

— Mas... — Como ele poderia saber? — Viktor. — Nina sente-se subitamente exausta. — Sinto muito. Mas você precisa compreender que não foi esse o motivo de minha volta. Eu tinha mesmo que cuidar da minha mãe. Porém descobri que estava grávida e que precisava resolver o problema...

— Sua escolha de palavras é interessante.

Nina deixa-se cair em uma das cadeiras de madeira, cansada demais para retrucar.

— Não vamos brigar por causa disso agora. Você sabe que minha mãe estava doente. Eu não menti para você.

— Você não me disse a verdade. Tive que ouvir isso de minha própria mãe.

— Sua *mãe* lhe disse isso? — Uma onda de raiva e perplexidade a deixa calada. Como Madame podia saber?

Então ela se lembra. Vera.

— Por que você fez aquilo, Nina?

O que ela diz, em um sussurro, é algo que jamais pensou conscientemente.

— Como eu poderia colocar uma criança num mundo como este?

Viktor se recosta na cadeira como que para observá-la melhor.

— O que você quer dizer com isso?

Este mundo onde as pessoas que se ama são levadas no meio da noite. Onde são perseguidas todo o tempo e não podem sequer se casar com quem amam, e têm sua própria reputação e sua profissão roubadas de uma hora para outra.

— Gersh — diz ela simplesmente.

Viktor dá um suspiro carregado de dor.

— É uma coisa temporária. É um exagero... necessário. Você sabe como são essas coisas... Não se pode fazer uma omelete sem quebrar alguns ovos. As coisas vão mudar quando tudo se acalmar.

— Como você pode dizer isso? Então Gersh é um ovo? Vera é um ovo? Como consegue repetir uma indignidade dessas, uma...?

— É claro que não são. Eu só estou dizendo que...

— Ah, pare com isso! — Nina surpreende-se com o próprio tom de voz. — Eu não entendo como você consegue manter esta farsa. — Como se não houvesse algo horrível acontecendo com eles. Nina se dá conta de que de fato é assim que se sente, de que é esta a verdade. Já há algum tempo, certamente, vem sentindo isso, que algo terrível e silencioso vem ocorrendo todo o tempo.

Um som, uma porta de compensado se abre subitamente. Madame olha para eles com raiva.

— O que significa essa gritaria? Vocês são um bando de brutos?

— Está tudo bem, mamãe — diz Viktor com a voz cansada. Nina tem vontade de dar um grito. Se Madame não tivesse dito aquilo a ele, não estariam discutindo. Tudo porque Madame contou. Madame, que é capaz de fazer qualquer coisa para se livrar de Nina... *Você não é Lilya.* Dando ordens à pobre empregada velha de não cozinhar para sua mãe... Mostrando a Nina as joias de âmbar para estragar a surpresa de Viktor...

Ao se lembrar das joias de âmbar, Nina se pergunta se fora para aquilo que Viktor as comprara. Seriam para quando ela lhe desse um filho?

— Iguais aos armênios. — Madame sacode a cabeça e retorna a seu quarto.

O estojo de cigarros de Nina, onde ela guarda um lenço dobrado em vez de cigarros, está na mesa; sem sequer pensar, ela o atira em direção à porta. Ele bate na parede e cai no chão com um pequeno ruído patético.

— Oh, pare com isso — diz Viktor com a voz cansada. Ele vai até a cama e se senta pesadamente.

Nina está vestindo novamente o casaco que acabara de tirar.

— Aonde você vai?

— Trabalhar.

— Você acaba de voltar para casa. E nem tem apresentação hoje à noite.

— Preciso ensaiar. — Na verdade, ela precisa sair dali, afastar-se de Viktor, afastar-se de Madame. Viktor não tenta impedi-la. Quando ela sai, ele ainda está sentado na cama, curvado, com a cabeça entre as mãos.

Ela decide ensaiar. Decide canalizar toda sua energia, toda aquela adrenalina, da única maneira boa que conhece: saltando, girando, dançando. É só o que pode fazer. É só o que sabe fazer. Suas mãos ainda tremem quando chega ao Bolshoi.

Apesar de faltarem umas duas horas para o espetáculo daquela noite, os corredores estão movimentados com entregas de fantasias e bailarinas descendo e subindo escadas apressadamente. Nina tem intenção de ir diretamente para seu camarim, vestir sua malha de exercício e ir para um estúdio vazio onde possa se exercitar. Mas ela passa por seu camarim, sobe a escada e segue pelo corredor até seu antigo camarim.

Vera deve ter visitado Madame quando eu não estava em casa. Deve ter contado aquilo a ela de propósito, para jogá-la contra mim. Nina bate com força à porta do camarim.

Ninguém responde. Talvez Vera nem vá dançar esta noite. Nina tem vontade de gritar com ela, de deixar ali um bilhete raivoso, de quebrar alguma coisa... Qualquer coisa para se livrar daquele sentimento terrível que a oprime. Ela abre a porta tão violentamente que a arremessa contra a parede.

Diante dela, à altura dos olhos, suspensas no ar, estão duas pernas vestidas com meias de seda.

Ao olhar para cima, Nina vê um corpo magro como o de um ganso pendurado no teto da cozinha. Polina, com sua malha de balé e a cabeça dobrada em um ângulo estranho. No chão, caído de lado, está o velho banquinho de madeira.

Só depois de recuperar a voz é que Nina se põe a gritar. Sai correndo pelo corredor até encontrar alguém. Depois de passada uma hora é que ela começa a compreender o que viu, a compreender o que havia acontecido. Polina estava morta. Havia se matado com um grosso cachecol de lã enrolado ao pescoço.

Durante toda a semana ouvem-se sussurros pelos corredores. *O namorado dela a largou, vocês não sabiam? Largou como se ela fosse um saco de batatas...* Mas como foi possível que ela se matasse, logo ela, daquela maneira tão antipatriótica, tão ofensiva à moral soviética? *Vocês sabem como era Polina. Já não lhe restava mais nada, nem vontade de viver...* Mas por que logo ali, no Bolshoi, se havia tantos outros lugares? *Ela achava que tivesse sido por causa de Vera, vocês não sabiam? Ela achava que Vera era a culpada...*

Vera não aparece por lá uma vez sequer durante a semana. *Ela nem ligava para ele, mas você sabe como são os homens. Gostam de caçar. E no final a persistência acaba dando certo...* Na semana seguinte ela tampouco aparece. *É por causa daquele tendão de Aquiles dela, você sabe, mas francamente, andam dizendo por aí que... bem, não vou dizer nada, porque é assim que os rumores começam.*

E, é claro, não há dúvidas quanto a isto: não era Nina, mas Vera quem deveria ter encontrado Polina.

NA SALA DE JANTAR, sentado à mesa posta com a melhor louça e guardanapos de linho que ele raramente usava ao comer sozinho, Grigori sorriu, satisfeito, quando Zoltan declarou que a comida estava excelente.

— Você nunca me disse que era um *chef*, Grigori. Confesso que nunca acharia isso possível.

— Christine me ensinou alguns truques. — Grigori havia preparado dois grandes filés de salmão salpicados com ervas e enfeitados com fatias de limão. Arroz no vapor e brócolis salteados eram os acompanhamentos. — Mas não costumo cozinhar para mim mesmo. — Ele não completou a frase com o que lhe ocorreu. Somente naqueles últimos dias passara a sentir uma fome inexplicável.

Ao comer a garfada seguinte, ele se deu conta da súbita vontade que sentia de mencionar o nome de Drew, ainda que só pelo prazer de fazê-lo. Mas é claro que não o mencionou. Teve medo que a simples menção do nome dela rompesse a magia. Além do mais, ele e Zoltan nunca falavam de tais coisas.

— Foi curioso como hoje me dei conta de uma coisa — disse Zoltan, sem parar de mastigar. — É algo engraçado. O fato de trabalhar nas minhas memórias e reler meus velhos diários cristalizou em mim algumas ideias que venho tendo ao longo dos anos. Ou talvez não seja bem isso. Talvez eu esteja vendo meus próprios pensamentos de longe, como se eles estivessem do outro lado de uma ponte no tempo. É como se eu os ouvisse repetidos em um coro. Páginas e páginas de pensamentos daquele jovem esquisito que era *eu*. Vejo as coisas sobre as quais escrevi, as pessoas sobre as quais escrevi, e sabe o que ficou absolutamente claro para mim, Grigori? No fundo acho que sempre soube disso sem me dar conta. É que há apenas duas coisas que realmente importam na vida. Literatura e amor.

Grigori deu um sorriso.

— Talvez eu tenha que concordar com você. — Afinal, sentia-se como uma nova pessoa desde que Drew demonstrara afeto por ele. E uma amizade como aquela sua com Zoltan parecera-lhe, por vezes, o único afeto com o qual poderia contar. Da mesma maneira como ele sempre podia contar com Tchekhov, Eliot, Musil. Houve um dia terrível, já no final da doença de Christine, quando ele teve a súbita consciência de que ela partia em sua viagem solitária para onde ele não mais poderia acompanhá-la. Grigori sentara-se então para reler *A morte de Ivan Ilyich*. Ao terminar a leitura, ele sentiu, apesar de ainda desconsolado, que aquela história triste o fazia compreender de outra forma o sofrimento e a partida de Christine. Isso fizera com que não se sentisse mais tão só.

— Lembro-me de que antes mesmo de sair da Hungria eu já tinha plena consciência de que a literatura poderia ser minha salvação ou minha morte. É claro que aqui as pessoas não entendem isso, mas não é curioso que o preço que se paga pela liberdade de expressão seja... uma espécie de indiferença?

Grigori por pouco não lhe contou sua grande novidade: ele acreditava já ter encontrado a pessoa certa para traduzir os poemas de Zoltan. Era uma americana de origem húngara que havia demonstrado interesse pela obra dele há alguns anos, em uma conferência à qual Grigori estivera presente. Ele se sentia feliz por ter se lembrado dela, que era professora na Universidade de Syracuse. Mas Grigori nada disse, pois ainda precisava conseguir um editor, e isso poderia levar algum tempo.

— É claro — dizia Zoltan — que nunca se está a salvo da poesia. De qualquer arte. Assim como do amor. É tudo ou nada. — Zoltan continuava a mastigar um bocado de brócolis. — É por isso que o amor também é perigoso. Nós nos dispomos a correr riscos pelo amor. Ora, você sabe bem disso. A sua Rússia soviética... uma nação inteira cuidou de sufocar qualquer espécie de amor que não fosse pela pátria.

Sim, pensou Grigori. Isso porque o amor faz com que a pessoa pense por si, que pense em si mesma e naqueles a quem ela ama. Grigori assentiu com a cabeça.

— O amor torna as pessoas ousadas. Somos capazes de fazer qualquer loucura por amor. — Em sua mente ele viu Drew aproximar-se dele em seu escritório e o abraçar enquanto ele a apertava contra si... e todo o Departamento de Línguas Estrangeiras estava logo ali fora, do outro lado da porta.

— Exatamente — disse Zoltan. — É isso que faz com que ele seja a coisa mais importante e subversiva do mundo. — Ele mastigou mais um pouco. — Exceto a literatura, é claro.

Pensando em voz alta, Grigori disse:

— Às vezes acho que é isso o que me faz continuar na universidade. Ela é um dos poucos lugares deste país onde você não precisa brigar o tempo todo para convencer outras pessoas de que literatura e arte são importantes. — Depois, com um suspiro, acrescentou: — Zoltan, o que vou fazer sem você aqui no próximo ano?

— Exatamente o que você faz: fumar escondido em sua sala e marcar o mínimo possível de reuniões do departamento.

Grigori deu uma risada. Mas estava sério quando afirmou:

— A verdade é que, por algum motivo, venho me sentindo cada vez menos conectado à universidade ultimamente. Menos engajado. — Ele se perguntou se isso não teria a ver com Drew, com a maneira como se sentia na presença dela. Muitas coisas de sua vida agora lhe pareciam sem sentido. Os braços de Drew à sua volta... Ainda assim, ele precisaria ter cuidado. O que sentia poderia ser excessivo, e havia o perigo de ele a assustar. Ou de sobrecarregá-la. Por que incomodá-la com seus segredos? Realmente, não vejo como ela poderia me amar. Ela mal me conhece. Eu mal a conheço também. Ela ainda é jovem, e eu já estou com 50 anos!

Todo aquele dia seus pensamentos haviam percorrido várias vezes o mesmo caminho; ele pensou em Evelyn com uma leve sensação de culpa. Pensou nas expectativas dos amigos de Christine e o pessoal do departamento. Aquilo era muito improvável, estranho demais para dar certo, pensariam. E comentariam. Mas logo em seguida ele perguntava a si mesmo que importância teria o que eles comentassem, aquela gente sem algo melhor a fazer do que *falar* sobre a vida dos outros...

Mas ele pensava também no quanto seria necessário se esforçar para conhecer de novo alguém da maneira como havia conhecido Christine... uma estrada muito difícil de trilhar. Difícil conseguir aquele grau de intimidade novamente. Zoltan tem razão: é mesmo tudo ou nada. Mas a esta altura começar de novo, tentar conhecer outra pessoa completamente... parecia-lhe impossível. Como as pessoas conseguem se entregar novamente, compartilhar de novo a vida com outra?

Entretanto era isso o que Grigori mais desejava. Queria, pelo menos, tentar.

Assim como a temporada de balé, a carreira de Nina está no auge. A dança é a única companhia que a faz feliz, agora que já não tem mais suas amigas e que seu casamento tornou-se uma relação tensa. Tem evitado Vera todo aquele inverno, desviando o olhar rapidamente quando cruza com ela nos corredores ou atrás do palco. Por um longo tempo Vera esteve ausente em licença médica para operar o tendão de Aquiles. Foram seis semanas de dispensa para recuperação. Mas seu tendão não deve ter se curado bem, pois ela ainda não estava de volta.

Nesse meio-tempo, Nina faz várias turnês breves a Riga, Kiev e Minsk. Estamos agora em maio, o ar é fresco e leve e as folhas têm um colorido verde-amarelado brilhante. Viktor partiu para a dacha. Ele diz que precisa se afastar da cidade, mas Nina sabe que é da vida deles em comum, daquele apartamento apertado, que ele precisa fugir. Ele até planejou seu retorno de modo a só estar de volta no dia seguinte ao da partida de Nina, em mais uma miniturnê do Bolshoi só com as "estrelas". Será o que eles chamam de uma turnê "relâmpago", com apresentações em três teatros em três dias.

Por isso, quando a vizinha bate à porta do apartamento e diz que alguém procura por Viktor ao telefone, ligando de um hospital, Nina pensa, a princípio, que algo aconteceu a ele. Leva alguns instantes para entender o que a pessoa ao telefone deseja.

— Sinto muito, mas ele não está aqui. Só voltará na próxima semana.

— Estou telefonando porque o nome dele consta na ficha de Vera Borodina como pessoa para contato em caso de emergência. Ela não está bem. Se ele pudesse vir...

— Acho que não estou entendendo.

— Vera Borodina está aqui e nós tememos... que não consiga se recuperar. Se o Sr. Elsin pudesse vir logo...

— Eu vou. — O coração de Nina bate desesperadamente. — Me diga onde ela está, por favor.

No hospital, encaminham-na a uma enfermaria lotada de leitos com doentes. Vera está em um canto da sala, escondida por uma alta divisória. Parece pálida e tem os olhos fechados. Atônita, Nina se pergunta há quanto tempo Vera está daquele jeito.

— O que ela tem? — pergunta à funcionária que a levou até ali.

A funcionária faz sinal com o dedo nos lábios para que Nina se cale, e a puxa mais para trás da divisória para escondê-la. As visitas são proibidas ali; Nina havia pagado para que a deixassem subir. Antes que ela possa repetir a pergunta, a funcionária desaparece apressadamente.

Pálida como está, Vera tem uma aparência angelical. Seus cabelos estão brilhantes e só um pouco em desalinho. Nina segura sua mão e sente alívio ao verificar sua pulsação.

— Verochka, eu estou aqui.

Um leve crispar do rosto de Vera.

— Você está me ouvindo? Vera, o que aconteceu?

Não há reação alguma. Ainda a segurar a mão de Vera, Nina diz a si mesma que se não a largar talvez possa passar um pouco de sua vitalidade para a amiga.

Mas a médica, uma mulher baixa e troncuda, chega para examiná-la.

— O que ela tem? — pergunta Nina.

— Hemorragia. Parece que conseguimos interromper por ora, mas nunca se sabe. Certas pessoas são predispostas a isso. — A médica faz uma leve marca de caneta em um papel preso na prancheta.

— Predispostas? — Nina olha para Vera, cujos cachos estavam molhados de suor. — Não entendo.

Mas a médica já está junto ao leito em frente ao de Vera e assinala algo na prancheta. Nina tem vontade de se sentar em algum lugar, mas na longa enfermaria vê apenas fileiras de leitos ocupados. Uma enfermeira baixa de quadris largos aproxima-se apressadamente. Carrega um recém-nascido que chora sem parar, tornando aquele lugar ainda mais desconfortável.

— Este aqui está com fome — diz a enfermeira, entregando o pacotinho de gente à mulher do leito em frente ao de Vera. Nina observa enquanto ela tenta, desajeitadamente, colocar o bebê ao seio. — Não, não — diz a enfermeira. — Você está fazendo errado. Assim ele não vai conseguir pegar o mamilo.

A mãe inexperiente tenta ajeitar o bebê.

— Não consigo.

A enfermeira dá um suspiro.

— Ah, então vai deixar o bebê morrer de fome?

Nina olha para a enfermeira e para a mãe aflita, e só então entende onde está.

Ela olha novamente para todas aquelas mulheres nos leitos da enfermaria.

— Oh, veja, ele está pegando agora — diz a jovem mãe, aliviada e alegre. — Veja! Está saindo leite!

A enfermeira de quadris largos diz:

— Está vendo? Ele sabe direitinho o que tem que fazer.

— Desculpe. — Nina interrompe a conversa. A enfermeira vira-se bruscamente para ela. — A minha amiga, aqui... Ela teve um bebê?

— Claro que teve um bebê. Isto aqui é uma enfermaria de maternidade, não é?

— Mas... eu não entendo. Onde ele está?

— No berçário — diz a enfermeira, e logo acrescenta, com um sorriso maroto: — Se quiser, pode ver o menino.

— Um menino! — diz Nina atônita. — Sim, por favor.

Quando a enfermeira retorna, traz nos braços uma minúscula criatura toda enrolada em um pano branco. Nina espia com cuidado, esperando ver uma criaturinha feiosa como o bebê do leito em frente. Mas quando a enfermeira, com todo cuidado, lhe entrega a trouxinha, Nina vê que aquele bebê é lindo. Em vez de pequenas aberturas inchadas em um rosto enrugado, os olhos do bebê estão abertos e são de um azul estonteante. Seu nariz e seu queixo são surpreendentemente bem definidos.

— Mas... ele é perfeito!

— Pois é, um bonitão. Eu penteei o cabelo dele. — Embora o bebê tenha apenas uma leve penugem, quase invisível, no lugar dos cabelos, a enfermeira o havia penteado, fazendo uma risca no meio da cabeça.

Sim, aqui está um ser humano de verdade. Nina procura no rosto dele os traços de Vera. De Vera e de... de quem? Quem é o pai dele?

Nina pergunta à enfermeira.

— Um risco comprido. É só isso que tem no lugar do nome do pai. — Pode-se perceber um tom de crítica na voz da enfermeira.

Na banya, Vera tinha dito: "Tantos homens querem se casar comigo...". E como ela se sujeita a aguentar aquele abominável Serge. Era evidente que ele não ajudaria Gersh. Serge, que largou Polina como se fosse um *saco de batatas*... Mas não. Certamente Vera não faria... uma coisa dessas. Vera com o apartamento só para ela depois que minha mãe saiu de lá... A verdade é que faz tanto tempo que ela e Nina não se falam que o pai da criança pode ser qualquer um. Nina balança a cabeça.

— É isso mesmo — diz a enfermeira. — É isso que deram a este menininho ao chegar ao mundo. Uma certidão de nascimento sem o nome do pai. — Uma nova lei declarava os filhos ilegítimos cidadãos de segunda categoria.

Nina olha para o menino, sem saber o que pensar. Volta-se então para a enfermeira e pergunta:

— Como você se chama?

— Maria. Mais três e completarei mil bebês aqui.

Nina balança a cabeça, mas não consegue tirar os olhos do menino. Como ele é lindo e indefeso! O pano que o envolve chega até seu queixo. Ela o puxa para baixo um pouco, e vê a parte superior de sua camisa de musselina. Sim, a boca é exatamente a de Vera: delicada, úmida, perfeita. Os olhos também são perfeitos. Nina toca o rosto do bebê.

— Veja, tem até uma covinha!

— Parece um artista de cinema — diz a enfermeira Maria.

Ele se contorce um pouco e grita.

— Preciso levá-lo de volta agora.

Ainda a se contorcer, a criança grita novamente, como um gatinho. Maria o toma de Nina e sai apressada da enfermaria.

De olhos fechados e com a respiração muito leve, Vera parece ainda mais pálida agora, como se aquela conversa a tivesse feito piorar.

— Verochka — diz Nina —, por que você não me contou? — As pálpebras de Vera parecem querer se abrir, mas logo se aquietam novamente. Nina segura sua mão. — Você não precisava ter feito isso, sabe? Você quis esta criança?

Talvez ela não tivesse notado até que fosse tarde demais. Ou talvez ela quisesse aquele filho. Mas como isso seria possível se o pai fosse aquele Serge asqueroso?

Não, certamente ela só teria tido o filho se o pai fosse alguém que ela amava. Nina aproxima os lábios do ouvido de Vera.

— Eu teria ajudado você, se soubesse.

Agora os lábios de Vera se movem, porém as palavras saem fracas demais para serem entendidas. Nina lhe pede que repita e espera, mas Vera nada mais diz.

A enfermeira está de volta. Franze a testa e põe a mão no rosto de Vera.

— Ela está ardendo em febre. — Volta-se então rapidamente para Nina: — Sinto muito, mas você terá de voltar mais tarde. Ela então ergue o lençol para ver o corpo de Vera e logo chama outra pessoa.

— Mas... ela vai ficar bem? — Nina é afastada para o lado quando a médica e outra enfermeira chegam apressadas.

Ninguém lhe responde. O leito de Vera é empurrado às pressas porta afora.

LIVRO III

Lote 100

Pulseira de Ouro Branco 18k e Safira. Fecho com cabochão de safiras pesando 250 cts, tira larga de 7,5 in., Bailey, Banks & Biddle. $5.000 — 7.000

CAPÍTULO QUINZE

A princípio Maria pensou que tivesse sido a única pessoa a notar a bolsa cor de creme da paciente. Dava para perceber que o couro tom de manteiga era macio pela maneira como se franzia junto ao fecho, formado por duas pequenas partes que se fechavam como minúsculas mãos. Quando a mulher começou a ter hemorragias e tornou-se evidente que suas possibilidades de sobrevivência eram poucas, Maria passou a vigiar aquela bolsa. Num determinado momento, um momento terrível, ela percebeu que Lydia, uma servente, estava olhando a bolsa com grande interesse. Na verdade, a bolsa parecia estar ali à espera de que alguém a levasse.

Ao sair da maternidade para a rua, Maria lembrou-se novamente da bolsa e de Lydia. Só o que interessava à servente era dinheiro. Maria, porém, queria a bolsa. Era bonita, de um couro muito bom, sabe-se lá onde alguém poderia encontrar uma bolsa como aquela, quanto mais arranjar dinheiro para comprá-la. Se ao menos ela tivesse pensado em colocá-la em outro lugar, escondê-la... Mas não tinha feito isso, e Lydia havia notado que ela a observava. Foi nessa hora que Maria resolveu falar com Lydia e as duas fizeram um trato.

Numa salinha de médicos vazia, elas rapidamente esvaziaram a bolsa. A princípio encontraram apenas alguns papéis e pequenas coisas sem valor que a pobre mulher carregava consigo. A maior parte daquelas coisas não renderia dinheiro algum. Fotografias, um lenço manchado, um batom rosa já gasto até quase o tubo. Mas no fundo da bolsa havia uma escova de cabelos bonitinha, um estojo de pó compacto dourado com espelho e um frasquinho de perfume combinando. A carteira de couro creme era nova e combinava com a bolsa. Presentes. Certamente haviam sido dados por alguém com dinheiro. Ou talvez a própria mulher tivesse comprado aquilo. Ela deveria ser mesmo bailarina. Lydia a reconhecera, mas Maria nunca tinha ouvido falar dela. Até que a quantidade de dinheiro era boa. Lydia ficou procurando o que ainda poderia haver nas subdivisões da carteira enquanto Maria fazia o mesmo com a bolsa.

Foi assim que ela achou a corrente com o pingente.

Era uma pedra grande e lisa. Maria não chegou a tirá-la totalmente do bolsinho interno onde ela estava. Não pôde ver bem que pedra era aquela, mas não queria que Lydia a visse. O metal brilhante à sua volta parecia ouro de verdade; aquilo, sim, poderia valer alguma coisa. Talvez ela conseguisse mais por aquela joia do que vendendo tudo mais que havia na bolsa. Por isso decidiu que não dividiria o pingente com Lydia.

Ela já ia esconder o pingente de novo na divisória da bolsa quando Lydia disse:

— Deixe-me ver a bolsa. — E a tomou de sua mão. Então Maria enfiou a pedra rapidamente em sua própria bolsa de vinil ordinária.

Depois que Lydia examinou o que haviam encontrado, começou a catar tudo, prometendo dividir igualmente com Maria o produto da venda. Um receio passou pela cabeça da enfermeira: e se Lydia não cumprisse o trato? Então ela propôs que a servente ficasse com a carteira, o dinheiro e todas as outras coisas de algum valor (a escova de cabelos, o estojo de pó compacto, o frasquinho de perfume) e ela, Maria, ficaria com o que a interessara desde o início: a bolsa.

— Tome aqui. Basta trocar a dela com a minha. Ponha nela tudo que não quiser, e eu ponho minhas coisas naquela. — E fez um gesto indicando a bela bolsa creme. Em seguida trocou o conteúdo de sua bolsa de vinil preto com o da bolsa de couro, cuidando que Lydia não visse o pingente. O problema foi que Maria tampouco viu direito o pingente ao despejar suas coisas na bolsa de couro. Ela virou a bolsa de vinil de cabeça para baixo e despejou tudo de uma bolsa diretamente na outra, sacudindo-a bem. Em seguida Lydia transferiu os objetos sem valor da mulher para a bolsa barata de vinil, e assim a transação entre as duas chegou ao fim.

Maria pensa novamente em tudo isso enquanto caminha apressada na tarde quente de primavera. Tem a cabeça coberta por um lenço de algodão e uma bolsa pendurada no ombro e, sob os braços cruzados abaixo dos seios, leva, embrulhada, sua preciosa carga. Já parou uma vez, em um beco, para revirar a bolsa de couro e depois a de vinil, mas não encontrou a corrente com o pingente. Bem, depois ela vai procurar melhor. No momento tem nas mãos uma tarefa muito mais importante, pensa, e aperta um pouco mais contra si a pequena trouxa que tem nos braços. Perto da estação de metrô de Krasnye Vorota ela dobra a esquina e segue pela Kotelnicheskaya. Apressa ainda mais o passo, e seus sapatos rangem no chão, emitindo um som de passarinhos famintos abandonados no ninho. Maria deixa escapar um grande suspiro, como costuma fazer ante a inevitável tragédia da morte. A despeito das muitas vezes em que passou por aquilo, Maria ainda não conseguiu se acostumar com a inexorabilidade da morte.

Logo já se encontra à entrada de um belo edifício de apartamentos, onde uma mulher chamada Katya mora com o marido, Feodor. Segundo os amigos que os apresentaram a ela e lhe falaram de seu problema, Katya é química, e seu marido é geólogo. Foi por causa deles que Maria deu um dinheiro a Boris, da seção de documentação do hospital, a fim de que ele cuidasse do registro.

O rosto de Katya ao mandar que Maria entrasse no apartamento exibia um misto de felicidade e apreensão. Ela tem uns 40 e tantos anos, mas usa o cabelo penteado em uma espessa trança enrolada e presa em um coque na nuca. Katya beija Maria, espia para dentro da trouxinha e começa a chorar. A enfermeira não sabe dizer se são lágrimas de alegria ou de pena. O bebê ainda dorme.

— Você tem certeza de que ele não tem parente algum? — pergunta Katya.

— Só apareceu uma amiga dela por lá — responde Maria. — E depois de identificar o corpo, saiu correndo.

— Imagino que ela estivesse em choque.

Maria balança a cabeça.

— Uma esnobe, aquela mulher! Depois fiquei sabendo que era famosa. Era bailarina também, como a outra, segundo me disse uma das enfermeiras. Eu mesma nem sei quem é. Disse a ela que podia ficar com as coisas da amiga... — Maria percebe que fala de maneira evasiva. — Ela não quis nada.

O vestido de grávida e as meias esgarçadas, Maria os jogou na lata de lixo do hospital. E quanto àquela pobre criança, bem, todo mundo sabe que os orfanatos são lugares ruins, principalmente para filhos bastardos como aquele. Maria não tem dúvida alguma de estar dando ao menino um futuro melhor, uma mãe e um pai, legitimidade e amor.

A expressão do rosto de Katya já é outra. Finalmente ela relaxa e pode se sentir feliz.

— Posso pegar o menino?

— Ele é seu. — Maria entrega a ela a delicada trouxinha. A respiração do bebê é tranquila e seu minúsculo peito sobe e desce suavemente.

— Oh — diz Katya, e começa a chorar.

Maria coloca a bolsa de vinil na mesa de madeira ao lado delas. — Os pertences dela estão aqui. É tudo que ela levou.

Katya não faz mais perguntas. Tem nos braços a bênção que sempre pedia em suas preces. Ela dá um beijo na testa do bebê. Maria aguarda em silêncio o momento propício para perguntar pela gratificação que receberia. Ouvem-se os passos de Feodor, que se aproxima, e Katya se volta para mostrar-lhe o milagre que finalmente aconteceu.

ANNA YAKOV SÓ ESTARIA de volta na semana seguinte. Embora Drew tivesse ficado decepcionada ao receber em seu computador um aviso de ausência temporária, ela havia conseguido também um número de telefone. Mas logo descobriu nele a mesma mensagem. Portanto foi somente na segunda-feira que Drew recebeu o fax. *Acredito que seja isso*, dizia Anna Yakov em uma mensagem escrita apressadamente. *Queira desculpar-me pela demora*. A folha seguinte, com linhas e colunas, era toda escrita em uma caligrafia caprichada, e parecia ter sido fotocopiada de um livro de registros. Apesar de escrita com tinta espessa, estava um pouco apagada por causa da transmissão, mas isso não impedia a leitura. Mais uma vez Drew lastimou sua incapacidade de ler russo. Por alguns instantes ficou a olhar fixamente a folha, como se o esforço pudesse tornar as palavras inteligíveis para ela.

— Ei, tenente, boas notícias.

Drew levantou a cabeça e viu Lenore parada à porta de sua sala.

— Já recebi três mensagens nos cumprimentando pelo suplemento — disse ela. Drew segurou o fax com tanta força que até amassou um pouco o papel. — Todos das nossas velhinhas, certamente. — Lenore riu e Drew colocou o fax sobre a mesa como se fosse algo de pouca importância.

Normalmente ela não teria esperado mais um segundo para contar também sua novidade. Desta vez, porém, teve a sensação de que a informação ali contida nada tinha a ver com o leilão. Não, ela não estava disposta a compartilhar aquilo com Lenore. Tranquila e pensativa, Drew retrucou:

— Sabe de uma coisa, Lenore? Acho que já é tempo de você deixar de me chamar assim.

— De chamar você de... tenente? É isso que você quer dizer?

Drew concordou balançando a cabeça em silêncio e sorrindo ao perceber o prazer que lhe dava expressar o que sentia. Nunca tinha visto Lenore tão perplexa antes.

— Bem, é claro. Certamente. Eu nunca me dei conta de que... Desculpe, Drew. Se você tivesse me dito antes que isso era um problema...

Tranquilamente, sem deixar de sorrir, Drew disse:

— A partir de agora não será mais.

Lenore empertigou-se.

— Tem razão. — Deu um sorriso profissional, disse que veria Drew na reunião às 10h30 e saiu.

Com o coração bem mais leve, Drew voltou-se para o fax que a aguardava sobre sua mesa. Pensativa, pegou o telefone para ligar para Grigori Solodin.

Na ficha do hospital, no lugar de "parente mais próximo", Vera havia escrito "Viktor Elsin".

Este fato não dá sossego a Nina, mesmo depois de ela ter assinado os papéis necessários e deixado o hospital. Bem, agora que minha mãe está morta... Ela não colocou o meu nome, e sim o do meu marido... *Um risco comprido. É só isso que tem como nome do pai.* Sei que estávamos brigadas, ainda assim... parente mais próximo.

Ela vai diretamente para seu antigo apartamento. O apartamento de sua mãe. De Vera. Talvez encontre lá alguma indicação, alguma pista do que tinha acontecido.

O apartamento está diferente, com poucas coisas depois da morte de sua mãe. A mesma velha cama, a mesma cômoda onde antigamente as roupas de Nina eram cuidadosamente guardadas. Nela agora há cobertores, luvas de frio, odor de lã e de inverno. Ali está o baú de Vera. Nina o abre e fecha rapidamente ante a visão das roupas da amiga.

O primeiro lugar onde ela decide procurar pistas é debaixo do catre. De fato, lá está uma caixa com fecho. Nina tira um pouco da poeira da caixa e a abre. Lá dentro há muitos papéis dobrados, que Nina remexe rapidamente à procura de cartas. Ou de bilhetes amorosos.

Mas aqueles papéis são comunicados profissionais, contratos de balés, recibos de pagamento. Mais abaixo há outros documentos e correspondências que parecem relacionadas aos pais de Vera. Nina guarda todos os papéis de volta na caixa, e a coloca debaixo da cama novamente.

Ela se levanta e limpa a poeira dos joelhos. Na mesinha ao lado da cama de Vera há um vidro de perfume e uma grande caixa de metal pintada. A mesa tem uma pequena gaveta que parece ser apenas decorativa, e Nina se surpreende ao ver que ela se abre. Pequenina, ela contém alguns cortadores de unhas e uma latinha com tampa. Dentro ela encontra pedacinhos de papel amarelado que, ao tentar juntar para ler, logo reconhece. Repõe tudo rapidamente na latinha e fecha a gaveta, com um doloroso sentimento de culpa. Mas prossegue em sua busca e abre a caixa pintada que está sobre a mesinha de cabeceira. Nela há uma divisória vazia. Ainda que sem grandes esperanças de encontrar alguma coisa de interesse, Nina levanta a divisória e, surpresa, vê ali as joias de âmbar.

Ela as ergue diante dos olhos: *aquela* pulseira, *aqueles* brincos... as mesmas joias de ouro e âmbar que Madame dispusera sobre a mesa naquele dia para que ela visse. Apenas o pingente com a corrente não está ali; Nina sente uma pontada no coração ao pensar que Vera certamente o estava usando.

Vera usando aquelas joias. A pulseira e os brincos.

O coração de Nina parece que vai explodir. Não... Não! É claro que não. Como poderia...? Impossível.

Bem, é claro que sim. Por que não? Não foi ela mesma que deixou os dois sozinhos na dacha?

Ela deixa cair a pulseira. Não, talvez não seja verdade, talvez ela esteja enganada. Porque como eles poderiam...? Todo seu corpo treme.

Não lhe bastava ter jogado Madame contra mim, ter jogado Viktor contra mim...

Então era por isso que ela não falava comigo, não ousava me olhar nos olhos.

E Viktor... Então não era ao retiro dos escritores que ele ia. Estava com Vera... Mas não, isso não é possível. Do hospital não teriam telefonado para a casa dele... Ah, eles certamente estavam fazendo tudo em segredo, sem dizer a ninguém: *Um risco comprido. É só isso que tem como nome do pai.* Um segredo. O segredo deles. E todo aquele tempo Nina tinha trabalhado tanto, tinha confiado tanto... Seu coração parece estar se partindo ao meio, como uma noz.

O pensamento que lhe ocorre a seguir, prontamente, é: *Minha vida terminou.* Como seria possível voltar atrás? Como seria possível viver?

Nina tem vontade de estrangular Viktor um milhão de vezes, de o sufocar, de lhe enterrar um punhal no peito. Compreende agora como uma pessoa pode ser levada a fazer tal coisa. A fúria a deixa febril; seu rosto arde como se queimasse.

As duas únicas pessoas que lhe restavam no mundo, as duas que ela mais amava... juntas, sem que ela soubesse. Sim, então é dessa forma que uma pessoa se sente ao ser traída: com o coração dilacerado. A dor que sente é física. Uma dor imensa, penetrante. Agora ela ouve um estranho som de lamento. É sua própria voz, que ela mal reconhece; Nina chora.

Por muito tempo ela chora, até quase não ter mais voz e seus olhos doerem. Mesmo quando, por fim, ela consegue respirar fundo, erguer os ombros e ficar em silêncio, seus pensamentos continuam a se embaralhar.

Terá que deixar Viktor. Deixar o apartamento dele. Mas para onde ir se não para este apartamento? Para este quarto cheio dos pertences de Vera? Para este lugar onde Vera e Viktor devem ter se encontrado. Ah, os dois juntos ali, onde Nina e a mãe tinham vivido tão inocentemente!

Preciso deixar este lugar, deixar esta vida.

Você não pode fazer isto. Ninguém pode. Você sabe disso.

Eu os odeio. Odeio com toda a força do meu ser. Em mim só existe ódio.

Preciso partir. Ainda bem que a turnê parte amanhã.

Nunca mais posso olhar para eles.

Vou-me embora daqui e nunca mais volto.

Eles te encontram e quebram as suas pernas.

Vou-me embora daqui para sempre.

Impossível. Como se pode fazer uma coisa destas? Como se pode fugir deste país?

Eles quebram as suas pernas. E aí o que você vai fazer, sem dinheiro, sem poder dançar?

Nina olha novamente para a pulseira e os brincos e toma uma decisão. Ela os pega e os deixa cair dentro de sua bolsa.

Ao sair apressada do prédio, ela tem a impressão de estar dentro de um filme, de que nada daquilo é real. Caminha atordoada pelas ruas. Passa por uma tropa de soldados entediados em um cruzamento, passa por vendedores ambulantes de sorvete, de vodca, de melancias, passa por velhas com balanças onde pessoas pagam para saber seu peso... parece-lhe incrível que a vida continue a fluir assim, sempre igual, quando tudo mudou.

Como que para comprovar o absurdo de tudo aquilo, ali vem Serge, caminhando em sua direção. Com tantas pessoas no mundo para encontrar... Nina não vê Serge desde o enterro de Polina, onde ele havia ficado de pé, afastado, com a cabeça um pouco baixa, mas sem perder a empáfia. A cara era séria, mas nela não se via uma única lágrima. Sua expressão agora ainda é séria, mas ele parece menos arrogante, menos seguro de si.

Ele a cumprimenta sem sorrir.

— Nina Timofeyevna, boa tarde.

O jeito possessivo como ele beijou a mão de Vera...

— Suponho que não saiba que ela morreu.

— Quem morreu?

Quando ela lhe diz, sua boca se entreabre e ele empalidece. Por um instante ela acha que ele vai desmaiar.

— Não, não pode ser. Como seria possível?

Nina se ouve dizer as palavras "parto" e "hemorragia", e Serge diz:

— Eu... eu não sabia que ela estava grávida. — Ele está fazendo algo que Nina jamais viu alguém fazer: puxando para baixo a pele do rosto sob os olhos, como que para ver com mais clareza. Com a pele do rosto repuxada e a boca aberta em espanto, ele sacode a cabeça, como se isso pudesse ajudá-lo a compreender. — Faz muito tempo que não a vejo. Ela e eu chegamos a nos tornar... mas aí ela me disse que não podia mais se encontrar comigo. — Há uma profunda dor estampada em seu rosto.

— Bem — diz Nina secamente —, pelo visto, ela passou a se encontrar com outro.

Serge a olha atentamente.

— Oh. — Um leve movimento da cabeça indicando que ele havia compreendido. — Eu deveria ter me dado conta quando os vi juntos no verão. Você não estava lá. Você...

— Minha mãe estava doente. Eu precisava ficar perto dela. — Como se a culpa fosse de Nina, como se Vera algum dia pudesse ter amado Serge. Só agora, ao ver a expressão dele, foi que ocorreu a Nina que Vera teria lhe falado sobre a doença da mãe com a intenção de vê-la fora de cena. Assim ela poderia ficar lá sozinha com Viktor.

— Eu vi aquilo com meus próprios olhos — diz ele, agora com raiva —, mas pensei... acho que simplesmente não quis acreditar. Aquele canalha. Desculpe, Nina. E agora ela está morta.

— Ela está morta — repete Nina para se convencer, mas o tom de sua voz é de fúria.

— Canalha! — exclama novamente Serge, cheio de ira. — A culpa é dele. — Depois, sacudindo desoladamente a cabeça, continua: — Eu deveria ter notado. Ele era tão afetuoso com ela na dacha, era óbvio. Mesmo assim eu não... eles agiam com tanta naturalidade que não pareciam... estar escondendo alguma coisa.

E não é só isso que ele está escondendo. Pensou ela cheia de despeito. Por uma fração de segundo, Nina se julga capaz de dizer isso em voz alta, porque tudo que sente agora é despeito. Madame, por trás daquela porta de madeira compensada... Ainda que não tenha dito nada, Nina tem a impressão de já ter contado tudo. De estar dizendo tudo agora, tomada pela fúria. Tarde demais.

As sobrancelhas de Serge se erguem ligeiramente, como se ele pudesse ler os pensamentos dela, e Nina sente ânsias de vômito. Já lhe parece ter feito algo terrível. Um acidente. Tão logo Serge se afasta apressado, ela entra em um beco e vomita. Ainda está trêmula ao limpar a boca na manga da blusa.

QUANDO ELA DISSE "Que bom ver você", ele teve que sorrir. A vontade de Grigori era tocá-la, de pelo menos segurar-lhe a mão, mas ela parecia nervosa, talvez agitada demais com o que tinha para mostrar a ele. Ela deixou entre eles uns dois palmos de distância ao pegar o fax em sua mesa e erguê-lo.

— Isso lhe diz alguma coisa?

— Vejamos. Nas colunas está escrito "data", "artigo", "preço" e "comprador".

— Até aqui, tudo bem.

Ele começou a ler a linha de cima.

— Data, 7 de junho, 1882. — Erguendo os olhos para Drew, ele explicou: — Isto se refere ao calendário russo ortodoxo pré-revolucionário. Doze dias atrás do nosso... — Grigori pigarreou, subitamente nervoso, e continuou. — Pulseira, cinco contas, cada uma com um espécimen de inseto e moldura de fios triplamente retorcidos em ouro zolotnik 56.

— É ela! — interrompeu Drew. — Só pode ser ela.

Quando ele leu o preço em voz alta, seu coração bateu muito forte.

— O seguinte é "brincos de pingentes de âmbar, duas contas, cada uma contendo um espécimen de inseto, e moldura de fios triplamente retorcidos em ouro zolotnik 56".

— É isto aí também — disse Drew, sentindo o rosto arder.

— Broche de âmbar incrustado, moldura de fios triplamente retorcidos em ouro zolotnik 56... — Uma breve pausa. — Prendedor de cabelos com moldura de fios triplamente retorcidos em ouro zolotnik 56 e pequeno cabochão de âmbar.

Drew se aproximou e se debruçou junto a ele.

— Há um colar com pingente aí também?

Grigori passou o indicador rapidamente pela folha abaixo, procurando.

— Ah, aqui está! Pingente de âmbar, conta grande com espécimen de aranha, em moldura de fios triplamente retorcidos em ouro zolotnik 56. — Grigori respirou fundo e seus olhos continuaram a descer pela folha até o fim. Em voz alta e surpresa, ele leu: — Comprador: Avrim Shlomovich Gershtein, da rua Marosejka, Moscou. — Ele ficou em silêncio, sem tirar os olhos do papel.

Drew olhou-o nos olhos.

— Avrim Shlomov...

— Gershtein. É o sobrenome do amigo de Viktor. O compositor da fotografia que lhe mostrei. — Grigori estava perplexo. — Esta pessoa pode ter sido ancestral dele. Mas...

Drew voltou rapidamente para sua mesa e pôs-se a procurar algo nas pastas, enquanto Grigori perguntava a si mesmo o que aquilo poderia significar. Amigo de Viktor Elsin...

— Veja — disse Drew. — É este aqui? — Ela exibiu a fotografia que Grigori lhe havia emprestado; no panfleto suplementar, Gersh e sua mulher tinham sido cortados da foto para que ficassem somente Nina

Revskaya e Viktor Elsin. Apontando para a fotografia original, Drew continuou: — É este aqui, não?

— É.

— Então as joias de âmbar devem ter pertencido a ele, que as teria herdado de seus pais, ou outro parente seu. Essas joias eram dele, então.

Grigori concordou em silêncio, mas parecia ainda não compreender.

— Sim, ele as deve ter dado ou vendido a Viktor Elsin. Provavelmente quando foi preso. — Grigori ficou pensativo por alguns instantes. — Gershtein deve ter dado as joias a ele para que as guardasse quando foi para a prisão, e Elsin as deu a Nina Revskaya. Ela deve ter levado a pulseira e os brincos quando deixou a Rússia.

Drew balançou a cabeça.

— Mas por que ela levaria apenas duas das joias? — Ela pensou mais um pouco. — Talvez Elsin tenha dado duas joias à mulher, e o pingente a outra pessoa.

— Mas que outra pessoa?

— A pessoa cuja bolsa você tem. A pessoa que tinha aquelas cartas.

Grigori se lembrou de que não havia contado tudo a ela. Na verdade, não lhe dissera quem foram os "parentes" que lhe deram a bolsa. Tentou explicar-se.

— Bem, é que eu tenho motivos para crer que a bolsa tenha pertencido a Nina Revskaya. Estou convencido disso.

Muito séria, Drew insistiu:

— Mas não poderia ter pertencido a outra pessoa? E as cartas também?

Incrível! Ela estava dizendo a mesma coisa que o Orelhudo... Grigori sentiu-se subitamente impaciente, enquanto Drew, calma, lhe dizia:

— Acho que precisamos dar um passo de cada vez. Começar pelo que já temos como certo. E isto é o fato de que essas joias pertenceram originalmente à família Gershtein. — Ela voltou a olhar a fotografia que Grigori lhe dera. — O que você faria se recebesse de herança essas joias femininas?

— Daria à minha mulher — disse ele indicando a bela mulher ao lado de Gershtein.

— Nina Revskaya me disse que ela era uma velha amiga sua, que eram muito íntimas. Ela era bailarina também. Talvez...

— Não, não é assim. A esposa de Gershtein não era bailarina. Ela trabalhava em um órgão do governo. — Este era um dos poucos fatos sobre a mulher de Gershtein que ele conseguira descobrir em suas pesquisas.

Drew ficou pensativa por alguns instantes, com as sobrancelhas erguidas.

— Bem, neste caso, esta não era a esposa dele. Esta é... — Drew leu um nome que havia escrito em um bloco — Vera Borodina.

Grigori repetiu o nome, que desconhecia.

Com uns poucos toques no computador, Drew colocou na tela a imagem de uma bela mulher recostada em uma barra de balé. A mulher era, de fato, a mesma da outra fotografia.

— O nome dela era Vera Borodina — disse Drew —, de acordo com este arquivo.

— Mas o nome não é este. — Grigori sentia-se confuso. — Não, você tem razão, esta não é a esposa dele. Ela deve ser... outra pessoa.

— Vera Borodina — disse Drew insistente. Ela não parecia ver confusão alguma ali. — Você não acha que a tal bolsa pode ter pertencido a ela?

— Não, não — disse Grigori aborrecido. — Não pode ser, porque isso significaria que... — Mas sua mente não estava funcionando bem. — Desculpe. Estou achando tudo isso muito confuso.

— Talvez Gershtein tenha dado o pingente a Vera Borodina, e a bolsa que você tem seja dela, e as cartas tenham sido escritas para ela, não para Nina Revskaya.

Grigori se lembrou do dia em que Katya lhe entregara a bolsa e lhe dissera que sua mãe tinha sido bailarina.

— Mas... e os poemas? — Ele fechou os olhos. — Vou ter que pensar um pouco sobre isso.

— Talvez devêssemos ler as cartas novamente. Ver se elas poderiam ter sido escritas por Gershtein. — Drew parecia achar sua proposta razoável. — E eu posso telefonar para Nina Revskaya e perguntar se ela sabe de algum Gershtein na família do marido. — Drew fez uma pausa.

— Mas isso parece improvável, não? Você acha que talvez a amiga possa ter dado essas coisas a ela para guardar? Por questão de segurança?

Grigori percebeu que estava mordendo os lábios.

— Desculpe, mas preciso de um pouco de ar fresco.

— Você está bem, Grigori?

— Não, não estou. — E se voltou para sair rapidamente, mas ainda pôde ver a expressão surpresa e magoada de Drew.

Ela chega em casa ainda trêmula e encontra Madame dormindo em sua cadeira, com a testa na mesa. Nina já está acostumada àquele ronco encatarrado de bêbada. Lola, agarrada ao coque despenteado de Madame, bica seu prendedor de cabelo feito de casco de tartaruga.

Lembrou-se das joias de âmbar sobre a mesa, e Madame dizendo *Viktor as trouxe. Eram para ser surpresa.* A maldade estampada em seu sorriso.

Nina só quer pegar sua sacola de viagem e sair dali. Não tenho escolha, repete para si mesma. Agora não há outra saída.

Ela se esconderia no Bolshoi, e de lá pegaria o carro que a levaria ao aeroporto. E depois... Suas mãos estão trêmulas. Toda ela está trêmula. *Eles te encontram e quebram suas pernas.*

É claro que ela conseguirá. Outras pessoas conseguiram. Pode-se fazer qualquer coisa quando se tem dinheiro para subornar. E quando se consegue manter a lucidez. Ela corre para pegar a caixa onde guarda suas coisas de valor. Coloca os brincos de esmeralda nas orelhas e o relógio de ouro no pulso. Olha mais uma vez para Madame, certificando-se de que ela está dormindo. Foi por culpa dela que Viktor voltou a ser como era antes. Por culpa dela; foi Madame quem contou a ele, quem o jogou contra ela.

É preciso sair logo deste lugar. Sair logo daqui.

No pequeno pote de creme facial de sua caixa de maquiagem ela faz desaparecer seu broche de casamento cravejado de brilhantes. As joias de âmbar e sua caixinha de malaquita ela as enfia em uma grossa meia de lã, que acrescenta à sua sacola. Lola a observa quieta, e dá mais uma bicada no prendedor de cabelo de Madame, aquele que tem pequenos diamantes incrustados... Sim, obrigada por me lembrar. Nina caminha decidida até onde está Madame e tira-lhe o prendedor do coque. Talvez precise dele. Lola dá um grasnido — *S'il vous plâit!* — Animal abominável!

Apesar do ronco alto, Madame não ergue a cabeça. E só então a ideia ocorre a Nina.

Não OUSE tocar no meu cabelo!

Com súbita clareza, Nina põe a mão naquele enorme coque desgrenhado. Delicadamente, começa a desfazê-lo, separando as mechas de cabelo grisalho. Não precisa procurar muito. Aninhadas em um grumo embaraçado, Nina as encontra.

São cinco pedras, uma das quais bem grande. Madame passa a roncar ainda mais alto agora. Nina pega três pedras que parecem ser diamantes, uma das quais tem o feitio de lágrima. Uma outra é amarelada. Essas três ela as esconde em seu sutiã. Certamente precisará daquilo mais tarde. As outras duas ela deixa sobre a mesa para que Madame as ache. Em seguida, veste o casaco, pega a sacola e a frasqueira, e sai apressadamente em direção ao Bolshoi, onde um carro a aguarda para levá-la ao aeroporto.

— POR QUE VOCÊ me pergunta isso? — disse Nina ao telefone. O aparelho parecia-lhe ainda mais pesado hoje em seus dedos doloridos.

— Porque um pingente, uma pulseira e um par de brincos de âmbar com características iguais aos da sua coleção, juntamente com um broche e um prendedor de cabelo, foram comprados originalmente por Avrim Shlomovich Gershtein em Moscou, no ano de 1882. — A voz de Drew Brooks estava diferente hoje. Quase trêmula. — Se esse for o nome de algum ancestral de seu marido — continuou ela timidamente —, nós poderemos ter certeza de que as peças relacionadas no arquivo são as mesmas que a senhora possui, e o pingente, portanto, pertence ao mesmo conjunto.

Nina sentiu um zumbido terrível nos ouvidos.

— Gershtein — repetiu Drew lentamente, como se Nina pudesse não ter ouvido. Em seguida pôs-se a soletrar o nome.

Gersh teria dado as joias a Viktor, ou Viktor as teria comprado de Gersh? Veio-lhe à mente, com incrível clareza, o sorriso maldoso de Madame. *Viktor me pediu que as escondesse em meu quarto.* Depois fingiu-se surpresa por ter revelado um segredo distraidamente. E se Viktor as tivesse escondendo de Gersh? Não para si, não para Nina. E se fossem de Gersh para Vera?

— Sra. Revskaya?

Nina teve que fechar os olhos. Era evidente que Viktor não estava "escondendo" aquelas joias de Nina, mas de outras pessoas que pudessem entrar no apartamento. Por questão de segurança. Isso agora estava claro. Mas por que não contara nada a ela? Provavelmente tinha intenção de contar. Provavelmente teria contado se Nina estivesse em casa no dia em que ele trouxe as joias de âmbar da casa de Gersh. Porém coisas mais importantes começaram a acontecer rapidamente: a prisão de Gersh, sua condenação, sua transferência para o manicômio judiciário...

A dor que Nina sentia no peito era insuportável. Se o filho fosse de Gersh, isso poderia explicar por que Vera havia levado a gravidez até o fim. O que significa que ela teria, de fato, visitado Gersh na prisão. Ela deve mesmo ter ficado a sós com ele, por isso Viktor não soube dar informações. Ele estava dizendo a verdade.

Oh, Viktor.

Ou teria sido de outra maneira que Vera conseguiu visitar Gersh? Entregando-se a Serge, aquele homem abominável? Que coincidência terrível tê-lo encontrado naquele último dia.

Mas não, porque se o filho fosse de Serge, Vera certamente não o teria tido. A não ser, talvez, que não tivesse certeza de quem era o pai.

Mas se o filho fosse de Gersh...

— Sra. Revskaya!

O bebê de Gersh e Vera... e Nina nada havia feito por ele! Dera-lhe as costas apressadamente e o deixara no hospital. Somente ela e Viktor conheciam os pais do bebê...

— Vou desligar e chamar uma ambulância.

— Não, não há necessidade de ambulância. Por favor. — Mas Nina sentia o coração pular, e um terrível pânico apossava-se dela. O destino... que fazer contra ele? Vera, meu querido Gersh, Viktor...

— A senhora está mesmo bem?

— Por favor, espere um pouco. Preciso... pensar. — Mas não, não havia sido o *destino*. Como foi possível não ver aquilo? Serge ali diante dela... Não foi o destino, mas as circunstâncias. Desconfianças por toda parte, sussurros e segredos. O mundo à sua volta. Pequenas traições todos os dias. Era possível que ela jamais tivesse chegado a confiar totalmente em Viktor. Não como julgara confiar. É possível que uma sombra de dúvida sempre a tivesse acompanhado, alojada dentro dela. As pessoas pareciam sempre desconfiar umas das outras. Não foi o destino, pensou, mas a inevitabilidade de tudo.

Drew insistiu:

— Realmente, eu ficaria mais tranquila se a senhora me deixasse chamar um médico.

— Minha acompanhante logo estará aqui. Ela chega às cinco. — Nina podia ouvir quão fraca soava sua voz.

— Bem... então está certo. — O medo era perceptível na voz de Drew. — Mas, por favor, me telefone se precisar de alguma coisa antes de sua acompanhante chegar.

Com o pouco de energia que lhe restava, Nina disse:

— Sim. Até logo.

DURANTE TODA A TARDE Grigori tentou entender. Se a hipótese de Drew estivesse correta, o homem que ele julgava ser seu pai não o era. Era outro. O compositor Gershtein. E a mulher que ele pensava ser sua mãe... Mas por que, então, Nina Revskaya tinha duas daquelas joias de âmbar? E por que agia de maneira tão estranha com ele? Além disso, em uma entrevista ao *Channel 4 News*, ela dissera que as joias de âmbar haviam pertencido à família de Elsin. Por que teria dito isso, se não fosse verdade?

Talvez Viktor Elsin não lhe tivesse dito a verdade. Talvez não lhe tivesse dito que aquelas joias eram de Gershtein, que as dera de presente a ele Ou teria ele as roubado de Gershtein? Havia ainda a possibilidade de o próprio Gershtein ter dado as joias a Nina Revskaya. Talvez a amasse. Mas não, não com aquela outra mulher tão linda a seu lado na fotografia pela qual ele parecia apaixonado...

Seus pensamentos galopavam e as suposições faziam com que sua cabeça latejasse. Grigori tomou um analgésico e sentou-se à sua mesa de trabalho a fim de reler, mais uma vez, as cartas que por tanto tempo acreditara terem sido escritas por Viktor Elsin. Aquele "por favor, me perdoe" no início, Grigori sempre pensara referir-se a algum desentendimento entre marido e mulher. O que pensar da "grande rede, tão ampla e inescapável", que ele sempre visualizara como uma grande teia de aranha naquele último poema? Bem, talvez a interpretação fosse um pouco forçada... Mas o que dizer disso, da mesma imagem usada em "Nado noturno"?:

> ... refugiar à sombra de uma árvore. O chão estava úmido e temeste que a resina da árvore pudesse manchar sua saia. Posso ainda sentir o perfume dos pinheiros, o inverno neles escondido, fresco e delicioso, xadrez das sombras daqueles galhos.

Grigori não precisava ver o poema "Nado noturno" que tinha diante de si para ouvir seus ecos naquela carta: Sombras: *colcha de retalhos, tapete de folhas caídas, gotas da resina ocre do sol. O ar ressoa...*

Não havia dúvida de que se tratava do mesmo dia quente de verão com muitos insetos. As sombras haviam passado de "xadrez" a "colcha de retalhos", ali estavam os mesmos cones de pinheiros. As "gotas da resina ocre do sol" eram as mesmas gotas de resina das árvores:

> Penso às vezes que é para isso que vivo, para dias assim, perfeitos. A resina da árvore manchou sua saia. Aquela resina cor de âmbar eram lágrimas caindo em câmera lenta, como se a árvore previsse nossa história.

É claro que muitas pessoas comparam gotas de líquido a lágrimas. Poeta, Elsin havia se referido a gotas de resina como "gotas de sol". Em seu último poema, ele fez referência ao sol como uma "joia cintilante", e a gotas de âmbar como "lágrimas antigas" que "como corações, endurecem". Para Grigori, tanto o sol quanto a resina eram referências... *àquelas* joias de âmbar incrustadas em ouro que na carta eram chamadas de "pequeninas gotas de sol". Havia poesia também naquela carta. Talvez nada muito original, mas fazia sentido que um poeta, no caso Viktor Elsin, a tivesse escrito.

Mas a carta era tão triste, suas referências ao "futuro", tão sem esperanças... Elsin só poderia ter escrito aquilo depois de passar por uma situação muito desoladora. A prisão do amigo Gershtein... Não era a isso que aquele último poema se referia? Ao "vento impiedoso" e à árvore que cantava em seu lamento "Não agora! Não agora!". Havia ali referências musicais, como também em "Nado noturno": "o ar ressoa... Sem ser visto, tarde demais, o rouxinol insiste com seu canto...".

Grigori percebeu que segurava a cabeça, com as pontas dos dedos pressionando o couro cabeludo, como se aquela pressão pudesse levá-lo a alguma ideia nova. Ele pensou na maneira como a carta estava assinada: "Seu, somente seu." Como poderia Gershtein ter escrito aquilo, se tinha, ao mesmo tempo, uma esposa e uma namorada? Mas é preciso também considerar que nem sempre as pessoas dizem a verdade literal. Principalmente em uma carta com pedidos de desculpas.

O xadrez das sombras e a resina do pinheiro manchando a saia dela. Saia de quem? Haveria mais de uma mulher naquele lugar? Dois casais, talvez? Os dois casais da outra foto, da foto na dacha, incluindo a pessoa que a havia tirado. *A incrível perfeição daquele verão...*

Pare, Grigori. Lembre-se do que Drew falou sobre começar por onde você já sabe.

Ele sabia que a carta havia sido escrita por alguém para a mulher amada. Se tivesse sido Gershtein, o tom de desolação estaria explicado. Ele havia perdido a mulher amada, a bela mulher da foto, ao se casar com outra. Isso até que fazia sentido.

Poderiam as cartas ter sido escritas da prisão? Seria esse o motivo de sua tristeza?

V. me diz que talvez vocês façam um passeio juntas. Que sorte a nossa termos amigos tão bons! Mas, por favor, querida, só vá se o tempo estiver bom. E não se esqueça de levar ID. Uma canção não me sai da cabeça. É aquela do marido que anseia pela esposa como as ondas anseiam pela praia, sem cessar. É assim que anseio por ti.

Um passeio de amigos. Grigori nunca havia se preocupado em saber quem era a "V.". São tantos os nomes que começam com essa letra, que não fazia sentido tentar adivinhar. O que o deixou perplexo agora foi a nova possibilidade do V se referir a Viktor Elsin. Havia ainda aquela frase que Grigori não compreendia: "Não se esqueça de levar ID." Era estranha aquela preocupação, em uma época na qual ninguém saía de casa sem seu documento de identidade. A ID era tão indispensável quanto uma carteira com dinheiro no bolso. Não haveria necessidade de se fazer tal recomendação. A não ser que as letras fossem um código para algo entre eles. Nesse caso, "só se o tempo estiver bom" deveria ser um código também.

Ambas as possibilidades faziam sentido para ele, agora que Drew trouxera Gershtein para dentro da cena. Quem escreveu a carta parecia mesmo ser uma pessoa que tinha sido presa, banida ou afastada de alguma outra maneira. Mas os poemas, sem dúvida, eram de Elsin. Quanto a isso, pelo menos, não havia dúvida.

Um pensamento passou pela cabeça de Grigori. Um pensamento estranho, mas que o deixou intrigado. Teria Viktor Elsin lido as cartas e tomado de empréstimo as imagens?

Não. Impossível. Ele era poeta e não precisava roubar ideias de cartas dos outros.

Mas as imagens eram as mesmas. Se não exatamente as mesmas, eram bastante semelhantes...

Semelhantes o suficiente para dar margem a uma hipótese, para que ele escrevesse uma tese que recebeu conceito máximo. Mas isso significava que Elsin as plagiara de Gershtein? Não havia dúvida de que os poemas diferiam muito dos demais escritos por ele. Mas não eram tão diferentes a ponto de justificar a hipótese de que ele tinha *copiado*. E por que motivo ele faria uma coisa dessas?

Talvez não tivesse sido essa sua intenção. Mas teria ele lido as cartas? Teria servido de portador para o amigo preso, e aquelas imagens haviam permanecido em seu subconsciente? Afinal, tratava-se de seu melhor amigo...

Ou talvez ele não tivesse lido as cartas, mas estivesse lá presente com Nina Revskaya, que era tão amiga daquela outra bailarina. Gershtein também teria estado lá. Dois casais na dacha, no rio, ou refugiando-se do sol à sombra de um pinheiro.

Grigori percebeu que mordia os lábios. Deu então um longo suspiro e tentou se acalmar. Mas não conseguiu parar, e voltou a olhar as fotos que pegara de volta. Fotos que lhe pertenciam e que ele conhecia tão bem. Mostrá-las a Drew o fizera sentir-se aliviado. Ele tentou imaginar tudo de maneira diferente, reescrever a história em sua cabeça. Embora sua fisionomia em nada se assemelhasse à de Gershtein, ele tampouco se parecia com Elsin ou Revskaya ou com aquela outra mulher. Bem, seu queixo se parecia um pouquinho com o de Elsin. Mas seus olhos... bem, seus olhos, ele admitia, eram bem parecidos com os de Gershtein. E sua boca, não havia algo na boca de Vera Borodina que era exatamente como a sua? Mas o feitio de seu rosto se assemelhava ao de Nina Revskaya.

Por pouco ele não riu de sua situação: quatro pais, agora, em vez de dois. Seis, se contasse Katya e Feodor, seus pais queridos, os únicos reais, que ele gostaria de poder voltar a ver de vez em quando. Mas de que valia o passado? Sua vida era ali e agora. Drew estava ali, bem junto dele, e ele havia agido como um idiota com ela.

Grigori consultou o relógio. Já passava das 17 horas, mas ainda assim ele tentou falar com ela no trabalho. Quando a secretária eletrônica atendeu, ele deixou um pedido de desculpas. Mas aquilo não era suficiente, e ele sabia disso. Sentiu então um súbito desespero. Procurou no computador a lista telefônica da área de Boston. Embora houvesse três Drew Brooks na cidade, apenas uma não estava listada como parte de um casal. Grigori imediatamente discou seu número.

A voz de Drew atendeu na secretária eletrônica. A princípio Grigori sentiu-se desesperado por não a encontrar, mas, pensou ele, pelo menos tinha seu telefone de casa. O telefone de sua Drew. Ele anotou o endereço, vestiu o casaco e foi ao seu encontro.

CYNTHIA DEIXOU a bolsa e a sacola sobre a mesa e foi logo falar com Nina.

— O que houve? A senhora não está com a cara nada boa.

— É como me sinto.

— Por que não me chamou? A senhora ligou para o médico? — A essa altura Cynthia já estava verificando o pulso de Nina.

Se Vera realmente visitava Gersh no manicômio judiciário, então Viktor não tinha um caso com ela. Nem com outra, provavelmente. Gersh deve ter pedido a ele que guardasse as joias para que Zoya não ficasse com elas. Ele queria dá-las a Vera. E Madame, ora, esta pensou que estava simplesmente estragando a surpresa para Nina. Uma atitude típica da sogra. Certamente ela não tinha ideia da confusão que iria causar.

— Sua pulsação está fraca, mas não chega a ser preocupante. — De sua sacola Cynthia tirou um termômetro enrolado em papel, desenrolou-o e perguntou: — Desde quando a senhora não está se sentindo bem?

Como não obteve resposta, ela colocou o termômetro na boca de Nina.

— Talvez seja necessário ir ao hospital — disse Cynthia. — Não quero me arriscar com a senhora. — Ela continuou a falar de médicos, de exames, da palidez de Nina, mas esta parou de prestar atenção. Pensava em Viktor, no quanto o odiara logo depois da morte de Vera. Pensou em quanto havia odiado Vera também. Eu deveria saber que não era verdade. No fundo, acho que sabia disso todo o tempo. Era por isso que eu fugia daquele rapaz, Grigori Solodin, que tanto insistia em falar comigo. No fundo eu deveria saber que ele poderia me revelar a verdade.

Enquanto lhe fora possível viver na incerteza, tinha conseguido suportar aquela dor terrível no coração. Relutante, contra sua vontade, pensava sempre em Viktor e no quanto ele certamente teria sofrido por sua causa. Se eu não tivesse partido naquela noite, ninguém suspeitaria dele. Não teria havido acusações contra ele. Eu dei a eles um motivo para suspeitar. Serge não precisou inventar coisa alguma. Eu não precisava ter partido. Não havia motivo algum porque, no fundo, eu sabia. Eu sabia que Vera amava Gersh, sabia do que ela seria capaz de fazer por ele. Mas então surgiu Serge, sempre Serge, aquele homem desprezível. Ali estava ele na calçada, diante de mim... *Ele tem prestígio, pode conseguir alguma coisa,* dizia Vera. O acaso, a imprevisibilidade do encontro naquele exato momento.

Se ao menos eu não o tivesse visto naquela hora nossas vidas poderiam ter sido muito diferentes. A expressão nos olhos dele: ira, tristeza, a insinuação de que a morte de Vera fora um castigo pelo mal cometido. E Polina, como um fantasma, pendurada pelo pescoço...

Nina tinha noção de que algo desesperado se processava dentro dela: a busca enlouquecida por uma saída, por alguma forma de dizer a si mesma que o que fizera não era tão terrível. Seus pensamentos voavam em visões do que poderia ter sido e do que aconteceu. Bem, havia o caso de Inge, disse ela a si mesma tentando encontrar algo de bom que fizera a alguém. Se Nina não tivesse partido, não teria ajudado Inge a conseguir o cargo que assumiu em Bonn. Pelo menos havia feito o bem a alguém.

Cynthia, curvada sobre ela, enxugava-lhe as lágrimas, tentando não derrubar o termômetro. Nina não fazia movimento algum; a dor que sentia era tão intensa que ela não conseguia mover um único músculo sequer.

Depois de retirar o termômetro e se certificar de que Nina não tombaria para o lado, Cynthia puxou uma cadeira, sentou-se junto a ela e segurou entre as suas as mãos frias de Nina. Seu rosto tinha uma expressão serena e séria. É a isto que dão o nome de compaixão, pensou Nina.

— Você é muito boa comigo, Cynthia. Eu não mereço isto.

— A senhora vai começar essa história de novo? Essa história de merecer e não merecer?

— Eu cometi um erro terrível.

— E eu lhe disse outro dia que entendo dessas coisas de erro. Nunca é tarde demais para consertá-los.

— É claro que é tarde demais. As pessoas estão mortas. — Todas elas, pensou, por erros cometidos contra elas. Não apenas Viktor e Vera, mas até os pais de Vera (*Os vizinhos me disseram...*). Até o tio de Nina. Cadáveres, um após outro. É claro que já é tarde demais. Essas pessoas se foram injustamente, e só o que restou delas foram recordações. Só restaram recordações na mente de uma velha tão fraca que não sobreviveria um dia sequer sem a ajuda de Cynthia. — Eu sou incapaz de enxugar minhas próprias lágrimas. Como poderia consertar meus erros?

Cynthia apenas apertou um pouco as mãos dela.

A mão de Vera na sua no dia do exame para admissão ao Bolshoi...

Nina fechou os olhos.

— Quem mais, depois que eu morrer, sequer se lembrará dessas pessoas? Elas foram pessoas de verdade. — Ao dizer isso, sentiu-se tola. O que queria dizer era que lhe parecia um crime aquelas vidas, a verdade daquelas vidas, perderem-se para sempre. Ninguém restaria para preservar a verdade sobre elas, sobre quem tinham sido. Ao pensar nisso, Nina sentiu seu corpo estremecer fortemente.

— Cynthia — disse ela com os olhos bem abertos e sentindo-se tomada de uma súbita energia. — Por favor, leve-me até minha escrivaninha. — Algumas ideias chegam tão nítidas, que parecem ter aguardado, prontas, desde sempre, dentro da pessoa.

— Será que vai lhe fazer bem? A senhora tem certeza de que está melhor?

— Sim, obrigada. Muito obrigada. Vou precisar de sua ajuda com algumas coisas. — Nina pensou por alguns instantes e tirou a tampa da caneta. Precisava escrever uma carta, preparar um documento e dar alguns telefonemas. Por um breve momento, não soube por onde começar. Havia muita coisa a dizer, mais do que ela seria capaz, certamente, em uma carta apenas. Mas era preciso começar por algum lugar. Nina se debruçou sobre o papel e começou a escrever.

Caro Grigori, iniciou ela. *Quero falar-lhe sobre sua linda mãe.*

Sua primeira parada é em Berlim, onde Nina e Yuri dançarão algumas das principais sequências de *A bela adormecida*. Não terão tempo sequer para assistir às apresentações que se seguirão às deles; devem partir imediatamente para estarem em Varsóvia amanhã de manhã.

Nina gostaria de ter tempo para planejar. Tempo para pensar um pouco mais. A caixa de malaquita foi colocada no fundo de sua sacola de balé, onde também está escondida a pequenina pílula de papel (talvez velha demais agora) que a mulher de Berlim Ocidental lhe dera com informações. Junto dela estão seus amuletos, suas agulhas e linhas, grampos, fitas e tubos de maquiagem. Lá está também o pote de creme em que se escondem, imersos, os diamantes de Madame. O prendedor de cabelo com diamantes está lá, junto a vários outros sem valor. As joias de âmbar escondem-se presas à bainha de sua grossa suéter. Se alguém exigir dinheiro, ela estará preparada.

— Sonhando acordada novamente? — Yuri lhe dá um tapinha amistoso no alto da cabeça. Estão na sala de aquecimento, Yuri com sua fantasia de príncipe e Nina cintilante em seu tutu, tiara na cabeça, pescoço e costas empoados, polainas até as coxas para impedir que os músculos se contraiam demais enquanto se aquecem.

— Desculpe. Não se preocupe. Estou pronta.

Ela repete para si essas palavras, mesmo depois de eles haverem terminado o *pas de deux* e as variações, mesmo depois que o público, de pé, já acabou de atirar flores ao palco, mesmo depois de se dirigir, às pressas, para o camarim "de estrela" que lhe foi destinado para aquela noite. Ele fica ao lado do grande vestiário comum onde as bailarinas do corpo de baile se vestem; Nina pode ouvi-las pela porta que separa seu camarim daquele.

Uma rápida batida à porta que dá para o corredor. O gerente da companhia grita:

— Nada de demora! Partimos dentro de vinte minutos!

Nina fecha os olhos, tenta pensar. Se ela deixar esta cidade, que fica mais perto da liberdade, e onde o patrulhamento é menos rígido, sua fuga será mais difícil. Ela tem o pedacinho de papel e sabe onde encontrar a mulher, a dona daquela loja. Não, ela não poderá ir com os outros. Só precisa descobrir como.

Se ela sair desta sala, será vista. Não há um lugar ali onde possa se esconder, a não ser, é claro, as cabines dos chuveiros ao lado, mas lá seria o primeiro lugar onde a procurariam. E se ela passar pela outra porta, para o vestiário do corpo de baile, bem, a sala está cheia de bailarinas e haverá sempre alguém lá todo o tempo.

— Vinte minutos!

A porta entre o camarim de Nina e o vestiário é de madeira ordinária e não fecha bem; a luz e o ruído agitado das bailarinas se vestindo passam pela fresta. Nina ouve a voz de uma delas falando, animada, em alemão. Em seguida, outra dá uma risada. Devem estar se arrumando bem junto à porta, nas últimas penteadeiras da fila.

Nina aproxima os olhos da fresta. A visão é clara, apesar de a luz não ser forte: um salão lotado de bailarinas agitadas, tendo ao centro um grande cabideiro circular, e, ao longo das paredes, penteadeiras iluminadas por simples lâmpadas pendentes do teto. Uma confusão de roupas e fantasias por toda parte. Vinte ou trinta bailarinas vestindo tutus brancos e armados, prendendo nos cabelos coroas de penas. *O lago dos cisnes*. É isso mesmo: um dos principais coreógrafos do Bolshoi é o *régisseur* residente ali este ano, e a companhia apresentará esse balé no início da temporada. Esta noite dançarão o segundo ato.

E pensar que apenas cinco anos antes Nina era uma daquelas jovens. Às vezes parecia-lhe que ainda ontem procurava ansiosa por seu nome na lista das selecionadas, a alegria de cada pequena promoção na distribuição de papéis, a passagem do elenco provisório para o permanente. Tudo agora lhe dava uma impressão diferente, apesar de cinco anos não ser muito tempo.

Não, não foi um tempo muito longo.

Parece que foi apenas ontem.

É então que a ideia lhe ocorre. Ela encosta novamente o rosto na fresta da porta, de onde pode ver as duas bailarinas conversando e rindo. São muito jovens todas elas ali. Provavelmente recém-admitidas, recém-formadas. Isso é só o que Nina pode deduzir daquele grupo.

Sua mente trabalha rápido, planejando o que fazer. Quando a outra jovem se afasta, Nina observa atentamente o rosto da que ficou ali perto da porta, como que para medir o risco. Algo no olhar da moça sugere ser possível que sua ideia dê certo. Não há mais tempo para pensar; a outra jovem pode voltar a qualquer momento. Nina encosta a boca na fresta.

— Psiu!

A jovem não parece ter ouvido.

Nina para, pensa novamente, e, decidida, repete:

— Psiu!

Agora ela ouviu e, intrigada, olha em direção à porta. Nina abre apenas uma fresta.

— Chegue aqui! — sussurra, esperando que a jovem compreenda. — Depressa! — E então, por uma fração de segundo, mostra seu rosto para que a outra veja quem ela é. — *Bitte!* Depressa! — Em seguida Nina recua e encosta a porta, temendo que mais alguém a veja.

Por alguns instantes, nada acontece. Em seguida, do outro lado da porta, chega um sussurro em russo com sotaque alemão.

— O que você quer?

— *Bitte*, me ajude. *Bitte*, venha aqui.

Nina tem uma ideia. Em sua caixa de maquiagem, ela pega uma das pedras, o maior diamante de todos, que estava enfiada em seu pote de creme facial. Nina o limpa e abre um pouquinho a porta novamente, o suficiente para que a jovem veja o diamante na palma de sua mão. Diz então, em russo:

— É para você.

Embora a jovem bailarina, fingindo ajeitar a meia, esteja se esforçando por parecer indiferente, seus olhos se arregalam ante a visão do diamante. É evidente que nunca viu nada assim de tão perto.

— *Bitte!* — sussurra Nina. — Por favor, me ajude.

Silêncio novamente. Deve ter se passado um minuto inteiro. E então, ligeira como uma mosca, a jovem entra no camarim de Nina e fecha rapidamente a porta.

O PRÉDIO DE DREW ficava no alto da Beacon Hill, onde, como Grigori sabia, mesmo os apartamentos caros tinham quartos pequenos, tetos baixos, encanamentos antigos e não dispunham de lavanderia. Afinal, aquela era a parte mais antiga e mais histórica da cidade e, de certa forma, o centro de Boston. Estava a apenas uma estação de metrô de Cambridge, e para ir de lá até a Downtown Crossing ou a Black Bay, bastava atravessar o Commons a pé, tranquilamente. Parado na calçada de tijolos vermelhos diante do prédio dela, Grigori procurava o nome de Drew no interfone de aparência antiquada. Dava-se conta, naquele momento, de fazer parte de um *continuum* iniciado muito antes de aquela área ser aterrada, antes de aqueles paralelepípedos serem colocados, antes de as primeiras daquelas janelas arqueadas se abrirem para estas mesmas ruas estreitas. Quantos outros homens confusos, apaixonados, talvez tolos, haviam estado ali, naquela mesma ladeira, quiçá naquela mesma esquina, diante do mesmo prédio antigo, temendo desapontar-se?

— Quem é?

A voz dela. A voz de Drew.

— Sou eu, Grigori. Vim pedir desculpas.

Um silêncio torturante. Mas, logo em seguida, ela diz:

— Suba.

Quando ele chegou ao último andar, lá estava ela à porta, com um vestido de malha verde que ele já a vira usando antes, mas agora sem as botas e as meias. Drew tinha os pés descalços no chão atapetado. Grigori parou, sem saber como seria recebido.

— Sinto muito ter saído como um louco daquele jeito. Não é minha maneira de agir.

Ela fez sinal para que ele entrasse, mas manteve-se em silêncio.

— Eu precisava reler aquelas cartas imediatamente — explicou ele. — Aquilo tudo que você disse sobre a autoria das cartas, e para quem foram escritas... Tudo faz sentido. Mas eu ainda tenho umas dúvidas em relação aos poemas, creio.

Ela recebeu friamente a informação.

— Sente-se.

Ele se sentou ao lado dela em um sofá grande e macio.

— Mas eu queria dizer que quando lhe falei que um parente meu me deu a bolsa com as cartas, as fotos e o colar, não disse que essa pessoa era minha mãe. Minha mãe adotiva. Ela me disse que a bolsa havia pertencido à minha mãe verdadeira.

— Oh... — A expressão de Drew mudou. — Agora entendo.

— Foi por isso que me senti tão confuso. Todo esse tempo eu pensava que fosse... outra pessoa.

Drew assentiu em silêncio.

— Criei toda uma mitologia em torno do meu passado. Estava sempre a olhar para trás, tentando estabelecer minha história a partir de algo que descobri agora não ser verdadeiro. E... meus pais morreram quando eu ainda era jovem. Senti muito a falta deles, mas tive a sorte de conhecer Christine, minha mulher, e ela passou a ser minha família. Mas ela também se foi. E agora, com o que fiquei sabendo, é como se eu perdesse mais uma pessoa. Como se eu perdesse a família que julgava ter. — Ele ficou pensativo e depois deu uma risadinha. — É uma tolice, eu sei. Mas eu pensava ser outra pessoa. E tudo porque quem eu julgava serem meus pais não o são.

— Não é tolice alguma. É perfeitamente natural que se sinta assim. Mas, na verdade, de que maneira isso modifica a ideia que você fazia de si mesmo?

— Suponho que o que mais me abale nisso tudo seja a confiança que eu depositava em minha capacidade dedutiva — disse Grigori, rindo de si mesmo. — Eu interpretei errado muitas coisas. Tudo, talvez.

Os olhos de Drew encontraram-se com os dele.

— Estou procurando alguma semelhança. Vendo se consigo encontrar alguma coisa de Gershtein e da bela bailarina em você. — Drew deu um leve sorriso e concluiu: — Mas só o que vejo é você.

Que incrível generosidade. Grigori sentiu algo quase doloroso no peito.

— Sabe o que eu gostaria, agora? Gostaria de ter ficado com o pingente.

Drew ficou atônita.

— O que foi?

— Você não está falando sério, está?

— Bem... não... não sei. Se não fosse ele, eu provavelmente não teria conhecido você. O que eu quis dizer foi... — Grigori ficou pensativo por alguns instantes. — Bem, e se eu quisesse, de fato, retirá-lo do leilão? Isso é possível?

— Bem, possível é. Haveria uma multa a pagar. Trinta e cinco por cento do preço médio estimado. Portanto, para o pingente... vejamos...

— Não, não se preocupe com isso. — Ele se sentia ridículo por aquele sentimentalismo inoportuno. Deveria estar feliz por se livrar daquilo. Mas não pôde deixar de perguntar: — Então há mesmo quem *faça* isso?

Drew assentiu com a cabeça.

— E às vezes há itens retirados porque foram perdidos. Ou não se perderam, de fato, mas o inventariante não conseguiu encontrá-los. Mas... bem... — Ela ficou pensativa, com os olhos baixos e a testa enrugada. Por um instante Grigori pensou que ela estivesse cogitando a possibilidade de "perder" de propósito o pingente. Ela faria isso por mim, pensou ele fantasiosamente, sabendo que não seria bem assim.

— Por favor, Drew, não se preocupe. Eu disse que faria a doação e farei. Quero doá-lo. Só perguntei isso porque me ocorreu que... ele ficaria bem em você.

O rosto dela se abriu em um sorriso.

— Agora você tem ideia da confusão que é minha família. Fale então da *sua*. Tem irmãos? E seus pais? Você os encontra sempre?

Ela lhe contou como havia sido crescer como filha única, falou sobre o pai, comerciante, nascido e criado em Columbia Britânica, e de sua mãe, nascida na Finlândia mas criada em Nova York. De certa maneira sua avó materna havia sido a pessoa à qual se sentira mais ligada por laços afetivos.

— Não sei explicar por que, mas sempre me senti muito próxima dela. E meus parentes sempre dizem que temos a mesma personalidade, embora a vida dela tenha sido completamente diferente da minha. — Drew falou-lhe da infância rural de sua avó, Riitta, e de sua mudança para a cidade. Contou-lhe que depois da morte do grande amor de sua vida, o pai da mãe de Drew, Vó Riitta havia se casado novamente. O segundo marido era um médico especializado em doenças do pulmão que foi convidado para trabalhar em um hospital de Nova York. — Foi assim que eles vieram parar nos Estados Unidos.

Drew levantou-se rapidamente.

— Isto me lembra de uma coisa: o diário de que lhe falei. Do pai da minha mãe. Ele chegou hoje. — Mas ela voltou a se sentar, pensativa. — Sabe de uma coisa? De certa forma é maravilhoso que você tenha descoberto, hoje, quem foram realmente seus pais. Ou quem pensamos que tenham sido.

— É?

— É. Porque, apesar de a vida ter dado errado para eles, esta história ainda pode ter um final feliz. Pode dar certo para você. Tem a possibilidade de realizar o que eles não puderam. A de criar sua própria vida, sua própria família.

Grigori sentiu o coração a ponto de explodir. Ele se aproximou mais de Drew e passou os dedos por seus cabelos. Seu corpo se lembrou de sensações esquecidas havia algum tempo, da deliciosa aflição do desejo.

Os dedos dele desceram suavemente pelas costas de Drew, percorrendo-lhe as pequenas saliências da coluna, perdendo-se no corpo dela. A certa altura Drew se levantou e o conduziu para seu quarto. O que o deixou perplexo foi a tranquilidade com que tudo fluiu e a sensação de estarem realizando algo absolutamente inédito, que ninguém havia experimentado antes.

AGORA QUE ESTÁ NO VESTIÁRIO do corpo de baile, Nina ouve o diretor da companhia chamar seu nome. Ouve, em seguida, o barulho da porta sendo violentamente aberta no camarim "da estrela". Ouve depois o diretor, o representante do Komsomol e o diretor do teatro passarem a percorrer ruidosamente os corredores, a subir e descer as escadas. Por duas vezes entraram no vestiário das bailarinas, provocando protestos das camareiras e de jovens seminuas. Eles não disseram o que queriam ali, nem quem estavam procurando, certamente para preservar a ilusão de que nada havia de errado. Em ambas as vezes Nina, já com a fantasia de cisne, as penas que pendiam da coroa a lhe cobrirem parcialmente o rosto, está curvada sobre si mesma a costurar as extremidades das fitas de seu sapato de ponta, em uma posição que lhe é extremamente familiar. O grande cabideiro redondo cheio de fantasias penduradas no meio do vestiário ajuda a obstruir-lhe a visão. Junto de Nina, embaixo do casaco da bailarina do coro, encontram-se seus sapatos, seu suéter e sua caixa de maquiagem.

Um sentimento de dúvida já se instalou em seu coração. E de culpa por ter subornado a pobre menina alemã. De que valerá à menina um diamante, por maior que seja, se ela for apanhada, se alguém descobrir que ela ajudou Nina a fugir? Nina é tomada de pavor pelo que pode acontecer a ela e à jovem.

Ela não pode perder o controle de si mesma. Fingindo grande atenção, ela se curva sobre suas pernas e massageia as panturrilhas, enquanto à sua volta as outras bailarinas enfeitam-se. Pela primeira vez na vida ela aprecia o grande narcisismo das bailarinas, cada jovem daquele vestiário imersa apenas em si mesma, em sua fantasia, seus cabelos, sua maquiagem, mal se dando conta da presença das outras. Sempre que tem a impressão de que alguém está olhando em sua direção, Nina ajeita as penas de sua cabeça ao redor do rosto, e continua a fazer isso quando todas as jovens cisnes, inclusive ela, são levadas em bando para trás do palco.

Percebe-se então uma espécie de comoção na outra extremidade do corredor. Nina reconhece a voz do administrador do Bolshoi.

— Mas como? Você tem certeza?

— Ela saiu — disse uma voz de homem com um forte sotaque. — Franz acaba de me dizer. Uma mulher com um casaco exatamente igual ao que você descreveu.

Uma terceira voz de homem protesta em alemão.

— Ele não sabia — traduz alguém. — Ele disse que seria capaz de jurar que era uma bailarina que está sempre por aqui. Ela parecia sair normalmente.

A voz do administrador do Bolshoi de novo:

— Rápido. Vamos logo.

Nina sente um profundo alívio, embora o teatro ainda esteja cheio de guardas. E agora ela se encontra presa naquele bando de cisnes que aguardam o momento de entrada no palco. Mesmo se fazendo passar por uma delas, há sempre o perigo de alguém a reconhecer antes que ela consiga fugir. Mas ninguém ali a tinha visto de perto, e a atenção de todos estaria voltada para os dois dançarinos principais (primeiramente Siegfried e, depois, Odette, em sua entrada triunfal). Ninguém presta atenção àquele bando de cisnes à volta deles; o duelo romântico é o ponto alto do balé, e as verdadeiras estrelas nunca perdem a atenção do público. Ainda que algum baletômano a reconheça da plateia, os guardas do teatro não sabem como ela é. E com a saída do administrador e do seu assistente, haverá poucas pessoas ali que já a viram pessoalmente. Se ao menos ela encontrasse um jeito de sair sem ser vista.

A jovem de Berlim, sua salvadora, dissera a Nina qual era seu número na fila, por sorte, um dos últimos. Nada de "Dança dos pequenos cisnes" para ela. A moça deve ser mesmo recém-formada. Nina ocupa seu lugar como se voltasse atrás no tempo, como se retornasse a seus primeiros dias de balé, agitada e nervosa, em meio a uma profusão de crinolina e tule. Mas esta noite o tremor nervoso que os cisnes devem afetar é, para Nina, *real*. É um tremor verdadeiro. Ela está apavorada.

Pela primeira vez em vários anos ela terá de dançar em uníssono, coordenando cuidadosamente braços e pernas e até mesmo a inclinação da cabeça com suas companheiras cisnes. Nada de sobressair-se, nenhuma demonstração de personalidade ou preparo superior. Justamente o oposto de uma *prima ballerina*. De certa forma, seu papel esta noite é o mais desafiador de sua carreira: precisa desaprender, esconder as qualidades que fazem dela uma estrela. Precisa de maestria suficiente para não revelar sua maestria. Ela espera que seu corpo saiba o que fazer e que ninguém se dê conta do novo cisne no fundo do palco.

Por alguns instantes isso lhe parece possível. Ali onde está, espremida entre as outras na coxia, não se sente observada pelas companheiras, que só parecem se importar com as próprias fitas de sapatilha e com os grampos que prendem seus cabelos. O pessoal de apoio encontra-se também muito ocupado com seus afazeres e ninguém presta atenção às bailarinas.

Nina mantém a cabeça baixa, fingindo ajustar suas penas. Diz a si mesma que se alguma das outras a notar, ela dará uma piscadela confiante, como se aquilo tivesse sido planejado. Mas não há necessidade disso: ao sinal, juntamente com todos os cisnes, Nina entra suavemente no palco.

A RÉSTIA DE SOL de sempre espalhava-se sobre seu cobertor lilás desbotado. Drew, apressada, pegou a bolsa para sair.

— O dia será enlouquecido hoje, sabe? — Apesar de o leilão só iniciar às 16 horas, ela precisava cuidar de muitas coisas antes daquela hora.

Grigori assentiu com um movimento da cabeça e pegou seu casaco no sofá da sala.

— Um amigo e eu estávamos planejando passar por lá. Mas não se preocupe. Sei que você estará ocupada.

Drew sorriu.

— Venha me encontrar depois. Só vou precisar de uma hora e pouco para encerrar tudo.

Por mais natural que lhe parecesse dizer aquilo, Drew sentiu uma emoção desconhecida, um misto de excitação e medo. No fundo, custava-lhe acreditar que tivesse dado aquele passo em direção a outra pessoa. O próprio fato de estar com ele ali, em sua casa, fazia com que ela se sentisse feliz e vulnerável ao mesmo tempo. Era como se sua antiga pele tivesse se soltado, e uma nova pele, muito sensível, estivesse exposta. Um novo potencial para dor e para o amor.

Grigori ajudou-a a vestir o casaco e fez uma breve pausa a fim de olhar para ela e sorrir. Já estavam na porta da casa quando ele parou.

— Você queria me mostrar uma coisa. O diário do seu avô.

— Ah! É mesmo! — O pacote havia chegado na véspera, um envelope almofadado enviado pela mãe dela. Parecia que muito tempo tinha se passado desde que ela lhe falara do diário. Aliás, parecia que muito tempo tinha se passado desde a véspera.

O diário era um caderninho quadrado e fino o suficiente para caber em um bolso de casaco. Ao mostrá-lo a Grigori, Drew sentiu-se comovida com as folhas finais em branco.

— Ele morreu pouco depois de começar a escrever. Eu me lembro de minha avó me mostrando o diário dele.

Grigori olhou rapidamente a primeira folha escrita e balançou a cabeça como que para dizer que seria capaz de ler o que estava ali.

— Posso levá-lo comigo?

Ela disse que sim, e os dois saíram. A brisa na Myrtle Street estava quase morna, em um prenúncio de primavera. As crianças caminhavam com os pais para a pracinha com seus casacos abertos. Ninguém diria que havia nevado dois dias antes, uma daquelas últimas nevascas de março, com grandes flocos que viraram lama ao se derreter.

Sentindo a mão morna dele na sua, Drew dobrou a esquina da Joy Street em direção ao Commons para que Grigori tomasse o metrô da linha verde que o levaria para casa. Embora se sentisse tentada a seguir com ele por somente duas estações até a Beller para ficarem juntos um pouco mais, ela decidiu caminhar. Com o sol radiante e o ar quase morno, ela queria saborear, naquela hora tranquila, aquela sua nova e estranha felicidade, a sensação de, finalmente, ter chegado aonde sempre desejara chegar.

O CORPO SE LEMBRA.

Como um gato que se lembra do caminho de casa instintivamente, Nina volta para o vestiário e em um instante despe o tutu. Cada movimento seu é natural como respirar ou beber água. Sente-se grata a seu corpo pela precisão com que executou todos os movimentos daquele balé que seus músculos conheciam de cor.

Agora, porém, suas mãos tremem quando ela veste a saia, o suéter e calça os sapatos. As outras jovens cisnes só têm mais alguns minutos no palco; Nina simplesmente não poderia se arriscar a ficar lá até o fim, quando todos voltariam ao palco para os aplausos. Ela pode ouvir sua própria respiração, rápida e aflita, ao enfiar os braços em seu novo casaco, o casaco da jovem bailarina que a ajudara. Não era de boa qualidade como o seu, mas a ideia era essa mesma. Ela precisa desaparecer dali. Pelo menos não há mais sinal do administrador da companhia ou de ninguém do Komsomol; certamente estavam à sua procura em outro lugar.

Ao ver uma seta indicando a saída no fundo do corredor, Nina pega sua maleta de maquiagem e segue naquela direção. Vai apressada até o primeiro corredor que cruza aquele, um corredor menor, mais estreito e mais escuro, e lá se esconde, quieta. Aguarda. Ouve vozes. É um pequeno grupo que se aproxima pelo corredor principal. Depois que o grupo passa, ela espia e vê as pessoas deixando o prédio. Percebe que há guardas à saída, mas eles não param ninguém do grupo. Parecem conhecer aquelas pessoas, ou pelo menos saber que nenhuma delas é Nina.

Agora o corredor se enche com o som alegre das vozes juvenis do corpo de baile. Terminado o trabalho da noite, elas voltam apressadas para o vestiário. Poucos minutos depois, surgem novamente e começam a sair do prédio em pequenos grupos, rindo e falando muito. Talvez nenhuma delas tenha mesmo notado a presença de Nina no palco. Não, é impossível que alguma não tenha notado... Suas certezas se invertem a cada instante. Seu coração bate descompassado enquanto ela espera. Quando um grupo maior de bailarinas se aproxima, ela decide tentar.

Rapidamente ela se junta ao grupo. É mais uma bailarina alegre, ansiosa por deixar o trabalho. Chegam todas à porta onde os guardas armados esperam. Aja com naturalidade, não se apresse, você é uma bailarina deixando o teatro com sua malinha de maquiagem... Quando as jovens à sua frente dão uma risada, ela ri também, como se achasse aquilo engraçado. Como que num sonho, ela passa tranquilamente pelos guardas cansados, que não param nenhuma delas para perguntar coisa alguma.

LOTE 108

Anel de Coquetel de Safira e Diamantes. Safira de lapidação quadrada cercada por dez pequenos diamantes (peso total 1/3 ct, coloração grau 1, transparência VSI) e vinte baguetes de safira (peso total 2/3 ct), banda de ouro amarelo 18k, tamanho 6 ¼in. $960 — 1.090

CAPÍTULO DEZESSEIS

Só quando chegou ao trabalho foi que ela se deu conta de ter esquecido seu anel de granada.

Sentiu-se momentaneamente despida. Era a primeira vez que não havia se lembrado a tempo de voltar para buscá-lo. Como pôde ter se esquecido logo hoje... Drew não era uma pessoa supersticiosa, porém ao dar de ombros e se sentar diante do computador para enfrentar a enxurrada de e-mails que a aguardava, ela se sentiu um pouco insegura sem seu anel.

No alto da caixa de entrada havia outra mensagem encaminhada por sua mãe. Desta vez tratava-se de uma campanha de doações de uma amiga da mãe, Laurie, cujo filho correria na Maratona de Boston para arrecadar fundos para os órfãos da AIDS de Uganda; havia um link para o site em que podiam ser feitas doações. Apesar de a mensagem não ser irritante em si, Drew se lembrou da última que a mãe lhe encaminhara, dando conta de que Eric e Karen estavam treinando para correr na Maratona de Dublin no próximo outono. Novamente irritada, Drew pensou em responder à mãe pedindo mais uma vez que não mandasse e-mails dessa natureza para seu e-mail de trabalho.

Porém algo a impediu de fazer isso. Algo que tinha a ver com Grigori. Não apenas a felicidade que sentiu ao pensar nele, mas também pelo que ele dissera na véspera sobre seus pais, sua adoção, sua ansiedade e a confusão que sentia, e, por fim, pelo que ele falara de suas buscas frustrantes. Que sorte tinha ela de possuir aquela mãe amorosa, com a qual sempre podia contar, ainda que ela fosse por vezes irritante. Aquela mãe que, como tantas outras, era amada e culpada de tantas coisas. Drew se deu conta da sorte que tinha em ser objeto de muito amor materno, ainda que ele fosse, por vezes, complicado.

Afinal, sua mãe provavelmente experimentou esses sentimentos também. Drew pensou em Vó Riitta. Até mesmo ela, tão forte, tão correta, tão cheia de histórias para contar, deve ter por vezes deixado a filha irritada também. Não teria sido a personalidade excessivamente forte da avó o motivo de sua mãe ter procurado ignorar tão obstinadamente o passado? De não ter se interessado pela língua de seus pais nem por sua própria história? De ter tentado apagar tudo que a lembrasse de sua condição de estrangeira, e de ter dado à filha o nome de "Drew"?

Ao pensar nessas coisas, Drew sentiu algo diferente da resignação de sempre. Pegou o telefone e ligou para a casa dos pais.

Quando a mãe atendeu, a primeira coisa que Drew fez foi agradecer-lhe o envio do diário.

— Já o entreguei a uma pessoa para traduzir.

Sem mostrar grande interesse, a mãe disse:

— Bem, depois me conte o que descobriu.

Drew tinha outra ideia.

— Pensei que poderíamos ler o diário juntas.

A surpresa da mãe foi audível.

— Estou pensando em levá-lo aí quando for visitar vocês.

— Oh, então você vem nos visitar?

— Posso ir no aniversário do papai. — A ideia acabava de lhe ocorrer. — Já que cai num domingo e na segunda-feira é feriado aqui, Dia do Patriota.

— Dia do Patriota...

— E como presente de aniversário, estive pensando...

— Ele vai ficar muito feliz com sua vinda!

Drew aguardou que sua mãe dissesse que ficaria muito feliz também. A conversa ainda prosseguiu por algum tempo e, embora a mãe não dissesse exatamente aquelas palavras, seu tom de voz revelava a felicidade que ela sentia.

A manhã passou para Grigori como um sonho. É engraçado como uma coisa, uma coisa maravilhosa, pode alterar tudo, fazer com que pareça que nada no mundo seja bom demais para acontecer. Afinal de contas, se aquilo podia ocorrer com ele, se o amor podia ocorrer para ele também, um viúvo de 50 anos, então, por que coisas maravilhosas não poderiam acontecer com outras pessoas também?

Como que para confirmar isto, seu correio de voz continha uma mensagem de um editor interessado na poesia de Zoltan. Estava iniciando uma nova série, coordenada pessoalmente por ele, em uma editora conceituada. "Há muito tempo aprecio a poesia de Zoltan Romhany, e estou entusiasmado com a perspectiva de publicar seus poemas", dizia a mensagem. "Vamos fazer isso acontecer."

Sentindo uma leveza que não se lembrava de ter experimentado antes, Grigori se dava conta de que algo mais se passava em seu coração, uma outra espécie de tranquilidade. Esta tinha a ver com as cartas, com os poemas e com a maneira como se relacionavam. Se, de fato, as cartas não fossem de Viktor Elsin, Grigori ainda assim poderia nunca ter sabido se ele as tinha visto, ou se talvez tivesse tomado emprestadas imagens nelas utilizadas. Mas o que parecia a Grigori ser mais importante agora era o fato de elas serem reais, de terem feito parte da vida de alguém, de terem sido palavras de uma pessoa real. Da vida de *quem*, palavras de *quem*, era algo que talvez ele nunca viesse a descobrir, por mais que desejasse alguma espécie de certeza. Mas esse desejo havia sido eclipsado por outro maior, e por uma compreensão que possivelmente Grigori já possuía todo esse tempo: a de que tais incertezas faziam parte do mistério de sua vida, e que sempre coexistiriam com suas certezas: seu amor por Christine e, agora, por Drew, suas amizades e suas paixões. Era claro que ele poderia retornar aos poemas ainda outra vez, estudá-los de maneira ainda mais obsessiva, tentar responder à pergunta de sempre. Mas essa pergunta, ainda que o instigasse, já não mais o incomodava tanto. Até mesmo seu corpo parecia mais leve, aliviado de um peso.

Grigori voltou-se então para sua mesa de trabalho e pegou o pequeno diário que Drew lhe dera. Tinha apenas alguns minutos antes de um compromisso no horário de almoço, mas podia ao menos dar uma olhada nele para ver se a caligrafia era legível, para ter uma ideia da dificuldade da tarefa.

Abriu-o, e logo na primeira folha observou a caligrafia caprichada, típica da escola soviética. Não havia margens, e ambos os lados das folhas estavam escritos.

Escrevo este diário para Elli, minha filha de 2 anos.

Nasci em 1910 numa aldeia logo ao norte da Ucrânia, não muito longe de Sumi. Não era uma aldeia muito pequena, mas creio que qualquer forasteiro que lá chegasse virava notícia. Acontece que estávamos muito longe de qualquer cidade, até mesmo de um vilarejo, e nossa aldeia não era fácil de encontrar se a pessoa não a estivesse procurando. Era um lugar muito bonitinho, com grandes árvores que se debruçavam sobre as pessoas que passavam pelas estradas de terra. Os invernos eram às vezes duros demais, porém, quando março chegava e os brotos verdes começavam a surgir da terra cheios de esperança, a gente sabia que era mais um milagre da primavera.

Na escola fui só até o sexto ano, porque Papa morreu e Mama precisava de mim e dos meus irmãos para ocupar o lugar dele. Foi uma pena, porque eu gostava da escola, principalmente de ler e escrever, embora por lá não houvesse muitos livros, e a professora fosse uma só para todo mundo. Mas nós éramos bons de trabalho e tivemos sorte também. Quando eu tinha uns 15 anos, conseguimos arrendar mais terras e precisamos até contratar gente na época da colheita. Não dava para juntar dinheiro, mas fome nós nunca passamos. Como eu era o mais velho, era também uma espécie de administrador, por assim dizer. Construí uns alojamentos e contratei empregados, e posso dizer que não me saí mal. Mas nunca foi do meu feitio dar ordens às pessoas, por isso sempre que havia problemas eu escrevia umas coisas engraçadas, uns versinhos, e deixava para as pessoas acharem, como se fossem bilhetes de amor.

Grigori se deu conta de estar sorrindo. Aquele homem também era um escritor. Era incrível, realmente, que ele, Grigori, pudesse agora ouvir a voz daquele homem com tanta clareza, tantos anos depois. A voz de um homem sem o qual não haveria Drew.

Aí nós começamos a ouvir umas coisas, de início só um pouco e, depois, mais, sobre pessoas que tiveram de entregar suas terras, seus tratores e até suas casas, e trabalhar juntas em *kolkhozes*. Eu ouvia falar essas coisas, mas não via isso acontecer. Então, numa primavera, quando eu tinha 21 anos, uns homens chegaram à aldeia, e logo todo mundo ficou sabendo que os Shevchenkos e os Ilyichovs tinham sido levados de lá porque eram *kulaks*. Foram levados embora, e quase tudo o que tinham foi confiscado. O resto de nós, bem, nós ficamos assustados e com raiva, e eu fiz umas reuniões para planejarmos o que fazer se eles voltassem.

Eles levaram mais de dois anos para voltar, mas retornaram e nos deram ordem de entregar todo o nosso grão, nossos animais e nossas máquinas. Nós brigamos muito, mas eles acabaram confiscando nossas terras e nos despacharam para o norte. Mama, meus irmãos e as famílias deles tiveram permissão para viajar juntos, mas a mim eles prenderam por ser o cabeça da família e um perigoso ativista contrarrevolucionário.

Mama morreu na viagem. Era inverno, por isso não puderam cavar um túmulo, mas quando os homens encarregados viram que ela já tinha partido para outra, obrigaram meus irmãos a deixar o corpo à beira da estrada como se ela fosse um saco de nabos podres. Meus irmãos me mandaram uma carta contando isso.

Minha ida para o norte foi minha primeira viagem de trem. Passaram-se muitas semanas e aí me colocaram num campo de trabalho forçado com um bando de homens que eles diziam ser bandidos. Dividi uma cela com um sujeito chamado Lev. Ele não era mau, mas foi assim que fiquei sabendo que, só porque você passa a conhecer uma pessoa, não significa que passe a gostar dela. Só ficamos sabendo que estávamos perto da Finlândia porque uns homens com quem trabalhávamos falavam a língua de lá (sua língua, Elli).

Grigori percebeu que seu coração batia mais acelerado, e também que tinha uma estranha sensação: a certeza de que estava a ponto de descobrir alguma coisa. Consultou o relógio. O almoço de trabalho teria de esperar.

O campo onde nos puseram para trabalhar era uma mina. Uma mina de âmbar. Eu passava os dias em um buraco de uns cem pés de profundidade, e tão grande que parecia uma vila. Meu trabalho era cavar uma terra que eles chamavam de azul, mas que na verdade era verde-acinzentada. Um barro grudento como o das estradas da minha aldeia no fim da estação da chuva. E dentro daquele barro esverdeado estavam elas, as peças de âmbar, parecendo groselha na massa de bolo da Mama.

A maior parte dos dias que passei lá foi cavando. Por um tempo me botaram para trabalhar num lugar onde a gente tirava a crosta do âmbar, e lá não era tão ruim. Apesar de nós estarmos quase sempre doentes e com fome, eu inventava umas músicas e contava umas piadas para alegrar um pouco a vida.

Você pode achar que estou me gabando, mas quer saber como me chamavam? Trabalhador Forçado Feliz. Diziam que eu era maluco porque ria, mas eles riam também quando eu começava a brincar. Mas na verdade não gosto de me lembrar da vida naquele lugar, por isso só vou dizer agora que passei 12 anos e meio de minha existência naquela terra.

Elli, tem outra coisa que deixei de dizer nesta história. É que antes de me levarem da fazenda eu tinha uma esposa, Masha, e uma filha, Liza. As duas ficaram lá quando me levaram. Num inverno elas pegaram difteria e morreram. Já fazia cinco anos que a gente não se encontrava, mas eu sempre via as duas na minha cabeça. Por isso você é uma dádiva para mim, sabe? Uma dádiva para um homem que não tinha para quem voltar, nem mesmo sua primeira filha, sua irmã que você nunca vai conhecer a não ser por este diário.

Meus irmãos morreram também, de uma doença que atacou os pulmões. Soube disso numa carta. Bem, quando meu tempo no campo terminou, eu não tinha para quem voltar. Entrei num trem com um dos finlandeses e fomos até onde ele nos levou. Saltamos e fomos procurar o destino. Ele me ajudou a atravessar a fronteira e depois, bem, eu saí andando. Foi aí que vi sua linda mãe andando pela estrada de lama.

Esta parte eu quero contar direitinho para você. Mas eu tenho andado bem doente por causa de tanta poeira que respirei na mina de âmbar. Por isso vou parar agora, e na próxima vez eu conto como foi começar a vida de novo aqui com sua Mama.

Nove vidas ao todo me deu este mundo
A primeira um bebê no peito da mãe
Numa casa feliz fui menino — a segunda –
Um irmão mais velho, e depois um rapaz.
Meu primeiro beijo foram os sapos que viram.
25 desyatinas de terra trabalhei
Que ao céu obedeciam e a mim se negavam.
Fui marido de uma moça de tranças nos cabelos
E pai de uma filha com olhos de mel.
Depois veio a prisão de invernos gelados
De um tempo que nunca chegava a passar.
Esta vida é a nona, aqui tenho meu ninho
Meu casaco de lã, amor e carinho.

Um poema para Elli, escrito por Pai

O resto do caderninho estava em branco. Grigori continuou ali sentado, a olhar para o diário, perdido em pensamentos. Sim, é verdade:

estamos todos interligados. E levei cinquenta anos para entender isso... Seus olhos lacrimejavam, e ele os enxugou com o lenço. Deve ser porque eu não esperava... Mais uma vida interrompida cedo demais. Grigori procurou na folha inicial a data em que aquilo fora escrito. Não havia uma data.

Grigori recomeçou a ler o diário do início. Incrível como umas poucas páginas podem revelar tanto sobre a pessoa que as escreveu: sua maneira de estar no mundo, sua natureza generosa, e, apesar da pouca escolaridade, sua aptidão para a língua. Aquelas folhas em branco no final já não mais eram folhas vazias para Grigori, continham algo doloroso em seu silêncio. A intensa curiosidade que ele sentiu em relação ao autor do poema assemelhava-se à que sentira por Elsin, embora não fosse angustiada como esta. Ali estava aquele outro homem em suas palavras puras, inalteradas, profundamente expressivas, apesar da pouca escolaridade. Não foi levado pela arte que ele as escreveu, mas sim pela verdade. E ainda assim, a sua própria maneira, continham a beleza da arte.

Aquele homem, avô de Drew. Pai da mãe dela, de poucos estudos, um homem do campo, um prisioneiro. Um homem com senso de humor, que dava valor ao ato de escrever o que pensava, de contar sua vida à filha para que ela o conhecesse melhor. Quantos outros homens como aquele teriam registrado suas vidas de alguma maneira, teriam deixado documentos semelhantes? Grigori pensou nos arquivos da KGB abertos recentemente, nos muitos diários e cartas confiscados que certamente contêm registros tão importantes quanto qualquer um dos poemas de Elsin. Quantas histórias não lidas à espera de leitores, à espera de que alguém como Grigori as encontre e as revele para o mundo?

Cheio de energia, ele pôs-se a traduzir as páginas do pequeno diário. Seria seu presente (a expressão que lhe passou pela cabeça foi "meu primeiro presente") para Drew.

NA CASA DE LEILÕES os assentos já estavam sendo ocupados desde as 15 horas. As pessoas olhavam ao redor na esperança de ver Nina Revskaya sem, na verdade, acreditar que a veriam. Drew reconheceu alguns dos compradores que lá iam regularmente: negociantes, colecionadores particulares, o atraente comprador profissional de Washington que se especializara em diamantes; as senhorinhas de meia-idade que nunca deixavam de fazer lances para colares, mas que sempre acabavam por não comprar coisa alguma; o jovem milionário que sempre levava uma namorada nova aos leilões, fossem eles de joias, móveis ou vinhos; o careca magrinho que nunca havia feito lance algum, e que só ficava junto ao bufê comendo *hors d'oeuvres* de graça. Hoje o pessoal do bufê havia disposto em bandejas elegantes *crudités*, biscoitinhos de canela extremamente finos, e, a um canto, uma bela máquina de café. Uma das jarras de água já precisava ser reabastecida. Drew comunicou isso a um estagiário.

Ela não havia falado com Lenore desde a manhã. A tensão que sempre antecedia os leilões desta vez parecia ter sido excessiva para ela (pequenos problemas com cadeiras extras e com o pessoal do bufê), e as linhas na testa de Lenore haviam se tornado subitamente proeminentes, indicando profunda preocupação.

Agora, porém, quando o relógio se preparava para bater as 4 horas, Lenore empertigou os ombros e caminhou, confiante, até o pequeno palanque de madeira lustrosa, onde um laptop e dois copos com água pareciam aguardá-la. Embora seus lábios revelassem tensão, as linhas da testa haviam desaparecido como que por mágica. Todos tomaram seus lugares: Mark, o segurança da galeria, jovem e troncudo, posicionou-se no alto da escada, e Drew, com mais uma dúzia de empregados da firma como ela, sentaram-se por trás de uma longa bancada de telefones na frente da sala. O interesse por aquele leilão era tanto, que se fazia necessária a presença de todos os empregados. Drew estaria em contato com um cliente da Flórida, que recebera o número 201. Era um argentino que morava em Miami Beach e que estava, naquele exato momento, deitado em uma toalha na praia, fumando um cigarro; pelo telefone celular, Drew pôde ouvir quando ele deu uma tragada.

— Como está o tempo aí? — perguntou ele a Drew, certamente sabendo que lá havia nevado no início da semana.

— Nada mau — disse ela, lembrando-se de sua caminhada com Grigori naquela manhã, da brisa agradável, dos casacos abertos, dos cabelos de Grigori cacheando-se por causa da umidade. — A primavera está chegando aqui. Algumas tardes têm sido quase abafadas.

Enquanto falava, ela viu que Grigori chegava acompanhado de um homem de aparência descuidada.

— Pois aqui está maravilhoso — dizia o homem da Flórida, dando outra tragada ruidosa em seu cigarro. — Ventou demais para meu gosto nos últimos dias, mas hoje está perfeito.

Drew podia ver que Grigori estava procurando por ela. Discretamente, ela ergueu a mão um pouco acima da cabeça. Deu certo: ele a viu. Ela fez um aceno muito de leve e disfarçou o gesto passando os dedos pelos cabelos. Grigori retribuiu com um sorriso, e ela notou as duas covinhas no rosto dele. Neste instante ela ouviu um pequeno ruído do microfone e olhou para o lugar onde Lenore ajeitava o laptop. Por trás dela, em uma grande tela de projeção, acendeu-se uma luz azul brilhante.

Sentado ao lado de Zoltan, Grigori precisava se policiar para não olhar para Drew a cada minuto. A visão dela era apenas parcial graças ao lugar onde ela estava, mas a todo instante seus olhos se dirigiam para ela, talvez para convencê-lo de que ela realmente existia. Ele e Zoltan percorreram com o olhar toda a sala onde havia muita gente consultando seus catálogos. De pé junto a uma das mesas altas e redondas estava um homem ainda jovem, bem-vestido, com o braço no ombro de uma mulher de vestido justo e curto que terminava logo abaixo das nádegas. Pela maneira como estavam abraçados, Grigori supôs que estivessem ali para comprar um anel de noivado. Por trás deles, no alto da escada, o guarda da galeria, jovem, sisudo e forte, tinha aparência ligeiramente patética em sua imobilidade e seu paletó um pouco grande demais nas mangas.

Na tribuna, a leiloeira mexia em alguns papéis. Era uma mulher atraente, usando um suéter justo e escuro, que aparentava ter uns 40 e poucos anos. Era esbelta e parecia uma francesa com os cabelos puxados para trás em um coque frouxo. A sala ficou em silêncio quando, com uma voz tranquila e suave, ela deu boas-vindas a todos e pediu que desligassem seus telefones celulares:

— A não ser quem os estiver usando para fazer lances. — Grigori achou aquela voz um pouco afetada, como a de uma locutora de rádio de estação de música clássica.

Grigori viu surgir na tela acima da mulher uma fotografia do primeiro item: um par de reluzentes pulseiras de ouro.

— Lote número um. Duas pulseiras em ouro 24 quilates incrustadas de diamantes. Tenho um lance aqui — ela consultou o computador — de 10 mil dólares, chegando até 11. — Ela falava rapidamente, mas com tranquilidade, abrindo bem as vogais para ser bem-entendida. — Alguém propõe mais? — Uma mulher da primeira fila ergueu sua plaqueta. — Tenho 11 à minha direita agora, chegando a 12. Acima de 12, alguém?

Um jovem em um dos telefones fez um sinal, e quando a leiloeira falou novamente, um homem muito gordo e de aparência desleixada ergueu sua plaqueta.

— Treze! — anunciou a leiloeira. — Fechamos em 13? — Grigori percebeu que até ele aguardava com ansiedade enquanto durava a pausa, quando a mulher da primeira fila ergueu sua plaqueta novamente. — Catorze... a tempo... — O homem gordo e desleixado fez novo lance, e o preço foi subindo até que, por fim, a leiloeira perguntou: — Ficamos em 18? Dezoito? — A leiloeira indicou a mulher da primeira fila, que fez um aceno de cabeça. — Item vendido para o número 310.

— Então é rápido assim que as coisas passam para outras mãos? — sussurrou Zoltan, e Grigori ficou pensativo. Sim, é assim que tudo vai ser levado daqui, pensou ele, inclusive aquele pingente que eu pensava significar alguma coisa, ao qual eu atribuía uma espécie de poder, quando, na verdade, ele não passa de um objeto como outro qualquer que será comprado com um simples aceno de cabeça. Hoje alguém desta sala passará a ser seu dono. Qualquer um, a princípio.

— Vendido! — dizia a leiloeira ao microfone, acabando de vender o segundo item.

Enquanto as imagens seguintes estavam sendo projetadas na tela, algumas pessoas começaram a ir e vir, servindo-se de café, e folheando o catálogo. O homem sentado à frente de Grigori anotava ao lado de cada item o preço pelo qual ele havia sido vendido. A seu lado estava uma mulher que parecia interessada em arrematar vários dos itens, mas sempre fazia um único lance e desistia. Na bancada dos telefones, o "comprador de Samantha" não parava de adquirir coisas, enquanto o "comprador de Brian" só se manifestava vez por outra. Drew ainda não havia feito lance algum, mas Grigori olhava para ela a cada instante, na esperança de interceptar seu olhar.

Ela parecia distraída a observar a leiloeira. Grigori sentiu novamente, como lhe ocorrera várias vezes durante o dia, uma sensação quase física de leveza, de estar pairando acima de toda tristeza, elevado por forças surpreendentes e generosas. Pensava na passagem do tempo, em Drew, no leilão, em Zoltan ali a seu lado, e até mesmo em Evelyn. Ele precisava dizer a Evelyn, naturalmente, para onde seu coração o havia levado. No fundo, ela já deveria ter compreendido que nada poderia acontecer entre eles além do que já existia.

Demorou quase uma hora para que a leiloeira chegasse ao conjunto de âmbar. Mas quando chegou a vez do lote número 71, a pulseira de âmbar, nada apareceu na tela. Ela ficou toda azul, como a tela vazia de um computador.

— Este item — anunciou a leiloeira com sua voz tranquila — foi retirado.

Um som de decepção ecoou pela sala. Grigori olhou imediatamente para Drew. Será que ela sabia disso? A expressão de seu rosto disse-lhe que não.

— Posso assegurar ao senhor — disse a leiloeira a um homem na fila da frente que se levantou indignado e se retirou da sala — que foi uma ocorrência de última hora. De outra forma, teríamos feito o possível para avisá-los com antecedência. — Ela tomou um grande gole de água, e Grigori ficou impressionado ao ver a tranquilidade da mulher. Não deveria ser fácil estar na situação dela. Recolocando o copo no console, ela prosseguiu: — Lamento informar que o mesmo se aplica ao lote seguinte, número 72, os brincos de âmbar do Báltico. Eles também foram retirados.

Uma mulher da fila de Grigori suspirou alto e levantou-se para sair. Grigori, surpreso, perguntava-se o que aquelas retiradas poderiam significar. A leiloeira pediu silêncio a algumas pessoas que se manifestavam aborrecidas, e disse que o lote seguinte, número 72A, o pingente de âmbar do Báltico, ainda estava disponível. Projetado na tela, surgiu o grande pingente marrom-avermelhado com acabamento de ouro. A aranha capturada com sua protuberância branca parecia terrivelmente solitária naquele telão. Grigori sentiu o coração disparar quando a leiloeira abriu os lances.

Imediatamente o número 99 foi erguido. Era um homem de cabelos brancos e um suéter folgado que estava de pé junto à bancada de telefones. Quando a plaqueta 176 subiu logo depois, a 99 voltou a subir imediatamente. A disputa continuou até o lance atingir 26 mil dólares.

— Ouço alguém dizer 27?

Da bancada de telefones veio um lance. Quando a leiloeira propôs 28, mais empregados com telefones se apressaram em cobrir os lances. Pareciam estar participando de um jogo. A agitação continuou até um lance chegar a 35 mil. A leiloeira propôs 36.

Por um instante ninguém se manifestou. Mas então, não muito distante de onde Grigori e Zoltan estavam, à sua esquerda, um novo número foi erguido.

— Número 102.

Quando a leiloeira propôs 37 mil, a plaqueta 176 se apresentou. Mas a 102 cobriu o lance, e o fez novamente quando a 99 retornou e chegou a 39 mil. Quando a plaqueta número 102 fez o lance de 40 mil dólares, todos se voltaram para ver quem era aquela pessoa.

Grigori notou que era a única pessoa negra na sala. Era de meia-idade, magrinha, e tinha no rosto sereno uma expressão decidida. Grigori ficou aflito com a ideia que lhe ocorreu: aquela mulher não parecia ser o tipo de pessoa que tem dinheiro para fazer lances como aquele, ou sequer para estar naquele leilão. Um pensamento racista, repreendeu ele a si mesmo. Horrível. Só porque ela era negra, não poderia fazer lances em um leilão? Mas não, não era isso, pensou Grigori perplexo, mas sentindo certo alívio. Não era pela cor da pele dela, mas pelas roupas que usava. A maioria das pessoas ali usava lenços de seda e roupas bem-talhadas, estilosos saltos altos e botas reluzentes, mas aquela mulher estava usando sapatos de enfermeira, daqueles muito brancos feitos de imitação de couro, com fios grossos. E seu casaco rosa mais parecia uma capa de chuva barata. A mulher tampouco parecia ser cientista, como o homem do 99. Até mesmo a expressão calma da leiloeira foi ficando um pouco ansiosa e cética. Talvez fosse apenas uma expressão de surpresa ao ver que a mulher continuava a erguer o número 102.

A PRINCÍPIO DREW pensou que se tratasse de uma pessoa "plantada" ali por motivos escusos. Mas esse tipo de expediente não se usava na Beller, não que ela tivesse conhecimento. Mas a maneira como a mulher de casaco de vinil rosa insistia em erguer seu número e continuava a fazer lances cada vez mais altos, tão tranquilamente, em duelo com o homem com cara de espanto perto dos telefones, deixou Drew intrigada. Do lugar onde estava, ela só podia ver um braço fino de mulher erguido, e parte de uma manga cor-de-rosa brilhante. Não, aquela mulher não havia sido "plantada". Ela estava ali para vencer.

A não ser esse lote, nenhum dos demais teve uma venda dramática. O resto do leilão transcorreu tranquilamente. O homem que tomava banho de sol em Miami Beach não conseguiu arrematar coisa alguma, e por seu tom de voz ao se despedir ele parecia culpar Drew. Antes das 18 horas todas as guloseimas haviam sido comidas e algumas das mulheres que tinham ido até lá em pequenos grupos só para olhar já haviam partido para as compras no Prudential Center. Drew procurava Grigori e o amigo, mas não os conseguia encontrar. O leilão chegou ao fim, e todos que realizaram compras preparavam-se para efetivá-las.

Drew queria dizer um rápido olá a Grigori, dar um breve aperto de mão, ainda que só para sentir a mão dele na sua. O olhar de Drew vagava pela sala à procura de Grigori na multidão, quando ela ouviu seu nome, e Lenore dizendo "Sim, só um instante, ela está logo ali".

Drew voltou-se e viu a mulher do casaco de vinil cor-de-rosa aproximar-se dela estendendo-lhe a mão. Só então Drew a viu e reconheceu seu rosto.

— Srta. Brooks, prazer em vê-la novamente. — Aquele leve sotaque. Drew estendeu a mão para cumprimentá-la.

Foi então que Cynthia explicou a decisão de Nina quanto a quem deveria ficar com o pingente de âmbar. Disse também que tinha consigo uma garantia do banco, uma carta para Drew e uma que ela pedia a Drew que entregasse a Grigori Solodin.

DREW DISSERA que precisava de uma hora e pouco para terminar o trabalho, por isso Grigori decidiu acompanhar Zoltan de volta à casa. A caminhada até Kenmore Square naquele anoitecer fresco seria agradável. Grigori gostaria de ter trocado algumas palavras com Drew, mas vira como ela estava ocupada e sabia que ela entenderia por que ele não havia ficado esperando.

A noite apenas começava, e o céu estava róseo com o pôr do sol.

— Eu me pergunto como uma pessoa se sente — disse Zoltan — ao se desfazer de suas coisas dessa maneira. Uma coleção que ela levou a vida inteira para reunir. E então, em questão de poucas horas, ela se desfaz para sempre, com todas aquelas pessoas desconhecidas saindo apressadas com seu espólio. Com aquilo tudo que lhe pertencia.

— Imagino — disse Grigori — que a pessoa se sinta bem. Que se sinta livre de algo que se tornara um peso. É esta a razão de eu nunca ter colecionado coisa alguma, creio. A coisa se torna um fardo.

Na verdade, o que ele sentiu quando a mulher de casaco cor-de-rosa arrematou o pingente foi vontade de chorar. Não tanto por querer o pingente de volta, mas pelo que ele representava, por todas aquelas pessoas desafortunadas que, fossem ou não seus pais legítimos, haviam pagado o preço mais exorbitante de todos, haviam vivido uma história ilícita, quando só o que queriam era viver suas vidas. *Cada peça contém um pequeno mundo em seu interior. Elas me fazem pensar na dacha (todos aqueles insetos!) e no sol dos fins de tarde, na maneira como ele afundava no lago.*

— Sim, entendo o que você quer dizer — dizia Zoltan. — Mas eu teria dificuldade em abrir mão de quase tudo.

— Eu acho que possuir uma coleção acabaria por se tornar algo opressivo. Tem-se sempre que acrescentar mais peças a ela, e levá-la consigo aonde quer que se vá, não importa onde a pessoa acabe, não importa quem ela tenha se tornado, talvez até alguém bem diferente.

— Ao ouvir você dizer isso — pensou Zoltan — ocorre-me que *eu* sou, de certa forma, um colecionador. De minha própria vida. Escrevo um diário desde que tinha 16 anos, e aqui estou eu, aos 70 anos, ainda acrescentando coisas a ele. Isso sem falar das vezes que o li, e da quantidade de cadernos que carrego comigo para toda parte, sempre a catar, aqui e ali, alguma coisa em minhas memórias.

Grigori lembrou-se do pequeno diário que tinha no bolso, o diário do avô de Drew, e da tradução que havia feito naquela manhã.

— Você me fez lembrar de uma coisa maravilhosa que me aconteceu hoje. Uma espécie de descoberta. Acho que pode até me levar a um novo projeto.

— É mesmo?

Enquanto se aproximavam do prédio de Zoltan, Grigori falou-lhe sobre o diário que havia traduzido e de sua ideia de traduzir outros diários, de outros cidadãos soviéticos, que ele pudesse encontrar nos arquivos da KGB.

— É claro que vai exigir algum esforço. Mas deve valer a pena, você não acha? Um novo grupo de vozes já não mais silenciadas.

A aprovação de Zoltan aumentou seu entusiasmo, enquanto ele se despedia do amigo na calçada. Já era noite, e as luzes da rua, altas e brilhantes, pontilhavam o céu escuro. Quando Zoltan entrou em casa, Grigori voltou para a Beller, perguntando-se se Drew já estaria livre do trabalho.

Ao chegar, encontrou tudo apagado. Nem sequer a recepcionista estava mais lá. Parecia não haver mais ninguém. Grigori ia tocando a campainha quando viu alguém mover-se no vestíbulo mal-iluminado: era Drew, que o aguardava. Por um instante ele pensou que houvesse algum problema, algo que a impedisse de ir para casa. Mas aí ele viu a expressão do seu rosto e, sem entender, acenou para ela, que abriu a porta e fez sinal para que ele entrasse.

NOTA DA AUTORA E FONTES

Este romance é uma obra de ficção, e ainda que se situe em um contexto rigorosamente factual, tomei liberdades com algumas das informações que encontrei em minhas pesquisas. Inclui-se neste caso, em especial, o campo de trabalhos forçados do diário de Trofim. Conquanto não me tenha baseado em algum campo de prisioneiros que eu conheça, inspirei-me na sugestão de Victoria Finlay, em seu livro *Jewels: A Secret History*, de que prisioneiros do gulag possam ter trabalhado nas minas de âmbar de Kaliningrado.

Grande parte da informação restante acerca do âmbar vem do livro de Benjamin Zucker, *Gems and Jewels: A Connoisseur's Guide*.

Fiz o possível para ser fiel às condições de vida de um artista na Rússia soviética ao criar minha própria versão daquele mundo. Impressões minuciosas das mudanças que se deram no dia a dia na URSS ao longo de décadas, eu as encontrei na assombrosa história oral de Orlando Figes, *The Whisperers*, que me foi extremamente útil, enquanto os relatos de memórias de Nadezhda Mandelstam, Ilya Erenburg e outros me permitiram ricos insights da vida cultural soviética. (Erenburg também me forneceu inspiração para a passagem sobre o conselho de Zhdanov concernente à música, e há ecos do livro *Ours: A Russian Family Album*, de Sergei Dovlatov, na história de Gersh, quando ele tenta "facilitar as coisas para os amigos" dizendo-lhes que fingissem não o conhecer.) Em especial, *Moscow Memoirs*, de Ema Gerstein, pintou para mim um quadro vívido da vida de um judeu intelectual na sociedade literária, e me forneceu elementos para o personagem Zoya.

A carta de Zoya para Stalin teve como modelos excertos de cartas encontradas em *Stalinism as a Way of Life*, de Lewis Siegelbaum e Andrei Sokolov.

Sou grata também pelos muitos diários de viagens, cadernos de memórias e estudos culturais não oficiais escritos por ocidentais que estiveram do outro lado da Cortina de Ferro em um período particularmente difícil e se deram ao trabalho de registrar suas impressões, por mais parciais e idiossincráticas que fossem. Encontrei em *Postmarked Moscow*, de Lydia Kirk, uma fonte especialmente rica de informações (inclusive as histórias de partos contadas na cena da *banya*), como também em *Moscow Journal: The End of Stalin*, de Harrison Salisbury, que me forneceu as anedotas do *Krokodil* no capítulo 5.

A piada "Bandidos, prostitutas e agentes da NKVD trabalham quase sempre à noite" é de Robert C. Tucker, em *Stalin in Power: The Revolution from Above*.

Dentre as muitas memórias de bailarinas que li, o inspirador *Eu, Maya Plisetskaya*, de Maya Plisetskaya, possibilitou-me uma visão incisiva da luta de uma artista na URSS e dos bastidores do Bolshoi. Outros pormenores do mundo do balé eu colhi principalmente em *Ballet to the Corps*, de Marie Paquet-Nesson, recordações de turnês com uma companhia americana de balé na década de 1950.

É grande a minha dívida com Galina Vishnevskaya e seu *Galina: A Russian Story* pelas inestimáveis informações acerca do trabalho no Bolshoi, inclusive descrições das visitas de Stalin àquele teatro. Em seus livros *Shostakovich and Stalin* e *The Magical Chorus*, Solomon Volkov apresenta uma comovente cronologia da vida artística no regime soviético e a sombra do antissemitismo, e fornece o verso "cosmopolita" do capítulo 8.

Os pormenores de Berlim Ocidental captados pelos olhos de cidadãos soviéticos baseiam-se, em grande parte, nas descrições de Nora Kovach e Istvan Rabovsky em *Leap Through the Curtain: The True Story of Two Hungarian Ballet Stars Who Escaped to Freedom*.

O extremamente comovente *Intimacy and Terror: Soviet Diaries of the 1930's*, editado por Veronique Garros e outros, inspirou a cena da prisão, bem como a da ida à chefatura de polícia no livro II, e me deu a ideia de incluir um diário em meu romance.

AGRADECIMENTOS

Tive a indispensável sorte de iniciar este livro na MacDowell Colony e terminá-lo em Yaddo. O apoio crucial ao longo dos anos veio da La Napoule Foundation, da Ledig House, do Virginia Center for the Creative Arts, da Christopher Isherwood Foundation, do Seaside Institute e, acima de tudo, da W.K. Rose Fellowship for Creative Arts, do Vassar College.

Dentre os indivíduos aos quais sou igualmente grata, estão:

Minhas constantes mentoras, Leslie Epstein e Margot Livesey.

Companheiros leitores e escritores que me ajudaram a seguir adiante, de esboço em esboço: Eve Bridburg, da Grub Street, Inc., Morgan Frank, Jill Kalotay, Leah Kalotay, Jhumpa Lahiri, Judy Layzer, Jynne Martin, Chris McCarron, Ron Nemec, Rishi Reddi, Julie Rold, Suzanne Qualls e Ted Weesner, Jr.

Pelo auxílio em tudo que concerne à Rússia: Maria Gapotchenko; Ludmila Leibman, do Educational Bridge Project; Katherine O'Connor; e Vera Sapozhnikova, que leu os originais com muito cuidado e inteligência.

Para pormenores do mundo do balé: Faye Arthurs e Dana Hanson; Eve Lawson; Denise Lipoli; Clyde Nantais e Jill Roberts; e Nancy Upper, que leu os originais cuidadosamente.

Para informações sobre casas de leilão, joias finas e avaliações: Elisabeth Benson-Allot e John Colosacco, da Skinner, Inc.; Anne Bentley, da Massachusetts Historical Society; Linda Davis; e Julie Reber, do Antiques Road Show.

Por compartilhar comigo suas recordações da vida na Alemanha Oriental e de sua fuga para Berlim Ocidental via metrô: Inge Neumann.

Por elucidarem minhas questões relativas a âmbar e a aranhas: Jon Reiskind, da Florida University–Gainesville; Naomi Pierce, Brian Farrell e Gonzalo Giribet, do Museum of Comparative Zoology, de Harvard; e David Grimaldi, do American Museum of Natural History.

Por responder minhas perguntas acerca das Antilhas: Patrice Vidal.

Por apoio em outras pesquisas: as excelentes equipes do Boston Athenaeum e da sucursal de Coolidge Corner da Public Library of Brookline; Brian Haskell, da Peterborough Town Library; Howard Pincus, do Railroad Museum of New England.

Por ajudarem este livro a finalmente vir ao mundo: meu superagente, Dorian Karchmar, e a proeminente editora, Claire Wachtel; Jonathan Burnham, Michael Morrison e a excelente equipe da HarperCollins, principalmente Julia Novitch. Obrigada também a Anika Streitfeld e Jennifer Joel.

Por seu apoio e sua inspiração, minha família — com um aceno extra para meu tio-avô George Bolgar, o Trabalhador Forçado Feliz original.

Este livro foi composto na tipologia Adobe Garamond Pro,
em corpo 12/15,5, e impresso em papel off-white 80g/m²
no Sistema Cameron da Divisão Gráfica
da Distribuidora Record.